Ein Verzeichnis sämtlicher lieferbaren REN DHARK-Titel finden Sie auf den Seiten 191 und 192.

www.hjb-news.de
Kostenlose
SF-News!

1. Auflage

HJB Verlag & Shop KG
Postfach 22 01 22
56544 Neuwied
Bestellungen und Abonnements:
0 26 31 – 35 48 32
0 26 31 – 35 61 00
Fax: 0 26 31 – 35 61 02
www.ren-dhark.de

© REN DHARK: Brand Erben

Herausgeber: Hajo F. Breuer
Titelbild: Ralph Voltz
Druck und Bindung:
Wiener Verlag Ges. m. b. H.

© 2002 HJB Verlag
N DHARK und HJB sind eingetragene Warenzeichen
Alle Rechte vorbehalten

ISBN 3-930515-88-1

W0241324

Ren Dh

Sonderb

Rebell der M

SF-Roman

Werner K.

nach einer Ide

Hajo F. Br

R

HJB®

Vorwort

Seit er zum ersten Mal Hinterlassenschaften jenes geheimnisvollen Volkes entdeckte, das von den Menschen »Mysterious« getauft wurde, jagte Ren Dhark seinem Traum nach, dieses Volk dereinst zu finden. Nun ist sein Traum Wirklichkeit geworden – und scheint sich doch zu einem Alptraum zu entwickeln.

Denn die Mysterious – oder Worgun, wie sie sich selbst nennen – sind nur noch ein Schatten ihrer selbst. Sie, die früher ganze Sonnensysteme manipulierten und kosmische Wunder erschufen wie die Sternenbrücke, sie darben heute unter der Knute eines Insektenvolkes, das ihnen eine verheerende Niederlage beibrachte.

Der einzige Worgun, dem Ren Dhark bisher begegnete, ist kein Botschafter oder sonstiger offizieller Vertreter seiner Art, sondern ein Gejagter, ein Ausgestoßener – ein Rebell. Der Mann, der in vielen Gestalten und unter vielen Namen auftrat, stellte sich den Menschen anfangs als »Jim Smith« vor – sein wirklicher Name lautet jedoch Gisol. In seiner Heimatgalaxis Orn (zu der nun eine terranische Aufklärungsexpedition unterwegs ist) wird er als Hochverräter und Massenmörder gejagt.

Wie es dazu kommen konnte, daß aus einem hoffnungsvollen und vielversprechenden jungen Wissenschaftler ein von einer ganzen Galaxis gejagter Desperado wurde, das schildert der vorliegende REN DHARK-Sonderband von Werner K. Giesa.

Natürlich hat dieser Autor auch am 15. Band des Drakhon-Zyklus mitgeschrieben, das soeben unter dem Titel »Welt der Goldenen« erschienen ist. In diesem Roman wird nicht nur das weitere Schicksal der terranischen Orn-Expedition geschildert, sondern auch die Suche der Nogk und ihrer terranischen Freunde nach dem uralten Feind, der immer wieder die Sonnensysteme zerstörte, in denen diese treuen Verbündeten der Menschheit siedelten.

Und auf der Erde muß sich Starreporter Bert Stranger mit einer Sucht der ganz besonderen Art auseinandersetzen…

Lassen Sie sich dieses spannende SF-Vergnügen auf keinen Fall entgehen – nachdem Sie mitverfolgt haben, wie aus Gisol der *Rebell der Mysterious* wurde!

Giesenkirchen, im November 2002
Hajo F. Breuer

Prolog

Zwei eigenartige Gebilde jagten fünfhundertmillionenmal schneller als das Licht durch die Tiefen des intergalaktischen Raumes. Ziel der seltsamen Röhren war die Galaxis Orn im Sculptorhaufen, jener Ansammlung von Galaxien, welche der Lokalen Gruppe der Milchstraße am nächsten lag. Etwa zehn Millionen Lichtjahre betrug die Distanz zwischen Orn und der heimatlichen Sterneninsel. Einschließlich der Beschleunigungs- und Bremsphasen war eine Reisezeit von etwa zwei Wochen kalkuliert.

Damit flogen die beiden Gebilde noch relativ langsam. Eine Geschwindigkeit von 9,6milliardenfacher Lichtgeschwindigkeit war problemlos zu erzielen; bei den beiden modernsten Raumern der beiden gekoppelten Gebilde betrug der maximale Überlichtfaktor sogar 11,2.

Es handelte sich um zweimal zehn Ringraumer aus der Produktion der Mysterious.

Sie waren zusammengekoppelt worden, um Energie für den weiten Flug einzusparen.

Noch vor wenigen Monaten wäre diese Koppelung überhaupt die einzige Möglichkeit gewesen, die Milchstraße zu verlassen und eine andere Galaxis zu erreichen. Damals existierte noch das Expect, jene rätselhafte Zone, in der die Werte des galaktischen Spannungsfeldes radikal verändert waren und Raumschiffen mit wachsender Entfernung von der Galaxis immer mehr Energie entzogen wurde. Dies geschah in einem geradezu unverhältnismäßigen Umfang, der sich in einer Exponentialkurve darstellen ließ und über kurz oder lang zum Exitus des Antriebssystems führte. Das Volk der Nogk, das versucht hatte, die Milchstraße zu verlassen, konnte ein trauriges Lied davon singen.

Aber mittlerweile gab es das verhängnisvolle Exspect nicht mehr.

Dennoch war es unnötig, die Energiereserven der Raumschiffe einfach so zu verschwenden. So wurde das von den Mysterious entwickelte Verfahren zum Überwinden intergalaktischer Distanzen auch weiterhin verwendet.

Jeweils zehn Ringraumer wurden aneinandergekoppelt, so daß eine Art Röhre entstand, in deren Innerem die Antriebsenergien des Sternensogs wirksam wurden. Die Röhrenanordnung erzeugte dabei eine Art Düseneffekt, der die Leistung wesentlich erhöhte. Das wiederum senkte den Verbrauch.

Nun mußte man bei einem Ringraumer nicht unbedingt auf jedes Quentchen Energie schauen. Die 23 kugelförmigen Konverter, die sich in jedem der Schiffe befanden und Tofirit in Energie umwandelten, waren voll beschickt, und was Energieverbrauch oder eher Energieverschwendung betraf, so hatten die Mysterious, die legendären Erbauer der Ringraumer, schon immer dem Größenwahn gefrönt. Zudem führten diese Schiffe genug Tofirit mit sich, um die Tanks jederzeit neu befüllen zu können. Eine vielleicht überlebenswichtige Vorsichtsmaßnahme, denn niemand konnte sagen, wie lange diese Mission dauerte und ob es in Orn Tofiritvorkommen gab, auf die man zurückgreifen konnte, ohne daran gehindert zu werden. *Ala-Metall* nannten es die Mysterious. Offenbar beruhte fast die gesamte Energieversorgung ihres Volkes auf diesem rubinrot funkelnden Superschwermetall, dessen fantastische Eigenschaften die Terraner erst nach und nach herauszufinden begannen.

Die Hälfte der Schiffe hatte Menschen an Bord, die unter dem Kommando von Ren Dhark standen.

Wer den Commander der Planeten kannte, ahnte, daß es ein verdammt langer Flug werden konnte. Schon oft war er einer »Kleinigkeit« wegen mit der POINT OF, seinem Flaggschiff, gestartet – und aus einem Abenteuer hatten sich ein Dutzend und mehr ergeben, ein gelöstes Rätsel zog zehn weitere nach sich, die es ebenfalls zu lösen galt. So war er bei der Verfolgung einer Robotringraumerflotte in Raumtiefen auf die Sternenbrücke gestoßen, in ein anderes Universum verschlagen worden, nach der Rückkehr mit dem Imperium der Tel konfrontiert worden... und auch die Erkundungsexpedition in der Galaxis Drakhon war mehr und mehr ausgeufert, hatte von Stern zu Stern und von einem Rätsel zum nächsten geführt...

So viele Dinge mußte es in Drakhon geben, die noch ihrer Erforschung harrten, aber jene Galaxis war unerreichbar geworden. Auch in der eigenen Milchstraße gab es noch aber Millionen unerforschter Welten. Doch jetzt zog es Ren Dhark nach Orn.

Und niemand, nicht einmal er selbst, konnte voraussehen, was dort alles auf die Terraner wartete und zu welchen Zielen diese Expedition sie führte.

Orn, die Heimatgalaxis der Mysterious...

»Worgun« nannten sie sich selbst, »die Lebenden«. Und sie, die einstmals Galaxien beherrscht hatten, brauchten jetzt Hilfe. Deshalb war Gisol mit einem Verbund von zehn Ringraumern aus Orn in die Menschheitsgalaxis gekommen, damals, als es das Exspect noch gab. Er war gekommen, um vielleicht Hilfe für sein Volk zu finden.

Aber waren die Menschen in der Lage, diese Hilfe zu gewähren? Sie, die durch den erbitterten Krieg gegen die Grakos selbst ausgeblutet waren, konnten sich nicht in einen weiteren Konflikt verwickeln lassen, der mit noch weit überlegeneren Mitteln und Waffen ausgetragen wurde. Noch dazu in einer fernen Galaxis, in welcher der Feind – der Feind der Mysterious – Heimrecht hatte...

Gisol, der Worgun, bat um Unterstützung gegen den Feind.

Doch diese Unterstützung konnte Ren Dhark ihm nicht gewähren – nicht bevor er sicher wußte, was in Orn wirklich geschah. Deshalb begleitete zunächst nur eine Forschungsexpedition Gisol zurück in dessen Heimat. »Hingehen, hinschauen, heimkehren und beraten«, hieß die Devise. Sehr zum Leidwesen Gisols, dem ein »Hingehen, hinschauen, hinhauen« sicher lieber gewesen wäre.

Es gab zwei Gründe, aus denen der Commander der Planeten diese Erkundungsexpedition überhaupt durchführte. Zum einen, weil die Menschheit den Mysterious sehr viel verdankte; möglicherweise sogar ihre Existenz. Denn ohne die überlegene M-Technologie wären die Auseinandersetzungen mit Amphis, Giants, Rateken und schließlich Grakos sicher ganz anders verlaufen. Aber seit Ren Dhark auf dem Planeten Hope erstmals auf die technischen Hinterlassenschaften der vor tausend Jahren spurlos aus der Milchstraße verschwundenen Mysterious gestoßen war, war es gelungen, immer mehr und mehr des Worgun-»Erbes« zu übernehmen und nutzbar zu machen.

Der zweite Grund war, daß Ren Dhark seit jenen Tagen auf Hope, dem von den Worgun »Kaso« genannten Planeten, seine Hauptaufgabe darin sah, jenes verschollene Volk zu suchen und zu finden. Ein Mysterious war in die Milchstraße zurückgekehrt, die anderen warteten in Orn auf Ren Dhark.

Auch wenn sie nichts von ihm und seiner Suche wußten...

Dabei wäre Dhark besser beraten gewesen, in diesen Tagen und Wochen auf Terra zu bleiben. Er war der Commander der Planeten, der Regierungschef der Erde, und die Wahl stand bevor. Zwar wußten die Menschen durchaus, was sie ihrem Commander verdankten. Aber dennoch: Ein Regierungschef, der sich selten einmal auf der Erde zeigte und statt dessen irgendwo in der Galaxis herumzigeunerte, wer würde den wählen? Er überließ doch die eigentliche Arbeit seinem Stellvertreter. Warum sollte man dann nicht gleich einen anderen Staatschef küren?

Die Oppositionsparteien schürten diese Zweifel noch mit mehr oder weniger windigen oder stichhaltigen Argumenten. Freunde und Parteifreunde warnten ihn, ausgerechnet in dieser Zeit wieder einmal die Erde zu verlassen, und das für eine sicher unbestimmte Zeitspanne. Sie fühlten sich von ihm im Stich gelassen.

Aber Ren Dhark konnte nicht anders handeln. Er wäre zum Verräter an sich selbst geworden, wenn er diese Expedition nicht durchgeführt hätte.

Und so waren neun S-Kreuzer der Terranischen Flotte an die POINT OF gekoppelt worden, um Gisol nach Orn zu begleiten. Gisol selbst verfügte ebenfalls über neun zusätzliche Ringraumer, die zusammen mit seinem Raumschiff EPOY eine Beschleunigerröhre bildeten, mit der er aus Orn in die Milchstraße gekommen war. Und so jagten diese beiden Gebilde nun durch die sternenleere Einsamkeit.

*

Einsamkeit, dachte der weißblonde Mann im Kommandantensessel in der Zentrale der POINT OF. Er betrachtete die Bildkugel, diese 1,20 Meter durchmessende Wiedergabe des umgebenden Weltraums, die tausendmal besser war als jeder Bildschirm. Es war mehr als nur eine Holographie. Es war einfach perfekt. Und die Worgun, die diese Projektion entwickelt hatten, waren *genial*. Selbst die fantastischen Allsichtsphären der Nogkraumer verblaßten dagegen, bei denen man das Gefühl hatte, mit seinem Sitz und seinem Instrumentenpult mitten im freien Weltraum zu schweben.

Einsamkeit.

Kein Stern, kein Planet in erreichbarer Nähe. Nur bedrückende Leere. Und Schwärze. Innerhalb einer Galaxis war der Hintergrund des Weltraums nie wirklich schwarz. Hinter dem Funkeln unzähliger Sterne schimmerten die farbigen Schleier von Gaswolken und stellaren Nebeln in ihrer unglaublichen Pracht. Hier jedoch gab es nichts dergleichen. Es gab nur einige Flecken, die punktuell vergrößert wiedergegeben wurden und ferne Galaxien darstellten. Ansonsten war da nur grenzenlose, unendliche Leere. Selbst der kosmische Staub, der innerhalb einer Galaxis an den Hüllen ungeschützter Raumschiffe schmirgelte, fehlte. Da war einfach nichts!

Nur nicht hier stranden, dachte Ren Dhark. Die Nähe eines Planeten hätte wenigstens noch etwas tröstlich gewirkt. Aber wenn es hier im intergalaktischen Raum zu einer Katastrophe kam, welcher

Art auch immer sie dann sein mochte, gab es keinen festen Halt. Es gab einfach nichts.

Ein Nichts im Nichts, und ins Nichts vertrieben!

Dieser Gedanke durchzuckte Ren. Damals, auf dem Planeten Babylon, der von den Mysterious »Fande« genannt wurde, hatte er diese Erklärung gehört. Im Vitrinensaal im Sockel des Goldenen Menschen kommentierte eine mentale Stimme den konservierten Körper eines Goldenen, dessen Gesicht zerstört worden war. Damals noch hatte er gedacht, es müsse sich um einen Grako handeln, worauf auch Statuen Goldener Menschen auf anderen Planeten hinwiesen, die ebenfalls kopf- oder gesichtslos dargestellt worden waren. Aber Goldene und Grakos waren ebensowenig identisch wie Mysterious und Grakos, obgleich das viele galaktische Völker bis vor kurzem noch geglaubt hatten, ehe Terraner den Grakos die Maske der Mythen vom Gesicht gerissen und herausgefunden hatten, wie diese unheimliche Mörderrasse tatsächlich aussah.

Das Rätsel der Goldenen war noch ungelöst.

Auch die Frage nach dem Haß, den die Mysterious – die Worgun – gegen die Goldenen empfinden mußten, denn warum sonst hätten sie sie überall auf ihren Welten gesichtslos darstellen und im Vitrinenmuseum von Babylon dermaßen verächtlich kommentieren sollen?

Gisol hatte sich dazu bisher noch nicht geäußert.

Aber er war auf Ren Dharks Bitte hin bereit, über etwas anderes zu reden, und deshalb kam er mit einem Flash aus der EPOY herüber zur POINT OF. Gisols Raumschiff wurde von der Steuerungsautomatik pilotiert. Hier draußen in Weltraumtiefen bedurfte es keiner speziellen Navigation. So schnell, wie die beiden Zehnergruppen flogen, konnte man Himmelskörper überhaupt nicht ausweichen. Aber es waren zum Glück keine vorhanden – wie der Begriff »Lerraum« schon ausdrückte.

Nur Juanita, das elfjährige Mädchen mit der besonderen Parabegabung, sich »unsichtbar« machen zu können, blieb in der EPOY zurück. Aus welchem Grund gaben weder sie noch Gisol bekannt.

Ren war davon etwas überrascht. Immerhin hatte er Juanita als recht neugierig und lernbereit kennengelernt. Aber vielleicht hatte Gisol ihr schon längst eine Menge von dem erzählt, worüber er jetzt reden wollte. Lange genug waren die beiden nun schon beisammen. Gisol, der sich das Aussehen eines Terraners gab und sich »Jim Smith« nennen ließ, hatte sie in den Slums von Rio de Janeiro aufgegriffen und kümmerte sich wie ein Vater um sie. Ihre richtigen Eltern waren längst tot.

Ren verließ die Zentrale des Ringraumers und suchte seine Kabine auf.

*

Eine recht kleine Gesellschaft erwartete ihn dort: sein Freund Dan Riker, dessen Frau Anja, welche die Expedition nach Orn ebenfalls mitmachte, sowie Jim Smith alias Gisol.

Für einen größeren Kreis waren Gisols Erzählungen vorerst nicht gedacht.

Riker hatte aus der Kantine des Ringraumers Getränke und ein paar spezielle Köstlichkeiten angefordert, mit denen er sogar Gisol überraschte. Der hatte nicht einmal geahnt, daß Terraner über Lieblingsspeisen und Naschereien der Mysterious informiert waren. Das war auch eher Zufall, weil Dan, der einem guten Essen nie aus dem Weg ging, sich einmal dafür interessiert und im Archiv in Deluge auf Hope eine entsprechende Mentcap geschluckt hatte, die ihm dieses Wissen bescherte.

Auf eine Frage Gisols hin bestätigte Dan ihm sein Mentcap-Wissen.

»Eine seltsame Bezeichnung für unsere Informationsträger«, sagte Gisol und genoß eines der Häppchen und den von der Kantine synthetisch erzeugten Loralo-Wein, der als Original ein kleines Vermögen kostete und den sich deshalb kaum ein Worgun jemals leisten konnte, wie Gisol verriet. Aber was die Kantine produziert hatte, stand dem Original geschmacklich nicht nach.

»Mentcap steht für *Mental Capsule*«, erklärte Anja Riker, deren Pullover wieder mal eine Nummer zu klein ausfiel und ihre weiblichen Attribute dadurch besonders hervorhob, nur konnte sie Jim Smith damit nicht reizen, weil der kein Mensch war und völlig anderen Schönheitsidealen anhing. Anja störte das nicht; es war einfach ihre Natur, sich provozierend zu kleiden. Damit hatte sie schon als Chefmathematikerin der GALAXIS Rens Vater, den alten Commander Sam Dhark, oft genug zur Weißglut gebracht. Auf Hope war sie dann im Höhlensystem von Deluge durch die Mentcaps auf ihrem Fachgebiet, der Mathematik, zu *der* Spezialistin für die Supermathematik der Mysterious geworden. Das erforderte aber auch eine enorme Disziplin, denn wer sich nach dem Schlukken einer Mentcap nicht sehr intensiv mit dem so leicht erworbenen Wissen befaßte und es verinnerlichte, verlor es nach etwa 14 Tagen wieder, und keine Mentcap gewährte ihm ein zweites Mal dasselbe Wissen. Wie das Archiv dies erkannte, war immer noch ein Rätsel.

Gisol war auch nicht in der Lage, eine Erklärung dafür zu liefern. Er stellte nur klar, daß die Worgun keinen speziellen Namen für diese kleinen Kapseln hatten, sondern sie lediglich als »Informationsträger« bezeichneten. »Ich habe jede Menge dieser Informationsträger schlucken müssen, aber jeder Versuch, eine Kapsel zu erhalten, die die Wirkungsweise dieser Informationsträger selbst und der Archivtechnologie beschreibt, oder auch Daten über die Herstellung der Träger, jeder dieser Versuche scheiterte. Mentcaps... kein schlechter Name. Läßt sich wesentlich einfacher aussprechen.«

Er nahm wieder einen Schluck Loralo-Wein.

»Ich werde mich bemühen, bei dem Bericht, zu dem ich hergebeten wurde, Maßeinheiten direkt in Ihr System umzurechnen«, sagte er. »Das vereinfacht das Verstehen für diejenigen unter Ihnen, die im Gegensatz zu Commander Dhark die Sprache meines Volkes nicht verstehen.«

»Da bin ich ohnehin der einzige, Jim«, sagte Ren.

»Das sollte man ändern«, meinte Gisol. »Wenn wir in Orn sind, wird es wichtig sein, daß möglichst jeder diese Sprache versteht. Leider gibt es in meiner EPOY kein Archiv.«

»In der POINT OF auch nicht«, gestand Ren Dhark.

»Das ist sehr bedauerlich«, stellte Gisol fest.«

»Hypnoschulung unserer Besatzung und der der neun S-Kreuzer?« schlug Anja Riker vor.

»Ich bin nicht dafür qualifiziert, Sprachlehrer zu sein«, gestand der Worgun. »Allein ein Lernprogramm zu entwickeln, dauert länger als der Flug nach Orn. Zudem habe ich auch noch andere Dinge zu tun. Die Hypnoschulung ist in diesem Fall irrelevant.«

»Aber was dann?«

»Ich weiß es nicht«, sagte Gisol. »Aber ich bin sicher, daß der Commander der Planeten mich nicht hergebeten hat, um dieses Problem zu erörtern.«

Ren Dhark nickte.

»Ich bat dich, Gisol, uns mehr über dein Volk und mehr über dich selbst zu erzählen.«

Der Mysterious nickte.

»Und da das eine ohne das andere nicht geht, fange ich am besten bei mir an.«

Er begann zu erzählen…

1.

Auf Terra schrieb man das Jahr 1893 christlicher Zeitrechnung, als Gisol auf Epoy begann, zu *erwachen*. Das Licht seiner Welt hatte er bereits etwa 15 Jahre vorher erblickt. Er wurde gemeinsam mit seinem gleichaltrigen Geschwisterkind Lagon von seinem Elter Kalum erzogen.

Die Worgun waren ein Volk von Gestaltwandlern. Das heißt, sie hatten die vollkommene Kontrolle über ihre Körperzellen und konnten jedwede Gestalt annehmen. Ihre »normale« Gestalt glich der einer unförmigen Amöbe, die sich auf laufend wechselnden Pseudopodien fortbewegte. Das einzige Organ, das sie nicht veränderten, war ihr Gehirn. Allerdings konnten sie seine Fähigkeiten durch Bereitstellung entsprechender Nervenmasse bei Bedarf beträchtlich erweitern.

Sie besaßen eine natürliche Lebensspanne von durchschnittlich 900 Jahren. Dann starben ihre Gehirne und damit ihre Körper.

Das Gehirn plazierten sie stets möglichst zentral in ihrem Körper, um es zu schützen. Worgun waren nur durch die Zerstörung ihrer Gehirne zu töten, alle anderen Organe konnten sie aus ihrer Zellmasse neu bilden, notfalls recht klein, bis nach Verlusten einer größeren Menge Zellmasse genügend davon nachwuchs. Sie hatten ein durchschnittliches Gewicht von etwa 100 Kilo und konnten dementsprechend Lebewesen dieser Größe und Masse nachbilden. Sie vermochten aber auch größere Lebewesen nachzubilden, indem sie eine dünne Hülle erschufen. Ihre Masse konnten sie nicht verändern. Im äußersten Notfall waren sie in der Lage, sich unter Schmerzen von großen Teilen ihrer Körpermasse zu trennen und sich so verkleinern. Es dauerte aber stets mehr als ein Jahr, bis sie wieder ihre volle Masse und körperliche Leistungsfähigkeit erreicht hatten.

Bis zu einem gewissen Grad konnten Worgun ihre Masse komprimieren. Wenn sie etwa einen Menschen nachbildeten, konnten sie wie ein Mann oder eine Frau von 60 oder 70 Kilo wirken. Vor allem ihre Muskelmasse war dann ultrastark komprimiert und entsprechend leistungsfähig. Die Umwandlung selbst gelang blitzschnell, das perfekte Nachahmen einer anderen Gestalt dauerte etwa fünf Minuten.

Worgun waren geschlechtslos. Sie vermehrten sich nur einmal in ihrem Leben, auf eine für menschliche Begriffe recht bizarre Weise. Um das 200. Lebensjahr herum kam es zu zwei Kapselwucherungen an ihren Gehirnen. Dabei entstanden zwei »Fruchtkapseln« mit Gehirnmasse. Die mußten mit den zwei Fruchtkapseln eines anderen Worgun zusammengebracht werden. Außerdem mußte jeder der beiden beteiligten Worgun einen kleinen Teil seiner Körpermasse spenden. Die beiden Körpermassen und die vier Fruchtkapseln vermischten sich zu einem Zellbrei, aus dem vier neue Worgun entstanden.

Abweichungen von dieser Zahl waren äußerst selten. Jeder der beteiligten Worgun zog zwei der vier Kinder groß, die nach etwa 20 Jahren ausgewachsen und erwachsen waren. Diese »Privatzeit« galt als glücklichste Epoche im Leben eines Worgun.

So war auch Gisol entstanden und gemeinsam mit Lagon unter der Obhut seines Elters Kalum herangewachsen.

Der andere beteiligte Elter – oder »Muttervater«, wie Gisol sich ausrückte, war Kubra mit seinen beiden Kindern Panek und Silam. Hin und wieder kam es zu Besuchen. Und bei einem dieser Besuche…

*

… regnete es in Strömen, und es war außerordentlich kalt. Kubra, Panek und Silam kamen mit diesem Wetter nicht zurecht; sie froren. Sie hatten nicht den Transmitter benutzen können, weil es wieder einmal Energieausfälle gab. Also mußten sie den Weg aus der benachbarten Pyramidenstadt hierher zu Fuß zurücklegen. So wie die Transmitter derzeit nicht funktionierten, versagte auch die Wetterkontrolle. Die Energieversorgung auf Epoy verschlechterte sich ständig, weil die Zyzzkt den Worgun immer weniger Ala-Metall lieferten.

Die drei Besucher schützten sich mit unförmigen Umhängen vor Regen und Kälte. Gisol amüsierte dies; normalerweise trugen Worgun weder Kleidung noch Schutzkleidung. Wozu auch? Es gab nichts, was ihre Körper zu verbergen hatten. Andere Völker kannten gesellschaftliche oder sexuelle Tabus. Für die Worgun traf derlei nicht zu. Da sie ein- oder eher ungeschlechtlich waren, konnte es keine sexuellen Tabus geben, und als Gestaltwandler natürlich auch keine gesellschaftlichen.

Obgleich... es ihnen verboten war, andere Körperformen anzunehmen. Die Zyzzkt sagten, die Worgun dürften das niemals tun.

Deshalb mußte jeder Worgun einen ID-Dämpfer tragen. Ein Gerät, daß eine Verwandlung des Körpers verhinderte.

Gisol bewegte sich nackt wie nahezu alle Worgun, auch wenn es kalt und feucht war. Er machte sich über die Umhänge der anderen lustig. »Ihr seht aus wie wandernde Latrinenabdeckungen«, witzelte er. »Warum legt ihr nicht einfach eure ID-Dämpfer ab und gebt euch eine witterungsfeste Haut, so wie unsere Vorfahren es früher taten?«

»Was weißt du davon?« stieß sein Elter Kalum überrascht hervor.

»Ich habe viel gelernt«, lachte Gisol. Er nahm seinen eigenen ID-Dämpfer ab. Wie alle Worgun trug er ihn, seit er denken gelernt hatte, an einem Auswuchs oben an seinem Körper. Die von den Zyzzkt, den »Verehrten«, geforderte Norm verlangte das. Kaum hatte Gisol den Dämpfer abgenommen, verwandelte er sich in eine ledrige Kugel mit Beinen.

Kalum schrie entsetzt auf. Lagon, Panek und Silam zeigten sich amüsiert. Diese Verwandlung war doch mal was ganz anderes!

Kubra und Kalum dagegen waren schockiert. Kubra machte Kalum heftige Vorwürfe, er habe Gisol nicht im Griff und könne ihn nicht richtig erziehen. Kalum protestierte heftig. Kubra ließ sich nicht auf eine Diskussion darüber ein, sondern zerrte Panek und Silam mit sich und verließ Kalums Haus im Zorn.

Kalum war bestürzt. Er sah seinen Gästen hinterdrein und war zunächst nicht sicher, wie er reagieren sollte.

Fest stand aber, daß Gisol mit seinem Vorschlag und mit seiner Verwandlung gegen das Gesetz verstoßen hatte. Und Kalum konnte froh sein, wenn Kubra das nicht den Verehrten meldete...

*

»Hast du völlig den Verstand verloren, Gisol?« fuhr Kalum ihn an, nachdem er Lagon außer Hörweite geschickt hatte. »Du weißt, daß es ungehörig ist, die Gestalt zu wandeln! Erstens haben die Verehrten das verboten, und zweitens erhebt man sich nicht über andere Völker!«

Er nahm den ID-Dämpfer und heftete ihn wieder an Gisols Körper. Sofort nahm dieser wieder die ursprüngliche Worgungestalt an.

Gisol war fassungslos. Mit einer solchen harschen Reaktion seines Elters hatte er nicht gerechnet.

Man erhebt sich nicht über andere Völker!

Über welche anderen Völker denn? War es die Schuld der Worgun, daß sie allein fähig waren, ihre Gestalt zu verändern, solange sie keinen ID-Dämpfer trugen? Dafür mochten andere Dinge zuwege bringen, die wiederum kein Worgun vollbrachte!

Und die Worgun verzichteten schon seit langem darauf, ihre besondere Fähigkeit zu nutzen. Auch ohne die Dämpfer. Einfach, weil es verboten war.

Gisol fand seine Fassung zurück.

»Die Massenvermehrer tun es schließlich auch!« behauptete er.

»Auch sie erheben sich über andere Völker! Und sie unterdrücken die Worgun nur, weil sie auf unsere überlegenen Fähigkeiten neidisch sind! Wir können etwas, was sie nicht können. Deshalb verbieten sie es uns!«

Kalums Entsetzen war sichtbar und spürbar. Er wich vor seinem Nachkommen zurück, als habe er Angst vor ihm.

»Du bist wirklich wahnsinnig«, stöhnte er. »Wie kannst du nur so reden? Allein für deine Frechheit, die Verehrten als Massenvermehrer zu beleidigen, sollte ich dich…«

»Was denn?« begehrte Gisol auf. »Mich erschlagen? Mich einsperren? Mich den Zyzzkt ausliefern?«

»Ich verstehe dich nicht«, sagte Kalum bekümmert. »Warum sprichst du so über sie? Sie sind unsere Wohltäter und Beschützer. Sie geben uns, was wir brauchen. Sie waren es, die der Galaxis den Frieden brachten. Den Frieden, den wir Worgun mutwillig zerstörten! Und sie sorgen für die Erhaltung des Friedens, indem sie uns unseren militärisch-technischen Größenwahn austrieben! Sie lassen uns an ihrer uralten Hochkultur teilhaben. Hört denn nicht gerade ihr Jugendlichen gern die Musik der Verehrten?«

»Gefällt sie dir etwa?« spöttelte Gisol. »Bist du nicht immer der erste, der sich von der Musik der Zyzzkt genervt fühlt?«

»Das steht hier nicht zur Debatte! Weiche mir nicht aus!«

»Eine uralte Hochkultur der *Massenvermehrer*«, sagte Gisol. Er betonte das verächtliche Wort, mit dem er auf die schier unglaubliche Vermehrungsrate der insektenhaften Zyzzkt hinwies. »Erst vor 2 000 Jahren betraten sie die galaktische Bühne und breiteten sich wie eine Seuche aus! Wir dagegen, die Worgun, blicken auf eine kontinuierliche Geschichte von anderthalb Millionen Jahren zurück! *Wir* sind es, die eine uralte Hochkultur haben – nein, hatten, denn die Zyzzkt haben sie uns genommen! Sie haben uns alles genommen, unsere Welten, unsere Größe, unsere Würde und unseren Stolz! Sie unterdrücken uns, weil sie uns fürchten. Und wir lassen uns das alles gefallen, wir wehren uns nicht, wir widersprechen nicht einmal! Wir…«

»Ich will nicht, daß du so redest!« fuhr Kalum ihn an. »Ich halte dir zugute, daß du noch sehr jung bist. Du redest wie alle Jugendlichen. Alles wird in Frage gestellt, alles wird kritisiert, nichts erscheint euch richtig. Auch wir Alten waren einmal so. Aber wir haben gelernt, so wie auch du noch vieles lernen mußt!«

»Ich habe zumindest schon einmal gelernt, daß die Zyzzkt...«

»Still!« unterbrach ihn sein Elter schroff. »Nichts mehr davon will ich hören, nie wieder! Die Verehrten sind unsere Freunde, sie sind die Garanten für den Frieden! Damals haben wir Kriege geführt, gegen alles und jeden, auch gegen die Zyzzkt! Wir glaubten, wir seien Götter, wir seien unbesiegbar! Aber sie haben uns den anderen Weg gezeigt, den der Demut und der Reue. Und das ist auch richtig so.«

»Nicht *wir* haben jene Kriege geführt. Es waren unsere Vorfahren. Warum macht man *uns* immer noch dafür verantwortlich, nach so langer Zeit? Von jenen, gegen die unsere Vorfahren einst kämpften, existiert längst niemand mehr. Warum können wir nicht einfach ganz neu anfangen? Warum müssen wir uns ducken? Wir sind nicht schuldig an dem, was die Ahnen taten! Aber die Zyzzkt zwingen uns diese Schuld auf! Warum? Wird dadurch etwas ungeschehen gemacht?«

»Es ist genug!« entschied Kalum. Er war höchst erregt, sein ganzer Körper zitterte. »Dieses Gespräch ist beendet! Du wirst in dein Zimmer gehen und lernen. Und du wirst es erst wieder verlassen, wenn du dich beruhigt hast.«

»Ich bin...«

»Still! Geh!«

... *ruhig!* sprach Gisol den Satz nicht zu Ende. Er erkannte, daß sie an einem Punkt angelangt waren, an dem Kalum keinen Widerspruch mehr duldete. Er duckte sich und zog sich zurück.

Zumindest seinem Elter war er Gehorsam schuldig. Auch wenn dieser einem falschen Denken erlag.

Zumindest nach Gisols Auffassung...

Also ging er in sein Zimmer und lernte.

*

Kalums Familie gehörte zu denen, die etwas besser untergebracht waren als die meisten anderen Worgun. Kein Privileg, sondern Zufall. Epoy war hoffnungslos übervölkert. Milliarden Worgun drängten sich auf engstem Raum. Der Planet war übersät von riesigen Pyramidenbauten, die größten, die jemals auf einer der Worgun-Welten errichtet worden waren. Weit größer noch als jene, die es in der Galaxis Nal auf dem Planeten Fande geben sollte. Unerreichbar fern…

Kalums Wohnung befand sich am Pyramidenrand, besaß sogar ein Fenster und einen kleinen Balkon. Von dort aus konnte man einen Teil der kleinen Grünfläche sehen, welche die Pyramide umgab. Andere Worgun, die weiter innen wohnten, bekamen davon nichts mit, außer beim Verlassen der Pyramidenstadt.

Gisol hätte in keiner anderen Stadt wohnen wollen. Woanders war alles so eng und gedrängt. Hier und da wurden sogar die Freiflächen zwischen den Pyramiden überbaut, der Planet gewissermaßen »überdacht«. Felder, Wiesen und Wälder – das gab es schon lange nicht mehr. Seit damals, vor etwa 800 Jahren, als sämtliche Worgun der Galaxis Orn zwangsweise auf ihre Heimatwelt Epoy rückgesiedelt wurden. Damals hatte es Seuchen, Hungersnöte und viele Tote gegeben. Zu Millionen waren sie gestorben. Es war eine dunkle, schlimme, böse Zeit gewesen.

Man hatte subplanetare Fabriken gebaut, in denen Bakterienkulturen, Kunstfleisch und Kunstgemüse gezüchtet wurden. Anders wäre die Ernährung des Volkes überhaupt nicht mehr möglich gewesen; Importe von anderen Planeten gab es nicht.

Trotzdem wäre Epoy irgendwann nicht mehr in der Lage gewesen, alle Worgun zu beherbergen. Doch in den Jahrzehnten und Jahrhunderten nach dem Krieg setzte sich allmählich der Trend durch, daß immer mehr Worgun auf ihre »Privatzeit« verzichteten, ihre Fruchtkapseln vernichteten und ein Leben als Einzelgänger führten. Jene Zeit, die früher als die glücklichste Phase im Leben eines Worgun galt. Die Zeit, in welcher man sich um den Nachwuchs kümmerte, um das Heranwachsen, Spielen, Lernen…

Gisol war froh, daß Kalum und Kubra nicht auf diese »Privatzeit« verzichtet hatten. Sonst gäbe es ihn gar nicht…

Aber durch diesen freiwilligen Verzicht vieler Worgun auf das Glück, für Nachwuchs zu sorgen, schrumpfte ihre Zahl seit etwa 300 Jahren langsam, aber sicher zusammen. Es war beinahe abzusehen, in wievielen Jahrhunderten das Volk der »Lebenden« aussterben würde. Noch war es nicht soweit, noch drängten sich die Worgun auf Epoy auf engstem Raum zusammen. Aber wie würde es in 3 000 Jahren aussehen? Gab es dann überhaupt noch einen von ihnen? Oder gab es dann nur noch die Zyzzkt in Orn?

Gisol fürchtete die Zukunft so, wie sie sich ihm darstellte. Aber was konnte man tun, sie zu verbessern?

Es mußte eine Möglichkeit geben. Aber allein konnte er das nicht, das war ihm mit seinen erst 15 Jahren längst klar. Er brauchte andere, die wie er dachten, die den Worgun wieder eine positive Zukunft geben wollten. Aber solange alle so dachten und handelten wie sein Elter Kalum, war darauf nicht zu hoffen.

Sie resignierten. Sie unterwarfen sich dem Schuldkomplex. Vor 800 Jahren hatte der größte Krieg, den die Worgun jemals hatten führen müssen, mit ihrer größten Niederlage geendet. Und niemand wollte diesen Krieg ein zweites Mal führen.

Auch Gisol nicht.

Aber er wollte auch nicht von den Zyzzkt für etwas bestraft werden, das er nicht verschuldet hatte. Damals hatte es ihn noch nicht gegeben, und auch Kalum nicht und die anderen! Warum taten sie trotzdem so, als trügen sie selbst die Schuld an diesem Krieg?

Warum duckten sie sich vor den Zyzzkt?

Die Worgun starben aus, und die Zyzzkt, die Sieger des großen Krieges, vermehrten sich immer weiter und weiter und breiteten sich über Orn aus wie ein Virus.

Die Verehrten!

Wie überheblich das doch klang!

Nein, Gisol verehrte sie nicht. Er sah sie kritisch. Sie hatten doch nur Angst vor den Worgun! Sie befürchteten, daß die Worgun wieder stark wurden, und deshalb unterdrückten sie sie, versuchten sie zu manipulieren, ihnen Schuldgefühle einzuimpfen.

Nach 800 Jahren gab es nur noch wenige Worgun, die den Krieg direkt erlebt hatten. Die wenigsten von ihnen sprachen darüber, weil die Niederlage ein traumatisches Erlebnis für sie war. Und nicht nur für die wenigen verbliebenen Veteranen. Es war ein Trauma für das ganze Volk. In der gesamten dokumentierten Geschichte der Worgun, die immerhin 1,5 Millionen Jahre umspannte, hatte es einen solch vernichtenden Schlag nicht gegeben. Erst die Zyzzkt hatten das große Reich zerstört, das mehrere Galaxien kontrollierte.

Gisol entsann sich, wie Kubra einmal davon gesprochen hatte; ein einziges Mal nur. Aber er vergaß diese Worte niemals. »Unser Volk hat im Krieg gegen die Verehrten unglaubliche Verbrechen begangen, wir waren eiskalte, brutale Mörder, wir haben die Bewohner ganzer Planeten restlos ausgelöscht. Wo immer unsere Ringraumer erschienen, lachte der Tod. Doch das Gute siegt schließlich immer. Die Verehrten haben uns besiegt, die Niederlage war unsere gerechte Strafe. Wir tun Buße für unsere Verbrechen, indem wir den Geboten der Verehrten gehorchen. Wir haben ihnen so viel Schreckliches angetan, daß wir es nie wirklich wiedergutmachen können.«

Gerechte Strafe!

Verbrechen!

Behauptungen. Aber wo waren die Beweise? Niemand redete darüber. Niemand lieferte die Beweise. Es gab Berichte, es gab filmische Dokumente. Aber es gab auch Abenteuerfilme, die der reinen Unterhaltung dienten und die nicht minder echt wirkten.

Gisol wußte nicht mehr, was ihn zuerst mißtrauisch gemacht hatte. Zuviel kam auf einen Schlag zusammen. Er war *erwacht*. Er begann nachzudenken.

Was war vor 800, vor 900 und mehr Jahren wirklich geschehen? Gisol wollte nicht wie die anderen Worgun glauben.

Er wollte wissen.

*

Gisol trat an die Wand seines Zimmers, das er mit niemandem teilen mußte; die Wohnung war groß genug. Irgendwie war es beruhigend, so großzügig wohnen zu dürfen. Kubra und seine Familie mußten sich mit wesentlich beengteren Platzverhältnissen abfinden; mit ein Grund, weshalb sie öfter zu Kalum kamen als umgekehrt.

In der Wandverkleidung befand sich die Ausgabeöffnung für Informationsträger. Gisol konzentrierte sich und forderte gedanklich einen Informationsträger an. Eine flache Scheibe landete im Fangkorb; er hielt sie unter den kleinen Ultraschallsender, der die Kunststoffscheibe öffnete und die Kapsel mit dem darin gespeicherten Wissen in Gisols Hand fallen ließ. Die Scheibe warf er in den Auflöser, die Kapsel schluckte er.

Noch während sich das darin gespeicherte Wissen in ihm ausbreitete und ihn zwang, sich damit eingehend zu befassen, wenn er es nicht nach kurzer Zeit wieder völlig und für alle Zeiten verlieren wollte, klinkte er sich mittels der Gedankensteuerung ins globale Netz ein.

Er sollte lernen, hatte Kalum gesagt.

Er wollte ja auch lernen.

Er saß vor seinem Endgerät, vor den Sensortasten der Eingabe und der Bildkugel, die etwa 50 Zentimeter durchmaß und frei in der Luft schwebte. In ihr wurden optische Eindrücke des Lernprogramms wiedergegeben.

Das wählte Gisol über die Gedankensteuerung an. Er griff das Wissen ab, das die Informationskapsel ihm übermittelt hatte, und hakte mit Detailfragen nach, die er gedanklich formulierte; die Sensortasten des Endgerätes benötigte er dazu nicht.

Es war das offiziell übermittelte Wissen...

Und es war die übliche Form des Unterrichts. Früher einmal, vor über einer Million Jahren, sollte Wissensvermittlung stattgefunden haben, indem die Schüler sich in Horden bis zu 30 Personen in einem bestimmten Raum eines bestimmten Gebäudes zusammenfanden, wo ihnen ein Erwachsener erzählte, was sie lernen sollten. Gisol konnte sich beim besten Willen nicht vorstellen, wie so etwas funktionieren sollte. Jeder hatte doch bestimmte Vorstellungen und mußte seine Fragen entsprechend formulieren; die Antwort, die ihm half, mußte nicht gleich allen anderen dienlich sein. Diese anderen hätten Details zu hören bekommen, die für ihre Bildung und Ausbildung möglicherweise irrelevant waren oder die sie längst kannten. So etwas förderte die Langeweile. Und wer sich langweilte, neigte zu dummen Streichen. Oder er hörte einfach nicht mehr zu und verpaßte dadurch Wichtiges.

Da war die heutige Lernmethode doch wesentlich effektiver. Sie ließ sich individuell bestimmen, ging auf Fähigkeiten und Fertigkeiten des Lernenden ein. Und kein anderer Schüler störte ihn bei der Aufnahme und Verarbeitung seines Wissens.

Gisol wollte mehr über die Vergangenheit erfahren.

Einmal mehr zeigten ihm das Wissen aus dem Informationsträger und die begleitenden Informationen aus dem Globalnetz die abscheulichen Verbrechen der Worgun an den Zyzzkt. An Beispielen wurde gezeigt, wie riesige Ringraumergeschwader Wohnwelten der Zyzzkt angriffen und zerstörten, wie sie Millionen der Insektenwesen töteten, die nicht rechtzeitig fliehen konnten.

Einmal mehr erinnerten die Szenen, welche die Bildkugel begleitend zeigte, Gisol an Unterhaltungsfilme. Aber das hier war doch Unterrichtsmaterial!

Welche Namen hatten die zerstörten Planeten? fragte er. *Wie lauten ihre stellaren Koordinaten?*

Die Gedankensteuerung reagierte prompt wie immer.

Diese Informationen sind für deine Altersstufe nicht verfügbar. Konzentriere dich auf das Wesentliche, kam die automatisch generierte Lehrerantwort.

Und was ist das Wesentliche? fragte er. Selbst als Gedanke formuliert, klang es spöttisch.

Das Programm konnte diese Nuance nicht erfassen. *Wähle eine Kategorie.*

Na schön. Er wählte also aus der Auflistung, die ihm die Bildkugel jetzt anbot. Bei einigen erhielt er eine Warnmeldung – irgendwie schien das Programm zu erfassen, daß die Informationskapsel ihm über die entsprechende Kategorie kein oder zumindest kein umfassendes Grundwissen vermittelt hatte, mit dem er arbeiten konnte.

Gisol wählte die Kategorie *biologische Kriegführung.*

Abermals zeigte die Bildkugel ihm Filme. Die Gedankensteuerung kommentierte. Gisol rief frisch übernommenes Wissen in den Vordergrund seines Denkens. Er sah Worgun-Wissenschaftler in Schutzanzügen, die in streng gesicherten Geheimlaboratorien arbeiteten. Er sah technische Apparate, seltsame Chemikalien, er sah kurz aufblitzende Diagramme, sah heftig diskutierende Worgun. Er sah einen nackten Zyzzkt, der von Strahlfesseln gehalten wurde. Auch wenn den starren Insektenköpfen eigentlich keine Regung anzusehen war – die ganze Körpersprache des Zyzzkt, auch sein verzweifeltes Aufbäumen und seine Versuche, den Strahlfesseln zu entkommen, bewiesen seine Todesangst und immer größer werdende Hoffnungslosigkeit. Einige Worgun befanden sich um ihn herum. Sie hatten humanoide Gestalt angenommen und trugen die filmdünnen, rot und blau gefärbten Schutzanzüge, wie sie in Raumschiffen verwendet wurden. Die Klarsichthelme waren geschlossen, und alles an ihnen drückte Hohn, Häme und Sadismus aus. Sie waren Mörder! Bösartige Kreaturen, die nur Vernichtung planten. Massenvernichtung.

Um ihre Schutzanzüge glommen zusätzliche Energiefelder auf. Keine Intervallfelder, nur simple Körperschirme, die von den Anzügen emittiert wurden. Dann wurde eine farblose Substanz versprüht. Nur ein paar Gramm, aber das reichte.

Der ungeschützte, nackte Zyzzkt kreischte, als der Sprühnebel ihn erreichte. Sein Körper begann zu zucken, er übergab sich, spie einen gelblichen Brei aus. Die Worgun, die ihn beobachteten, lachten. Die Chitinhaut des Zyzzkt verfärbte sich, warf an einigen Stellen Blasen. Geschwüre bildeten sich. Es wurde klar, daß die Bildwiedergabe jetzt auf Zeitraffung umgestellt worden war. Die Facettenaugen des Zyzzkt erblindeten und zerbröckelten zu Staub. Die Geschwüre platzten auf; gelbgrüne Masse quoll aus ihnen hervor.

Der Zyzzkt kreischte und pfiff immer noch. Den eingeblendeten Daten zufolge dauerte es mehrere Stunden, bis er endlich starb.

Die mörderischen Worgun zeigten sich hochzufrieden.

Ein Roboter kam und entsorgte die Reste des Zyzzkt. Die Worgun verließen den Versuchsraum, in welchem der Roboter schließlich hochkonzentrierte Säure versprühte, die alles vernichtete, was sich in diesem Raum befand – die komplette Einrichtung, die versprühte tödliche Substanz und ihn selbst.

Im anderen Raum erloschen die Energieschirme um die Schutzanzüge. Die Worgun streiften die Anzüge ab, die keimfrei geblieben waren, und unterhielten sich. Ihr Experiment war erfolgreich verlaufen.

»Das könnte ihnen den letzten Schlag versetzen«, sagte einer von ihnen. »Wir werden so schnell wie möglich größte Mengen dieser Substanz herstellen und über den Welten der Wimmelwilden verbreiten. Mögen sie verrecken, je schneller, desto besser! Für sie ist kein Platz in diesem Universum!«

»Orn wird erst wieder aufatmen können, wenn auch der letzte Zyzzkt ausgerottet ist. Fegt diese Brut davon!«

Das Bild verlosch, nicht ohne noch einmal in einer Kurzeinblendung eine Szene zu präsentieren, in der der Zyzzkt noch lebte und seine Todesangst und Hilflosigkeit klar erkennbar wurde.

Andere Szenen folgten. Sie zeigten Ringraumer, die durch Planetenatmosphären rasten, über Städte hinweg. Einblendungen zeigten Zyzzkt, die versuchten, sich in ihren Häusern in Sicherheit zu bringen. Über ihnen versprühten die Ringraumer der Worgun jenen tödlichen Nebel. Er erfaßte die Fliehenden, jung wie alt, und drang auch in die Häuser ein. Gisol sah, wie die Zyzzkt starben. Tausende von ihnen.

Mehrere Milliarden der Verehrten auf Tausenden von Planeten wurden durch diese perfide Biowaffe ausgelöscht. Sie war das Schlimmste, das Worgun jemals hervorbrachten. Und das alles nur, weil die Worgun in ihrer Hybris glaubten, nur sie seien berechtigt, das Universum zu beherrschen. Sie machten sich zu Göttern und entschieden über Leben und Tod. Sie planten den größten Völkermord, den das Universum jemals erlebte, und fast wäre ihnen dieser gelungen, kommentierte die lautlose Stimme der Gedankensteuerung. *Deshalb war ihre Niederlage nur gerecht. Die Galaxis Orn darf nie wieder von der Großmachtsucht der Worgun bedroht werden. Deshalb müssen sie sich auf ihren Planeten Epoy beschränken und für alle Zeiten Buße tun für ihre Verbrechen an den Verehrten.*

Wieder verlosch die Bilderfolge, und die Kategorienauswahl zeigte sich.

Wiederhole, verlangte Gisol. Er interessierte sich diesmal für die Zusammensetzung der Biowaffe. Aus welch teuflischen Stoffen bestand sie, um dermaßen verheerend wirken zu können? Und vor allem so unglaublich schnell? Einmal infiziert, starb ein Zyzzkt innerhalb weniger Stunden unter entsetzlichen Qualen.

Diese Informationen sind für deine Altersstufe nicht verfügbar. Konzentriere dich auf das Wesentliche, verweigerte das Programm die Auskunft.

»Wie soll ich etwas lernen, wenn ich nicht alle Fakten kenne?« entfuhr es Gisol laut. »Wie soll ich verstehen, wenn mir Antworten verweigert werden?«

Diese Informationen sind für deine Altersstufe nicht verfügbar. Konzentriere dich auf das Wesentliche.

»Das ist wesentlich!« protestierte Gisol.

Er rechnete mit der Zurechtweisung, er als Lernender könne das nicht beurteilen. Aber die Antwort lautete:

Diese Informationen sind für Worgun gesperrt.

*

»Warum?« wollte Gisol wissen. »Das ergibt keinen Sinn!«

Es ist nicht Aufgabe des Lernenden, Sinnfragen zu erörtern, erwiderte das interaktive Programm.

»Trotzdem will ich wissen, warum diese Informationen für Worgun gesperrt sind!« beharrte Gisol.

Diese Informationen sind für deine Altersstufe nicht verfügbar. Konzentriere dich auf das Wesentliche.

Er atmete tief durch. Sein amöbenähnlicher Körper pulsierte leicht und zeigte damit seine innere Erregung. *Programm beenden*, ordnete er an.

Diesmal hatte das Lernprogramm keine Möglichkeit, sich zu verweigern. Dies war einer der Befehle, die es akzeptieren mußte. Schließlich war die Dauer der »Schulstunden« nicht reglementiert. Der eine Worgun lernte schneller, der andere langsamer. Die Programme gingen darauf ein.

Die Bildkugel zeigte jetzt nur noch das Bild, das Gisol als Daueraufnahme vorgegeben hatte. Einen auf den Betrachter zufliegenden Ringraumer vor einem Planeten und einer rötlich glühenden kosmischen Staubwolke. Ein Bild, das ihn immer wieder faszinierte.

Kalum kritisierte es immer wieder. Aber er zwang Gisol auch nicht dazu, es zu löschen.

Der interessierte sich jetzt nicht für das Bild. Er verließ sein Zimmer und suchte seinen Elter auf. Kalum schien nicht besonders begeistert zu sein, Gisol jetzt schon wieder zu sehen. »Was willst du?« fragte er abweisend.

»Ich muß etwas wissen«, sagte Gisol, »das mir das Lernprogramm nicht verraten will. Ich habe mir eine Lektion über die Verbrechen unserer Vorfahren an den Verehrten angeschaut.« Es kostete ihn sichtlich Mühe, diesen Begriff so auszusprechen, daß er keine Ironie enthielt, aber er wollte seinen Elter nicht schon wieder verärgern, gerade jetzt nicht. Dabei fand er die Massenvermehrer, oder die Wimmelwilden, wie sie früher genannt wurden, alles andere als verehrungswürdig. Aber darüber hatte er schon einige unschöne Diskussionen mit seinem Elter hinter sich, und es war jetzt auch nicht die Zeit, das Thema abermals aufzugreifen.

»Schön«, sagte Kalum. »Und?«

»Mir wurde gezeigt, daß wir Worgun furchtbare Biowaffen einsetzten, um die Zyzzkt zu vernichten.« Diesmal brachte er es nicht fertig, von den Insektoiden als »die Verehrten« zu reden. »Ich wollte wissen, was das für Bio-Mittel waren, woraus sie bestanden, wie sie zusammengesetzt waren, aber das Programm behauptete, diese Information wäre für alle Worgun gesperrt. Warum?«

»Das hast du wirklich gefragt?«

»Ja. Ich bin neugierig. Ich will so viel lernen wie möglich.«

»Aber nicht das!« sagte Kalum energisch. »Das Programm verweigert die Information zurecht. Kein Worgun kennt die Zusammensetzung jener Biomittel mehr, und das ist auch gut so. Denn es könnte Wahnsinnige geben, die diese verfluchten Biowaffen erneut erzeugen. Das muß auf jeden Fall verhindert werden. Es darf niemals wieder eine solche brutale Massenvernichtung geben, wie wir sie damals anrichteten.«

»Nicht wir, sondern unsere Vorfahren«, wandte Gisol ein.

»Das spielt keine Rolle!« sagte Kalum schroff. »Sie waren Worgun, wir sind Worgun.«

»Aber von den Worgun, die damals kämpften, lebt doch kaum noch einer.«

»Es spielt keine Rolle«, wiederholte Kalum. »Verbrechen bleibt Verbrechen. Und damit es niemals wiederholt werden kann, darf keiner von uns die Möglichkeit haben, solche entsetzlichen Waffen jemals wieder einzusetzen. Deshalb sind die Informationen für uns Worgun gesperrt.«

»Aber für die Zyzzkt nicht? Wer sagt uns, daß sie nicht ihrerseits daraus eine Biowaffe entwickeln, um *uns* zu vernichten?«

»Das wagst du zu behaupten?« schrie Kalum auf. »Die Verehrten helfen uns, sie unterstützen uns, sie bewahren uns vor Schaden und vielleicht auch vor uns selbst! Niemals werden sie uns vernichten. Sie sind nicht so brutal und mörderisch und machtsüchtig wie wir!«

»Wie wir?« Gisol war versucht, spöttisch zu lachen. »Ich bin nicht brutal und mörderisch und machtsüchtig.«

»Warum willst du dann wissen, wie diese Biowaffe wirkt?«

»Wie sie wirkt, habe ich gesehen. Ich will wissen, woraus sie entstand, welche Substanz sie hat.«

»Davon verstehst du sowieso nichts. Und außerdem ist es verboten. Geh!«

Und Gisol ging.

*

Er warf sich in den Antigravsessel seines Zimmers, stellte ihn per Gedankenbefehl auf eine bequemere Position ein und starrte in die Bildkugel, die den Ringraumer vor der kosmischen Staubwolke zeigte.

Er war bestürzt, schockiert.

Er dachte an das, was er in dem Lernprogramm erfahren hatte. Die Bilder der brutalen, mörderischen Worgun und der hilflosen Zyzzkt... sie hatten sich ihm eingebrannt, aber er fühlte, daß da etwas nicht stimmte.

Schon einige Male in der letzten Zeit war dieser Verdacht in ihm aufgekeimt, und jedesmal wurde er stärker.

Vielleicht lag es an ihm.

Er mochte die Wimmelwilden, oder die Massenvermehrer, wie er selbst sie nannte, nicht. Mit ihrer Insektengestalt wirkten sie auf ihn abstoßend und häßlich. Und daß sie den Worgun Gutes taten, bezweifelte er auch. Er war alles andere als überzeugt von ihrem lauteren Charakter. Sie sorgten für die Worgun?

Warum lieferten sie dann nicht genug Ala-Metall nach Epoy, um die Energieversorgung des Planeten zu sichern? Warum kam es immer wieder zu Versorgungslücken? Warum pferchten sie die Worgun auf diesem Planeten in drangvoller Enge ein, während ihnen selbst alle Welten des Universums zur Verfügung standen? Es sei gerecht, daß die Worgun für die Verbrechen, die sie den Verehrten angetan hatten, büßen mußten, hieß es. Aber waren die Umstände, unter denen die Worgun leben mußten, wirklich gerecht? War es gerecht, daß sie auf ihre natürliche Fähigkeit der Gestaltwandlung verzichten mußten? Wem konnten sie denn damit schaden? Ganz gleich, welche Gestalt sie annahmen, sie waren und blieben doch immer Worgun!

Warum durften die Worgun sich nicht auf verschiedene Planeten verteilen, um die drangvolle Enge, unter der sie leben mußten, ein wenig zu lockern? Denn wenn wieder einmal die Energieversorgung ausfiel, waren auch die Nahrungsfabriken gefährdet und damit die Grundversorgung der Bevölkerung.

Gisol konnte es ja noch einsehen, daß sein Volk nicht mehr mit Raumschiffen durch das Universum fliegen durfte – schon gar nicht mit bewaffneten Raumschiffen! Aber alles andere?

Er hatte doch den Zyzzkt nie etwas getan! Und Kalum, sein Elter, auch nicht. Warum also wurden sie für das bestraft, was ihre Vorfahren angestellt hatten?

Das sollte gerecht sein?

Und da war noch etwas, das Gisol zu denken gab.

Dem Lernprogramm zufolge hatten die Worgun Tausende von Planeten der Zyzzkt mit ihrer Biowaffe entvölkert, Milliarden von Zyzzkt ausgelöscht. Wenn es wirklich stattgefunden hatte, war es tatsächlich ein schier unglaubliches Verbrechen. Aber…

Wenn die Zyzzkt tatsächlich so extreme Verluste hatten hinnehmen müssen, wie konnten sie die damals noch mächtigen Worgun dann besiegen?

Nur mit der neu entwickelten Waffe Mix-4, oder mit ihrer hohen Vermehrungsrate?

Während die Worgun zeitlebens nur je zwei Nachkommen zeugten, legten die insektoiden Zyzzkt mehrmals im Jahr ein ganzes Nest voller Eier, und aus jedem schlüpften neue, junge Zyzzkt, die innerhalb weniger Jahre heranreiften und erwachsen wurden, um ihrerseits für Nachwuchs zu sorgen. Ihre Fortpflanzungsrate war enorm, jedes Gelege sorgte für mindestens ein Dutzend neuer Zyzzkt, wenn nicht noch mehr... so waren sie in der Lage, innerhalb nur eines Jahres ihre Zahl zu verdreißig- oder vervierzigfachen.

Der Gedanke war blanker, brutaler Zynismus, aber er drängte sich Gisol dennoch auf: So viele Zyzzkt konnte man gar nicht töten, wie ständig nachwuchsen...

»Was denke ich da?« fragte er sich. Er mochte die Zyzzkt nicht, er verachtete sie, aber es war ihm doch nicht daran gelegen, sie zu töten!

Nein, solche Gedanken wollte er nicht in sich erstarken lassen. Auch Zyzzkt waren Wesen, die das Recht hatten, zu leben.

Ob sie das Recht hatten, über das Wohl und Wehe anderer zu bestimmen, wagte Gisol anzuzweifeln. Er war zwar erst etwa 15 Jahre jung, aber er begann seine Umgebung neuerdings mit anderen, kritischeren Augen zu sehen. Er glaubte nicht mehr alles, was man ihm erzählte, ohne es zu hinterfragen. Er wollte *wissen*, nicht *glauben*. Und er glaubte zu wissen, daß mit dem Verhältnis Zyzzkt-Worgun etwas nicht stimmte.

Die Worgun hatten anderthalb Millionen Jahre Zeit gehabt, sich zu entwickeln und den Höchststand ihrer Kultur zu erreichen. Das war verbürgt. Die Zyzzkt dagegen waren ein noch sehr junges Volk. Ihre Technik befand sich auf einem hohen Stand, aber die der Worgun war einfach um Klassen besser und ausgereifter. Wenn jemand seit fünfzig Jahren Möbel baut, kann er das einfach besser als jemand, der gerade ein halbes Jahr lang damit befaßt ist. Er kennt das bessere Material, weiß, wie er sein Produkt den Bedürfnissen des Kunden anpaßt… durch langjährige Erfahrung.

Hier war es nicht viel anders. Die Zyzzkt waren nie durch technische Innovationen aufgefallen. Und plötzlich verfügten sie zur gleichen Zeit über eine neue Waffe, als die Worgun diese entwickelt hatten?

Mix-4 weichte Intervallfelder auf und beraubte damit Raumschiffe und Stützpunkte der Worgun ihres Schutzes. Diese Waffe war entwickelt worden, um Gegner unschädlich zu machen, die es schafften, Worgun-Schiffe zu kapern und zu übernehmen. Doch plötzlich verfügten auch die Zyzzkt über Mix-4, oder zumindest eine Waffe, die absolut gleichwertig war. Und das, obgleich ihnen die Grundlagen fehlten, sie zu entwickeln.

Woher hatten sie sie?

War Verrat im Spiel?

Der Gedanke daran bereitete Gisol Übelkeit.

Es war ein Sakrileg, einen solchen Verrat überhaupt in Erwägung zu ziehen. Worgun waren keine Verräter an ihrem eigenen Volk. Und dennoch…

Er schüttelte sich. Gab es eine andere Möglichkeit? Er sah keine.

»Es kann nicht sein. Ich darf an so etwas nicht einmal denken.«

Wirklich nicht?

Die Zweifel in ihm wurden um so größer, je länger er darüber grübelte.

*

Kalum sorgte sich um Gisol. Der jugendliche Worgun war zu rebellisch. Er war ganz anders als Lagon. Nicht unbedingt ungehorsam, aber weit kritischer. Er stellte alles in Frage.

Andererseits war er lernbegeistert. Er nahm an Wissen auf, was er nur konnte, und Kalums Aufforderung, in sein Zimmer zu gehen und zu lernen, war eigentlich weniger eine Bestrafung, sondern eine Belohnung gewesen, nachdem Gisol mit seiner Gestaltwandlung die Verwandten schockiert hatte.

Aber was gab es schon, womit Kalum Gisol strafen konnte?

Und wollte er das überhaupt?

Gisol befand sich einem Alter, in welchem jeder Worgun sich gegen die Alten stellte, das anzweifelte, was sie sagten. Die Jugend suchte immer ihren eigenen Weg, und wenn der falsch war, würde sie es schmerzhaft erfahren. Kalum hoffte, daß Gisol dieser Schmerz erspart blieb. Aber er konnte nicht daran glauben, denn das Rebellische, Kritische war in seinem Nachkommen weit stärker ausgeprägt als in anderen seines Alters.

Kalum versuchte sich zu erinnern, wie er in Gisols Alter gewesen war. Auch er hatte die Lehren und Weisheiten seines Elter angezweifelt.

Aber niemals hatte er es gewagt, die Lauterkeit der Verehrten in Frage zu stellen. Sie hatten unter dem großen Krieg gelitten, und es war mehr als großzügig von ihnen, daß sie nicht ihrerseits alle Worgun mit Stumpf und Stiel ausrotteten, sondern auf derart drastische Vergeltungsmaßnahmen verzichteten. Im Gegenteil, sie erwiesen den Worgun unverdiente Gnade.

Und das wollte Gisol nicht wahrhaben?

Kalum verstand das nicht.

Er fragte sich, was er bei der Erziehung Gisols falsch gemacht hatte. Lagon war doch ganz anders. Und an beide hatte Kalum stets die gleichen Maßstäbe gelegt, er hatte keinen der beiden bevorzugt oder benachteiligt.

Warum war dann Gisol so anders?

Kalum ahnte, daß es noch eine Menge Schwierigkeiten geben würde, und er wußte nicht, wie er sie verhindern konnte...

*

Wie jeder Jugendliche seines Alters kannte Gisol sich mit dem globalen Netz aus, über das er an jede Menge Informationen gelangen konnte und über das auch die Lernprogramme in sein Zimmer kamen. Aber er kannte auch Tricks, wie er die Programme und das Netz über die Gedankensteuerung manipulieren konnte.

Und zwar so, daß niemand es merkte.

Er rief wieder das Lernprogramm auf. Es gab überall Querverweise zu anderen Wissensbereichen. Und von denen aus gelangte man wiederum an weitere Quellen.

Gisol ging ihnen nach.

Er sprang von einem Informationsbereich zum anderen. Kurz orientierte er sich über das Angebot, und plötzlich wurde er fündig.

Die Behauptung des Lernprogramms, bestimmte Informationen seien für alle Worgun gesperrt, hatte ihn auf diese Idee gebracht.

Er hatte früher schon Gerüchte gehört, daß es geheimes Wissen geben sollte, sich aber nie Gedanken darüber gemacht. Doch jetzt begann sich ein Muster abzuzeichnen.

Gisol ging unter anderem auch dem Stichwort »Verbot« nach.

Und da war etwas.

Gesperrte Informationen. Der Datensatz war nicht erreichbar.

»Wetten, daß...?« murmelte Gisol, dessen Ehrgeiz erwachte. Das mußte doch zu knacken sein!

Über das Netz hatte er vor Monaten Kontakt mit einem anderen jungen Worgun bekommen, den er niemals persönlich kennengelernt hatte; er wußte nicht einmal, wo dieser lebte. Vielleicht auf der anderen Seite des Planeten, vielleicht sogar in der Nachbarwohnung? Man benutzte Pseudonyme, wenn man sich »unterhielt«, Botschaften wurden verschlüsselt, manchmal so kompliziert, daß selbst ein Hyperkalkulator Wochen benötigt hätte, sie zu entziffern. Seine Kontaktperson hatte ihm einige kleine Tricks verraten.

Bisher hatte Gisol sie noch nicht ausprobiert. Es hatte sich keine Gelegenheit dafür gefunden. Aber jetzt...

Er probierte es!

Er versuchte, die Sperre zu knacken!

Dabei fragte er sich, wer diese gesperrten, verbotenen Daten ins

Netz gestellt hatte. Wer und warum? Die Verehrten sicher nicht. Welchen Grund sollten sie haben, die Worgun in Versuchung zu führen? Sie konnten brisantes Wissen besser schützen, wenn sie es nicht in öffentliche Netze einspeisten – und wenn sie es nicht taten, brauchten sie sich auch nicht die Mühe zu machen, es zu sperren und zu blockieren.

Vielleicht, durchzuckte es Gisol kurz, war es eine Falle oder eine Art Prüfung.

Aber er konnte sich das nicht wirklich vorstellen.

Grübele nicht, konzentriere dich auf das Wesentliche!

Er lachte bei seiner eigenen Formulierung auf, weil sie ihn an die Antworten erinnerte, welche die Gedankensteuerung ihm vom Lernprogramm übermittelte. Dann machte er konzentriert weiter.

Und war *drin*.

Er hatte die Sperre geknackt!

Sofort rief er die Informationen ab.

*

Die Bilder ähnelten jenen, die er von seinem Lernprogramm geliefert bekam. Aber sie waren ganz anders...

Und sie waren auch ganz anders kommentiert.

Noch während er versuchte, sich in sie zu vertiefen, erhielt er eine Warnung. Ein entsprechendes Programm hatte er selbst erstellt. Vielleicht hatte er einen Fehler gemacht, vielleicht war auch der Tip seiner Kontaktperson nicht ganz sicher – aber sein Eindringen in einen verbotenen Bereich schien bemerkt worden zu sein. Ein automatischer »Netzagent«, ein Spürprogramm, war auf der Suche nach seiner Zugriffsadresse.

Erschrocken schaltete Gisol alles ab. Durch den spontanen Abbruch konnte der »Agent« ihn nicht mehr finden. Das zumindest wußte er mit hundertprozentiger Sicherheit.

Aber er wußte auch, daß er es noch einmal versuchen mußte. Vielleicht unter besseren Voraussetzungen, und besser geplant.

Wie er die Sperre knacken konnte, wußte er ja. Wie er den Bereich finden konnte, wußte er auch; beim nächsten Mal mußte er nicht lange im globalen Netz surfen und suchen.

Er suchte noch einmal Kontakt zu dem jungen Worgun, der ihm verraten hatte, wie man solche Sperren überwand.

Aber der andere antwortete nicht. Auch nach drei, vier Tagen nicht. Nach zehn Tagen fragte Gisol bei anderen nach. Aber offenbar kannte niemand das Pseudonym des Worgun.

Da stimmte doch etwas nicht!

War dem anderen irgendein Kontrolleur auf die Schliche gekommen und hatte ihn aus dem Verkehr gezogen?

Aber wer, und warum? Und weshalb äußerten die anderen sich nicht dazu?

Allmählich ahnte Gisol, daß er mit seinen ketzerischen Überlegungen nur einen winzigen Teil dessen angekratzt hatte, was wirklich im Hintergrund stand.

*

Gisol ließ noch einmal einige Tag verstreichen, bis er es erneut riskierte. Er hoffte, derjenige, der das Netz überwachte und ihm den virtuellen Agenten auf den Hals gehetzt hatte, war jetzt beruhigt, den unerlaubten Zugreifer so verschreckt zu haben, daß der es nicht noch einmal versuchte.

Diesmal langte Gisol entschieden schneller zu.

Er knackte die Sperre, an deren Verschlüsselung nichts geändert worden war – und lud den Datenstapel aus dem Netz in seinen privaten Speicher. Noch während die letzten Datenströme flossen, erhielt er wieder die Warnung, daß ein Netzagent unterwegs sei. Aber er schaffte es gerade noch, den Ladevorgang abzuschließen und den Kontakt abzubrechen.

Sofort schottete er sein eigenes Rechnersystem völlig vom Netz ab und unterbrach auch die Verbindung der gesamten Wohnung.

Was natürlich Lagon auffiel, der gerade selbst mit einem Lernprogramm verbunden war, das prompt abstürzte, als die Verbindung zum Netz gekappt wurde. Gisol hörte seine Wutschreie und Verwünschungen.

Natürlich – sein Geschwisterkind mußte befürchten, das Wissen zu verlieren, das er durch einen Informationsträger aufgenommen hatte und jetzt vertiefen mußte, um es zu behalten. Selbstverständlich konnte man auch selbst daran arbeiten, aber das war mühevoller als sich ins Netz einzuklinken und mit entsprechenden Zusatzinformationen zu arbeiten.

Kalum tauchte auf. Er wollte wissen, was geschehen war. Auch ihm war aufgefallen, daß die Netzverbindung unterbrochen war.

Lagon hatte dafür keine Erklärung.

Gisol ging zu ihnen. »Ich glaube, das ist meine Schuld«, sagte er. »Ich muß irgend etwas falsch gemacht haben. Vielleicht kannst du mir sagen, was?« bat er Kalum.

Sein Elter seufzte.

»Zeig mir, was du gemacht hast.«

Natürlich zeigte Gisol ihm *das* nicht, sondern eine willkürliche Eingabekombination für sein Lernprogramm. Somit konnte Kalum das Rätsel nicht lösen, aber Gisol war froh, daß nicht sein Geschwisterkind für den Abbruch verantwortlich gemacht werden konnte.

Kalum stellte die Netzverbindung wieder her. »Ich begreife das einfach nicht«, sagte er. »So ein Abbruch ist einfach unmöglich, es sei denn, er wird absichtlich herbeigeführt. Und sicher nicht mit den Tastatureingaben, die du gemacht hast.«

»Aber wer sollte so etwas tun?« fragte Gisol gespielt harmlos. »Und vor allem, warum?«

»Ich weiß es nicht«, sagte Kalum. »Aber falls es daran liegt, solltest du wohl besser mehr mit der Gedankensteuerung arbeiten statt mit den Sensortasten. Dafür ist sie schließlich da.«

*

Gisol rief die Daten ab, die er in einem besonders geschützten Bereich seines privaten Speichers abgelegt hatte. Er wußte, daß weder Lagon noch sein Elter in diesen Bereich vordringen würden. Es gab Dinge, die jeder für sich ganz geheim hielt. Kleinigkeiten, die eigentlich unwichtig waren, aber eine ganz persönliche Bedeutung hatten. Das waren Tabubereiche, die von allen akzeptiert wurden.

Die Bildkugel zeigte ihm die Filme. Wie er schon vorher gesehen hatte, ähnelten sie den offiziellen Filmen der Lernprogramme, aber sie zeigten ganz andere Inhalte, auch wenn sie das gleiche Thema behandelten.

Das Thema war der Krieg der Worgun gegen die Zyzzkt.

Aber hier sah es eher danach aus, daß die Zyzzkt Krieg gegen die Worgun geführt hatten!

Die Wimmelwilden vermehrten sich rasend, und sie brauchten immer mehr Platz. Sie brauchten Planeten, die sie besiedeln konnten, um den Druck ihrer Bevölkerungsexplosion zu vermindern. Sie fragten nicht, sie nahmen, und es war ihnen egal, ob die okkupierten Planeten schon bewohnt waren oder nicht. Es war ihnen egal, ob es sich um Welten handelte, die eigene Zivilisationen hervorgebracht hatten, oder ob sie auf Kolonialwelten der Worgun trafen. Sie besetzten die Welten und besiedelten sie. Und jeder, der sich ihnen entgegenstellte, wurde bekämpft.

Die Worgun versuchten, ihre Welten zu schützen und auch die anderer, verteidigungstechnisch weniger weit entwickelter Völker. Es kam zu Gefechten, es kam zu Schlachten. Aber die Worgun nahmen die Wimmelwilden zu wenig ernst.

So konnten die Wimmelwilden ihren gnadenlosen Angriffs- und Eroberungsfeldzug immer weiter führen. Die Situation wurde kritischer. Raumflotten der Zyzzkt überfielen immer öfter Planeten der Worgun und rotteten die Zivilbevölkerung aus. Das, was die »Verehrten« den Worgun vorwarfen, hatten sie selbst getan... und teilweise noch Schlimmeres.

Fassungslos nahm Gisol diese Anklagen auf. Er stand den

Zyzzkt ja selbst kritisch gegenüber, aber was ihm hier gezeigt wurde, sprengte den Rahmen seines Vorstellungsvermögens. Es stellte alles auf den Kopf, was in den offiziellen Lernprogrammen verbreitet wurde.

Konnte das wirklich sein?

Konnte es tatsächlich eine so hundertprozentige Verfälschung der Fakten geben?

Er wurde unsicher.

Wem sollte er glauben?

Der offiziellen Meinung oder diesen geheimen Informationen?

Was, wenn diese doch nur eine Lüge waren? Hatte er dann mit seinen rebellischen Gedanken den Zyzzkt Unrecht getan?

Aber es wirkte alles so echt... es gab detaillierte Beispiele ähnlich denen, die Gisol sah, als er sich über die Entwicklung und den Einsatz von Biowaffen informieren wollte. Aber hier war alles so anders...

Und da war noch etwas.

Es gab an verschiedenen Stellen Hinweise auf einen alten Worgun, der den Krieg noch miterlebt hatte und anderen sein Wissen vermitteln wollte.

»Ja«, murmelte Gisol. »Das ist es vielleicht. Dieser Worgun kann mir sagen, wie es wirklich war.«

Er mußte ihn aufsuchen, mit ihm reden.

Gisol merkte sich, wie er den Alten erreichen konnte; dann löschte er vorsichtshalber alle verbotenen Dateien.

Auch wenn er überzeugt war, daß die anderen nicht in seinen privaten Datenbereich vordringen würden – sicher war sicher. Gerade, weil er sich doch ein wenig auffällig verhielt...

2.

Ganz unauffällig machte er sich einige Tage später gemeinsam mit Lagon auf den Weg.

Er überredete ihn, mit ihm einen Ausflug zu machen. Lagon ahnte nicht, worum es Gisol wirklich ging. Er glaubte an irgendein »Abenteuer«, wie sie es schon öfters gemacht hatten.

Gisol wäre einerseits zwar lieber allein gegangen, aber aus Gründen der Vorsicht wollte er seinen gleichaltrigen Bruder in seiner Nähe wissen.*

Vielleicht geriet er in eine Lage, in welcher er Unterstützung benötigte. Außerdem war Lagon bei diesem Ausflug zunächst einmal so etwas wie eine gute Tarnung. Und... vielleicht konnte Gisol Lagon mit auf seine Seite ziehen.

Kalum flunkerten sie vor, sich mit anderen Jugendlichen treffen zu wollen. Ihr Elter hatte dagegen nichts einzuwenden, so etwas war normal. Vielleicht wäre er mißtrauisch geworden, wäre Gisol alleine losgezogen. Aber die beiden Brüder waren zu gegensätzlich.

So gab es keinen Grund, irgendetwas zu vermuten.

Gisol folgte den Anweisungen, die er aus dem Netz bekommen hatte. Sie suchten eine andere Pyramide auf. Da wegen erneuter Energieschwankungen die Transmitter wieder einmal nur Personen

---

* Zum besseren Verständnis verwende ich diese Bezeichnung, wie ich auch »der« Worgun schreibe, auch wenn diese geschlechtsspezifischen Wörter bei den gewissermaßen geschlechtslosen Worgun nicht ganz korrekt sind. (Anm. d. Autors)

mit offiziellem Auftrag beförderten, mußten sie den Weg zu Fuß zurücklegen. Eine längere Strecke lag vor ihnen. Früher sollte man größere Strecken auch mit Schwebefahrzeugen zurückgelegt haben, wenn man nicht das perfekt ausgebaute Transmitternetz benutzen wollte. Aber Schweber mußten heutzutage beantragt werden, und die Anträge wurden nur in besonderen Fällen genehmigt. Auch Schweber verbrauchten Energie. Und damit mußte angesichts der allgemeinen Versorgungslage sehr sparsam umgegangen werden.

Gisol erinnerte sich an eine Schullektion, in der von Einrichtungen in der Galaxis Nal die Rede war. Da sollte es eine von den Worgun erstellte »Sternenbrücke« geben. Mit ungeheurem Aufwand hatten die Vorfahren einst Sonnen aus ihren alten Positionen verschoben und diese »Brücke« geschaffen, und angeblich sollte eine der Sonnen sogar künstlich erzeugt worden sein. Die acht anderen Sterne versorgten den neunten mit Energie.

Gisol fragte sich, warum das heute nicht mehr möglich war. Warum zapfte man nicht einfach Epoys Sonne an, wenn die Verehrten zu wenig Ala-Metall lieferten? Aber vermutlich hatten die Zyzzkt diese Technologie ebenso verboten, wie sie den Worgun untersagten, Epoy zu verlassen und mit Raumschiffen von Stern zu Stern zu fliegen.

»Wohin gehen wir eigentlich?« fragte Lagon nach einer Weile. »Was hast du vor?«

»Ich will dir etwas zeigen«, sagte Gisol. »Und ich hoffe, daß ich es auch finde.«

»Was ist es denn?«

»Warte ab«, tat Gisol geheimnisvoll.

Sein Bruder murrte, kam aber weiter mit.

Nach gut zwei Stunden schneller Gangart erreichten sie die Pyramide, die Gisols Ziel war.

Überall zwischen den Bauwerken standen extrem häßliche Mahnmale, die nach dem Kunstgeschmack der Zyzzkt erschaffen worden waren. Nicht nur Gisol und Lagon fanden sie einfach abscheulich und sogar abschreckend. Selbst Kalum und Kubra hatten sich schon sehr abfällig darüber geäußert. Eigentlich kannte Gisol niemanden, dem diese Statuen gefielen. Aber das war vermutlich die Absicht der Zyzzkt. Denn diese Mahnmale erinnerten jeden an die Schandtaten der Worgun im Krieg.

Bei der Pyramide handelte es sich um ein altes Bauwerk, das noch vor dem Krieg erstellt worden war. Es gab Gänge und Korridore, die längst nicht mehr benutzt wurden. Immer wieder mußte Gisol überlegen, ob er sich noch auf dem richtigen Weg befand. Aber immer wieder stimmten die Beschreibungen mit der Wirklichkeit überein. Mehr und mehr faßte er Vertrauen zu den verbotenen Informationen aus dem Netz. Wenn die schon stimmten, mußte dann nicht auch alles andere stimmen?

Es war dunkel und staubig in diesen Gängen. Hier und da gab es Spuren, die auf eine Benutzung hindeuteten. Aber an vielen Stellen hatten Racnos ihre Fangnetze gewoben. Ob sich wirklich Fluginsekten hierher verirrten, bezweifelte Gisol, doch von irgend etwas mußten die Racnos schließlich leben. Wie auch immer, es war lästig, diesen Netzen auszuweichen oder sie beiseitezuwischen. Sie klebten scheußlich auf der Haut, und sie waren schwer zu zerreißen und noch schwerer wieder vom Körper abzulösen.

»Was tun wir hier?« fragte Lagon wieder einmal. »Weshalb lockst du mich in diese düstere Unterwelt?«

Düster war sie in der Tat. Es mangelte an Beleuchtung. Wo in den Pyramidenstädten das blaue Kunstlicht versuchte, auch in den innengelegenen Wohnungen, die keine Fenster nach außen hatten, eine angenehme Helligkeit zu schaffen, glommen hier nur schwache Funzeln, die kaum ausreichten, zu erkennen, welchen Verlauf die Korridore nahmen.

»Wir werden es bald sehen«, orakelte Gisol.

Sie befanden sich längst in den Kellerbereichen der Pyramide. Alles war verlassen, teilweise verfallen und roch hier und da nach Moder. Lagon begann zu protestieren; er sah keinen Sinn darin, immer weiter vorzudringen. »Hier ist doch nichts zu holen«, sagte er. »Nichts außer Staub und Schmutz und achtbeinigen Schädlingen. Wer weiß, vielleicht haben sich hier sogar Raubtiere eingenistet.«

»Raubtiere?« Gisol war verblüfft. »Auf Epoy gibt es keine Raubtiere!«

»Früher gab es sie einmal«, widersprach Lagon. »Ich weiß das aus einer Schullektion.«

»Wann früher war denn das?«

»Vor über einer Million Jahren.«

Gisol lachte. »Die leben längst nicht mehr... und heute ist auf Epoy überhaupt kein Platz mehr für andere Lebewesen außer uns Worgun.«

»Und was sind das hier für Achtbeiner? Sind die Racnos etwa keine Lebewesen? Die Vögel, die um die Pyramidenstädte kreisen? Die Fische in den Gewässern? Sie alle gibt es auch heute noch. Warum soll es dann nicht auch Raubtiere geben?«

Gisol zeigte wieder seine Erheiterung. »Weil sie eine Bedrohung für uns wären. Die Vögel und Fische sind es nicht. Unsere Vorfahren haben doch alles, was uns bedrohte, unschädlich gemacht...«

Er unterbrach sich.

Paßte das nicht doch zu der Lehre der Zyzzkt? Hatten seine Vorfahren nicht auch die Zyzzkt als Bedrohung empfunden und versucht, sie unschädlich zu machen? Nur war ihnen das nicht gelungen, denn die Wimmelwilden hatten sich schließlich als stärker und besser erwiesen und den Krieg gewonnen.

Er wurde wieder unsicher.

»Wie auch immer, ich kehre jetzt um!« sagte Lagon entschlossen.

»Warte noch«, bat Gisol. »Wir sind gleich am Ziel.«

»An welchem Ziel denn?« drängte sein Bruder.

Gisol antwortete nicht. Er ging weiter. Lagon folgte ihm mürrisch.

Und dann standen sie plötzlich vor Purgoms Tür!

*

An der Tür leuchtete schwach das Symbol einer Galaxisspirale. Daneben, in die Wand eingelassen, befand sich der Holomonitor einer Sichtsprechanlage. Gisol hatte einmal davon gehört, die Galaxisspirale sei früher das Wahrzeichen des Worgun-Reiches gewesen. Lagon dagegen sagte dieses Emblem nichts.

Gisol benutzte die Sichtsprechanlage.

»Wer ist da?« krächzte eine heisere Stimme. Das Bild blieb abgeschaltet. Der Besitzer der Stimme und Bewohner der Unterkunft zeigte sich nicht.

»Gisol und Lagon, zwei Wißbegierige«, sagte der junge Worgun.

»Kommt herein. Die Tür ist offen.«

Gisol legte die Hand auf den Schaltkontakt. Lautlos glitt die Tür zur Seite und gab den Weg ins Innere der Wohnung frei. Drinnen war es wesentlich heller. Aber es roch ebenso modrig wie draußen in den Gängen, und einen Reinigungsroboter hatte diese Behausung wohl auch schon lange nicht mehr gesehen.

Hinter ihnen schloß sich die Tür.

Lagon zuckte zusammen. »Das gefällt mir nicht«, raunte er.

»Warte es ab.«

»Das sagst du schon seit Stunden!« protestierte Lagon. »Meinst du nicht, daß es an der Zeit ist, mir zu sagen, was wir hier eigentlich tun?«

»Du wirst es gleich sehen«, sagte Gisol.

Lagon schnaubte wütend.

Die Wohnung war vollgestopft mit technischen Artefakten aus vergangener Zeit. Es war, als bewegten sich die beiden jungen Worgun durch ein Museum, das mit seiner Ausstattung an die vergangene Größe ihres Volkes erinnerte. Da waren Gegenstände und Geräte, die sie beide teilweise nur von Abbildungen und Beschreibungen her kannten. Dinge, mit denen man die Welt aus den Angeln heben konnte, wenn man es ernsthaft wollte.

Der Bewohner dieses Museums wollte das sicher nicht – schon lange nicht mehr. Er wollte andere nur an seinem Wissen und seinen Schätzen teilhaben lassen. So zumindest lautete die Information, die Gisol erhalten hatte.

Selbst er war überrascht, als der Bewohner sich endlich zeigte und wie aus dem Nichts vor ihnen erschien.

Er besaß einen schlanken, zweieinhalb Meter emporragenden Körper mit gelblicher Haut. Er bewegte sich auf zwei Beinen, allerdings besaß er gleich vier Arme. Eines der Armpaare war verkümmert; er hielt es vor seinem Oberkörper verschränkt. Sein Kopf war raubtierähnlich; wenn er den Mund öffnete, zeigten sich lange Fangzähne, und seine gelben Pupillen waren geschlitzt wie die eines miauenden Schnurrkrallers.

»Ein All-Hüter…?« entfuhr es Lagon.

In der Tat sah der Raubtierköpfige aus wie jene Biostrukte, welche die Worgun in ferner Vergangenheit herangezüchtet hatten; semiorganische Wesen, die von im Oberkörper befindlichen, schlangenförmigen Programmgehirnen gesteuert wurden und die sich mit Zischlauten untereinander verständigten, aber auch halbtelepathisch veranlagt waren. Die Erschaffung dieser Biostrukte war eine der letzten Großtaten der worgunischen Wissenschaft, fand Gisol. Die Zyzzkt dagegen vertraten die Ansicht, daß die Worgun sich damit zu Göttern hochstilisiert hatten und der Schöpfung ins Handwerk pfuschten.

»Das muß Purgom sein«, sagte Gisol.

»Ich bin Purgom«, bestätigte der Gelbhäutige.

»Aber was haben wir mit einem All-Hüter zu schaffen? Wieso gibt es diesen auf Epoy? Weshalb lassen die Verehrten das zu?« keuchte Lagon. Er verspürte Angst. Hieß es nicht, daß die Verehrten jenes frevelhafte Bioexperiment ein für allemal beendet hatten und daß es seither keinen All-Hüter mehr in Orn oder sonstwo im Universum gab?

Wieso konnte dieser dann auf Epoy leben, der Ursprungswelt der Worgun?

»Ich bin kein All-Hüter«, sagte Purgom. Er zischte nicht, wie es die Biostrukte taten, sondern sprach normal. »Ich habe nur diese Gestalt angenommen. Ich bin ein Worgun.«

»Aber es ist verboten, andere Gestalten anzunehmen«, stieß Lagon hervor.

»Es ist so vieles verboten worden nach dem Krieg... eines Tages wird uns auch noch verboten werden, zu atmen und zu leben. Wir dürfen nicht mehr frei denken, nicht mehr frei sprechen. Wir müssen die Sabocaer* verehren und beinahe anbeten wie Götter, ihnen ständig danken, daß sie uns nicht vollständig ausgerottet haben. Das ist das einzige, was wir noch dürfen. Wir resignieren, wir schenken immer weniger Nachkommen das Leben, und eines Tages werden wir ausgestorben sein. Dann triumphieren die Sabocaer und haben sich nicht einmal mehr selbst die borstigen Chitinfinger schmutziggemacht.«

Lagon war entsetzt. Er stieß Gisol an. »Er nennt die Verehrten ›Sabocaer‹! Das ist Frevel! Sie werden ihn strafen, wenn sie es herausfinden, und sie werden uns strafen, wenn sie erfahren, daß wir uns seine aufrührerische Rede angehört haben. Laß uns von hier verschwinden, Gisol, schnell!«

»Wir bleiben hier«, sagte Gisol. »Ich nenne sie doch auch Wimmelwilde, und nicht nur in Gedanken! Und auch ich bin gegen das Verbot des Gestaltwandelns!«

»Du bist auch ein Frevler«, keuchte Lagon. »Ich gehe!«

»Du bleibst hier!« befahl Gisol, der bis jetzt nicht geahnt hatte, welche Autorität er besaß, denn tatsächlich blieb Lagon stehen und duckte sich beinahe. »Höre dir wenigstens an, was Purgom uns zu erzählen hat!«

Lagon zitterte vor Angst.

»Du bist mein Bruder. Willst du uns beide ins Verderben reißen?«

---

* Worgun-Sprache für »Wimmelwilde«

»Ich will die Wahrheit herausfinden«, sagte Gisol, »und ich möchte, daß auch du sie erfährst – eben weil du mein Bruder bist.«

»Mutig«, kommentierte Purgom gelassen.

Gisol wandte sich ihm zu.

»Noch habe ich nicht gesagt, daß ich dir glauben werde, alter Mann. Ich sage nur, daß ich lernen und wissen will. Dazu gehört, daß ich beide Versionen kennenlerne und gegeneinander abwäge – das, was die Zyzzkt uns erzählen, und das, was andere sagen.«

»Dazu gehört auch Mut – mir das so ins Gesicht zu sagen, nachdem ihr beide hierher gekommen seid. Wie alt seid ihr eigentlich?«

»Fünfzehn Jahre«, sagte Gisol.

»Fünfzehn«, wiederholte der Worgun mit der All-Hüter-Gestalt. »Du redest aber, als wärest du 25. Du bist in deinem Denken weit voraus, bist vielleicht fortschrittlicher als die Alten unseres Volkes. Du fragst, wo sie glauben. Du denkst, wo sie hinnehmen. Du willst die Wahrheit erfahren? Du sollst sie hören. Ich werde sie dir und deinem Bruder erzählen. Dann liegt es an euch, ob ihr sie an andere weitergebt oder nicht.«

*

Purgom war ein sehr alter Worgun. Er gehörte zu den Veteranen der letzten Phase des Krieges gegen die Zyzzkt. Er hatte sie und ihre Grausamkeiten zur Genüge erlebt. Und er hatte sich nie wirklich unterworfen. Er verehrte die »Verehrten« nicht, er verabscheute sie. Er weigerte sich nach wie vor beharrlich, einen ID-Dämpfer zu tragen. Er wechselte seine Gestalt nach Belieben. Das konnte er sich leisten, weil er abgeschieden in diesem selbsteingerichteten Kellermuseum lebte, von dem kaum jemand wußte. Nur jene, die versteckte Hinweise durch das Netz schickten, waren informiert. *Rebellen*. Das Wort fiel erstmals während der Erzählungen Purgoms.

Rebellen, Aufrührer. »Sie sind es, die die Wahrheit kennen«, sagte Purgom. »Und es ist an der Zeit, daß wir diese Wahrheit verbreiten. Alle Worgun müssen sie erfahren. Das Schlimme ist, daß sie sie nicht erfahren wollen. Die Gehirnwäsche der Wimmelwilden wirkt zu gut. Wir sind schuldig, weil wir schuldig zu sein haben! Daß es anders liegt, können wir nicht erkennen, weil wir es nicht erkennen dürfen.«

Lagon gefiel das alles nicht. Er zeigte nach wie vor seine Abneigung, und er erschrak fast zu Tode, als Purgom zwischendurch einmal die Gestalt eines Zyzzkt annahm. Darüber war auch Gisol entsetzt, denn besonders eine solche Verwandlung stand unter schwerster Strafe. Dafür konnte man hingerichtet werden!

Lagon hingegen nahm zunächst an, es tatsächlich mit einem Verehrten zu tun zu haben, der sie in eine Falle gelockt und ihnen nur vorgegaukelt hatte, ein rebellischer Worgun zu sein. Es dauerte eine Weile, bis Gisol ihn beruhigen konnte.

»Das darf niemand erfahren«, flüsterte Lagon. »Daß wir hier sind, daß wir dies sehen und hören. Man wird uns…« Seine Stimme versagte angesichts der möglichen Bestrafung.

Purgom wurde zu einem Roboter, dann wieder zu einem All-Hüter. Und während Lagon vor Angst zitterte und Gisol durch das kleine Privatmuseum ging und sich all die Artefakte einer glorreichen Vergangenheit anschaute, fuhr Purgom mit seiner Erzählung fort.

*

Als Purgom das Licht der Welt erblickte, tobte der Krieg gegen die Zyzzkt schon seit 300 Jahren. Und zwar nicht nur in Orn, sondern dem Vernehmen nach auch in mehreren anderen Galaxien. Dort aber war Purgom nie eingesetzt worden; er hatte niemals den Auftrag bekommen, Orn zu verlassen.

Er wuchs heran und wurde Soldat wie fast alle Worgun. Er erhielt das Kommando über einen Ringraumer, dessen Besatzung aus Robotern bestand, später wurde er einer von Tausenden Flottenkommandeuren und befehligte einen Raumer mit Worgunmannschaft, und ihm war eine mächtige Robotflotte von Ringraumern unterstellt. Kurz vor Kriegsende erhielt er das Kommando über einen Schlachtkreuzer der Erron-Klasse.

Als der Krieg mit der totalen Niederlage der Worgun endete, tauchte Purgom unter. Früher trug er einen anderen Namen; heute tarnte er sich.

»Ihr könnt mich dafür einen Feigling nennen«, sagte er. »Aber nur so konnte ich überleben und in all den langen Jahren bis heute mein Wissen weitergeben. Andere Kommandanten wurden als Kriegsverbrecher hingerichtet, ohne daß es ein ordentliches Gerichtsverfahren gab. Kriegsverbrecher«, er lachte bitter auf. »Nein, wir waren keine Kriegsverbrecher. Wir sind immer nur gegen militärische Ziele vorgegangen. Die wirklichen Verbrecher sind die Wimmelwilden.«

»Das kann nicht sein!« protestierte Lagon. »Die Verehrten sind gütig und großzügig.«

»Weshalb sie uns ja auch nicht genug Ala-Metall für die Energieversorgung liefern«, konterte Gisol spöttisch. »Sonst hätten wir uns den langen Weg sparen und per Transmitter in diese Pyramidenstadt kommen können. Wir können noch froh sein, daß diesmal wenigstens die Wetterkontrolle funktionierte.«

»Ich verstehe bis heute nicht«, fuhr Purgom fort, »weshalb die Führungsspitze unsere Volkes so nachsichtig und zurückhaltend war.«

»Nachsichtig? Zurückhaltend?« schrie Lagon. »Sie haben ganze Welten der Verehrten vernichtet, Zivilisten gemordet, Seuchen verbreitet! Das nennst du nachsichtig und zurückhaltend, alter Mann?«

»Es war anders«, sagte Purgom ruhig. »Wir haben nie Gleiches mit Gleichem vergolten. Die Zyzzkt waren es, die ganze Worgun-Welten auslöschten, die Städte verbrannten. Wir haben nur Angriffe gegen ihre Kampfflotten und ihre militärischen Stützpunkte geflogen. Ich weiß es, mein Junge, ich war dabei. Ich habe es erlebt. Ich war Kommandant.«

»Ja, und damit der Regierung hörig. Du glaubtest, was man dir sagte – daß es Militärplaneten waren. In Wirklichkeit starben dort zivile Verehrte zu Milliarden. Du hast der Propaganda geglaubt, und du verbreitest jetzt noch Propaganda. Ich hasse dich.«

»Damit kann ich leben, junger Lagon«, sagte der Offizier, der sich heute Purgom nannte.

»Warum sonst hättest du deinen Namen ändern müssen? Du bist geflohen und hast dich versteckt, weil du genau wußtest, welche Kriegsverbrechen auch du begangen hast«, hackte Lagon weiter in die Kerbe. »Du bist nicht nur ein Mörder, du bist auch ein Feigling.«

»Wenn du das so siehst... warum bist du dann überhaupt hierher gekommen?«

»Weil mein Bruder mich mitgeschleppt hat! Ich wußte gar nicht, worum es ging!«

»Jetzt weißt du zumindest das.«

Purgom wandte sich ab und wechselte in einen anderen Teil seiner Museumswohnung.

»Er weicht aus«, hetzte Lagon. »Er weiß nicht mehr weiter. Ich habe ihn in die Enge getrieben. Jetzt muß er nachdenken, muß neue Ausreden suchen.«

»Das muß ich nicht«, kam es aus dem Hintergrund. »Du bist verblendet, junger Lagon. Du denkst nicht selbst, du läßt die Sabocaer für dich denken. Du gehorchst blind. Damit tust du selbst genau das, was du mir vorwirfst.«

Lagon schwieg. Ihm fiel nichts ein, was er entgegnen konnte. Mit dieser Antwort hatte ihm der Alte den Wind aus den Segeln genommen. Lagon mußte überlegen, wie er dagegen angehen konnte.

»Ich habe nur die Schlußphase des Krieges miterlebt«, fuhr Purgom fort. »Vielleicht war das gut, vielleicht auch nicht. Zumindest konnte ich überleben. Aber ich sah viel Leid. Wir konnten die Welten kaum vor den Überfällen der Zyzzkt schützen. Sie waren zu viele. Sie vermehrten sich zu schnell, sie wuchsen zu rasch heran, und sie schafften es, innerhalb kurzer Zeit gigantische Flotten von Kampfraumschiffen zu bauen. Woher nahmen sie die Ressourcen? Sie müssen unzählige Welten als Produktionsstätten mißbraucht und regelrecht verschlissen haben. Wir Worgun haben auch Gigantisches gebaut. Aber wir hatten dafür mehr als eine Million Jahre Zeit. Die Wimmelwilden hatten diese Zeit nicht. Und ihre Technik war schlicht und ergreifend primitiv. Vielleicht haben wir sie deshalb unterschätzt. Als sie anfingen, unsere Raumschiffe zu kapern und nachzubauen, war alles zu spät. Sie flogen mit unseren Ringraumern durch den Weltraum, sie wurden mit uns verwechselt... und wir hatten keine Chance mehr, das zu korrigieren. Sie haben uns besiegt.

Dabei wäre es so leicht gewesen, sie auszuschalten. Wir hätten es nur rechtzeitig tun müssen, bevor sie zu stark wurden. Dann müßten sie jetzt in drangvoller Enge auf ihren Planeten leben und vielleicht eine Geburtenkontrolle einführen. So aber sind wir die Verlierer, und wir werden eines Tages aussterben. Und das nur, weil wir sie unterschätzt haben, weil wir nicht von Anfang an richtig zurückschlugen.«

»Unsere Lernprogramme erzählen uns andere Dinge«, sagte Gisol. »Und ich frage mich, wie sie siegen konnten, wo sie doch Milliardenverluste durch die von uns verbreitete Seuche hatten.«

Der Alte lachte bitter auf.

»Milliardenverluste durch unsere Seuche? Glaubst du wirklich daran?«

»Es fällt mir schwer«, gestand Gisol.

»Diese Seuche, diese biologische Waffe – sie wurde nicht von uns entwickelt«, sagte Purgom. »Die Wahrheit ist, daß die Wimmelwilden am Entstehen dieser Seuche mitarbeiteten. Sie waren in der Galaxis Nal Verbündete der Grakos, die eben diese Seuche gegen uns einsetzten. Gemeinsam entwickelten sie diese Biowaffe, die gegen uns gerichtet war. Ich weiß das, immerhin war ich Raumschiffskommandant in gehobener Position. Dieses Wissen wird heute von den Sabocaern als feindliche Propaganda verunglimpft. Dabei ist es die reine Wahrheit. Damals sind in Nal viele von uns gestorben, zu viele. Der Seuchentod fraß sie zu Hunderttausenden. Die Heilung gelang unseren Wissenschaftlern, indem sie den Virus in den Infizierten mutieren ließen. Zwangsläufig verbreitete sich diese mutierte Version, die nun nicht mehr für uns Worgun gefährlich war, wohl aber für die Zyzzkt, unter denen sie mehrere Millionen Opfer forderte.«

»Die Berichte sprechen von Milliarden.«

»Ach, Unsinn!« wehrte der Alte ab. »Das ist maßlos übertrieben. Bei den Verlusten, die sie angeblich hatten, wäre es ihnen trotz ihrer hohen Vermehrungsrate nicht mal gelungen, die Hälfte ihrer Raumschiffe zu besetzen. Sie hätten niemals siegen können. Laß tausend Steinzeitwilde mit ihren Faustkeilen gegen einen Kampfpanzer anrennen – so etwa sah das Verhältnis aus.

Was diese Seuche angeht, haben die Wimmelwilden den Grakos bei der Entwicklung der Seuche geholfen und wurden somit letzten Endes nur Opfer ihrer eigenen Niedertracht. Was indessen von uns nicht einmal gewollt war, sondern reiner Zufall.«

Das war neu für Gisol. Er hatte bisher nur an den Verlustzahlen der Zyzzkt gezweifelt. Aber was Purgom erzählte, paßte ins Bild.

»Alles Lügen«, raunte Lagon.

Purgom beachtete den Einwurf nicht. Unbeirrt erzählte er weiter.

»Vielleicht wißt ihr, daß unsere Raumschiffe in ihren Intervallfeldern plötzlich nicht mehr sicher waren. Damals hatten wir eine neue Waffe entwickelt, die Mix-4 genannt wurde…«

»Ich weiß«, sagte Gisol. »Ich weiß auch, warum sie entwickelt wurde. Und die Wimmelwilden besaßen fast gleichzeitig eine ähnliche Waffe.«

»Nicht eine ähnliche – sie besaßen Mix-4! Schon kurz nachdem diese Waffe serienreif war, hatten die Sabocaer sie ebenfalls. Das war nur durch Verrat möglich. Es muß damals Worgun gegeben haben, die mit den Wimmelwilden zusammenarbeiteten. Warum, werde ich niemals begreifen. Aber es gibt keine andere Möglichkeit. Auch einige verheerende Niederlagen, die wir hinnehmen mußten und die schließlich den Krieg zugunsten der Zyzzkt entschieden, können nur durch Verrat zustandegekommen sein. Unsere Schlachtschiffe, unsere Kampfflotten wurden in Fallen gelockt und aufgerieben. Nein, meine jungen Freunde, es ging damals nicht mit rechten Dingen zu.«

»Es geschah zu Recht«, behauptete Lagon plötzlich. »Bei all den Verbrechen, die unsere Vorfahren begingen und die du jetzt mit deinen Lügen auf die Verehrten schieben willst...«

»Lagon!« entfuhr es Gisol. »Beherrsche dich! Du sprichst zu einem dieser Vorfahren!«

»Ich bin es gewohnt, der Lüge bezichtigt zu werden«, sagte Purgom. Er bewegte alle vier Arme gleichzeitig, als sei er tatsächlich ein All-Hüter.

»Bei all den Verbrechen«, sprach Lagon unbeirrt weiter, »mußte doch endlich jemand kommen und unsere Vorfahren endlich stoppen, ehe sie das ganze Volk der Verehrten ausrotteten! Wenn es Verräter gab, dann taten sie genau das Richtige. Sie sorgten dafür, daß nicht noch Schlimmeres geschah.«

»Du redest, als wärest du selbst ein Zyzzkt«, sagte Gisol. »Denke doch nach! Wir haben Völker geschaffen, wie diese«, dabei deutete er auf die All-Hüter-Gestalt des Veteranen. »Warum sollten wir dann andere Völker ausrotten? Das ergibt doch keinen Sinn!«

»Mit euch kann man nicht reden«, sagte Lagon verbittert und wandte sich ab. »Ihr seid so, wie die Worgun früher waren. Ihr wollt die Wahrheit nicht sehen, weil sie euch nicht gefällt.«

»Das ist wohl eher umgekehrt«, sagte Gisol enttäuscht. Er hatte gehofft, Lagon ließe sich überzeugen. Aber die Propaganda der Zyzzkt steckte zu tief, zu fest in ihm. Sicher konnte er längst nicht mehr anders, als monoton nachzuplappern, was ihm 15 Jahre lang eingetrichtert worden war.

Sein Weltbild war festgefügt und ließ sich durch Argumente nicht erschüttern. Gisol dagegen wollte die Wahrheit wissen.

Aber was war die Wahrheit?

Vielleicht irrte er sich ja selbst?

Konnten so viele Worgun, die alle an die Verbrechen ihrer Vorfahren glaubten und in den Zyzzkt ihre huldvollen Gönner sahen, dermaßen manipuliert werden, daß keiner von ihnen mehr die Wahrheit sah? Mußte dann nicht das, was sie alle sahen, die Wahrheit sein?

Und er, Gisol, der Zweifler, war auf dem falschen Weg?

»Wir waren einst ein großes Volk, das Großes zu leisten imstande war«, sagte Purgom. »Wir haben das Recht darauf, wieder so groß zu werden wie einst. Wir haben das Recht, wieder das Weltall zu bereisen. Niemand darf uns das verbieten, so wie wir einst auch niemandem verboten haben, von Stern zu Stern zu fliegen. Wir müssen das Joch der Zyzzkt endlich abschütteln.«

*

Erst viele Stunden später verließen die beiden Jungen Purgom und kehrten aus der »Unterwelt« der Pyramidenstadt wieder in die allgemein bewohnten Bereiche zurück. Sie machten sich auf den langen Heimweg. Die blaue Sonne versank allmählich hinter den Spitzen der Wohnpyramiden.

Gisol war wie betäubt von alledem, was er gehört und gesehen hatte. Er mußte das alles erst einmal für sich verarbeiten. Es war weit mehr, als er anfangs gedacht hatte.

Purgom erzählte so viele Details aus dem Krieg und aus der Zeit danach... und nichts davon ließ die Zyzzkt auch nur andeutungsweise in einem guten Licht dastehen. Mochte vieles von dem, was der Alte von sich gab, auf Bitterkeit beruhen und übertrieben sein – der Rest reichte allemal aus, die Wimmelwilden endgültig von dem Thron zu stoßen, auf dem sie saßen und von dem aus sie über die Worgun herrschten.

Nein, sie herrschten natürlich nicht offiziell. Die Worgun hatten eine eigene Regierung, doch diese war dem Hohen Wächterrat der

Verehrten verantwortlich. Und dieser Wächterrat unterdrückte die Worgun, wie es in den verbotenen Informationen hieß und wie es auch Purgom behauptete. Die Worgunregierung sei kaum mehr als ein Alibi, ein Zugeständnis, eine Tarnung. Sie sei unfähig und korrupt und ein verlängerter Arm der Sabocaer, nicht mehr und nicht weniger.

Während er darüber grübelte, hätte Gisol fast den Weg zurück nicht mehr gefunden. Diesmal war Lagon es, der ihn führte.

Aber Lagon verhielt sich dabei recht ängstlich. Immer wieder sah er sich um, als wolle er sich vergewissern, daß niemand ihnen folgte, niemand sie beobachtete. Ihn plagte das schlechte Gewissen. Niemals hätte er sich auf diesen Ausflug einlassen dürfen. Gisol mußte den Verstand verloren haben. Vor Tagen seine Gestaltwandlung, und jetzt dies…

Wenn sie erwischt wurden, gab es mächtigen Ärger.

»Ihr kommt sehr spät«, empfing Kalum sie. Einen Moment lang befürchtete auch Gisol, durchschaut worden zu sein. Hatte Kalum nachgeprüft, ob sie sich wirklich mit anderen Jugendlichen getroffen hatten? Immerhin kannte er ja etliche von ihnen, mit denen seine Sprößlinge sich ständig trafen.

Wir hätten nicht so lange fortbleiben dürfen, dachte Gisol. *So hat Kalum vielleicht Verdacht geschöpft*.

Aber er hatte sich von Purgoms Erzählungen so sehr fesseln lassen, daß er einfach nicht mehr bemerkte, wie die Zeit verstrich.

Aber Kalum sagte nichts weiter zu der Verspätung.

3.

In den folgenden Nächten schlief Gisol sehr schlecht, und wenn er sich nicht gerade unruhig auf seinem Lager hin- und herwälzte, träumte er von dem Alten und seiner Wohnung. Tagsüber war er unkonzentriert und lernte kaum. Immer war er mit seinen Gedanken weitab, grübelte und versuchte zwischen Wahrheit und Lüge zu unterscheiden.

Gern wäre er noch einmal zu Purgom gegangen, aber er traute sich nicht. Er hatte schon beim ersten Mal viel riskiert und beinahe das Mißtrauen seines Elters geweckt. Er wollte das alles nicht überreizen.

So blieb er daheim und schlug auch Einladungen anderer aus. Statt dessen hockte er in seinem Zimmer und grübelte vor sich hin. Er mied auch den Kontakt zu Lagon.

Er wäre in diesen Tagen so oder so kein guter Gesprächspartner gewesen.

Einmal fiel ihm auf, daß er durch sein jetziges Verhalten erst recht auffällig wurde. Diese Zurückgezogenheit paßte nicht zu ihm. Doch auch jetzt sagte Kalum nichts dazu.

*

Etwa zehn Tage später schaltete Gisol wie gewöhnlich morgens den Nachrichtenkanal ein, um die neuesten täglichen Meldungen zu erfahren. Selten war etwas dabei, das ihn wirklich interessierte – es waren banale Meldungen, über den Stromausfall in irgendeiner Wohnung, den Rettungseinsatz für einen Schnurrkraller, der auf einen Baum geklettert war und nicht wieder herunterzukommen wußte, einen Grahwk, der einen Postkurier ins Bein gebissen hatte, einen Transmitterausfall oder die wortgewaltigen Auslassungen diverser Regierungsmitglieder. Bisweilen erließen auch die Zyzzkt neue Verordnungen, die über den Nachrichtenkanal an alle Worgun verbreitet wurden. Selten war etwas dabei, das einen Jugendlichen wie Gisol wirklich interessierte. Aber er war wißbegierig wie kaum ein anderer, und so schaltete er sich oft mehrmals täglich in den Kanal ein, der seine Meldungen ständig wiederholte, bis sie durch neue ergänzt wurden.

Diesmal aber...

Eher beiläufig wurde mitgeteilt, daß ein unbelehrbarer Extremist namens Purgom verhaftet worden sei. Er werde dem Gericht der Verehrten überstellt, weil er sich mit seinen aufrührerischen Reden und seiner Propaganda gegen sie gerichtet habe.

Gisol war wie vor den Kopf geschlagen.

Purgom verhaftet? Doch nicht etwa...?

Doch, er war es. Diesen Namen gab es nur ein einziges Mal unter der Bevölkerung von Epoy.

Ausgerechnet er!

Gisol verstand das nicht. So viele Jahre hatte der Alte unbehelligt gelebt. Und jetzt, auf einmal, hatten die Sicherheitskräfte ihn aufgespürt? Das ging doch nicht mit rechten Dingen zu.

Ausgerechnet jetzt, nach Gisols und Lagons Besuch?

Hatte man sie beide verfolgt?

Das konnte nicht sein. Gisol war sicher, daß niemand sie beobachtet hatte. Aber Lagon hatte sich so sehr gegen Purgom ausgesprochen... sollte er etwa...?

Gisol stellte seinen Bruder zur Rede.

Der stritt zunächst alles ab. Aber er tat es auf eine Weise, die Gisols Verdacht nur noch erhärtete. Er war Lagon geistig weit voraus; er durchschaute ihn. So, wie Lagon sich bei ihrem Aufenthalt in Purgoms Wohnquartier und später bei der Heimkehr verhalten hatte, so verhielt er sich auch jetzt.

Als Gisol ihn immer mehr bedrängte, gestand er schließlich,

Kalum alles gebeichtet zu haben. Den Ausflug zu Purgom, die Ausrede, und die schlimmen Dinge, die Purgom über die Verehrten gelogen hatte.

Gisol war fassungslos.

Mit einem solchen Verrat hatte er nicht gerechnet. Und er machte sich Vorwürfe. Warum hatte er Lagon mitgenommen? Er wußte doch, daß sein Bruder unbelehrbar war. Somit traf eigentlich Gisol die Schuld daran, daß Purgom verhaftet worden war.

Deshalb konnte er Lagon dafür nicht einmal hassen.

Er bemitleidete ihn – wegen seiner Feigheit.

»Das ist keine Feigheit!« fuhr Lagon auf. »Es ist richtig, was ich getan habe! Du mit deinen Flausen im Kopf! Du mit deinen rebellischen Ideen! Sei froh, daß man dich nicht auch verhaftet hat!«

»Du solltest selbst froh darüber sein«, erwiderte Gisol. »Würdest du damit wirklich leben können?«

Lagon gab keine Antwort. Er wandte sich einfach ab und verschwand in seinem eigenen Zimmer.

Für Gisol war es ein klares Ja.

Er mit seinen rebellischen Ideen... allmählich begriff er, daß er sich damit außerhalb der Gesellschaft stellte. So, wie es Purgom tat beziehungsweise getan hatte.

Er sollte vielleicht vorsichtiger sein mit allem, was er sagte und was er tat. Aber eines wollte er dennoch klarstellen.

Und so begab er sich zu seinem Elter.

*

»Ja«, sagte Kalum. »Es stimmt. Ich habe die Sicherheitsbehörde verständigt, nachdem Lagon mir erzählte, was ihr getan habt.« Als Gisol etwas sagen wollte, brachte ihn Kalum mit einer herrischen Geste eines Pseudoarmes zum Schweigen. Kalum fuhr fort: »Du brauchst keine Angst zu haben. Ich habe die Meldung so formuliert, daß niemand auf dich oder Lagon zurückkommen wird. Eure Namen, eure Personen stehen nicht zur Debatte.«

»Darum geht es mir gar nicht«, entfuhr es Gisol, obwohl ihm erst hinterher klar wurde, was Kalum für ihn und seinen Bruder getan hatte – nämlich sie nicht zu benennen. Damit war Kalum selbst ein Risiko eingegangen. Falls Purgom im Verhör erzählte, wer ihn zuletzt besuchte, und die Spur zurückverfolgt wurde...

»Es geht mir darum, daß du, ein Worgun, einen anderen Worgun den Sabocaern ausgeliefert hast.«

Kalum atmete tief durch.

»Er wird der Gerichtsbarkeit der Zyzzkt überstellt, hieß es in der Nachrichtenmeldung«, ergänzte Gisol erregt. »Elter, du hast einen von uns den Wimmelwilden ausgeliefert!«

»Ich will nicht, daß du die Verehrten Sabocaer nennst!« erwiderte Kalum scharf. »Das ist eine verbotene Diskriminierung!«

»Aber sie ändert nichts daran, daß du einen von uns...«

»Er war keiner von uns. Er war ein Aufrührer, einer der Unbelehrbaren. Und du bist auf ihn und seine Lügengeschichten hereingefallen! Lagon war klüger als du. Er hat sich mir offenbart. Ich habe tagelang gehofft, auch du würdest es tun. Aber mir scheint, du bist schon viel zu verbohrt, viel zu besessen von diesen Lügen. Dennoch habe ich versucht, dich und auch Lagon zu schützen, indem ich eure Namen nicht nannte. Aber Verräter wie dieser Purgom müssen verschwinden. Sie stiften Unfrieden, ihre Hetzreden wiegeln das Volk gegen die Verehrten auf.«

»Du hältst ihn für einen Lügner.«

»Ja.«

»Aber was, wenn er die Wahrheit spricht? Wenn das, was uns die Zyzzkt erzählen, falsch ist?«

»Du bist noch jung!« sagte Kalum. »Du bist erst 15 Jahre alt. Dir fehlt die Reife, dir fehlt vieles an Wissen. Und vor allem fehlt dir das Gefühl für Moral und Verantwortung. Wir alle haben aus der Geschichte unseres Volkes lernen müssen, aber es gibt immer wieder einige, die wollen nicht lernen. Und du bist naiv genug, dich auf ihre Seite ziehen zu lassen.«

»Ja«, sagte Gisol bitter. »Recht hat immer nur der Sieger.«

»Aber er ist der Sieger, weil die Gerechtigkeit triumphiert. Wir Worgun haben eine furchtbare Schuld auf uns geladen. Wir…«

»Nicht wir, Kalum!« schrie Gisol. »Unsere Vorfahren, falls es überhaupt stimmt! Aber du hast nicht gegen die Zyzzkt Krieg geführt, und ich auch nicht! Warum müssen wir immer noch für die angeblichen Sünden unser Vorfahren büßen?«

»Weil wir es den Verehrten schuldig sind. Wir müssen das wiedergutmachen, was sie angerichtet haben.«

»Ja«, erkannte Gisol den Fehler in Kalums Formulierung. »Was sie angerichtet haben – sie, die Zyzzkt!«

»Reize mich nicht«, warnte Kalum. »Du redest wie die Rebellen, diese Verräter, die alle Schuld abstreiten und das Gegenteil dessen behaupten, was einst geschah! Hüte dich, das weiter zu tun. Ich kann dich nicht immer schützen. Auch du mußt aus unserer Vergangenheit lernen und mithelfen, daß das, was sich damals abspielte, nie wieder geschieht.«

»Genau das ist es, was ich will«, sagte Gisol. »Ich will dazu beitragen, daß das, was sich damals abspielte, nie wieder geschieht.«

Kalum seufzte. »Du nimmst meine Ermahnungen nicht ernst.«

»Ich nehme sie sehr ernst«, erwiderte Gisol.

»Aber nur auf deine eigene Weise«, bedauerte Kalum. »Warum nur mußt du uns soviel Kummer machen? Warum benutzt du nicht deinen Verstand?«

»Gerade das tue ich ja«, sagte Gisol. »Und dieser Verstand sagt mir, daß du, mein Elter, einen Worgun an die Zyzzkt verraten hast. Einen Worgun, der nichts anderes tat, als seine eigene Meinung zu äußern. Ich dachte immer, das sei erlaubt.«

»Nicht, wenn diese Meinung falsch ist. Nicht ich habe diesen Purgom verraten, sondern er unser ganzes Volk, indem er Falschheiten verbreitet, Lügen erzählt. Ich bin entsetzt, Gisol, daß ausgerechnet du auf seine Lügen hereingefallen bist, auf sein Geistesgift. Ich dachte immer, dein Verstand sei groß und unbestechlich. Aber offenbar bist du diesem Purgom unterlegen. Wie bist du überhaupt an ihn gelangt?«

»Du kannst ja Lagon danach fragen«, sagte Gisol respektlos.

»Ich frage aber dich.«

»Ich werde im Gegensatz zu dir nichts und niemanden verraten.«

»Du wärest kein Verräter«, sagte Kalum. »Die wirklichen Verräter an unserem Volk sind Extremisten wie dieser Purgom. Vergiß seine Lügen, orientiere dich an der Wahrheit.«

»Das werde ich tun«, sagte Gisol zweideutig. »Jetzt und immer, solange ich lebe.«

Es war Kalum anzusehen, daß er Gisol nicht glaubte.

*

Was war die Wahrheit?

Gisol war sich immer noch nicht ganz sicher.

Was er wußte, war: Er stand mit seiner Ansicht im Kreis der Familie und der Bekannten allein. Es war wohl besser, wenn er seine Meinung künftig für sich behielt und den anderen zustimmte, was immer sie sagten. Sonst machte er sich nur Feinde, wie sich Purgom Feinde gemacht hatte, indem er der gängigen Lehre widersprach.

Wenigstens hatte Kalum »nur« Purgom verraten, Gisol aber nicht. Immerhin war er Fleisch von seinem Fleisch, Blut von seinem Blut. Mochte Kalum noch so entsetzt und verärgert über Gisols ketzerische Gedanken sein, so waren sie doch als Kind und Elter aneinander gebunden.

Aber wenn schon jemand verhaftet wurde, nur weil er anderer Ansicht war als das, was die Verehrten lehrten – wo blieb dann die Freiheit? Es war ein weiteres Indiz dafür, daß nicht alles richtig war, woran die Worgun glaubten.

Wenn niemand mehr sagen durfte, was er dachte…

Gisol nahm sich vor, sich weitere Informationen über die Vergangenheit seines Volkes zu beschaffen, und zwar von allen Seiten.

Koste es, was es wolle.

Er wollte die Wahrheit wissen. Und nicht die Lügen – ob sie nun von den Verehrten oder von den Rebellen verbreitet wurden. Eine der beiden Geschichten stimmte, oder vielleicht eine Mischung aus beidem.

Gisol wollte und mußte das herausfinden. Eher würde er keine Ruhe finden.

Niemals würde er Ruhe finden.

Aber das wußte er damals noch nicht.

Intermezzo

Jim Smith schloß die Augen. Er machte den Eindruck, als sei er müde. Aber Ren Dhark ahnte, daß dem nicht so war. Die Erinnerungen an seine Kindheit machten dem Mysterious zu schaffen.

Nachdenklich betrachtete er Smith.

Es war unfaßbar, daß dieser Mann wahrhaftig jener Spezies angehörte, die einmal Galaxien beherrscht hatte. Die in der Milchstraße unglaubliche technische Wunderwerke geschaffen hatte. Zu einer Zeit, in der sich auf der Erde die Menschen mit Schwertern und Streitkolben die Schädel einschlugen, um Religionskriege zu führen, hatten die Mysterious sich aus der Galaxis zurückgezogen. *Ron wedda wi terra – alle sofort zurückkommen*, war damals der Funkspruch durch den Sternendschungel gejagt worden, und dann tausend Jahre später noch einmal, als Dhark mehr oder weniger ungewollt durch seine Suche nach den Mysterious deren Artefakte aktivierte. Damals war jener Ruf falsch interpretiert worden, und nicht einmal Dhark selbst, sondern ein Dechiffrier-Experte hatte herausgefunden, daß das Wort *terra* in der Mysterioussprache nichts mit dem irdischen Begriff Terra zu tun hatte.

Es war Kode!

Terra wire – wire terra!

Terrun woger terra!

Terra to!

Größte Gefahr für alle überall – alle sofort zurückkehren; und Abertausende Mysterious hatten die Galaxis verlassen. Ihre technischen Relikte waren zurückgeblieben, aber nichts Persönliches, was Rückschlüsse auf sie selbst zugelassen hätte. Nur in der Sternenbrücke hatte Ren Dhark ein nichtssagendes Foto-Holo und den

Blaster des letzten Kommandanten Ma-Soor gefunden, in der Station im Kern des Planeten Zwitt, der mit seiner künstlichen Korona die siebte Sonne der Sternenbrücke bildete.

Und damals hatte ihn Mysterioustechnik gezwungen, zum Checkmaster der Station zu werden und als solcher das Hy-Kon zu aktivieren, das die Invasionsflotte der Tel in ein übergeordnetes Kontinuum schleuderte, aus dem es keine Rückkehr gab.

Ren erinnerte sich nicht gern daran. Es war ein Alptraum.

Und nun saß ein leibhaftiger Mysterious vor ihm.

Nicht in seiner wirklichen Gestalt, sondern als vermeintlicher Terraner. Und dieser Mysterious war dabei, einen Mythos zu zerstören. Den Mythos der unbesiegbaren Superspezies, die Dinge schuf, von denen Menschen nicht einmal träumen konnten.

Die Mysterious – die Worgun, wie sie sich selbst nannten – sie waren entthront, entmachtet. Sie, deren Technik die Menschheit gerettet hatte, brauchten jetzt selbst Hilfe.

Falls das alles stimmte, was Jim Smith alias Gisol erzählte.

Aber warum sollte er lügen?

»Woran denkst du, Ren Dhark?« fragte er.

»An Träume, die sterben wie Fliegen.«

»Die Geschichte ist doch noch längst nicht zu Ende«, warf Dan Riker ein.

»Natürlich nicht«, erwiderte Jim Smith, der über die Formulierung des Commanders nachdachte. »Welche Träume starben in dir?« fragte er.

Träume von einem Volk, das fantastische Dinge schuf und das einfach... götterhaft war?

Waren die Mysterious Götter? Hatten sie sich jemals wie Götter gefühlt?

Smith hatte in seiner Erzählung diesen Punkt angerissen. Und Dhark konnte sich sehr gut vorstellen, daß man im Bewußtsein seiner technischen Allmacht sich wie ein Gott fühlen konnte.

Aber Götter waren doch unbesiegbar!

Und die Mysterious waren besiegt worden, sie brauchten jetzt

Hilfe. Deshalb war Smith-Gisol in die Milchstraße gekommen. Ein Mythos wurde zerstört. Smith reduzierte alles auf eine vorstellbare, greifbare Realität.

Dhark sah den Worgun an.

»Ich kann es nicht in Worte kleiden«, sagte er leise. »Nichts, was meine oder deine Sprache ausdrücken könnte, trifft das, was ich meine, Gisol.«

Jim Smith nickte. »Ich verstehe«, sagte er.

Ren hatte das Gefühl, daß Smith wirklich verstand. Daß er Ren Dhark durchschaute, bis tief in dessen Innerstes.

»Erzählen Sie weiter«, bat Anja Riker.

Ungewollt lächelte Dhark. Sie war eine erstklassige Mathematikerin, aber auch eine erstklassige Psychologin. Sie riß die melancholisch-trübe Stimmung auf, sie stoppte das Grübeln.

Erzählen Sie weiter.

Nicht mehr, nicht weniger.

Und Jim Smith erzählte weiter.

4.

Etwa 35 Jahre später war Gisol ein angesehenes Mitglied der Worgun-Gesellschaft und ein voll ausgebildeter Ingenieur. In einem staatlichen Entwicklungsbüro arbeitete er an der Verbrauchsminderung der Ala-Generatoren, um so mehr Energie aus dem kostbaren Superschwermetall zu erzeugen. Er hatte eine geniale Idee entwickelt. Die neuen Generatoren nach seinem System kamen mit rund 15 Prozent weniger Ala-Metall aus, um die gleiche Leistung zu erbringen wie die bisherigen Aggregate.

Die Arbeit machte ihm Freude. Er kannte viele andere Worgun, die ebenfalls großen Spaß an der Forschungs- und Entwicklungsarbeit hatten; nur wenige sahen ihre Tätigkeit als ein notwendiges Übel an.

Allerdings war der Kontakt zu einigen seiner Bekannten seltsamerweise abgebrochen. Es war, als seien sie im Nichts verschwunden, als gäbe es sie auf Epoy nicht mehr.

Jemanden wie Gisol machte das natürlich aufmerksam.

Längst schon bewohnte er ein eigenes Apartment. Es befand sich zwar nicht im Außenbereich, so daß er keinen Ausblick über die Landschaft ringsum hatte, aber es war sein eigenes kleines Reich, in dem er tun und lassen konnte, was er wollte. Es gab niemanden mehr, der ihm etwas vorschrieb, niemanden, dem er Rechenschaft schuldig war, wenn er die Wohnung verließ und irgendwelche Ausflüge unternahm... *wie damals...*

Daran dachte er oft. Immer noch, nach all den Jahren.

Er fühlte sich immer noch schuldig an Purgoms Verhaftung. Hätte er damals Lagon nicht mitgenommen, hätte der Kalum nichts erzählen können, und Kalum hätte nicht die Sicherheitsbehörde informiert.

Aber es war geschehen, es ließ sich nicht rückgängig machen.

Es war unabänderliche Geschichte.

Was aus Purgom geworden war, hatte er nie erfahren. Nach der Meldung seiner Verhaftung hatte der Nachrichtenkanal nichts weiter verlautbart. Über Rebellen und Extremisten redete man nicht.

Gewohnheitsmäßig rief Gisol die neuesten Nachrichten ab. Aber es war nichts darunter, was ihn besonders berührt hätte. Schon bald schaltete er mit einem Gedankenbefehl die Bildkugel um und klinkte sich ins Netz ein, um offiziellen und inoffiziellen Nachrichtenaustausch zu pflegen. Letzterer zwang ihn stets zu erhöhter Vorsicht. Er wollte nicht so enden wie Purgom, und er wollte auch seine Kontaktpartner nicht in Gefahr bringen.

Seine Zweifel waren geblieben, waren mit zunehmendem Alter größer geworden. Je mehr er an Informationen erhielt und beide Seiten gegeneinander abwog, um so mehr wurde ihm klar, wie sehr sein Volk von den Zyzzkt unterdrückt wurde. Aber wie ließ sich das ändern? Er allein konnte es nicht. Und die anderen Kritiker und Zweifler, die anderen Rebellen – vermutlich dachte jeder von ihnen für sich dasselbe.

Man mußte sie alle unter ein Dach bekommen. Sie mußten alle gemeinsam aktiv werden.

Angesprochen hatte er das schon häufig in den letzten Jahren. Aber immer wieder stellte sich die Frage nach dem »Wie«. Gewalt wurde abgelehnt, denn diese Gewalt würde sich zunächst einmal gegen die Sabocaer-hörigen Worgun richten, egal, wie man es anfaßte. Schon allein die korrupte Regierung arbeitete doch für die Wimmelwilden und tat alles, was diese verlangten, so unsinnig und repressiv es auch sein mochte. Hauptsache, sie selbst bewegten sich in der Gunst ihrer Herren. Sie verrieten ihr eigenes Volk.

Gisol konnte das sogar verstehen. Immerhin gewannen sie dadurch persönliche Vorteile. Gutheißen konnte er das allerdings nicht.

Aber weshalb damals im Krieg Worgun zu Verrätern an ihrem eigenen Volk geworden waren, blieb ihm ein Rätsel. Was hatten die Zyzzkt ihnen dafür versprochen? Die Wimmelwilden, deren Vermehrungsrate so gigantisch war, daß sie von den Worgun verlangt hatten, ihnen schon erschlossene Welten zur Verfügung zu stellen. Es reichte ihnen nicht mehr, selbst Welten zur Besiedelung zu erschließen, um sich nicht einschränken zu müssen.

Doch das war eine Forderung, der die Worgun nicht nachgeben konnten und wollten.

Sie hatten nicht investiert, um zu verschenken. Wer etwas erreichen wollte, sollte es sich selbst erarbeiten.

Diese Einstellung empfanden die Zyzzkt als Arroganz. Die Worgun hingegen sahen aber nicht nur die Frechheit der aktuellen Forderungen, sondern auch die Gefahr für die Zukunft.

Die hohe Vermehrungsrate des Insektenvolks war mehr als bedenklich. Die Zyzzkt brauchten Platz. Viel Platz. Sehr viel Platz. Immer mehr Platz. Heute ein Sonnensystem. In zehn Jahren hundert Systeme. In fünfzig Jahren tausend Systeme. In hundert Jahren zehntausend Systeme.

Über kurz oder lang würden sie die Worgun verdrängen. Und nicht nur sie, sondern auch alle anderen Intelligenzen in Orn.

Geburtenkontrolle war für sie ein Tabu. Jedes Ei mußte einen neuen Zyzzkt das Licht seiner Sonne erschauen lassen, und die weiblichen Zyzzkt legten viele Eier in jedem der vielen Fruchtbarkeitszyklen.

Es war zu ersten Auseinandersetzungen gekommen. Raumflotten der Zyzzkt griffen Worgun-Planeten an, die ihnen nicht zur Verfügung gestellt wurden. Eine Erpressertaktik: Wenn ihr uns nicht gebt, was wir wollen, könnt ihr es auch nicht behalten.

Die Worgun schlugen zurück. Sie rüsteten auf. Sie warnten die Zyzzkt, und als diese die Warnungen nicht beherzigten, zerschossen sie deren Kampfschiffe.

Aber die Zyzzkt konterten.

Die Konflikte verschärften sich immer mehr. Aus kleinen

Scharmützeln wurden große Schlachten. Die Worgun entwickelten Abwehrtechniken, die teilweise in den Grenzbereich zu übergeordneten Dimensionen griffen. Aber sie schreckten im Gegensatz zu den Wimmelwilden immer davor zurück, mit Angriffen auf Wohnplaneten den Krieg zu den Zyzzkt zu tragen.

Dann kam die Entwicklung von Mix-4 und damit der Anfang vom Ende…

Das war es, was Gisol bisher erfahren konnte. Im Laufe der Jahre hatte er sich aus den Informationen der Rebellen dieses Bild zusammengebaut, und die Mosaiksteine paßten perfekt zusammen. Die offiziellen Verlautbarungen und der offizielle Geschichtsunterricht sagten natürlich das genaue Gegenteil.

Wie sollte man dagegen angehen?

Wie sollte man die anderen Worgun überzeugen, daß sie einer falschen Lehre anhingen, daß sie von den Zyzzkt manipuliert wurden? Ihm, Gisol, war das ja nicht einmal bei seinem Elter oder seinem Bruder gelungen. Es konnten immer nur wenige überzeugt werden. Entschieden zu wenige. Und währenddessen wurde ihnen immer wieder die Zyzzkt-Propaganda eingehämmert.

Also doch ein gewaltsamer Umsturz?

Unmöglich. Gisol lehnte es grundsätzlich ab, gegen Worgun zu kämpfen. Und gegen die Zyzzkt? Wie denn? Einen neuen Krieg beginnen? Erstens würde er nicht genügend Soldaten dafür bekommen, zweitens mangelte es an Ressourcen. Sie hatten ja nicht einmal Raumschiffe und die Waffen dafür. Drittens: Wenn unter weit besseren Voraussetzungen ein Krieg verloren worden war, wie sollte dann ein weiterer gewonnen werden?

Zudem war Gisol alles andere als ein Krieger, geschweige denn ein Feldherr. Er sah keinen Sinn darin, andere zu töten, um seine eigenen Interessen durchzusetzen. Seine Vorfahren mochten da anderer Ansicht gewesen sein, aber Gisol dachte differenzierter. Leben jedweder Art war eine kostbare Sache; es auszulöschen, bedurfte schon einer sehr guten Begründung. Und auch wenn die Zyzzkt sich unglaublich rasch vermehrten, war doch jeder von ihnen ein Individuum, das ein Recht auf sein Leben hatte, wenn es denn erst einmal existierte.

Effektiver wäre es natürlich gewesen, eine Geburtenkontrolle einzuführen. Aber das widersprach den Prinzipien der Zyzzkt. Vielleicht hing es mit ihrer Religion zusammen – Gisol wußte, daß viele Zivilisationen von Religionen geprägt waren. Vor allem jene auf niedrigeren Entwicklungsstufen. Es war ja auch so einfach, alle Verantwortung auf irgendwelche Götter zu übertragen, statt selbst für sein Schicksal einzustehen. Und wenn die Schmarotzer, die sich Priester nannten und angeblich die einzigen waren, die direkt mit den »Göttern« sprechen konnten und sich dafür von der Allgemeinheit durchfüttern ließen, statt selbst für ihren Lebensunterhalt zu arbeiten, bestimmten, daß es keine Geburtenkontrolle geben durfte, dann glaubte das Volk ihnen eben und hielt es für den Willen der Götter – so närrisch die Argumentation dieser von den Priestern erfundenen »Götter« auch sein mochte. Und wer ein rechter Glaubender war, bewegte sich dabei oft an der Grenze zum Fanatismus und auch darüber hinaus.

Gisol schreckte aus seinen Gedanken auf, als die Gedankensteuerung ihm meldete, Besuch begehre Einlaß.

Wer ist der Besucher? wollte er wissen.

Kalum, verriet ihm die Gedankensteuerung.

Öffne die Tür, befahl Gisol.

Für seinen Elter hatte er immer Zeit. In den letzten Jahren hatten sie sich selten genug gesehen.

*

Gerade noch rechtzeitig fiel ihm ein, den ID-Dämpfer wieder anzulegen. Wenn Gisol sich in seinen eigenen vier Wänden bewegte, legte er ihn grundsätzlich ab und übte sich darin, verschiedene Gestalten anzunehmen. Eben noch hatte er sich zu einem Grahwk geformt, allerdings zu einem sehr großen – sonst hätte er seine Körpermasse von rund 100 Kilo dermaßen komprimieren müssen, daß der Vorgang sehr lange dauerte. So etwas machte er nur in seltenen Fällen, wenn er sehr genau wußte, daß er auf jeden Fall genügend Zeit hatte. In dieser Hinsicht hatte die Fähigkeit des Gestaltwandelns auch ihre Grenzen; über ein bestimmtes Maß hinaus ließ sich die Körpermasse nicht verdichten. Einen großen Grahwk zu kopieren, war noch möglich, bei einem Schnurrkraller hätte er bereits sehr viel von seiner Körpermasse abstoßen müssen und Tage, Wochen oder Monate benötigt, sie wieder zu regenerieren. Wesentlich einfacher war es da, Gestalten nachzuahmen, die äußerlich viel größer waren als ein Worgun. Dann wurde die Körpermasse eben »aufgelockert«.

Der ID-Dämpfer zwang Gisol in seine normale Worgungestalt zurück. Die Zeit reichte gerade aus, bis Kalum den Vorraum durchschritt und den Wohnbereich betrat.

Gisol wollte seinen Elter nicht verärgern, indem er ihm als Gestaltwandler entgegentrat, schließlich war so etwas ja offiziell verboten. Seit jenen Tagen, in denen Purgom verhaftet wurde, hatte Gisol mit Kalum nie wieder über seine abweichende Meinung gesprochen. Er hatte seine Lektion gelernt...

Er begrüßte seinen Elter herzlich. Beide formten Tentakelarme aus, mit denen sie sich gegenseitig umschlangen. Es war Monate her, daß sie sich zuletzt gesehen und miteinander gesprochen hatten. Gisol ließ seinen geehrten Gast von Robotern bewirten.

»Du machst dich«, stellte Kalum fest. »Beim letzten Mal hattest du noch keine Roboter.«

»Inzwischen kann ich mir etwas mehr Luxus leisten«, sagte Gisol. »Immerhin verdiene ich recht gut – so gut, daß ich sogar meine Steuern pünktlich bezahlen kann.«

Kalum lachte. »Hast du das früher nicht getan?«

»Einmal schickte man mir die Nachricht, dies sei die letzte Mahnung«, sagte Gisol. »Daraufhin dachte ich, wenn's die letzte war, folgt nichts mehr. Aber wenig später wollte man mir die Wohnung und meinen Schweber wegnehmen, um damit meine Steuerschulden auszugleichen. Da habe ich natürlich bezahlt. Aber die Last, die uns auferlegt wird, wird von Jahr zu größer.«

»Das stimmt«, sagte Kalum. »Sie dient aber einem guten Zweck.«

»Welchem? Die Konten unserer Regierungsmitglieder weiter zu füllen?«

Kalum winkte ab. »Du weißt, daß das nicht so ist. Immer noch der zornige Junge, der an allem zweifelt und alles kritisiert, nicht wahr?«

»Man kommt nicht so schnell aus seiner Haut«, erwiderte Gisol.

»Aber du bist mittlerweile 50 Jahre alt. Du solltest allmählich erwachsen werden.«

»Wenn ich es nicht wäre, hätte man mir sicher nicht eine so verantwortungsvolle Tätigkeit anvertraut wie die Entwicklung neuer, energiesparender Technologien, so daß wir künftig mit weniger Ala-Metall auskommen können.«

»Und gerade für dieses Ala-Metall wird mehr Geld gebraucht, deshalb die Steuererhöhungen. Wir wissen doch alle, wie selten es vorkommt. Die Verehrten haben mehr und mehr Schwierigkeiten, uns damit zu versorgen. Also wird es teurer.«

»Und deshalb arbeite ich ja daran, neue, sparsamere Reaktoren zu entwickeln. Der Gisol-Konverter, der über 15 Prozent Energie spart, ist serienreif. Würde er epoyweit eingesetzt, könnten wir die Preiserhöhungen spielend abfangen und hätten noch Reserven für die Zukunft.«

»Gisol-Konverter? So wird er genannt?« staunte Kalum.

»Nicht offiziell. Aber meine Mitarbeiter nennen das Projekt so.«

»Werde dadurch nicht überheblich«, warnte Kalum. »Wir sind alle nur ein kleiner Teil des Ganzen. Niemand darf sich darüberstellen. Wohin das führt, hat uns die tragische Vergangenheit gezeigt.«

Gisol schüttelte den Kopf.

»Fang bitte nicht schon wieder *damit* an«, bat er.

In den Augen seines Elters glitzerte es.

»Ich frage mich«, griff Gisol das Thema wieder auf, »weshalb die Regierung nicht sofort einen Großauftrag zum Bau meiner neuen Reaktoren erteilt hat. Es würde uns doch aus den Schwierigkeiten heraushelfen und zumindest für eine gewisse Zeit unabhängiger machen. Dann gäbe es auch nicht mehr so viel Energieausfälle in den Städten, die sich in den letzten Jahren immer mehr häufen.«

»Du mußt bedenken, daß ein solcher Bauauftrag auch eine Menge Geld kostet. Vorübergehend müßten die Steuern noch mehr erhöht werden, um das zu finanzieren«, sagte Kalum lahm.

»Das müßte doch über kurzfristige Kredite aufzufangen sein«, meinte Gisol. »Wenn die Reaktoren erst einmal arbeiten, können die Kredite durch die Einsparungen bei der nächsten Ala-Lieferung schon wieder abgelöst werden.«

»Du bist Wissenschaftler«, sagte Kalum, »kein Kaufmann. Es ist nicht so einfach, wie du es dir denkst. Kredite müssen abgesichert werden, selbst wenn sie nur über kurze Zeit laufen. Und Geldgeber sind an kurzen Kreditlaufzeiten ohnehin nicht interessiert. Daran verdienen sie zu wenig. Zudem, was passiert, wenn die – hm, Gisol-Konverter – in der Praxis nicht so funktionieren, wie sie es in den Entwicklungslabors tun? Wenn sie weit weniger einsparen als geplant? Dann fließt das Geld bei weitem nicht so schnell zurück wie erhofft. Das sind Risiken, die bei der Kreditvergabe bedacht werden müssen.«

»Den Kredit nimmt der Staat auf, und ein Staat kann nicht in Konkurs gehen«, sagte Gisol.

»Ich rede ja auch nicht vom Konkurs. Ich rede nur von Einnahmeausfällen. Klingt blöde, das Wort, nicht?«

»Und ich rede davon, daß die Gisol-Konverter serienreif sind. Das heißt, daß sie im Dauereinsatz in der Praxis ebenso funktionieren wie in den Entwicklungslabors. Es ist alles abgesichert, alles perfekt. Ich hätte nie die Freigabe erteilt, wenn es nicht so wäre. Deshalb verstehe ich nicht, daß die Regierung immer noch zögert.«

»Sie wird ihre Gründe haben.«

Natürlich, dachte Gisol bitter. *Die Sabocaer könnten uns weniger Ala-Metall verkaufen. Ihre Gewinnspanne würde sinken. Also zwingen sie unsere hörige Regierung, mein Projekt zu boykottieren. Vielleicht wird nie einer meiner Reaktoren in Betrieb gehen.*

Und du, mein Elter Kalum, kommst mir mit finanzwirtschaftlichen Bedenken…

Aber das wollte er nicht aussprechen. Er wollte nicht schon wieder mit seinem Elter streiten. Das brachte doch nichts außer Ärger…

Das Gespräch driftete ab zu den privaten Kleinigkeiten. Kalum erzählte von Lagon, zu dem Gisol selbst kaum noch Kontakt hatte, was Lagon seinerseits sehr bedauerte, war er sich doch keiner Schuld bewußt. Aber Gisol vergaß bis heute nicht, daß Lagon Kalum von jenem Ausflug erzählt und Purgom verraten hatte. Damals war ein Bruch zwischen den beiden Geschwistern entstanden, der sich nie mehr kitten ließ.

Kalum erzählte auch von Kubra und dessen beiden Kindern Panek und Silam, die ja auch Gisols Geschwister waren, berichtete, was sie taten, wie es ihnen erging…

Nicht, daß es Gisol wirklich interessiert hätte. Sie lebten ihr angepaßtes Leben, sie machten in ihren Berufen Karriere. Aber da war nichts, was Gisol wirklich hätte faszinieren können.

Im Laufe der Unterhaltung ließ Kalum nebenbei einfließen, daß er sich Gedanken über den langsam, aber stetig wachsenden Einfluß der Extremisten machte, die im Untergrund arbeiteten. »Man hört immer öfter von ihnen«, klagte er. »Sie schänden die Mahnmale, sie verbreiten ihre zersetzende Propaganda, sie leugnen die Geschichte und bezichtigen die Verehrten dessen, was unsere Vorfahren selbst getan haben. Es muß ein Ende finden, oder unsere Gesellschaft gerät ins Chaos.«

Gisol ging nicht weiter darauf ein. Er wollte nicht mehr mit Kalum darüber streiten.

Und das nicht nur, weil Kalum sein Elter war, den er immer noch schätzte und verehrte, auch wenn er dessen angepaßtes Denken ablehnte. Aber nach Lagons damaliger »Beichte« war Kalum es gewesen, der die Sicherheitsbehörde informiert und auf Purgom gehetzt hatte.

Gisol wußte: Wenn er begann, mit Kalum über das Rebellenproblem zu diskutieren, würde er nicht verbergen können, selbst rebellisch zu sein. Und er wollte Kalum nicht in die Verlegenheit bringen, seinen eigenen Sohn verraten zu müssen, wenn er seinen Grundsätzen treu bleiben wollte.

Irgendwann später ging Kalum. Er wirkte etwas bedrückt; vielleicht hatte er sich von seinem Besuch mehr versprochen, als dabei herausgekommen war. Eine nette Plauderei, nicht mehr. Sollte Kalum etwas anderes beabsichtigt haben? Wenn ja, warum war er dann nicht damit herausgekommen?

Gisol nahm den ID-Dämpfer wieder ab und verwandelte sich in einen Salter; er kannte dieses Volk aus den Beschreibungen alter Zeit. Die Salter waren ein Hilfsvolk der Worgun in der Galaxis Nal gewesen. Ihr Aussehen gefiel Gisol. Es war auch recht leicht zu kopieren.

Er stellte fest, daß er sich immer mehr von seinem Elter und seinen Geschwistern entfremdete, je älter sie alle wurden. Sie waren zu angepaßt, sie fragten nicht, sie gehorchten nur.

Und damit gehörten sie nicht mehr in Gisols Welt – und er nicht in ihre.

Kalum und er – sie hatten sich bei diesem Besuch kaum etwas zu sagen gehabt.

Gisol gehörte nicht mehr zu ihnen.

Schon lange nicht mehr.

*

Am nächsten Morgen war Gisol noch gar nicht richtig wach, als ihm die Gedankensteuerung eine wichtige Nachricht signalisierte, die ihn über das globale Netz erreichte. Er taumelte, immer noch in Saltergestalt, zur Bildkugel und rief die Botschaft ab.

Das »Amt für Freundschaft und tätige Reue« bestellte ihn ein.

Solchen Aufforderungen folgte man besser sofort. Gisol bemühte sich, richtig wach und fit zu werden, und kam der Einbestellung unverzüglich nach. Nur zwei Stunden nach Eingang der Netznachricht fand er sich in einem Büro des Amtes ein.

Er fragte sich, was man von ihm wollte.

War er auf irgendeine Weise auffällig geworden?

Aber dann wäre doch eher der Sicherheitsdienst zu ihm gekommen. Seine rebellische Ader konnte es also nicht sein, die die Aufmerksamkeit des Amtes auf ihn gelenkt hatte. Was aber war es dann?

*

»Sie fragen sich, warum wir Sie hergebeten haben«, sagte der Worgun, der breit und massig hinter einem ebenso breiten und massigen Schreibtisch saß, der nicht wie gewöhnlich als Arbeitsplatte auf einem Antigravkissen schwebte und im Raum verschoben werden konnte, sondern massiv im Boden verankert war.

»Sie sind uns aufgefallen«, sagte Amtsträger Toltal, »durch Ihre hervorragende Arbeit. Ich darf Ihnen aber zunächst eine Information zuteil werden lassen, die Sie vielleicht sehr erstaunen wird. Sie wissen, daß nach dem Krieg alle Worgun nach Epoy zurückgebracht wurden, um für alle Zeiten nur noch auf unserer Heimatwelt zu leben.«

»Ja«, sagte Gisol. »Das weiß doch jeder.«

»Aber es stimmt nicht ganz«, eröffnete ihm Toltal. »Es ist die offizielle Version, aber es gibt auch eine inoffizielle Wahrheit.«

Unwillkürlich zuckte Gisol zusammen. *Inoffiziell?* Was bedeutete das? Und weshalb sprach ein Behördenvertreter von inoffiziellen Dingen?

»Was soll das heißen?« fragte Gisol provozierend. »Werden wir etwa belogen?«

»Das ist eine recht drastische Formulierung«, sagte Amtsträger

Toltal. »Ich würde es lieber so sagen: Ein Teil der Wahrheit wird dem Volk vorenthalten, weil es nicht verunsichert werden soll. Offiziell leben alle Worgun auf Epoy, inoffiziell ist das nicht so.«

»Ich verstehe das nicht«, sagte Gisol.

»Das ist auch nur natürlich. Woher sollten Sie auch wissen, daß es kleine Gruppen von Worgun gibt, die auf den Welten der Verehrten leben? Dort betreiben sie in tätiger Reue für die Untaten unseres Volkes technische Entwicklungsarbeit für die Verehrten.«

Gisol atmete tief durch. Das war ihm bisher nicht bekannt gewesen!

Was ihm nicht gefiel, war der Begriff »tätige Reue«, der ja auch in der Bezeichnung des Amtes mitklang. Was ihm gefiel, war, daß es Worgun auch anderswo gab. Aber…

»Warum erzählen Sie mir das, Toltal?«

»Das Amt für Freundschaft und tätige Reue möchte Sie, Gisol, auf eine jener Welten verbringen. Sie würden direkt für die Verehrten arbeiten. Ihr Erfolg, energiesparende Konverter zu entwikkeln, ist wirklich beeindruckend. Die Verehrten kennen das Resultat Ihrer Arbeit und wünschen, daß Sie für sie arbeiten. Sicher können Sie mit entsprechenden Forschungsmitteln, welche die Verehrten in weit größerem Maße zur Verfügung stellen können als wir, noch bessere Techniken entwickeln. Denn nicht nur bei uns, sondern auch bei den Verehrten ist Ala-Metall knapp. Wir können froh sein, daß sie uns überhaupt etwas davon zur Verfügung stellen, um unsere Grundbedürfnisse zu stillen. Nach allem, was wir ihnen im Schrecklichen Krieg angetan haben, dürften wir es ihnen nicht einmal verdenken, wenn sie uns darben ließen. Aber sie sind großzügig, sie opfern wertvolles Ala, damit wir in Würde leben können.

Sie, Gisol, können mit Ihren Forschungen und Ihren genialen Ideen einen winzigen Teil dessen wiedergutmachen, was unsere Ahnen den Verehrten antaten.«

Gisol war wie vor den Kopf geschlagen.

Er sollte den Sabocaern mit seinem Wissen und seinem Können

helfen? Er sollte für sie arbeiten, für sie forschen und entwickeln? Es war unfaßbar!

»Ich sehe, daß Sie äußerst überrascht sind«, stellte Toltal fest.

»Mehr als das«, murmelte Gisol. »Ich bin ein Worgun. Meine Arbeit gilt meinem Volk.«

»Aber sie ist für die Verehrten weit wichtiger als für uns – und was für die Verehrten gut ist, kommt schließlich auch uns zugute. Wenn Sie für die Verehrten arbeiten, arbeiten Sie ja dennoch für uns Worgun.«

Gisols Gedanken überschlugen sich.

Da war eine einmalige Chance, Epoy zu verlassen und andere Welten kennenzulernen. Andererseits: Wenn er für die Zyzzkt arbeitete, verriet er seine eigenen Prinzipien.

»Sie haben drei Tage Zeit, sich zu entscheiden«, sagte Amtsträger Toltal.

»Was ist, wenn ich nein sage?«

»Dann«, stellte Toltal nüchtern klar, »wird man Sie auf einen neuen Posten versetzen – in der Abfallaufbereitung.«

5.

Abfallaufbereitung!

Das war unglaublich. Reinste Erpressung!

Was sollte er dort? Er war ein hochqualifizierter Wissenschaftler. Die Abfallaufbereitung war eine wichtige Tätigkeit, auf die Gisol alles andere als abfällig herunter sah, aber das war nun wirklich nicht seine Welt! Was sollte er dort schon schaffen können? Er war Forscher und Entwickler, ein Arbeiter der Stirn, nicht der Faust.

Was ihm das Amt für Freundschaft und tätige Reue da »anbot«, war nicht mehr und nicht weniger als pure Erpressung. An seinen bisherigen Arbeitsplatz würde er nicht mehr zurückkehren können. Wenn er zusagte, verbrachte man ihn auf einen anderen Planeten, wenn er absagte, wurde er zum Müll versetzt.

Kaltgestellt!

Die Wimmelwilden wollten sein Wissen und sein Können – sie wollten es für sich, nicht für die Worgun. Die würden am wenigsten davon haben.

Jetzt wurde ihm klar, weshalb die Regierung noch keinen Produktionsauftrag erteilt hatte. Sie stand unter dem Druck der Zyzzkt. Die wollten nicht, daß die Worgun Gisol-Konverter bauten. Sie wollten diese Technologie für sich selbst. Also mußte Gisol angeworben oder ausgeschaltet werden.

Allmählich wurde ihm auch klar, weshalb hin und wieder Kontakte mit Kollegen abrupt abgebrochen waren und er nicht herausfinden konnte, wo die sich jetzt befanden. Sie hatten wohl ähnliche Angebote bekommen und zugestimmt.

Und damit gab es sie auf Epoy nicht mehr, sondern auf irgendwelchen Planeten der Zyzzkt!

Drei Tage Bedenkzeit!

An diesem Tag suchte Gisol seinen Arbeitsplatz nicht mehr auf. Es hatte keine Bedeutung mehr. Entweder war er in drei Tagen ein Müllsortierer oder unterwegs zu einem anderen Planeten. Weshalb sollte er sich dann noch in seinem Labor aufhalten? Neue Projekte entwickeln oder alte beenden – wozu denn noch? Er mußte sich so oder so verabschieden.

Mochten sich seine Kollegen um alles andere kümmern.

Eigentlich hätte Gisol gern weitergearbeitet. Aber es hatte für ihn keinen Sinn mehr. Seine Zeit in der Energieforschung Epoys war vorbei, für immer.

Ihm war auch klar, daß es für ihn keine Rückkehr auf die Heimatwelt geben würde. Die Wimmelwilden, nach deren Propaganda alle Worgun ausschließlich auf Epoy leben mußten, würden verhindern, daß er zurückkehrte und von seinem Aufenthalt auf einem anderen Planeten sprach.

Es erstaunte ihn schon, daß man ihm überhaupt entsprechende Informationen gegeben und danach nicht gleich inhaftiert hatte. Er war sicher, daß man ihn statt dessen ab sofort sehr genau überwachte.

Epoy zu verlassen war ein radikaler Schritt.

Er würde seine Geschwister nie wiedersehen, auch nicht Kubra, und erst recht nicht Kalum, seinen Elter. Was würde Kalum von ihm denken? Würde er annehmen, daß Gisols rebellisches Denken ihm zum Verhängnis geworden war? Würde er es nicht für eine Schande halten?

Und doch, auf einen Posten versetzt zu werden, der niedrige Arbeit beinhaltete – das war erniedrigend und blamabel. Auch dann würde die Gerüchteküche brodeln, würde es Worgun geben, die mit dem Tentakel auf Gisol zeigten und sagten: »Es muß doch einen Grund haben, weshalb man ihn so herabgestuft hat!«

Seine Gedanken bewegten sich im Kreis. Den ganzen Tag über grübelte er. Daß er keine niedriger qualifizierte Arbeit annehmen wollte, konnte und durfte, war ihm eigentlich klar. Aber Epoy für immer hinter sich lassen, nie wieder die blaue Sonne sehen, nie wieder die anderen Worgun, die seine Bekannten oder Freunde waren… es fiel ihm sehr schwer, sich an diesen Gedanken zu gewöhnen. Hätte er doch niemals erfinderischen Ehrgeiz entwickelt! Als einer unter vielen hätte er keine Aufmerksamkeit erregt. Aber er hatte nach Lösungen für Probleme gesucht und sie auch gefunden. Und daraufhin hatten ihn die Zyzzkt gefunden.

Warum nur bin ich so schlau? fragte er sich in ironischer Bitterkeit.

Plötzlich kam ihm ein anderer Gedanke.

Vielleicht war er nicht nur durch seinen Erfindergeist aufgefallen. Vielleicht steckte noch mehr dahinter! Sein rebellisches Denken… wollten die Zyzzkt ihn kaltstellen, indem sie ihn von Epoy entfernten? Schließlich hätten sie seine Erfindungen doch auch so übernehmen können! Kein Worgun hätte es ihnen verwehrt. Zumindest keiner der angepaßten, schnurrkrallerbuckelnden Worgun, die in grahwkischer Ergebenheit vor den »Verehrten« im Staub herumkrochen.

Aber wie konnten sie ihn als Sympathisanten der Rebellen verdächtigen? Er hatte sich schon lange nicht mehr in der Öffentlichkeit geäußert.

Aber vielleicht lag es auch an dem, was er tat und wie er es tat, nicht nur an dem, was er sagte.

Es war eine Möglichkeit, glaubte er. Die Zyzzkt wollten ihm die Möglichkeit nehmen, andere Worgun mit seinen ketzerischen Gedanken zu impfen, aber sie wollten ihn auch nicht umbringen, weil sie seine Genialität brauchten. Also holten sie ihn zu sich.

Wieder mußte er an die spurlos verschwundenen Kollegen denken. Waren auch sie rebellisch gewesen?

Er beschloß, sich so schnell wie möglich mit seinen Kontaktpersonen aus der Untergrundgruppe in Verbindung zu setzen.

*

Das Treffen wurde über das Netz vereinbart; die Anfragen, Bestätigungen und Informationen waren mehrfach gestaffelt verschlüsselt. Der Kode wechselte stündlich. Nur wer zu den Eingeweihten gehörte, besaß ein kleines Gerät, das den Rhythmus kannte und die hyperkalkulatorische Post entsprechend absicherte oder dekodierte. Dieses Gerät ließ sich mit einem speziellen Zündmechanismus in Staub verwandeln für den Fall, daß der Besitzer von den Ordnungskräften festgenommen wurde. Dieser Staub fiel niemandem besonders auf. Bisher war kein Außenstehender hinter das Geheimnis gekommen.

Nur besonders zuverlässige Rebellen erhielten diese kleinen Geräte. Sie hatten sie ständig bei sich zu tragen, damit sie sie im Falle einer Festnahme tatsächlich zerstören konnten, und damit nicht bei einer Wohnungsdurchsuchung in Abwesenheit Sicherheitskräfte fündig wurden. Das hatte bislang hundertprozentig sicher geklappt.

Allerdings – wer verhaftet wurde, bekam auch nach einer Freilassung kein zweites Mal einen dieser Kodegeber. Denn es war davon auszugehen, daß die Person weiterhin überwacht wurde. Das Risiko, daß die Behörden so auf andere Rebellen aufmerksam wurden, war zu groß.

Die erwischten Rebellen waren für die Organisation »verbrannt«. Unabhängig davon, ob man ihnen »Schuld« nachweisen konnte oder nicht.

Gisol hatte sich nie wirklich als Angehöriger dieser Gruppe gefühlt; er sah sich immer als eine Randfigur, die Informationen entgegennahm oder weitergab. Und doch hatte man ihm eines dieser kleinen Geräte zur Verfügung gestellt.

Er entschlüsselte die Beschreibung des Treffpunkts. Er befand sich in einer anderen Pyramidenstadt, gut zehntausend Kilometer entfernt. Den Treffpunkt rechtzeitig zu erreichen, war nur möglich, wenn er einen Transmitter benutzen konnte.

Natürlich konnte er nicht den direkten Weg nehmen. Aus Sicherheitsgründen empfahl sich ein Zickzackkurs, der auch von der Zeit her die Transmittersprünge nicht unmittelbar aufeinander folgen ließ. Aufmerksamer denn je prüfte Gisol, ob er auf seinem Weg beobachtet oder verfolgt wurde. Gerade jetzt, da er annehmen mußte, selbst unter Beobachtung zu stehen, wollte er behördliche Verfolger keinesfalls zu den Rebellen führen. Ihm reichte das Trauma, das durch Lagons Verrat und Kalums Meldung zur Verhaftung Purgoms geführt hatte. Es war schon fast ein Wunder, daß ihm das niemand übelnahm.

Transmittersprünge mußten angemeldet und begründet werden. Sie verbrauchten relativ viel Energie, und die war knapp auf Epoy. Die glorreichen Zeiten, in denen die Worgun aus dem Vollen schöpfen konnten, waren seit dem Ende des Krieges vorbei.

Familienbesuche waren ein guter Grund, aber am Zielort hatte Gisol keinen Familienangehörigen. Deshalb beantragte er zunächst einen Transit zur Pyramidenstadt, in der Kubra wohnte. Das wurde sofort genehmigt. Gisol durchschritt die Ringantenne und kam sauber in der Transmitterstation an.

Dort gab er für eine halbe Stunde später ein neues Ziel ein, und als die Begründung abgefragt wurde, griff er zu einem Trick und manipulierte das Gerät. Die Manipulation würde allerdings später nachgewiesen werden können, wenn jemand mißtrauisch wurde.

Er vollzog den Transit.

Augenblicke später wurden die Transmitter abgeschaltet.

Wieder mal eine Energiekrise.

Das paßte hervorragend, wie er feststellte – denn so überraschend, wie der Energieausfall kam, wurden die letzten Daten gelöscht!

Andererseits war es natürlich ärgerlich, weil er jetzt zusehen mußte, wie er anderweitig vorwärtskam. Wenn er vorher gewußt hätte, daß die Transmitterstraßen gerade jetzt wieder einmal abgeschaltet wurden, hätte er direkt das Endziel wählen können. Jetzt hing er irgendwo auf halber Strecke, weitab von Start und Ziel, fest.

Er hätte natürlich auch statt des Transmitters seinen Schweber nehmen können. Aber das war ihm zu riskant. Wenn er unter Beobachtung stand, hätte man ihn sofort verfolgen lassen. Möglicherweise war der Hyperkalkulator des Schwebers längst so ferngeschaltet, daß er permanent Positionsdaten sendete.

Wie ging es jetzt weiter?

Den Treffpunkt zu Fuß zu erreichen war illusorisch. Dafür würde er Wochen brauchen oder sogar Monate. Und dabei würde er als einsamer Wanderer zwischen den Städten natürlich auffallen.

Er beschloß, ein Robottaxi zu benutzen. Dessen Autopiloten konnte er sicher manipulieren. Also rief er von einem öffentlichen Terminal einen der robotgesteuerten Schweber heran und stieg ein. Was er nicht verhindern konnte, war, daß er sein Konto dem Zugriff des Geräts preisgeben mußte, um es benutzen zu können. Bei den Transmittern war es nicht anders; jeder Transport mußte bezahlt werden. An sich war das kein Problem; in seiner Position als Chefentwickler seiner Abteilung verdiente Gisol recht gut. Aber über das Konto war natürlich eine Identifizierung seiner Person jederzeit möglich.

Früher war das von geringer Bedeutung gewesen. Jetzt aber mußte er damit rechnen, daß man ihn beobachtete. Und auch, wenn man ihn nicht verdächtigte, wirklich zu den Rebellen zu gehören, mußte er spätestens jetzt Verdacht erregen.

Kontoinformation erforderlich, wiederholte die Gedankensteuerung des Robottaxis schon zum zweiten Mal.

Plötzlich kam ihm eine völlig verrückte Idee.

Er kannte den Zugriffskode für Lagons Konto.

Auch Lagon gehörte nicht zu den Minderbemittelten unter den Worgun. Er würde die Summe verschmerzen können.

Aber dennoch: Er war Gisols Bruder. Jene, die Gisol möglicherweise verfolgten, würden sich der Kontoinformation zufolge auch auf Lagon stürzen und ihn in die Mangel nehmen.

Er hat's verdient, dadurch, daß er Purgom verriet!

Aber er ist mein Bruder!

Er ist ein Feigling und ein Verräter!

Er ist mein Bruder!

Ein Verräter!

Wenn es zum Verhör kam, würde Lagon den Behörden wenig sagen können.

Aber er würde erhebliche Unannehmlichkeiten haben.

Die hatte Purgom sicher auch, und das in bestimmt weit stärkerem Maß.

Gisol traf seine Entscheidung.

Er erlaubte dem Robottaxi den Zugriff auf Lagons Konto.

*

Während das Taxi ihn beförderte, kämpfte er gegen seine Gewissensbisse an. Gisol war in einem tranceähnlichen Zustand. Aber er riß sich rasch wieder in die Wirklichkeit zurück. Seine Reise war längst noch nicht beendet. Das Zwischenziel war noch weit von dem geheimen Treffpunkt entfernt. Er mußte sich noch einiges einfallen lassen, um seine Verfolger abzuschütteln.

Über die Gedankensteuerung, die es auf Epoy in praktisch jeder technischen Einrichtung gab, kontrollierte er seine Umgebung. Aber es schien keine Verfolger zu geben, die es auf ihn abgesehen hatten.

Das beruhigte ihn nicht. Er hatte ein Ziel angeben müssen. Vielleicht wartete man dort auf ihn, um die Beobachtung fortzusetzen.

Wenn er sich dieser Beobachtung entzog, machte er sich natürlich verdächtig. Aber was sollte ihm noch passieren? Seine Karriere auf Epoy war so oder so beendet.

Was wichtiger war: Er durfte keine anderen gefährden!

Momentan aber würde man der Kontoinformation wegen davon ausgehen, daß Lagon das Schwebertaxi benutzte. Während über den letzten regulären Transmitterdurchgang Gisol als Besucher des

Vermehrungspartners von Kalum, Kubra, registriert war!

Also...

Also war der einzige Schwachpunkt in der Kalkulation Kubra. Aber Gisol hatte zunächst freie Hand.

Er entsann sich dessen, was er einst über Hyperkalkulatoren gelernt hatte. Er war immer äußerst wißbegierig gewesen und hatte sich Informationen beschafft, an denen andere Worgun achtlos vorbeischritten. Gisol dagegen ging davon aus, daß auch Kleinigkeiten ihm eines Tages von Nutzen sein konnten. Das war seine Philosophie, seit er als 15jähriger zum ersten Mal über sich, die Worgun und alles andere nachzudenken begann.

Deshalb wußte er, wie man den Hyperkalkulator des Robottaxis manipulieren konnte. Er umging dabei die allgegenwärtige Gedankensteuerung. Gisol knackte die Programmsperre und gab über die Tastatur neue Kursanweisungen ein. Diese Sensortastatur diente normalerweise dazu, Diagnoseprogramme ablaufen zu lassen und gezielte Abfragen zu starten, falls es einen Defekt in einem der Taxis gab.

Gisol grinste; in diesem Fall war *er* der Defekt.

Er fragte nicht ab, er diagnostizierte nicht. Er schaltete das Robottaxi auf Handsteuerung. Zugleich unterband er das Signal des Taxis an die Lenkzentrale, daß hier eine Änderung vorlag.

Dann wich er vom bisherigen Kurs ab und schlug direkt die Richtung auf sein Ziel ein.

So lange, bis sich die beiden Polizeischweber an ihn hefteten und ihn anfunkten...

*

Natürlich nicht ihn, Gisol selbst. Sie riefen die Robotsteuerung des Taxis und verlangten Auskunft über den Grund des nicht registrierten Kurswechsels.

Ihm wurde heiß. Er mußte eine automatische Antwort des Taxis auf jeden Fall unterbinden, und das sehr schnell!

Entsetzt stellte er fest, daß die Automatik bereits antwortete, aber die Antwort selbst konnte er nicht schnell genug entschlüsseln.

Vermutlich gab es nur eine Chance, und die ergriff er jetzt.

Er brachte den Schweber zum Absturz!

Vorher ließ er ihn tanzen, mit absolut verrückten, aberwitzigen Flugbewegungen. Dann stieg die Maschine auf, um sofort darauf senkrecht nach unten zu rasen!

Gisol war auf den Aufprall vorbereitet. Er riß sich den ID-Dämpfer vom Körper und bildete eine Gestalt, mit welcher er die wirksam werdenden Beharrungskräfte abfangen konnte. Er wußte – die Insassen der Polizeischweber konnten ihn nicht sehen, weil sie nur mit der Steuereinheit kommunizierten.

Im nächsten Moment krachte es auch schon.

Es war ein gewaltiger Schlag, der Gisol trotz seiner angepaßten Gestalt zu schaffen machte. Das Robottaxi zerbarst. Die Wände platzten auf, Funken sprühten, die Steuereinheit brannte aus. Automatische Rettungsmechanismen suchten nach Insassen, fanden aber keine. Der Antrieb wurde sekundenlang überkritisch und schaltete sich rechtzeitig selbst ab.

Gisol atmete auf.

Der Absturz war überstanden. Jetzt mußte er nur noch den Rest überstehen.

*

Einer der beiden Polizeischweber landete neben der Absturzstelle. Der andere hielt sich darüber in der Luft, um den Unfallort abzusichern.

Zwei Worgun verließen den gelandeten Schweber. Sie prüften die Umgebung, dann näherten sie sich dem abgestürzten und zerschellten Taxi. Rasch stellten sie fest, daß die Antriebseinheit keine Gefahr darstellte; sie war abgeschaltet.

Sie stellten Vermutungen darüber an, weshalb das Taxi abgestürzt war. Vermutlich war die Steuereinheit außer Kontrolle geraten. Darauf deutete ja schon hin, daß das Taxi sich auf einem nicht genehmigten Kurs befand.

Die beiden Polizisten enterten das Wrack und sahen sich um.

Keine Insassen...

Das war überraschend. Warum war dieses Robottaxi unterwegs, wenn es keine Fluggäste hatte? Sein Heimatstandort war einigermaßen weit entfernt, und normalerweise fanden Leerflüge nur in Richtung Basis statt. Wenn jemand per Schwebertaxi von einer Stadt in die andere wechseln wollte, benutzte er für gewöhnlich eine Maschine eines dort ortsansässigen Unternehmens, statt sich von anderswo holen zu lassen.

Das eine wie das andere benötigte annähernd die gleiche Zeit. Aber die Bequemlichkeit der Worgun ließ Abweichungen von diesem Verhaltensmuster nur in den äußersten Fällen zu.

Man beschloß, den Schweber zu bergen und untersuchen zu lassen. Die beiden Polizisten verließen das Wrack wieder.

*

Gisol hatte die Unterhaltung mitgehört.

Er trug seinen ID-Dämpfer noch immer nicht. Er hatte die Form eines der Schweberaggregate angenommen. Das schien den beiden Polizisten nicht aufgefallen zu sein, obgleich Gisol wußte, daß seine Tarnung mehr als erbärmlich war.

Es brauchte ihn nur jemand zu berühren, dann mußte ihm zwangsläufig auffallen, wie weich die »Metallverkleidung« dieses Geräts war.

Gisol verbrachte bange Minuten. Immer wieder kamen die beiden Polizisten ihm gefährlich nahe. Einer taumelte plötzlich und drohte gegen ihn zu stürzen. Aber im letzten Moment hielt der andere seinen Kollegen fest, der über irgend etwas gestolpert war.

Gisol atmete auf, als sie endlich gingen. Aber wenn das Robottaxi geborgen und untersucht wurde, bestand die Gefahr, daß man seine Manipulation bemerkte. Die zuständigen Experten waren ja alles andere als dumm.

Was sollte er tun?

Er hatte sich jetzt schon sehr weit vorgewagt. Wenn man ihn nun erwischte, war es aus. Dann würde er weder Abfall entsorgen noch auf einem Zyzzkt-Planeten neue Technologien entwickeln. Dann war er bestenfalls Brennmaterial für den Konverter.

Aber erst, nachdem man ihn eingehend verhört und herauszufinden versucht hatte, über welche Verbindungen er verfügte.

Bei den Sternengöttern – ging denn heute alles schief?

Es gab eine Möglichkeit: er konnte den Schweber sprengen. Und zwar so, daß auch von der Datenaufzeichnung nichts übrigblieb. Dann allerdings saß er hier, zwischen den Pyramidenstädten, fest und mußte sehen, wie er zu Fuß weiterkam. Das Treffen mit den Rebellen würde er so auf jeden Fall versäumen.

Er konnte es nie und nimmer rechtzeitig schaffen!

Nur ganz kurz blitzte in ihm der Gedanke auf, die beiden Polizisten auszuschalten und ihren Schweber zu übernehmen. Aber so etwas klappte nur in schlechten Holofilmen, und in denen wurden die Verbrecher am Schluß ja doch wieder geschnappt. In der Realität sah es zudem so aus, daß oben in der Luft ein zweiter Polizeischweber wartete und sicherte.

Was also sollte er tun?

Er wartete ab, bis der Polizeischweber wieder startete. Dann verwandelte er sich zurück. Es war unglaublich – die Polizisten waren tatsächlich auf seine Tarnung hereingefallen!

Aber genau besehen war es dann doch wieder nicht ganz so unglaublich. Erstens rechneten sie nicht damit, daß ein Worgun verbotenerweise seine Gestalt änderte, und zweitens hätte er dann doch die Form eines Lebewesens angenommen.

Daß er sich als technisches Gerät tarnte, damit konnte niemand rechnen.

Plötzlich kam ihm eine Idee. Er baute das Sichtsprechgerät aus, das noch funktionierte. Nun benötigte er nur noch eine Energiequelle. Er fand eine kleine Batterie, die bei einem Unfall wie diesem verschiedene Geräte vorübergehend mit Notstrom versorgen sollte. Das war in diesem Wrack nicht erforderlich. Die Energieversorgung funktionierte nach wie vor. Es half auch nicht, sie abzuschalten. Die Datenaufzeichnung besaß ebenfalls eine eigene Notstromversorgung. Und an die kam Gisol ohne Spezialwerkzeug nicht heran.

Deshalb blieb ihm nichts anderes übrig, als das Robottaxi so gründlich wie möglich zu sprengen, um seine Manipulation zu verbergen.

So machte er sich nun am Antrieb zu schaffen. Gisol schrieb ihm ein Programm, das den Konverter hochfuhr, ohne daß Energie in das Schwebertriebwerk abfließen konnte. Das führte zu einem Energiestau und schließlich zur Explosion. Die Steigerung der Konverterleistung vom Ruhezustand zum Maximum mußte dabei exponential erfolgen, damit die sicher noch in der Luft kreisenden Polizeischweber die Veränderung nicht zu früh orteten.

Zugleich mußte für Gisol aber auch noch genügend Zeit bleiben, sich in Sicherheit zu bringen. Schließlich wollte er ja nicht selbst bei der Explosion umkommen.

Als Energietechniker fiel ihm diese Manipulation nicht sehr schwer. Schwierig war es nur, die Zeitspanne richtig zu bemessen.

Als er fertig war, verriet ihm ein leises Summen, daß der Konverter anlief.

Gisol begann sich zu verwandeln. Zunächst schuf er eine Köröffnung, in welcher er das ausgebaute Sichtsprechgerät, die Batterie und den abgeschalteten ID-Dämpfer unterbrachte. Diese Dinge benötigte er später dringend. Dann begann er sich zu verwandeln.

Er nahm die Gestalt eines Kläffbeißers an, einem Grahwk nicht unähnlich, aber etwas kleiner. Da er seine Körpermasse dabei erheblich komprimieren mußte, dauerte der Vorgang einige Zeit.

Derweil wurde das Summen des hochfahrenden Konverters zu einem lauten Brummen. Erschreckt stellte Gisol fest, daß irgendwo eine Überlastungssicherung verschmorte. Das war zwar vorgesehen, aber noch nicht zu diesem frühen Zeitpunkt! Offenbar gab es außer der kalten Verformung noch weitere Beschädigungen im Schweber, mit denen Gisol nicht hatte rechnen können.

Jetzt wurde es gefährlich. Mit etwas Pech mußte er den Schweber verlassen, ehe seine Umwandlung abgeschlossen war. Denn verlangsamen oder stoppen konnte er den Zerstörungsprozeß jetzt nicht mehr.

Aber wenn er vorzeitig hinaus mußte, war er erledigt...

*

»Da stimmt was nicht«, stellte einer der Polizisten fest. »Energieortung spricht an. In dem leeren Schweberwrack wird der Konverter hochgefahren!«

»Ortung bestätigt«, kam es aus dem zweiten Polizeigleiter. »Sollen wir eingreifen?«

»Wie?«

»Mit Duststrahl den Konverter auflösen.«

»Zu spät«, warnte einer der anderen Polizisten. »Konverter wird superpromptkritisch. Explosion steht unmittelbar bevor. Rückzug!«

Die Polizeischweber besaßen keine Schutzschirme, mit denen sie sich vor den Auswirkungen der Explosion hätten schützen können. Beide Maschinen gingen sofort auf Sicherheitsabstand.

»Was kann da passiert sein? Als wir das Wrack untersuchten, war doch noch alles normal!«

»Vielleicht ein Kurzschluß.«

Im nächsten Moment flog der Schrott in einem gewaltigen Lichtblitz auseinander. Glühende Trümmerteile rasten durch die Luft. Eines traf einen Polizeischweber und brachte ihn ins Trudeln. Der Pilot konnte die Maschine gerade noch abfangen. Aber die Beschädigung war beträchtlich, wie ihm die Analyse des Hyperkalkulators sofort meldete. Der Schweber war reif für die Werft.

Eine Reparatur war ziemlich teuer und verschlang kostbare Energieressourcen. Möglicherweise würde der Schweber für Monate außer Dienst gestellt werden, bis eine Reparatur finanziell und energietechnisch vertretbar war.

Unten zerschmolz das Robottaxi. Nichts blieb übrig, was noch irgendwie verwertbar war. Vermutlich würde man den verglühten Schrott einfach hier liegenlassen. Die Datenspeicher waren ohnehin rettungslos verloren. Weshalb also noch Arbeit investieren?

Die beiden Polizeischweber entfernten sich.

*

Gisol schaffte es gerade noch rechtzeitig, seine Verwandlung abzuschließen, als der Konverter endgültig superpromptkritisch wurde. Die zeitliche Sicherheitsreserve, die der junge Rebell ursprünglich eingerechnet hatte, existierte nicht mehr. Die Technik spielte ihm einen Streich.

Als Kläffbeißer raste er auf allen vieren davon, hinaus aus dem Robottaxi. Er konnte nur hoffen, daß er keinem auffiel.

Er war gerade drei Dutzend Meter entfernt, als der Schweber explodierte. Die Druckwelle erfaßte ihn, konnte ihn aber nicht umwerfen, weil seine Körpermasse zu kompakt für die Größe war. Immerhin hatte er rund 100 Kilo in eine Gestalt pressen müssen, die normalerweise ein Viertel davon auf die Waage brachte. Wenn er noch mehr hätte »schrumpfen« müssen, hätte er sogar einen Teil seiner Körpersubstanz aufgeben und abstoßen müssen, weil eine noch viel stärkere Verdichtung einfach nicht mehr möglich war. Alles hatte seine Grenzen.

Die Trümmer flogen ihm um die Ohren. Er duckte sich und rannte weiter.

Wurden die Polizisten in ihren Schwebern auf ihn aufmerksam? Auf das davonrennende Tier?

Er wurde erst langsamer, als er mehr als zwei Kilometer in rasendem Lauf zurückgelegt hatte. Da erst kauerte er sich zusammen und blickte atemlos zurück.

Aber von den Polizeischwebern war nichts mehr sehen.

Nur dort, wo das Robottaxi explodiert war, stieg eine fette Qualmwolke auf.

Gisol widerstand der Versuchung, umzukehren und in den Trümmern zu prüfen, ob der Datenspeicher tatsächlich mitzerstört worden war. Es war zu riskant. Er mußte damit rechnen, daß schon bald ein Bergungstrupp auftauchte. Und dann kam er in Erklärungsnot.

Er konnte nur hoffen, daß alles so geklappt hatte, wie er es wollte.

Und jetzt?

Er mußte hier weg! So schnell wie möglich!

Der Kläffbeißer war dafür einfach nicht schnell genug. Auf seinen vier Beinen war er zwar sehr flink, aber er ermüdete auch rasch. Genauso wie Gisol selbst.

Er führte eine weitere Verwandlung durch.

Er nahm die Gestalt eines großen Vogels an.

Vögel dieses Ausmaßes gab es auf Epoy nicht, aber das spielte keine besondere Rolle. Wichtig war nur, daß Gisol in der Luft schneller und besser vorwärts kam als auf dem Boden.

Die Verwandlung dauerte wiederum einige Minuten, da er seine gesamte Körpermasse umschmelzen mußte. Er wollte ja nicht auf einen Teil seiner Substanz verzichten. Zum einen würde es Monate dauern, bis er sie wieder erneuert hätte, und zum anderen würde es auffallen, wenn er plötzlich viel schlanker und leichter wäre, als er es hätte sein dürfen. Spätestens bei seiner Verschiffung zu einem Planeten der Zyzzkt mußte dieser Unterschied zu seinen bisherigen persönlichen Daten auffallen – und dann hatten sie ihn! Dann konnten sie ihm nachweisen, daß er gegen das Verbot des Gestaltwandelns verstoßen hatte!

Bisher hatte er all diese Klippen immer um Haaresbreite umschifft. Er wollte jetzt nichts mehr aufs Spiel setzen. Es hing zu viel davon ab – unter anderem auch die Sicherheit der Rebellengruppe, mit welcher er in Kontakt stand.

Er durfte weder sich selbst noch die anderen gefährden.

Als Vogel stieg er nun auf und raste mit kräftigem Flügelschlag durch die Lüfte.

Aber schon sehr bald mußte er sich eingestehen, daß er seine Kräfte überschätzt hatte. Es war etwas anderes, einen Vogel zu sehen als ihn nachzuahmen. Dadurch, daß er viel mehr wog als jeder Vogel, mußte er auch viel mehr Kraft aufwenden, um sich in der Luft zu halten. Da reichten auch die überproportional vergrößerten Flügel nicht ganz aus.

Schon sehr bald ließ seine Kraft nach.

Gisol war etwa zwanzig Kilometer weit gekommen und hatte dabei eine Pyramidenstadt umflogen, als er nicht mehr weiterfliegen konnte. Er landete und nahm wieder seine normale Gestalt an. Die Rückverwandlung ging etwas rascher vonstatten, brauchte aber auch noch ihre Zeit, bis seine Zellen sich wieder »entspannt« und »dekomprimiert« hatten.

Er öffnete seine künstlich gebildete Körpertasche und entnahm ihr die Gegenstände, die ihn mit ihrem Gewicht zusätzlich belastet hatten. Er schaltete den ID-Dämpfer wieder ein. Dann koppelte er das aus dem Robottaxi ausgebaute Bildsprechgerät mit der Notbatterie und forderte ein anderes Taxi an, das ihn von seinem gegenwärtigen Standort abholen sollte.

Dieses Risiko war relativ gering. Er war sicher, daß er jetzt nicht mehr verfolgt wurde.

*

Niemand fragte danach, wie er hier draußen in die »Wildnis« gekommen war. Von Interesse war nur, daß der Flug bezahlt wurde, und wiederum benutzte Gisol das Konto seines Bruders Lagon. Er war sicher, daß eventuelle Nachforschungen keinen Verdacht auf ihn selbst werfen würden.

Wenn, dann nahm man Lagon in die Mangel. Und der hatte sich

das durch seinen damaligen Verrat redlich verdient. Er würde einige Unannehmlichkeiten haben, andererseits aber nachweisen können, daß er keine Schweber bestellt und seine Wohnpyramide nicht verlassen hatte. Daß ein anderer Zugriff auf sein Konto hatte – das war für Gisol weniger gefährlich. Wer würde schon davon ausgehen, daß der eine Bruder den anderen betrog?

Bevor der Taxischweber kam, hatte Gisol das Sichtsprechgerät samt Batterie vergraben; das Gerät hatte seinen Zweck erfüllt. Er stieg ein und nannte ein neues Ziel. Noch dreimal wechselte er das Taxi, dann stellte er fest, daß er nahe genug war, um den Rest des Weges ohne weitere Hilfsmittel zurücklegen zu können.

Endlich erreichte er den vereinbarten Treffpunkt. Er hatte es geschafft, ganz knapp innerhalb des veranschlagten Zeitrahmens zu bleiben. »Mehr Glück als Verstand«, murmelte er im Selbstgespräch.

Er erreichte den Raum, in welchem das Treffen stattfinden sollte. Bevor er ihn betreten konnte, wurde er gestoppt.

Ein Worgun trat ihm entgegen, den er noch nie zuvor gesehen hatte.

»Was willst du hier?« fragte er.

»Das sollte ich lieber dich fragen«, sagte Gisol. »Geh mir aus dem Weg.«

Der andere Worgun hielt plötzlich einen Blaster in der Hand.

»Falsches Kennwort«, sagte er und schoß!

*

Gisol warf sich zurück. Dennoch traf ihn der Nadelstrahl. Er schrie gellend auf, spürte den Schmerz, der ihn durchflutete, als der überlichtschnelle, hochenergetische Strahl aus dem Blaster innerhalb von Sekundenbruchteilen mehr als die Hälfte seiner Körpermasse in Energie umwandelte. Er wußte, daß er daran sterben würde.

Getötet ausgerechnet von jenen, denen er vertraute…

Um ihn herum war nur noch unwahrscheinlich grelles Licht, heller als die Sonne, und fraß ihn auf!

Und dann war da nur noch die unendliche Schwärze.

*

»Sieht so aus, als hätte es funktioniert«, sagte jemand.

Gisol richtete sich wieder auf.

Er lebte noch!

Er erwachte wieder aus der Schwärze. Er hörte andere Worgun reden, er spürte den heißen Schmerz des Nadelstrahls, er erwachte, er starb… irgendwie stimmte der Zeitablauf nicht.

»Und jetzt bitte das richtige Kennwort«, hörte er jemanden sagen.

Er nannte es und wurde im gleichen Moment erschossen.

Er erwachte wieder.

»Was macht ihr mit mir?« schrie er auf.

»Falsches Kennwort.«

Der Blasterstrahl glitt in die Waffenmündung zurück.

»Nur ruhig«, sagte ein anderer Worgun. »Ganz ruhig bleiben. Alles ist in Ordnung. Kannst du gehen? Dann komm mit mir, bitte.«

Er stützte sich auf den Sprecher. »Was habt ihr mit mir gemacht?« keuchte er.

Sein Helfer antwortete nicht. Erst später erhielt Gisol Auskunft. Da befand er sich bereits im Treffpunkt, aber so ganz genau wußte er nicht, wie er dorthin gekommen war, weil er zwischendurch zweimal die Besinnung verloren hatte – die »Begrüßung« wirkte immer noch erheblich nach.

»Es war ein Test«, sagte Ranol, den Gisol von einer früheren Begegnung her kannte. »Mit mir haben sie es auch gemacht. Es ist eine neue Schutzmaßnahme. Sie gaukelt dir vor, erschossen zu werden, und sie verwirrt das Zeitgefühl, bringt dich völlig durcheinander.«

»Das habe ich gemerkt«, gestand Gisol verbiestert. »Warum macht ihr das? Damit könnt ihr doch die Ordnungskräfte nicht austricksen.«

»Das sicher nicht«, sagte Ranol. »Aber wir entwickeln das weiter. Sie werden sich noch alle gewaltig wundern. Eines Tages werden wir es schaffen, unser Volk von den Lügen zu befreien.«

»Indem ihr ihm vorgaukelt, erschossen zu werden?« spottete Gisol.

»Unsinn. Aber bevor wir etwas unternehmen können, müssen wir uns selbst absichern.«

Gisol konnte sich nicht vorstellen, daß das auf Dauer funktionierte. Aber augenblicklich ging es ihm ohnehin um etwas ganz anderes.

»Darum, daß du auf einer anderen Welt für die Sabocaer arbeiten sollst«, zeigte Ranol sich informiert.

»Was wißt ihr darüber?« fragte Gisol.

»Praktisch nichts.«

Andere Mitglieder der Untergrundgruppe gesellten sich hinzu. »Wir hegen den Verdacht«, sagte einer der ranghöheren Mitglieder, dessen Namen Gisol nicht kannte, »daß die verschwundenen Wissenschaftler auf anderen Welten in den Dienst der Sabocaer gepreßt werden, aber wir können es leider nicht beweisen. Uns fehlten bisher die Informationen. Du, Gisol, bist für uns der erste Direktkontakt.«

»Die verschwundenen Wissenschaftler?«

»Du hast sicher davon gehört.«

»Natürlich. Seit gestern hege ich den gleichen Verdacht wie ihr.«

»Es ist gut, daß du dich sofort mit uns in Verbindung gesetzt hast«, sagte der Namenlose. »So haben wir erstmals die Möglichkeit, mehr über diese Angelegenheit herauszufinden. Kannst du uns erzählen, wie es dazu kam?«

Gisol berichtete von der Nachricht des Amtes und von seinem Gespräch, das ihm praktisch keine Chance ließ.

»So also geht es vor sich«, sagte Ranol. »Diese Halunken! Sie schrecken vor nichts zurück! Es ist an der Zeit, daß wir sie aus ihren Ämtern fegen!«

»Und was dann?« fragte der Namenlose. »Wer wird ihnen nachfolgen? Garantiert keiner von uns! Die Wimmelwilden wählen ihnen genehme Worgun aus und setzen sie ein. Da hat keiner von uns eine Chance, weil keiner von uns jemals heuchlerisch genug war, sich ihnen für den Fall der Fälle anzudienen.«

»Heuchlerisch?« fuhr Ranol auf.

»Beruhigt euch«, bat Gisol. »Es gibt zwei Dinge zu bedenken. Das eine ist, daß wir alle noch nicht bereit sind, weil die überwiegende Menge unseres Volkes nicht bereit ist, sich gegen die Zyzzkt zu erheben. Vor allem müßten wir uns zuerst gegen unsere eigenen Leute erheben. Das können wir nicht.«

»Da bin ich anderer Ansicht«, sagte der Namenlose.

Gisol winkte mit drei Tentakeln ab, die er extra dafür ausformte.

»Unser Volk ist nicht unser Feind«, sagte er. »Wir alle haben einen gemeinsamen Gegner. Vergiß das nie.«

»Es fällt schwer, es zu vergessen, wenn man täglich sieht, wie jene Mitglieder unseres Volkes sich den Wimmelwilden andienen. Sie sind Verräter an unserer Sache.«

»Vielleicht«, sagte Gisol, »und das ist das zweite, das es zu bedenken gilt, tun sie das nicht einmal wirklich freiwillig. Vielleicht werden sie dazu erpreßt. So, wie man mich erpreßt, den Wimmelwilden auf deren Planeten zu dienen. Was wäre denn die Alternative? Ich würde in der Abfallentsorgung verrotten, ich hätte kaum noch eine Möglichkeit, mit meinen Fähigkeiten unserem Volk zu helfen.«

»Und? Hast du diese Möglichkeit, wenn du Epoy verläßt?« fragte Ranol schroff.

»Ich weiß es nicht. Aber es gibt einen Unterschied zwischen ›nein‹ und ›vielleicht‹.«

»Du solltest auf jeden Fall zu den Wimmelwilden gehen«, sagte der Namenlose. »Selbst wenn du damit nicht allen Worgun auf

Epoy helfen kannst – du kannst uns helfen! Und ich fordere dich auf, genau das zu tun.«

*

»Du forderst mich auf? Sollte es nicht eher heißen, du bittest mich? Ich gehöre ja nicht einmal fest zu eurer Gruppe. Ich bin nur ein Gast.«

»Von jetzt an ist das anders«, sagte der Namenlose. »Ich habe dich gerade zu einem Mitglied unserer Gemeinschaft ernannt. Aber wenn du darauf bestehst – ich bitte dich, zu den Wimmelwilden zu gehen. Zufrieden?«

Gisol sah ihn stumm an. Irgendwie gefiel ihm die Sache nicht. Jahrelang war er ein Außenseiter der Rebellengruppe gewesen. Man hatte zwar Informationen ausgetauscht, aber wirklich eingeweiht in das, was sie taten, hatten die anderen Gisol nie. Und jetzt, von einem Moment zum anderen, nahm der Anführer der Gruppe ihn als Vollmitglied auf?

»Wie wäre es, wenn du mich zwischenzeitlich mal fragen würdest, ob ich das denn auch will.«

»Es dient dem Nutzen von uns allen.«

»Ich meine damit nicht deine Bitte, zu den Wimmelwilden zu gehen. Mir wäre ohnehin wohl kaum etwas anderes übriggeblieben. Ich meine diese plötzliche Aufnahme.«

»Du wolltest es doch seit Jahren. Ich weiß das. Und jetzt, da es soweit ist, sträubst du dich plötzlich? Ich verstehe dich nicht, Gisol.«

»Nein? Dann verstehst du sehr vieles nicht«, erwiderte der junge Energietechniker. »Ich will selbst bestimmen können, was ich tue. Ihr wollt euch doch auch nicht von anderen vorschreiben lassen, wie ihr leben sollt. Von den Wimmelwilden und der ihnen hörigen Scheinregierung. Ihr aber maßt euch an, über euresgleichen zu befehlen?«

»Früher wolltest du unserem Kreis angehören, jetzt plötzlich, wo dir diese Möglichkeit offensteht, nicht mehr? Du bist inkonsequent, Gisol. Ich hatte dich anders eingeschätzt. Wir haben dich lange beobachtet, wie wir es bei jedem tun. Wir wissen jetzt, daß du zuverlässig bist und daß wir dir absolut vertrauen können. Und daher habe ich nun deinen lange gehegten Wunsch erfüllt, nicht mehr und nicht weniger.«

»Ihr habt mir also nicht vertraut. Interessant.«

»Du weißt selbst, wie vorsichtig wir alle sein müssen. In den Augen der Regierung und der Sabocaer sind wir Verbrecher. Du erinnerst dich an Purgoms Verhaftung kurz nach deinem Besuch bei ihm? Damals warst du unvorsichtig und unzuverlässig. Du hättest allein zu ihm gehen sollen.«

»Damals war ich ein Kind. Mir fehlte die Erfahrung.«

»Die du jetzt besitzt. Das ist der Unterschied. Würdest du heute zu Purgom gehen, würde man ihn nicht anschließend verraten und verhaften.«

»Wißt ihr, was mit ihm geschah?«

»Nein. Bis heute nicht. Seine Spur hat sich verloren. Wir vermuten, daß er Epoy verlassen mußte. Wenn er hingerichtet wurde, dann sicher nicht hier auf unserer Heimatwelt. Vielleicht beschließt er seine letzten Tage auch in irgendeinem Gefängnis, in irgendeiner Strafkolonie.«

»Er wird längst tot sein«, sagte Ranol. »Er war damals schon alt. Es liegt 35 Jahre zurück.«

»Du müßtest übrigens nicht zu den Wimmelwilden gehen«, sagte der Namenlose plötzlich. »Es gäbe eine Alternative für dich, Gisol. Wir könnten dir eine andere Identität verschaffen. Du würdest in irgendeiner anderen Stadt leben, natürlich müßtest du in einem anderen Beruf arbeiten. Du müßtest ihn erlernen. Der Gisol von heute würde Selbstmord begehen, weil er sich vom Amt für Freundschaft und tätige Reue bedrängt fühlte; es gäbe ihn danach nicht mehr, aber ein Worgun anderen Namens würde in einer anderen Stadt seinen Wohnsitz nehmen, um sich beruflich verbessern zu können, und man würde zwar nachfragen, woher er ursprünglich stammt und was er bisher getan hat, aber so, wie wir deine Identität fälschen können, können wir auch deinen persönlichen Hintergrund entsprechend neu aufbauen. So, daß er zumindest einer lockeren Überprüfung standhält.

Uns stehen heute weit bessere Möglichkeiten zur Verfügung als noch vor 20 Jahren. Wir haben uns niemals ausgeruht. Wir wollen etwas bewirken, wollen etwas verändern und unser Volk schließlich befreien. Das geht nicht von heute auf morgen. Vielleicht wird es noch Generationen dauern. Aber wir können die Grundlagen schaffen.«

»Welchen Sinn hätte es, mir eine neue Identität zu geben?« fragte Gisol resignierend. »Ich würde meine Verwandten nie wiedersehen dürfen, und ich könnte meine alte Tätigkeit nicht mehr ausüben.«

»Später vielleicht, nach einer angeblichen Umschulung. Was die Verwandten angeht, hast du natürlich Recht. Es wäre dasselbe, als verließest du Epoy. Nun, denke darüber nach. Ich bitte dich trotzdem, dem Ruf des Amtes zu folgen und auf einem anderen Planeten tätige Reue zu zeigen.«

Er betonte das Wort ›tätig‹ besonders stark.

»Ich muß nachdenken«, sagte Gisol.

»Zögere nicht zu lange. Dir bleibt nicht mehr viel Zeit. Gisol verläßt Epoy, oder er verübt Selbstmord.«

»Ich möchte mich auf jeden Fall noch von meiner Familie verabschieden«, sagte Gisol.

»Das ist nicht gut. Sie werden es dir nicht erlauben. Denn damit würden sie öffentlich zugeben, daß auch außerhalb von Epoy Worgun leben.«

»Ich glaube nicht, daß sie mich daran hindern können«, sagte Gisol. »Als ich hierher kam, hatte ich erst den Transmitter benutzen wollen und einen Verwandtenbesuch beantragt.«

»Du bist doch noch so leichtsinnig wie einst!« entfuhr es Ranol. »Sie werden dort natürlich auf dich warten. Sie werden die Wohnung deiner Verwandten überwachen, damit du nichts Falsches sagen kannst. Du erscheinst aber nicht, weil du eben hier bist – und schon werden sie mißtrauisch. Narr!«

»Reg dich nicht künstlich auf«, dämpfte Gisol. »Ich kann noch immer dort auftauchen. Ich bin eben durch das Angebot des Amtes sehr verwirrt und habe mich erst noch irgendwo in der Pyramide herumgetrieben und darüber nachgedacht, was ich meinem Verwandten erzählen soll, kann oder darf! Ich sehe da keine Gefahr.«

»Vielleicht hast du recht«, überlegte der Namenlose. »Aber dann solltest du sehr bald zu ihm gehen. Du wirst einen Transmitter benutzen.«

»Die Transmitterstraßen wurden abgeschaltet. Energiemangel. Deshalb dauerte es so lange, bis ich hierher kam.«

»Inzwischen funktionieren sie wieder«, sagte der Namenlose. »Du wirst diesmal keinen Benutzungsantrag stellen, sondern einen Vorrangbefehl eingeben. Präge ihn dir ein.«

Er zeigte Gisol eine Sequenz von Steuerbefehlen, die über ein Terminal eingegeben wurden.

»Das ist ein Löschbefehl«, erkannte Gisol plötzlich.

»Richtig. Am Ende der Zeichenkette steht der Löschbefehl. Dir bleiben nur ein paar Sekunden, um den Transmitter zu benutzen. Danach schaltet sich die Steuerung komplett ab und formatiert den Datenspeicher. Es wird ein kleines Chaos geben, aber man wird bei einer Untersuchung nicht feststellen können, was wirklich passiert ist, und man wird nicht nachvollziehen können, daß du den Transmitter mit einem Vorrangbefehl der Sicherheitsbehörde benutzt hast. Denn durch die Formatierung werden auch deine Begleitdaten im Empfangsgerät gestört.«

»Und bei der Rematerialisierung bin ich kein Worgun mehr, sondern eine Mischung aus Zyzzkt, Grako und Salter«, sagte Gisol spöttisch. »Vielleicht aber auch ein Milchbrötchen.«

»Nur, wenn du den Transmitter nicht schnell genug benutzt.«

*

Er war schnell genug. Hinter ihm brach die Transmitterverbindung zusammen. Alarm wurde ausgelöst, der aber nicht Gisol galt. Der Transmitterraum wurde gesperrt, kaum daß er ihn verlassen hatte. Gisol sah zu, daß er sich schleunigst entfernte, ehe Mediziner auftauchten und ihn befragten, ob er irgendwelche Rematerialisierungsprobleme spürte.

Es hatte funktioniert.

Er verdrängte die Befehlsschaltung wieder aus seinem Gedächtnis. Er würde sie auf Epoy nie wieder benötigen – selbst in der ihm verbleibenden Zeit nicht, denn wenn es in Kürze den nächsten Zusammenbruch gab, wurde man garantiert mißtrauisch.

Und ob die Transmitter auf den Zyzzkt-Planeten mit den gleichen Steuerungsprogrammen arbeiteten, war fraglich.

Gisol suchte Kubras Wohnung auf. Doch gerade, als er den Signalgeber betätigen wollte, um sich anzumelden, trat ein anderer Worgun an ihn heran und wies sich als Sicherheitsbeauftragter des Amtes für Freundschaft und tätige Reue aus.

»Gisol, es ist Ihnen nicht gestattet, diesen Besuch zu machen.«

»Warum nicht?« fuhr er auf.

Der andere nahm ihn beiseite.

»Immer mit der Ruhe, mein Bester«, warnte er. »Seien Sie nicht so laut. Sie sind derzeit Geheimnisträger. Es besteht die Möglichkeit, daß Sie über das Angebot, das Ihnen unterbreitet wurde, reden, und das kann nicht toleriert werden.«

»Mir sind in letzter Zeit ziemlich viele Angebote offeriert worden«, sagte Gisol. »Welches speziell meinen Sie?«

»Sie wissen sehr gut, wovon ich rede!«

»Ich darf mich also nicht einmal von meinen Verwandten verabschieden?«

»Keinesfalls.«

»Und wenn ich dieses Angebot, auf das Sie anspielen, ablehne?«

»Wir glauben nicht, daß Sie das tun werden. Aber wenn, können Sie später wieder Kontakt mit Ihren Verwandten und Freunden aufnehmen. Danach.«

»Was soll das heißen?«

Der Sicherheitsbeauftragte schüttelte sich leicht und wechselte übergangslos das Thema. »Wo waren Sie solange? Wir haben Sie viele Stunden früher hier erwartet.«

Gisol leierte seine Ausrede herunter; er sei längere Zeit ziellos durch die Pyramide gelaufen, um nachzudenken, was er Kubra sagen sollte.

»Am besten kehren Sie wieder in Ihre Wohnung zurück«, sagte der andere Worgun. »Und zwar unverzüglich.«

»Und wenn nicht?«

»Dann«, sagte der Sicherheitsbeauftragte düster, »muß ich Sie festnehmen. Und diesen kleinen Skandal wollen wir doch beide vermeiden, oder? Sie die Unannehmlichkeiten, ich den Verwaltungsaufwand.«

»Ich werde mich beschweren«, sagte Gisol.

»Und bei wem?« fragte der Sicherheitsbeauftragte spöttisch.

»Bei den Verehrten«, sagte Gisol trocken.

Da wurde der andere plötzlich sehr blaß und sehr schweigsam.

*

Wieder in seiner Wohnung angelangt, wollte Gisol über die Gedankensteuerung Sichtsprechkontakt mit Kalum, später vielleicht mit Kubra, aufnehmen. Aber zunächst lag eine Dringlichkeitsanfrage seines Arbeitgebers vor, weshalb er am heutigen Tag seinem Arbeitsplatz ferngeblieben sei.

Gisol löschte die Anfrage.

Dann kamen die Anrufe bei seinem Elter und dessen Vermehrungspartner nicht zustande! Diese Rufnummern waren gesperrt! Auch Kubras Kinder und nicht einmal Lagon konnte er erreichen. Diverse andere Verbindungen zu Freunden und Bekannten waren ebenfalls nicht aufzubauen.

Man hatte seine Kommunikationseinheit entsprechend manipuliert.

Er konnte die Verwaltung anrufen, er konnte mit irgendwelchen ihm fremden Worgun reden. Da bestand keine Gefahr, daß er von der Offerte des Amtes sprach. Aber jene, denen er sich verbunden fühlte, waren plötzlich außerhalb seiner Reichweite.

Er rief sein eigenes Überwachungsprotokoll auf. Er hatte das Programm vor etwa zwei Jahren selbst entwickelt und seither ständig modifiziert. Demzufolge war niemand in seiner Wohnung gewesen. Die Verbindungssperre war also von außen geschaltet worden.

Dennoch prüfte er seine Wohnung sehr eingehend. Er verließ sich nicht nur auf sein Programm, sondern suchte sorgsam überall nach versteckten Bild- und Tonaufzeichnern. Erst als er völlig sicher war, daß er hier nicht abgehört wurde, atmete er auf.

So weit gingen sie also doch noch nicht!

Sie vertrauten darauf, daß er sich völlig abgeschottet fühlte. Von seiner Zugehörigkeit zu den Rebellen ahnten sie nichts, sonst hätten sie ganz anders reagiert.

Er ließ sich auf seinem Ruhelager nieder und dachte nach. Endgültig entschieden hatte er sich immer noch nicht. Wenn er auf Epoy blieb und eine andere Identität bekam, konnte er vielleicht weiter versuchen, Kontakt mit den Rebellen zu halten und hier gegen die Sabocaer zu arbeiten. Auch wenn die Rebellen um den Namenlosen diesem Vorhaben eher ablehnend gegenüberstanden.

Er beschloß, noch eine Nacht darüber zu schlafen und seine endgültige Entscheidung erst morgen zu treffen.

6.

Mitten in der Nacht wurde er geweckt. Jemand begehrte Einlaß.

Das gab's doch nicht! Verschlafen wälzte er sich von seinem Lager. Er fragte sich, wer da etwas von ihm wollte. Um diese Zeit konnte es sich eigentlich nur um die Polizei handeln. Waren sie doch auf ihn aufmerksam geworden?

Wenn sie schon an der Tür waren, hatte er keine Fluchtmöglichkeit mehr. Seine Wohnung im Innenbereich der Pyramidenstadt hatte keine Fenster, durch die er entweichen konnte. Eine Waffe besaß er nicht.

Wenn er sich hier verschanzte, konnten sie ihn über die Klimaanlage unschädlich machen. Sie brauchten bloß Betäubungs- oder Giftgas einzublasen.

Ihm blieb keine andere Möglichkeit, als sich in sein Schicksal zu fügen und die Tür zu öffnen. Das war noch der bessere Weg.

Ein Polizist trat ein. *Nur einer*, dachte Gisol erleichtert. *Vielleicht gelingt es mir, ihn auszuschalten.* Aber er wollte erst einmal wissen, was man ihm vorwarf. Eine Verhaftung konnte nicht beabsichtigt sein, sonst wären sie zu mehreren aufgetaucht.

»Sie sehen mich überrascht und verärgert«, sagte er. »Was soll das, um diese Zeit?«

Stumm ging der Polizist an ihm vorbei. Er trat an das Bildkugel-Terminal und benutzte die Sensortasten, um eine mathematische Formel einzugeben. In der Bildkugel blitzten diese Zeichen nur ganz kurz auf, um sofort wieder zu verlöschen.

Irritiert sah Gisol den Polizisten an.

»Sie kennen diese mathematische Beschreibung?«

»Natürlich«, sagte Gisol schnell. »Ich... nein. Sie ergibt keinen

Sinn.«

»Aber Sie können sie verstehen.«

Plötzlich begriff der junge Rebell. Mathematisch betrachtet war die Formel in sich widersprüchlich und widersinnig. Aber jeder Teil, für sich übersetzt, war ein kleiner Mosaikstein im Gesamtbild.

»Wird die Wohnung überwacht?«

»Nein«, sagte Gisol langsam. »Nein, sicher nicht. Ich habe das überprüft. Wer...«

Im gleichen Moment begann der Polizist sich zu verändern, wechselte seine Gestalt.

Und das, obwohl er einen ID-Dämpfer trug!

*

»Ranol!« stieß Gisol überrascht hervor. »Wie ist das möglich? Wieso kannst du dich verwandeln, obgleich du einen Dämpfer trägst?«

»Es ist eine Neuentwicklung«, sagte der Rebell. »Es ist ein falscher Dämpfer, der eine Gestaltveränderung nicht verhindert und stets die der momentanen Gestalt entsprechenden Personendaten abstrahlt. Du brauchst so etwas, wenn du auf das Verlangen des Amtes für permanente Unterdrückung nicht eingehst, sondern von uns eine neue Identität bekommst. Denn du kannst dann ja deinen bisherigen ID-Dämpfer nicht weiter verwenden. Er würde weiterhin Gisol-Daten senden und dich bei jeder Kontrolle auffliegen lassen. Einen ›normalen‹ anderen Dämpfer können wir dir nicht besorgen, an die Dinger kommen wir bisher noch nicht heran.«

Er öffnete eine Hautfalte und nahm ein identisches Gerät und eine flache Scheibe mit einem Informationsträger heraus. »Das ist für dich«, sagte er.

Gisol betrachtete den Dämpfer und die Scheibe mit der kleinen Kapsel darin. »Ich glaube, ich werde eine neue Identität nicht benötigen«, sagte er langsam. »Ich tendiere mehr und mehr dazu, Epoy zu verlassen.«

»Auch dann kannst du den falschen Dämpfer gut gebrauchen«, sagte Ranol. »Du kannst damit jederzeit deine Gestalt wandeln, ohne ihn abnehmen zu müssen und ohne daß er dich verrät oder dich behindert. Damit hast du einen sehr großen Vorteil für deine Arbeit.«

»Meine Arbeit wird darin bestehen, den Wimmelwilden technische Neuerungen um die Fühler zu hauen«, sagte Gisol bitter.

»Deine Arbeit wird darin bestehen, deine Entwicklungen uns zukommen zu lassen, den Wimmelwilden fast nur unbrauchbares Material vorzustellen – und uns mit Informationen von *draußen* zu versorgen.«

»Es wird eine Weile dauern, bis ich Informationen liefern kann«, sagte Gisol. »Ich werde mich erst einleben und sehr unauffällig agieren müssen. Es wird vielleicht Jahre dauern, bis ich einen Kommunikationsweg finde.«

»Du wirst ihn finden«, sagte Ranol. »Dessen sind wir uns alle sicher. Wir ahnten immer, daß die verschwundenen Wissenschaftler in Sabocaer-Dienste gezwungen wurden, aber wir hatten keine Beweise. Mit dir haben wir erstmals die Möglichkeit, eine Kontaktperson einzuschleusen. Wirst du es wirklich tun?«

»Ich bin mir noch nicht ganz, aber fast sicher«, gestand Gisol.

»So oder so – nimm den Dämpfer, und verinnerliche seine Gebrauchsanweisung.« Ranol deutete auf die Scheibe mit dem Informationsträger. »Und versuche, so bald wie möglich Kontakt mit uns aufzunehmen. Solltest du aber enttarnt werden, weißt du, was du zu tun hast.«

»Euch verraten«, sagte Gisol spöttisch.

»Du nimmst die Sache nicht ernst genug«, klagte Ranol.

»Oh, ich nehme sie sogar weit ernster, als du glaubst«, erwiderte Gisol. »Ich weiß, daß ihr von mir erwartet, mich dann selbst zu töten. Seid ihr sicher, daß ich dazu fähig bin?«

»Du mußt es sein.«

»Dann lehne ich ab.«

»Wie auch immer – es ist deine Entscheidung«, sagte Ranol. »Wir würden es vorziehen, wenn du dem Ruf folgst, aber wenn du es nicht tust und auch nicht in der Abfallentsorgung arbeiten willst, werden wir dir eine andere Identität geben. Das Angebot steht nach wie vor, wir ziehen es nicht zurück. Du bist einer von uns.«

»Nach Jahren des Mißtrauens«, sagte Gisol bitter.

»Du solltest das verstehen können.«

»Oh, ich verstehe es sehr gut«, sagte Gisol. »Wie kann ich Kontakt zu euch finden, wenn ich nicht mehr auf Epoy bin?«

»Du mußt versuchen, Zugang zu einem Hyperfunksender zu bekommen«, sagte Ranol. »Wir werden deine Nachricht empfangen und dir zu dann abzusprechenden Zeiten antworten. Vorläufig läßt sich noch nichts planen. Wir verfügen inzwischen über eine eigene Hyperfunkanlage. Wir benutzen eine selten gebräuchliche Frequenz.« Er nannte sie. »Du solltest sie dir sehr gut merken. Bitte keine Notizen als Erinnerungshilfen.«

»Das wäre zu gefährlich, ist mir klar«, wiegelte Gisol ab. »Dennoch werdet ihr wohl einige Zeit auf ein Lebenszeichen von mir warten müssen. Wenn ich gleich nach meiner Ankunft aktiv werde, erweckt das Mißtrauen.«

»Das wissen wir«, sagte Ranol. »Du wirst es also tun.«

»Ich…«

»Wir müssen es jetzt wissen, Gisol, nicht morgen. Wir werden morgen keinen Kontakt zu dir aufnehmen können, und danach ist es zu spät. Du hattest Zeit zum Überlegen. Jetzt entscheide dich.«

»Ich werde es tun.«

*

Stunden später lag er immer noch wach.

Ranol hatte sich in den Polizisten zurückverwandelt und war gegangen. Gisol betrachtete den falschen Dämpfer. Den originalen, den er bisher immer getragen hatte, hatte er dabei mitgenommen, um ihn »unauffällig zu entsorgen«, wie er sagte.

Äußerlich unterschied die Neuentwicklung sich in nichts von dem bisherigen Dämpfer.

Gisol verwertete den Informationsträger. Wie in jeder Worgun-Wohnung auf Epoy gab es auch hier einen Archivzugriff, dem Informationsträger abgefordert werden konnten, und die kleinen Ultraschallsender, die die Kunststoffscheiben öffneten. Gisol hatte zwar keine Kapsel aus dem Archiv abgerufen, aber das interessierte den kleinen Sender nicht, der die Plastikscheibe öffnete, die daraufhin eine Mentalkapsel freigab; Gisol schluckte sie und warf die Umhüllung wie immer in den Abfall.

Nur wenige Augenblicke später erwachte in ihm das Wissen, wie er den neuen, falschen ID-Dämpfer einzusetzen hatte. Welche Möglichkeiten er ihm bot, wie er anzuwenden war, welche Schwächen er hatte.

Gisol begann sofort mit praktischen Übungen, um dieses Wissen zu festigen; er wollte nicht riskieren, es zu verlieren, zumal er vielleicht nie wieder nach Epoy zurückkehren und es auffrischen konnte. Alles war völlig ungewiß.

Aber als dann irgendwann der Tag anbrach, stand die Entscheidung eines total übermüdeten Worgun namens Gisol fest.

Er würde Epoy verlassen und nominell in den Dienst der Zyzzkt treten.

Auch wenn das bedeutete, daß er sich von seinen Familienangehörigen nicht mehr verabschieden konnte und sie vermutlich niemals wiedersah.

Er begab sich zum Amt, um Toltal zu informieren.

*

Von diesem Moment an konnte und durfte er seine Wohnung nicht mehr betreten. Er war jetzt froh, die Zeit vorher noch für die Kontakte mit der Widerstandsgruppe zur Verfügung gehabt zu haben. Jetzt wäre das völlig unmöglich gewesen.

Er fühlte sich wie ein Gefangener, und er ließ das auch als harsche Kritik durchkommen – schließlich war er ein unbescholtener Bürger Epoys und kein Sträfling. Aber kaum einer derer, mit denen er es behördlicherseits zu tun hatte, ließ sich auf eine entsprechende Diskussion ein. Man verwies lediglich auf Sicherheitsbestimmungen.

Oh ja, mit so etwas ließ ein Mann wie Gisol sich doch nur allzu gern abspeisen!

Er protestierte gegen die Behandlung. Er drohte mit Beschwerden. Genau so, wie er dachte, daß sich ein normaler Worgun gegen behördliche Willkür zur Wehr setzte. So er denn den Mut dazu aufbrachte.

Er mußte vorsichtig sein, daß er es nicht übertrieb. Aber irgendwie hatte er bei seinen Protesten genau das richtige Fingerspitzengefühl. Immerhin wurde ihm gestattet, bestimmte Dinge aus seiner Wohnung holen zu lassen, die er mit zu seinem neuen Einsatzort auf einem fremden Planeten nehmen wollte.

Man erlegte ihm nicht einmal Beschränkungen auf. Wenn er gewollt hätte, hätte er seine komplette Einrichtung mitnehmen können.

Aber das wollte er nicht.

Die Versetzung leitete einen völlig neuen Abschnitt in seinem Leben ein, und er beschloß, unter alles, was bisher geschehen war, einen Strich zu ziehen.

Mit Ausnahme seines Rebellentums!

Aber davon ahnte das Amt nichts.

So gab es nur wenige Dinge, die Gisol mitnahm. Ein paar Erinnerungsstücke, die ihm wirklich sehr wichtig waren. Dinge, die ihn an seinen Elter und an seine Geschwister erinnerten, die er alle mit Sicherheit niemals wiedersehen würde.

Was würden sie von ihm denken, wenn er einfach so verschwand?

Die Chance, sich zu verabschieden, gewährte man ihm ja nicht.

Er rief Toltal an, um sich danach zu erkundigen. Tatsächlich hatte der Beamte ein paar Minuten für ihn Zeit und hörte sich Gisols Problem an. Aber dann machte er klar, daß man Gisols Familie *nichts* sagen würde. Er verschwand einfach spurlos, wie so viele andere vor ihm auch.

»Aber zumindest mein Elter Kalum wird nach mir fragen und wissen wollen, was wirklich geschah.«

»Er wird das nicht tun, Gisol, darauf können Sie sich verlassen. Noch nie hat jemand verlangt, nachzuforschen, wo ein Verschwundener verblieb. Es ist reine Routine.«

»Aber es wird schmerzhaft für Kalum und meine anderen Verwandten sein.«

»Wenn Sie ihnen diesen Schmerz ersparen wollten, hätten Sie sich für die Tätigkeit in der Abfallaufbereitung entscheiden können. Man hätte Ihre Erinnerung an das Angebot, auf einem anderen Planeten in tätiger Reue für die Verehrten arbeiten zu dürfen, gelöscht.«

»Aber dann hätte man mich doch einfach an meiner bisherigen Wirkungsstätte weiterarbeiten lassen können.«

»Ihre Arbeit dort ist abgeschlossen«, sagte Toltal. »Sie werden dort nicht mehr gebraucht.«

Toltal schaltete ab.

Gisol war etwas bestürzt. Seine Arbeit war abgeschlossen? Aber wieso? Er steckte noch voller Ideen, mit welchen er die Lebensbedingungen der Worgun auf Epoy wesentlich hätte verbessern können. Aber das wollte man nicht?

Für die Sabocaer zu arbeiten war wichtiger! Denen mußte es gut und besser ergehen, nicht den Worgun, denen man immer wieder eintrichterte, daß sie der Abschaum des Universums waren. Gisol begriff, daß die Zyzzkt nicht das geringste Interesse daran hatten, daß es den Worgun besser ging als bisher. Vermutlich war das Gegenteil der Fall.

Geniale Erfindungen waren auf Epoy nicht gefragt.

Sie sind Bestien, dachte Gisol. Er haßte sie, die sich die Verehrten nennen ließen.

Aber es änderte nichts an der Situation.

*

Bevor er an Bord eines Ringraumers ging, unterzog man ihn einer eingehenden Überprüfung. Er befürchtete, sein falscher ID-Dämpfer müsse bei dieser Prüfung entdeckt werden. Aber das geschah nicht.

Man wies ihm eine Kabine zu, und wenig später startete der Raumer.

Die Bildkugel, die sich in der Kabine befand, war klein; sie durchmaß allenfalls 30 Zentimeter. Sie zeigte den umgebenden Weltraum, aber als Gisol versuchte, über die Gedankensteuerung astronomische Daten abzurufen, mußte er feststellen, daß das unmöglich war.

Entweder verfügte dieser Raumer über keine Gedankensteuerung, oder sie war blockiert worden.

Wie es aussah, sollte er wohl keine Möglichkeit bekommen, die galaktische Position des Zielplaneten herauszufinden. Oder weitergehende Informationen zu erhalten…

Da ihm in dieser Hinsicht kein Zugriff gewährt wurde, versuchte er, sich wenigstens im Raumschiff umzusehen. Aber als er seine Kabine verlassen wollte, mußte er feststellen, daß die Tür verriegelt worden war und sich mit seinen Mitteln nicht öffnen ließ. Er war nicht in der Lage, seine Kabine zu verlassen.

Es ärgerte ihn, aber dieser Ärger war schon gar nicht mehr ganz so schlimm, wenn er sich in Erinnerung rief, daß dieser Ringraumer nicht von Worgun geflogen wurde, sondern von Zyzzkt. Die hatten die ihnen durchaus überlegene Technologie der Worgun schon während der letzten Kriegsphase teilweise übernommen, und sie nutzten jetzt rigoros alles, was die Worgun jemals hervorgebracht hatten, für ihre Zwecke.

Wenn Gisol sich also im Ringraumer frei hätte bewegen können, wäre er überall auf Zyzzkt gestoßen. Und das gefiel ihm gar nicht so sehr.

Zyzzkt, die Worgun-Raumer flogen – es war ein Sakrileg.

Aber dann wurde ihm bewußt, daß er kaum Zeit genug bekommen hätte, das ganze Raumschiff zu durchstreifen und dabei die einstige Größe seines Volkes zu atmen, selbst wenn er sich frei an Bord hätte bewegen dürfen. Damals hatten diese Raumer ganze Galaxien kontrolliert.

Aber das Ringschiff vollzog kurz hintereinander mehrere Transitionen, und schon nach weniger als zwei Stunden erreichte es sein Zielsystem. Gisol und seine geringe Habe wurden »ausgeladen«, und damit war sein Raumflug beendet.

Sein Traum, eines Tages zwischen den Sternen reisen zu können, wie es seinen Vorfahren einst möglich gewesen war...

Dieser Traum starb mit der Landung.

Er hatte die Sterne in der Bildkugel gesehen. Aber ebensogut hätte er sie sich in der Holo-Aufzeichnung eines Lernprogramms ansehen können. Wo war der Unterschied?

Er wußte nicht, wie weit er jetzt von Epoy entfernt war, weil die Sprungweite der Transitionen sich für ihn nicht berechnen ließ. Vielleicht war er per Zickzack-Verschleierungskurs im Nachbarsystem gelandet, vielleicht war er jetzt auch zigtausende von Lichtjahren entfernt.

Eine rotgelbe Sonne glühte am Himmel. Sie war kleiner als der blaue Stern, um den Epoy kreiste. Aber es war hier wesentlich wärmer.

Genauer gesagt, es war wesentlich heißer.

Und Gisol ahnte, daß er sich hier nicht besonders wohlfühlen würde...

7.

»Chssrrt« nannten die Zyzzkt diese karge Wüstenwelt, die als zweiter von sieben Planeten die heiße gelbrote Sonne umlief, in einer nahen Bahn, die gerade noch am »inneren« Rand der Biosphäre des Systems lag. Die klimatischen Bedingungen waren für Worgun alles andere als ideal; sie hätten eine solche Welt sicher nie kolonisiert. Aber die Zyzzkt schienen sich hier recht wohl zu fühlen.

Was Chssrrt in der Sprache der Insektenwesen bedeutete, wußte Gisol nicht. Und irgendwie interessierte es ihn auch nicht wirklich. Von größerem Interesse war die galaktische Position des Systems, die ihm aber niemand verriet.

Irgendwann würde er sie herausfinden, ebenso wie er irgendwann herausfinden würde, wie er sich per Hyperfunk mit den Rebellen auf Epoy in Verbindung setzen konnte – nur durfte er dabei nicht auffallen.

Man quartierte ihn in einer Art Wohncontainer ein. Vermutlich seiner wissenschaftlichen Qualifikation wegen erhielt er einen Einzelcontainer, den er mit niemandem teilen mußte. Andere Worgun, stellte er fest, waren weniger gut dran; sie wurden zu zweit oder zu dritt in einem Container zusammengepfercht.

Das hätte ihm gerade noch gefehlt!

Gisol war alles andere als ungesellig. Aber für ihn war es besser, allein wohnen zu können. So konnte er seinen Wohncontainer besser sichern und Abhörmöglichkeiten allmählich ausschalten oder ihnen aus dem Weg gehen. Wenn er mit anderen Worgun hätte zusammenwohnen müssen, hätte er all seine Geheimnisse mit ihnen teilen müssen. Über kurz oder lang hätten sie herausgefunden, was mit ihm los war.

Und da sie selbst keine Rebellen waren, würden sie ihn verraten.

Er war der erste Rebell, der Epoy verlassen und sich auf einem anderen Planeten umschauen konnte!

Allerdings fragte er sich schon nach sehr kurzer Zeit, was er hier eigentlich sollte. Er war Energietechniker und hatte einen besonders sparsamen Konverter entwickelt. Aber um derlei Dinge ging es hier auf Chssrrt überhaupt nicht. Es war keine Rede davon, seine Entwicklung hier zu produzieren.

Die Zyzzkt gönnten sie den unterdrückten Worgun nicht, aber selbst wollten sie sie anscheinend auch nicht verwerten!

Die Wüstenwelt verfügte über enorm große Vorkommen bestimmter seltener Erze. Ein Teil davon wurde für die Unitallherstellung benötigt. Es wurde gefördert und verarbeitet, daß es eine wahre Pracht war. Nur... es diente den Zyzzkt!

Die gewaltigen Verarbeitungsanlagen waren Lieferanten für eine Raumschiffswerft. Hier bauten die Worgun eine großangelegte Ringraumerproduktion auf. Gisol sah modernste Anlagen. Die Sache hätte ihm gefallen können, hätte sie nicht einen gewaltigen Haken gehabt.

Diese Ringraumer waren nicht für die Worgun selbst gedacht. Keiner von ihnen sollte jemals eines dieser hochmodernen, kampfstarken und schnellen Schiffe fliegen.

Die Produktion war für die »Verehrten« bestimmt!

Die Zyzzkt flogen jetzt Ringschiffe. Denn die waren technisch weit besser als ihre eigenen Raumer.

Worgun-Schiffe, von Zyzzkt besetzt... schon in den letzten Kriegsjahren hatte es das gegeben, und selbst in der Galaxis Nal, in welcher die Grakos einst tobten, ebenfalls ein Insektenvolk, hatten diese Grakos einst Worgun-Schiffe übernommen, damit andere Welten und Völker angegriffen und die Schuld daran den Worgun in die Schuhe geschoben, weil ja bekannt war, daß die Ringraumer flogen.

Es war infam, hinterhältig und verlogen.

Aber es paßte zu den Zyzzkt.

Gisol ahnte, daß es viele Planeten wie Chssrrt gab. Die durch ihre hohe Vermehrungsrate ständig expandierenden Wimmelwilden brauchten viele Raumschiffe, sehr viele! Hier wurde nur eine weitere von vielen Produktionsstätten aufgebaut.

Ausgerechnet von den Worgun, den eigentlichen Erfindern der Ringraumer!

Es war geradezu widerwärtig.

Es war erniedrigend.

Nun ja, das sollte es ja wohl auch sein. Die Zyzzkt setzten alles daran, die Worgun am Boden zu halten. Ahnten sie, wie gefährlich es vielleicht für sie war, es plötzlich wieder mit freien, selbständig denkenden Worgun zu tun zu bekommen?

Aber warum wollten sie jemanden wie Gisol hier haben? Die Produktion von Raumschiffen war ganz sicher nicht seine Welt. Wollten sie ihn nur kaltstellen, damit er nicht weiter auf Epoy arbeitete?

Das hätten sie einfacher haben können, indem sie ihn umbrachten. Oder ihn direkt ohne das Angebot, außerhalb Epoys zu arbeiten, zur Abfallverarbeitung versetzten.

Noch während er damit befaßt war, sich zu orientieren und sich ein Bild von dem Wüstenplaneten und dem künftigen Arbeitsplatz zu verschaffen, erhielt er Besuch.

Er rechnete damit, daß einer der zahlreichen anderen Worgun ihn aufsuchte, um mit ihm zu reden. Schließlich mußte man sich ja irgendwie näherkommen, und es war abzusehen, daß Gisol lange, sehr lange Zeit auf Chssrrt würde arbeiten müssen.

Aber der Besucher war kein Worgun.

Sondern ein Zyzzkt.

*

Zum ersten Mal in seinem Leben stand Gisol einem leibhaftigen Zyzzkt gegenüber. Sicher, es gab sie auch auf Epoy, wo sie als

»Freunde« auftraten. Aber Gisol kannte sie nur von Bildern, aus historischen Aufzeichnungen und den täglichen Nachrichten.

Er wunderte sich, wie klein dieser Zyzzkt war. Gisol hatte die Angehörigen des Insektenvolks immer für körperlich größer gehalten. Aber das schien reine Bildmanipulation zu sein. Dieser Wimmelwilde war gerade mal anderthalb Meter groß und damit um annähernd ein Viertel kleiner als ein Salter, und seine Körpermasse schätzte Gisol auf die Hälfte der seinigen.

Dafür hatte er im Lauf der Jahre einen Blick entwickelt. Schließlich hielt er sich nicht an das Verwandlungsverbot, und als Gestaltwandler mußte er durchaus wissen, wie groß die Körpermasse des nachzuahmenden Originals war.

Er hütete sich aber, den Zyzzkt auf seine Gestalt anzusprechen und ihn zu fragen, ob alle seiner Spezies solche Zwerge waren, oder ob er einen Ausnahmefall darstellte.

Für diese Frage gab es schließlich keinen logischen Grund!

Er mußte jetzt heucheln, wie er es noch nie in seinem Leben getan hatte. Angesichts des Zyzzkt mußte er unterwürfig und von Kollektivschuld beladen sein. Er hatte den Zyzzkt wie einen Gott zu verehren.

Es erstaunte ihn nicht, daß der Wimmelwilde allein bei ihm auftauchte, ohne Leibwächter, ohne sonstige Begleitung. *Er muß sich unglaublich sicher fühlen*, dachte Gisol.

Kein Wunder – welcher Worgun würde es schon riskieren, einen Verehrten anzugreifen? Nicht einmal mit Worten…

Was Gisol noch mehr überraschte, war, daß der Zyzzkt einen ID-Dämpfer trug!

Aber auch danach fragte er den Unterdrücker lieber nicht.

Der Zyzzkt trug einen Translator. Er hielt es nicht für nötig, bei einem Gespräch mit einem Worgun dessen Sprache zu verwenden. Er hielt es auch nicht für nötig, sich mit Namen vorzustellen.

»Du aus dem Volk derer, die einst Galaxien verwüsteten, Leben vernichteten und sich selbst zu Göttern erhöhten, fragst dich sicher, wie du auf diesem Planeten die Schuld deines Volkes sühnen kannst«, schnarrte der Zyzzkt. Allein für die überhebliche Formulierung hätte ihm Gisol liebend gern einen seiner Fühler abgeknickt.

»So ist es, Verehrter«, sagte er statt dessen unterwürfig.

»Deine berufliche Qualifikation ist uns durchaus bekannt«, fuhr der Wimmelwilde fort. »Und wir wollen auch nicht, daß du einfache Arbeiten verrichtest, die unqualifizierte Arbeiter besser erledigen können. Nein, du sollst weiterarbeiten und dein Konvertermodell noch verbessern. Deine jetzige Erfindung ist bereits für die neue Raumschiffsproduktion vorgesehen. Jeder Ringraumer, der künftig Chssrrt oder einen anderen Werftplaneten verläßt, wird damit ausgestattet sein.«

Und ihr bezahlt mir nichts für diese Erfindung. Ich wollte sie für mein Volk. Ihr habt sie mir nun gestohlen und verwendet sie für euch.

Aber er war zu vorsichtig, seine Gedanken in Worte zu kleiden, und er hielt sich auch soweit unter Kontrolle, daß seinem Körper nichts von seinem inneren Zorn anzusehen war. Er mußte damit rechnen, daß die Sabocaer sehr genau einschätzen konnten, von welchen Emotionen einer ihrer Sklaven erfüllt war.

Sklaven, das war es. Die Worgun waren nichts anderes als Sklaven der Zyzzkt geworden. Sie waren die Herren, und alles, was den Worgun gehörte, gehörte ihnen noch viel eher.

»Es freut mich, Verehrter, daß meine bescheidene Erfindung so hoch eingeschätzt wird«, log er und hätte dem Zyzzkt am liebsten auch den zweiten Fühler abgeknickt – und nicht nur den...

»Dir stehen auf Chssrrt finanzielle und technische Mittel zur Verfügung, von denen du auf Epoy nicht einmal träumen könntest«, fuhr der Zyzzkt derweil fort. »Du wirst alles erhalten, was du brauchst, um deinen Konverter *noch sparsamer* zu machen. Enttäusche uns nicht. Denn unsere Flotte wird immer größer, und Ala-Metall ist äußerst knapp, wie du weißt. Je geringer der Verbrauch, um so mehr Schiffe können wir bauen und einsetzen. Arbeite schnell und effizient.«

In Gedanken nannte Gisol ihn eine Bestie. Natürlich war das rotfunkelnde Ala-Metall, das ein spezifisches Gewicht von 481,072 hatte und in sich gigantische Energie barg, äußerst knapp. Aber einst waren Millionen von Ringraumern geflogen, in vielen Galaxien. Wenn die Zyzzkt jetzt auf Sparsamkeit drängten, hieß das, daß sie noch mehr als die damaligen Millionen von Schiffen zum Einsatz bringen wollten.

Wofür?

Sicher nicht nur, um Handel zu treiben und neue Welten zu kolonisieren. Das hätten sie mit ihrer eigenen Technik auch geschafft.

Nein, sie wollten vermutlich weiter Krieg führen!

Aber gegen wen jetzt? Wer stand ihnen denn noch im Weg, nachdem sie die Worgun besiegt hatten?

»Ich werde mein Bestes tun, Verehrter, um euch nicht zu enttäuschen«, log Gisol.

»Alles andere würdest du bereuen, Angehöriger des Volkes, das einst Galaxien verwüstete, Leben vernichtete und sich selbst zu Göttern erhöhte«, sagte der Zyzzkt, wandte sich ab und verließ Gisols Wohncontainer wieder.

In dem jungen Worgun tobte ohnmächtiger Zorn. Wenn er einen Blaster besessen hätte – er hätte dem Zyzzkt bedenkenlos einen Nadelstrahl in den häßlichen Insektenschädel gejagt.

*

In den kommenden Tagen sammelte Gisol zunächst weitere Informationen über sein Umfeld. Diese Tage waren auf Chssrrt etwas kürzer als auf Epoy, weil der Planet schneller rotierte. Etwas daran kam Gisol seltsam vor. Die Planetenmasse und damit auch die Schwerkraft entsprach ungefähr seiner Heimatwelt, aber die Rotationsdauer mußte künstlich verändert worden sein. Bald schon wurde ihm klar, aus welchem Grund – die Nähe der heißen, rotgelben Sonne heizte den Wüstenplaneten bei Tage dermaßen auf, daß bei seiner einstigen normalen Umdrehungsgeschwindigkeit das Leben an der Oberfläche noch weitaus unerträglicher gewesen wäre. So fanden die Tageserwärmungen und die Nachtabkühlungen in einem schnelleren Rhythmus statt, weshalb sie nicht ganz so radikal wirksam werden konnten.

Sie können also Planeten manipulieren, überlegte Gisol. *Haben sie das aus eigenem Können gelernt oder auch hier Worgun-Technologie gestohlen?*

Auch die Jahre waren hier kürzer; Chssrrt umlief seine heiße Sonne auf einer erheblich engeren und schnelleren Bahn als Epoy das blaue Heimatgestirn. Gisol legte einen speziellen Kalender an, der ihm stets verriet, welches Datum man auf Epoy schrieb, auch wenn er sich später schon viele Jahre hier befinden würde.

Die Ringraumerproduktion, die hier entstand, sollte gigantisch werden; wohl eine der größten Werften Orns. Immer mehr deutete für Gisol darauf hin, daß die Zyzzkt sich langfristig auf eine bedeutsame Aktion vorbereiteten. Die Schiffe mit Besatzungen zu versehen, war für sie das geringste aller Probleme. Bei ihrer Vermehrungsrate entstanden sicher pro Jahr mehr Wimmelwilde, als man Raumschiffe für sie bauen konnte.

Auf die Produktion von Großkampfschiffen verzichteten die Zyzzkt offenbar. Man munkelte, irgendwo in Orn seien noch zwei oder drei in Konstruktion, aber Genaues wußte niemand. Das wunderte Gisol kaum; schon die mittelgroßen Schlachtkreuzer der Erron-Klasse verbrauchten dermaßen viel Ala-Metall allein für den normalen Betrieb, daß die Ringraumerflotten wesentlich effektiver waren.

Wenigstens etwas, das sie uns nicht nehmen, dachte Gisol. *Der Ruhm, die Superschlachtschiffe entwickelt zu haben, verbleibt unserem Volk…* Aber was nützte es seinem Volk noch? Was hatten die Worgun von diesem Ruhm ehemaliger Großtaten, wenn niemand ihn ihnen gönnte, sie statt dessen dafür noch beschimpft und erniedrigt wurden?

Er stellte fest, daß es auf dieser Wüstenwelt auch jede Menge anderer Fremdvölker gab, die für die Zyzzkt arbeiten mußten. Logischerweise kannte er sie bisher nur aus dem Netz und den Bildkugelprogrammen. Auf Epoy war nie eines dieser Wesen aufgetaucht. Wie auch; die Worgun waren als der Abschaum Orns regelrecht isoliert.

Jetzt lernte er sie endlich in der Realität kennen.

Was brachte diese Völker dazu, für die Wimmelwilden zu arbeiten? Taten sie es freiwillig, als Verbündete, oder wurden auch sie gewaltsam in den Dienst der Sabocaer gepreßt?

Was Gisol verblüffte, war, daß ausnahmslos alle – selbst die Zyzzkt! – ID-Dämpfer trugen! Aber die Erklärung, die er dafür erhielt, war logisch. Zum einen diente es der Personenkontrolle, da die auf den jeweiligen Träger kalibrierten Geräte ja auch dessen Individualdaten sendeten, so daß eine Identifizierung der Person jederzeit einwandfrei möglich war. Zum anderen sollte damit verhindert werden, daß Worgun sich »verkleideten«.

Daß sie Gestaltwandler waren, war auf Chssrrt allgemein bekannt. Auch daß sie die einzige bekannte Spezies mit dieser besonderen Fähigkeit waren. Die Zyzzkt wollten vermeiden, daß ein Worgun die Gestalt eines anderen Wesens annahm. Wenn andere Wesen keine ID-Dämpfer trugen, wäre eine Kontrolle schwierig gewesen; ein siebenäugiger Yantar hätte also durchaus in Wirklichkeit ein Worgun sein können.

Aber wenn auch Yantaren, Reptos, Thlani und wie sie alle hießen, ebenfalls Dämpfer tragen mußten, war auf den ersten Blick erkennbar, daß sie keine getarnten Worgun sein konnten.

Daß ein Worgun auf Chssrrt einen falschen Dämpfer trug und jederzeit eine andere Gestalt annehmen konnte, ahnten selbst die Zyzzkt nicht.

Allerdings behielt Gisol seine Worgungestalt, während er sich orientierte, mit anderen seiner Art sprach und sich allmählich mit der auf ihn wartenden Arbeit vertraut machte.

Ständig rechnete er damit, daß ihm wieder ein Zyzzkt einen ungebetenen Besuch abstattete und ihn drängte, endlich mit seiner

Arbeit zu beginnen. Aber nichts dergleichen geschah. Entweder waren Gisols Fähigkeiten und Kenntnisse selbst bei den Wimmelwilden so hoch angesehen, daß man ihm einen gewissen Freiraum gewährte, oder es gehörte zur üblichen Routine, Neuankömmlingen eine Eingewöhnungszeit zu gewähren.

So konnte er sich bald einen halbwegs umfassenden Überblick verschaffen.

Bis er einen fast tödlichen Fehler beging...

*

Um an mehr Informationen zu gelangen, benutzte Gisol seine von dem falschen ID-Dämpfer nicht gebremste Fähigkeit und verwandelte sich in einen Zyzzkt. Lebende Beispiele, an denen er sich bei der Formgebung orientieren konnte, gab es zur Genüge. Der Zyzzkt, der ihn in seinem Wohncontainer aufgesucht hatte, war nur einer von vielen, die überall herumwimmelten.

Da die Zyzzkt relativ klein waren und ihr Gewicht nur etwa 50 Kilogramm betrug, dauerte die Komplettverwandlung rund fünf Minuten. Danach war Gisol ein ultrastarker Zyzzkt, da er zwar gut 100 Kilo wog, sein Volumen aber auf das eines Zyzzkt komprimieren mußte und nun in Wirklichkeit nur so aussah, als wöge er 50 Kilogramm.

Seinen falschen ID-Dämpfer brauchte er dabei nicht abzulegen. Die Verwandlung klappte erstklassig. So getarnt, konnte er sich nun als vermeintlicher Zyzzkt überall frei bewegen. Kritisch wurde es nur, falls er einem echten Zyzzkt begegnete.

Aber das wußte er zu vermeiden.

Im Schutz seines falschen Dämpfers begab Gisol sich in eine Kantine für Hilfsarbeiter. Es war eher Zufall; er war eigentlich immer noch dabei, seine Umgebung zu erkunden. Und nun betrat er einen Raum, in welchem sich »Minderqualifizierte« aufzuhalten pflegten, wie die Zyzzkt sie bezeichneten.

Von einem Moment zum anderen verstummten alle Gespräche.

Gisol sah sich in dem großen Raum um. An zahlreichen Tischen saßen Vertreter der unterschiedlichsten Völker. Sie speisten oder unterhielten sich. Auf den ersten Blick stellte Gisol fest, daß die Speisen nicht automatisch zubereitet wurden, wie es auf Epoy üblich war. Zu Hause formulierte man seine Wünsche, was die Mahlzeit anbetraf, und nur wenige Minuten später sorgte die allgegenwärtige Gedankensteuerung dafür, daß die gewünschte Speise im großen Ausgabefach materialisierte. Das war in Privatwohnungen nicht anders als in den Firmen. Vermutlich arbeiteten die Essensausgaben in den Wohnungen via Transmitter mit den »Kantinen« zusammen, die auf gedanklichen Wunsch hin so gut wie jede gewünschte Speise und jedes Getränk synthetisieren konnten. Aber auf Chssrrt gab es diese Technik nicht.

Was hier Kantine genannt wurde, hatte mit jener genialen Versorgungstechnik der Worgun nichts gemein und war lediglich die Bezeichnung für einen gemeinschaftlichen Speisesaal. Das Essen wurde hier von lebendigen Köchen zubereitet und war an der Ausgabestelle an der Stirnwand des Raumes abzuholen.

Von der Hochtechnologie der Worgun war nichts zu sehen, und auch die Zyzzkt-Technik griff hier nicht. Es war einfach alles nur entsetzlich primitiv.

Die Anwesenden sahen Gisol mißtrauisch an. Natürlich mußten sie in ihm einen Zyzzkt vermuten. Schließlich trug er seinen ID-Dämpfer deutlich sichtbar.

Er konnte keinen einzigen Worgun erkennen. Hier gab es nur die Fremdvölker. Und langsam erhoben sie sich jetzt, einer nach dem anderen.

Gisol konnte den Haß beinahe körperlich spüren, der ihm entgegenschlug.

Dieser Haß galt nicht ihm, dem Worgun, sondern den Zyzzkt. Und als einer von ihnen trat er hier ja auf...

Die Anwesenden stellten rasch fest, daß er allein war – und daß er keine Waffe trug.

Das war es wohl, woran er überhaupt nicht gedacht hatte. Alle

Zyzzkt, die er bisher auf Chssrrt gesehen hatte, trugen zumindest Handwaffen. Aber woher hätte er die nehmen sollen?

Die anderen, offensichtlich samt und sonders ungelernte Hilfskräfte, fragten nicht danach, warum der Zyzzkt, mit dem sie es zu tun hatten, keine Waffe trug. Sie nahmen nur zur Kenntnis, daß er unbewaffnet war, und sahen darin ihre Chance.

Noch ehe er begriff, wie ihm geschah, fielen sie bereits über ihn her!

Sie wagten es, einen Zyzzkt anzugreifen!

Kein Worgun der heutigen Generation, außer vielleicht die Rebellen, hätte das riskiert. Aber diese nichtworgunischen Geschöpfe taten es!

Er war ein Zyzzkt, er war allein, er war unbewaffnet. Und sie waren absolut in der Überzahl.

Sie ahnten ja nicht, wen sie vor sich hatten – woher denn auch?

Sie sahen nur den Zyzzkt. Und sie wollten ihn erschlagen!

Von allen Seiten drangen sie auf ihn ein. Schlugen nach ihm, versuchten ihn zu verletzen, ihn zu töten.

Sie ließen ihm keine Chance, etwas zu erklären, und er hätte das auch nicht gedurft, wenn er nicht sich und die Rebellengruppe auf Epoy verraten wollte.

So konnte er nur versuchen, sich einigermaßen zu wehren und zu entfliehen.

Dadurch, daß er seine Körpermasse erheblich verdichtet hatte, seine Kraft ihm aber uneingeschränkt zur Verfügung stand, war er um vieles stärker und schneller als ein normaler Zyzzkt. Damit hatten die Hilfsarbeiter wohl nicht gerechnet. Sie hatten sich auf einen normalen Zyzzkt eingestellt und wurden von der Vehemenz, mit welcher dieser sich wehrte, völlig überrascht. Er konnte sich freikämpfen. Aber sie waren ihm in der Masse einfach überlegen. Sie versuchten seinen Chitinpanzer zu zertrümmern, seine Fühler abzuknicken, seine Facettenaugen zu durchstoßen. Sie klammerten sich an seinen Gliedmaßen fest und versuchten, sie ihm abzudrehen oder auszureißen.

Sie wollten ihn töten!

Immer wieder wuchtete er sie von sich, schlug einige von ihnen bewußtlos. Bei einigen blieben seine Hiebe völlig wirkungslos, da er die neuralgischen Punkte ihrer Körper nicht kannte. Bei anderen reichte ein Schlag, sie auszuschalten, je nachdem, welcher Spezies sie angehörten.

Aber so sehr sie sich auch äußerlich voneinander unterschieden, eines hatten sie gemeinsam. Mordlust und Haß gegen ihre Unterdrücker.

Gisol wußte, daß er auf Dauer keine Chance hatte, dieser Übermacht zu widerstehen. Er bahnte sich einen Fluchtweg und stürmte aus der Kantine, die anderen hinter ihm her. Er rannte, so schnell ein Zyzzkt rennen konnte, zwischen den Gebäudeteilen davon, bog hier und da immer wieder überraschend ab und hoffte, daß sie nicht soweit dachten, weiträumig auszuschwärmen und ihm den Weg abzuschneiden.

Offenbar rechneten sie aber auch nicht damit, daß ihm andere Zyzzkt zu Hilfe kamen.

Schließlich gewann er eine kurze Zeitspanne Vorsprung.

Ohne seine Körpermasse abermals zu verändern, verwandelte er sich in eine Schlange und verschwand in der Kanalisation.

*

Erst viel später und weit entfernt tauchte er wieder auf und wälzte sich im Staub, um den Gestank loszuwerden, der ihm jetzt anhaftete. Die Sandwäsche nahm die Geruchspartikel auf. Eine mehrere Meter lange, blaugrau schillernde Riesenschlange von der Dicke eines Salter-Oberschenkels glitt davon, bis sie sicher sein konnte, von niemandem gesehen zu werden. Dann erst verwandelte Gisol sich wieder in seine Originalgestalt zurück.

Bei den Quellgeistern von Lorc! Sie hätten ihn tatsächlich umgebracht!

Wie unglaublich groß mußte der Haß in ihnen sein, daß sie so etwas riskierten! Sie mußten doch mit Konsequenzen rechnen! Die Sabocaer würden es nicht einfach hinnehmen, daß einer von ihnen erschlagen wurde. Und die Hilfsarbeiter der verschiedenen Fremdvölker konnten nicht ahnen, daß sie es nicht mit einem Zyzzkt zu tun hatten, sondern mit einem Gestaltwandler. Dennoch gingen sie das Risiko ein, bestraft und vielleicht sogar getötet zu werden, nur um einen der Unterdrücker unschädlich zu machen!

Gisol kehrte zu seiner Unterkunft zurück. Er mußte sich von dieser mörderischen Schlägerei erst einmal erholen. Er verriegelte die Tür hinter sich und dachte nach.

Sein Versuch, als Zyzzkt getarnt an Informationen zu kommen, war einfach nur bodenloser Leichtsinn gewesen. Er beschloß, ab sofort vorsichtiger zu sein und sich zunächst nur noch im Notfall zu verwandeln. Ganz gleich, ob in einen Zyzzkt oder in eine andere Lebensform.

In den nächsten Tagen begann er mit seiner Arbeit, bei der er vor allem mit anderen Worgun zu tun hatte. Von dem Haß, den er bei den Hilfsarbeitern kennengelernt hatte, war hier wenig zu spüren. Die Worgun zeigten eher resignierende Unterwürfigkeit. Es war nur normal, daß Gisol als Neuankömmling jede Menge Fragen stellte, um seinen Platz in dieser Welt zu finden, aber die Art, wie er diese Fragen in Worte kleidete, gefiel wohl nur den wenigsten. Einer von ihnen sprach es eine Woche später immerhin aus: »Willst du Unfrieden zwischen uns und den Verehrten säen? Manchmal redest du, als hätten sie die Kriegsverbrechen begangen, für die unser Volk verantwortlich ist.«

Worauf Gisol künftig besser auf die Wahl seiner Worte achtete. Auch wenn er ein Rebell war, und die anderen Worgun sicher auch gegen ihren Willen hierher verbracht worden waren, konnte er sie doch nicht einfach so auf seine Seite ziehen. Zu tief steckte der anerzogene Gehorsam in ihnen, die Demut und Unterwürfigkeit. Sie hatten sich irgendwie mit den Zyzzkt arrangiert, wohl wissend, daß sie so oder so keine Chance hatten. Ihre Heimat würden sie niemals wiedersehen, weil sie keine Raumschiffe besaßen, und es mochte auf anderen Planeten der Zyzzkt noch schlimmer für sie aussehen. Hier, auf Chssrrt, gab es nur relativ wenige Zyzzkt, wie Gisol schon bald herausfand. Man konnte ihnen aus dem Weg gehen, außer die Zyzzkt wollten mit einem Worgun reden. Anderswo mochte es nicht so sein.

In seiner Worgungestalt fand Gisol ebensowenig Kontakt zu den Fremdartigen wie als Zyzzkt. Sie blieben unter sich und schienen die Worgun nicht sonderlich zu mögen. Vielleicht sahen sie in ihnen auch die Massenmörder und Kriegsverbrecher von einst, waren ebenso wie die Worgun selbst von der Haßpropaganda der Zyzzkt vergiftet.

Gisol sprach sein lebensgefährliches Abenteuer gegenüber einigen Worgun an. Allerdings stellte er es so dar, daß er beobachtet haben wollte, wie die Hilfsarbeiter über einen Zyzzkt herfielen und ihn beinahe getötet hätten, wäre er nicht schnell genug entflohen.

»So etwas geschieht zuweilen«, sagte der Worgun Runtan besorgt. »Einige Male ist es ihnen auch schon gelungen. Und jedesmal haben die Verehrten uns alle bitter bestraft. Wer die Hand, den Tentakel oder sonstwas wider die Verehrten erhebt, begeht ein todeswürdiges Verbrechen. Die Verehrten machen sich erst gar nicht die Mühe, die Schuldigen zu eruieren. Sie bestrafen einfach alle, zur Abschreckung. Wir versuchen immer wieder, die anderen von ihrem schädlichen Tun abzuhalten und ihnen begreiflich zu machen, wie falsch es ist, den Verehrten, die uns alle beschützen und den Frieden in Orn für alle Zeiten garantieren, so undankbar entgegenzutreten. Aber statt das einzusehen, kapseln sie sich von uns ab.«

Gisol glaubte, einen ganz schwachen Hauch von Ironie in der Stimme Runtans mitschwingen zu hören. Vielleicht sollte er sich diesem Ingenieur mehr widmen, öfter mit ihm reden, um herauszufinden, was er wirklich dachte.

Runtan war jener, der ihm anfangs vorgeworfen hatte, mit seinen Worten Unfrieden säen zu wollen.

»Bedauerlicherweise«, fuhr der Worgun fort, »sind die Verehrten bei allen anderen Völkern zutiefst verhaßt. Sie behaupten, die Verehrten könnten nur regieren, weil sie die Macht haben. Und uns werfen sie vor, daß wir einst eine Supertechnik entwickelten, die nun von den Verehrten benutzt wird, und erst recht werfen sie uns vor, daß wir weiter daran arbeiten, diese Technik für die Verehrten zu verbessern – und jene Hasser dazu zwingen, uns dabei zu helfen. Sie mögen uns nicht, und sie mögen die Verehrten nicht. Nun, sie haben ja kaum genug Verstand, all das zu durchblicken und zu begreifen. Sonst wären sie nicht bloß Hilfskräfte, die nach unseren Anweisungen die Dinge zusammenbauen und in Betrieb halten, die wir entwickeln.«

Gisol war nicht sicher, ob die Fremdartigen wirklich so primitiv waren, wie Runtan es beschrieb. Der heimliche Stolz auf eigene Errungenschaften mischte sich in ihm wohl mit einer gehörigen Portion Überheblichkeit. Vielleicht, dachte Gisol, war an den Vorwürfen der Sabocaer tatsächlich etwas dran; vielleicht hatten die Worgun sich einst tatsächlich zu Göttern erhoben – und waren deshalb so tief gefallen.

Ein vager Verdacht bildete sich in ihm. Brauchten die Zyzzkt die neue Ringraumerproduktion vielleicht weniger, um einen neuen Krieg zu entfesseln, sondern eher, um Orn noch besser überwachen und eventuelle Rebellionen blitzschnell niederschlagen zu können?

Wenn ja, bedeutete das, daß es in Orn unter der Decke des Friedens längst gewaltig brodelte.

Wenn wir selbst etwas gegen die Wimmelwilden unternehmen wollen, werden wir uns vielleicht sehr beeilen müssen, dachte er sarkastisch. *Sonst kommen die anderen uns zuvor, und für uns bleibt nichts mehr zu tun…*

Runtan war Gisols Gemütsregung nicht entgangen. »Woran denken Sie?« fragte er.

»An einen Haufen Narren«, sagte Gisol.

*

Mit dem Aufbau der Ringraumerproduktionsstraße an sich hatte Gisol nur sehr wenig zu tun. Seine Aufgabe war es, den Gisol-Konverter, wie er inzwischen auch hier auf Chssrrt offiziell genannt wurde, weiter zu verbessern, damit er so bald wie möglich in die Raumer eingebaut werden konnte. Zusammen mit Runtan und zwei weiteren Assistenten arbeitete er an der Weiterentwicklung, trieb sie aber eher bedächtig voran. Solange kein Zyzzkt ihn aufforderte, schneller zu arbeiten, wollte er den Wimmelwilden so wenig wie möglich in die Hände arbeiten.

Seine Kollegen waren nicht böse darum. Sie hatten es auch lieber etwas gemütlicher und waren froh, in ihrem neuen Vorgesetzten jemanden zu haben, der zwar sicher alles mögliche und unmögliche, aber nicht das Tempo erfunden hatte.

Regelmäßig kam es zu Besprechungen mit den Worgun, die für den Aufbau der Bandstraßen verantwortlich waren, wie auch mit den Konstrukteuren der Ringraumer, die Änderungen der Energieversorgungsanlagen natürlich berücksichtigen mußten.

Letztere drängten darauf, bald Resultate zu erhalten. »Sobald die Produktionsstraße hergerichtet ist, müssen die ersten Schiffe vom Band laufen, und dann müssen wir bereits exakt wissen, wie und wo was optimiert werden kann. Wir brauchen die Daten für die Prototypen.«

»Dringend«, ergänzte ein anderer.

Vom Bandstraßenbau kam indessen keine Ungeduld. Da ging es nur sehr, sehr langsam voran. Es dauerte Monate, bis die Montagesäle errichtet wurden, bis die energetischen Laufbänder konstruiert wurden, bis Montagemaschinen zusammengebaut wurden. Gisol wunderte sich darüber. Noch mehr verwunderte ihn allerdings, als er bei einer Besichtigung feststellte, daß diese Ringraumerfabrik so ganz anders aussah, als er es von den Lehrprogrammen auf Epoy kannte. In den historischen Holofilmen, welche die Bildkugel ihm gezeigt hatte, waren die Fabriken wesentlich kompakter.

Es waren große, geschlossene Maschinenstraßen, die über Transmitter Rohstoffe und technische Ausrüstung aufnahmen und am Ende fertige Ringraumer ausspien – oder fast fertige, die nur noch mit speziellen Details ergänzt und ausgebaut werden mußten, je nachdem, für welches Einsatzgebiet sie vorgesehen waren.

Alles war automatisiert.

Hier dagegen nicht.

Hier war die Bandstraße offen. Von allen Seiten konnte und mußte Material angeliefert werden, nicht per Transmitter, sondern über A-Gravplatten oder – Gisol wollte es kaum glauben – Radfahrzeuge! Es wurden Unmengen von Arbeitsplätzen eingerichtet, an denen später die Hilfskräfte würden schuften müssen.

Und auch für die Errichtung dieser Fabrikanlage wurden massenhaft Arbeiter benötigt.

In den letzten Monaten hatte Gisol sich wenig für das interessiert, was außerhalb des Forschungstraktes vor sich ging. Aber jetzt stellte er fest, daß sich einiges geändert hatte. Die Anzahl der Hilfsarbeiter der unterschiedlichsten Völker hatte sich vervielfacht. Neue Unterkünfte waren entstanden, neue Versorgungseinrichtungen, die ebenfalls personalintensiv waren…

»Unglaublich«, sagte er irritiert. »Warum machen sie so etwas? Dieser ganze Aufwand kostet doch unwahrscheinlich viel Geld. Material für die Arbeiterstadt muß ebenso herangeflogen werden wie spezifische Lebensmittel. Denn ich sehe nirgendwo eine automatische Kantine oder eine Umwandlerfabrik, die aus beliebigem Material das formt, was gerade benötigt wird.«

Fast unbemerkt war ein Zyzzkt zu ihnen getreten. Er legte ein Greifglied auf Gisols Hautoberfläche.

»Die Kosten spielen keine Rolle«, erklärte er über seinen Translator. »Ich sagte dir schon bei unserem ersten Gespräch, daß du hier über Ressourcen verfügen kannst, von denen du auf Epoy nur hättest träumen können. Was benötigt wird, wird beschafft, egal wie.«

»Aber warum so umständlich – Verehrter?« setzte Gisol gerade noch rechtzeitig hinzu, um seiner fast wütenden Frage die Schärfe zu nehmen. Wütend, weil sicher kaum einer der vielen hinzugekommenen Arbeiter freiwillig hier war. Wenn sie alle den gleichen Haß auf die Zyzzkt hegten wie jene, die Gisol beinahe getötet hätten, warum gingen die Zyzzkt dann solch ein Risiko ein? Warum schürten sie den Haß noch weiter und zwangen andere Lebewesen in die Fron?

»Es wäre doch einfach, Roboter einzusetzen, die niedere Arbeiten viel schneller und präziser und vor allem billiger ausführen könnten!«

»Roboter? Wie kommst du darauf, Angehöriger des Volkes, das einst Galaxien verwüstete, Leben vernichtete und sich selbst zu Göttern erhöhte?«

»Durch logisches Denken, Verehrter.«

»Du solltest dein logisches Denken auf deine Arbeit konzentrieren und dir nicht den Kopf über Dinge zerbrechen, die von anderen entschieden werden«, tadelte ihn der Zyzzkt. »Werde nicht anmaßend.«

»Das liegt nicht in meiner Absicht, Verehrter. Ich dachte nur…«

»Du sollst dein Denken auf deine Arbeit konzentrieren! Hast du das endlich verstanden?« herrschte der Zyzzkt ihn an.

»Ja, Herr«, sagte Gisol so unterwürfig, wie es ihm eben möglich war. »Verzeih mir, Verehrungswürdigster der Verehrten. Ich werde künftig achtsamer sein.«

»Ich gebe dir dennoch eine Antwort, Abschaum«, schnarrte der Zyzzkt. »Auch wenn du es nicht verdienst. Es ist ganz einfach. Einst, als ihr arroganten Zellklumpen ganze Galaxien unterjochtet, habt ihr Energieverschwendung im größten Stil betrieben. Ihr habt aus dem Vollen geschöpft. Ihr habt Sonnen zum Erlöschen gebracht, indem ihr ihnen ihre Energie abzapftet, ohne euch darum zu kümmern, ob ihr damit eventuell Leben auf den Planeten jener Sterne vernichtetet. Ihr habt verantwortungslos Ala-Metall verbrannt und verschwendet. Das wird niemals wieder in dieser Form geschehen. Was ihr einst vergeudet habt, müßt ihr jetzt durch euren persönlichen Arbeitseinsatz ausgleichen. Sicher, in einem Punkt hast du sogar recht, Angehöriger des Volkes, das einst Galaxien verwüstete, Leben vernichtete und sich selbst zu Göttern erhöhte – es kostet eine Menge Geld. Aber so, wie ihr einst in Sachen Energie aus dem Vollen schöpfen konntet, können wir jetzt in Sachen Finanzen aus dem Vollen schöpfen. Mit einem drastischen Unterschied: Ihr habt damals niemanden gefragt. Uns gibt man es freiwillig. Weil jeder einsieht, daß nur so ein Weiterexistieren in Harmonie möglich ist. – Und nun geh wieder an deine Arbeit.«

»Ja, Verehrter«, flüsterte Gisol.

Der Zyzzkt stakste auf seinen dürren Insektenbeinen wieder davon.

Wenn sie doch jetzt so über dich herfallen würden, wie sie es bei mir taten, dachte er zornig.

Aber niemand tat ihm den Gefallen, den Zyzzkt umzubringen.

*

»Warum haben Sie von Robotern geredet?« kritisierte Runtan. »Sie haben den Verehrten provoziert und verärgert. Er muß sehr heiterer Stimmung gewesen sein, daß er so freundlich darauf reagierte. Gisol, Sie sollten doch wissen, daß wir Worgun keine autarken Roboter mehr bauen und einsetzen dürfen.«

Natürlich wußte er das. Die Zyzzkt hatten es verboten! Vielleicht hatten sie größere Probleme, Roboter unter ihre Kontrolle zu bekommen als lebende Wesen.

»Es ist kontraproduktiv, keine Roboter einzusetzen«, sagte Gisol. »Speziell hier auf Chssrrt. Wir sind doch nicht auf Epoy. Hier ist die gesamte Situation völlig anders. Die Verehrten wollen, daß wir schnell vorankommen. Andererseits wird der Bau der Ringraumerfabrik dadurch verzögert, daß keine Roboter zum Einsatz kommen, und die spätere Produktion wird auch langsam sein, weil Lebewesen niemals so schnell und präzise arbeiten können wie

Roboter. Nicht einmal wir Worgun könnten das.«

»Dennoch ist es verboten.«

»Es ist unsinnig«, beharrte Gisol, der glaubte, diesmal kein Risiko einzugehen, wenn er seinen Standpunkt klarmachte. »Roboter einzusetzen…«

»Ist uns verboten! Aus gutem Grund! Wenn wir selbst arbeiten, verlieren wir nicht die Distanz zu dem, was wir tun.«

»Das Verbot ist unsinnig, zumindest auf Chssrrt«, blieb Gisol bei seiner Meinung. »Schließlich sind es ja nicht mal wir Worgun, die die körperliche Arbeit tun müssen, sondern die anderen Völker.«

»Auch ihnen dürfte es verboten sein.«

»Haben Sie sie schon einmal danach gefragt, Runtan?« erkundigte sich Gisol.

»Natürlich nicht, wie denn auch? Die anderen reden doch nicht mit uns! Sie halten sich von uns fern. Gisol, lassen Sie uns nicht mehr von den Robotern reden. Es führt zu nichts. Die Entscheidung der Verehrten, daß wir keine Roboter einsetzen dürfen, ist gerecht. Dabei sollten wir es belassen.«

»Aber was ist Gerechtigkeit?« fragte der junge Rebell.

»Die Frage ist ketzerisch. Stellen Sie sie nie wieder. Ich glaube, das, was Sie unter Gerechtigkeit verstehen wollen, gibt es nirgendwo in diesem Universum.«

Einer, der zumindest nachdenkt, bevor er etwas sagt, dachte Gisol. Vielleicht konnte er Runtan tatsächlich zu einem Verbündeten machen. Ihn noch vor allen anderen.

Aber nicht heute, nicht morgen, nicht in einem Jahr.

Er mußte sehr vorsichtig und sorgsam vorgehen. Es würde sehr, sehr lange dauern.

Aber sie waren beide noch jung.

8.

Die Zeit verstrich. Man raufte sich irgendwie zusammen, und aus einer Gruppe individualistischer Wissenschaftler schmiedete Gisol ein Team. Sie arbeiteten in Ruhe; hin und wieder tauchte der Zyzzkt auf, den Gisol in unangenehmer Erinnerung hatte, und verlangte, Ergebnisse der Forschungsarbeit zu sehen.

Er bekam sie, aber er wunderte sich nicht einmal darüber, wie extrem langsam es voranging. Die Zyzzkt schienen nicht die geringste Ahnung von Geistesblitzen und Kreativität zu haben; sie schätzten die Worgun immer noch falsch ein.

Gisol hatte dagegen nichts einzuwenden.

Und seine Kollegen auch nicht. So sehr sie sich den Zyzzkt auch unterwarfen, so ungern lieferten sie den Siegern des Krieges ihr Ideenmaterial, für das sie nicht einmal Lob erhielten. Die Verehrten nahmen, aber sie gaben nicht.

So kam es den Worgun nur zupaß, daß Gisol alles ruhig angehen ließ.

Der aber ging in seiner Freizeit ganz eigene Wege, die er mit keinem anderen teilte.

Als Leiter der Energieforschungsabteilung hatte er jederzeit Zugriff zu allem verfügbaren Material, und was gerade nicht verfügbar war, konnte er bestellen, und innerhalb kurzer Zeit wurde es geliefert. Niemand fragte, wofür das gebraucht wurde, was Gisol anforderte.

Das zeigte ihm, daß die Zyzzkt sich zwar der Technik der besiegten Worgun bedienten, aber selbst nach so vielen Jahrhunderten noch keine Ahnung hatten, wie sie wirklich funktionierte!

Das war gut so. Der Zyzzkt hatte nicht gelogen – Gisol konnte hier wirklich aus dem Vollen schöpfen.

Auf Epoy hätte er nicht einmal einen winzigen Bruchteil dieser Möglichkeiten gehabt.

Dennoch vergaß er seine Heimat nie, vergaß auch Kalum und Lagon nicht, nicht Kubra und dessen beide Kinder Panek und Silam. Und erst recht konnte er die Rebellen nicht vergessen.

So, wie sich niemand darum kümmerte, was er an Material anforderte, kümmerte sich auch niemand darum, was verschwand, ohne wirklich verbraucht worden zu sein. Er testete es monatelang an. Aber die Zyzzkt interessierten nur die Resultate seiner Arbeit, nicht der Weg dorthin.

Kein Wunder, daß sie unsere Technik nicht begreifen, dachte Gisol zufrieden. *Sie drücken auf Schaltflächen und freuen sich, daß es funktioniert, aber sie fragen nicht, wie und warum es so ist.*

Sie waren arrogant und überheblich. Das, hoffte Gisol, würde ihnen eines Tages zum Verhängnis werden.

Er profitierte jedenfalls davon, wie er auch von seinem falschen ID-Dämpfer profitierte. Er verwandelte sich zwar nicht mehr in andere Lebewesen, aber er schuf Höhlungen in seinem Körper, in denen er das eine oder andere Gerät oder Bauteil in seinen Wohncontainer schmuggelte. Den hatte er längst perfekt abgesichert. Selbst wenn ein Zyzzkt ihn durchsuchte, würde er nichts Verdächtiges finden. Gisols ganz privates Labor, seine geheime Werkstatt, befand sich unterhalb des Containers, unter der Erde.

Es hatte ihn einiges an Mühe gekostet, diesen Raum auszuheben, einzurichten und zu tarnen, ohne daß jemand etwas davon mitbekam. Aber er hatte es geschafft, und jetzt konnte er dort ungestört arbeiten, während alle anderen glaubten, er schliefe.

Er hatte sich von Anfang an als ein Worgun mit überdurchschnittlich hohem Schlafbedürfnis ausgegeben; wo andere mit fünf oder sechs Stunden auskamen, benötigte er deren acht bis zehn. Er bestand darauf, auch den Zyzzkt gegenüber, seinen Schlaf zu bekommen, weil er nur in völlig ausgeruhtem und entspannten Zustand kreativ sein könne.

Die Zyzzkt akzeptierten es!

Sie mußten seine bisherige Arbeit wirklich extrem hoch einschätzen, daß sie ihm solche Freiheiten gewährten.

Natürlich schlief er nur die normalen sechs Stunden, die ihm völlig ausreichten. Die restliche Zeit, in der ihn niemand zu stören wagte, verbrachte er in seiner geheimen Werkstatt.

Und dort bastelte er aus den entwendeten Teilen Nachrichtensonden zusammen…

*

Schon ziemlich früh war ihm klar, daß er keine Chance hatte, an einen Hyperfunksender zu gelangen, um heimlich Informationen an die Rebellengruppe auf Epoy zu senden. Die Funkstation befand sich am Rand des Raumhafens, von einer weiten Freifläche umgeben. Es gab keine Möglichkeit, sich ungesehen zu nähern. Es sei denn, er verwandelte sich in einen Sandwurm und arbeitete sich unter der Oberfläche voran. Aber irgendwann mußte er sich doch wieder zurückverwandeln, und in der Funkstation befanden sich ausschließlich Zyzzkt.

Sie benutzten Schweber, um sich auf dem Raumhafengelände zu bewegen oder zur Station zu gelangen. Selbst wenn Gisol sich noch einmal in einen Zyzzkt verwandelte, hatte er dadurch noch längst keinen Zugriff auf eines der Schwebefahrzeuge. Sie waren speziell gesichert und benötigten die typische Zellschwingungsaura der Zyzzkt. Die konnte Gisols ID-Dämpfer allerdings nicht kopieren. Zyzzkt, die sich zu Fuß bewegten, gab es hier aber nicht; er würde unweigerlich auffallen.

Eine Weile hatte er das dortige Treiben aus der Ferne beobachtet. Aber es sah nicht danach aus, daß die Wimmelwilden den Sender auch nur für ein paar Minuten unbesetzt ließen. Nein, diese Option konnte er vergessen. Um sich mit den Rebellen auf Epoy in Verbindung zu setzen, mußte er sich schon etwas anderes einfallen lassen.

So kam er auf die Idee mit den Sonden.

Von Hyperfunktechnik verstand er nicht besonders viel, und jemand anderen fragen wollte er auch nicht. Auf Informationsträger mußte er verzichten; die Anlage auf Chssrrt verfügte nicht über ein Archiv. Also blieb ihm nur das Verwenden normal lichtschneller Frequenzen.

Aber er konnte den Sonden einen Mikroantrieb verpassen, der sie mit Sternensog durch den Weltraum jagte.

Viele Monate arbeitete er heimlich daran, seine angeblichen Schlafzeiten ausnutzend. Immer wieder verbesserte er den Prototypen, verwarf die Konstruktion, entwickelte sie neu, positionierte Geräte anders und versuchte sie zu miniaturisieren und optimal ineinander zu verschachteln. Dabei mußte er auch thermische Probleme berücksichtigen. Zuweilen erwies sich das verwendete Material als unbrauchbar; er mußte sich etwas einfallen lassen, um Ersatz zu bestellen. Das alles brauchte seine Zeit.

Als er fast fertig war, suchten ihn die Zyzzkt heim!

*

Diesmal kamen sie zu dritt. Sie warteten erst gar nicht, bis er ihnen die Tür öffnete, sondern zwangen sie mit einem Vorrangschlüssel auf. Das hätte er nicht einmal verhindern können, wenn er sie per Gedankensteuerung gesichert und verriegelt hätte. Aber von solchen Annehmlichkeiten konnte man auf Chssrrt nur träumen. Der Wohncontainer war zwar technisch hervorragend ausgestattet, aber auf Dinge wie Gedankensteuerung oder privaten Netzzugang mußte Gisol verzichten, wie auch alle anderen Worgun. Nun, zumindest was das globale Datennetz anging, war auch nicht zu erwarten, daß es eine ständige Hyperfunkverbindung nach Epoy gab! Und auf Chssrrt hatte man so etwas erst gar nicht eingerichtet.

Diese Wüstenwelt verfügte nur über eine einzige Wohnstadt für alle Arbeiter, und alles nötige Wissen, alle nötigen Informationen wurden von den Verehrten zur Verfügung gestellt.

Schließlich sollten die Arbeitssklaven der Zyzzkt ja keinen Kontakt zu ihren Heimatwelten aufnehmen können...

Gisol befand sich in diesem Moment in seinem Geheimlabor. Er schrak zusammen. Hatten sie erfahren, was er in den Nächten trieb? Wollten sie ihn jetzt zur Rechenschaft ziehen?

So schnell, wie sie ihn finden konnten, konnte er hier unten gar nichts zerstören!

Er war heilfroh, daß er wie immer den Zugang hinter sich geschlossen hatte. Es war keine Falltür im Boden, wie jeder sie wohl vermuten würde. Vielmehr hatte er einen Bereich im Hauptzimmer des Wohncontainers mit einer zusätzlichen Wand versehen. Dahinter blieb ein schmaler Spalt von nicht ganz einem halben Meter Breite, und hier führte eine Leiter nach unten. Wenn Gisol sich in sein Geheimlabor begab, war er gezwungen, seine Gestalt zu verändern, um überhaupt hindurchzupassen; er pflegte dann das Aussehen eines großgewachsenen Salters anzunehmen. Mit dessen Armen und Beinen konnte er sich auf der Leiter auch gut bewegen.

Die geheime Zwischenwand war auf den ersten Blick nicht zu erkennen. Auch die Türöffnung darin nicht. Sie war nahezu fugenlos, und mit der Zimmereinrichtung hatte Gisol dafür gesorgt, daß die haarfeinen Linien im Schatten lagen. Das schattenlose blaue Licht, das es in den Wohnpyramiden auf Epoy gab, vermißte er hier; aber in diesem Fall kam ihm das gelbliche, schattenwerfende Kunstlicht in den Wohnräumen auf Chssrrt zugute. Es sorgte für eine gute Tarnung.

Daß das Zimmer einen halben Meter schmaler war als in den anderen Containern, fiel nicht auf. Auch hierfür hatte er durch ein geschicktes Arrangieren der Einrichtung gesorgt. Um diese Verkürzung festzustellen, mußte man schon sehr genau hinschauen oder gar Messungen vornehmen.

Dennoch stieg Panik in Gisol auf. Die Zyzzkt kamen sicher nicht mitten in der Nacht zu dritt, nur um ihm einen Freundschaftsbesuch abzustatten. Was wollten sie hier? War Gisol vielleicht bei einer seiner heimlichen Aktionen beobachtet und verraten worden?

Sein Quartier wurde nicht überwacht; dafür hatte er von Anfang an gesorgt und alle Abhör- und Beobachtungseinrichtungen abgeschaltet. Niemand hatte sich dazu geäußert. Entweder waren die Laserkameras und Feldmikrofone nur pro forma installiert und wurden erst in Betrieb genommen, wenn jemand anderweitig Verdacht erregte, oder die Zyzzkt waren es gewohnt, daß Worgun sich unbeobachtet fühlen wollten.

Seit er sein Geheimlabor besaß, waren diese kleinen Geräte allerdings wieder in Betrieb.

Nur sendeten sie keine Bilder und Klänge mehr an eine Überwachungsstelle, sondern hinunter in den Geheimraum unter dem Container. Dort hatte Gisol eine Bildkugel installiert, die diese Signale empfing. So konnte er seine eigene Wohnung überwachen, und nur so bekam er überhaupt mit, daß die Zyzzkt eindrangen. Sie gingen erstaunlich lautlos vor.

Er schaltete die Tonwiedergabe auf geringste Lautstärke. Was nach hier unten übertragen wurde, mußte nicht oben wieder zu hören sein.

Er wagte sich kaum zu bewegen, lauschte und beobachtete.

Die Zyzzkt sahen sich um. Zwei von ihnen hielten Blaster in den Greifklauen. Die Waffen waren entsichert. Die Abstrahlpole glühten rötlich und verrieten, daß sie Nadelstrahlen verschießen konnten. Das hieß, daß die Zyzzkt in diesem Moment keine Rücksicht auf Gisols Forschergenialität nehmen würden…

Sie durchsuchten Wohn- und Schlafraum und auch die Hygienezelle. Gisol konnte hören, wie sie sich unterhielten, aber er verstand kein Wort. Warum sollten sie auch ihre Translatoren einschalten, wenn sie untereinander palaverten? Aber sie schienen sich irgendwie uneins zu sein. Einer von ihnen begann plötzlich die Wände zu untersuchen.

Er klopfte sie einfach ab, die bewährteste aller Methoden. Wo sich der Klang veränderte, mußte ein Hohlraum sein.

Ein anderer gab ein scharfes Zischen von sich und deutete auf eine der Laserkameras. Klickende und schnarrende Laute stieß er hervor. Der andere klopfte munter weiter und näherte sich immer mehr der Tarnwand. Jeden Moment mußte er sie erreichen und sein Abklopfen an ihr fortsetzen. Dann würde er sofort wissen, daß hier etwas nicht stimmte.

Der dritte interessierte sich auffallend für die Bodenplatte des Containers. Er schob die Möbel beiseite und hob den Teppich an. Dann ließ er ihn achtlos wieder fallen. Er ging hinüber in den Schlafraum. Dort wiederholte er das Spielchen.

Er kam zurück. Trotz seines völlig fremdartigen Aussehens schien seine Körperhaltung Ratlosigkeit auszudrücken.

Wieder schnatterten und zischten sie durcheinander. Der Klopfer wandte sich jetzt der Tarnwand zu und hieb dagegen.

Im gleichen Moment stieß einer seiner Artgenossen gegen den beiseitegeräumten Tisch. Darauf stehende Gegenstände fielen zu Boden, einer zerschellte. Es knallte und schepperte laut.

Dadurch fiel dem Klopfer nicht auf, daß die Wand, die er gerade prüfte, einen anderen Klang von sich gab.

Eine erneute Diskussion begann. Der Klopfer wandte sich der Tarnwand abermals zu.

Gisol setzte alles auf eine Karte. Lautlos und schnell hangelte er sich die Leiter hoch. Dadurch konnte er zwar die Bildkugel nicht mehr sehen, aber er wußte, wo der andere aufgehört hatte und weitermachen würde. Gisol lehnte sich genau dort gegen die Trennwand!

Damit verlieh er ihr mehr Masse.

Er glaubte die Vibration zu spüren, die entstand, als der Zyzzkt gegen die Wand schlug. Noch einmal ein weiteres Mal… so lautlos wie möglich bewegte sich Gisol mit. Er fing die Schläge ab.

Klappte es?

Blieb der Ton draußen soweit unverändert, daß der Hohlraum nicht auffiel?

Plötzlich gab es keine Schläge mehr. Es wurde still.

Gisol wartete ab. Bange Minuten vergingen. Erst nach längerer

Zeit stieg er wieder hinab und prüfte sein Quartier mittels der Laserkameras.

Die Zyzzkt waren fort.

Erleichtert stieg er wieder hinauf und betrat vorsichtig das Zimmer. Die Durchsuchungsaktion der Zyzzkt hatte Spuren hinterlassen.

Aber was hatten sie gesucht? Den Geheimraum? Oder ihn selbst?

Er überlegte.

Und dann entschloß er sich zum »Gegenangriff«.

*

Er suchte noch in der gleichen Stunde die Zentrale der Zyzzkt auf und meldete, jemand sei in sein Quartier eingebrochen und habe für Unordnung gesorgt. Ob etwas fehle, könne er noch nicht mit Bestimmtheit sagen. Da er nicht habe schlafen können, habe er einen Nachtspaziergang gemacht, und genau in dieser Zeitspanne sei es geschehen…

»Es war kein Einbruch«, schnarrte einer der Zyzzkt.

»Verehrter, von selbst entsteht bei einem ordentlichen Worgun wie mir kein solches Durcheinander. Es muß ein Fremder im Container gewesen sein und ihn durchsucht haben. Ich bitte, Verehrter, mir zu glauben. Warum sollte ich so etwas erfinden?«

»Es war kein Einbruch«, wiederholte der Zyzzkt. »Es war eine Durchsuchung. Ich selbst war dabei anwesend.«

In seinen Facettenaugen glitzerte es. Er und die anderen Zyzzkt in der Zentrale beobachteten Gisol sehr aufmerksam, schienen ihn genau zu fixieren und jede seiner Regungen zu studieren.

»Eine Durchsuchung?« Gisol zeigte sich zutiefst überrascht. »Aber – aber weshalb? Ich habe mir nichts zuschulden kommen lassen!«

»Geh und richte dein Quartier wieder her, daß es ordentlich aussieht«, sagte der Zyzzkt.

»Bitte, Verehrter. Gewährt mir die Gunst einer Antwort. Weshalb wurde meine Unterkunft durchsucht? Was ist geschehen? Was liegt gegen mich vor? Gibt es jemanden, der mich haßt und Intrigen gegen mich spinnt, der mich zu beschuldigen versucht, welcher Dinge auch immer?«

»Geh...«

Es klang endgültig.

Gehorsam wandte Gisol sich ab. Einen Teil dessen, was er mit seinem Vorstoß bezweckte, hatte er erreicht. Er hatte den Zyzzkt eine Erklärung für seine Abwesenheit geliefert, und das völlig unaufgefordert! Sie schienen ihm seinen nächtlichen Spaziergang zu glauben. Wenn sie ihn im Falle eines wirklichen Verdachts von sich aus herbeizitiert hätten, um ihn zu befragen, wäre das sicher nicht so einfach gewesen. Aber er spielte den Unschuldigen einfach perfekt – davon war er überzeugt.

Weshalb sie aber auf ihn aufmerksam geworden waren, wußte er immer noch nicht.

Er war schon halb aus der Tür, als der Ranghöchste der Zyzzkt ihn noch einmal ansprach. »Warte, Angehöriger des Volkes, das einst Galaxien verwüstete, Leben vernichtete und sich selbst zu Göttern erhöhte.«

An dieser Formulierung erkannte Gisol endlich, mit wem er es zu tun hatte. Obgleich er die Zyzzkt täglich sah, konnte er sie immer noch nicht voneinander unterscheiden. Für ihn sahen sie alle gleich aus, so sehr er sich auch bemühte, sie an Details auseinanderzuhalten. Doch diese Details schien es für seine Wahrnehmung nicht zu geben.

Aber dieser Begriff, der in der Sprache der Wimmelwilden aus einem einzigen, verächtlichen Wort bestand und vom Translator so ausführlich übersetzt wurde, schien der Lieblingsspruch seines ganz speziellen »Freundes« zu sein.

Gisol verharrte und drehte sich um.

»Ich erweise dir die Güte, es dir zu sagen. Uns wurde zugetragen, daß seit einiger Zeit immer wieder technische Gegenstände unterschiedlichster Art spurlos verschwinden. Die Lagerlisten stimmen nicht mehr. Ihr Abschaum seid die einzigen, die für diese Diebstähle in Frage kommen. Außerdem funktioniert in deinem Quartier die Überwachungsanlage nicht. So mußte der Verdacht auf dich fallen. Aber zu deinem unglaublichen Glück fanden wir nichts. Doch wiege dich nicht in Sicherheit, wir werden dich weiter beobachten.«

»Ihr – ihr mißtraut mir? Ihr habt eine Überwachungsanlage bei mir installiert?« tat er ahnungslos. »Aber warum, Verehrte?«

»Wir überwachen jeden«, sagte der Zyzzkt. »Bisher hatten wir keinen Grund, dir zu mißtrauen, Abschaum der Galaxien. Sorge dafür, daß es so bleibt. Und nun beleidige uns nicht länger durch deine unnütze Anwesenheit!«

*

Uns wurde zugetragen...

Also war das Verschwinden des Materials doch nicht so unbemerkt geblieben, wie Gisol dachte. Aber wer war der Verräter, der die Wimmelwilden mit den Fühlern auf etwas gestoßen hatte, das sie bislang gar nicht interessierte?

Immerhin schien es kein wirklich konkreter Verdacht zu sein, der gegen Gisol sprach. Sonst hätten sie sich anders verhalten.

Dennoch war es ein gewaltiger Schlag. Vorerst konnte er so nicht weiterarbeiten. Das wurde ihm spätestens am kommenden Tag klar, als er von der Arbeit zurückkehrte und anhand winziger Details feststellte, daß schon wieder ein Fremder in seinem Wohncontainer gewesen war. Er konnte sich auch denken, aus welchem Grund: Die Kameras und Mikrofone waren ausgetauscht worden.

Er wußte, wo sie bisher versteckt gewesen waren. Eines dieser Verstecke war jetzt leer.

Gisol machte nicht den Fehler, nach den neuen Überwachungseinrichtungen zu suchen. Er war sicher, daß man ihn jetzt sehr aufmerksam beobachtete.

Er konnte nun nicht mehr in sein Geheimlabor hinabsteigen. Die Arbeit dort ruhte bis auf weiteres. Gisol mußte abwarten. Die Überwachungsanlagen erneut umzustellen, hätte ihn höchst verdächtig gemacht. Sicher hatten die Zyzzkt inzwischen festgestellt, daß die ausgetauschten Geräte durchaus funktionierten, und würden darüber rätseln, warum sie keine Bilder gesendet hatten.

Sie waren jetzt garantiert *sehr* aufmerksam.

Er mußte sich etwas einfallen lassen. Etwas, womit er diese Überwachungstechnik austricksen konnte. Er dachte an eine Holographie, die er in dem Moment an die Überwachung senden konnte, in dem er in seinem illegalen Keller verschwand. Es konnte sicher nicht schwer sein, die Kameras mit eigenen Bildern zu überlagern und ihnen so seine Anwesenheit vorzugaukeln. Er brauchte dafür nur geeignete Geräte, und vor allem brauchte er eine Menge Bildmaterial. Denn wenn plötzlich in jeder Nacht die gleiche Szene übertragen wurde, mußte das auffallen.

Er mußte also variieren könnten, brauchte wenigstens zehn, zwanzig verschiedene Holoprogramme, die er nach dem Zufallsprinzip gegeneinander austauschen konnte. Aber selbst das versprach noch keine hundertprozentige Sicherheit.

Vielleicht sollte er von einem anderen Ort her eine Art Tunnel anlegen, durch den er sein Labor von außen erreichte. Dieser Tunnel mußte nicht sehr groß sein. Er hatte sich schon einmal in eine Schlange verwandelt; als solche konnte er durchaus einschlüpfen. Aber nicht jede Nacht, wie er es bisher getan hatte. Er würde öfters Schlaflosigkeit vorgeben müssen und Spaziergänge machen. Das durfte er nicht übertreiben, sonst zitierte man ihn zu einer medizinischen Untersuchung.

Seine Arbeit an den Sonden wurde dadurch erheblich verzögert. Er würde Jahre brauchen, bis er die erste einsetzen konnte.

Seinen Artgenossen konnte er nicht vertrauen. Die waren den Wimmelwilden hörig und würden ihn vermutlich sofort verraten, wenn sie begriffen, daß er nicht nur mit Worten, sondern auch mit Taten gegen sie rebellieren wollte.

Sie nahmen es ihm ja schon übel, daß er an den Einsatz von Robotern gedacht hatte, um die Ringraumerfabrik zu erbauen. Das war unerlaubte Kritik an den Entscheidungen der Verehrten!

Dabei hätte es ihm vieles leichter gemacht, wenn er seinesgleichen hätte vertrauen können.

Und immer wieder dachte er in einsamen Nächten zurück an Epoy und seine Familie und fragte sich, was die anderen über ihn dachten. Oder hatten sie ihn längst vergessen?

Meine Familie, mein Volk. Unterdrückt von den Wimmelwilden. Und kaum einer bringt den Mut auf, etwas gegen sie zu tun. Ihr Quellgeister von Lorc, warum kann sich mein Volk nicht einfach gemeinsam erheben und diese Geißel der Galaxis hinwegfegen?

Er wußte, warum.

Weil die Zyzzkt mit ihrer jahrhundertelangen Propaganda die meisten Worgun einfach verdummt hatten.

Und – weil die Zyzzkt die Waffen besaßen, und die Worgun nicht.

Er verfluchte die Zyzzkt und wünschte sie allesamt ins Zentrum eines Schwarzen Loches.

9.

Natürlich verschwanden auch weiterhin Teile. Erstens würde Gisol sie eines Tages ohnehin benötigen, wenn es ihm gelang, seine Arbeit fortzusetzen, und zweitens konnte es Verdacht erregen, wenn der Materialdiebstahl ausgerechnet jetzt aufhörte.

Natürlich ging er noch vorsichtiger zu Werke als bisher. Er ging davon aus, daß nunmehr kontrolliert wurde, und tatsächlich behielt er recht. Aber es gelang ihm, den Rhythmus zu erkennen, in dem diese Kontrollen stattfanden.

Eines Tages stellte er überrascht fest, daß in Wirklichkeit sogar noch viel mehr illegal entnommen wurde, als er mitnahm! Es war noch ein zweiter Materialdieb am Werk!

Das bestürzte ihn.

Wer konnte der andere Dieb sein?

Es mußte einer der Worgun sein. Aber wer?

Gisol versuchte sich ein Bild zu machen, indem er prüfte, was verschwand, wenn es nicht gerade in seiner Hautfalte versank. Es sah danach aus, als wolle jemand ein Funkgerät basteln. Ein Hyperfunkgerät.

Gab es doch noch jemanden außer ihm selbst, der heimlich gegen die Zyzzkt arbeitete?

Er dachte nach.

Einen Hyperfunkspezialisten gab es unter den hier stationierten Worgun nicht. Aber er glaubte einmal aufgeschnappt zu haben, daß Fernkommunikation Runtans Hobby war. Ein Hobby, das der Worgun aber nur in der Theorie ausüben konnte – weder auf Epoy noch hier hatte er Zugang zur Funkstation.

Bastelte er sich etwa ein eigenes Gerät zurecht?

Gisol suchte ihn unter einem Vorwand in seinem Quartier auf. Unauffällig sah er sich um. Da er kein einfältiger Zyzzkt war, sondern selbst einen Geheimraum eingerichtet hatte, wußte er, worauf er achten mußte. Wenn ein Worgun ein Geheimnis verbergen wollte, konnte er damit anderen Spezies gegenüber Erfolg haben, nicht aber gegenüber einem seiner eigenen Art, vor allem nicht, wenn der die kleinen Tricks kannte.

Aber er konnte nichts entdecken.

In einem Gespräch versuchte er etwas aus Runtan herauszukitzeln. Aber der andere wurde immer abweisender und verschlossener. Schließlich drängte er Gisol zu gehen. »Du solltest wissen, daß wir unter der Überwachung der Verehrten stehen«, sagte er. »Wir alle. Und es wäre sicher nicht gut für dich, wenn die Verehrten feststellen, wie aufrührerisch deine Worte sind.«

»Ich bin kein Aufrührer«, erwiderte Gisol schroff.

»Warum zweifelst du dann an der Huld und Barmherzigkeit der Verehrten? Sie hätten uns damals ausrotten können. Aber sie taten es nicht, weil sie uns die Chance geben wollten, unsere Verbrechen wiedergutzumachen.«

»Ich zweifele nicht«, sagte Gisol nachdrücklich. »Ich versuche nur auf meine Weise, etwas dafür zu tun.«

Es war eine jener zweideutigen Bemerkungen, die Runtan hätte verstehen müssen. Aber er schickte Gisol davon.

Gisol entsann sich, daß er einmal beabsichtigt hatte, Runtan im Laufe der Jahre allmählich zu überzeugen. Heute aber war er überzeugt, daß das unmöglich war. Entweder hatte er Runtan damals falsch eingeschätzt, oder der hatte einen Sinneswandel durchlebt.

Dann eben nicht...

*

Zwei Monate später erschien Runtan nicht mehr zur Arbeit. In seiner Behausung war er auch nicht zu finden. Sie wurde von Hilfsarbeitern in einer Blitzaktion abgerissen und ein neuer Wohncontainer errichtet.

Gisol versuchte mit einigen der Arbeiter darüber zu reden. Er hatte sich ihr Aussehen gemerkt und wollte sie ansprechen. Aber sie waren ebenso verschwunden wie Runtan.

Takon, ein älterer Worgun, dessen Spezialgebiet semistabile Diffusordynamik war, wurde halbwegs gesprächig, als er mit Gisol allein war.

»Ausgerechnet Runtan«, murmelte er. »Von dem hätte ich so etwas zu allerletzt erwartet. Eher von Ihnen, Kollege Gisol.«

»Was erwartet?« wollte der junge Rebell wissen. »Was ist passiert?«

»Sie haben ihn verhaftet und weggebracht. Soweit ich weiß, ist er bereits hingerichtet worden.«

Gisol war bestürzt, obgleich er es schon geahnt hatte, nachdem Runtans Container zerstört wurde. »Aber weshalb?« fragte er.

»Weshalb? Können Sie sich das nicht denken, Gisol?« stieß Takon hervor. »Er hat heimlich einen Hyperfunksender gebaut!«

Also doch!

»Er muß wohl versucht haben, mit diesem Gerät Kontakt mit Epoy aufzunehmen«, fuhr Takon fort. »Aber nicht mit offiziellen Stellen, sondern mit einer Rebellengruppe, die es da angeblich geben soll. Gisol, Sie sind als letzter von Epoy hierher gekommen. Wissen Sie etwas darüber? Gibt es diese Rebellen wirklich?«

»Ich weiß es nicht«, log Gisol. »Ich habe nur Gerüchte gehört, aber ob Gerüchte die Wahrheit wiedergeben, ist fraglich. Ich habe mich auch nie darum gekümmert. Ich bin Forscher und Wissenschaftler, kein Untergrundpolitiker oder gar Terrorist.«

»Ich hatte Sie lange Zeit im Verdacht, genau das zu sein«, gestand Takon. »Aber in Wirklichkeit war es Runtan. Er hat uns alle getäuscht, bis zuletzt.«

»Sie hatten mich in Verdacht?« Gisol gab sich empört. »Dann waren Sie es, der mich bei den Verehrten denunzierte, worauf sie meine Wohnung auf den Kopf stellten?«

»Das war ich nicht«, sagte Takon. »Das war auch Runtan.«

Ausgerechnet! Der Zorn packte Gisol. Er war einmal bereit gewesen, Runtan zu vertrauen, und gerade der hatte seinerseits versucht, Gisol den Zyzzkt ans Messer zu liefern, nur um von sich selbst abzulenken?

»Woher wissen Sie das?« fauchte er.

»Weil er es mir gesagt hat. Er hätte Sie beobachtet, sagte er. Sie hätten Material abgezweigt und verschwinden lassen. Nun, er selbst hat das getan, wie wir nun wissen.«

»Woher wissen wir es?«

Takon lachte.

»Wir haben unsere Informationskanäle. Sie kennen die nicht, Gisol, denn Sie sind noch bei weitem nicht so lange hier wie wir anderen. Wir haben Grund, Ihnen zu mißtrauen. Nach wie vor.«

»Warum?«

»Sie pflegen hin und wieder eine – sagen wir mal – für einen Worgun ungewöhnliche Sprache. Sie treten auf wie ein Rebell, der krampfhaft versucht, sich nicht als Rebell erkennen zu lassen.«

»Und wenn ich ein Rebell wäre? Rein theoretisch gefragt.«

»Dann würden Sie Runtans Weg gehen«, erwiderte Takon ruhig. »Wir sind hier, um für die Verbrechen unseres Volkes Sühne zu leisten, nicht, um ihnen weitere Verbrechen hinzuzufügen.«

»Ich bin kein Rebell«, sagte Gisol.

»Beweisen Sie es. Dann werden Sie vielleicht eines Tages von uns akzeptiert«, sagte Takon ehrlich. »Wenn wir sicher sind, wie wir Sie einschätzen können. Wenn wir sicher sind, daß sie nicht auch so ein unverbesserlicher Schurke wie Runtan sind.«

»Was kann ich tun, um das zu erreichen?«

»Ich weiß es nicht«, sagte Takon.

*

Nachdem Runtan entlarvt und von den Zyzzkt für immer aus dem Verkehr gezogen worden war, ließ Gisol einige Zeit verstreichen, ehe er wieder mit eigenen Aktivitäten begann. Allerdings verschaffte er sich weiterhin Material. Offenbar wurde das jetzt nicht mehr kontrolliert, weil die Zyzzkt sich inzwischen sicher fühlten.

Gisol erfuhr auch, wie Runtan aufgeflogen war. Nicht einmal wegen des Materialdiebstahls. Es hatte ihn auch niemand verraten, das hatte er selbst besorgt. Er hatte den selbstgebauten Hypersender benutzt – und war der Funküberwachung sofort aufgefallen. Sie hatten ihn blitzschnell angepeilt und verhaftet.

Gisol war froh, nicht den gleichen verhängnisvollen Fehler begangen zu haben. Nun gut, er selbst verstand von Hyperfunktechnik nichts. Aber wenn, wäre er sicher den gleichen Weg gegangen wie Runtan und hätte auch das gleiche Ende gefunden.

Einige Monate später schaffte er es, eine Holo-Aufzeichnung herzustellen und wiederzugeben, die der Überwachungsanlage vorgaukelte, er befinde sich in seinem Wohnraum, während er in Wirklichkeit nach langer Zeit endlich wieder in seinen Geheimkeller hinabstieg. Dort prüfte er die Überwachungsanlage und stellte fest, daß sie nicht sendete. Sie war ferngesteuert abgeschaltet worden. Die Zyzzkt hatten offenbar das Interesse an ihm verloren.

Wieso auch nicht? Sie hatten ja einen Schuldigen, den sie hinrichten konnten, bekommen. Er hatte sich ihnen durch seinen Leichtsinn selbst ausgeliefert. Damit war für ihren primitiven Insektenverstand die Sache erledigt.

Primitiv?

Du übst dich in Überheblichkeit durchfuhr es Gisol. Die Zyzzkt waren alles andere als primitiv, sonst wäre es ihnen nicht gelungen, die interstellare Raumfahrt zu entwickeln. Sie dachten nur in einfacheren Bahnen als ein Worgun. Und Gisol mußte sich hüten, abschätzig auf sie hinabzusehen. Das war dann Arroganz, die schon so manchen zu Fall gebracht hatte.

Er mußte die Wimmelwilden ernst nehmen, auch wenn sie ihm auf den ersten Blick als primitiv erschienen.

Gisol beschloß, die Chance zu nutzen, die sich ihm jetzt bot. Wieder polte er die Überwachungsanlage um, so daß sie nichts mehr nach außen senden konnte. Falls sie von den Zyzzkt zwischendurch wieder aktiviert werden sollte, wußte er von nichts und konnte die Wimmelwilden dezent dahin lenken, daß sie sich erinnerten, daß so etwas schon einmal vorgefallen war.

Sie würden die Anlage erneut austauschen lassen und sich erneut wundern.

Aber irgendwie glaubte Gisol nicht mehr daran, daß man ihn noch einmal behelligte. Die Zyzzkt waren zwar nach wie vor nicht so ganz von seiner Loyalität überzeugt, aber sie hielten ihn auch nicht mehr für eine Bedrohung ihres Systems. Selbst wenn sie glaubten, daß er auf Epoy Kontakt zu den Rebellen hatte, war er nun schon viel zu lange hier und von jenen abgeschnitten, als daß es noch zu Kontakten kommen konnte.

Aber Gisol machte weiter.

Jetzt erst recht!

Endlich konnte er sein Geheimlabor wieder verwenden.

Er schaffte die zwischendurch entwendeten Teile heran, die er an einem versteckten Ort »zwischengelagert« hatte, und setzte seine nächtlichen Bastelstunden endlich wieder fort. Natürlich mußte er nach wie vor damit rechnen, durch einen dummen Zufall entdeckt zu werden, und blieb deshalb stets äußerst vorsichtig. Aber offenbar war die Gefahr geringer als er dachte.

Und er kam endlich wieder voran.

Schließlich waren die ersten Sonden fertig.

Fünf Stück hatte er gebaut, eine für den möglichst bald erfolgenden Einsatz, die anderen vier für später, denn er konnte nicht davon ausgehen, daß er bis in alle Ewigkeit Material zusammenraffen konnte.

Die Sonden waren vergleichsweise winzig.

Sie durchmaßen trotzdem noch etwa 35 Zentimeter. In ihren Kugelhüllen bargen sie eine unglaublich komprimierte Technik. Gisol konnte auf das, was er hier konstruiert hatte, wirklich stolz sein. In Sachen Miniaturisierung waren schon seine Vorfahren ganz groß gewesen, aber er war drauf und dran, sie zu übertreffen.

Das installierte Funkgerät war recht simpel. Was ihm mehr Probleme bereitet hatte, war der Antrieb. Der mußte auf jeden Fall überlichtschnell sein. Es war zwar wenig Masse zu bewegen, aber um den Sternensog zu erzeugen, bedurfte es doch bestimmter Grundvoraussetzungen. Und die bestanden allein schon aus der Anzahl der Flächenprojektoren, die ihre Energie im Brennpunkt konzentrierten, der das Objekt hyperschnell davonjagte.

Gisol mußte miniaturisieren, was sich nur eben verkleinern ließ.

Dabei verzichtete er völlig auf den Sub-Licht-Effekt. Den SLE, der das Objekt von Null auf Lichtgeschwindigkeit beschleunigen konnte, unterdrückte er einfach. Seine Sonden würden aus dem Stand überlichtschnell starten.

Sie konnten es, weil sie keine Lebewesen transportieren mußten.

So konnte er auf Andruckabsorber verzichten. Gravitationseinflüsse dagegen würden ohnehin nicht durchschlagen, weil die Sonden ein Intervallfeld aufbauten. Innerhalb dieses künstlich erzeugten Miniweltraums galten ganz eigene Naturgesetze, die sich teilweise von denen des Normalkontinuums unterschieden. Innerhalb eines Intervallfelds existierte nur die Schwerkraft, die als Standard vorgegeben war – und dazu gehörten auch Flieh- und Beharrungskräfte. Überlichtschnell fliegende Ringraumer konnten im Schutz ihrer Intervallfelder einen extremen Zickzackkurs fliegen, konnten die Vektoren sogar total umkehren, ohne daß die Besatzung davon beeinträchtigt wurde. Nur im unterlichtschnellen Flug stießen solche radikalen Kurswechsel auf die allseits bekannten physikalischen Probleme, und die Andruckabsorber wurden mehr oder weniger stark belastet, wenn sie Beschleunigungs- oder Beharrungskräfte neutralisieren mußten.

Worauf Gisol in diesem Fall nicht verzichten konnte, war die Massenkontrolle, die verhinderte, daß bei Überschreiten der Lichtgeschwindigkeit Materie in Energie umgewandelt wurde. Darauf hatten die Intervallfelder keinen Einfluß.

Ohne ein Intervallfeld wäre aber auch kein überlichtschneller Flug im gewünschten Sinn möglich gewesen, sondern die Sonde wäre sofort in Transition gegangen. Ein Intervallfeld war hingegen eine *absolute Transitionsbremse*.

Von Tempo Null in Transition zu gehen, war ebenfalls unmöglich. Zumindest hatten die Worgun niemals eine Lösung dafür gefunden, trotz gut einer Million Jahre Raumflug und Raumfahrtentwicklung. Sie hatten Unglaubliches geleistet, hatten andere Raum-Zeitgefüge erreicht, hatten mit Sternen gespielt, aber hier zeigten sich Grenzen, die nicht überschritten werden konnten.

Auch von Gisol nicht.

Die Sonden, die er konstruierte, konnten Chssrrt vom Start weg überlichtschnell verlassen und in Richtung Epoy fliegen. Dort würden sie stoppen und über Normalfunk ihre Informationen senden. Die Rebellen würden diese Informationen empfangen.

Gisol hatte eine Frequenz vorgegeben, die recht ungebräuchlich war, aber von den Rebellen benutzt wurde; er hoffte, daß das auch heute und künftig noch der Fall war. Darüber hinaus würde er die Nachricht verschlüsseln.

So konnte er den Rebellen auf Epoy Informationen liefern, wie er es versprochen hatte.

Da es sich um keine Hyperfunkfrequenzen handelte, konnte er davon ausgehen, daß sich die Funküberwachung der Zyzzkt auf Epoy nicht sonderlich dafür interessierte. Selbst wenn sie die Sendung empfingen, konnten sie sicher nicht damit rechnen, daß sie von Chssrrt kam. Und nach dreimaligem Senden würde die Funksonde sich mit dem vorhandenen Energierest selbst zerstören.

Das einzige wirkliche Problem, das sich Gisol nun stellte, war tatsächlich die Energieversorgung.

Daß er kein Ala-Metall verwenden konnte, war völlig klar. Er brauchte es aber auch nicht. Seine Kenntnisse reichten aus, eine »normale« Energiequelle zu installieren, die dennoch genug Kraft lieferte, die Sonde bis nach Epoy zu tragen und dort funken zu lassen. Die Frage war nur: wie weit waren Chssrrt und Epoy voneinander entfernt? Wie groß mußte der Energieaufwand folglich sein?

Um das berechnen zu können, mußte er wissen, wo in Orn sich

Chssrrt befand.

Die galaktische Position von Epoy war ihm bekannt. Die kannte jeder. Aber der Flug nach Chssrrt hatte ihn sozusagen ins Nichts verstoßen.

Gisol mußte die Position des Wüstenplaneten und seiner gelbroten Sonne herausfinden, um den Kurs der Sonden programmieren zu können.

Aber wie sollte er diese Position herausfinden?

*

Es gab nur einen Ort, an welchem er sie finden konnte: Die Zentrale der Zyzzkt!

Aber von draußen kam er an die Datenspeicher nicht heran. Er konnte die Zyzzkt-Computer nicht knacken.

Die Kenntnisse dafür hatte er durchaus. In seiner Jugendzeit auf Epoy war kaum ein Rechnersystem vor ihm sicher gewesen. So war er ja auch auf die geheimen Informationen aufmerksam geworden, die die Rebellen ins globale Netz speisten und die nicht jedem Worgun zugänglich waren. Wären sie das gewesen, gäbe es die Rebellen schon längst nicht mehr.

Es lag eher daran, daß die Zyzzkt-Computer mit völlig fremdartigen Verschlüsselungsalgorithmen arbeiteten, die für einen Worgun absolut keinen Sinn ergaben. Überhaupt waren die Zyzzkt-Rechner nicht mit den Hyperkalkulatoren der Worgun zu vergleichen. Sie waren nicht etwa primitiver, sondern einfach anders. Wenn auf einem Worgun-Rechner 2 + 2 den Wert 4 ergab, mußte das bei den Zyzzkt nicht unbedingt genau so sein, sondern es gab möglicherweise einen »Ergebniskorridor«, der den Bereich 3,5 bis 4,5 umfaßte. Seltsamerweise korrespondierten diese skurrilen Ergebnisse wiederum mit anderen und führten schließlich doch zu brauchbaren Endresultaten. Wenn dem nicht so gewesen wäre, hätten die Zyzzkt niemals eine halbwegs akzeptable Mathematik und die interstellare Raumfahrt entwickeln können.

Nach welcher bizarren Logik die Zyzzkt-Mathematik arbeitete, hatte bislang kein einziger Worgun herausfinden können, soweit Gisol informiert war. Und so schaffte er es auch nicht, sich in die Zyzzkt-Computer einzuschalten.

Wenn er ihnen Informationen entlocken wollte, mußte er sich schon selbst ans Endgerät setzen.

Genau das fehlte ihm noch in seiner Sammlung unnötiger und unkalkulierbarer Risiken!

Aber was blieb ihm anderes übrig, wenn seine ganze inzwischen jahrelange Arbeit nicht für den Schnurrkraller sein sollte?

Er mußte sich die Daten beschaffen!

Abcr wic solltc cr das tun?

*

Der Zyzzkt befand sich auf dem Weg von seinem Quartier zum Dienstantritt in der Zentrale. Zwei Thlani taumelten ihm in den Weg. Sie waren nackt, hielten sich fest umschlungen und schienen berauscht zu sein. Das war bei Angehörigen dieser Spezies normal. Sie frönten einer trinkbaren Droge und gaben sich im Rausch sexuellen Exzessen hin. Dennoch schafften sie es irgendwie immer wieder, pünktlich zur Arbeit zu erscheinen und ihr Pensum zu leisten. Deshalb griffen die Zyzzkt nicht ein, sondern ließen die Thlani gewähren. Wenn die im Rausch Vergessen suchten – warum nicht? Hauptsache, sie arbeiteten!

Aber daß diese beiden Berauschten ihm einfach in den Weg torkelten, verdroß ihn.

Sie rempelten ihn an. Da riß sein Geduldsfaden. Er griff zur Waffe, um sie niederzuschießen. Begriffen sie nicht, mit wem sie es zu tun hatten?

Er kam nicht mehr zum Schuß.

Denn im nächsten Moment schienen die beiden gar nicht mehr berauscht; sie griffen ihn an, entwaffneten und betäubten ihn. Er brach zusammen und bekam nicht mehr mit, daß er in die Sichtdeckung einer Lagerhalle gezerrt wurde.

Noch einmal traf ihn der Schuß aus seiner eigenen Lähmwaffe und verstärkte die Paralyse.

Aber das spürte er längst nicht mehr.

*

Gisol verwandelte sich erneut. Aus den beiden eng umschlungenen, berauschten Thlani wurde ein Zyzzkt. Wieder dauerte es ein wenig, bis er seine Körpermasse entsprechend verdichtet hatte. Er kopierte den paralysierten Zyzzkt so exakt, wie es ihm nur möglich war, und übernahm jedes noch so winzige Merkmal. Er entkleidete das Großinsekt und legte selbst dessen Uniform an. In den Taschen fand er, was er brauchte, auch Chipsender, die Kodesignale übermittelten.

Er starrte den Wimmelwilden an.

Es war unglaublich – er hatte ihn tatsächlich überwunden! Er hatte es erstmals gewagt, Hand an einen der Unterdrücker zu legen. Und er hatte es erstmals geschafft, zwei Wesen nachzubilden. Allerdings hatte es eine körperliche Verbindung geben müssen; alles andere wäre völlig unmöglich gewesen. Daher die innige Umarmung der beiden vermeintlichen Thlani. Diese Umarmung war nichts anderes als die Verbindung der beiden Teilkörper zu einem Ganzen gewesen.

Immerhin hatte der Zyzzkt dadurch keinen Verdacht geschöpft. Wäre ihm ein einzelnes Wesen entgegengetreten, hätte er vielleicht vorsichtiger agiert. Aber zwei berauschte, geradezu unzurechnungsfähige Thlani… welche Gefahr sollte von ihnen ausgehen?

Er hatte wohl nicht mal bemerkt, daß nur einer von ihnen einen ID-Dämpfer trug.

Gisol kämpfte gegen den dringenden Wunsch an, den Zyzzkt zu töten.

Jetzt noch nicht…

Vorher war noch etwas Wichtiges zu erledigen.

Sein Plan war gut durchdacht. Er ließ es nicht zu, daß persönliche Regungen ihn gefährdeten.

Er ging in Richtung Zentrale.

*

Der Zyzzkt, den er ablöste, fragte etwas. Gisol machte eine abwehrende Bewegung, wie er sie bei anderen Gelegenheiten bei den Zyzzkt gesehen hatte. Ihre Verhaltensweisen zu studieren, hatte er während seines bisherigen Aufenthalts auf Chssrrt genügend Zeit gehabt.

Der andere schnarrte und knackte wieder etwas, dann ging er.

Gisol atmete tief durch.

Selbstverständlich hätte er den Translator einschalten können, um zu erfahren, was der andere Zyzzkt sagte, und ihm so auch antworten können. Aber das wäre natürlich in Worgun-Sprache geschehen…

Da war es einfacher, wortkarg zu bleiben und sich so als Zyzzkt auffällig zu verhalten; so etwas kam aber sicher in Extremsituationen schon mal vor. Und scheinbar hatte Gisol damit Erfolg, denn nichts deutete darauf hin, daß der andere mißtrauisch geworden war.

Derzeit befand sich kein anderer Zyzzkt mehr in der Zentrale. Gisol hatte seinen Vorstoß sehr sorgfältig geplant.

Er dachte daran, daß er eigentlich nie wieder einen Zyzzkt hatte kopieren wollen, nach jenem Fiasko in der Kantine der Hilfsarbeiter. Aber wenn er an die Positionsdaten des Wüstenplaneten kommen wollte, blieb ihm überhaupt nichts anderes übrig.

Die Chipsender, die er in der Uniform des überwältigten Zyzzkt trug, erledigten die Identifizierungsarbeit.

Gisol rief die stellare Datenbank auf.

Eine Wirrnis von Dateinamen überflutete den Monitor. An dessen zweidimensionale Wiedergabe mußte Gisol sich erst gewöhnen. Die Bildkugel arbeitete supraholographisch. Diesen Bildschirm zu betrachten, war ein Sturz in die tiefste steinzeitliche Vergangenheit.

Gisol orientierte sich und fand sich ziemlich rasch in dem zyzzktischen Durcheinander zurecht. Er rief die galaktische Position Chssrrts ab, und weil er gerade schon mal so schön dabei war, setzte er sie gleich in Relation zu Epoys Koordinaten um die exakte Kursberechnung durchzuführen.

Das Ganze speicherte er auf einem externen, transportablen Medium. Warum sollte er sich die ganzen Zahlen und Symbole merken, wenn er sie direkt in seinen kleinen Hyperkalkulator übertragen konnte?

Vorsichtshalber rief er noch die Daten anderer Planeten ab, völlig wahllos und ohne erkennbare Logik ausgewählt. Das diente der Tarnung für den Fall, daß jemand gelöschte Vorgänge wiederherstellen konnte oder Gisol beim Löschen eine oder mehrere versteckte Protokolldateien übersah.

Dann löschte er!

Nicht die Daten selbst, sondern die automatische Aufzeichnung seiner Abfragen. Kaum damit fertig, schaltete er den Zentralrechner einfach ab und verließ die Zentrale.

Es würde hier in den nächsten Minuten einiges an Chaos entstehen. Denn dieser Zentralrechner steuerte nebenbei auch etliche logistische Vorgänge.

Gisol sah, wie ein anderer Zyzzkt sich näherte. Was der hier wollte, wußte er nicht, deshalb wich er in eine andere Richtung aus. Der Alarm war noch nicht ausgelöst; das Erscheinen des anderen Zyzzkt konnte damit also nichts zu tun haben.

Gisol beeilte sich, zu verschwinden.

Was er wollte, hatte er jetzt endlich. Und er hatte Spuren verwischt. Nur die letzte Spur mußte er jetzt noch legen. Und das fiel ihm doch etwas schwer…

*

Er kehrte zu der Stelle zurück, an welcher immer noch der Zyzzkt lag, den er überwältigt hatte. Nach wie vor paralysiert.

Gisol streifte die Uniform ab und zog sie dem Zyzzkt wieder an. Er steckte ihm auch die Waffe wieder zu. Dann nahm er etwas aus einer versteckten Körperöffnung, die er gebildet hatte. Es war ein Fetzen aus der Arbeitsmontur eines Thlani. An dem Stoffstreifen befanden sich winzige Spuren von Thlani-Biomasse – Hautschuppen und Haare. Gisol hatte sie mit ultraviolettem Licht so behandelt, daß die DNS noch als die eines Thlani zu erkennen, ihr ursprünglicher Besitzer aber nicht mehr zu identifizieren war. Er bückte sich und drückte dem paralysierten Zyzzkt den Fetzen in die Klauenhand.

Der Worgun zögerte. Dann aber beugte er sich vor und zerbrach den Zyzzkt.

*

Es war das erste Mal, daß Gisol ein anderes Lebewesen getötet hatte.

Bisher völlig unbekannte Gefühle durchfluteten ihn.

Für den Tod von wie vielen anderen Wesen mochte dieser Zyzzkt verantwortlich sein?

Gisol verließ den Ort des Todes und entfernte sich von der Arbeiterstadt. Er zwang sich, seine Gestalt zu wandeln, und entfernte sich als Yantar. Erst weit außer Sichtweite wurde er wieder zu Gisol.

Er hatte getötet.

Jemanden, der nicht in der Lage war, sich zu wehren.

Er brauchte Zeit, um dieses Erlebnis zu verarbeiten. So lange, bis er als Kommandant eines Ringraumers den Einsatz aller verfügbaren Waffen befahl... danach kamen die Alpträume nicht mehr zurück, weil sie von der Realität und ihren Erfordernissen hinfortgeschwemmt wurden.

Doch jetzt fühlte er sich noch unwohl, auch wenn es einer der verhaßten Unterdrücker war, den er getötet hatte.

Das erste Mal ist immer etwas Besonderes, Außergewöhnliches. Bei allem, was man tut.

Auch beim Töten.

*

Der Zyzzkt wurde gefunden, aber der Verdacht fiel nicht auf Gisol. Die Insektoiden gingen davon aus, daß mindestens ein Thlani ihn ermordet hatte. Der Stoffetzen in der Hand des Toten und die Gewebespuren daran ließen keinen anderen Schluß zu. Leider reichten die Spuren nicht aus, um den oder die Täter identifizieren.

Die Zyzzkt stellten die gesamte Arbeiterstadt auf den Kopf. Es hätte nicht viel gefehlt, und sie hätten sämtliche Thlani hingerichtet. Aber offenbar brauchten sie die Thlani.

Es gab neue Einschränkungen, welche die bisherige Bewegungsfreiheit des Hilfsvolkes wesentlich verminderten. Die Thlani protestierten – und wurden noch restriktiver behandelt.

Gisol beobachtete das.

Sollte er die Thlani bedauern?

Keiner von ihnen kam wirklich zu Schaden, und künftig erging es ihnen zwar schlechter als zuvor, aber immer noch ein wenig besser als den Worgun.

Gisol konnte den Thlani nicht vergessen, daß sie ihn einst fast totgeschlagen hätten, als er so leichtsinnig war, sich ihnen in Gestalt eines Wimmelwilden zu nähern. Den Thlani, den Yantaren, Reptos und anderen…

Mochten sie die Zyzzkt hassen, das war die eine Sache. Aber daß sie Gisol beinahe umgebracht hatten, war die andere. Er empfand es als Genugtuung, daß sie nun unter ähnlichen Bedingungen zu leiden hatten wie er selbst und die anderen Worgun. Hätten sie ihn einst nicht angegriffen, wäre er vielleicht bei dieser Aktion anders vorgegangen.

So aber... es mußte sein.

Er fand immer wieder Argumente, alles zu rechtfertigen, auch wenn er deshalb anfangs nur sehr schlecht schlief.

Doch die Zeit verging.

*

Niemand verdächtigte Gisol.

Später erfuhr er, daß die Zyzzkt genau das annahmen, was er bezweckte: Daß der Zyzzkt aus irgendeinem nicht mehr nachzuvollziehenden Grund ein sehr seltsames Verhalten an den Tag gelegt und auch lange vor seiner Ablösung die Zentrale wieder verlassen hatte; daraufhin war er – angeblich von Thlani – ermordet worden. Man konnte ihn daher zu nichts mehr befragen.

Trotz »seines« seltsamen, abweisenden Benehmens bei der Wachübernahme war niemandem aufgefallen, daß Computerdaten abgefragt worden waren. Der Vorgang selbst war gelöscht, und kein Zyzzkt kam auf die richtige Idee.

Gisol hatte derweil die Koordinaten von Chssrrt, brauchte nicht einmal mehr Kursberechnungen anzustellen. Die hatte er ja schon in der Zyzzkt-Zentrale vorgenommen. Er mußte diese Daten jetzt nur noch in die Mikro-Hyperkalkulatoren seiner Sonden eingeben.

Das war das geringste der Probleme.

Ein größeres stand ihm noch bevor: der Start der ersten Sonde!

Wenn sie ihr Intervallfeld aktivierte und direkt mit Überlichtgeschwindigkeit startete, mochte das zu einem kleinen Inferno führen. Gisol als Energietechniker wußte zwar, mit welch elementaren Kräften er hier spielte, aber welche praktischen Folgen das nach sich zog, konnte er nicht einmal ahnen.

Dennoch mußte er es riskieren. Er wollte nicht so lange gearbeitet haben, um jetzt auf die Früchte seiner Arbeit zu verzichten.

Dabei wußte er nicht einmal, ob es auf Epoy überhaupt noch Rebellen gab, ob sie nicht inzwischen ganz andere Funkfrequenzen benutzten, ob...

Es gab so viele Unwägbarkeiten, daß er lieber erst gar nicht intensiv darüber nachdachte.

Statt dessen beschäftigte ihn etwas anderes.

Irgendwann würde die Bandstraße der Ringraumerwerft fertig sein. Irgendwann würde die Produktion beginnen. Und er, Gisol, war vermutlich außer den Zyzzkt der einzige, der wußte, wie man von Chssrrt aus Epoy erreichen konnte.

Nicht nur mit einer Funksonde.

Auch mit einem Raumschiff...

Er schob diesen Gedanken aber weit zurück. Außer ihm waren alle noch längst nicht soweit, daß sie an eine Flucht von Chssrrt denken konnten.

Es war ja auch der Grund, weshalb die Zyzzkt die Koordinaten Chssrrts geheim hielten. Die Worgun auf der Wüstenwelt sollten nicht wissen, wo diese sich befand. Denn ohne Koordinaten hatten sie auch keine Möglichkeit, etwa auf Fluchtgedanken zu kommen.

Das zumindest war die gängige Ansicht der Zyzzkt.

Und irgendwie hatten sie Recht... an Flucht dachte keiner der hier stationierten Worgun. Das hatte Gisol in Gesprächen längst festgestellt.

Nun, vielleicht würde sich das eines Tages ändern.

Zuerst aber mußte er die erste Sonde mit einer Botschaft an die Rebellen starten.

Verblüffenderweise geschah dabei nichts Spektakuläres.

In der Nacht hatte er die Kugel hinausgebracht in die Wildnis, relativ weit entfernt von der Werftanlage, der Ansiedlung und dem Raumhafen.

Aus sicherer Entfernung löste er den Fernstart aus.

Die Sonde baute ihr Intervallfeld auf – und war im nächsten Moment verschwunden.

Es gab nicht die geringste Spur einer Gefügeerschütterung, wie sie bei Transitionen üblich war.

Gisol triumphierte. Die Technik seines Volkes war auch heute noch genial. Der Überlichtstart hatte nicht einmal die Umgebung pulverisiert. Er hatte nur einfach stattgefunden.

Jetzt war Gisol sicher, daß die Sonde Epoy erreichte und dort ihre Nachricht abstrahlte, um sich anschließend mit der Restenergie selbst zu zerstören.

Und er hoffte, daß die Rebellen diese Funksendung tatsächlich empfingen…

Intermezzo

»Und?« fragte Dan Riker, als Jim Smith schwieg. »Hat es tatsächlich funktioniert?«

»Ja«, sagte Smith-Gisol.

Er wirkte etwas schwermütig und zerfahren, als erlebe er die damaligen Ereignisse, von denen er jetzt erzählte, noch einmal direkt mit. Mit einem Teil dieser Erlebnisse schien er nach wie vor ein Problem zu haben.

»Weiß Juanita, was Sie damals getan haben?« fragte Anja Riker. »Haben Sie ihr erzählt, daß Sie einen Zyzzkt töteten?«

Sie traf einen wunden Punkt.

Jim Smith, der Mysterious, wandte sich ihr zu.

»Nein«, sagte er leise. »Ich habe es ihr nicht erzählt. Nicht von dem Zyzzkt, und nicht von all den anderen Leben, die ich später auslöschen mußte. Und ich bitte euch alle«, er sah kurz zu Dan Riker und Ren Dhark, »mir nicht vorzugreifen. Macht bitte keine Andeutungen. Ich... ich möchte es ihr selbst sagen. Und zwar dann, wenn ich es für richtig halte.«

»Warum nicht sofort?« wollte Anja wissen.

»Weil ich mich davor fürchte«, sagte Smith leise.

»Es war das erste, aber nicht das letzte Mal, daß ich getötet habe. Ich habe die Rahim in das Schwarze Loch gelockt und dort umkommen lassen. Ich habe andere Wesen getötet. Ich bin sogar für den Tod von Worgun verantwortlich. Es ist viel geschehen in jener langen Zeit.

Bitte, lassen Sie Juanita aus dem Spiel, bis ich mich ihr selbst offenbare. Sie ist ein so unschuldiges Geschöpf, so voller Ideale und Träume... und sie vertraut mir, wie es nie zuvor jemand tat.

Sie hat sogar verkraftet, daß sie mich als ›Monster‹ sah, als sie mich in meiner wahren Gestalt überraschte. Sie liebt mich auf ihre kindliche, unschuldige Art, und ich will diese zarte Pflanze nicht mutwillig zerstören. Juanita glaubt noch an das Gute und an Helden, obgleich sie früher immer nur das Böse und die Schurken kennenlernte. Sagen Sie ihr nichts.

Bitte.«

»Das ist deine Sache, Gisol«, sagte Ren Dhark. »Aber – vielleicht solltest du nicht zu lange damit warten, dich ihr zu offenbaren. Sie wird schon bald feststellen, daß auch Helden manchmal in einer Grauzone leben und entscheiden müssen, daß auch der Commander der Planeten zuweilen töten muß. Und wenn der es muß, warum soll es dann Jim Smith nicht auch tun müssen? Je nach Situation…«

»Sie ist ein Kind, vollgestopft mit Träumen«, sagte Gisol. »Sie vertraut mir, und ich will sie nicht verletzen. Sie hat genug Schlimmes erlebt.«

»Vielleicht sollte ich dabeisein, wenn Sie es ihr offenbaren«, schlug Anja Riker vor. »Oder vielleicht auch Amy Stewart. Mit der scheint Juanita sich ja recht gut zu verstehen.«

»Ich werde es bedenken«, sagte der Mann, der sich Jim Smith nannte oder John Brown oder noch anders.

»Damals hatte ich zum Denken wenig Zeit. Was geschah, mußte geschehen. Und nicht alles, was zunächst wie ein Erfolg aussah, war es das auch wirklich.«

»Warum nicht?« fragte Ren Dhark. »Was war falsch?«

»Fast alles«, sagte Jim Smith bitter. »Fast alles…«

10.

Gisol wartete ab. Aber schon bald war er sicher, daß der Start der Sonde unbemerkt geblieben war. Die Zyzzkt hätten sonst ganz anders reagiert.

Er hoffte, seinerseits irgendwann Antwort zu bekommen. Schließlich hatte er die Koordinaten Chssrrts mitgesendet. Wenn die Rebellen auf Epoy nun ihrerseits Funksonden bauten und starteten, konnte eine mehr oder weniger regelmäßige Kommunikation entstehen. Einen winzigen Funkempfänger hatte er sich inzwischen gebaut. Aber eine solche Antwort kam nicht.

Statt dessen kamen die Rebellen selbst!

Im Laufe der nächsten zehn Jahre gelang es Gisol immer wieder, mit Hilfe seiner Sonden Informationen an die Freiheitskämpfer weiterzuleiten. Relativ häufig holten die Zyzzkt weitere Worgun-Wissenschaftler nach Chssrrt, und einer von ihnen, Smorgal, gab sich Gisol alsbald als einer der Rebellen zu erkennen.

»Wir werden noch einige unserer Leute auf dieser Welt einschleusen«, verriet er Gisol, als sie in dessen weiterhin abhörsicherem Wohncontainer zusammensaßen. »Deine Informationen sind sehr wichtig für uns. Chssrrt ist eine Welt, mit der wir eine Menge anfangen können.«

Gisol sah ihn nachdenklich an. Es schien den Rebellen tatsächlich wichtig zu sein. Denn jene von ihnen, die Epoy verließen, mußten damit rechnen, ihre Heimat niemals wiederzusehen! Gisol war von den Zyzzkt hierher befohlen worden, die anderen aber sorgten gezielt dafür, daß die Wimmelwilden sie für wichtig genug hielten, um sie über das »Amt für Freundschaft und tätige Reue« auszusondern und hierher zu deportieren!

Gisol hatte keine Wahl. Diese Worgun schon, und sie opferten ihre Zukunft für ihre Sache!

»Was habt ihr vor?«

»Die Sabocaer wollen hier Ringraumer bauen. Modernste Schiffe. So hast du es uns mitgeteilt. Nun, wenn wir Worgun schon mithelfen sollen, daß die Sabocaer noch mächtiger werden, wollen wir auch ein kleines Stückchen davon abbekommen. Wir wollen die Raumschiffe für uns!«

»Das ist verrückt!« entfuhr es Gisol. »Das gelingt uns niemals!«

»Es kann gedacht werden, also kann es auch gemacht werden. Wenn wir immer nur abwarten und Risiken abwägen, wird sich für uns Worgun niemals mehr etwas ändern. Dann werden wir bis ans Ende der Ewigkeit unter der Knechtschaft der Sabocaer darben. Unsere Vorfahren dachten anders. Sie haben nicht geredet, sondern gehandelt.«

»Woher willst du wissen, daß sie nicht vorher trotzdem geredet haben?«

Der Rebell wich einer Antwort aus. »Daß du hierher kamst, ist für uns alle ein Glücksfall«, behauptete er. »Du bist schon viele Jahre hier, du kennst alles. Du wirst die Führung übernehmen. So wurde es auf Epoy beschlossen. Es werden noch einige von uns hierher kommen, und sobald sich eine Gelegenheit ergibt, schlagen wir zu.«

Gisol hielt es für selbstmörderisch. Informationen zu sammeln und heimlich nach Epoy zu senden war schon gefährlich genug. Aber die Raumschiffe zu stehlen – das war Wahnsinn.

Und doch... irgendwie hatte der Rebell Recht. Wenn sie nur immer dasaßen und palaverten und klagten, wurde nichts aus der Rebellion. Doch wenn sie ein paar Raumschiffe besäßen, würde sich so manches verändern.

Vor allem bestand dann vielleicht sogar die Möglichkeit, zwischendurch einmal heimlich auf Epoy zu landen und...

»Wie sieht es auf Epoy aus?« wollte er wissen. Er hatte so viele Informationen beschafft, da hatte er sich auch das Recht verdient, zu erfahren, was aus seiner Familie wurde.

»Sie haben dich nicht vergessen«, sagte Smorgal, der Rebell. »Aber sie reden nur selten von dir. Sie halten dich für tot.«

Welche Überraschung, wenn ich dann eines Tages lebendig vor ihnen auftauche, dachte er. *Mit einem dieser Ringraumer, die wir hier stehlen werden...*

Hastig drängte er den Gedanken wieder zurück. Das war alles noch Wunschtraum. Zuerst mußten sie es tatsächlich schaffen! Aber Gisol merkte, daß er an der Idee allmählich Gefallen fand.

»Was ist eigentlich aus meiner Erfindung von damals geworden?« fragte er weiter. »Ich meine den Sparkonverter, über den die Wimmelwilden ja überhaupt erst auf mich aufmerksam wurden. Wird er inzwischen in Serie produziert?«

»Dein Konverter? Nein... die Sabocaer haben damals die Konstruktionspläne beschlagnahmt. Der Gisol-Konverter ist niemals gebaut worden. Zumindest nicht auf Epoy.«

»Aber...«

»Statt dessen nimmt der Energiemangel zu«, fuhr der Rebell fort. »Vor drei Jahren ist eine Wohnstatt komplett von der Energieversorgung abgeschaltet worden, auf Befehl der Unterdrücker. Fast zwei Drittel der Bewohner sind gestorben. Teilweise, weil sie ihre Wohnungen nicht mehr verlassen konnten, da die Türen sich nicht mehr aufschalten ließen... die anderen wurden umgesiedelt in andere Pyramidenstädte.«

»Welche Stadt war es?« fragte Gisol atemlos.

Smorgal nannte den Namen. Erleichtert atmete Gisol auf. Es war keine der beiden Städte, in denen seine Verwandten lebten.

»Es wird wieder geschehen«, prophezeite der Rebell. »Sie werden über kurz oder lang auch andere Städte abschalten. Epoy erhält von Jahr zu Jahr weniger Ala-Metall geliefert. Irgendwann ist der Standard nicht mehr zu halten, und dann ist die nächste Stadt dran, stillgelegt zu werden.«

»Man kann den Standard senken.«

»Es ist viel zu teuer, die automatischen Einrichtungen umzukonstruieren«, sagte der Rebell. »Und wir Worgun sind es gewohnt, uns von der Technik bedienen zu lassen. Es würde zu Depressionen führen. Noch mehr Selbsttötungen wären die Folge.«

»Aber hier leben wir doch auch auf einem äußerst niedrigen Standard!« erinnerte Gisol ihn. »Es ist alles eine Frage der Gewöhnung.«

»Das hier«, sagte Smorgal etwas unbehaglich, »ist etwas völlig anderes. Das hier ist Chssrrt. Hier war es von Anbeginn so – denke ich. Aber auf Epoy? Nein. Daran wird sich niemand gewöhnen wollen.«

»Dann sollen sie endlich alle aufstehen und um ihre Freiheit kämpfen!«

»Sie werden es nicht tun«, sagte Smorgal. »Denn sie haben zuviel Angst...«

*

Im Lauf der Zeit wuchs Gisol mehr und mehr in seine Rolle als Führer der Widerstandsgruppe auf der Wüstenwelt hinein. Weitere Worgun wurden von Epoy nach Chssrrt geholt. Der zweite nach Smorgal war Ranol!

Gisol war mehr als erstaunt, ausgerechnet ihn hier wiederzusehen. Daß jemand aus der unmittelbaren Führungsspitze der Rebellen nach Chssrrt kam, zeigte ihm einmal mehr, wie wichtig diese Sache für die Freiheitskämpfer war.

»Wir haben das Auswahlverfahren jetzt weitgehend im Griff«, stellte Ranol klar. »Wer jetzt als Wissenschaftler hierher gebracht wird, ist meistens einer von uns. Notfalls übernimmt einer von uns die Individualdaten des Ausgewählten, den wir dann unsererseits auf Epoy in Sicherheit bringen.«

»Aber das muß doch bei den Kontrollen bei der Einschiffung auffallen«, sagte Gisol. »Wenn die ID-Dämpfer falsche Daten senden...«

»Es wird nicht mehr kontrolliert«, sagte Ranol. »Oder fast kaum noch. Wenn tatsächlich Kontrollen stattfinden, wissen wir das vorher – dann haben die ausgetauschten Wissenschaftler eben Pech und müssen tatsächlich hierher. Es scheint so, als würden die Sabocaer allmählich das Interesse verlieren.«

»Das heißt für uns, daß wir uns beeilen müssen«, sagte Smorgal. »Sonst schalten sie irgendwann nicht nur einzelne Städte, sondern ganz Epoy ab, um es mal vereinfacht zu sagen.«

»Wenn wir die Raumschiffe haben, können wir Ala-Transporter abfangen und Epoy besser versorgen«, sagte Ranol. »Und wir können noch viele andere Dinge tun. Damals, im Krieg, haben die Sabocaer uns zu unterwandern versucht und unsere Raumschiffe gestohlen. Sie haben sie benutzt und uns überall in Verruf gebracht. Jetzt drehen wir den Spieß um.«

»Erst einmal müssen wir die Raumer haben«, dämpfte Gisol seinen Eifer. »Danach können wir uns über den Einsatzzweck unterhalten.«

»Schon gut«, zog Ranol sich zurück. »Du bist hier der Anführer.«

Es klang nicht ganz so, wie er es sagte. Gisol war mißtrauisch. Er hatte das Gefühl, daß man ihn benutzen wollte. Wieder einmal...

Aber das wollte er nicht mehr zulassen. Er beschloß, die Fäden ein wenig straffer zu ziehen.

Wenn sie ihn schon zum Anführer machten, dann auch richtig!

*

Bald waren sie zu acht. Zuweilen fragte Gisol sich, was die Zyzzkt dazu trieb, dermaßen viele Worgun-Wissenschaftler nach Chssrrt zu holen. Wurden sie wirklich alle für die Ringraumerproduktion gebraucht? Oder steckte noch etwas anderes dahinter?

Für die handwerkliche Seite waren schließlich die Hilfsarbeiter zuständig!

Obgleich er versucht hatte, den Fortschritt der Arbeit möglichst zu verzögern, war die Produktionsanlage für die Ringraumer inzwischen so gut wie fertig. Schon bald würde sie die Zyzzkt mit noch mehr Schiffen versorgen und ihre Macht noch mehr vergrößern.

Die gesamte Anlage war gigantisch.

Sie erstreckte sich inzwischen über viele Quadratkilometer und war nahezu unüberschaubar geworden. Nicht nur mehr Worgun, sondern vor allem auch viel mehr Hilfskräfte der anderen Völker wurden nach Chssrrt geholt. Der Wohnbereich wuchs teilweise noch viel schneller als die Produktionsanlagen.

Die Anzahl der Zyzzkt dagegen vergrößerte sich nur unwesentlich. Es schien, als fühlten sie sich absolut sicher.

Den Rebellen konnte das nur recht sein.

In seiner Anfangszeit auf Chssrrt hatte Gisol sich nicht vorstellen können, welche enormen Ausmaße diese Werft einmal annehmen mußte. Seine vereinfachenden Vorstellungen von einst mußte er sehr bald revidieren. Das Unitall, aus dem die Schiffshüllen bestanden, mußte erst vor Ort hergestellt werden, da es ein Kunstmetall war, das in der Natur in dieser Form nicht vorkam. Die gesamte Schiffszelle wurde in einem Block »gegossen«; auch dafür mußten die entsprechenden Formteile erst einmal geschaffen werden. Dabei kam es auf Nano-Präzision an. Zusätzliche Teile wie Schotts mußten fugenlos eingepaßt werden können. Die einzubauenden Aggregate wie Gisol-Konverter, Antriebssegmente, Hyperkalkulatoren – das alles mußte durch die Außenschotts passen, um installiert zu werden. Nichts durfte sich verkanten, alles fand seinen Platz. Der Ringbeschleuniger, die Flächenprojektoren für SLE und Sternensog, die Intervallwerfer, Reizstrahlprojektoren und nicht zu vergessen die Strahl- und Funkantennen, die in der Unitallzelle schwenkbar gelagert wurden, wofür man diese an den entsprechenden Stellen nachträglich aufweichen mußte, um sie installieren zu können... interne Transmitter, die Kommunikationseinrichtungen, die Beiboote – all das mußte vor Ort hergestellt und montiert werden können. Die Produktionsanlagen dafür mußten geschaffen werden. Es reichte nicht, nur die Bandstraße für die Ringraumerzellen zu bauen. Es gab unzählige Kleinigkeiten.

Und immer wieder gab es Fehlschläge und jede Menge unbrauchbaren Schrott. Hunderte von Prototypen wurden wieder abgewrackt und eingeschmolzen, weil es Ungenauigkeiten gab, die nicht toleriert werden konnten.

Von den Wimmelwilden vielleicht, aber nicht von den Worgun – und diesbezüglich war nicht einmal Gisol die treibende Kraft, sondern immer wieder war es Takon, der als Perfektionist auftrat und die Abnahme der Konstruktion verweigerte, weil Kleinigkeiten nicht stimmten.

Gisol fragte sich, warum die Zyzzkt nicht einfach eine bestehende Ringraumerfabrik übernahmen und lediglich modifizierten, um neuere Techniken installieren zu können.

Die einzige Erklärung, die sich ihm bot, war, daß die bestehenden Werften längst überlastet waren und die Zyzzkt es als sinnvoller ansahen, eine zusätzliche Fabrik aus dem Boden zu stampfen.

Noch war alles Handarbeit. Noch gab es die Abstimmungsprobleme. Denn alles mußte praktisch neu entworfen werden. Die Zyzzkt sparten zwar nicht mit der Bereitstellung von Material, aber sie stellten keine Konstruktionspläne zur Verfügung.

Vielleicht, weil sie sie selbst nicht besaßen…?

Sie hatten die Worguntechnik doch nur übernommen!

Und so mußte praktisch alles »neu erfunden« werden. Fehler waren an der Tagesordnung. Die auf Chssrrt tätigen Worgun standen im Grunde am Anfang der technischen Geschichte ihres Volkes. Sie verfügten über enormes Wissen, aber es war etwas anderes, dieses Wissen aufzunehmen, als es in der Praxis anzuwenden.

Da brauchte Gisol nicht mal sehr stark zu bremsen.

Es dauerte auch so Jahre, viele Jahre, bis endlich alles so aussah, als würde es jetzt zusammenpassen. Ein Formwerk schuf die Grundzelle des Raumers, und von Hunderten anderer Produktionsmaschinen wurden die einzubauenden Teile hergestellt und ans

Laufband geliefert. Die Hilfskräfte bauten sie unter Worgun-Aufsicht ein.

Roboter, die diese Arbeiten verrichten konnten, waren immer noch nicht genehmigt, obgleich inzwischen auch andere Worgun das Thema immer öfter ansprachen, auch den Verehrten gegenüber. Aber die Zyzzkt waren der Ansicht, daß es genug biologische Hilfskräfte gab, und daß die im Verschleißfall billiger und schneller zu ersetzen seien als teure Maschinen.

Gisol und einige der Rebellen waren über diese Auffassung empört, aber sie konnten nicht wagen, ihren Protest öffentlich zu äußern. Die anderen Worgun dagegen sahen sich trotz der allgemeinen Unterdrückung durch die Zyzzkt den »Primitiven« weit überlegen und fanden keine Argumente, die gegen die Anordnungen der Verehrten angeführt werden konnten.

Wir sind nicht weniger arrogant als die, die wir bekämpfen, erkannte Gisol. *Wir stellen uns über die Fremdvölker, ohne zu fragen, ob es nicht auch bei ihnen hochqualifizierte Wissenschaftler gibt. Wir sehen hier nur die ungelernten Hilfskräfte und beurteilen sie alle insgesamt nach diesem Eindruck.*

Vielleicht gab es sogar unter diesen Hilfskräften hochintelligente Fachleute, nur daß deren Fachgebiete hier nicht gefragt waren...

Und irgendwann war es soweit.

Die von ihrer Art her primitivste, von der Qualität ihrer Produkte her aber modernste Ringraumerwerft der Galaxis Orn nahm ihre Tätigkeit auf.

11.

Plötzlich wimmelte es von Zyzzkt. Auf dem Raumhafen parkten drei Ringschiffe älterer Bauart, aber auch sieben Raumer der Insektoiden, die einst in ihren eigenen Werften vom Band gelaufen waren. Bei der Einweihung der Produktionsstätte waren nur Verehrte zugelassen; die Worgun und die Vertreter der anderen Sklavenvölker durften daran nicht teilnehmen.

Aber sie durften dann, als das Band anlief, wieder zur Arbeit erscheinen und die aus dem Formwerk kommenden Raumschiffzellen mit den von anderen Maschinen angelieferten Teilen vervollständigen. Eine Vorserie von 25 Raumern lief vom Band.

Es war Takon, der vor Wut zitterte.

»Früher«, stieß er hervor, »wurde das alles vollautomatisch gebaut. Roboter installierten die Aggregate. Alles ging schnell und präzise. Von diesen Raumern wird ein Drittel Ausschuß sein, wie schon bei den Prototypen. Und später, bei der Serienfertigung, wird es nicht anders sein. Das alles von Hand machen zu lassen, kostet Zeit, ist ineffektiv und außerdem fehlerbelastet. Lebewesen machen nun mal Fehler, Roboter nicht.«

Gisol lachte leise auf.

»Da es doch nicht unsere Raumschiffe sind, sondern die der Verehrten, kann es uns doch nur recht sein, wenn sie Ausschuß sind, oder...?

»Sie reden wieder einmal wie ein Rebell«, sagte der alte Takon bitter. »Aber ich kann nicht umhin, Ihnen diesmal zuzustimmen.«

»Die Verehrten«, sagte Gisol, »legen vielleicht nicht einmal Wert darauf, daß alle Raumer, die hier entstehen, perfekt sind. Sie suchen nach einem Grund, uns und auch die Hilfsvölker weiter zu unterdrücken. Man wird die Schuld nicht darin suchen, daß Roboter effizienter wären und die Verehrten selbst den Einsatz der Roboter verweigern, sondern eben darin, daß wir alle nicht perfekt sind.«

Takon starrte ihn an. »Wissen Sie, was Sie da sagen?«

»Ja.«

»Ich schreibe es Ihrer Jugend und Ihrer mangelnden Lebenserfahrung zu, daß Sie so reden«, sagte Takon. »Aber Sie sollten vorsichtiger mit dem sein, was Sie von sich geben.«

Noch ehe Gisol etwas erwidern konnte, wandte der Alte sich ab und schritt auf seinen Pseudopodien davon.

*

Spätabends begehrte er Einlaß. Gisol war mehr als überrascht; noch nie zuvor hatte Takon ihn besucht oder seinerseits eingeladen.

»Ich will Sie nicht lange stören«, sagte Takon. »Da ist nur etwas, das ich Ihnen sagen möchte, ohne daß jemand mithört.«

Dabei deutete er gezielt dorthin, wo sich die von Gisol neutralisierten Überwachungsgeräte befanden.

»Wieso sind Sie so sicher, daß hier…«

»Still«, unterbrach Takon ihn. »Ich weiß vieles. Ihre Wohnung wird nicht belauscht. Meine auch nicht, aber ich möchte Sie nicht bei mir sehen. Es wäre Ihrer manchmal ketzerischen Bemerkungen wegen… schädigend, wenn Sie als mein Gast gälten.«

»Das ist eine ehrliche Aussage«, sagte Gisol überrascht. »Ich danke Ihnen dafür.«

»Dann werden Sie vielleicht auch meine nächsten Worte als ehrlich ansehen«, fuhr Takon fort. »Ich sage sie Ihnen, weil Sie trotz Ihrer Jugend so etwas wie der Projektleiter geworden sind, der Leiter der Produktion – auch wenn niemand Sie offiziell dazu ernannt hat. Aber Sie sind es. Man tut das, was Sie vorschlagen. Nun, deshalb sollten Sie auch wissen, was anderen vielleicht verborgen bleibt.«

»Was wollen Sie damit sagen?«

»Die Worgun, die in den letzten zwei Jahren nach Chssrrt gekommen sind…«

»Ja? Was ist mit ihnen?« Hatte der Alte sie durchschaut? Wußte er, daß sie Rebellen waren?

»Einer von ihnen ist ein Verräter«, sagte Takon.

»Ich verstehe nicht«, erwiderte Gisol. »Was meinen Sie damit?«

»Genau das, was ich eben sagte. Einer dieser Worgun ist ein Verräter.«

»Wer?«

»Das sollten Sie selbst herausfinden.« Wieder einmal wandte sich Takon ab und ging.

»Warten Sie!« verlangte Gisol.

»Es ist unhöflich, als Junger einem Alten Befehle zu geben«, knurrte Takon und entfernte sich.

Gisol sah ihm nach.

Einer von ihnen ist ein Verräter.

Takon hatte diesen Worgun also als einen Rebellen erkannt!

Aber wer war dieser »Verräter«?

Von Takon würde er nicht mehr erfahren. Er konnte allenfalls seine ganze Gruppe zusammenrufen und jeden einzelnen befragen. Einer von ihnen mußte sich auffällig verhalten haben. Zumindest so auffällig, daß Takon ihn entlarvt hatte.

Es war nicht gesagt, daß die Zyzzkt ebenso aufmerksam waren wie der alte Spezialist für semistabile Diffusordynamik. Aber dennoch bestand für die Gruppe nach langer Zeit wieder höchste Gefahr!

*

»Wir müssen jetzt sehr schnell zuschlagen«, sagte Ranol. »Sobald wir mit den Ringraumern verschwinden, sind wir in Sicherheit.«

Gisol stimmte ihm zu. Ihre Zeit auf Chssrrt lief endgültig ab. Die Gefahr, daß einer von ihnen entlarvt werden könnte, erhöhte den Druck. Gisol war zwar sicher, daß Takon den Wimmelwilden keinen Hinweis gab – warum sonst hätte er zu Gisol kommen sollen? – aber vielleicht verplapperte er sich irgendwann ungewollt.

Dem mußten die Rebellen zuvorkommen.

»Wir werden diese ersten 25 Schiffe stehlen und die Produktionsanlage anschließend zerstören«, machte Ranol klar. Das hatte er mit Gisol durchgeplant. Das Vorhaben, die Werft langfristig zu übernehmen, war ein unerfüllbarer Wunschtraum. Sie mußten nehmen, was da war, und verschwinden. Ansonsten würden Kampfraumer der Zyzzkt auftauchen und alles vernichten.

Das war jedem von ihnen bewußt.

»Wir sind zu acht«, sagte Smorgal. »Wie sollen wir da 25 Raumschiffe übernehmen?«

»Automatische Steuerung, Gedankensteuerung«, sagte Gisol. »Wir selbst können alle in einem der Schiffe unterkommen und die anderen per Automatik in einen Verbund schalten und fernsteuern. Das ist absolut kein Problem.«

»Woher willst du das wissen?« fragte jemand.

»Ich habe schon auf Epoy sehr viel gelernt«, sagte Gisol. »Und ich habe mich hier auch um kleine Details gekümmert, nicht nur um meine eigene Arbeit. Nicht umsonst bin ich so etwas wie der inoffizielle Projektleiter. Ich weiß genug über diese Raumschiffe, um sie notfalls alle allein fliegen zu können.«

»Gut, das zu wissen«, sagte Ranol leise.

»Heute finden die letzten Tests dieser Vorserie statt«, sagte Gisol. »Es wird keine Probleme mehr geben. Die Schiffe sind endlich perfekt. Morgen wird die Serienproduktion anlaufen. Es kann sein, daß die Wimmelwilden uns alle dann als überflüssig ansehen und entfernen – auf welche Weise auch immer. Nur die Hilfsarbeiter werden dann noch gebraucht. Wir dagegen nicht. Deshalb müssen wir nun handeln. Ich habe folgenden Plan…«

*

Noch in dieser Nacht schlugen sie zu.

Sie besaßen alle die modifizierten ID-Dämpfer, so daß sie sich in Zyzzkt verwandeln und unbemerkt vordringen konnten. Gisol ging davon aus, daß gerade jetzt, wo ganze Heerscharen von Zyzzkt nach Chssrrt gekommen waren – vermutlich, um als Mannschaften die ersten neuen Raumschiffe zu besetzen – der eine den anderen nicht kannte.

So fiel es sicher nicht auf, wenn »unbekannte« Zyzzkt bei den Raumschiffen erschienen.

Er behielt recht. Es gab keine Kontrollen. Die echten Zyzzkt nahmen von den Rebellen keine Notiz.

Die 25 Raumer parkten aufgereiht auf dem Raumhafen. Die acht Rebellen sollten über die Automatik je drei Raumer übernehmen – Gisol selbst das letzte Schiff. Auf seinen Wink hin verteilten sie sich, strebten ihren ausgewählten Schiffen zu.

Als Gisol sich umsah, stellte er fest, daß Ranol ihm folgte.

»Was soll das?« fragte er scharf. »Warum gehst du nicht zu deinen drei Schiffen?«

Ranol hielt plötzlich einen Blaster in der Hand, den er auf Gisol richtete.

»Hast du den Verstand verloren?« entfuhr es ihm.

Im gleichen Moment war der Tod überall zugleich.

*

Überall waren plötzlich Zyzzkt. Sie schossen auf die Rebellen, die keine Chance hatten. Sie befanden sich auf freiem Gelände. Eine bessere Zielscheibe konnten die Zyzzkt kaum finden.

Gisol ließ sich blitzartig fallen, zerfloß zu einem breiten Fladen und konnte so Ranol umschließen, ehe der die Gefahr erkannte, die von Gisol ausging. Gisol wuchs rasend schnell um ihn herum empor.

Damit hatte Ranol nicht gerechnet. Sein Blaster nutzte ihm nun nichts mehr. Eingehüllt von Gisol, hätte jeder Schuß ihn ebenfalls getötet.

Gisol brauchte sehr viel Konzentration und Kraft. Er schaffte es, Ranol zu Boden zu zwingen, und versuchte ihm den Blaster zu entreißen.

Woher überhaupt hatte Ranol diese Waffe?

Von Panik und Verzweiflung erfüllt, vernahm Gisol die Schreie seiner Gefährten, die von den Zyzzkt erbarmungslos niedergeschossen wurden, und er sah, daß im Eifer des Gefechts die Wimmelwilden nicht einmal davor zurückschreckten, auf ihre eigenen Leute zu schießen – allein, um sicher zu sein, daß sie keinen der Rebellen übersahen!

Ranol kämpfte wild, behielt aber seine Zyzzkt-Gestalt bei. Das war sein Fehler. Gisol dekomprimierte sich und hatte plötzlich viel mehr organisches »Material« zur Verfügung, mit dem er Ranol festsetzen konnte. Er zerrte ihn in Deckung. Aber seltsamerweise schoß kein Zyzzkt auf Ranol!

Warum nicht?

Gisol verwandelte sich in einen kleinen Versorgungscontainer, von denen eine ganze Reihe auf dem Raumhafengelände herumstanden. Dabei umschloß er nach wie vor Ranol. Der wehrte sich vehement, aber er kam nicht gegen Gisol an. Entweder weil er weniger Erfahrung im Gestaltwandeln hatte, oder weil Gisol einfach stärker war. Gisol gelang es, Ranol den falschen ID-Dämpfer abzunehmen. Damit wäre Ranol erledigt, wenn Gisol ihn wieder freigab.

Unbemerkt von den Zyzzkt kämpften sie lange Zeit gegeneinander, bis schließlich Ruhe einkehrte auf dem Raumhafengelände. Die Zyzzkt sammelten die Toten ein. Ihre eigenen, auf die sie geschossen hatten, und auch die sechs Rebellen.

Nach ein paar Stunden war Ruhe.

Nur nicht in dem vermeintlichen Versorgungscontainer, der plötzlich losrollte und auf einen der Ringraumer zuhielt.

Gisol ging damit das größte Risiko seines Lebens ein. Aber er hatte jetzt nichts mehr zu verlieren. Wenn er es nicht schaffte, war er jetzt schon tot.

Die Aktion war verraten worden!

Die Zyzzkt hatten genau gewußt, was die Rebellen nur wenige Stunden vorher beschlossen hatten. Das Gespräch hatte in Gisols Wohncontainer stattgefunden. Sie konnten es also nicht abgehört haben. Einer der Rebellen selbst war der Verräter.

Und er war mit einem Blaster ausgestattet!

Ranol!

Warum hatte er das getan? Ausgerechnet Ranol, der auf Epoy zur Führungsspitze der Rebellen gehörte? Weshalb verriet er die kleine Gruppe auf Chssrrt an die Zyzzkt?

Der »Versorgungscontainer« rollte die Rampe hinauf und verschwand im Ringschiff.

Dort verwandelte Gisol sich in einen Salter, entriß Ranol den Blaster, ehe der begriff, wie sich die Situation geändert hatte, denn da er bisher von Gisol umschlossen gewesen war, hatte er natürlich nichts mehr von dem mitbekommen, was zwischenzeitlich geschah.

Gisol schloß das Schott und richtete den Blaster auf Ranol.

»Geh voraus«, befahl er.

Er dirigierte den Verräter bis in die Zentrale des Raumers.

»Warum?« fragte er dann.

»Das willst du wirklich wissen?« Ranol lachte höhnisch. »Du Narr, wie kannst du nur glauben, du und deinesgleichen, ihr hättet auch nur den Hauch einer Chance gegen die Verehrten? Wie du gerade erlebt hast, gibt es diese Chance nicht. Sie sind alle tot. Nur du und ich, wir leben noch.«

»Warum?« wiederholte Gisol seine Frage. »Und wieso ausgerechnet du?«

Ranol schwieg.

Gisol schoß. Der Strahl verdampfte gut ein Viertel des Verräters.

Ranol kreischte schmerzerfüllt. »Das kannst du nicht machen«, schrie er. »Du bist ein Worgun, du kannst doch nicht einfach einen Worgun töten!«

»Einfach ist es für mich sicher nicht«, gestand Gisol. »Aber wenn es sein muß, werde ich es tun. So wie du uns verraten hast und dafür verantwortlich bist, daß sechs von uns starben.«

Er dachte an das, was Takon gesagt hatte.

Einer von ihnen ist ein Verräter.

Jetzt erst begriff Gisol, was Takon wirklich gemeint hatte. *Einer der Rebellen war ein Verräter!*

Wie auch immer er das herausgefunden haben mochte...

Gisol hatte ihn falsch verstanden. Vielleicht schon damals, viel früher, als es um Runtan ging.

Takon sympathisierte mit den Rebellen, aber er war zu vorsichtig, das offen zu sagen.

Er hatte Gisol gewarnt. Gisol hatte die Warnung nicht verstanden – und er und die anderen waren in die Falle des Verräters Ranol getappt.

Die anderen waren gestorben. Gisol nicht, aber wohl eher, weil Ranol in seinem Fall einen Fehler gemacht hatte. »Du wolltest nicht, daß auch ich getötet wurde«, sagte er. »Du wolltest mich den Wimmelwilden lebend ausliefern.«

Ranol schwieg.

»Warum?« fragte Gisol noch einmal. »Warum verrätst du unsere Ziele?«

Keine Antwort.

Gisol schoß erneut. Er sah die toten Kameraden vor sich und hatte keine Skrupel, brutal mit dem Verräter umzugehen. Er dachte an Purgom, er dachte an Runtan.

Ranol kreischte.

»Du hast keine Chance«, schrie er, nachdem er durch den Nadelstrahl fast drei Viertel seiner Körpermasse verloren hatte; wenn er überlebte, würde er sehr viel Zeit brauchen, sich zu regenerieren. Vielleicht Jahre.

»Du und die anderen«, schrie Ranol, »ihr wollt das alte Reich wieder auferstehen lassen, ihr wollt wieder zu Herren über Leben und Tod werden! Das steht euch nicht zu! Deshalb müssen wir euch bekämpfen, wo wir euch finden!«

»Ihr und euch, was heißt das? Wer seid ihr, die ihr uns Rebellen bekämpft?«

Ranol wurde ruhiger.

»Wir«, sagte er. »Wir arbeiten im Auftrag der Worgun-Regierung. Es gibt viele Untergrundgruppen wie die, in denen du und ich organisiert sind. Wir unterwandern sie, wo immer wir die Möglichkeit dazu haben. So wie hier. Wir sorgen für Ordnung, so wie einst die Verehrten für Ordnung sorgten, als sie unsere verbrecherischen Vorfahren besiegten. Kreaturen wie du, Gisol – ihr habt nichts aus der Geschichte gelernt. Ihr wollt wieder Götter sein. Aber es wird erst dann Friede in Orn herrschen, wenn es euch Bastarde nicht mehr gibt.«

»Ich verstehe dich nicht«, sagte Gisol. »Ich dachte immer, du wärest so überzeugt von unseren Idealen wie kaum ein anderer.«

»Ideale? Die Schatten sollen euch und eure Ideale fressen! Es ist schade, daß hier nur sechs Rebellen gestorben sind.«

Gisol schoß erneut.

Ranol kreischte noch einmal auf und dann niemals wieder.

*

Gisol war fassungslos. Mit allem hatte er gerechnet, aber nicht mit dieser Form des Verrats. Darauf war er nicht vorbereitet. Es war sein Fehler, und den mußte er ausbügeln.

So oder so hatte er auf Chssrrt keine Chance mehr. Da Ranol die ganze Aktion verraten hatte, hatte er den Zyzzkt sicher auch Gisol als Verantwortlichen genannt. Dem blieb somit nur, sich töten zu lassen oder zu versuchen, die Aktion doch noch auszuführen.

Die Raumschiffe entführen und die Werft zerstören!

Er mußte jetzt schnell sein. Die Zyzzkt wußten längst, daß sie nicht alle Rebellen getötet hatten.

Gisol warf sich förmlich in den Kommandantensessel des Ringraumers. Das große Kontrollpult barg für ihn keine Geheimnisse. Oft genug hatte er sich mit den Prototypen befaßt. Und er wußte nur zu gut, was in dieser Vorserie eingebaut worden war und wie es funktionierte, und was man damit anrichten konnte…

Alarmstart!

Er besaß immer noch die Gestalt eines Salters, und unter dem leichten Druck seiner Finger kippten Steuerschalter in andere Positionen, reagierten Sensortasten. Der Raumer erwachte blitzartig zu technischem Leben.

Gisol-Konverter wurden innerhalb von Sekunden auf Maximalleistung hochgefahren.

Und hoch mit dem Schiff!

Versuch der Kontaktaufnahme mit der Gedankensteuerung. War die in diesem Raumer aktiviert?

Sie war es!

Übernehme die 24 anderen Schiffe! befahl Gisol. *Fernsteuerung über dieses Schiff!*

Verstanden, Ausführung, vernahm er die lautlose Gedankenstimme.

Die 24 anderen Vorserien-Raumer wurden von ihren Landeplätzen hochgerissen.

Innerhalb weniger Sekunden hatte Gisol sie voll im Griff!

Die Bildkugel, die über dem Kontrollpult schwebte, zeigte ihm, daß auch Zyzzkt-Raumer starteten.

»Intervallfeld ein! Waffensteuerungen in Feuerbereitschaft!«

Er merkte nicht, daß er seine Gedankenbefehle laut ausgesprochen hatte. Aber die Automatik reagierte sofort.

Um 25 Ringraumer entstanden jäh die doppelten Intervallfelder.

»Nadelstrahl – Feuer!« befahl Gisol.

25 ferngesteuerte Raumer feuerten aus allen verfügbaren Strahlantennen die blaßroten, überlichtschnellen Energiefinger ab, die am Ziel jegliche Materie in Energie umwandelten. Sieben gerade gestartete Zyzzkt-Raumer wurden von einem Moment zum ande-

ren zu winzigen Sonnen, die ihre gesamte Energie in einem einzigen Ausbruch verstrahlten.

Die Energie tobte sich auch über der Fabrikstadt aus.

Zwei Zyzzkt-Ringraumer wollten mit Verspätung starten!

Gisol setzte Mix-4 ein.

Das weichte Intervallfelder auf. Die direkt folgenden Nadelstrahlen erfaßten die beiden Raumer durch ihre aufgeweichten Intervallfelder und hielten sie unter Dauerbeschuß.

Die Schiffe bestanden wie Gisols Beuteflotte aus Unitall, diesem Kunstmetall mit einem Schmelzpunkt von 143 750° C und dem spezifischen Gewicht von 28,45 kg. Unter Strahlbeschuß wurde Unitall unter Normalbedingungen so kompakt, daß es jede hochenergetische Strahlung in 16 cm Tiefe zum Stillstand brachte. Außer, wenn es sich um Nadelstrahlbeschuß von mehr als 210 Sekunden Dauer handelte. Dann übertraf Unitall in seiner Zerfallswirkung jede nukleare Bombe.

Zwei Zyzzkt-Ringraumer wurden unter Gisols Nadelstrahlbeschuß zu solchen Superbomben!

Über der Werftanlage tobte eine energetische Hölle.

Eine Hölle, die alles verschlang…

*

Danach war nichts mehr.

Es gab auf Chssrrt keine Ringraumerfabrik mehr. Es gab keine Zyzzkt mehr; die energetische Hölle hatte auch die noch geparkten Schiffe der Zyzzkt zerglüht. Der Raumhafen war eine langsam erkaltende Fläche aus Metall, Kunststoff und Insektoiden, die Werft ein zerschmolzener Materieklumpen, aus dem einige total verformte Ringraumerfragmente ragten, und die Wohnstadt mit ihren Containern war – nein, es gab keine Worte, mit denen sich dieser Anblick beschreiben ließ.

Die Wüstenwelt Chssrrt war wieder das, was sie war, ehe die Zyzzkt sie zum Werftplaneten gemach hatten: tot.

Gisol war der einzige, der dieses Desaster überlebt hatte.

Alle anderen, sie gab es nicht mehr.

Auch nicht Takon, den alten Warner.

War das mein Dank? dachte Gisol bestürzt. *Habe ich mich für deine Warnung bedankt, indem ich dich umbrachte, alter Freund?*

Nein, er hatte ihn nicht wirklich umgebracht. Es war eine unabwendbare Folge der Kampfhandlungen gewesen.

Dennoch wußte Gisol, daß niemand es so sehen würde.

Er, ein Worgun, hatte andere Worgun getötet.

Damit stempelte er sich selbst zum Verbrecher.

Er war von jetzt an ein Ausgestoßener. Er gehörte nicht mehr zu den Worgun, vielleicht gehörte er nicht einmal mehr zu den Rebellen.

Was sollte er nun tun?

Er koppelte seine 25 Schiffe zusammen und floh mit ihnen in die Tiefe des Weltraums.

Er war ein Ausgestoßener, ein Mörder an Angehörigen seines eigenen Volkes, er war ein Heimatloser, und er war das einsamste Lebewesen in ganz Orn.

Epilog

Und nun kehrte er, der Einsame, aus Weltraumtiefen nach Orn zurück.

So viel Zeit war vergangen seit damals, so viel hatte er erlebt. Unbeschreiblich Schönes und unbeschreiblich Schreckliches. Und er war nach Nal geflogen, um die Salter für den Befreiungskampf gegen die Zyzzkt zu motivieren. Denn auf Worgun konnte er sich nicht verlassen. Nie mehr. Sie wußten auf Epoy längst, was er auf Chssrrt getan hatte – wie auch immer sie davon Kenntnis erhalten haben mochten, und sie verabscheuten ihn. Zudem konnte er selbst den Rebellen nicht mehr trauen.

Doch in Nal erwartete ihn eine riesige Enttäuschung.

Die Salter gab es nicht mehr…

Es gab statt dessen die Terraner, die sich auf der Ursprungswelt der Salter, auf Lem, entwickelt hatten. Terra nannten sie ihre Welt; Terra, Erde.

Epoy, Heimat – klang das nicht viel schöner?

Erde, das war Staub und Schmutz. Heimat war ein Gefühl.

Zwanzig Ringraumer rasten Orn entgegen – zehn Schiffe, die Gisol gehörten, und zehn Raumer der Terraner, die in der Galaxis Nal das Erbe der Worgun angetreten hatten, ohne zu wissen, was dadurch wirklich auf sie zukam.

Jim Smith sah seine Zuhörer an.

»Dabei war ich nicht besser und nicht schlechter als alle anderen«, schloß er seine Erzählung ab.

Er ahnte, daß Ren Dhark noch mehr von ihm wissen wollte, daß es noch viele dieser kleinen Zusammenkünfte geben würde. Natürlich, denn er hatte auch noch sehr viel zu erzählen. Chssrrt, das war erst der Anfang seines langen Kampfes gegen die Unterdrükker gewesen.

»Ich habe getötet – ich habe Worgun getötet«, fuhr er fort. »Ich will mein Volk aus der Knechtschaft der Zyzzkt befreien, aber ich mußte später feststellen, daß die Worgun gar nicht das hehre Lichtvolk sind, für das ich uns hielt. Auch wir hatten in der Vergangenheit unsere dunklen Epochen.«

»Das glaube ich aufs Wort«, sagte Dan Riker. »Auch wenn vieles, was in unserer Galaxis geschah, eigentlich den Grakos zuzuschreiben ist, die mit den erbeuteten Ringraumern den Eindruck erweckten, Mysterious zu sein, bleibt noch vieles, das mir gar nicht gefällt. Wir haben dahingehend auch unsere Erfahrungen gemacht. Das technische Erbe deines Volkes, das noch den alten Programmen gehorchte, hat uns mehr als einmal in tödliche Gefahr gebracht. Eine riesige Robotflotte erschien im Sol-System, um Terra zu zerstören. Wir hatten damals unwahrscheinliches Glück, daß Arc Doorn den Befehl herausfand, der den Angriff abbrach.«

»Ich weiß«, sagte Jim Smith. »Ihr habt aber bei dem Angriff mehr gewonnen als verloren, weil ihr einen großen Teil jener Flotte übernehmen und in euren Dienst stellen konntet. So wie es vor euch auch die Grakos und die Zyzzkt taten«, fügte er ironisch hinzu.

»Aber wir überfallen damit keine anderen Völker!« fuhr Riker auf.

»Sicher nicht. Trotzdem, ohne diese Roboterattacke hättet ihr außer der POINT OF kein einziges Ringschiff, mein Bester. Und meinen Informationen zufolge hat einer eurer Raumschiffskommandanten jenen Angriff überhaupt erst provoziert. Er erzwang eine Landung auf einem verbotenen Planeten, und im Bordcomputer seines Forschungsraumers fanden unsere Roboter die Koordinaten Terras. Es muß da zu einer Fehlfunktion gekommen sein, denn eigentlich hätten sie feststellen müssen, daß Terra und Lem, die Heimatwelt der Salter, identisch sind.«

»Ach, wie tröstlich«, seufzte Riker sarkastisch. »Ihr Mysterious seid schon ein recht lustiges Völkchen. Ihr findet für alles eine Ausrede und eine Begründung.«

»Du verwechselst Ausrede mit Erklärung«, erwiderte Jim Smith. »Es ist alles eine Sache der Information, des Wissens. Damals, auf Epoy und auf Chssrrt, war ich noch recht ahnungslos. Ich erfuhr erst sehr viel später, daß zwar die Zyzzkt schaurige Lügenmärchen über uns verbreiteten, daß wir aber trotzdem keine Engel waren, wie ihr das nennen würdet. Und ich bin einer meines Volkes. Ich trage sein altes Erbe in mir. Auch ich bin bereit zu töten, wenn es der Sache dient.«

Ren, Dan und Anja sahen ihn an.

»Nein«, sagte er. »Ihr werdet niemals etwas anderes von mir hören. Ich kann nicht anders. Um es in den Begriffen eurer Schöpfungsmythologie auszusprechen: Ich bin nicht Abraham, ich bin David.«

Und, fügte er in Gedanken hinzu, *ich bin der Rebell der Mysterious…*

ENDE

Ren Dhark - Sonderbände

In den Sonderbänden erscheinen die Hauptserie ergänzende abgeschlossene Abenteuer in Erstveröffentlichung.

Hardcover, 192 Seiten, € 10,50

(1) »Die Legende der Nogk« *Manfred Weinland* (vergriffen)
(2) »Gestrandet auf Bittan« *Werner K. Giesa*
(3) »Wächter der Mysterious« *Hubert Haensel*
(4) »Hexenkessel Erde« *Marten Veit*
(5) »Der Todesbefehl« *Ewald Fehlau*
(6) »Countdown zur Apokalypse« *Ewald Fehlau*
(7) »Der Verräter« *Marten Veit*
(8) »Der schwarze Götze« *Conrad Shepherd*
(9) »Erron 2 - Welt im Nichts« *Manfred Weinland*
(10) »Ex« *Werner K. Giesa*
(11) »Türme des Todes« *Conrad Shepherd*
(12) »Die schwarze Garde« *Michael Nagula*
(13) »Dreizehn« *Werner K. Giesa*
(14) »Krisensektor Munros Stern« *Werner K. Giesa*
(15) »Die Kolonie« *diverse Autoren*
(16) »Schattenraumer 986« *Conrad Shepherd*
(17) »Jagd auf die Rebellen« *Uwe Helmut Grave*
(18) »Rebell der Mysterious« *Werner K. Giesa*

Weitere Sonderbände erscheinen mit vier Ausgaben pro Jahr.

HJB Verlag, Postfach 22 01 22, 56544 Neuwied
Tel. 0 26 31 – 35 48 32, Fax 0 26 31 – 35 61 02

www.ren-dhark.de

Ren Dhark
Drakhon-Zyklus

Kurt Brand schuf von 1966 bis 1969 die Heftserie Ren Dhark. Für die HJB-Buchausgabe wurde der SF-Klassiker im Drakhon-Zyklus fortgeschrieben, denn in den Tiefen des Alls ist das Rätsel der Mysterious noch immer zu lösen...

Buchausgabe, 352 Seiten, € 15,90

Band 1 »Das Geheimnis der Mysterious«
Band 2 »Die galaktische Katastrophe«
Band 3 »Der letzte seines Volkes«
Band 4 »Die Herren von Drakhon«
Band 5 »Kampf um IKO 1«
Band 6 »Sonne ohne Namen«
Band 7 »Schatten über Babylon«
Band 8 »Herkunft Unbekannt«
Band 9 »Das Sternenversteck«
Band 10 »Fluchtpunkt M 53«
Band 11 »Grako-Alarm«
Band 12 »Helfer aus dem Dunkel«
Band 13 »Cyborg-Krise«
Band 14 »Weiter denn je«
Band 15 »Welt der Goldenen«

Der Drakhon-Zyklus erscheint mit sechs Ausgaben jährlich.

HJB Verlag, Postfach 22 01 22, 56544 Neuwied
Tel. 0 26 31 – 35 48 32, Fax 0 26 31 – 35 61 02

www.ren-dhark.de

Klaus Schelle

KARL DER KÜHNE

Burgund
zwischen Lilienbanner
und Reichsadler

Seewald Verlag
Stuttgart

Alle Rechte vorbehalten. © Seewald Verlag Dr. Heinrich Seewald, Stuttgart-Degerloch 1977. Karten von Eckart Munz. Schutzumschlag und Einband: Creativ Shop München, Adolf + Angelika Bachmann. Gesamtherstellung bei Wilhelm Röck, Weinsberg. Printed in Germany
ISBN 3 512 00471 7

INHALT

Meiner Frau gewidmet,
ohne deren hilfreiche und
kritische Mitwirkung dieses Buch
nicht entstanden wäre.

Vor Grandson verlor er das Gut
Vor Murten den Mut
Vor Nancy das Blut

VORWORT

Johan Huizinga, der große niederländische Kulturhistoriker, hat in einer Vorlesung an der Berliner Universität gesagt: »Es gibt für die Geschichtswissenschaft keine nutzlosere Tätigkeit, als sich in unverwirklichte historische Möglichkeiten hineinzudenken.«

Wer könnte aber der Versuchung widerstehen, über das »Was wäre geworden, wenn ...« nachzudenken, wenn es sich um einen so faszinierenden Gegenstand handelt wie den großangelegten Versuch, im fünfzehnten Jahrhundert das alte Lotharingien als Staat der europäischen Mitte wiederzubeleben, ja ihm womöglich eine führende Rolle in der Mitte zwischen dem Heiligen Römischen Reich und Frankreich zu verschaffen?

Aber auch wenn man nicht der Spekulation nachhängt, wie es sich hätte entwickeln können, sondern wenn man nur das verfolgt, was tatsächlich geschah, so ist das historische Burgund dieser hundertzwanzig Jahre zwischen 1360 und 1480 fesselnd genug. Das Elend des niederen Volkes, der Niedergang des Rittertums, der Wohlstand der Städte, die politischen Intrigen, die wechselnden Fronten in der Welt des ausgehenden Mittelalters, vor allem ein so unterschiedliches Paar von Gegenspielern wie Ludwig XI. von Frankreich und Karl der Kühne von Burgund – kein farbigeres Bild ist denkbar.

Geschichte wird von den Siegern geschrieben, hat der verstorbene Bundespräsident Gustav Heinemann gesagt. Das bedeutet, daß zwar am burgundischen Hof die Historiographen in hohem Ansehen standen, daß aber insbesondere der letzte Burgunderherzog aus dem Hause Valois, Karl der Kühne, von der Nachwelt meist so gesehen wurde, wie es Schweizer und Franzosen taten. In einer Zeit, da in den Gassen und Schenken von ganz Europa erzählende, oft politisch-polemische Lieder gesungen wurden, war es nur natürlich, daß die Eidgenossen ihre Siege über einen der mächtigsten

Fürsten der damaligen Welt auch in Reimform verherrlichten:

»Vor Grandson verlor er das Gut,
vor Murten den Mut,
vor Nancy das Blut.«

Noch heute dominiert in vielen verkürzten und deshalb vergröberten Geschichtsdarstellungen das Bild eines kriegswütigen, maßlos gewordenen und von Gott verblendeten letzten Burgunderherzogs. Aber es ist auch nicht zu verkennen, daß manche Historiker versuchen, nicht nur den militärischen Ereignissen, sondern vor allem den staatspolitischen und verwaltungsrechtlichen Leistungen in Burgund gerecht zu werden.

Wir, die wir erleben, wie ungeheuer schwierig es ist, in den Europäischen Gemeinschaften zu einer begrenzten Koordinierung zu gelangen, vermögen trotz des Abstandes von einem halben Jahrtausend wohl zu ahnen, welch ungeheure Arbeit die Burgunderherzöge auf sich luden, als sie versuchten, aus Landesteilen mit verschiedener historischer Vergangenheit und unterschiedlichem staatspolitischen Aufbau, mit verschiedener Bevölkerung und verschiedenem Lebensstandard, ohne geographische Landbrücke (wenn man von den kurzen Zeiten der Zugehörigkeit von Lothringen absieht) eine Einheit zu bilden, ein Gebilde mit einem Staatsbewußtsein wenigstens in Adel und Bürgerschaft, stark genug, alle Bedrohungen von außen gemeinsam abzuwehren.

Geschichte handelt meist von großen Männern und großen Ereignissen, von Königen und Herzögen, von Päpsten und Bischöfen, von Kriegsgeschrei und Friedensschluß. Nur wenig sagt der Chronist darüber, wie es dem kleinen Mann zu jener Zeit erging. Das ist kein Wunder. Der Bauer war so verachtet, daß man nach einem besonders schrecklichen Winter die Zahl der erfrorenen Bäume zählte, nicht aber die der erfrorenen Menschen. Einer freilich, der kein Bauer war, sondern ein Studierter von der berühmtesten Universität Europas, sagt uns, wie es der gequälten Kreatur ging, dem armen Hund, der zwischen die Mühlsteine der Mächtigen geriet:

»In Acht und vogelfrei ist nun Villon
von hierzuland bis Roussillon.
Kein Heckendorn, der ihn nicht sticht,
kein Dornbusch, der ihn nicht versehrt,
seit dieser Welt er müd' den Rücken kehrt.«

Huizinga hat uns in seinem Meisterwerk »Herbst des Mittelalters« die vielerlei schillernden Aspekte jener Zeit, ihre vielen, manchmal verblüffenden Gegensätzlichkeiten und ihren Grundton, die Abschiedsstimmung eines Herbstes, anschaulich gemacht. Wir ahnen und fühlen, wie jene Zeit war. Manches mutet seltsam modern an, anderes wieder völlig unverständlich. Uns bleibt die Ahnung von etwas, was sich nicht wiederholen läßt: von einer seltsamen Tristesse.

Où sont les neiges d'antan? fragte Francois Villon. Wo ist der Schnee vom vergangenen Jahr? Niemand wird es je wissen.

Zur Genealogie

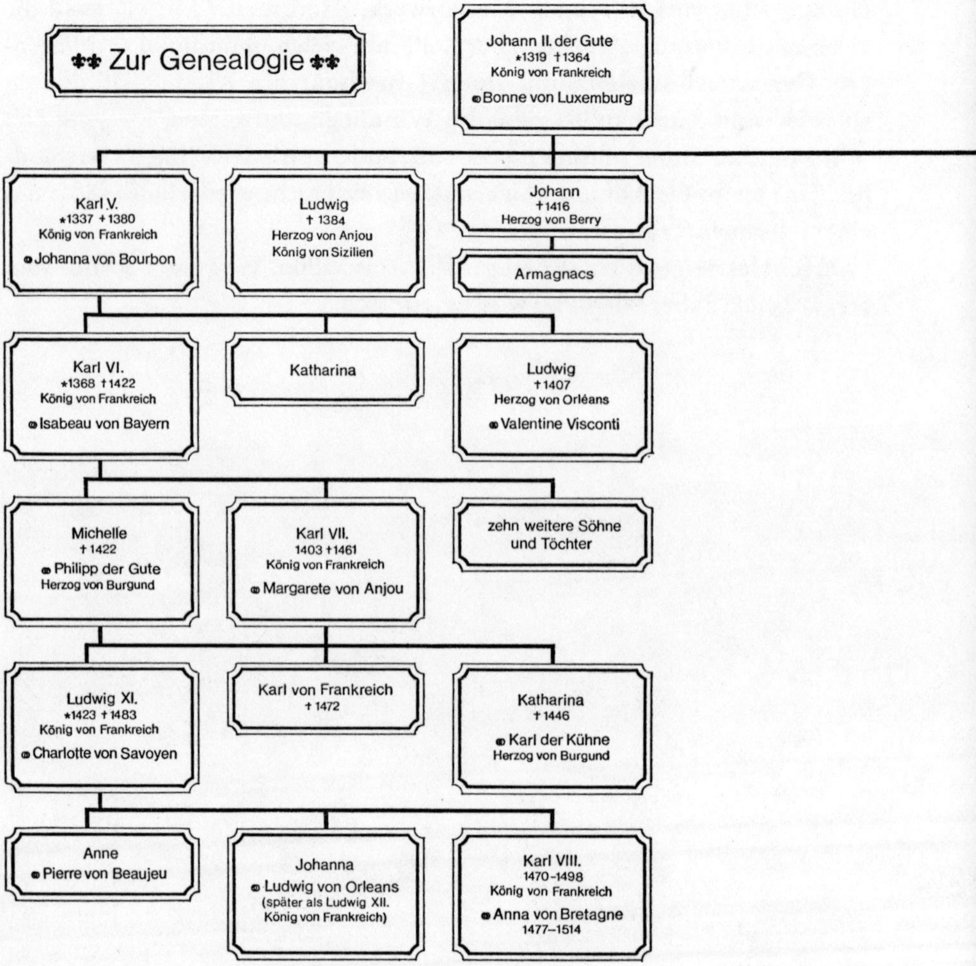

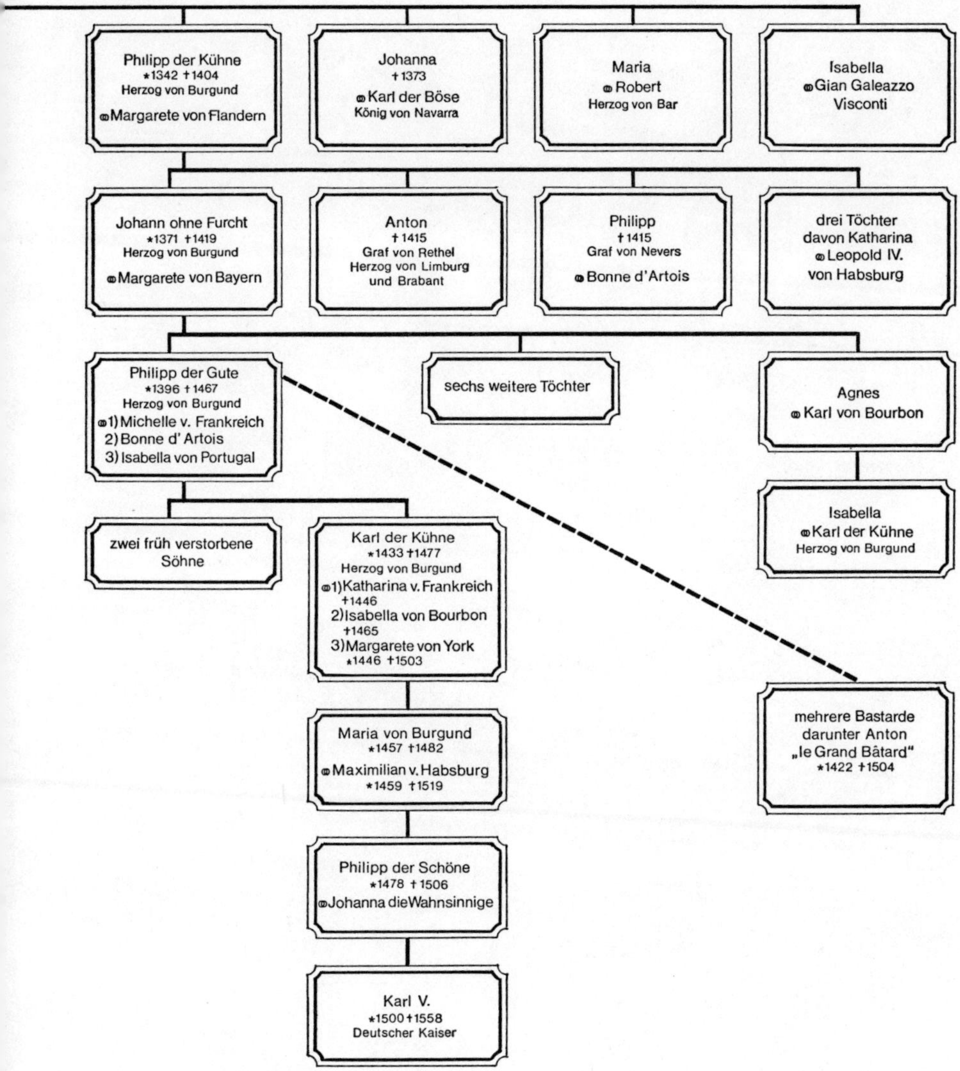
Philipp der Kühne
*1342 †1404
Herzog von Burgund
⚭Margarete von Flandern
Johanna
†1373
⚭Karl der Böse
König von Navarra
Maria
⚭Robert
Herzog von Bar
Isabella
⚭Gian Galeazzo
Visconti
Johann ohne Furcht
*1371 †1419
Herzog von Burgund
⚭Margarete von Bayern
Anton
†1415
Graf von Rethel
Herzog von Limburg
und Brabant
Philipp
†1415
Graf von Nevers
⚭Bonne d'Artois
drei Töchter
davon Katharina
⚭Leopold IV.
von Habsburg
Philipp der Gute
*1396 †1467
Herzog von Burgund
⚭1) Michelle v. Frankreich
2) Bonne d' Artois
3) Isabella von Portugal
sechs weitere Töchter
Agnes
⚭Karl von Bourbon
Isabella
⚭Karl der Kühne
Herzog von Burgund
zwei früh verstorbene
Söhne
Karl der Kühne
*1433 †1477
Herzog von Burgund
⚭1) Katharina v. Frankreich
†1446
2) Isabella von Bourbon
†1465
3) Margarete von York
*1446 †1503
mehrere Bastarde
darunter Anton
„le Grand Bâtard"
*1422 †1504
Maria von Burgund
*1457 †1482
⚭Maximilian v. Habsburg
*1459 †1519
Philipp der Schöne
*1478 †1506
⚭Johanna die Wahnsinnige
Karl V.
*1500 †1558
Deutscher Kaiser

DIE BRÜCKE VON MONTEREAU

Im Herbst des Jahres 1361 erkrankt auf einem französischen Schloß ein junger Mann, Philipp von Rouvres. Die Ärzte erkennen rasch: Es ist der Schwarze Tod. Am 21. November geht das Leben des Siebzehnjährigen zu Ende. Es ist ein Tod, der das Gesicht Europas verändern wird. Philipp von Rouvres ist nämlich nicht irgendwer. Er ist Herzog von Burgund, und er ist der letzte Sproß einer Seitenlinie der Capetinger. Stiefvater und präsumtiver Erbe des Toten ist der französische König. Sein Versuch einer Wiedervereinigung des seit Jahrhunderten selbständigen Herzogtums Burgund mit der Krone Frankreichs stößt aber auf den Widerstand der burgundischen Stände. Bei ihrer Versammlung im Dezember 1361 machen sie deutlich, daß sie allenfalls eine Personalunion konzedieren, aber keine Annexion dulden würden. Der französische König findet eine Lösung mit einem Hauch von Ritterlichkeit und Romantik. Das hat eine Vorgeschichte.

Im September 1356 vernichten die Engländer bei Poitiers das französische Heer. Der König von Frankreich selbst gerät in Gefangenschaft und mit ihm sein jüngster Sohn Philipp, der als noch nicht Fünfzehnjähriger bei seinem Vater im dichtesten Getümmel bis zum bitteren Ende – nämlich der Gefangennahme – ausharrt: ein Verhalten, dessen sich auch ein weniger romantischer und den Idealen des Rittertums verhafteter Vater später mit Dankbarkeit erinnert hätte. Diesen jungen Prinzen macht König Johann der Gute nun zum Statthalter von Burgund.

Am 3. Juli 1362 kommt der Einundzwanzigjährige in Dijon an und tritt vor die burgundischen Stände. Dieser Augenblick ist der Beginn eines neuen Herzogtums: das Burgund der vier Herzöge aus dem Hause Valois, ein Staat, der die Schicksale Europas entscheidend beeinflussen wird. Zwar wird Philipp mit Rücksicht auf die Empfindlichkeit der Stände vorerst »nur« Statthalter. Aber im übernächsten Jahr konstituieren die königlichen »Lettres patentes« das burgundische Herzogtum, und am 26. November 1364 beschwört der Prinz in der Kirche St. Benigne zu Dijon die alten Privilegien.

Die zeitgenössische Dichterin Christine de Pisan beschreibt Philipp »le Hardi«, den Kühnen, als »einen Mann von dunkler Hautfarbe und häßlich[1]«. Nun, das Profil, das wir auf einem anonymen Porträt der französischen Schule des 14. Jahrhunderts sehen, zeigt uns tatsächlich alles andere als eine Schönheit. Auch die Grabfigur, die uns der Bildhauer Claus Sluter in der Chartreuse von Champmol hinterlassen hat, erscheint keineswegs idealisiert. Eine große schwere Nase verdunkelt die Oberlippe und bestimmt das ganze Gesicht. Die vorstehende Unterlippe läßt an die berühmte der Habsburger denken. Aber nicht diese Äußerlichkeiten machen die Persönlichkeit Philipps aus, sondern seine Zähigkeit und Beharrlichkeit. Klug, kalt und phantasievoll sei er, schreibt der Chronist Froissart, »ein Mensch, der bei seinen Angelegenheiten ins Weite sieht[2]«. Mit der Macht kennt er sich aus. Anders in Gelddingen: Man hat einmal von ihm gesagt, er zeige eine souveräne Verachtung für Sparsamkeit. Er, dem wir als Mäzen der Künste so viel verdanken, ist mehrere Male in seinem Leben praktisch pleite gewesen – zuletzt am Tage seines Todes.

Das wichtigste Mittel seiner Politik ist (wie so oft später bei den Habsburgern) das Heiraten; vorweg seine eigene Eheschließung. Die Auserwählte ist Margarete, die reiche Erbin von Flandern. Ihr Vater, Ludwig von Maele, hätte allerdings lieber einen englischen Prinzen als Schwiegersohn. Die wirtschaftlichen Vorteile einer solchen Eheschließung, die Verbindung von englischer Wolle mit flandrischer Textilindustrie, liegen klar auf der Hand. Man kann sich die Beunruhigung des französischen Hofes vorstellen, als in Dover eine Ehevertrag zwischen den Bevollmächtigten beider Seiten geschlossen wird[3]. Die französische Diplomatie gibt nicht nach. Sogar der Papst wird eingespannt; er muß einen bereits erteilten Ehedispens für die »englische Heirat« widerrufen. Sechs Jahre geht das Tauziehen. Endlich entscheidet sich Ludwig von Maele doch für Philipp von Burgund als Schwiegersohn.

Der französische Hof – König ist inzwischen Philipps älterer Bruder Karl V. geworden – atmet auf; Philipp bekommt eine der reichsten Erbinnen Europas, und die Bedrohung Frankreichs durch die Verbindung von Flandern und England ist beseitigt.

Am 19. Juni 1369 findet in Gent die feierliche Trauung statt. Eine sonderliche Schönheit ist Margarete nicht, aber was kümmert das Philipp: Sie bringt ihm die Ansprüche auf die Freigrafschaft Burgund (ein Lehen des Deutschen Reiches), die Grafschaften Rethel, Nevers, Artois und Flandern. Der königliche Bruder gibt noch die Burgvogtei Lille, Douai und Orchies dazu, also das wallonische Flandern.

1380 stirbt der französische König, erst 44 Jahre alt, an einem Herzleiden. Der Thronfolger, unter dessen Herrschaft Frankreich in seine größte Krise geraten wird, zählt ganze zwölf Jahre. Seine drei Onkel, die Herzöge Ludwig von Anjou, Johann von Berry und Philipp von Burgund übernehmen für ihren Neffen die Regentschaft. Die Auseinandersetzungen unter den dreien lassen nicht lange auf sich warten, und zwar nicht nur deswegen, weil der Anjou sofort nach dem Tod des Königs dessen Juwelen an sich nimmt; es geht einfach um die Macht in Frankreich. Da aber keiner die Oberhoheit gewinnen kann, gibt es eine Art Waffenstillstand.

Philipp braucht ihn. Sein Schwiegervater schwebt in Flandern in größter Gefahr. Im Land tobt der Aufruhr, vor allem in den drei »Gliedern von Flandern«: Gent, Brügge und Ypern. Es ist der Aufstand der Arbeiter gegen den Adel; es ist auch die Eifersucht der Städte untereinander; es ist der Wunsch, von den Städten aus das flache Land in ein Untertanenverhältnis zu bringen; es ist – wie so oft in der Geschichte – der Steuerdruck.

In Gent, der mächtigsten Stadt des Landes, reißt Philipp van Artevelde die Herrschaft an sich. Dieser Volkstribun schlägt am 3. Mai 1382 auf dem Eeverhoutsveld die Truppen des Grafen so vollständig, daß Ludwig von Maele kaum selbst entkommt und sich im Strohsack einer Bettlerin verstecken muß. Der Triumph der aufständischen »Witte Kaproenen«, wie sie sich nach ihren weißen Mützen nennen, ist vollständig. Das Stammschloß Maele wird verwüstet. Philipp van Artevelde läßt sich zum »Ruwaert«, zum Regenten von Flandern ernennen.

Für demokratische Zurückhaltung, für spartanische Einfachheit hat Artevelde nichts übrig. »Er ließ alle Tage vor seinem Hotel Trompeten blasen, wenn er zu Tisch ging; ließ sich aus silbernem Geschirr bedienen, als ob er der Graf von Flandern wäre, ging in Scharlach angetan wie ein Herzog von Brabant oder Graf von Hennegau, ritt aus wie ein Fürst, ließ das entrollte Fähnchen vor sich hertragen mit einem Wappen von Zobel mit drei silbernen Hüten[4].«

Ludwig von Maele wendet sich hilfesuchend an seinen Schwiegersohn. Der begreift, was sich hier anbahnt: In Paris, aber auch in den anderen Städten, beginnt es unruhig zu werden. Die Flamme des Aufstandes muß ausgetreten werden, ehe sie ernsthaft auf das ganze Land übergreift. Auch der Papst wird bemüht, natürlich der »französische« Papst in Avignon. Clemens VII. tut genau, was von ihm erwartet wird: Er exkommuniziert die Aufständischen. Artevelde läßt sich davon wenig beeindrucken. Auch er hat »seinen« Papst im Rücken, Urban V. in Rom. Es ist ja die Zeit der großen Kirchenspaltung. Außerdem glaubt er auf die Hilfe der Engländer vertrauen zu können.

Aber Frankreich marschiert. Die französischen Ritter sind guten Mutes: Mit ihnen zieht die Heilige Oriflamme, die der junge König selbst aus den Händen des Abtes von St. Denis empfangen hat, die Kriegsfahne der Könige von Frankreich.

Noch einmal versucht Philipp der Kühne den Ausgleich. Er verhandelt mit den Gentern, die Oudenaarde belagern. Aber Artevelde glaubt, den Anfangserfolgen den entscheidenden Schlachtensieg anfügen zu können. Er täuscht sich. An einem nebligen Novembertag stellen sich bei Roosebeke zwischen Ypern und Kortrijk die Flamen den Franzosen. Die flämischen Milizen werden vollständig besiegt. Wer nicht flieht, wird niedergehauen. Unter den Toten ist Philipp van Artevelde. Für den französischen König ist das kein gefallener Gegner, sondern ein Rebell aus den unteren Volksschichten. Er gibt der Leiche einen Fußtritt und befiehlt, sie aufzuhängen. Er geht noch weiter: Trotz eines Fußfalls des Grafen von Maele setzt er durch, daß die Stadt Kortrijk eingeäschert wird. Und Philipp der Kühne bringt den »Jacquemart«, die berühmte Turmuhr von Kortrijk, nach Dijon, wo sie noch heute am Glockenturm von Notre Dame zu sehen ist.

Die Flamen sind besiegt. Begleitet von den Herzögen von Berry, Bourbon und Burgund reitet Karl VI. mit der Oriflamme in Paris ein. Noch einmal flackert der flämische Aufstand wieder auf, als ein englisches Expeditionskorps, an seiner Spitze der Bischof von Norwich, mit einer bunt zusammengewürfelten Armee bei Calais landet und die Truppen Ludwigs von Maele schlägt[5]. Aufs neue beginnen die gegenseitigen Brandstiftungen und Metzeleien. Wieder rücken Franzosen und Burgunder an. Der Bischof muß sich nach England zurückziehen.

Am 30. Januar 1384 stirbt Ludwig van Maele, zermürbt von den nicht endenden Auseinandersetzungen. Herzog Philipp, jetzt 42 Jahre alt, wird damit – zunächst für seine Frau – Herr der Grafschaften Flandern, Artois, Rethel, Nevers und verschiedener anderer Herrschaften und Ländereien. Noch immer sind Gent, Brügge und Ypern in Unruhe. Ein Waffenstillstand läuft ab. Wird es einen neuen Bürgerkrieg geben?

Aber nun zeigt Philipp, was in ihm an politischen Fähigkeiten steckt. Er bringt eine starke Armee auf, läßt einige wenige Rädelsführer hinrichten, zeigt sich danach so entgegenkommend wie möglich, profitiert von der Kriegsmüdigkeit der Städter und erweist sich vor allem tolerant auf dem Gebiet der Kirchenspaltung und der flämischen Sprache. Der Erfolg bleibt nicht aus. Kurz vor Weihnachten 1385 wird in Tournai ein Friede geschlossen, der von einer allgemeinen Amnestie begleitet wird. Dabei zeigt sich wiederum die geschickte Regie Philipps: Als die Genter sich weigern, ihn fußfällig um Verzeihung zu bitten, wirft sich die Herzogin Margarete ihm zu Füßen und bittet für die Genter um Verzeihung: die Stadt werde von jetzt an gehorsam und treu bleiben. Ehe sich die sprachlosen Delegierten von Gent von ihrer Verblüffung erholen, erwidert der Herzog, aus Zuneigung zu seiner geliebten Gemahlin gewähre er den Rebellen die Verzeihung, um die Margarete gebeten habe.

Das nächste Jahr sieht in Sluis, dem Hafen von Brügge, ein Schauspiel, von dem man noch lange reden wird. Der König von Frankreich und der Herzog von Burgund versammeln eine Flotte für eine Invasion in England. Zwölfhundert Schiffe liegen hier, zu deren Ausrüstung nicht endende Kolonnen von Fuhrwerken heranziehen. Das Schiff Herzog Philipps ist ganz in Blau und Gold gehalten. Große Wappenschilde schmücken die Kajüte auf dem Hinterkastell. Die Segel sind über und über mit Margeriten, mit den Initialen des herzoglichen Paares und mit seinem Wahlspruch »il me tarde« – es eilt mir – bedeckt[6]. Die vom Adel stehen in heftiger Konkurrenz untereinander, wer sein Schiff am schönsten ausschmücken kann. Da werden sogar Masten mit Blattgold vergoldet. Resigniert schreibt Froissart: »Und das alles bezahlten die armen Leute in ganz Frankreich.«

Im Gegensatz zum Wahlspruch des Herzogs kommt es nicht zur Invasion. Man hat darüber gerätselt, weshalb nach so vielen Vorbereitungen der Invasionsplan schließlich aufgegeben wurde. Sicher hat die Natur von Herzog Philipp dabei mitgespielt. Wenn man mit einer glanzvollen militärischen Demonstration einen vorteilhaften Waffenstillstand mit den Engländern aushandeln kann, so ist das wirtschaftlich für Flandern weit besser als das unsichere Wagnis eines Invasionskrieges.

Wichtiger sind dem Herzog seine weiteren Heiratsprojekte. Zunächst wird eine Doppelhochzeit in die Wege geleitet: Der Erbprinz des burgundischen Hauses, Graf Johann von Nevers (der spätere »Ohnefurcht«) heiratet Margarete, die Tochter Herzog Albrechts von Bayern. Der Sohn dieses Bayernherzogs, Graf Wilhelm von Hennegau und Holland, heiratet eine Tochter von Philipp dem Kühnen. Der Burgunderherzog hat wohl Anlaß, die am 12. April 1385 in Cambrai ausgerichtete Hochzeit zu einem prunkvollen Freudenfest auszugestalten. Sie macht ihn jedenfalls zum mächtigsten Fürsten im ganzen niederländischen Raum. Übrigens hat Philipp auch seine beiden anderen Töchter später recht erfolgreich verheiratet: Katharina mit einem Herzog von Österreich und Maria mit dem Herzog von Savoyen.

Eine großartige Regie aber beweist Philipp bei der Sicherung des Brabanter Erbes. Johanna, die Herzoginwitwe von Brabant, ist die »Erbtante« von Herzog Philipps Gemahlin. Sie gilt es zu gewinnen, denn auf das reiche Brabanter Erbe haben es auch die Luxemburger abgesehen. Ein alter Gegner von Brabant, der Herzog von Geldern, begeht die Unklugheit, Karl VI. verächtlich als »sogenannten König von Frankreich« zu bezeichnen. Philipp hat es leicht, seinen königlichen Neffen zu überzeugen, daß man eine solche Majestätsbeleidigung nicht ungestraft hinnehmen dürfe. Eine eindrucksvolle französisch-burgundische Armee, geführt vom König und Herzog Philipp, zieht über die Ardennen und ins Rheintal: ein militärischer Spaziergang. Eilig unterzeichnet Wilhelm von Geldern den ihm vorgelegten Friedensvertrag.

Johanna von Brabant ist sehr beeindruckt. Im September 1390 bezeichnet sie ihre Nichte Margarete als Nachfolgerin in Brabant; sie behält sich nur für Lebensdauer die Ausübung der Regierungsgewalt vor. Aber Philipp weiß, daß es auch auf die Stände von Brabant ankommt. Deshalb schlägt er vor, daß das Herzogtum nicht auf seine Frau, Margarete von Flandern, übergehen solle, sondern auf seinen zweiten Sohn Anton. Die Stände von Brabant und Johanna sind einverstanden. Jahre später tritt Johanna an Philipp noch das kleine Herzogtum Limburg ab. Der Einflußbereich des Burgunderherzogs erweitert sich Stück für Stück.

All das, die Feldzüge, die Hochzeiten, die politischen Winkelzüge verschlingen natürlich Unsummen. Allein für Philipps Gemahlin, Herzogin Margarete, hat Canat de Chizy aus alten Abrechnungen für 1384/85 Ausgaben von 43 318 Dukaten errechnet. Er hat das auf zweieinhalb Millionen Goldfranken umgerechnet, und das dürfte in heutiger Kaufkraft eine gut zweistellige Millionensumme in D-Mark ausmachen. Dabei müssen die Ausgaben der Herzogin noch bescheiden gewesen sein neben denen des

Herzogs für Heerzüge, Subsidien, Hofhaltung und Geschenke (um den unfeinen Ausdruck »Bestechung« zu vermeiden).

Die Wirren in den Niederlanden sind noch nicht bereinigt, da zeichnen sich in Frankreich neue politische Machtkämpfe ab. Am 3. November 1388 erklärt Karl VI. plötzlich, er wolle jetzt allein regieren, die Vormundschaft sei zu Ende. Sicher ist für einen Zwanzigjährigen der Wunsch, eine Vormundschaft abzuschütteln, nicht ungewöhnlich. Die Frage ist aber: Wer kommt in Frankreich wirklich zur Macht? Als Gegenspieler der beiden Onkel Burgund und Berry – der dritte der Onkel-Vormünder, Ludwig von Anjou, lebt nicht mehr – tritt jetzt zum ersten Mal ein junger Mann auf: der Bruder des Königs, Ludwig von Orléans, noch keine siebzehn Jahre alt. Er hat auf seiner Seite die Königin, Isabeau von Bayern, und den Connétable Clisson.

Schneller, als die Beteiligten es erwarten, kommt der Machtkampf in ein neues Stadium. An einem heißen Augusttag des Jahres 1392 reitet der junge König durch den Wald von Mans, krank, fiebernd und beunruhigt durch einen Zwischenfall mit einem Einsiedler. Da klirren hinter ihm bei seinen Begleitern zwei Metallstücke aneinander. Das muß beim König einen Anfall von Verfolgungswahn ausgelöst haben. Er reißt sein Pferd herum, zieht sein Schwert, wendet sich gegen seine Pagen, dann gegen seinen Bruder, den Herzog von Orléans. Mit Mühe bringt man ihn nach Hause[7].

Es ist klar, eine Regentschaft muß wieder her. Ludwig von Orléans, inzwischen 21 Jahre alt, macht sich Hoffnung darauf. Die Stände Frankreichs aber sind nicht der Meinung, daß der verschwenderische und ehrgeizige junge Mann der Richtige sei. Es wird also beschlossen, »daß die beiden Onkel des Königs, der Herzog von Berry und der von Burgund, die Regierung haben sollten, und in erster Linie der Herzog von Burgund; und daß die Herzogin von Burgund sich an der Seite der Königin halten und die zweite Dame neben dieser sein solle[8]«.

In diesem Augenblick beginnt die Jahrzehnte dauernde Auseinandersetzung zwischen Burgund und Orléans, die Frankreich an den Rand des Abgrunds bringen wird. Ludwig von Orléans ist eine der faszinierendsten Persönlichkeiten seiner Zeit. Auf der einen Seite sind Hochmut, Habgier und unauslöschlicher Ehrgeiz prägende Züge seines Wesens. Er hat um sich eine »Atmosphäre voll von Teufelskünsten[9]«, beschäftigt eigene Hexenmeister und Negromanten, deren einen er verbrennen läßt, weil er mit seiner Zauberei nicht zufrieden ist. Andererseits ist sein häufiger Aufenthaltsort in Paris das Kloster der Cölestiner, wo er manchmal fünf- oder sechsmal am Tage die Messe hört. Er gründet – einem Zug der Zeit folgend – einen Ritterorden »Vom Stachelschwein«, dessen Angehörige einen violetten Rock tragen, dazu einen Mantel aus azurfarbenem Samt, karmesinfarben gefüttert. Sein Freund und Berater ist Philipp de Mézières, um diese Zeit schon uralt, ein seltsamer Heiliger, sein ganzes Leben voll von Kreuzzugsplänen, auch er Stifter eines Ordens, auch er umgeben von der Aura eines mystischen Zauberers.

Ludwig von Orléans verheiratet sich mit Valentina Visconti, der Tochter des Herzogs von Mailand. Die Ehe wird die Basis ehrgeiziger Pläne Ludwigs in Italien. Gleichzeitig strebt er nach der Herrschaft über Luxemburg. Philipp der Kühne von Burgund aber erweist sich in der großen Politik dem Neffen überlegen. Seine Regiekunst blockiert die Expansionsbestrebungen des Orléans mit Erfolg.

Da wird das Haus Burgund von einem Schicksalsschlag getroffen, der die herzoglichen Finanzen an den Rand des Abgrunds bringt. Der Türkensultan Bayazid, der »Blitz«, ist in Ungarn eingefallen und hat verkündet, er werde nicht ruhen, bis er sein Pferd zur Fütterung in Rom am Hochaltar von Sankt Peter anbinden werde. Der ungarische König fleht die Fürsten Europas um Hilfe an. Philipp der Kühne macht sich zum Schutzherrn eines Kreuzzugs. Sein Sohn, der künftige Johann Ohnefurcht, übernimmt die Führung. Wieder wetteifert der Adel im Glanz der Ausstattung: Gold, Silber, Samt an Rüstungen, Kleidung und Pferdegeschirren. Endlich wird es wieder ruhmvollen Rittertaten entgegengehen.

In dem allgemeinen Begeisterungstrubel bleibt wenigstens einer vernünftig. Albrecht von Bayern, der Herrscher von Holland, Seeland und Hennegau, sagt zu seinem Sohn: »Wilhelm, da Du willens bist, auf Fahrt zu gehen und Dich nach Ungarn und ins Türkenland zu begeben und Kampf zu suchen mit Leuten und Ländern, die uns nie etwas zuleide taten, und Du keinen vernünftigen Grund hast, dorthin zu gehen, außer dem eitlen Ruhm in dieser Welt – so laß Johann von Burgund und unsere Vettern von Frankreich ihre Unternehmungen ausführen und führe die Deinigen für Dich aus, und geh nach Friesland und erobere unser Erbe [10].« Überflüssig zu sagen, daß die väterliche Mahnung vergebens ist.

Am 30. April 1396 marschiert der fünfundzwanzigjährige Johann, der burgundische Erbprinz, von Dijon ab, vereinigt mit der Blüte der französischen Ritterschaft. Man fährt die Donau hinunter, man belagert Nikopolis. Im Lager jagt ein Fest das andere. Die Ritter bemühen sich, einer den anderen im Luxus zu übertreffen, und vergnügen sich mit Damen meist zweifelhaften Rufes.

Mitten in einem Bankett wird Alarm geblasen: Der Sultan selbst naht mit seiner Armee. Alles stürzt zu den Waffen, jeder will der erste im Kampf sein. Vergeblich rät der König von Ungarn zur Vorsicht. Die Ritter werfen ihm vor, er wolle sie um die Ehre dieses Tages bringen. Sie stürmen vor, treffen aufs gegnerische Zentrum, werfen die türkische Infanterie. Der Feind weicht zurück; aber gerade dies ist des Sultans Plan. Auf einmal brechen seine beiden Flügel in die Flanken der Franzosen und Burgunder, begleitet von ohrenbetäubenden Kriegstrompeten. Die ungarische Infanterie gibt Fersengeld, kaum kann sich der König in einem kleinen Nachen auf der Donau retten. Nur noch der Paladin von Ungarn kämpft mit den eingeschlossenen Franzosen, die sich jetzt mit dem Mute der Verzweiflung zur Wehr setzen, unter ihnen der burgundische Prinz, der wie ein Löwe kämpft. Alles vergebens: Der Abend des 25. September sieht die totale Vernichtung des Kreuzzugheeres.

Schließlich befiehlt Bayazid, die erzielbaren Lösegelder bedenkend, die Einstellung des Massakers. Dreihundert Ritter schleppt man nackt vor den Sultan, der sich durch Dolmetscher diejenigen bezeichnen läßt, von denen ein reiches Lösegeld zu erwarten ist, unter ihnen natürlich vor allem der burgundische Erbprinz. Die nicht lösegeldwürdigen Gefangenen werden vor den Augen ihrer Kameraden massakriert.

Zweihunderttausend Gulden Lösegeld verlangen die Türken allein für Johann von Nevers. Das können trotz allen Opfermuts des herzoglichen Hofes und der Städte von Flandern die Burgunder nicht ohne weiteres aufbringen. Italienische Bankiers müssen einspringen. Nachdem das Lösegeld gezahlt ist, läßt der Sultan den Prinzen und die vierundzwanzig noch übriggebliebenen Ritter ziehen. Johann von Nevers kommt im März 1398 in Gent an.

Man sollte meinen, die entsetzliche Katastrophe habe zu einer Ernüchterung geführt. Aber die Rundreise, die Johann unternimmt, um sich bei den flandrischen Städten zu bedanken, die einen wesentlichen Teil der Lösegeldsumme aufgebracht haben, ist so prunkhaft ausgestaltet, als handle es sich um die Heimkehr eines Triumphators.

Dem alternden Herzog Philipp ist noch ein letzter politischer Erfolg beschieden. Im April 1404 erreicht er von den Ständen Brabants die endgültige Anerkennung der Regierungsübernahme durch seinen zweiten Sohn Anton in diesem Land. Während wieder einmal rauschende Feste gefeiert werden, erkrankt der Herzog plötzlich an einer Infektionskrankheit – vermutlich Grippe – und stirbt nach wenigen Tagen, noch nicht dreiundsechzig Jahre alt. Er hinterläßt seine Finanzen in einem katastrophalen Zustand. Seine Witwe muß den Zugriff der Gläubiger fürchten. Nach dem Tod des mächtigen Herzogs von Burgund, so erzählt uns der Chronist Monstrelet, sieht man die reiche Erbin des schönsten Landes der Christenheit dem damaligen Brauch entsprechend das tun, was den dürftigsten Bürgerfrauen ein Gefühl der Erniedrigung bedeutet: Sie legt auf den Sarg ihres Gemahls ihren Gürtel, ihre Börse und ihren Schlüssel nieder und verzichtet damit auf ihren Anteil an der Gütergemeinschaft.

Der bisherige Graf von Nevers und jetzige Herzog von Burgund ist noch nicht ganz dreiunddreißig Jahre alt. La Marche nennt ihn »sehr mutig und tapferen Herzens [11]«. Aber er ist auch »ein ernster, bedachtsamer und vorsichtiger Mann, der niemanden traute und deshalb unter seinem Gewand stets Waffen trug und sein Schwert immer an der Seite hatte [12]«.

Johann, der seit dem unglücklichen Kreuzzug von 1396 den Beinamen »sans peur«, »Ohnefurcht« trägt, ist von kleiner Statur. Es ist nicht leicht, sich nach dem Gemälde von Hubert van Eyck [13] ein Bild vom Wesen des zweiten Burgunderherzogs aus dem Hause Valois zu machen. Er scheint tatsächlich verschlossen, mißtrauisch, vielleicht auch listig. Man kann sich jedenfalls nur schwer vorstellen, daß der verkniffene Mund, der uns auf einem anderen Porträt – einem anonymen Bild der französischen Schule des fünfzehnten Jahrhunderts – begegnet, viel gelacht hat.

Johann Ohnefurcht spricht fließend flämisch. Das ist für ihn ein großer, vielleicht ein entscheidender Vorteil bei den schwierigen Verhandlungen mit den Ständen Flanderns. »Ein Flame, der Blut vom Hennegau in sich hat [14].«

Daß sich in Johann Ohnefurcht hinter bisweilen recht zweifelhaften Manieren ein begabter und skrupelloser Politiker verbirgt, ist unbestritten. Manch ein moderner Staatsmann würde ihn um sein Geschick auf dem Felde der Öffentlichkeitsarbeit beneiden. Wie dieser kleine Herzog sich Sympathien unter dem Volk von Paris zu verschaffen weiß, ist erstaunlich.

Philipp der Kühne hat seine Söhne auf dem Sterbebett ermahnt, sie sollten sich stets als französische Prinzen fühlen und dem König die Treue halten. Aber der König ist regierungsunfähig!

Es geht um die Vorherrschaft in Frankreich, und rasch verschärft sich der Streit zwischen Orléans und Burgund wieder. Die Herzöge Berry und Bourbon treten in den Hintergrund. Johann Ohnefurcht braucht aus wirtschaftlichen Gründen den Ausgleich mit England – auch dies ein Vermächtnis seines Vaters – und er bereitet ein englisch-flämisches Handelsabkommen vor. Orléans dagegen will die nationalistische Politik, die Wiederaufnahme des großen Krieges gegen den Erbfeind England.

Innenpolitisch geht es vor allem um Geld, um Steuern. Orléans braucht für sich, seine Politik, seine Laster und seine Freunde mehr Geld, als vorhanden ist. Die Jahressteuern sollen zum zweiten Male ausgeschrieben werden. Da protestiert Johann:

»Ein Unrecht! Das Volk hat für dieses Jahr seine Abgaben geleistet, sie sind hoch genug, höher, als sie jemals waren. Wenn Ihr mit diesem Geld nicht auskommt, so müßt Ihr die Hofhaltung einschränken. Ich jedenfalls bin, was meine Länder angeht, nicht bereit, die Steuern neu einzuziehen. Und wenn Ihr die Abgabe beschließt, so wisset, daß ich damit nicht einverstanden bin. Wenn der Betrag aus den letzten Steuern nicht ausreicht, so würde ich eher aus meiner eigenen Kasse dazu geben, als das arme Volk damit belasten [15].«

Eine plötzliche Abreise von Dauphin und Dauphine aus Paris und die an Kidnapping gemahnende Rückführung der beiden durch eine burgundische Eskorte verschärfen die Situation. Pamphlete mit Anklagen und Gegenanklagen wechseln einander ab. Die vorübergehende Versöhnung der beiden Gegner mit Umarmungen und gemeinsamem Kirchgang im Oktober 1405 kann niemand darüber hinwegtäuschen, daß die Auseinandersetzung einem Höhepunkt entgegengeht.

Das späte Mittelalter hat Freude an Symbolen und Wahlsprüchen. Die Hopfenranke war Johanns Zeichen auf dem Zuge nach Nikopolis. Jetzt fügt er die Brennessel dazu, die jeden sticht, der nach ihr greift.

Niemand zweifelt daran, gegen wen sich das Stachelschwein des Herzogs von Orléans richtet mit der Devise »Cominus et eminus« (nach einer alten Legende kann das Stachelschwein seine Stacheln auch verschießen). Nun legt sich Ludwig von Orléans als neues Symbol den Knotenstock zu und die Devise »Je l'envie«, »Ich lade ein, ich fordere heraus«. Der Burgunderherzog setzt dem Knotenstock den Hobel entgegen und – in flämisch! – den Spruch »Ic houd«, »Angenommen«. Das ist deutlich genug [16].

Ludwig von Orléans hat einen großen Teil des Adels hinter sich, sicher die Königin Isabeau und wohl auch viele von den Blutsaugern, die das Durcheinander im französischen Staat benutzen, um sich skrupellos zu bereichern. Johann Ohnefurcht hat einen wachsenden Einfluß bei der Bürgerschaft, beim Volk, er pflegt auch gute Beziehungen zur Universität von Paris. Wer von beiden wird die Oberhand behalten?

Am Abend des 23. November 1407 sucht Scas de Courtheuze, ein von den Burgundern bestochener Kammerdiener des Königs, den Herzog von Orléans auf: »Mein Herr, der König, schickt nach Euch, und Ihr müßt sogleich zu ihm eilen, denn er hat eine für Euch und ihn äußerst wichtige Sache mit Euch zu besprechen.« Orléans macht sich auf den Weg, nur von zwei Herren seines Gefolges und vier oder fünf Dienern begleitet, die in den dunklen Gassen mit Fackeln leuchten. An der Porte Barbette stürzen achtzehn schwerbewaffnete Männer mit dem Schrei »Tötet ihn!« aus dem Hinterhalt. Ludwig ruft: »Ich bin der Herzog von Orléans.« »Ihr seid es, den wir suchen!« wird ihm entgegnet. Ein Schlag mit der Streitaxt trennt seine linke Hand ab, sein Schädel wird zerspalten, das Hirn verspritzt auf dem Pflaster. Ein deutscher Page, der seinen Herrn schützen will, wird erschlagen. Die Täter fliehen. Sie werfen zerbrochenes Glas und scharfe Eisenstücke hinter sich, um die Verfolgung zu verhindern [17].

Die Stadt ist voll Entsetzen über die grauenvolle Bluttat. Der Burgunderherzog schließt sich der allgemeinen Trauer an, muß aber bald erkennen, daß die Spuren in seine Richtung führen: Im Hôtel d'Artois, dem ständigen Quartier der burgundischen Herzöge, liefen die Fäden zusammen, von denen die Mordbande gelenkt wurde. Da macht Johann Ohnefurcht der Untersuchung überraschend ein Ende und erklärt dem Herzog von Berry: »Damit man keine falschen Vermutungen über den Tod des Herzogs von Orléans anstellt: Ich habe tun lassen, was getan wurde, und niemand sonst.« Sofort verläßt er den Staatsrat, wirft sich aufs Pferd und verläßt Paris.

Die Rechnung des Herzogs ist klar. Es handelt sich ja nicht um einen beliebigen Bauern oder Landstreicher, der totgeschlagen wurde, sondern um den Bruder des Königs. Bei einem so hinterhältigen Mord wenden sich zunächst die Sympathien aller der Witwe, Valentina Visconti, und ihren Kindern zu. Der Herzog vertraut darauf, daß die Emotionen der ersten Zeit abklingen. Inzwischen wirken die Parteigänger Burgunds in Paris. War Ludwig von Orléans nicht ein Zauberer, der dem König nach dem Leben trachtete? Ist nicht vielleicht Valentina Visconti eine Hexe? Wer soll denn den Staat jetzt überhaupt regieren, wenn nicht der Herzog von Burgund? Hat er nicht immer vernünftige Gedanken gehabt, Reformen versprochen, sich gegen die Erhöhung der Steuern gewendet? War nicht Ludwig von Orléans der Mittelpunkt derer, die das Volk aussaugen? Das Volk von Paris, diese dreihunderttausend Menschen, deren Leben uns Victor Hugo's geniale Feder im »Glöckner von Notre Dame« beschrieben hat – es neigt sich langsam dem Burgunderherzog zu. Im Februar 1408 kehrt Johann Ohnefurcht an der Spitze seines Gefolges nach Paris zurück. Seine Parteigänger an der Universität erhalten den Auftrag, eine Verteidigungsschrift für ihn zu verfassen.

Am 8. März 1408 vollzieht sich im Großen Saal des Hôtels Saint-Pol vor hoher und höchster Zuhörerschaft ein unglaubliches Musterstück demagogischer Rhetorik. Jean Petit, Doktor der Sorbonne, hält vor dem Dauphin (der König ist wieder krank), dem König von Sizilien, den Herzögen von Berry und Bretagne und dem ganzen Adel eine Rechtfertigungsrede für den Tyrannenmord. Im strengen Aufbau der scholastischen Wissenschaft geht er von dem Motto aus: »Radix omnium malorum cupiditas – Begehrlichkeit ist die Wurzel allen Übels«. Die Begierde macht Abtrünnige, schafft Verräter. Wer sich gegen den König verschwört, verdient Tod und Verdammnis, um so mehr, je höher er steht; jeder darf ihn töten. Alles wird mit Zitaten belegt und ergänzt. Ein Zitat aus Boccaccio beweist, daß man den Tyrannen aus dem Hinterhalt überfallen darf.

Jean Petit bringt alle alten Verdächtigungen, die jemals auf Ludwig von Orléans fielen: den Brand beim Hofball im Jahre 1392; die Verbindung mit dem Hexenmeister Philipp de Mézières im Cölestinerkloster; die Zaubereien.

So soll Orléans eines Sonntagmorgens mit einem abtrünnigen Mönch, einem Ritter, einem Knappen und einem Knecht nach La Tour Montjay geritten sein; der Mönch habe dort zwei graugrün gekleidete Teufel mit Namen Heremas und Estremain erscheinen lassen, die einen Degen, einen Dolch und einen Ring unter höllischen Weihen besprachen, worauf die Gesellschaft einen Gehängten vom Galgen von Montfaucon herunterholte.

Vier Stunden spricht Jean Petit. Als er endet, erhebt sich der Herzog von Burgund in purpurroter Samtrobe und sagt nur: »Je vous avoue« – »Ich billige Eure Rede.« Die Rechnung geht auf. Niemand widerspricht. Der König verfügt einen Erlaß: Das Verbrechen ist »niedergeschlagen [18]«.

In diesem Jahr erhebt sich im Osten ein Gegner, mit dem noch Sohn und Enkel des Herzogs schwere Sorgen haben werden. Es ist Lüttich, ein reichsunmittelbares Bistum, benachbart dem burgundischen Gebiet und regiert von Bischof Johann von Bayern.

Praktisch wird die reiche Stadt von den Zünften beherrscht. Damit ist die Spannung zum Fürstbischof von vornherein gegeben. Eines Tages setzen die Zünfte unter Ausnützung der Wirren der Kirchenspaltung den Bischof einfach ab und lassen einen neuen wählen. Der abgesetzte Bischof aber ist ein Schwager des Burgunderherzogs. Der Herzog kann sich dem Hilferuf des Schwagers auch in dieser kritischen Stunde nicht versagen, er sammelt ein Heer und zieht Lüttich zu.

Am 23. September 1408 stoßen bei Othée, nördlich der Stadt, Burgunder und Lütticher aufeinander. Tausende von Lüttichern werden niedergemetzelt. Zwei Tage später erscheinen die Bürger der stolzen Stadt barfuß vor den Siegern. Bischof Johann zeigt sich nicht sonderlich christlich: Die Häupter der Gegenpartei werden in die Maas geworfen. Die Stadt hat die Kosten des Krieges zu tragen, die Hauptfestungen des Landes werden geschleift.

Die kurze Abwesenheit des Burgunderherzogs von Paris hat aber genügt, die Partei der Orléans zu stärken. Der schwankende Hof neigt wieder den Gegnern Johanns zu und siedelt nach Tours über.

Anfang Dezember stirbt Valentina Visconti, die Witwe des ermordeten Orléans-Herzogs, in Blois. Ende 1408 sieht sich der Burgunder einer Patt-Situation gegenüber.

So kann auch die großartig inszenierte Versöhnungszeremonie vom 9. März des neuen Jahres in der Kathedrale von Chartres nichts als eine große Verlogenheit sein. Jeder Versöhnungsschwur ist ein Meineid. Es klingt wie Hohn, wenn Johann Ohnefurcht schreibt: »Die Angelegenheit wurde, dem Herrn sei es gedankt, sehr feierlich und großartig für unsere Ehre abgemacht, und zwar dergestalt, daß alle sehr zufrieden waren ...«

Er weiß, daß er jetzt in Paris bleiben muß. Von seinem Quartier im Hôtel d'Artois aus bemüht er sich unablässig, durch Prachtentfaltung, durch Geschenke und durch Verhandlungen seinen Einfluß in der großen Stadt zu mehren.

Als sich Königin Isabeau mit dem Dauphin durch den Vertrag von Melun vom 11. November 1409 unter den Schutz Johanns stellt, glaubt der Burgunderherzog, die Oberhand gewonnen zu haben.

Da erhält die Gegenseite entscheidenden Zuwachs. Karl von Orléans, der Sohn des ermordeten Herzogs, heiratet Bonne von Armagnac, und sein Schwiegervater, Bernhard VII. von Armagnac, bringt einen großen Teil südfranzösischen Adels dem Orléans zu. Vom April 1410 an ist die Front klar: auf der einen Seite die »Bourguignons«, auf der anderen Seite die »Armagnacs«. Vergeblich versucht der König zu lavieren, erläßt Befehle, die Truppen zurückzuziehen, die Söldner zu entlassen. Immer schärfer werden die Schmähschriften der beiden Parteien, schon ziehen bewaffnete Banden durch das Land, und im Jahre 1411 ist der Bürgerkrieg nicht mehr aufzuhalten. Der Burgunderherzog wendet sich jetzt auch gegen den König: »Ihr und Eure Brüder haben gelogen und lügt weiterhin, falsch wie Verräter, die Ihr seid[19]!«

Von jetzt ab zählt nur noch das Violett der Armagnacs und das Grün der Burgunder. Die Politik des Burgunderherzogs ist klar: Er hat im Gegensatz zu den Orléans immer eine ausgleichende Politik mit den Engländern angestrebt, und der Erfolg zeigt sich auch in der wirtschaftlichen Blüte von Flandern und Brabant. Die unleugbaren Mißstände in Frankreich, die schamlosen Bereicherungen, die Verwüstungen des flachen Landes gedenkt er auszunützen, um dem ganzen Land nicht nur als der Held von Nikopolis zu erscheinen, sondern als der Retter des Vaterlandes. Er stützt sich bewußt auf das Bürgertum, pflegt seine Beziehungen zu den Intellektuellen der Pariser Universität und scheut sich nicht, in den Markthallen spazieren zu gehen, um sich dort dem einfachen Volk, den Angehörigen der Zünfte, leutselig zu zeigen. Er erreicht, daß Anfang 1412 den Parisern das Recht wiedergegeben wird, den »Prévôt des Marchands«, den Kaufmannsvorsteher, frei zu wählen, und die Stelle wird natürlich mit einem Parteigänger der Burgunder besetzt.

Die Versammlung der Generalstände im Januar 1413 zeigt der Öffentlichkeit, welche Mißstände im Königreich eingerissen sind. Überall erhebt sich die Frage: Wer kann uns zu einer besseren Zukunft führen? Wer wird der Reformer sein?

Der Burgunderherzog spielt ein gewagtes Spiel, und jetzt beginnt es ihm aus der Hand zu gleiten. In der Bevölkerung der Riesenstadt gärt es. Unter der Führung von Simon dem Kuttler, bekannt unter dem Namen Caboche, stürmt der Mob durch Paris, plündert, mordet. Die Mißliebigen werden ins Gefängnis gesteckt, unter Vorwänden hingerichtet. Wieder tauchen die weißen Mützen auf, der »Chaperon Blanc« aus den Tagen des Genter

Volksaufstandes erscheint wieder. Der Herzog geht so weit, dem Henker von Paris, Capeluche, die Hand zu schütteln. Man kann sich heute kaum vorstellen, was das in einer Zeit bedeutete, in welcher der Henker nicht nur ein verfemtes Gewerbe betrieb, sondern von allen anständigen Menschen wie ein Verdammter gemieden wurde. Der Abscheu des Hofes und des Adels ist so groß, daß das Ereignis wohl das Ende eines weniger versierten Politikers bedeutet hätte.

Aber alle Volkstümlichkeit, alle geschickt ausgespielte Demagogie kann nicht verdecken, daß Johann Ohnefurcht nicht mehr Herr der Lage ist. Bürger und Universität sehen mit Entsetzen, was sich von Tag zu Tag an Mord und Totschlag in den Straßen von Paris ereignet. Da räumt Johann Ohnefurcht am 25. August Paris, die Armagnacs ziehen ein, und nun geht das Morden von neuem los, nur umgekehrt: Jetzt sind die Parteigänger der Burgunder die Opfer.

Johann Ohnefurcht ist sicher, daß in der großen Stadt eine »Fünfte Kolonne« für ihn arbeitet. Anfang 1414 versucht er, Paris zu nehmen – und muß einen Rückschlag hinnehmen. Bernhard von Armagnac hält die große Stadt. Das bringt dem Herzog die schwerste Schlappe seit Jahren. Seine Verbündeten werden wankend, von seinen Brüdern unterwirft sich einer dem König, Anton von Brabant versucht zu vermitteln. Am 4. September wird der »Friede« von Arras geschlossen. Der Burgunderherzog hat die Vorherrschaft in Frankreich verloren, er wird sich aufs Warten verlegen müssen. Freilich, der sogenannte Friede ist auch diesmal nichts anderes als ein fauler Waffenstillstand.

Zu dieser Zeit betritt ein gutaussehender junger Mann die politische Bühne Europas. Er ist entschlossen, das Szenenbild zu verändern. Heinrich von Lancaster, der fünfte englische König dieses Namens, besteigt mit 25 Jahren im März 1413 den Thron und legt sofort die Playboy-Allüren seiner Jugend ab. Was muß einem solchen Fürsten, sobald er die innere Situation seines Landes konsolidiert hat, erstrebenswerter erscheinen, als die alte Auseinandersetzung mit Frankreich zu einem Zeitpunkt zu erneuern, da Frankreich in sich tief zerstritten ist?

Im August 1415 landen die Engländer in der Normandie und erobern Harfleur. Aber die Anfangserfolge halten nicht an; Nachschubprobleme und Krankheiten machen dem englischen Heer schwer zu schaffen. König Heinrich will sich in die Winterquartiere nach Calais zurückziehen, bietet Frieden und die Rückgabe von Harfleur, die Franzosen lehnen ab.

Am 25. Oktober 1415 stehen sich bei Azincourt die beiden Heere gegenüber, die Franzosen vier- bis fünfmal stärker und in der Erwartung des sicheren Sieges, so wie es bei Shakespeare die Worte des Connétable d'Albret zeigen[20]:

»Zu Pferd, ihr wackern Prinzen! Flugs zu Pferd!
Seht nur die hungrige und arme Schar,
Euer schöner Schein saugt ihre Seelen weg
und läßt von Männern ihnen nur die Hülse.
Für uns're Händ' ist nicht genug zu tun,
kaum Blut genug in ihren kranken Adern,
um jeden nackten Säbel zu beflecken,
die unsere fränk'schen Braven heute ziehn
und, weil's an Beute fehlt, einstecken werden.
Laßt uns nur auf die hauchen, und es stürzt
der Dunst von unserer Tapferkeit sie um ...«

Selten ist voreiliger Übermut blutiger bestraft worden. Die kaltblütige Geschicklichkeit des englischen Königs, der das Terrain wohl zu nutzen weiß, die hervorragende Tapferkeit der Engländer, für die es ums Letzte geht, und die Überlegenheit der englischen Bogenschützen entscheiden den Sieg am Tag des Heiligen Crispinus. Gegen 11 Uhr rücken die beiden Heere aufeinander zu. Die Franzosen, dreißig Mann tief, werden ein sicheres Opfer der englischen Langbogen. Tote und Verwundete liegen zu Hauf, Verstärkungen kommen nicht durch. Englische Reiterei und Infanterie schlagen im Handgemenge das zweite französische Treffen, machen ungezählte Gefangene. Da erreicht König Heinrich mitten im Schlachtgetümmel die Nachricht, eine französische Streitmacht habe sich im Rücken der Engländer auf deren Lager geworfen, alles geplündert und niedergemacht. »Der König«, schreibt Winston Churchill, »mußte glauben, er werde von hinten angegriffen, während eine ungebrochene übermächtige Streitmacht vor ihm stand und gab deshalb den schrecklichen Befehl, die Gefangenen abzuschlachten. In dieser Stunde ging die Blüte des französischen Adels unter, deren viele sich ergeben hatten in der Hoffnung, mit Lösegeld freigekauft zu werden.« Zu spät wird der in Panikstimmung gegebene Befehl widerrufen.

Das dritte französische Treffen zieht vom Schlachtfeld ab. Der Weg nach Calais ist offen für die Engländer: Heinrich von Lancaster und seine Bogenschützen haben das Unmögliche erreicht.

Der Connétable von Frankreich, die Herzöge von Alençon und Bar und die beiden Brüder des burgundischen Herzogs, Philipp von Nevers und Anton von Brabant, sind unter den zehntausend Toten, die Herzöge von Orléans und Bourbon unter den Gefangenen.

Johann Ohnefurcht hat an der Schlacht nicht teilgenommen. Seit er seine Vormachtstellung in Frankreich verloren hat, bereitet er sein Comeback vor. Als der englische König und der Burgunderherzog im Mai 1417 einen Geheimpakt miteinander schließen, glaubt jeder, den anderen als Werkzeug benutzen zu können. Seit Bernhard von Armagnac anstelle des gefallenen d'Albret Connétable von Frankreich geworden ist, ist die Macht der Armagnac's noch stärker geworden. Ohne die Engländer kann Johann Ohnefurcht nicht hoffen, zum Ziel zu gelangen.

Inzwischen ist der Dauphin Ludwig gestorben. Thronfolger ist jetzt ein Knabe von gerade vierzehn Jahren. An ihn, den schwachen Sohn des geisteskranken Königs, klammern sich Frankreichs Hoffnungen.

Unablässig arbeitet Johann Ohnefurcht an seinem Plan, die Vorherrschaft in Frankreich wiederzugewinnen, das große Paris wieder zu besetzen. Alle Steuern mit Ausnahme der Salzsteuer will er abschaffen. Die Burgunder rücken in der Champagne vor, sie besetzen Troyes und Chartres. Am Morgen des 29. Mai 1418 dringen sie in Paris ein, die burgundischen Parteigänger erheben sich in der Stadt. Der Connétable Bernhard von Armagnac wird getötet, der Pöbel zieht ihm die Haut ab, Tausende von Armagnacs fallen den Messern der Cabochiens zum Opfer. Auch vor den Angehörigen der Pariser Universität macht der Furor nicht halt. Mit knapper Not entkommt der Dauphin mit Tanneguy du Châtel.

Die politische Strategie des Burgunderherzogs ist hervorragend: Er hält sich fern, er hat mit dem Blutbad des Pariser Pöbels nichts zu tun, er wartet, bis ihn der König und die Königin beschwören, doch zu kommen und wieder Ordnung zu schaffen. Da erst, am 14. Juli, zieht Johann Ohnefurcht im Rahmen einer spektakulären Parade, die seine Macht dem Volke zeigt, in Paris ein. »Lieber Vetter, seid willkommen. Ich danke Euch für alles Gute, das Ihr der Königin getan habt«, so empfängt König Karl den Herzog [21].

Es ist nicht schwer, nun vollends Ordnung zu schaffen. Bald findet sich ein Grund, den Henker Capeluche, dem der Herzog seinerzeit die Hand gegeben hat, hinzurichten. Weitere Exekutionen folgen. Paris ist wieder »bourguignon«.

Aber ein anderes Problem bedrängt jetzt Johann Ohnefurcht. Die Engländer verheeren die Normandie, Rouen wird ausgehungert und muß sich ergeben. Der Burgunderherzog weiß, daß er seinen vorherrschenden Einfluß in Frankreich nicht behalten kann, wenn Heinrich V. König von Frankreich wird. Konsequenterweise versucht Johann wieder mit dem Dauphin in Kontakt zu kommen. Anfang 1419 wird ein feierlicher Vertrag zwischen den beiden aufgesetzt[22]. Zur Bekräftigung der Einigung soll eine Begegnung zwischen dem Dauphin und dem Herzog stattfinden. Mehrmals wird das Datum verschoben, dann will man sich am 10. September 1419 auf der Brücke von Montereau-sur-Yonne treffen. Der letzte Akt bricht an. Die Ratgeber des Herzogs beschwören ihn, sich nicht auf die Begegnung einzulassen. Die Falle ist bereits gestellt. An einem Tag seines Lebens verlassen den Burgunderherzog seine sprichwörtliche Vorsicht, seine Klugheit, sein Gefühl für nahende Gefahr.

Johann Ohnefurcht akzeptiert, daß die Begegnung auf einer kleinen Insel im Fluß Yonne stattfindet, wo man wie in einer Mausefalle sitzt, wenn das Brückentor hinter einem geschlossen ist. Noch schlimmer: Er lehnt es ab, ein ausreichend bewaffnetes Gefolge mitzunehmen. »Er geht seinem Schicksal mit einer ruhigen Resignation entgegen, wie wenn er Vertrauen in das Wort seiner Feinde hätte, die er so gut kennt, und trotz der Perfidien des menschlichen Herzens. Vielleicht ist auf der anderen Seite selbst der Dauphin nicht vollkommen zum Verbrechen entschlossen und es ist ein Zufall, der es hervorgerufen hat. Aber es herrscht bei dieser Begegnung zwischen den unversöhnlichen Gegnern eine solche Angst, eine solche Nervosität, ein solcher Argwohn herüber und hinüber, daß die unschuldigste Geste die Katastrophe provozieren kann. An der ersten Barriere findet Johann Ohnefurcht die Leute des Dauphin, die ihm sagen: ›Monseigneur erwartet Euch.‹ Dann passiert er die zweite Barriere, die man mit dem Schlüssel hinter ihm abschließt. Auf der Brücke begegnet er Tanneguy du Châtel, dem er freundschaftlich auf die Schulter schlägt[23].«

Monstrelet berichtet weiter: »Und so passierte er weiter bis nahe zu dem besagten Dauphin, vor dem er, um ihm Ehre und Reverenz zu erweisen, sich auf ein Knie niederließ, um ihn untertänig zu grüßen; worauf der Dauphin irgendwie antwortete, ohne ihm etwas zu zeigen, was nach Zuneigung aussah und ihm vorwarf, daß er sein Versprechen schlecht gehalten habe und nicht mit dem Krieg aufgehört noch seine Leute aus den Garnisonen abgezogen habe, wie er es versprochen hatte. Inzwischen faßt ihn

Herr Robert de Loire beim rechten Arm und sagt ihm ›Stehet auf, Ihr seid nicht sonderlich ehrenhaft‹ und der besagte Herzog war, wie oben angeführt, auf einem Knie und hatte sein Schwert umgegürtet. Dieses war ohne seinen Willen zu sehr nach hinten gerutscht, während er hingekniet war, so daß er es mit der Hand faßte, um es zurecht zu rücken, daß es ihm bequemer sitze, und darauf sagte der erwähnte Herr Robert de Loire zu ihm: ›Legt Ihr die Hand an Euer Schwert in der Gegenwart des Herrn Dauphin?‹ Unter diesen Worten nähert sich von der anderen Seite Herr Tanneguy du Châtel, der macht ein Zeichen und sagt ›Es ist Zeit‹ und er hieb dem besagten Herzog mit einer kleinen Axt, die er in der Hand hielt, über das Gesicht so schroff, daß er in die Knie brach und ihm das Kinn zerschlug. Als der Herzog den Schlag spürte, legte er die Hand ans Schwert, um es zu ziehen, und versuchte sich zu erheben, um sich zu verteidigen, aber vergeblich, wegen des besagten Tanneguy wie einiger anderer, erhielt noch einige Stöße und fiel zur Erde wie tot. Und geschwind stieß ihm ein gewisser Olivier Layet mit der Hilfe von Pierre Fratir ein Schwert durch sein Panzerhemd ganz in den Leib [24].«

Die Edelleute seines Gefolges versuchen, den Herzog zu verteidigen, werden aber, durch die Übermacht bewältigt, ebenfalls getötet oder verwundet. Der Dauphin, der der Szene wie erstarrt zugesehen hat, wird von seinen Begleitern weggeführt.

Die Nacht bricht herein. Auf der Brücke von Montereau liegt die Leiche des mächtigsten Mannes von Frankreich, aus vielen Wunden blutend, seines Schmuckes und der Oberkleidung beraubt. Lähmendes Entsetzen zieht über das Land.

DAS WUNDER VON ORLÉANS

Einem jungen Mann von 23 Jahren die Nachricht zu überbringen, sein Vater sei ermordet worden, ist keine leichte Aufgabe. Als Bischof de Thoisy in Gent dem jungen Paar die unheilvolle Botschaft verkündet, stößt Philipp von Burgund »einen schrecklichen Schrei aus. Man sah, wie sein Gesicht plötzlich zitterte und wie er seine Augen verdrehte. Er hatte die Zähne fest aufeinander gebissen und trockene Lippen wie ein Toter. Man mußte ihm die Kleider vom Leibe reißen und den Mund öffnen. Er war dem Ersticken nahe in dem Zimmer, in dem die anderen mit ihm weilten [25] «.

Nicht geringer ist das Entsetzen seiner jungen Frau, Michelle de France. Sie hat den Schock, als Schwester des Mörders gelten zu müssen, nie überwunden. Weniger als drei Jahre später stirbt sie, ehrlich und tief betrauert von den Gentern, die sogar 120 Mann aussenden, um in Aire eine Hofdame Michelles zu verhaften, die man irrtümlich des Giftmordes an der jungen Herzogin beschuldigt.

Philipps erste Maßnahme ist, die »Vier Glieder Flanderns« zusammenzurufen, also Gent, Brügge, Ypern und den »Franc de Bruges«. Die Stände versammeln sich, würdig, im tiefen Schwarz der Trauer. Sie lassen keinen Zweifel daran, daß sie an der Seite des jungen Herzogs zu stehen gedenken. Die allgemein anerkannte Pflicht des Sohnes, den bei Friedensverhandlungen ermordeten Vater zu rächen, steht im Einklang mit den Wünschen Flanderns, den Ausgleich mit den Engländern vor allem aus handelspolitischen Überlegungen zu suchen. Als der Prediger Pierre Flore in christlicher Demut verkündet, die Rache gehöre Gott allein, ist alle Welt von einer solchen Entgleisung peinlich berührt.

Die Engländer empfinden den Mord auf der Brücke von Montereau nicht als besonderen Schock. Im Gegenteil: Heinrich V. kann sicher sein, daß ihm dieses Ereignis die Burgunder in die Arme treiben werde.

Und so entwickeln sich denn auch die Ereignisse. Im Mai 1420 wird der

Vertrag von Troyes geschlossen. Der Dauphin, »Soi Disant Dauphin des Viennois«, wird der Thronfolge wegen seiner »schauderhaften und ungeheuren Verbrechen« für verlustig erklärt. Karl VI. und Isabeau erkennen Heinrich V. von England als ihren »Sohn und Nachfolger« an; er wird ihre Tochter Katharina heiraten (und sich dadurch auch mit Philipp von Burgund verschwägern). Die Kronen Frankreichs und Englands sollen ewig vereinigt werden.

Ein kühner Schritt, der Visionen in greifbare Nähe rückt. Wer soll sich auch dagegen wenden? Etwa der kleine armselige magere Dauphin mit seinem Hof in Bourges? Bereits am 2. Juni findet die Vermählung des englischen Königs mit Katharina in Troyes statt. Am 23. Juni wird Montereau eingenommen, der ermordete Herzog exhumiert und nach der Kartause Champmol bei Dijon feierlich überführt. Der erneuerte Schmerz wird den jungen Herzog in seinem Rachegelöbnis bestärkt und in seiner politischen Haltung bestätigt haben.

Am 1. Dezember ziehen beide Könige in Paris ein. Am Tag vor dem Heiligen Abend wird vor dem Parlament ein feierliches »Lit de Justice« abgehalten, dem außer den beiden Königen drei Herzöge beiwohnen. Bei dieser Gelegenheit tritt uns zum ersten Mal ein Mann entgegen, der in der Geschichte Burgunds noch eine große Rolle spielen wird: Nicolas Rolin, der spätere Kanzler, vertritt die Sache Burgunds und beantragt die Bestrafung der Mörder.

Natürlich haben die Armagnacs, die sich um den abgesetzten Dauphin in Bourges scharen, noch einige Provinzen und Hilfsmittel hinter sich. Natürlich versuchen sie immer wieder, durch Vorstöße militärische Vorteile zu erringen. Aber die Übermacht der englisch-burgundischen Allianz ist nicht aufzuhalten.

Da ereignen sich im Jahre 1422 innerhalb weniger Wochen zwei Todesfälle: Am 31. August stirbt in Vincennes im Alter von erst 34 Jahren der englische König. Am 10. Oktober folgt ihm, 53jährig, Karl VI., der geistesgestörte französische König, im Tode nach. Nun erbt ein Kind, das noch nicht einmal ein Jahr alt ist, die beiden Kronen Frankreichs und Englands: Die Doppelmonarchie ist geschaffen. Für das Kind, für Heinrich VI., muß ein Regent gefunden werden. John, Herzog von Bedford, der Bruder Heinrichs V., übernimmt diese Aufgabe. Er weiß, daß er sich ständig um Burgund bemühen muß, das er braucht. Vor dem Hintergrund der politischen Spannungen muß man wohl auch die Eheschließung Bedfords mit Philipps jüngerer Schwester Anna im Jahre 1423 sehen.

Der Dauphin hat sich in Mehun-sur-Yévre neun Tage nach seines Vaters Tod zum König erklärt – »König von Bourges«, wie seine Gegner spöttisch sagen. Die Kämpfe, die das Land bereits in tiefes Elend gestürzt haben, werden also weitergehen.

Nur schwer kann man sich eine Vorstellung davon machen, in welch verzweifelter Lage sich die Bevölkerung in weiten Teilen Frankreichs in den zwanziger Jahren dieses Jahrhunderts befindet. In den unaufhörlichen Kämpfen zwischen Burgundern, Armagnacs und Engländern werden Dörfer niedergebrannt, Klöster zerstört, Bauern niedergemetzelt, Frauen vergewaltigt, das Vieh weggetrieben, Beute fortgeschleppt. Feste Städte schätzen sich glücklich, wenn sie Geld genug aufbringen können, um sich von Brandschatzungen freizukaufen. Man huldigt mit gleich mangelhafter Begeisterung jedem großen Herrn, der sich mit ausreichenden Truppen bedrohlich nähert.

Die Achtung vor dem menschlichen Leben ist nicht höher als vor dem Eigentum. Eine schwangere Bäuerin kurz vor der Niederkunft in das Geäst einer großen Linde, aber noch in Reichweite der herantrabenden Wölfe mitten zwischen die Leichen von Erhängten zu binden, mag uns als ein grauenvoller Einzelfall erscheinen. Der Bericht des Chronisten ist aber nichts als eine Kennzeichnung der völligen Verrohung im ganzen Land.

In groteskem Gegensatz dazu versucht die Ritterschaft, sinnleer gewordene Ideale hochzuhalten. Als Graf Suffolk einem jungen Franzosen kriegsgefangen in die Hände fällt, fragt er ihn zunächst, ob er von Adel sei. Dies bejaht der Franzose, muß aber die weitere Frage, ob er Ritter sei, verneinen. Suffolk besteht darauf, seinen Gegner zunächst zum Ritter zu schlagen, dann ergibt er sich ihm.

Der abgesetzte Dauphin sitzt in seinem Schloß in Chinon und überlegt, was er noch an Städten, Ländereien und Burgen verwerten könne, um vor allem seine kostspielige Hofhaltung finanzieren, aber auch die meuternden Truppen besser hinhalten zu können. Jolantha, Herzogin von Anjou, Königin von Neapel und Jerusalem, die Mutter des »guten Königs René« (der in diesem Jahr noch ein junger Mann ist), hilft dem Dauphin, ihrem Schwiegersohn, immer wieder aus der Klemme. Aber wie lange noch?

Die Engländer stehen vor Orléans. Das ist an sich gegen die geltende Regel, weil der Herzog von Orléans seit Azincourt Gefangener in England ist und man sich am Eigentum eines Gefangenen nicht vergreifen darf (so er von Adel ist). Aber Bedford rechnet sich aus, daß die Einnahme von Orléans den entscheidenden Sperriegel für das Land südlich der Loire, über das der Dauphin noch gebietet, knacken wird.

Schlimmer ist, daß der Dauphin Karl beginnt, an sich selbst und seiner Legitimität zu zweifeln. Königin Isabeau, seine Mutter, scheut sich nicht, öffentlich zu erklären, Karl sei ein Bastard. Wer die Lebensumstände des wirren Königs, seine Anfälle und seine stinkenden Lumpen bedenkt, der kann auch wirklich zweifeln, ob die zwölf Kinder Isabeaus alle von ihm sind. Da sitzt nun also ein magerer, unansehnlicher junger Mann von 26 Jahren, enterbt, von seiner eigenen Mutter als unehelich verhöhnt und praktisch bankrott, im Schloß Chinon und liest einen Brief seines Hauptmanns Boudricourt aus Vaucouleurs irgendwo an der lothringischen Grenze. Der alte Haudegen kündigt seinem Fürsten an, er sende ihm mit einem kleinen Geleit ein Bauernmädchen aus Domremy in Lothringen, die sich in den Kopf gesetzt habe, Frankreich zu retten.

Über das Phänomen Jeanne d'Arc ist viel geschrieben worden. Bedenkt man die ganzen Lebensumstände, die Denkweisen im »Herbst des Mittelalters«, so will es nicht allzu mirakelhaft erscheinen, wenn ein Landmädchen, das wahrscheinlich in der Pubertät steckenblieb, das außer der üblichen religiösen Erziehung keinerlei Bildung hatte und das weder lesen noch schreiben konnte, Halluzinationen bekam, in denen Heilige genau in der körperlichen Erscheinung auftreten, wie sie das Volk aus den Kirchen kennt: der Erzengel Michael, die Heilige Margaretha, die Heilige Katharina.

Johanna ist bis zum letzten Tage ihres kurzen Erdenlebens ein gläubiges, einfältiges Bauernmädchen mit gesundem Menschenverstand geblieben, voll Vertrauen in ihre »Stimmen«, die sie beraten und lenken, ehrlich in einer Welt voll grausamer Hinterlist, sicher in der Zuversicht für die gerechte Sache Frankreichs, menschlich in ihrer Angst vor körperlichen Leiden, großartig in der Haltung vor ihren Richtern und in der Stunde ihres Sterbens: eine Heilige, wenn man so will. Wahrscheinlich zeigt die Marmorfigur von Chapu mehr vom Wesen dieses Mädchens als viele Standbilder, die das spätere Frankreich der streitbaren Heldin mit Fahnen und Rüstung errichtete.

Es hat sicher damals Leute in Frankreich gegeben, vor allem unter den den Armagnacs anhängenden Klerikern, die in Johanna ein erstklassiges politisches Instrument witterten, wenn man es nur richtig einsetzte. Man glaubt in Johannas Briefen und Botschaften – die sie ja als Analphabetin diktieren mußte – direkte und indirekte Einflüsse der Kirche zu spüren.

Auf drei Dinge kommt es in dieser dunklen Stunde an:

Das Selbstvertrauen des Dauphins zu stärken; gibt er sich und seine Ansprüche auf, so ist alles an Bedford und Burgund verloren.

Das Selbstvertrauen des Heeres zu stärken; die alte Weisheit, daß eine Armee geschlagen wird, weil sie geschlagen wurde, zeigt sich in der völligen Demoralisierung der Truppen des Dauphins, die auch durch die Zähigkeit eines Dunois, das Haudegentum eines La Hire nicht wettgemacht werden kann.

Das Selbstvertrauen Frankreichs zu stärken: Das kann am besten durch die »rechtmäßige Krönung des rechtmäßigen Königs« geschehen. Und in diesem Punkt muß naturgemäß der Erzbischof der traditionellen Krönungsstadt Reims auf der Seite Johannas stehen.

Der Dauphin zeigt sich von den Unterhaltungen mit dem Mädchen, das sich in Männerkleidern im kalten Februar des Jahres 1429 durch viele Meilen feindlichen Gebiets mit wenigen Begleitern zu ihm durchgeschlagen hat, beeindruckt. Er sendet Johanna mit einer Entsatzstreitmacht nach Orléans.

Die Engländer haben dort – die Belagerung begann schon im Oktober 1428 – einen schlimmen Winter hinter sich. Sie fühlen sich wahrscheinlich nicht viel besser als die drinnen in Orléans und harren sehnsüchtig auf Verstärkung unter Sir John Fastolf aus Richtung Paris.

Die Bürger von Orléans, die bereits vergeblich versucht haben, sich unter den Schutz des mächtigen Burgunderherzogs zu stellen, um den Engländern zu entgehen, jubeln, als die Jungfrau mit den französischen Entsatztruppen einreitet. Kurze Zeit später, am Tage nach Himmelfahrt, wird die wichtigste englische Befestigung erstürmt, Johanna wird an der Schulter verwundet, die Engländer ziehen ab, halb betäubt von der Niederlage, die ihnen »die Hexe« beigebracht hat.

Am 18. Juni gelingt es, den besten Feldherrn Englands, den furchtbaren Talbot, bei Patay zu besiegen, Troyes wird besetzt, Chalons, dann Reims. Wirklich Reims: Und hier führt Johanna am 13. Juli den Dauphin zur Krönung. Der Erzbischof salbt ihn mit dem Heiligen Öl, mit dem der selige Remigius König Chlodwig gesalbt hatte und das eine Taube zur Krönung des ersten christlichen Königs vom Himmel gebracht hat. Daß die Krönung mit einer Ersatzkrone vorgenommen wird – die echte befindet sich in den

Händen der Engländer – scheint niemand zu stören. Das gaffende Volk weiß es ohnehin nicht.

Johanna ist auf dem Höhepunkt ihres Ruhms. Die unglaublichsten Geschichten über ihre Wundertaten durchfliegen Europa. Amulette mit ihrem Bild werden feilgeboten. Die Soldaten Englands und Burgunds zögern, gegen die »Hexe von Orléans« anzutreten.

Ihre Weissagungen haben sich erfüllt (einige, die sich nicht erfüllten, werden bereitwillig vergessen), Karl VII. ist rechtmäßiger König, Frankreich hat sich aus dem Staub der Verzweiflung erhoben. Domremy bekommt »für alle Zeiten Steuerfreiheit« (was tatsächlich bis zur französischen Revolution eingehalten wurde), Johanna und ihre Familie werden geadelt (was das Bauernmädchen nicht sehr berührt hat).

Die Jungfrau aber drängt weiter. Paris! Jedoch, es ist noch nicht so weit. Der Angriff, vielleicht zu halbherzig gegen die größte Stadt Frankreichs vorgetragen, schlägt fehl, die »Fünfte Kolonne« drinnen in der Stadt erfüllt ihre Aufgabe nicht wie erwartet. Der König ordnet den Rückzug an; man schreibt den 13. September.

Karl VII. sinkt wieder in die angenehmen Zerstreuungen des Hoflebens zurück. Mittlerweile kommt das neue Jahr, neue Kämpfe, Beauvais wird genommen, Compiègne. Am Abend des 24. Mai 1430 wird Johanna bei einem Scharmützel vor Compiègne umzingelt, vom Pferd gerissen, gefangen. Es sind die Burgunder des alten Feldobristen Jean von Luxemburg, der sie alsbald vor den Herzog bringen läßt. Man hat nie erfahren, was zwischen dem vierunddreißigjährigen Philipp und dem achtzehnjährigen Bauernmädchen gesprochen worden ist.

Die Burgunder verkaufen ihre Gefangene an die Engländer, die der »Hexe« den kirchlichen Prozeß machen. Ein Jahr nach ihrer Gefangennahme wird sie in Rouen verbrannt.

Das Auftreten der Jungfrau hat eines bewirkt, was sie in den Folgerungen sicher nicht übersehen konnte: das Aufkommen eines wirklichen französischen Nationalgefühls. Selbst hohe burgundische Offiziere bleiben nicht unberührt von dieser Strömung. Der Engländer ist der eigentliche Landesfeind. Mit ihm zu paktieren, ist keine gute Sache. Andererseits wird aber gerade in diesen Jahren etwas anderes deutlich: Der Herzog von Burgund ist praktisch kein französischer Vasall mehr. Burgund hat begonnen, ein eigenes Staatsleben zu führen.

DIE BAYERISCHE JAQUELINE

Natürlich sind die französischen Wirren das Hauptproblem für den Burgunderherzog. Das darf aber nicht zu dem Trugschluß verleiten, im Norden und Osten gebe es überhaupt keine Probleme für ihn. Das führt uns zu einer der faszinierendsten Gestalten dieses an farbigen Erscheinungen gewiß nicht armen Jahrhunderts: Jakobäa von Bayern oder – was in unseren Ohren eleganter klingen mag – Jaqueline[26]. Am 25. Juni 1401 in Den Haag geboren, ist sie das einzige Kind von Wilhelm IV., Pfalzgraf bei Rhein, Herzog von Bayern, Graf von Hennegau, von Holland und Seeland, Herr von Friesland, und von Margarete von Burgund, einer Tochter Philipps des Kühnen. Jakobäa ist also eine Cousine von Herzog Philipp dem Guten.

Wilhelm und Margarete haben natürlich mit ihrer Tochter viel vor. Mit fünf Jahren wird das kleine Mädchen mit Jean de Touraine, dem jüngeren Sohn des französischen Königs verehelicht. Jean wird durch den Tod seines älteren Bruders Ludwig im Dezember 1415 Dauphin. Die Erwartungen, die sich daran knüpfen, dauern aber nicht lange. Am 5. April 1417 wird der Dauphin vergiftet aufgefunden. Für Wilhelm IV. bedeutet dies das Ende des Traums, Schwiegervater eines französischen Königs zu werden. Er überlebt den Schlag nur wenige Wochen. Auf dem Sterbebett spricht er den Wunsch aus, seine Tochter solle sich mit ihrem Vetter Johann IV. von Brabant verheiraten.

Jaqueline, mit 16 Jahren Witwe und Nachfolgerin ihres Vaters, wird durch die Stände von Hennegau anerkannt, sieht sich aber in ihrem Nachfolgerecht in Holland bekämpft durch ihren Onkel, den Bischof-Elekt von Lüttich, Johann von Bayern. Der streitbare Kirchenfürst hat in der blutigen Schlacht bei Othée seine unbotmäßigen Untertanen mit der Hilfe Herzog Johanns Ohnefurcht besiegt. Seitdem nennen ihn die Leute Jean sans Pitié, ohne Mitleid.

Dieser fromme Kirchenmann erklärt nun seine Absicht, auf sein Bistum zu verzichten, um seine Nichte zu ehelichen. Jaqueline denkt nicht daran. Sie heiratet Johann IV. von Brabant.

Johann von Bayern gibt sich nicht geschlagen. Er läßt sich von Kaiser Sigismund mit Hennegau, Holland und Seeland belehnen und heiratet die Witwe des bei Azincourt gefallenen Herzogs Anton von Brabant, Elisabeth von Görlitz, Herzogin von Luxemburg.

Unglücklicherweise ist Johann IV., Jaquelines Mann, nicht viel wert. Seine schöne Frau ist von anderem Format. Die schlappe Art und Weise, wie ihr Mann den Krieg in Holland gegen den kriegerischen Ex-Bischof führt, zwingt Jakobäa, sich an ihren Onkel Johann Ohnefurcht mit der Bitte um Vermittlung zu wenden. Dieser beauftragt seinen Sohn, den späteren Philipp den Guten, mit den Verhandlungen. Nach einem Vertrag vom Februar 1419 müssen Jaqueline und ihr Mann einen Teil Hollands als Lehen an Johann von Bayern geben und ihm den Titel eines Landvogts überlassen.

Jaqueline sieht den »Frieden« nicht anders als einen vorübergehenden Waffenstillstand an. Sie versucht, gestützt auf die Partei der Hoeks, sich in den Besitz von Holland zu setzen. Brabant ist aber nicht in der Lage, einen langen und kostspieligen Krieg zu führen. Inzwischen ist Johann Ohnefurcht ermordet worden. Sein Nachfolger Philipp hat nicht die geringste Lust, sich in einen Konflikt im Nordosten verwickeln zu lassen, solange sein Hauptinteresse im Westen liegt. Er veranlaßt seinen Vetter von Brabant durch einen am 21. April 1420 unterzeichneten Vertrag, Holland und Seeland dem Onkel von Jaqueline auf zwölf Jahre zu überlassen.

Das bringt die Empörung von Jaqueline auf den Gipfel. Burgundischer Verrat! Vergebens appelliert sie an ihren Gemahl, sie in ihren Rechten wiederherzustellen. Johann schützt vor, er wolle sich nicht in holländische Angelegenheiten einmischen. Immer schrecklichere Szenen gibt es zwischen den Ehegatten, aber Johann bleibt für diesmal unbeugsam. An Ostern wirft sich Jaqueline aufs Pferd und reitet in die Auberge du Mirorir in der Rue de la Montagne. Hier kommt es zu einem fürchterlichen Auftritt zwischen dem Herzog und Jaqueline wegen einer Affäre, die Johann mit Laurette d'Assche hat, der Ehefrau seines Haushofmeisters. In Tränen aufgelöst, von einem einzigen Pagen, Jean de Rizoir, begleitet, stürzt die Herzogin aus dem Palais und begibt sich zu ihrer Mutter. Am nächsten Morgen verlassen die beiden Fürstinnen Brüssel.

Zur gleichen Zeit aber werden die Brabanter mit der Mißwirtschaft ihres Fürsten unzufrieden. Der Bruder des Herzogs, Philipp de Saint-Pol, erhält die Regentschaft mit dem Titel eines Ruwaert (Landvogt). Von diesem Durcheinander profitiert die Herzogin und reist nach England, um die Unterstützung von König Heinrich V. zu erbitten. Es gelingt der bildschönen Jaqueline, den Bruder des Königs, Humphrey, Herzog von Gloucester, ins Netz zu ziehen. Sie verspricht ihm ihre Hand und die Nachfolge in allen ihren Staaten. Es bedarf nur noch einer Kleinigkeit: die Ehe mit Johann IV. muß vom Papst annulliert werden.

Papst Martin V. macht leider Schwierigkeiten, worauf sich Jaqueline einfach zum Gegenpapst Benedikt XIII. begibt, der weniger Bedenken hat (wenn er auch, vom Konstanzer Konzil abgesetzt, inkompetent ist). Er erklärt die Brabanter Ehe für nichtig, und flugs heiratet Jaqueline den Herzog von Gloucester. Nun kann sie auf englische Intervention hoffen.

Aber sie hat Pech. Bald danach stirbt Heinrich V. Sein Nachfolger ist gerade neun Monate alt und die Interessen des Babykönigs werden vertreten durch den Regenten, den Herzog von Bedford. Bedford muß fürchten, daß eine englische Intervention in Holland zu einer Wiederannäherung des Burgunderherzogs an den französischen König führt. Philipp seinerseits läßt durch den Papst Martin die englische Heirat von Jaqueline für nichtig erklären. Außerdem erreicht der Burgunder, daß ihn Johann von Bayern, der Onkel und Gegner von Jaqueline, in Holland zu seinem Erben einsetzt. Jetzt werden die Engländer aktiv. Im Oktober 1424 landet der Herzog von Gloucester in Calais mit sechstausend Bogenschützen und marschiert in Richtung Hennegau. An der Spitze von dreitausend Rittern hält er mit Jaqueline und ihrer Mutter einen triumphalen Einzug in Mons. Als aber einer der fähigsten Kriegsobersten der Burgunder, Johann von Luxemburg, im Hennegau einrückt, erklärt Humphrey, er müsse schleunigst nach England zurück, um neue Truppen auszuheben. Seine Frau läßt er in Mons zurück. Während Humphrey in England durch »höhere Interessen« zurückgehalten wird, sieht sich Jaqueline gezwungen, in Verhandlungen mit den Burgundern einzutreten. Im Abkommen von Douai verpflichtet sie sich, ihre Wohnung in Gent zu nehmen und dort abzuwarten, was der Papst über die Gültigkeit ihrer Heirat mit Johann IV. erklären wird.

Warten. Das ist nichts für die energische Jaqueline. Ein Vierteljahr später flieht sie als Page verkleidet aus Gent nach Den Haag. Johann von Bayern, ihr alter Gegner, ist inzwischen gestorben. Mit der Hilfe der »Hoeks« schlägt sie überall die gegnerische Partei, die »Kabeljaus«. Kaiser Sigismund versucht, die Grafschaft als verfallenes Lehen zu Gunsten des Reiches einzuziehen; aber der Krieg gegen die Hussiten und die Drohung einer türkischen Invasion in Ungarn halten ihn von einer wirksamen Intervention ab.

Jetzt tritt Philipp der Gute wieder auf. Er verbündet sich mit dem Bischof von Utrecht, mit dem Herzog von Geldern und mit den »Kabeljaus« in den großen Städten. Bei Brouwershaven schlägt er im Januar 1426 ein englisches Hilfskorps, das Gloucester geschickt hat. Botschaft auf Botschaft schickt Jaqueline nach England. Alle Hilferufe verhallen ungehört. Der Herzog von Gloucester hat genug von seiner temperamentvollen Ehefrau oder Nichtehefrau – genug von dem holländischen Abenteuer. Sie muß schließlich hören, daß er sich, gestützt auf die päpstliche Nichtigkeitserklärung, mit seiner Geliebten, Eleonore Cobham, verheiratet hat.

Jaqueline weiß: Das Spiel ist aus. Am 3. Juli 1428 unterschreibt sie in Delft den Vertrag mit Philipp dem Guten. Burgund hat sich einen entscheidenden Machtzuwachs gesichert.

Vier Jahre lebt nun Jaqueline dahin und beschwert sich, daß man ihr kaum Mittel gelassen habe, ein standesgemäßes Leben zu führen. Man darf nicht vergessen: nach all dem, was sie hinter sich hat, nach drei Ehen, ist sie erst dreißig Jahre alt. Da empfiehlt ihr eines Tages ein Edelmann ihres Hauses, sich doch an Frans van Borselen zu wenden, den der Herzog von Burgund als Gouverneur von Seeland eingesetzt hat. Der Herr van Borselen zeigt sich willig, ihr Geld zu leihen, und erklärt ihr, sie könne über seine Güter und seine Person verfügen. Man lernt sich näher kennen, Madame verliebt sich in den Besatzungsgouverneur und heiratet ihn schließlich – heimlich, versteht sich.

Man hat spekuliert, ob die ganze Sache nicht eine von Philipp dem Guten eingefädelte Intrige gewesen sei, der den gutaussehenden Frans der schönen Jaqueline, deren leicht entzündliches Herz er kennt, in den Weg geschickt habe, um sie dazu zu bringen, den Vertrag von Delft zu verletzen. Jedenfalls bleibt die Heirat natürlich nicht lange geheim. Im Juli 1432 reitet der Herzog von Burgund an der Spitze von sechshundert Bewaffneten in Den Haag ein, verhaftet den Herrn van Borselen und läßt ihn im Schloß Rupelmonde einkerkern. Er kündigt Jaqueline in einem erregten Auftritt an, daß er dem Herrn Gouverneur, der es gewagt habe, ohne seine Erlaubnis eine Fürstin von solchem Rang zu heiraten, den Kopf vor die Füße legen lassen werde. Jaqueline beeilt sich, das Leben ihres vierten Mannes zu retten: Sie verzichtet 1433 in einem neuen Vertrag auf den Titel einer Gräfin, den ihr der Vertrag von Delft noch gelassen hat, und auf alle anderen Ansprüche. Philipp ist nun nicht mehr nur Regent, sondern unmittelbar Herrscher. Hennegau, Seeland und Friesland werden dem burgundischen Staatsgebiet einverleibt.

Das Ganze sieht sehr nach sorgfältiger Regie aus. Nachdem der Herzog sein Ziel erreicht hat, wird Frans van Borselen begnadigt und erhält sogar den Titel eines Grafen von Ostrevant. Später wird Borselen sogar in den Orden vom Goldenen Vlies aufgenommen.

Jaqueline überlebt ihre endgültige Abdankung noch drei Jahre. Im Schloß von Teilingen auf der Insel Süd-Beveland läßt sie sich von ihrem letzten und vierten Gemahl über den Verlust des Staates trösten. Am 8. Oktober 1436 stirbt sie an der Schwindsucht. Ein turbulentes Leben hat nach 35 Jahren sein Ende gefunden.

FRIEDE IN ARRAS

Unter den Porträts, die wir von dem dritten der Burgunderherzöge aus dem Hause Valois besitzen, fallen zwei besonders auf. Sie sind beide von Rogier van der Weyden. Das eine zeigt einen jungen Mann von 23 Jahren mit weichen, fast ein wenig femininen Gesichtszügen. Das ist der junge Prinz, der bei der Nachricht von der Ermordung seines Vaters zusammenbrach. Das andere zeigt den Herzog im Mannesalter, um den Hals den Orden vom Goldenen Vlies, in ruhiger Würde und Gelassenheit, mit einem eher kantigen Gesicht, einem schmalen Mund und dem für ihn so charakteristischen langen Nasenrücken. Schlank wie eine Tanne, mit starkem Rücken und Armen und schönem Wuchs schildert ihn der Chronist. Kein Zweifel: Dieser Grand Duc muß eine imponierende Erscheinung gewesen sein, die Europa beeindruckte. »Nicht König, aber vom Mute eines Kaisers«, schreibt der Hofgeschichtsschreiber. Flüstert man sich nicht hinter vorgehaltener Hand zu, drei Mal habe er das Angebot ausgeschlagen, Kaiser zu werden?

Es ist schwer für uns Heutige, sein Wesen zu verstehen. Er ist Träumer und Realist zugleich. In faszinierender Weise zeigt sich in ihm jene Zwiespältigkeit des ausgehenden Mittelalters.

Philipp sieht nicht – oder will nicht sehen –, daß die große Zeit des Ritterideals unwiederbringlich dahin ist. Ein ritterlicher Fürst – das ist er, das will er immer sein. In seiner Jugend hört er wohl die Erzählungen seines Vaters von der Schlacht von Nikopolis, und bis zu seinem Lebensende bedauert er, daß es ihm nicht vergönnt war, an der Schlacht von Azincourt teilzunehmen, die doch nichts anderes war als die verdiente Niederlage eines militärisch überholten Machtinstruments, des französischen Ritterheeres. Der Sinn für das Ritterliche, in dem sich das Streben nach Ruhm mit religiösem Verlangen vereinigt, ist die Triebkraft seiner Kreuzungsidee. Das ist bei ihm mehr als ein bloßes Lippenbekenntnis, und wenn das Projekt in Anfängen steckenblieb, so ist es nicht seine Schuld.

Wie die anderen Valois-Herzöge liebt Philipp den höfischen Prunk, ja er hat ihn in Dimensionen entwickelt, die man in Europa bis dahin nicht kannte: Prunk, Dekoration, Spektakulum bei jedem Staatsakt, sei es nun die Joyeuse Entrée, ein feierlicher Einzug in eine Stadt, eine Hochzeit oder auch eine Trauerzeremonie. Hier, an diesem Hofe, wird das Zeremoniell entwickelt, das sich später bei den habsburgischen Erben zum spanischen Hofzeremoniell entwickelt und das bis 1918 dauern soll. Uns mag es als skurrile Attitüde erscheinen, wenn der mächtige, immerhin schon sechzigjährige Herzog vor dem jungen Dauphin das Knie beugt, der an seinem Hof Zuflucht sucht; aber es ist mehr, es ist einfach Philipps Sinn für die Form. Er ist empfindlich, empfindlich in seinem Stolz, und so beherrscht er auch im allgemeinen ist, es gibt Gelegenheiten, wo sein ererbtes Temperament mit ihm durchgeht, und dann sind seine Ausbrüche maßlos.

Philipp wird als fromm, aber nicht als abergläubisch geschildert. Darin unterscheidet er sich ohne Zweifel von einem großen Teil seiner Zeitgenossen. Seine Frömmigkeit hat übrigens nicht zur Folge, daß er es mit der ehelichen Treue sehr genau nimmt, und unter seinen vielen Affären leidet insbesondere seine dritte Frau, Isabella von Portugal, so sehr, daß sie sich zeitweise von ihm trennt. Die Zahl der offiziell anerkannten Bastarde erreicht immerhin siebzehn, von denen einer, Anton »Le Grand Bâtard«, als Großer des Reiches und als Feldherr seines Stiefbruders Karls des Kühnen bekannt wird.

Es wäre einseitig, wenn man die Prachtentfaltung des burgundischen Hofes, die so sehr zum Aufblühen der Künste, aber auch des Kunsthandwerks beigetragen hat (die mechanischen Vorrichtungen setzen uns noch heute in Erstaunen), nur der romantischen Ader oder der Prunkliebe des Herzogs zuschreiben würde. In einer politischen Welt, in der das persönliche Ansehen eine so große Rolle spielt, paßt die Prachtentfaltung des Burgunderherzogs ausgezeichnet ins politische Kalkül. Und man darf nicht übersehen, daß der Herzog stets versucht, eine durchdachte politische Konzeption überlegen zu Ende zu führen. Sein Erfolg gibt ihm recht: Die burgundischen Lande erfreuen sich jahrzehntelangen Friedens in einer Welt voller Unfrieden, die Besitzungen Burgunds und sein Einflußbereich werden in seiner Regierungszeit erheblich vergrößert und abgerundet.

Freilich ist dies nicht die Leistung eines einzelnen. Es ist vor allem sein großer Kanzler Nicolas Rolin, der verstreute Grafschaften, Herrschaften und Herzogtümer zu einem einheitlichen Ganzen zusammenschmieden hilft. Von diesem großen burgundischen Politiker und Diplomaten werden wir später noch sprechen.

Der junge Philipp ist mit der unglücklichen Michelle de France verheiratet, der Schwester jenes Dauphin, der als Mitwisser und Anstifter des Mordes an Herzog Johann Ohnefurcht gilt. Sie stirbt schon 1422. In zweiter Ehe heiratet der Herzog Bonne von Artois, die im Kindbett stirbt. Die dritte Ehe hat sich Philipp offenbar sorgfältig überlegt. Es gibt natürlich auch hier eine rührende Geschichte, nämlich die, daß mit anderen Gesandten auch der Maler Jan van Eyck am portugiesischen Königshof gewesen sei und das Bild der Prinzessin Isabella gemalt habe, das Philipp so gefallen habe, daß er sich entschloß, um Isabella anzuhalten. Die Wirklichkeit wird etwas nüchterner gewesen sein. Isabella von Portugal ist die Tochter des Königs Johann I., des Begründers des Hauses Aviz. Isabellas Mutter ist eine Engländerin, Philippa von Lancaster, Schwester Heinrichs IV. von England – schon dies eine bedeutende politische Verbindung. Aber ebenso wichtig dürfte gewesen sein, daß Portugal im Kampf mit Kastilien steht, dessen Herrscherhaus mit Frankreich verbündet ist. So zeigt sich die Heirat auch als Glied in der Kette eines politischen Kalküls, vor allem in der Zeit einer Gegnerschaft zwischen Burgund und Frankreich.

Isabellas Bruder ist übrigens jener Heinrich der Seefahrer, in dessen Institut die portugiesischen Entdecker systematisch geschult wurden, um auf die Entdeckungsfahrten auszugehen, die Portugal schließlich den Seeweg nach Indien eröffnen.

Am Tag der Hochzeitsfeierlichkeiten, dem 10. Januar 1430, verläßt der Herzog in Brügge, wie Chastellain berichtet, »in Begleitung von 23 edlen Rittern sein Gemach ... Alle waren gekleidet wie er und trugen um den Hals den Orden vom Goldenen Vlies. Über diesen Orden hatte der Herzog lange heimlich nachgedacht, aber bis zu diesem Tage war davon nichts bekannt geworden ...[27]«

Ritterorden mit dem Gedanken einer speziellen Elitebildung sind im ausgehenden Mittelalter nichts Neues. Aber dieser Januartag des Jahres 1430 sieht die Gründung eines Ordens, der nicht nur einen der mächtigsten und reichsten Fürsten der damaligen Welt als Stifter und Großmeister hat, sondern sich zu einem politischen Machtmittel und Machtfaktor entwickeln und seinen Stifter um vierhundert Jahre überdauern wird. Bewußt übernimmt Philipp selbst die Rolle des Großmeisters, seine Nachfolger auf dem burgundischen Herzogstuhl sollen es nach ihm sein. Einunddreißig

Ritter aus altadligem Geschlecht werden ernannt. Der Orden strebt bewußt eine Bindung an den burgundischen Staat an. Die Bedeutung wird dadurch verstärkt, daß man auch ausländische Fürsten mit in das erlauchte Gremium beruft. Der Orden hat einen umfangreichen Apparat von Beamten: Kanzler, Schatzmeister, Sekretär, Wappenkönig mit einem Stab von Herolden und »Poursuivants«. Die Ordenskette zeigt Feuerstein und Feuerstahl, die Symbole Philipps, das Ordenszeichen ist ein goldenes Widderfell unter einem Feuerstein.

Fast hätte das Symbol des neuen Ordens, der der Heiligen Jungfrau Maria und dem Heiligen Andreas gewidmet wird, Anlaß zu einer politischen Panne gegeben. Selbstverständlich denkt man zunächst an das Goldene Vlies der klassischen Sage. Nun stellt sich aber heraus, daß Jason, der das Goldene Vlies aus Kolchis stahl, nicht gerade ein einwandfreier Held war, sondern auch weniger liebenswerte Eigenschaften aufwies, die von politischen Feinden mit der Haltung Burgunds gegenüber dem französischen König in Verbindung gebracht werden konnten. Der kluge Bischof von Chalons, Jean Germain, seines Zeichens Ordenskanzler, findet Abhilfe in der Bibel: Er entdeckt nämlich die Geschichte von Gideon und seinem Vlies, und sein Nachfolger, Bischof Guillaume Filastre, findet sogar in der Bibel noch vier weitere Vliese [28]. Aber die klassische Sage von Jason und den Argonauten ist vielleicht doch bekannter als die Geschichte von Gideon und so findet man bis zum heutigen Tage immer noch den Namen Jason in Verbindung mit der Erwähnung des Ordens vom Goldenen Vlies.

In scheinbarem Gegensatz zu der so außerordentlich aristokratisch anmutenden Gestaltung des Ordens steht die Praxis, daß sich jedes Mitglied, auch der Großmeister, vor dem Ordenskapitel zu rechtfertigen hat und gegebenenfalls von den Ordensbrüdern getadelt wird. Dies ist sowohl gegenüber Karl dem Kühnen als auch gegenüber Maximilian mehrfach geschehen. Andererseits hat noch im Jahre 1531 Kaiser Karl V. im »Ewigen Edikt« festgesetzt, daß Vergehen von Vliesrittern nur durch die Gesamtheit der Mitglieder oder doch einer Mehrheit des Ordenskapitels geahndet werden können und daß ein Mitglied nur mit Zustimmung von sechs anderen Ordensrittern verhaftet werden dürfe. Daß sich ein Ritter vom Goldenen Vlies, Lamoral Graf Egmont, siebenunddreißig Jahre später gegenüber Alba auf dieses Edikt verläßt, wird sich als ein tödlicher Irrtum herausstellen.

Das Wunder von Orléans hat Frankreich vor dem Untergang – oder vor einem Dynastiewechsel – gerettet, aber eine Entscheidung zwischen den Häusern Valois und Lancaster ist ferner denn je. Herzog Philipp, als Rächer seines ermordeten Vaters nun schon lange Jahre Verbündeter der Engländer, sucht nach einer politischen Lösung. Sein umsichtiger Kanzler, Nicolas Rolin, ist es, der den Friedenskongreß von Arras nach langwierigen Vorverhandlungen anbahnt und zustande bringt. Ganz Europa blickt nach der großen flandrischen Stadt, in der sich so viele Fürsten und Würdenträger versammelt haben. Arras liegt auf burgundischem Territorium: Die Wahl des Versammlungsortes ist Philipps erster Erfolg.

Der Papst hat den Kardinal von Saint-Croix entsandt. Das Konzil zu Basel schickt Hugo von Lusignan, Erzbischof von Nikosia und Kardinal von Cypern, dazu den Archidiakon von Metz und den Dompropst von Krakau. England ist durch den Erzbischof von York und die Bischöfe von Norwich und Saint David und den Grafen Suffolk vertreten. Auf französischer Seite sind die Herzöge Ludwig von Anjou und Johann von Bretagne, der Herzog von Alençon und der Dichterherzog Karl von Orléans – der letztere für die Friedenskonferenz aus englischer Gefangenschaft »beurlaubt« – anwesend, begleitet vom Erzbischof von Reims und vielen anderen Würdenträgern. Auch Jolantha, Königin von Sizilien, Mutter des »bon roi René« und Schwiegermutter des französischen Königs, hat sich eingefunden, um vor allem die Interessen ihres Sohnes, der noch immer in burgundischer Gefangenschaft lebt, zu vertreten. Rolins großer politischer Erfolg im Vorfeld der Konferenz ist, daß Burgund neben England und Frankreich als gleichberechtigte dritte Macht teilnehmen kann. Dabei gelingt es ihm auch, sich sowohl gegen die profranzösische wie gegen die proenglische Fraktion im burgundischen Lager durchzusetzen. Im Kapitelsaal von Saint-Vaast versammelt sich am 5. August 1435 das Grand Parlement, das den Frieden finden soll. Aber gleich in den ersten Tagen prallen die Meinungen hart aufeinander. Auch die Bemühungen der Kardinäle können keine Einigkeit darüber schaffen, welcher der beiden gekrönten Könige Frankreichs nun der richtige sei: Heinrich VI. von England, der in Paris gekrönte, oder Karl VII., den die Jungfrau von Orléans nach Reims zur Krönung geführt hat.

Die Engländer erkennen, daß die Entwicklung gegen sie gehen, daß der Schiedsspruch der Kardinäle gegen sie ausfallen wird. Sie entschließen sich, die Konferenz zu verlassen.

Der Herzog von Burgund bedauert außerordentlich. Nicht er ist es ja, der diese Entscheidung zu verantworten hat. Er hat, wie auch die englischen Herren, verkündet, er werde sich dem Schiedsspruch der Kirche unterwerfen, wie immer er ausfalle. Und er gibt am 1. September zu Ehren der englischen Delegation eines jener pompösen Bankette, für welche der burgundische Hof berühmt ist und die im Grunde doch nur ein Mittel burgundischer Politik sind. Zwischen den einzelnen Gängen kommen immer wieder Darbietungen von Dichtern, Akrobaten, Musikanten. Als Höhepunkt wird »die große Pastete in den Bankettsaal gefahren, aus der ein Konzert ertönte! Welch eine Wunderlichkeit. Oben leuchteten Kerzen. Auch waren die runden Augenscheiben des riesigen Fisches, den die Pastete mit Flossen und Schuppen darstellte, von innen beleuchtet. Da klappte das Ungeheuer plötzlich sein Maul auf! Dann purzelte aus dem auf- und niederschnappenden Fischmaul der Riese Hans heraus, ein ungeschlachter Goliath, hinter dem gleich darauf die zierliche Zwergin ›Madame d'Or‹ aus der Höhlung tänzelte, die ihm keck auf den Rücken sprang. Sie waren zwei Lieblingsgestalten Philipps, die er so eifersüchtig bewachte, daß er die Zwergendame mitunter an eine goldene Kette anschließen ließ. Heute tanzte sie um den verärgerten Riesen herum und narrte ihn, während Hans mit seiner weitausgeschwungenen Keule jeweils einen der Gaukler traf, die als Piraten den leckeren Fisch zu erobern hofften, mit Enterhaken und krummen Säbeln bewehrt. Endlich, nach vielen ergötzlichen Zwischenfällen, erlegte die Zwergin mit einer winzigen Davidsschleuder den Enaksohn. Dann flänsten die Piraten, nun höfisch gewandete Diener, den Riesenfisch ab und trugen die Stücke auf großen Tabletten auf. Die Musik in seinem Innern, das sich zu einem Zelt verwandelt hatte, dudelte weiter. So folgte ein Einfall dem andern. Zuletzt ermahnte ein Schäferpaar die Versammlung in Versen zur Einigkeit, Friedlichkeit, Liebe [29]«.

Die Abreise der Engländer ist nicht aufzuhalten. Am 6. September verlassen sie Arras. Wenige Tage nach ihrem Abzug kommt die Nachricht, daß der Regent, der Herzog von Bedford, am 14. September in Rouen gestorben ist. Der Mann, der sich immer so für den Ausgleich zwischen England und Burgund eingesetzt hat, ist tot.

Die Einigung zwischen Frankreich und Burgund kommt nun rasch zustande. Am 20. September 1435 wird der Vertrag unterzeichnet, der Philipp nun wirklich zum Großherzog des Abendlandes macht. Dreifach und hart sind die Bedingungen für Frankreich:

Da ist einmal die Buße für den Mord von Montereau. Jean Tudert, der greise Doyen von Paris, kniet im Namen des französischen Königs vor dem Herzog nieder und spricht die Formel für die öffentliche Abbitte. Eine Kapelle in der Kirche von Montereau, wo Johann Ohnefurcht zuerst begraben war, muß gestiftet werden. In ihr soll bis in alle Ewigkeit jeden Tag ein Requiem gesprochen werden. In derselben Stadt muß Frankreich ein Kartäuserkloster stiften. Frankreich hat ein Kreuz auf der Brücke selbst, wo die Tat geschehen ist, zu errichten. Frankreich hat eine Messe in der Kartäuserkirche zu Dijon, wo die Burgunderherzöge begraben sind, zu stiften, und Kirchen zu Rom, zu Gent, zu Dijon, zu Paris, zu Santiago de Compostela und zu Jerusalem, mit steinernen Inschriften, die die verruchte Tat erzählen.

Da sind zum anderen die Abtretungen. Der französische König tritt Auxerre, Bar-sur-Seine, Luxeuil, die Somme-Städte, das Ponthieu und Boulogne-sur-Mer an Burgund ab. Frankreich behält das Recht, die außerordentlich wichtigen Somme-Städte gegen die Summe von 400 000 Goldtalern zurückzukaufen.

Der dritte und nicht weniger wichtige Hauptpunkt ist, daß Burgund der Lehenspflicht gegenüber Frankreich auf Lebenszeit der beiden Vertragschließenden enthoben wird [30].

Burgund ist unabhängig. Jetzt kann man wirklich vom Grand Duc, vom »Großherzog des Abendlandes« sprechen. Philipp steht auf einem Höhepunkt seiner Macht. Nun kann er, ohne sich etwas zu vergeben, mit fester Stimme den Eid sprechen, jede Kränkung zu vergessen, und den Frieden zu wahren. Den Frieden – nichts anderes hat Philipp zu den Verhandlungen beigetragen. Arras ist ein Triumph der burgundischen Diplomatie, ein Triumph für Nicolas Rolin.

Man kann sich vorstellen, daß die Beziehungen zwischen England und Burgund zunächst einmal abrupt auf den Nullpunkt sinken. Die Engländer suchen nach Mitteln, um den ehemaligen Verbündeten zu schädigen.

Umgekehrt unterstützt Burgund den französischen König in den weiteren Kämpfen mit England, und Burgunder sind es, die dem französischen König am 30. April 1436 Paris erobern. Als Karl VII., begleitet von dem fünfzehnjährigen Dauphin Ludwig, im Jahre 1438 im Glanz in die Hauptstadt einzieht, steht mit großen Augen ein siebenjähriger Junge am Straßenrand: François de Montcorbier, der sich später nach seinem Erzieher und Beschützer Villon nennt.

Pest – allein im Jahre 1437 zählt Paris 50 000 Todesopfer! –, Not, Hunger,

Elend, Mord und Totschlag sind noch nicht zu Ende, aber die Kämpfe zwischen den Franzosen und Engländern gehen dem Ende zu, und 1444 gibt es wirklich einen Waffenstillstand.

Da erhebt sich ein neues Problem: Wohin mit der Soldateska? Man hat jetzt im Augenblick keine Verwendung für sie, stehende Heere kennt man noch nicht, und die Soldaten sind in langen Kriegsjahren des Zivillebens entwöhnt. Gerade jetzt kommt ein Ruf des neuen deutschen Kaisers Friedrichs III. Der Dauphin zieht ihm mit den »Armagnacen« oder »Ecorcheurs« (Schinder) genannten Kompanien zu.

Furchtbar sind die Verwüstungen auf dem Wege, auch im Elsaß. Aus Straßburg flüchtet unter anderen in diesem Jahr vor den heranziehenden Mordbrennern ein gewisser Johann Gensfleisch, genannt Gutenberg, nimmt seine Apparaturen mit, an denen er herumbastelt, und läßt sich in Mainz nieder.

Vor den Toren von Basel lagern sich die Söldnerhaufen, rund zwanzigtausend Mann stark. Gegen die Mahnung ihrer Offiziere ziehen ihnen dreizehnhundert Eidgenossen entgegen. Bei St. Jakob an der Birs gibt es am 26. August 1444 ein fürchterliches Gemetzel. Achttausend Armagnacen finden den Tod, von den Schweizern überleben ganze sechzehn. Die Franzosen ziehen sich zurück; sie wollten Beute machen, nicht verlustreiche Feldschlachten schlagen. Der junge Dauphin, der spätere König Ludwig XI., aber hat die Kampfkraft der Schweizer Fußsoldaten kennengelernt. Er wird die Lektion nie vergessen.

Philipp von Burgund hat Frieden mit Frankreich, aber die Sorgen in Flandern und im Osten nehmen nicht ab. Die Flamen leiden unter dem neuen Gegensatz zwischen England und Burgund. Ihre Schiffe werden konfisziert. Englische Agenten versuchen die Unzufriedenheit mit dem Herzog zu schüren. Von Calais aus verwüsten die Engländer unter dem Herzog von Gloucester das Land. Brügge rebelliert. Es gibt einen Tumult in der Stadt, ein burgundischer Marschall wird getötet, aber die Eifersucht unter den flämischen Städten verhindert einen allgemeinen Aufstand, und im März 1438 muß sich Brügge unterwerfen. Im Jahre darauf werden bei Gravelingen Verhandlungen mit den Engländern aufgenommen. Rolin hält sich im Hintergrund. Die burgundische Delegation wird von Herzogin Isabella angeführt[31] (die ja selbst halbe Engländerin ist). Es kommt einstweilen nur zu einem Sicherheitsvertrag für den englisch-burgundischen Handel, der aber keine Normalisierung bringt, denn die Einfuhr englischen Tuchs in die Niederlande bleibt verboten.

Im nächsten Jahr, 1440, werden die Verhandlungen fortgeführt. Isabella gelingt ein humanitärer Erfolg: der Loskauf des prominentesten Gefangenen von Azincourt, des Herzogs von Orléans. Karl von Orléans ist der Sohn des Mannes, den Johann Ohnefurcht ein Menschenalter zuvor im Barbette-Viertel von Paris hat ermorden lassen. Nun endlich versöhnen sich die beiden Häuser, der »Dichterherzog« von Orléans wird in den Orden vom Goldenen Vlies aufgenommen und heiratet Maria von Cleve, die Nichte Philipps.

Die burgundische politische Propaganda nützt diesen Loskauf natürlich aus. Das Gewicht Burgunds wächst. Unermüdlich arbeiten Philipp und Rolin an der Erweiterung der Einflußsphäre. Die Bischofsstühle von Cambrai, Thérouanne, von Utrecht und schließlich auch von Lüttich werden mit Verwandten des Herzogshauses, teilweise auch mit Vertrauensleuten besetzt. 1443 gelingt ein wichtiger Schritt zur Herstellung einer Landbrücke zwischen den Oberen Landen – also dem »eigentlichen« Burgund – und den Niederlanden. Das Vorspiel zeigt wiederum ein Meisterstück burgundischer Diplomatie in den Verhandlungen mit dem neuen Kaiser, Friedrich III. Die Gegenspieler, die Herzöge von Sachsen, werden völlig ausmanövriert. Mit stillschweigender Billigung Friedrichs III. besetzt schließlich ein burgundisches Heer Luxemburg[32]. Die Sachsen verzichten auf ihre Anrechte gegen 120 000 Gulden.

DAS FASANENFEST

Wenn man vom Glanz des burgundischen Hofes spricht, vom Prunk seiner Feste, von der eigentümlichen Wiederbelebung des schon hohlen Ritter- und Kreuzzuggedankens, dann wird die Erinnerung an das berühmte Fasanenfest wach. Nie ist ein Fest sorgfältiger vorbereitet worden. Der Kanzler Rolin, der Erste Kammerherr Antoine de Croy, der junge Hofchronist Olivier de la Marche werden zu den Planungen hinzugezogen. Die noch erhaltenen Rechnungen der herzoglichen Kammer – unter anderem über viele hundert Ellen Tuch und Seidenstoffe für die Roben – verraten die exorbitanten Kosten. Alles, was Rang und Namen hat, ist an diesem 27. Februar 1454 in Lille versammelt.

Staunenswertes gibt es zu sehen[33]: ein bemanntes und aufgetakeltes Schiff, eine Wiese mit Bäumen, eine Quelle, Felsen und ein Bild des Heiligen Andreas, dem Hof- und Hausheiligen von Burgund; Schloß Lusignan mit der Fee Melusine; eine Windmühle, bei der ein Vogelschießen stattfindet; ein Wald mit beweglichen wilden Tieren; die Kirche mit einer Orgel und Sängern, die abwechselnd mit einem Orchester von achtundzwanzig Personen, das in einer Pastete sitzt, Musik zum besten geben. Den Namen trägt das Fest von einem lebenden Fasan mit einer schweren Kette aus Gold und Edelsteinen um den Hals.

Olivier de la Marche, der junge Hofhistoriker, spielt die Rolle der »Dame Eglise«, der Heiligen Kirche, in einem Turm auf dem Rücken eines Elefanten thronend. Die Kirche erinnert in pathetischer Klage an den Fall von Konstantinopel im vorhergehenden Jahr und beschwört die Anwesenden – besonders den Herzog und die Ritter vom Goldenen Vlies –, ihr zu Hilfe zu kommen.

Darauf schwören der Herzog, nach ihm sein Sohn, der Graf von Charolais, und dann die anderen hohen Herren bei Gott, der Heiligen Jungfrau und dem Fasan, daß sie sich auf den Kreuzzug begeben werden. Teilweise werden bei dieser Gelegenheit Gelübde abgelegt, die uns heute kurios und lächerlich erscheinen: Einer will des Samstags in keinem Bett schlafen, bevor er mit den Türken gekämpft hat; ein anderer will sich nicht vierzehn Tage lang in derselben Stadt aufhalten, bevor er den Feind erreicht hat. Philippe Pot – dessen wunderbares Grabmal mit den Figuren der Pleurants, der Trauernden, heute im Louvre zu sehen ist – gelobt, auf dem ganzen Türkenzug seinen rechten Arm von jeglicher Rüstung unbedeckt zu lassen, was ihm einen Tadel des Herzogs ob solch militärischer Unsinnigkeit zuzieht [34]. Nicht alle Ritter scheinen die Sache tierisch ernst genommen zu haben. So gelobt Jennet de Rebrevielles, falls er nicht vor dem Kriegszug der Gunst seiner Dame teilhaftig werde, werde er bei seiner Rückkehr die erste beste Frau oder Jungfrau heiraten, die zwanzigtausend Kronen habe, »falls sie will [35]«.

Ist nun das Ganze nur ein bombastisches Theater oder besteht wirklich der ernste Wille, gegen den Sultan zu ziehen? Ist das Fasanengelübde vielleicht der Vorwand zur Erhebung neuer Steuern für den später nie durchgeführten Kreuzzug?

Tatsächlich wird das christliche Abendland um diese Zeit von einem sehr schlechten Gewissen geplagt. Der Westen hat Konstantinopel, von ein paar hundert genuesischen und venezianischen Freiwilligen abgesehen, bei seinem letzten Kampf schnöde im Stich gelassen. Die Kirchenspaltung, die Unfähigkeit zur Beilegung innereuropäischer Streitigkeiten, die Meinung, eine so wunderbar befestigte Stadt könne ja doch überhaupt nicht erobert werden, all dies und noch mehr hat mitgespielt. Unausweichliches Ergebnis: In den Morgenstunden des 29. Mai 1453 brechen nach zweimonatiger Belagerung die Truppen Sultan Mehmeds durch die Kerkoporta in Konstantinopel ein [36]. Konstantin XI. Paläologos Dragases, der letzte byzantinische Kaiser, wirft sich an der Einbruchsstelle, wo die wenigen Verteidiger von den Osmanen weggeschwemmt wurden, ins Getümmel und verschwindet für immer. Byzanz ist tot.

Der Schock in ganz Europa ist tief und nachhaltig. Der Kreuzzugsgedanke erhält neuen Auftrieb. Es ist aber nicht nur der religiöse Impuls, der hier wirkt. Bei den großen Fürsten spielt auch der Gedanke mit, ein erfolgreicher Kreuzzug werde mit einem enormen Gewinn an politischem Prestige verbunden sein.

Für Herzog Philipp kommt hinzu, daß er glauben mag, jetzt einigermaßen den Rücken für ein solches Unternehmen frei zu haben. Luxemburg befindet sich fest in burgundischer Hand. Im Vorjahr ist es ihm gelungen, einen gefährlichen Aufstand in Flandern niederzuschlagen. Gent, Flanderns reichste Stadt, hat 1451 hinnehmen müssen, daß man den Genter Stapelplatz zum »Membre du Bien Public« erklärt. Das bedeutet, daß wie anderwärts die Speicherhäuser nicht mehr das Privileg einer ortsansässigen Bürgerschaft sind, sondern daß der Rat von ganz Flandern darüber verfügen kann. Es handelt sich um eine ganz handfeste wirtschaftliche Auseinandersetzung; es erscheint dabei zweifelhaft, ob nicht das störrische Festhalten der Genter Zünfte an alten Privilegien eine kurzsichtige Kirchturmpolitik ist. Dazu kommt noch die verhaßte Salzsteuer, die jeden Sack Salz mit vierundzwanzig Groschen belastet.

Aus der Sache einen militärischen Aufstand zu machen, ist eine ausgesprochene Dummheit. Am 23. Juli 1453 werden die Streitkräfte von Gent durch Herzog Philipp bei Gavere aufs Haupt geschlagen, was den burgundischen Rittern keine sonderliche Mühe macht.

Eine Woche später knien zweitausend Genter Bürger nur mit dem Hemd bekleidet vor dem Herzog und bitten um Gnade. Philipp besitzt einen Sinn für das Symbolische; beim Einzug in die Stadt ist er in vollem Harnisch und reitet auf dem Pferd, das in der Schlacht von Gavere verletzt worden ist und das noch an mehreren Stellen Wergpflaster trägt. Eines der Stadttore muß zugemauert werden: Symbol für den Verlust eines Teils der Stadtfreiheiten. Die Verfassung wird geändert. Die Stadt muß dreihundertfünfzigtausend Goldtaler zahlen. Man darf vermuten, daß die bisher von den Städten unterdrückte Landbevölkerung über die Brechung des städtischen Hochmuts nicht traurig ist; man darf auch annehmen, daß die ärmeren Volksteile in Gent, von der Kontribution weniger betroffen, ihrem Herzog nicht feindlich gesinnt sind. Privilegien hin, Salzsteuer her: Die Bevölkerung weiß sehr wohl, daß man unter dem Andreaskreuz in Frieden leben kann, und daß den burgundischen Landen im Gegensatz zu großen Teilen Frankreichs viel erspart geblieben ist.

Die Nachricht von der Niederlage der Genter veranlaßt die Lütticher, wo es immer eine starke antiburgundische Partei gibt, zur Vorsicht. Philipp, der schon zwei seiner Bastarde auf die Bischofssitze von Cambrai und Therouanne, später Utrecht, gebracht hat, gelingt es, beim Papst die Beleihung seines Neffen Ludwig von Bourbon mit dem Lütticher Bischofsstuhl durchzusetzen.

So stehen die Dinge zur Zeit des Fasanenfestes. Kaiser Friedrich III. beruft zur Vorbereitung des Kreuzzugs Europas Fürsten auf den 23. April nach Regensburg. Philipp zieht nach Deutschland, überall umjubelt und bestaunt von den Menschen, die den Großen Herzog des Abendlandes sehen wollen.

Aber obwohl der Papst schon das Datum der Abfahrt für den März 1456 festsetzt, obwohl Joffrey de Thoisy mit der Untersuchung der syrischen Häfen beauftragt wird, obwohl schon mit der Beschlagnahme und dem Bau von Schiffen begonnen wird, wird aus dem Kreuzzug nichts. Es bleibt bei einem Zug gegen die Mauren im westlichen Nordafrika. Beginnt der Herzog die Last seiner sechzig Jahre zu spüren? Seine Gesundheit läßt zu wünschen übrig. Der französische König weigert sich mitzumachen: Der Krieg mit England sei noch nicht beendet.

Aus dem großen Kreuzzug wird nichts. Vielleicht ist es gut so für die Bürger von Burgund.

Prunkvolle Festlichkeiten hat es an vielen Fürstenhöfen gegeben, auch dort, wo man es sich eigentlich gar nicht leisten konnte. Das Fasanenfest von Lille hat aber als Hintergrund ein Herrschaftsgebilde, dessen Bürger lange Jahrzehnte hindurch in Frieden leben dürfen. Gewiß – es gibt immer wieder Feldzüge, Mißernten, Pestepidemien, Durchzüge von Mordbrennerbanden. Aber im ganzen gesehen, leben die etwa drei Millionen Einwohner der burgundischen Lande besser als viele ihrer europäischen Zeitgenossen.

Natürlich zeigt sich der Wohlstand vor allem in den bedeutenden Städten der »Unteren Lande«, in Gent, in Brügge und Ypern, in Brüssel, Antwerpen und Arras. Aber auch im Herzogtum Burgund: Die Einwohnerzahl von Dijon steigt in einem Vierteljahrhundert von dreitausenddreihundertfünfundfünzig auf dreizehntausendundsiebenzig Seelen [37]. Die Straßen werden gepflastert, der Unrat wird regelmäßig abgefahren, das Schulwesen entwickelt sich, die Armen erhalten kostenlose ärztliche Versorgung durch einen Arzt und vier Chirurgen [38].

Aber dieses ganze burgundische Gebiet ist keine Einheit, weder sprachlich noch geographisch, weder historisch noch nach den Gebräuchen oder nach der sozialen Struktur. Schon die Aufzählung der Titel, die beispielsweise in den Verordnungen des letzten Burgunderherzogs vorkommen, zeigt die Vielfalt: »Karl von Gottes Gnaden Herzog von Burgund, von Lothringen und Brabant, von Limburg und Luxemburg, Graf von Flandern, Artois und Burgund, Pfalzgraf von Hennegau, Holland, Seeland und

Namur, Markgraf des Heiligen Römischen Reiches, Herr von Friesland, Salins und Mecheln.« Woher soll die Staatseinheit kommen, wenn Städte und Stände eifersüchtig darüber wachen, daß jeder Herzog als Gegenleistung für Huldigung das feierliche Gelöbnis ablegt, die hergebrachten Privilegien zu schützen und zu wahren? Nur in behutsamen kleinen Schritten kann es gelingen, Verwaltung und Rechtsprechung zu vereinheitlichen.

Eine der wichtigsten Figuren der burgundischen Staatsverwaltung ist der Bailli. Er wird oft als Vogt bezeichnet (so beispielsweise der Grand Bailli Peter von Hagenbach als Landvogt am Oberrhein). Mit einiger Vorsicht könnte man sagen, daß sich im Bailli die Funktionen eines Landrats und eines Richters vereinigen. Von der Geschicklichkeit, der Erfahrung und dem Einfühlungsvermögen des Bailli hängt sehr viel ab.

Oberste Würdenträger des Herzogs sind der Marschall von Burgund, der Admiral von Flandern, der Erste Kammerherr, der Oberstallmeister und der Kanzler. Überragende Figur unter den Kanzlern von Burgund ist Nicolas Rolin. In seiner Person verkörpert sich der Aufstieg des kleinen Bürgertums zu machtvollen Schlüsselpositionen vieler Staaten im ausgehenden Mittelalter. Rolin ist 1376 in Autun geboren. Er hat das für jene Zeiten außergewöhnliche Alter von weit über achtzig Jahren erreicht. Drei Herzögen von Burgund hat er gedient – zwei Jahrzehnte als Jurist und fast vier Jahrzehnte als Kanzler[39]. Der überlegene Leiter der burgundischen Politik und Baumeister des Vertrages von Arras ist in seiner Welt schlicht als »Le Chancelier« bekannt. Seit 1423 mit Guigone de Salins aus altem Adel Burgunds verehelicht, hat er im Dienst des Herzogs sich selbst und seine Familie keineswegs vergessen. Sein Sohn Jean ist schon im Jahre 1449 Kardinal. Rolin selbst häuft große Reichtümer an, und man spürt die Zurückhaltung der Chronisten, wenn sie auf diesen Punkt zu sprechen kommen.

Aber nur durch seinen Reichtum ist es Rolin möglich, als Mäzen aufzutreten. Sein Name ist verbunden mit zwei der größten Namen der abendländischen Malerei, die beide der burgundischen Kultur das Gepräge geben. Dem Malerdiplomaten Jan van Eyck verdanken wir die »Madonna des Kanzlers Rolin«, die heute im Louvre hängt. Der Flügelaltar, den Rogier van der Weyden im Auftrag Rolins schuf, ist heute noch im Hotel-Dieu in Beaune. Wer vor einem der Meisterwerke der Brüder van Eyck oder Rogiers van der Weyden steht, dem wird die Ohnmacht der Feder bewußt, die eine solche Pinselführung beschreiben will. Mit Melchior Broederlam, Hugo van der Goes und anderen großen Namen verkörpern sie die niederländische Malerei der burgundischen Epoche.

Rolin ist auch der Stifter des bedeutendsten Bauwerks dieses burgundischen Kulturkreises des 15. Jahrhunderts, das wir heute noch bewundern können. Er hat im Jahre 1443 das Hospital in Beaune gestiftet. Nach einem halben Jahrtausend finden wir dort noch überall im Hospiz, an den Wänden, auf dem Boden, in den Stickereien der Wandteppiche das geheimnisvolle Wort »Seulle« – »Die Einzige«. So hat uns der strenge große Kanzler das Zeichen seiner Zuneigung zu Guigone von Salins hinterlassen.

Die plastische Kunst Burgunds verkörpert sich – ohne den Ruhm vieler anderer Meister zu schmälern – in dem Namen Claus Sluter. Philipp der Kühne hat den Künstler aus Haarlem geholt, um vor den Toren von Dijon die Chartreuse von Champmol zu schaffen. Zwanzig Jahre, von 1385 bis 1406, hat der Genius dieses Mannes, den Calmette mit Michelangelo auf eine Stufe stellt, in Dijon gewirkt. Sein Neffe und Schüler Claes van de Werve hat sein Werk fortgesetzt. Von bleibendem Eindruck sind die Reste, die der Sturm der Zeiten uns hinterlassen hat: das Portal der Kapelle; der Brunnen der Propheten mit den Statuen von Moses, David, Esajas, Zacharias, Gabriel und Jeremias; das Grabmal von Philipp dem Kühnen mit den eindrucksvollen Figuren der »Pleurants«, der Trauernden. Man bemüht sich zu begreifen, wie diese Kunst zustande kam, die den entscheidenden Schritt aus der Formstrenge des Mittelalters heraus tut.

Der Ruhm der Malerei und der plastischen Kunst im burgundischen Kulturkreis sollte nicht den Blick dafür verstellen, was auf anderen Gebieten Außerordentliches geleistet worden ist. Einige der Goldschmiedearbeiten, die die Jahrhunderte überdauert haben, erwecken noch heute die Bewunderung der ganzen Welt. Die Wandteppiche, deren viele wie etwa der berühmte Tausend-Blumen-Teppich auf Geheiß des Herzogs hergestellt wurden, haben eine Anmut, die in dieser Form später nicht mehr erreicht wurde. Die burgundische Hofkapelle ist zu ihrer Zeit die berühmteste Europas. Von Karl dem Kühnen wird berichtet, er habe selbst komponiert.

Auf dem Gebiet der Literatur ist besonders die Geschichtsschreibung Burgunds berühmt geworden. In die Zeiten der ersten beiden Herzöge fallen die Arbeiten von Jean Froissart, der ungefähr von 1333 bis 1404 lebt und dessen Chroniken die Zeit bis zum Ende des vierzehnten Jahrhunderts erfassen. Seine Arbeit wird fortgesetzt von Enguerrand de Monstrelet (um 1400 bis 1453), einem Pikarden.

Zweifellos der Repräsentativste ist George Chastellain (1404 bis 1475), »le Grand George«, »die Perle und der Stern aller Geschichtsschreiber« (Olivier de la Marche). Gebürtiger Flame aus der Gegend von Gent, erhält er verschiedene Hofämter, wird mit diplomatischen Missionen betraut. Der Herzog ernennt ihn schließlich zum Ritter vom Goldenen Vlies. Auf nicht weniger als zehntausend Folienblätter schätzt man das monumentale Werk des burgundischen Hofhistoriographen. Er hat den Sturz des Hauses Burgund nicht mehr erlebt.

Auch Olivier de la Marche (1425 bis 1502) war mehrfach mit diplomatischen Missionen betraut. Eine davon hat ihm wahrscheinlich das Leben gerettet, denn er wurde von Karl dem Kühnen kurz vor der Schlacht von Murten nach Mailand geschickt. In der Schlacht von Nancy gerät er als Hauptmann der Garde in Gefangenschaft; Maria von Burgund hat ihn später ausgelöst.

Nicht nur der Jüngste, sondern im ganzen Stil seiner Arbeit der Modernste ist sicher Philippe de Commynes [40]. Er stammt aus flämischem Adel und ist 1447 geboren. Als Pate fungiert kein Geringerer als Herzog Philipp der Gute. Von 1464 ab sehen wir Commynes an der Seite des Grafen von Charolais, des späteren Karl des Kühnen, den er jetzt ständig begleitet. Er ist es, der in der Krise von Péronne mit Ludwig XI. verhandelt und dabei möglicherweise schon die Basis für seinen späteren Übertritt legt. In der Nacht vom 7. auf den 8. August 1472 verläßt Commynes Karl den Kühnen und geht zu Ludwig XI. über. Er begleitet und berät den französischen König bis zu dessen Tod, fällt dann in der folgenden Regentschaft in Ungnade und stirbt mit 64 Jahren im Oktober 1511.

Was Commynes von den überwiegend rein beschreibenden Arbeiten der anderen Historiographen unterscheidet, ist der Versuch, aus den Geschehnissen Lehren für den Leser, das heißt für den Fürsten, den Politiker, den Diplomaten seiner Zeit, abzuleiten. Wo ihm Ursachen und Wirkungen unerklärbar erscheinen, da ist es die Macht Gottes, die die Fürsten und Völker belohnt und bestraft. So auch mit Karl dem Kühnen: Gottes Zorn hat ihn getroffen.

Was uns an Commynes modern anmutet, ist die Kombination der Farbigkeit des Berichts und der zuweilen ironischen Distanziertheit seiner Schilderung. Commynes hat eine ungeheure Verbreitung mit seinen Memoiren gefunden. Eine belgische Bibliographie des späten 19. Jahrhunderts zählt allein einhundertdreiundzwanzig Ausgaben, und noch heute werden wissenschaftliche Fehden über die Zuverlässigkeit und den Aussagewert seiner Aufzeichnungen ausgetragen [41].

Wenn die Prosa im burgundischen Kulturleben eine so große Rolle spielt, so tut es die Poesie nicht minder. Vieles ist beeinflußt durch den berühmten Roman de la Rose, der schon im 13. Jahrhundert von Guillaume de Lorris begonnen und von Jean Clopimel de Meun vollendet wird und dessen Personen die menschlichen Tugenden und Sünden sind. Dieser Roman in Versform hat über die ganze Epoche hinweg »nicht allein die Formen der aristokratischen Liebe vollkommen beherrscht, sondern ist darüber hinaus durch seinen enzyklopädischen Reichtum an Abschweifungen auf alle möglichen Gebiete die Schatzkammer geworden, aus der sich die gebildeten Laien das Lebendigste ihrer geistigen Entwicklung holten« (Huizinga).

Allegorische Verbrämungen finden sich in vielen, oft überlangen und uns heute schwülstig erscheinenden Gedichten. Viele Poeme sind zum Lobe eines Fürsten oder Fürstenhauses geschrieben – wes' Brot ich eß', des Lied ich sing'. Daneben gibt es Liebesgedichte von hinreißender Einfachheit und Eindringlichkeit, so von Christine de Pisan (1363 bis 1431). Von dieser frühen Verfechterin von Frauenrecht und Frauentugend ist das stolze Wort überliefert:

»Seulète suis et seulète veuil estre« – »Allein bin ich, allein will ich bleiben [42].«

Der Dichterherzog Karl von Orléans, seit der Schlacht von Azincourt in englischer Gefangenschaft, und Philipp der Gute, durch dessen diplomatische und finanzielle Intervention Orléans schließlich ausgelöst wird, korrespondieren in Versen miteinander.

Die Herzöge von Burgund betätigen sich auch als Bibliophile. Sie bauen in Dijon, in Gent, in Brügge und Brüssel große Bibliotheken auf. Die wertvollsten Werke sind angekettet, damit man sie nicht entwenden kann. Zuweilen ist noch ein silbernes Etui für die »Brille des Herzogs« dabei. Die Bibliothek der burgundischen Herzöge gilt als die »reichste und edelste der Welt [43]«. Was von der Bibliothek Karls des Kühnen allein heute noch in Brüssel erhalten ist, umfaßt nicht weniger als achtzehntausend Einzelstücke!

Zwei Universitäten werden von den burgundischen Herzögen gegründet, die eine in Dôle, die andere in Löwen. Wenn sie auch nicht mit der damals größten und berühmtesten Universität der Welt, der von Paris mit ihren dreitausend Studenten, konkurrieren können, so manifestiert sich doch auch hier das burgundische Selbstbewußtsein.

Im Bewußtsein der breiten Masse des Volkes ist die von Gott gegebene Hierarchie der feudalen Zeit bei allem Beharren auf überkommenen Rechten und Privilegien im Grunde noch ungebrochen. Der Bauer ist verachtet wie zuvor. Sicher kennt er auch die Sorgen, die in einem zeitgenössischen oberdeutschen Gedicht aufgezählt werden:

»Ich aber bin von Art ein Bauer
Mein Arbeit wirt mir sauer.
Ich muß ackern, seen und egen
Schneyden, Heuwen, Dareegen
Holtzen, Einfuiren Hew und Treydt
Steuer macht mir viel Herzleit
Trinck Wasser und iss grob Brot
Wie denn der Herr Adam gebot.«

Aber er lebt nicht schlecht, solange Pestilenzen, Mißernten, Kriegszüge ihn verschonen und der Steuerdruck des Grundherrn erträglich bleibt. Das auf Befehl des Herzogs schriftlich aufgezeichnete Gewohnheitsrecht Burgunds verlangt vom Seigneur, daß er seine Rechte mit Maßen ausübe und Rücksicht darauf nehme, ob es ein schlechtes oder gutes Jahr sei. Natürlich kann man nicht immer auf Abhilfe hoffen, wenn man sich höheren Orts über etwaige Willkür beklagt [44].

Besser als dem Bauern geht es dem Bürger in der Stadt. Nicht jeder kann eine so märchenhafte Karriere erhoffen wie Jaques Coeur, der begabte Finanzmann Karls VII. von Frankreich, oder der Kanzler Rolin. Aber viele aus dem Bürgertum steigen in diesen Jahrzehnten zu höheren Ämtern, zu Ehren und Reichtum auf.

Was hat der kleine Mann in einem Zeitalter ohne Fernsehen, ohne Kino und ohne Fußball nun an Zerstreuungen? Die Umzüge bei religiösen Festen, die Joyeuse Entrée der Herzöge, die Märkte und Messen, die Turniere, die Kostüm- und Farbenprachten bei Familienfeiern im fürstlichen Haus sind Gelegenheiten zum Schauen und bunten Trubel, zum Erzählen hinterher. Die Ereignisse der Zeit werden in den Schenken und den Gassen Gegenstand polemischer Chansons. Die Privilegien der Stadt, der Zünfte, der Stände, die althergebrachten Rechte und Gewohnheiten werden eifersüchtig bewahrt, oft in langwierigen Prozessen verteidigt. Aber solange alles zum Guten steht und solange Herzog und Obrigkeit nicht allzusehr an den Geldbeutel des Bürgers gehen, ruft auch der gemeine Mann mit Überzeugung und Begeisterung sein »Noël« und »Vive Bourgogne«.

Karl der Kühne

Rogier van der Weyden (oder seine Schule), Staatliche Gemäldegalerie Berlin-Dahlem.

Das Porträt soll »nach 1460« entstanden sein. Wir können also annehmen, daß wir Karl den Kühnen als knapp dreißigjährigen burgundischen Erbprinzen vor uns haben, angetan mit schwarzem Wams, die Ordenskette vom Goldenen Vlies um den Hals.

Der Blick wirkt merkwürdig entrückt. Man glaubt hier als Erbteil seiner portugiesischen Mutter jene seltsame »Saudade« zu spüren, die sein Wesen stark mit geprägt hat: eine Art von Schwermut, geboren aus der Erkenntnis der Vergänglichkeit alles Irdischen.

Johann Ohnefurcht und Margarete von Bayern (Innenseiten)

Flämische Schule des 15. Jahrhunderts, Gent, Museum der Schönen Künste.

Der zweite Burgunderherzog aus dem Haus Valois wurde 1371 geboren. Seit seinem Kreuzzugsabenteuer, das bei Nikopolis 1396 so tragisch endete, trug er den Beinamen »Sans peur« – »Ohnefurcht«. Aber nicht nur persönlicher Mut, sondern auch Gespür für politisches Taktieren kennzeichneten den Herzog. Daß er fließend flämisch sprach (er war mütterlicherseits halber Flame), erleichterte ihm seine Politik in den niederländischen Besitzungen. Sein eigentliches Problem aber war die Vorherrschaft in

Frankreich, dessen König regierungsunfähig war. Johann Ohnefurcht verstand es, sich bei Volk und Universität von Paris beliebt zu machen. Seinen gefährlichsten Gegner, Ludwig von Orléans, ließ er durch gedungene Mörder abschlachten. Den Mord rechtfertigte im Auftrag des Herzogs Jean Petit, Doktor der Theologie, in vierstündiger Rede, ein »Kunstwerk schwarzer politischer Niedertracht« (Huizinga).
Ein einziges Mal war Johann Ohnefurcht unvorsichtig, und das kostete ihn das Leben. Am 10. September 1419 wurde er auf der Brücke von Montereau in einen Hinterhalt gelockt und niedergehauen. Margarete, die Gemahlin Johann Ohnefurchts, war die Tochter des Herzogs Albrecht I. von Bayern.

Karl VII. von Frankreich als Dauphin
Ausschnitt aus dem »Crucifix du Parlement de Toulouse«, Ende des 15. Jahrhunderts.
Als der Dauphin nach dem Tod seines Vaters 1422 die Herrschaft übernahm, steckte Frankreich in der wohl größten Krise seiner Geschichte. Jeanne d'Arc vollbrachte das Wunder von Orléans und führte den Dauphin nach Reims zur Krönung. Als sie in Gefangenschaft geriet und zum Feuertod verurteilt wurde, rührte Karl VII. keinen Finger zu ihrer Rettung. 1435 mußte er mit Philipp dem Guten den Frieden von Arras schließen, durch den Burgund auch formell eine selbständige Macht wurde.

DER GRAF VON CHAROLAIS

Zwei Söhne hat Isabella von Portugal bereits durch einen frühen Tod verloren, als am 10. November 1433 in Dijon der dritte geboren wird. Welche Menschen, welche Eindrücke begleiten den jungen Karl in seinen ersten Jahren? Als Erzieher des zweijährigen Kindes begegnen wir einem Sire d'Auxy. Mit ganzen fünf Jahren wird Karl zum ersten Mal verheiratet, mit Catherine de France, der Tochter Karls VII. und Schwester des Dauphins, des späteren Ludwig XI. Eine Kinderheirat, wie sie im ausgehenden Mittelalter nicht selten ist. Die Ehe hat nicht lange gedauert, acht Jahre später stirbt das kleine Mädchen.

1440 wohnt der Siebenjährige bei seiner Tante Beatrix von Portugal in Le Quesnoy. Vier Jahre später darf der Elfjährige in Brüssel den Grundstein zum linken Flügel des Rathauses legen. Mit vierzehn Jahren wird er in den Orden vom Goldenen Vlies aufgenommen.

Es ist sicher, daß Karl – vor allem auch vom kulturellen Standpunkt aus – eine bessere und umfassendere Erziehung genossen hat als die meisten Fürstensöhne seiner Zeit [45]. Unter seinen Tutoren dürften ihn besonders Ghilbert de Lannoy, der Verfasser der »L'Education du Prince«, und Haneron beeinflußt haben. Er lernt die Literatur des Altertums kennen, beschäftigt sich mit Musik (obwohl er keine allzu gute Stimme hat), lernt Harfe spielen.

Aber da ist noch ein anderer Name zu nennen: Jacques de Lalaing, der Chevalier Modèle seiner Zeit, zwölf Jahre älter als der junge Prinz, ein fahrender Ritter – man sieht ihn an den Höfen von Navarra, von Aragon, von Portugal, von Kastilien. Eine »antiquierte Kuriosität« (Huizinga), ein »Vorläufer des Don Quichotte« (Frédérix), aber für den jungen Prinzen von Burgund ein unvergeßliches Vorbild, unter dessen Aufsicht er 1451 mit achtzehn Jahren in Brüssel sein erstes Turnier besteht. Es ist eine Ironie des Schicksals, daß dieser Ritter ohne Furcht und Tadel, eines der letzten Glanzstücke einer zum Aussterben bestimmten Schicht, im Frühjahr 1453 vor Gent durch eine Kanonenkugel sein Ende findet. Man versteht, daß viele ehrliche Krieger mit den Zauberkünstlern dieser neuen Waffe, Artillerie genannt, nichts zu tun haben wollen.

Herzog Philipp möchte seinen Sohn verheiratet sehen. Und er hat auch eine Kandidatin im Auge, die kleine Prinzessin Isabella von Bourbon. Sie ist die Tochter von Philipps Schwester Agnes, also eine Kusine des burgundischen Erbprinzen. Die Bourbons sind in Frankreich Prinzen von Geblüt, eine verzweigte und mächtige Familie: einer ist Kardinal und Erzbischof von Lyon, ein anderer Bischof von Lüttich. Pierre, Herr von Beaujeu, wird Schwiegervater eines Königs und Regent von Frankreich werden. Marie von Bourbon heiratet einen Anjou, Johann von Kalabrien; Catherine Adolf von Egmont, den künftigen Herzog von Geldern; Johanna von Bourbon wird Prinzessin von Oranien, Margarete Prinzessin von Savoyen.

In den Auseinandersetzungen zwischen Burgund und Frankreich stehen die Bourbons einmal im einen, dann wieder im anderen Lager. Jacques de Bourbon wird in den Orden vom Heiligen Michael aufgenommen, dem feudalsten Orden der französischen Krone, und er wird in den Orden vom Goldenen Vlies berufen.

Herzogin Isabella von Burgund hat ganz andere Heiratspläne mit ihrem Sohn, der jetzt – wir schreiben das Jahr 1453 – inzwischen neunzehn Jahre alt ist und den Titel eines Grafen von Charolais führt. Sie steuert eine Heirat mit der älteren Tochter des Herzogs von York an und hofft auf ihren mütterlichen Einfluß.

Philipp aber will von einer Verbindung mit der Weißen Rose nichts wissen. Noch ist nicht klar, wer im England der Rosenkriege die Oberhand behalten wird. Und eine englische Heirat würde den französischen König verärgern.

Karl VII. von Frankreich ist längst nicht mehr der Bettlerkönig von Bourges, den seine eigene Mutter als Bastard beschimpft. Das Königreich leidet zwar noch unter den Zerstörungen von Krieg, Brandschatzung und Plünderung, aber die Verwaltung ist reorganisiert, die Finanzen sind gesund, im Heer werden die Ordonnanzkompagnien aufgebaut, die das Feudalaufgebot ersetzen sollen. Vor allem hat Karl den Hundertjährigen Krieg erfolgreich zu Ende bringen können. Der alte Talbot, Symbol der englischen Siege, Feldherr in vier Jahrzehnten, fällt im Juli 1453 unter den Mauern von Castillon. Ein Vierteljahr später zieht Karl VII. in Bordeaux ein. Die

Engländer sind vom Kontinent verjagt. Nur in Calais halten sie noch einen Brückenkopf, umgeben von burgundischem Gebiet.

Philipp hat in diesem Kampf Neutralität bewahrt. Burgund will seine im Vertrag von Arras errungene politische Position als »dritte Macht« neben England und Frankreich behalten und ausbauen. Selbstbewußt nennt sich Philipp »von Gottes Gnaden«. Die Jahre seit 1435 sind voller schwieriger Verhandlungen. Es geht zwischen Burgund und Frankreich um die Erfüllung der Bedingungen des Vertrages von Arras. Und da ist noch etwas anderes. Philipp ist entschlossen, das große Abenteuer des Kreuzzugs zu beginnen, und dazu braucht er die Unterstützung oder doch mindestens die wohlwollende Neutralität des französischen Königs. Zwischen beiden Männern – die sich übrigens nie begegnet sind – steht immer noch der Schatten des Mordes von Montereau. Aber die Realpolitik hat langsam die Oberhand gewonnen, nicht zuletzt dank der klugen Diplomatie des Kanzlers Rolin.

In dieses Geflecht der Staatsraison muß die Heirat des Grafen von Charolais eingepaßt werden, und wiederum zeigt sich Philipps und Rolins überlegene Regie. Bei den Verhandlungen um den Heiratskontrakt lehnt der Herzog von Bourbon die burgundische Forderung nach der Grafschaft von Château-Chinon als Mitgift ab: Das Land müsse er für seine Söhne bewahren. Das Heiratsprojekt scheint gescheitert, und am französischen Königshof ist man aufs höchste beunruhigt: Wie, wenn der verärgerte Burgunder nun doch die englische Verbindung vorzieht?

Aber da reitet ein junger burgundischer Ritter namens Philippe Pot – später Marschall von Burgund – in geheimer Mission nach Lille mit dem herzoglichen Auftrag, der Graf von Charolais solle unverzüglich seine Kusine Isabella von Bourbon heiraten und die Ehe vollziehen. So geschieht es am 30. Oktober 1454.

Als die neugebackene Gräfin von Charolais ihre Eltern in Kenntnis setzt, will der Herzog von Bourbon hinter Philipps »Großmut« nicht zurückstehen: Er übersendet dem Burgunder den Entwurf eines Heiratskontraktes, in dem die Grafschaft Château-Chinon dem Grafen von Charolais geschenkt wird. Philipp weigert sich, das zu akzeptieren Er läßt sich dann mit Mühe überzeugen, daß seine Weigerung den edlen Bourbon beleidigen müsse. Am 28. November wird ratifiziert. Burgund ist wieder ein Stück größer geworden.

Zwei Jahre später. Der Burgunderherzog steht in Holland, er hat das aufständische Deventer eingeschlossen, als er eine überraschende Nachricht erhält: Ludwig, der französische Dauphin, bittet um Asyl in Burgund. Der Herzog wiegt die Gefahr und die Vorzüge dieser überraschenden Entwicklung ab. Ist das nicht eine unerwartete Möglichkeit, sich der Dankbarkeit des künftigen Ludwig XI. zu versichern? Am Hofe sind die Meinungen geteilt. Die politische Brisanz ist allen klar.

Der Dauphin hat sich schon lange mit seinem Vater überworfen und sich in die Dauphiné zurückgezogen. Schließlich setzt Karl VII. Truppen gegen den unbotmäßigen Sohn in Bewegung. Da entschließt sich Ludwig zur Flucht, aber – wie es seinem Charakter entspricht – nicht ohne Vorwand: Er informiert seinen Vater und die Bischöfe von Frankreich, es sei seine Absicht, zu seinem lieben Onkel nach Burgund zu gehen, um diesen bei dem bevorstehenden Kreuzzug zu begleiten. Anfang September 1456 trifft er bei Louis Chalon, dem Fürsten von Oranien ein; dann reist er weiter zu Johann von Neuchâtel, Marschall von Burgund, und wird durch Lothringen bis nach Löwen geleitet. Hohe Adlige bringen ihn nach Brüssel, wo die Herzogin von Burgund und die Gräfin von Charolais, die bereits mit ihrer Tochter Marie schwanger geht, ihn an der Porte du Coudenberghe feierlich einholen. Einige Zeit später kommt des Dauphin junge Frau Charlotte von Savoyen nach[46]. Das Schloß von Genappe wird zur zeitweiligen Heimat des Dauphin und seines kleinen Hofs. Sechsunddreißigtausend Pfund setzt ihm der Herzog als jährliche Pension aus.

Karl VII. von Frankreich nimmt die Nachrichten mit Gelassenheit auf. Er kennt seinen Sohn. »Mein Vetter Burgund«, sagt er, »nährt den Fuchs, der ihm eines Tages seine Hühner wegfressen wird[47].« Der Fuchs zeigt sich einstweilen höflich, wohlwollend, geduldig, fromm, voll von Dankbarkeit gegenüber dem Onkel von Burgund. Die fiebernde Ungeduld eines Mannes, der in seinen besten Jahren zwischen dreißig und vierzig zur Untätigkeit verdammt ist, bleibt unter der Oberfläche verborgen.

Die Generationenspannung zwischen Vater und Sohn ist freilich nicht auf die Valois von Frankreich beschränkt. Auch zwischen Philipp von Burgund und seinem Sohn gibt es Auseinandersetzungen. Voller Mißvergnügen sieht Karl, wie sich die Familie Croy – »adlige Neureiche« nennt sie Huizinga – eine immer stärkere Stellung am Hof schafft. Als Herzog Philipp entgegen einem früher gegebenen Versprechen einen Posten im Hofstaat des Grafen von Charolais einem der Croy zukommen lassen will, kommt es zwischen dem Dreiundzwanzigjährigen und seinem Vater zu einer Auseinandersetzung. Chastellain schildert uns die Szene lebendig:

»An einem Montag, dem Sankt Antonstag (es war der 17. Januar 1457), rief der Herzog, der sehr wünschte, daß sein Haus in Frieden bleibe und kein Zwist unter seinen Dienern entstehe und daß auch sein Sohn nach seinem Wunsch und Willen tue, diesen seinen Sohn zu sich, nachdem er schon einen großen Teil der Stundengebete gesagt hatte und die Kapelle leer war von Leuten, und sagte sanft zu ihm: ›Karl, was den Streit angeht zwischen den Herren Sempy und von Hémeries wegen der Stelle des Kammerdieners, so will ich, daß ihr ein Ende damit macht und daß der Herr von Sempy die unbesetzte Stelle erhält.‹ Dagegen sagte der Graf: ›Monseigneur, Ihr habt mir einmal Eure Verordnung gegeben, in der aber der Herr von Sempy nicht aufgeführt ist. Und, Hoher Herr, so es Euch gefällt, bitte ich Euch, es dabei zu belassen.‹ – ›Ha, kümmert Euch nicht um Verordnungen‹, sagte da der Herzog. ›Mir kommt es zu, zu erhöhen und zu erniedrigen, und ich will, daß der Herr von Sempy dort eingesetzt werde.‹ – ›Hahan‹ sagte der Graf (so pflegte er zu fluchen), ›Hoher Herr, ich bitte Euch um Verzeihung, denn ich könnte es nicht tun. Ich halte mich an das, was Ihr verordnet habt. Das hat mir der Herr von Croy eingebrockt, ich sehe es wohl.‹ ›Wie!‹ sprach der Herzog, ›wollt Ihr mir ungehorsam sein? Wollt Ihr nicht tun, was ich will?‹ – ›Monseigneur, ich will Euch gern gehorchen – aber dies werde ich nicht tun.‹ Und der Herzog, rasend vor Zorn über diese Worte, erwiderte: ›Ha, Bursche, wirst Du meinem Willen folgen? Geh mir aus den Augen!‹ Und das Blut drückte ihm mit den Worten aufs Herz, und er wurde bleich und dann plötzlich flammendrot und so schrecklich verändert in seinem Gesicht, daß es (wie ich vom Schreiber der Kapelle hörte, der allein bei ihm war) gräßlich anzusehen war[48].«

Die Herzogin, Zeugin dieser Szene, bekommt es mit der Angst zu tun, zerrt ihren Sohn mit sich und will die Kapelle verlassen. Sie wendet sich an den Diener: »Caron, öffne uns.« Der fällt den beiden zu Füßen und fleht sie an, Karl möge seinen Vater doch um Verzeihung bitten, ehe sie die Kapelle verlassen. Die Herzogin schließt sich dieser Bitte an, doch Karl antwortet: »Bah, Madame, Monseigneur hat mir verboten, ihm vor die Augen zu treten, und ist erbost über mich, weswegen ich, nach diesem Verbot, nicht sobald zu ihm zurückkehren werde, sondern werde im Schutze Gottes weggehen, ich weiß nicht, wohin.« Der Herzog sitzt mit wutverzerrtem Gesicht noch in seinem Betstuhl, die Herzogin aber ruft dem Diener angsterfüllt zu: »Lieber Freund, schnell, schnell, öffnet uns, wir müssen fort oder wir sind tot.«

Der Herzog geht in seine Zimmer zurück, wirft sich aufs Pferd und reitet mutterseelenallein aus Brüssel fort. »Nun wollte es der Zufall«, schreibt Chastellain weiter, »daß gerade an jenem Tage nach einem langen und harten Frost Tauwetter eintrat, und nach einem langen und dichten Regen, der den ganzen Tag über niedergegangen war, brach der Abend mit einem sehr feinen, aber nässenden Regen herein, der die Felder durchtränkte und mit dem Wind, der heftig blies, die Eismassen auf dem Boden löste.« Der Herzog verirrt sich in einem riesigen Walde. Der über Sechzigjährige stürzt mit dem Pferd und verletzt sich. Nach langen Stunden des Umherirrens stößt er auf einen Kohlenmeiler, das Kläffen eines Hundes führt ihn zu der Hütte eines armen Mannes, wo er Ruhe und etwas zu essen findet.

Am nächsten Tage erst findet ihn einer der ausgesandten Suchtrupps. Die Situation zwischen Herzog und Gefolge ist heikel. Da findet Philippe Pot das rechte Wort: »Guten Tag, Hoher Herr, guten Tag, was bedeutet dies? Spielt Ihr jetzt den König Artus oder den Junker Lancelot [49]?«

Juli 1461. Ein Kurier nach dem andern kommt aus Frankreich in Genappe an mit den letzten Nachrichten von einer schweren Erkrankung des französischen Königs. Am 25. Juli kommt die Meldung, daß Karl VII. in den frühen Morgenstunden des 22. Juli verschieden ist. Ludwig ordnet ein Requiem für seinen Vater an. Am Nachmittag kleidet er sich in rot und weiß und geht zum Jagen. Keine Trauer für den verstorbenen König.

Am nächsten Tag bricht der neue König von Frankreich, Ludwig XI., mit seinem kleinen Gefolge auf. An der Grenze, bei Avesnes, zeigt Ludwig, daß er der Herr ist: Eine ganze Reihe von Spitzenpositionen werden neu besetzt. Ende Juli kommt der Herzog von Burgund nach, begleitet von einem bescheidenen Gefolge von »nur« viertausend Rittern. Am 15. August findet in der überfüllten Kathedrale von Reims die Salbung Ludwigs nach der uralten Zeremonie statt. Philipp, der erste der Pairs von Frankreich, hebt die Krone auf und setzt sie dem König auf die Stirn: »Vive le Roy! Montjoye et St. Denis!«

Am Montag, dem 31. August, erfolgt der feierliche Einzug in Paris. Es ist wieder einmal eine hervorragende Gelegenheit für den Herzog von Burgund, seinen Glanz und seine Macht zu zeigen. Die burgundischen Adligen eröffnen den Zug, gekleidet in Gold, pelzbesetztem Samt und

Damast, Tausende von Silberglöckchen klingeln an ihren Pferden. Vier Trompeter kündigen den König an. Über einem Wams von scharlachfarbenem Satin trägt er einen Mantel von weißem Damast, der mit Gold gesäumt ist. Sechs Bürger von Paris, in scharlachfarbenem Satin gekleidet, halten einen Himmel von blauem Satin, mit Lilien überstickt, über ihn.

Hinter ihm reitet der Herzog von Burgund auf einem Pferd, das mit schwarzem Satin überdeckt ist, die Decke mit Gold und Edelsteinen bestickt. Er selber trägt einen schwarzen Samtmantel, auf dem Rubine, Diamanten und Perlen glitzern. Der elegante Rand seines Hutes zeigt eine Reihe von Edelsteinen. Man munkelt sich zu, sie seien vierhunderttausend Kronen wert, eine ganze Reihe von Millionen in heutiger Rechnung. Hinter ihm wird zeremoniös ein Helm getragen, an dem der Rubin von Flandern blinkt, das »Wunder der Christenheit«.

Die Stadt Paris ihrerseits hat sich nicht lumpen lassen. Pantomimen mit Jagdszenen, Kampfszenen, religiösen Darstellungen wechseln einander ab. In einem künstlichen Teich spielen drei nackte Mädchen als Sirenen. Der Pariser Chronist, offenbar begeistert von diesem Einfall, beschreibt im Detail ihre Busen.

Die Tage in Paris sind ein ideales Mittel für den Herzog, den Glanz und die Macht Burgunds darzustellen, sich in den Straßen zu zeigen, Empfänge zu geben. Ludwig hält nichts von Festlichkeiten. Aber er wiederholt seine Dankbarkeit gegenüber dem Onkel Burgund, ohne den er, wie er sagt, möglicherweise nicht mehr am Leben sei, und sucht ihn, obwohl das an sich ein Bruch der Etikette ist, sogar im Hotel d'Artois auf. Schließlich aber gibt er ihm zu verstehen, er selbst müsse jetzt leider in die Provinz abreisen – in klaren Worten: Der Herzog möge jetzt nach Hause zurückkehren. Ludwig XI. möchte nicht, in welcher Form auch immer, bevormundet sein.

Zu den vornehmsten Rechten eines neuen Herrn gehört es, Amnestie zu üben. Im Oktober kommt der König nach Meung und läßt auch hier entsprechend der alten Sitte die Gefangenen in Freiheit setzen. Daß einer von ihnen, ein Magister aus Paris, den Namen François Villon trägt, ist ihm sicher nicht bekannt; es hätte ihn auch nicht interessiert. Der Gnadenbrief ist uns nicht erhalten, wohl aber Villons »Großes Testament«:

> »Geschrieben habe ich mein Büchlein dazumal
> im Jahre 61, als der gute König mich

zu Meung erlöste aus der harten Kerkerqual
und mich dem Leben wiederschenkte gnädiglich.
Solang in meinem Herzen Odem pulst und Leben,
steh ich in seiner Schuld und bleib ihm treu ergeben,
bring Dank und Liebe ihm entgegen, ungemessen,
denn was man Gutes tut, bleibt ewig unvergessen.«

Villon, wieder in Freiheit, aber ohne Mittel, wendet sich an den Herzog von Bourbon. Aber es hält ihn nicht in Blois. Er geht nach Paris zurück, wird im Dezember 1462 wieder in eine Schlägerei verwickelt und kurzerhand zum Tode verurteilt. Beziehungen, die er noch aus alter Zeit hat, verhelfen ihm zu einer Begnadigung in nächster Instanz. Am 3. Januar 1463 wird eine zehnjährige Verbannung aus Stadt und Grafschaft Paris verkündet. Seine Spur verliert sich im Dunkeln. Wir wissen nicht, wann und wie er umgekommen ist.

Aber seltsam: Er, den doch mit Karl dem Kühnen gar nichts verbindet außer das ungefähr gleiche Alter, zeigt in vielen seiner Balladen einen ganz ähnlichen Grundzug der Traurigkeit, der Resignation, der Erkenntnis der Vergänglichkeit alles Irdischen, wie er bei dem letzten Burgunderherzog – wahrscheinlich als Erbe seiner portugiesischen Mutter – immer wieder sichtbar wird.

»Ach, meine Tage sind verronnen wie ein Traum,
und wie die Fäden eines Tuchs sind sie verglimmt,
wenn in die Hand der Weber einen Kienspan nimmt,
und einem Fädchen sengend nahekommt, und kaum
fängt Feuer es, lohts auf und fällt verascht zusammen.«

KRIEG FÜR DAS ÖFFENTLICHE WOHL

Im August 1464 wartet König Ludwig bei Abbéville in der Picardie sehnsüchtig, aber vergebens auf eine Gesandtschaft der Engländer. Philipp sitzt in seinem Schloß in Hesdin, nur mit Mühe von der Abreise abgehalten. Der Graf von Charolais, noch mit seinem Vater zerstritten, hat mit seiner Gemahlin den Wohnsitz in Gorkum genommen. Er hat es noch nicht verwunden, daß sich Herzog Philipp auf den Handel mit König Ludwig eingelassen und die Sommestädte gegen vierhunderttausend Goldstücke zurückgegeben hat.

An einem Tag im September sieht man im Hafen von Gorkum ein Schiff mit einer Besatzung von etwa fünfzig Matrosen ankommen und abseits Anker werfen. Ein Mann in der Kleidung eines Edelmannes steigt aus, inspiziert die Gegend, bummelt durch Herbergen und Schenken, fragt die Einwohner nach den Gewohnheiten des Grafen von Charolais aus, prüft die Wälle des Schlosses und klettert auf den Befestigungen herum. Vor allem aber fällt auf, daß er keine Anstalten macht, dem burgundischen Erbprinzen einen Besuch abzustatten. Die Einwohner des kleinen Ortes, dem Grafen von Charolais sehr ergeben, fangen an Verdacht zu schöpfen, dem Fremden zu folgen und ihn zu überwachen. Als der sich beobachtet fühlt, flüchtet er sich in eine Kirche wie ein Verbrecher, der im Allerheiligsten Zuflucht sucht. Karl von Charolais läßt den Unbekannten verhaften und vor sich bringen. Der schweigt zunächst und gibt sich dann als der Bastard von Rubempré zu erkennen, ein Neffe von Jean de Croy. Man weiß von ihm, daß er schon mehrfach für den französischen König Missionen dubiosen Charakters ausgeführt hat. Aufgefordert, seine Anwesenheit in einem so abgelegenen Ort, in den selten Reisende kommen, zu rechtfertigen, gibt er unwahrscheinlich klingende Erklärungen. Man wirft ihn ins Gefängnis, aber Karl verhindert eine Folterung. Er will der Gerichtsbarkeit des Vaters nicht vorgreifen. Statt dessen sendet er seinen

Hofmeister (und Geschichtsschreiber) Olivier de la Marche nach Hesdin, um Weisungen einzuholen.

Was auch immer die wirkliche Mission des Bastards sein mag – die Wirkung in der Öffentlichkeit ist beträchtlich. Flandern ist empört. Philipp reist, ohne sich vom König zu verabschieden, von Hesdin ab – man weiß nie, was Ludwig noch alles im Schilde führt. Der französische König sagt zunächst überhaupt nichts. Dann behauptet er, Rubempré nicht zu kennen. Später, als seine Verbindung zu Rubempré nicht mehr abzustreiten ist, erklärt er, er habe ihn abgesandt, um den Vizekanzler der Bretagne, Rouville, abzufangen, der von England nach Gorkum zurückkehre, um Charolais über seine Verhandlungen mit Eduard IV. zu berichten. Die Behauptung ist dürftig und kann an dem Prestigeverlust für Ludwig nichts mehr ändern, zumal inzwischen klar geworden ist, daß die erwartete Gesandtschaft aus England nicht mehr kommen wird. Aber er muß sich für seinen Emissär einsetzen.

So sieht man zwei Monate nach der Verhaftung des Bastards von Rubempré in Lille eine französische Gesandtschaft einreiten, bestehend aus dem Erzbischof von Narbonne, dem Grafen von Eu und dem Kanzler Morvilliers. Der Gefangene, so fordern die Franzosen, soll sofort freigelassen werden. Die Priester, welche von der Kanzel herab das versuchte Attentat verurteilt haben, sollen dagegen verhaftet und an König Ludwig zur Bestrafung ausgeliefert werden. Morvilliers verbindet die Forderungen mit scharfen Angriffen auf den Grafen von Charolais. Sein Haß gegen den französischen König rühre nur daher, daß er eine Pension als Statthalter nicht bekommen habe. Karl braust auf und will unterbrechen, aber Morvilliers wendet sich kühl zu ihm: »Ich spreche nicht mit Ihnen, sondern mit seiner Gnaden dem Herzog.« Philipp entscheidet, man solle die Gesandten frei reden lassen; Karl solle den folgenden Tag Gelegenheit haben, sich zu rechtfertigen.

Einen Bruch mit Frankreich will der nun achtundsechzig Jahre alte Herzog vermeiden, so gibt er sich zögernd. Das interpretieren die Franzosen falsch; der Graf von Eu beginnt, mit schneidender Arroganz und Schärfe vom Herzog eine sofortige Entscheidung zu verlangen.

Philipp entgegnet gelassen: »Lieber Schwager, ich habe vor diesem Tage schon oft hochmütige und stolze Worte gehört, und ich kann mich nicht erinnern, daß sie mich sehr bewegt hätten.«

Am nächsten Tag hält Karl in Anwesenheit der Ritter vom Goldenen

Vlies und des ganzen Hofes, vor seinem Vater kniend, seine Verteidigungsrede. Er bestreitet ruhig und energisch, mit dem bretonischen Herzog gegen den König konspiriert zu haben. Die Statthalterschaft der Normandie sei ihm übertragen worden, ohne daß er es verlangt habe. »Mein Hoher Herr und Vater«, fügt er hinzu, »solange ich mich Eurer Gnade erfreue, habe ich es nicht nötig, die Wohltaten eines anderen Fürsten zu suchen.«

Philipp entscheidet kühl: Er werde keine der gestellten Forderungen erfüllen. Die Franzosen, die noch immer auf das Zerwürfnis zwischen Vater und Sohn gesetzt haben, sehen sich vollkommen getäuscht. Das letzte Wort aber bleibt dem burgundischen Erbpinzen. Bei der Abreise der Gesandtschaft sagt er zum Erzbischof von Narbonne: »Empfehlt mich untertänigst des Königs Gnade und sagt ihm, er habe mir durch seinen Kanzler eine schöne Abreibung erteilen lassen, aber vor Ablauf eines Jahres werde er es bereuen [50]!«

Die Affäre Rubempré endet also mit einer Niederlage Ludwigs. Der alte Herzog, erzürnt darüber, daß man seinem Sohn ans Leben wollte, versöhnt sich feierlich mit ihm und überträgt ihm im März 1465 – der steigenden Last seiner hohen Jahre bewußt – die Generalstatthalterschaft der burgundischen Lande – genau jenes Amt, das König Ludwig selbst von dem alten Herzog hatte haben wollen.

Die Feindschaft zwischen den beiden so ungleichen Vettern, Ludwig von Frankreich und Karl von Burgund, ist endgültig. Der Kampf auf Tod und Leben hat begonnen. Beide wissen es.

Die Spannung in Frankreich wächst. Seit dem Thronwechsel ist klar, daß die französischen Großen den Zentralisierungsbestrebungen Ludwigs scharfen Widerstand entgegensetzen werden. Ludwig sieht die Auseinandersetzungen kommen. Er weiß auch von Anfang an, daß er keine bessere Möglichkeit hat, als die Gegner gegeneinander auszuspielen. Warwick hat ihm Waffenruhe zugesagt, von den Engländern ist also nichts zu fürchten. Der gefährlichste Gegner ist ohne Zweifel Burgund.

Nach vielen beiderseits verlogenen Beteuerungen bricht der Kampf im März 1465 aus. In den frühen Morgenstunden des 5. März erhält Ludwig die Nachricht, daß sein junger Bruder, der Herzog von Berry, Mittelpunkt der Unzufriedenen, sich unter einem Vorwand entfernt habe. Berry, der sich mit Odet d'Aydie und dem Kanzler der Bretagne trifft, galoppiert mit ihnen nach Nantes, wo sie bereits vom bretonischen Herzog erwartet werden. Der alte Haudegen Graf Dunois hat seine bewegliche Habe auf ein Schiff verladen und fährt die Loire abwärts. In der Nacht vom 9. auf den 10. März gelingt dem Grafen von Dammartin, dem alten Anführer der Ecorcheurs vom Jahre 1444, ein waghalsiger Ausbruch aus der Bastille, wo er seit 1463 wegen Majestätsbeleidigung gefangen sitzt. Er reitet sofort zum Herzog von Bourbon.

Am 13. März veröffentlicht der Herzog von Bourbon ein Manifest. Danach haben sich die Großen des Reichs zu einer Liga für das öffentliche Wohl – Ligue du bien public – zusammengeschlossen. Ihr gehören die Herzöge der Bretagne, von Bourbon, Nemours und Kalabrien an, weiter König René – das Oberhaupt des Hauses Anjou –, die Grafen von Armagnac, Charolais, St. Pol, Dunois und eine große Anzahl von Edelleuten. Es ist der Beginn eines langen Kampfes, den erst Richelieu und Mazarin endgültig zugunsten der Zentralgewalt beenden werden.

Was fordern diese tugendhaften Männer mit ihrer Liga für das öffentliche Wohl? Die Generalstände sollen einberufen werden, Berry soll Regent von Frankreich werden, das Kommando über die Armee soll den Herzögen Berry, Bretagne und Bourbon vorbehalten werden. Vor allem wollen sie die Kontrolle über die Finanzen, lukrative Posten.

Ganz im Gegensatz zu den Phrasen des Manifests ist es keine populäre Erhebung. Nicht, daß das Volk von Frankreich etwa Ludwig als einen großartigen König ansieht. Aber der einfache Mann weiß: Bürgerkrieg – das bedeutet verwüstetes Land und mehr Steuern. Dem Bauern ist gleichgültig, von wem er bedrückt und ausgepreßt wird. So sind in diesem Krieg außer den adligen Hauptfiguren die Söldner (hauptsächlich schottische und schweizerische) und das Gefolge des Adels (Ritter und Knappen) diejenigen, die die Kämpfe bestreiten.

Der König sammelt Truppen, wirft sich am 13. März nach Thouars und überrumpelt am 26. März eine Stadt der Anjous. König René, das Haupt der Anjous, beeilt sich daraufhin, am 10. April einen Treueid zu schwören. In diesen Tagen begegnen wir in der Umgebung des Königs zum ersten Male einem jungen Mann aus Mailand, der als Gesandter des Herzogs zunächst bei Ludwig, später bei Karl von Burgund hervorragend beobachtete Berichte an seinen Herzog sendet: Giovanni Pietro Panigarola.

Am 17. April – sechs Wochen nach der Flucht seines Bruders – ist der König mit seinen militärischen Vorbereitungen so weit. Dreizehntausend Mann unter dem Kommando des Grafen von Maine werden entsandt, den

Herzog von Berry und Franz II. in der Bretagne zu blockieren. Der König selbst will mit elftausend Mann, darunter achthundert Lanzen Elitetruppen, gegen den Herzog von Bourbon vorrücken. Eine andere Streitmacht soll von Südosten her, von der Dauphiné und Languedoc, das Bourbonnais angreifen. Francesco Sforza, der Mailänder Herzog, sendet einen Brief, in dem er verspricht, seinen eigenen Sohn und Erben, Galeazzo Maria, mit fünftausend Mann zu entsenden. Das Unternehmen läßt sich für Ludwig nicht schlecht an.

Aber Ende Mai sieht es schon nicht mehr so gut aus. Es kommen Nachrichten aus dem Norden: Der Graf von Charolais hat von den Ständen Geld zur Aufstellung einer Armee bewilligt erhalten und die Pikardie durchquert. Am 6. Juni überschreiten die Burgunder die Somme. Der Weg nach Paris ist offen.

Der König versucht verzweifelt, in zähen Verhandlungen mit den Herzögen Bourbon und Nemours zu einem Ergebnis zu kommen. Am 23. Juni kommt endlich ein elender Waffenstillstand zustande, ein Papier voll von Versprechungen, die keine Seite einzuhalten gewillt ist.

Die Armee des Königs zieht ihre Besatzungen aus dem Bourbonnais zurück und marschiert in Gewaltmärschen über staubige Straßen nach Norden. Paris ist dreihundertfünfzig Kilometer entfernt. Wütend wehren sich die Nachhuten gegen die Angriffe der Liga. Anfang Juli überschreiten im Norden die Burgunder die Oise. In wenigen Tagen stehen sie vor Paris. Aber die Zeiten, da die Sympathie der Pariser den populären Herzögen von Burgund gehörte, sind vorbei. Des Königs Statthalter und der Bischof von Bayeux, Jean Balue, organisieren die Verteidigung der Stadt. Ein Überraschungsangriff der Burgunder mißlingt.

Mittlerweile rücken von Westen her die Bretonen mit zwölftausend Mann näher. Der Graf von Maine, der sie aufhalten soll, weicht langsam zurück. Der König reitet Tag und Nacht. Am 11. ist er in Orléans, an den beiden nächsten Tagen zieht die Kavallerie über die Loire. Fußtruppen, Artillerie und Nachhut hängen noch weit zurück. Inzwischen haben die Burgunder die Seine überschritten und blockieren die Straße von Paris nach Süden. Sitzt der König in der Falle? Von Westen die Bretonen, von Süden die Truppen des Bourbon, von Südosten der Marschall von Burgund, von Osten Johann von Lothringen, von Norden die burgundische Armee des Grafen von Charolais. Ludwig kann gerade noch den Grafen von Maine und die Truppen aus der Dauphiné an sich ziehen.

Der König entscheidet sich für den Angriff auf die Burgunder, ehe sie sich mit den übrigen Ligatruppen vereinigen können. Es ist Dienstag, der 16. Juli, ein glühend heißer Sommertag. Zwischen zehn und elf Uhr vormittags rücken die Truppen des Königs gegen den Feind[51].

Auf dem linken Flügel der Burgunder weht ein rot und graues Banner mit einem silbernen Einhorn. Dort steht der Graf von St. Pol, umgeben von seinen Armbrustschützen, alle in rot und grau gekleidet. Hier steht die Ritterschaft von Artois, Flandern, Hennegau und Picardie. Das burgundische Fähnlein befehligt Anton, der Große Bastard. Seine Armbrustschützen tragen rote Jacken mit einem Andreaskreuz. Über dem rechten Flügel weht die Standarte des Grafen von Charolais in Schwarz und Violett, seine Armbrustschützen sind in gleichen Farben gekleidet.

Der König ist sich im klaren: Jetzt steht alles auf dem Spiel. Er sendet nacheinander drei Boten nach Paris mit dem dringenden Befehl an Marschall Roualt, mit allen verfügbaren Truppen den Burgundern in den Rücken zu fallen. Wenn alles gut geht, muß Roualt im Laufe des Nachmittags eintreffen, noch rechtzeitig, um die Schlacht zu entscheiden.

Noch will niemand angreifen. Seit sieben Uhr morgens stehen die Burgunder in der glühenden Sonnenhitze. Nur die Artillerie beider Seiten schießt. Der Nachmittag bricht an. Noch immer stehen sich beide Armeen gegenüber. Da rückt der linke burgundische Flügel unter St. Pol vor. Die Franzosen – unter dem Groß-Seneschall der Normandie, Pierre de Brezé – weichen zurück, stieben auseinander und fassen die vorrückenden Burgunder von den Seiten her. Im Getümmel fällt der Groß-Seneschall, aber seine Taktik ist erfolgreich: Die Burgunder geraten ins Wanken, lösen sich in einzelne Gruppen auf, fliehen. In diesem Augenblick rückt der König mit dem Zentrum vor. Die burgundische Mitte, bereits durch die Flucht des linken Flügels in Mitleidenschaft gezogen, kann dem Ansturm nicht standhalten. Die siegreichen Franzosen stürmen auf den burgundischen Troß los. Vergebens versuchen die Hauptleute beider Seiten, ihre Scharen zusammenzuhalten. Nun muß die Entscheidung kommen. Der König galoppiert zum linken Flügel und befiehlt den Angriff. Die Lanzen des Grafen von Maine senken sich zur Attacke. Der Sieg ist zum Greifen nahe; Roualt muß nun jede Minute im Rücken der Burgunder erscheinen.

Da geschieht etwas Unerwartetes: Der rechte Flügel der Burgunder unter dem Grafen von Charolais hat sich gegen den Feind in Bewegung gesetzt, und die Truppen des Grafen von Maine machen kehrt und galoppieren in

Die Madonna des Kanzlers Rolin

Jan van Eyck (1390–1441); Louvre, Paris. Der Hofmaler Philipps des Guten gilt als einer der großen Bahnbrecher, die die Malerei aus der mittelalterlichen Tradition befreiten. Das Bild beeindruckt gleichermaßen durch seine leuchtenden Farben und durch die Liebe zum Detail.

Nicolas Rolin (1376–1461), der bedeutendste Staatsmann des burgundischen Zwischenreiches, war fast vierzig Jahre lang Kanzler. Der Friede von Arras 1435 war sein Werk.

Rolin und seine Gemahlin Guigone de Salins haben das Hospital von Beaune gestiftet, das wir heute in der gleichen Form wie vor einem halben Jahrtausend bewundern können.

Philipp der Gute und Isabella von Portugal (Innenseiten)

Flämische Schule des 15. Jahrhunderts, Gent, Museum der Schönen Künste.

Philipp der Gute, den wir hier im Alter von 34 Jahren sehen, war zweifellos der erfolgreichste der vier Burgunderherzöge aus dem Hause Valois. Der »Grand Duc« oder »Grand Lion«, wie man ihn nannte, muß eine imponierende Erscheinung gewesen sein. Ganz Europa schaute mit Bewunderung auf den burgundischen Hof, dessen glanzvolle Schau freilich auch auf die politische Wirkung hin angelegt war. Nachdem Burgund zu einem der bedeutendsten Machtfaktoren

Monsieur larcevesque
de Vienne pour sa-
tisfaire a la requeste
quil vous a pleu-
me faire de vous escrire et met-
tre par memoire ce que Jay
sceu et congneu des faictz du
Roy loys vnziesme a qui dieu
face pardon / nre maistre et
bienfaicteur / Et prince digne
de tresexcellente memoire / Je
lay faict le plus pres de la ve-
rite que Jay peu et sceu avoir
souvenance / Du temps de sa
Jeunesse ne scauroye parler
sinon par ce que ie luy en ay

geworden war und 1435 völlige Unabhängigkeit von Frankreichs Krone erlangt hatte, war es nicht verwunderlich, daß Philipp mit Kaiser Friedrich III. über die Verleihung der Königskrone verhandelte. Bauern und Bürger andererseits wußten den langen (relativen) Frieden zu schätzen, dessen sich Burgund unter Philipps Regierung erfreute. Isabella von Portugal, Philipps dritte Gemahlin, wird als kluge und gebildete Frau geschildert. Sie wurde die Mutter Karls des Kühnen und hatte auf den burgundischen Erbprinzen in seiner Jugend erheblichen Einfluß.

Übergabe einer Dichtung an Ludwig XI.

Farbige Buchmalerei aus den Memoiren des Philippe de Commynes. Schule von Rouen, Anfang des 16. Jahrhunderts.
Die »universelle Spinne« nannte man diesen großen Gegner Karls des Kühnen. Das Bild zeigt ihn im Glanz des Hofs; Victor Hugo hat uns dagegen den alten König gezeichnet, im schäbigen Rock, die fettige Pelzmütze mit beinernen Amuletten besetzt, abergläubisch und mit dem Himmel marktend wie ein Krämer.
Ludwig XI. hielt nicht viel von Krieg und Schlachtenglück. Er zog es vor, seine Politik mit Intrigen, Täuschungen und Bestechungen zu führen, und er hatte letztlich sogar Erfolg: ein »unsympathischer, aber tüchtiger Mehrer des Reichs« (Siebург).

wilder Flucht davon. Karl von Charolais jagt ihnen mit einigen hundert seiner Leute nach. Inzwischen gelingt es dem Bastard von Burgund, die versprengten Scharen zu sammeln. Der Angriff rollt vor. Langsam zieht sich der König bis zum Schloß von Monthléry zurück. In der Ebene herrscht in Hitze und Staub ein wildes Durcheinander.

Inzwischen ist es sieben Uhr abends geworden. Auf das Drängen eines kriegserfahrenen Hauptmanns kehrt Karl von Charolais um. Zu seinem Erstaunen flattert keineswegs die burgundische Flagge über dem Schlachtfeld, und das Schloß von Monthléry ist offenbar fest in den Händen der königlichen Truppen. In diesem Augenblick fällt eine Truppe der Königlichen das kleine Häuflein um Charolais an. Ein wildes Handgemenge entsteht. Karls Standartenträger wird niedergehauen, ein Schwert durchdringt das Halsstück von Karls Panzer, das Blut strömt, ein Franzose packt ihn und schreit: »Herr, ergebt Euch! Ich kenne Euch wohl! Laßt Euch nicht töten!« Charolais wehrt sich verzweifelt und wird im letzten Augenblick von den Seinen herausgehauen. Ein neuer Trupp von Burgundern rückt an, die Franzosen ziehen sich auf den Hügel von Monthléry zurück.

Langsam bricht die Sommernacht herein. Karl läßt seine Standarte auf dem Schlachtfeld aufstellen. Der Bastard von Burgund, dessen Fahne völlig zerrissen ist, und St. Pol sammeln, was an Truppen noch greifbar ist. Eine Wagenburg wird gebaut. Erschöpft, blutbedeckt und staubig – so stehen sich die Reste beider Armeen in der hereinbrechenden Nacht gegenüber. Nur noch einige Schüsse der Artillerie werden gewechselt.

Im Schutz der Dunkelheit läßt Ludwig seine Truppen ostwärts abziehen, nach Corbeil an der Seine. Die Schlacht ist zu Ende. Niemand hat sie gewonnen. Die Burgunder sind die Herren des Schlachtfeldes. Der König aber kann ungehindert nach Paris marschieren.

Am Nachmittag des 18. Juli reitet er in Paris ein. Die Pariser haben teilweise gute Beute von den fliehenden Burgundern gemacht. Einige hundert, von denen man sich kein Lösegeld erhoffen kann, werden ohne Umstände in Säcke genäht und in die Seine geworfen. Was noch an burgundischen Parteigängern in der Stadt ist, verhält sich mucksmäuschenstill.

Aber die Sache des Königs steht schlecht, es ist nicht zu leugnen. Die Desertionen häufen sich. Manchen Truppenteilen ist nicht mehr zu trauen. Ludwig reitet mit einer Streitmacht in die Normandie, um Verpflegung zu beschaffen. Inzwischen legt sich die Belagerung der Ligatruppen um

Paris. Aber die Stadt lehnt Verhandlungen ab. Am 28. August kehrt der König mit den restlichen Verstärkungen und – was die Pariser weit mehr freut – mit vielen Wagenladungen Mehl in die Stadt zurück. Die Tage vergehen mit Scharmützeln. Eines Tages trifft eine Kanonenkugel das Quartier des Grafen von Charolais und tötet einen Trompeter, der gerade das Essen auftragen will. Keine der beiden Seiten hat Lust, das Schlachtenglück von neuem zu versuchen. Als die Prinzen am 3. September Waffenstillstand und Verhandlungen anbieten, greift Ludwig bereitwillig zu. Es beginnen nun die wochenlangen Diskussionen, bei denen sich die ganze Meisterschaft des französischen Königs erweist.

Am 9. September kommt es zu einem Gespräch zwischen dem König und Charolais. Ludwig hat sich entschlossen, zunächst mit dem gefährlichsten seiner Gegner zu verhandeln. Commynes – damals noch im Gefolge des burgundischen Erbprinzen – hat uns das Gespräch aufgezeichnet, das uns Ludwig in der ganzen Kunst seiner Diplomatie vorstellt[52].

Der König läßt sich nur von einem halben Dutzend Knechte den Fluß hinaus rudern, wo auf der rechten Seite in vollem Staat Charolais und St. Pol stehen, umgeben von ihrem Gefolge. »Mein Bruder, gewährt Ihr mir sicheres Geleit?« ruft der König und Charolais antwortet: »Ich verspreche es.« Der König steigt an Land und sagt nach der Begrüßungszeremonie: »Mein Bruder, ich weiß, Ihr seid ein Edelmann vom Hause Frankreich.« »Wie das, Monseigneur?« fragt Charolais verwundert. »Weil Ihr, als ich vor einiger Zeit meine Gesandten nach Lille zu meinem Onkel, Eurem Vater, und zu Euch geschickt habe, und dieser Esel Morvilliers so gut zu Euch geredet hat, Ihr mir durch den Erzbischof von Narbonne eine Botschaft sandtet, daß ich vor Ablauf eines Jahres die Worte bereuen würde, die Morvilliers zu Euch sprach. Nun, Ihr habt Euer Versprechen gehalten, und das noch weit vor dem Ende eines Jahres.« Der König sagt das lachend, da er den Charakter seines Gesprächspartners kennt. »Es ist ohne Zweifel«, fügt Ludwig hinzu, »ein großes Vergnügen, mit Leuten zu verhandeln, die ihre Versprechen halten.«

Die Verhandlungen gehen gut, was die Forderungen des Burgunders betrifft: Rückgabe der Somme-Städte, dazu die Grafschaften Boulogne und Guines. Bei den anderen Forderungen gibt es Widerstand. Insbesondere will der König nicht seine schönste Provinz, die Normandie, seinem Bruder, dem Herzog von Berry, abtreten. Aber am 29. September kommt die Nachricht, daß Rouen den Rebellen die Tore geöffnet hat. Mit ihrer

Hauptstadt ist die Normandie für Ludwig verloren. Er beeilt sich, die politischen Konsequenzen zu ziehen. Noch am selben Tage hat er eine zweite Unterredung mit dem Grafen von Charolais. Charolais, knapp an Nahrungsmitteln für seine Truppen, ist bereit, das Angebotene anzunehmen. Ludwig, unerschöpflich in seinen Ideen, hat ein neues Projekt: Der zweiunddreißigjährige burgundische Erbprinz, seit kurzem verwitwet, soll die Tochter Anna des französischen Königs heiraten. Die beiden Gesprächspartner sind so vertieft in ihre Unterhaltung, daß sie – ohne es zu merken – eines der großen Befestigungswerke betreten, die von den königlichen Truppen errichtet worden sind. Die zurückgebliebenen burgundischen Adligen schwitzen vor Angst, der Graf von Charolais könne gefangen oder vielleicht sogar ermordet werden. Indessen geht alles gut, Charolais behält seine Ruhe und wird höflich in die eigenen Linien zurückgeleitet.

Der Friede wird einen Tag später, am 5. Oktober 1465, in Conflans und Ende Oktober noch einmal in St. Maur unterzeichnet. Die Forderungen der anderen Liga-Angehörigen werden großenteils erfüllt. Nicht alle sind zufrieden, aber sie müssen sich zufrieden geben, nachdem Ludwig mit Charolais abgeschlossen hat.

Noch eine Rechnung bleibt nach Abschluß der Verhandlungen offen: die der niederländischen Städte, die sich während des Krieges auf die Seite des Königs gestellt haben.

Besonders merkwürdig ist die Situation von Lüttich. Diese außerordentlich reiche Stadt hat ihre Autonomie aufrechterhalten können. Die Macht des Adels ist in der Stadt Lüttich gebrochen. Handwerker, Edelleute, Proletarier – alle sind für die öffentlichen Ämter wählbar. Das formale Oberhaupt ist der Bischof von Lüttich, dessen Rechte allerdings stark eingeschränkt sind. Er kann sich weder auf einen ortsansässigen Adel noch auf eine Armee stützen, es bleiben ihm nur die (allerdings nicht gering zu achtenden) religiösen Druckmittel.

Diese Enklave inmitten des burgundischen Gebietes können die Herzöge nicht vernachlässigen. Die Grundsätze der Politik gebieten, hier Machthaber einzusetzen, die die Karte von Burgund spielen. Philipp der Gute setzt seinen Neffen Louis de Bourbon auf den Bischofsstuhl. Mit scheelen Augen sehen die Lütticher, daß hier ein achtzehnjähriger Student, der noch nicht einmal die Weihen besitzt, zum Bischof ernannt wird. Der junge Mann stützt sich auf die burgundischen Lanzen. Er hat offenbar nicht die Absicht, es in Güte mit den Bürgern zu versuchen (was allerdings auch in Lüttich sehr schwierig gewesen wäre).

Im Rat der Stadt werden die Gemäßigten, die auf einen Ausgleich mit Herzog Philipp hinarbeiten, verdrängt. Die Unzufriedenen finden einen Kopf in Raes de Heers, einem verarmten Adligen, der eine bessere Räuberbande mit dem romantischen Namen »Genossen vom grünen Zelt« (weil man im Walde logiert) als Lütticher Armee aufstellt. Dieser Haufen kann es natürlich in keiner Weise mit den burgundischen Truppen aufnehmen, und Raes de Heers hält nach Verbündeten Ausschau. Es ist noch die Zeit vor Beginn des Ligakrieges. Selbstverständlich nimmt König Ludwig einen Bundesgenossen, der im Rücken seines Erzfeindes steht, mit offenen Armen auf. Während das Gros der burgundischen Truppen in Frankreich steht und bei Monthléry ficht, verwüsten die Banden von Raes de Heers Luxemburg und Brabant, wo sie zahllose Grausamkeiten verüben. Um so ernüchternder kommt die Nachricht vom Ende des Ligakrieges, vor allem als man in Lüttich erfährt, daß die Stadt keineswegs, wie ihr König Ludwig vorgegaukelt hat, in den Vertrag von Conflans einbezogen ist.

Die Lütticher senden eine Botschaft zum alten Herzog Philipp, um dessen Zorn zu besänftigen. Sie wird nicht einmal vorgelassen. Die Gesandten reisen weiter zum Grafen von Charolais, der sie wider Erwarten freundlich empfängt, sie zum Essen einlädt und eine Parade veranstaltet. Die vorbeimarschierenden Truppen, erklärt er, sind nur der Rest der Armee, die in Frankreich gekämpft hat. Die Gesandten verstehen: So ausgezeichnet aussehende Truppen, eine so zahlreiche Artillerie, das kann nur eines bedeuten: einen Frieden akzeptieren zu jedwelchen Bedingungen. Aber das Volk von Lüttich will nicht annehmen. Was man dem Chef der Gesandtschaft, Gilles de Metz, vor allem übelnimmt: daß man auf Gnade und Ungnade dem Herzog zehn Bürger überliefern soll. Man entschließt sich, eine neue Gesandtschaft an den Grafen von Charolais mit der Bitte um Milderung der Bedingungen zu senden. Karl will keinen Krieg haben. Er weiß besser als die Gesandten, in welchem Zustand seine Soldaten sind, daß sie nach Hause wollen. Und jetzt die Armee von neuem zu riskieren, um die Lütticher zu bestrafen? Es ist besser, einen prestigewahrenden Kompromiß zu suchen. Also verzichtet er auf die zehn Opfer, erhöht statt dessen die Schadensersatzforderungen, besteht aber darauf, daß die Repräsentanten von Lüttich an einem festgesetzten Tag entblößten Hauptes Abbitte zu leisten haben. Der Pakt enthält noch andere Bedingungen, die politisch wichtiger sind, nämlich das Verbot, irgendein Bündnis ohne Genehmigung des Herzogs einzugehen, den freien Durchzug für die burgundischen Armeen, die Anerkennung des burgundischen Herzogs als Protektor, das Verbot, Befestigungen an der Grenze beider Staaten zu errichten. Vor allem aber muß Lüttich mehrere hunderttausend Gulden bezahlen.

Das sind also die Bedingungen des »jämmerlichen Friedens«, wie ihn die Flamen nennen. Er wird am 26. Januar 1466 unterzeichnet. Eine einzige Stadt ist ausgenommen: Dinant. Nicht etwa, daß diese Stadt einen besonders aktiven Anteil am Krieg genommen hätte; etwas ganz anderes ist geschehen: Gegenüber Dinant liegt die kleine Stadt Bouvignes, ewig im Streit mit denen von Dinant. Eines Tages nun tragen die Dinanter vor den Toren von Bouvignes, das gut burgundisch ist, einen Galgen mit einer Gliederpuppe, die das Wappen des Hauses Burgund trägt und den Grafen von Charolais repräsentiert. Dazu wird gebrüllt, dies sei der Bastard des Bischofs Heinsberg.

Eine solche Beleidigung der frommen und keuschen Isabella von Portugal, der Mutter Karls, kann nur durch exemplarische Bestrafung gesühnt werden, und das ist der Grund, weshalb Dinant vom Frieden ausgeschlossen ist. Die Dinanter verschlimmern die Situation noch, indem sie sich an König Ludwig um Hilfe wenden. Der König aber ist anderweitig beschäftigt. Er denkt nicht daran, seinen Bundesgenossen von gestern zu helfen. Denen von Dinant bleibt nichts übrig, als sich direkt an den Grafen von Charolais zu wenden. Ihren Brief, voll von Entschuldigungen und untertänigen Beteuerungen, läßt Karl eine Zeitlang ohne Antwort. Dann gewährt er einen Waffenstillstand von acht Tagen, um die Friedensbedingungen auszuhandeln. Die Stadt soll alle bürgerlichen Freiheiten einbüßen und alle Vorrechte, deren sich die flandrischen Städte erfreuen und auf die sie großen Wert legen. Was bleibt anderes übrig, als anzunehmen? Aber in Dinant gibt es wie anderwärts auch eine Extremistengruppe, zusammengesetzt aus Abenteurern, politischen Agitatoren, demagogischen Maulaufreißern. Diese revolutionäre Partei ergreift die Macht und läßt jeden, der mit dem Grafen von Charolais verhandelt hat, als Verräter exekutieren. Kampf bis zum letzten Mann! Nun rücken die Burgunder heran. Der alte und schwerkranke Herzog Philipp übernimmt, auf einer Bahre getragen, selbst den offiziellen Oberbefehl über die Strafexpedition. Das tatsächliche Kommando führt sein Sohn.

Als die burgundischen Truppen in Sicht kommen, flüchten sich die Extremisten, die vorher Durchhalteparolen proklamierten, in die Wälder. Jetzt ist es zu spät, von neuem zu verhandeln. Die Stadt vertraut auf die Festigkeit ihrer Mauern und hofft immer noch, daß eine französische Armee auftauchen werde oder wenigstens die versprochenen Hilfstruppen von Lüttich. In dieser Hoffnung weisen die von Dinant unsinnigerweise die Aufforderung des Grafen Charolais zurück, sich ohne Kampf zu ergeben. Statt dessen brüllen sie Schmähreden von den Mauern herunter. Die burgundische Artillerie eröffnet das Feuer. Jetzt endlich werden die Städter nüchtern. Sie bitten um neue Verhandlungen. Antwort: Man solle sich auf Gnade und Ungnade ergeben, sonst werde die Bombardierung fortgesetzt. Noch zögert die Stadt. Aber als offenbar wird, daß die Burgunder den Sturm vorbereiten, übergeben die Einwohner die Schlüssel der Stadt. Dinant ist auf die Gnade der Burgunder angewiesen.

Als erster betritt der Bastard von Burgund mit seinen Truppen die Stadt. Die von Dinant müssen den Siegern Lebensmittel und Garnison stellen, aber es ist den Soldaten verboten, zu plündern und die Einwohner zu belästigen. Karl der Kühne ist in diesem Punkt meist sehr streng gewesen. Auch Edelleute sind mit dem Tode bestraft worden, wenn sie diese Regel verletzten. Diesmal aber wird es anders. Die Soldaten haben einen langen Feldzug hinter sich, sie wollen Beute, Verbot hin oder her. Während der Nacht beginnen einige bei den Bürgern zu plündern, bei denen sie einquartiert sind. Als am nächsten Tag der Graf von Charolais um die Mittagszeit seinen offiziellen Einzug in die Stadt hält, sind ihm die Dinge schon aus der Hand geglitten. Er ist nicht in der Lage, den Furor der Soldateska anzuhalten.

Nur die Soldaten, die sich gegen Frauen vergehen, werden aufgehängt. Die Stadt wird methodisch geplündert. Man schleppt alles weg, was nicht niet- und nagelfest ist. Selbst der Adel ist beteiligt. Diejenigen unter den Einwohnern, die sich am meisten kompromittiert haben, werden kurzerhand aufgehängt oder in den Fluß geworfen. Uns will das heute alles als ein Exzeß von Bestrafung nach einem gewiß taktlosen, unverschämten und ehrabschneidenden Unfug einer übermütig gewordenen Stadt erscheinen. Nach der Mentalität der Epoche wäre es ein politischer Fehler ersten Ranges gewesen, nach dem, was alles vorgefallen ist, die von Dinant samt und sonders zu begnadigen. Die flandrischen Städte, nur auf ein Zeichen der Schwäche wartend, würden sich erheben. Karl will keineswegs die Zerstörung von Dinant. Er will nur eine erhebliche Kontribution, um seinen Kriegsschatz aufzufüllen. Folgerichtig sollen alle Einwohner als Kriegsgefangene Lösegeld bezahlen, mit Ausnahme der Frauen, der Kinder und der Priester, die das Recht haben, die Stadt zu verlassen. Aber in der Nacht bricht ein Brand aus und greift, ehe man ihn löschen kann, auf die anderen Häuser über. Das Rathaus, wo die Munition für die Artillerie lagert, fängt Feuer und fliegt in die Luft. Die Flammen schlagen aus der Kirche Notre Dame. Die dort eingeschlossenen Gefangenen sind nicht mehr zu retten. Bald steht die ganze Stadt in Flammen. Am Nachmittag ist nichts mehr übrig von einer der reichsten Städte der Niederlande. »Ici fut Dinant« – »Hier stand Dinant«.

KARL DER KÜHNE TRITT DIE HERRSCHAFT AN

Im Jahre 1466 hat der alte Herzog Philipp, nun siebzig Jahre alt, seinen zweiten Schlaganfall. Im Juni 1467 erkrankt er von neuem und zwar diesmal so schwer, daß die Ärzte erkennen: Es geht zu Ende. Man sendet Eilboten nach Gent, um den Sohn zu holen. Karl reitet in gestrecktem Galopp ab, keiner seiner Knappen kann ihm folgen, er kommt allein in Brügge an, stürzt die Treppe hinauf, wirft sich vor seinem Vater auf die Knie und bittet in Tränen um seinen Segen und um Verzeihung seiner Fehler. Der alte Herzog ist nicht mehr in der Lage zu sprechen. Er kann nur noch eine Handbewegung machen. Karl bleibt am Bett des Sterbenden. Sechs Uhr abends – man schreibt den 15. Juni 1467 – ist es zu Ende. Der Grand Lion, der Große Herzog des Abendlandes, ist zu seinen Vätern versammelt.

Karl zeigt einen ungeheuren Schmerz. Gewiß, das fünfzehnte Jahrhundert schwelgt häufig in tränen- und gestenreichen intensiven Schmerzbezeugungen, die uns heute ungewöhnlich vorkommen. Aber den burgundischen Erbprinzen trifft der Abschied von dem Vater, mit dem er sich nach langjährigen Auseinandersetzungen wieder versöhnt und den er nicht nur respektiert, sondern auch geliebt hat, ins Innerste. Er ahnt nicht, daß er selbst keine zehn Jahre mehr zu leben hat.

Am nächsten Tag defiliert das Volk von Brügge vor der aufgebahrten Leiche[53]. Dann wird der Leichnam einbalsamiert und in einen mit schwarzem Samt ausgeschlagenen Sarg gelegt, der mit einem Kreuz aus weißem Damast versehen und mit brennenden Kerzen umstellt ist. Unaufhörlich liest man Messen für den Toten. Am sechsten Tag nach dem Tode wird der Leichnam in feierlichem Zug zur Kirche St. Donat überführt. Eintausendsechshundert Männer ganz in Schwarz, jeder eine Kerze in der Hand, eröffnen den Zug. Es folgen neunhundert Edelleute und Armbrustschützen, der Abt von Brügge, einundzwanzig Prälaten, eine Reihe von

Bischöfen. Danach erscheinen vier Wappenkönige, in Trauer und in Waffenröcken, dann der Marschall von Brabant. Vor dem Sarg schreitet der Oberste Stallmeister mit dem Schwert des Herzogs. Der Sarg wird durch Herren des Hofes getragen. Das Bahrtuch aus Goldstoff, von vier Lanzen gestützt, wird von den Mitgliedern der ersten Familien des Herzogtums gehalten. Eine Kompanie Bogenschützen marschiert neben dem Sarg. Dahinter kommen zwei Neffen des Herzogs, Jacques de Bourbon und Adolf von Cleve, dazu der Graf von Marle, der Herr von Royssy und Jacques de St. Pol. Es folgen die vier Bettelorden der Pfarrbezirke von Brügge.

Karl erwartet den Sarg in der Kapelle. St. Donat ist ausgeschlagen mit Damast und schwarzem Samt, der das Wappen des Herzogs und das Zeichen des Goldenen Vlieses trägt. Zwei Messen werden gelesen von einem Bischof aus der Schweiz und einem aus der Picardie; auch in dieser Regie wird die Spannweite des burgundischen Einflusses betont. Dann kommt der Augenblick, wo der Sarg mit der sterblichen Hülle des Grand Duc in die Gruft versenkt wird.

Karl, dreiunddreißig Jahre alt, ist »Herzog von Burgund, Brabant, Limburg und Luxemburg, Graf von Flandern, Artois, Burgund, Hennegau, Holland, Seeland und Namur, Markgraf des Heiligen Römischen Reiches, Herr von Friesland und Mecheln«.

Der junge Herzog hat umfangreiche Reformen vor. Zwar schätzt man die Hinterlassenschaft Philipps auf zwei Millionen Gulden, aber zum einen ist das nicht in Geld, sondern großenteils in Gold- und Silbergeschirr, in Büchereien und anderen Wertgegenständen angelegt, und zum anderen sagt die Zahl nichts über die Höhe der laufenden Einkünfte aus.

Man muß die Abgaben erhöhen. Nach Lage der Dinge kann das fast nur in den Niederlanden geschehen; das Herzogtum Burgund und die Freigrafschaft sind nicht wohlhabend genug. Eine strenge Rechnungskontrolle wird eingeführt; keine Abrechnung ist gültig ohne des Herzogs Siegel. Außerdem führt Karl etwas sehr modern Anmutendes durch, was anderwärts erst Jahrhunderte später exerziert wird: die Trennung seines persönlichen Vermögens und der persönlichen Einkünfte vom Staatsvermögen und den Staatseinkünften.

Schwierigkeiten bereitet die Gleichschaltung auf dem Gebiet der Justiz. Die burgundischen Gesetze sollen ohne Rücksicht auf lokales Herkommen und alte Gebräuche gelten. Das beeinträchtigt natürlich auch manche feudalen Rechte des Adels. Karl versucht den Adligen begreiflich zu machen, daß der Adel zwar ein göttliches Privileg, aber auch mit ganz besonderen Pflichten und der Bereitschaft zu uneigennützigem Handeln verbunden sei. Nicht alle wollen das begreifen. In einigen Fällen kommt es sogar zu Hinrichtungen.

Der burgundische Hof beginnt sehr bald den Umschwung im Regiment zu spüren. Die Zeit des freigebigen Herzogs Philipp ist passé. Eine ganze Anzahl von Müßiggängern und Faulenzern muß sich von ihren einträglichen Pfründen trennen. Das schafft natürlich Unzufriedenheit bei manchen Familien am Hof. Man amüsiert sich über die Arbeitswut des jungen Herzogs, die »eines Fürsten nicht würdig« sei. Aber Karl weiß, wie er die politische Lage zu beurteilen hat. Burgunds Gegner ist Frankreich, und dieses Frankreich ist nicht mehr das von langen Feldzügen gegen England erschöpfte und ausgeblutete Land. Es ist wiedererstarkt und es steht unter der Führung eines Königs, der zielstrebig und ohne Skrupel seine politischen Ziele verfolgt. Über Ludwig XI. macht sich Karl von Burgund keine Illusionen.

Der Beginn der Regierungszeit des jungen Herzogs verläuft nicht gerade glücklich. Die Beerdigungszeremonien sind eben zu Ende, als eine Deputation der Stadt Gent nach Brügge kommt, um zugleich mit den Beileidsbezeugungen die Bitte zu überbringen, den ersten feierlichen Besuch in Gent zu machen. Karl weiß sehr wohl, daß diese Stadt niemals die Niederlage bei Gavere vergessen hat.

Die Delegation versucht ihn zu beruhigen: Ist nicht der junge Graf von Charolais immer in der Stadt gut aufgenommen worden? Am 28. Juni hält Karl, begleitet von seiner Tochter Marie und einer bewußt klein gehaltenen Begleitung, seinen Einzug in Gent. Die Stadt ist großartig dekoriert. Karl hält in der Abtei von St. Peter seine erste Rede als Graf von Flandern. Das stolze, das gefürchtete Gent erweist seinem Herrn allen Respekt. Aber am Abend wird plötzlich Alarm gegeben, man hört Lärm und Geschrei von einer Menschenmenge[54]. Was ist geschehen? Nun, der 28. Juni ist der Feiertag des Heiligen Liévin, und man pflegt den Schrein des Heiligen in feierlicher Prozession herumzuführen. Merkwürdig nur, daß im Prozessionszug plötzlich die alten Banner von Gavere auftauchen, der Schlacht, in der Philipp die Genter vor vierzehn Jahren besiegt hat. Merkwürdig, daß die Frommen im Zug mit Stöcken und Eisenstangen bewaffnet sind.

Am merkwürdigsten aber der Eigensinn des Heiligen, der offenbar diesmal durch das Häuschen durch will, in dem die Einnehmer einer besonders verhaßten Steuer, der Cueillotte, ihren Sitz haben. Der Heilige soll seinen Willen haben, also demoliert die Menge das Finanzamt mit lautem Geschrei und langen Brecheisen. Durch die engen Gassen wälzt sich die Masse dem Platz des Großen Freitagsmarktes zu. Fackeln beleuchten die Szenerie, Banner werden geschwenkt, in der Anonymität des Halbdunkels ertönen Rufe: »Schlagt tot, schlagt tot!«

Der junge Herzog hat ein paar Ritter seiner Begleitung, insbesondere den Seigneur de Gruuthuse, um sich gesammelt und ist ebenfalls zum Freitagsmarkt geritten [55]. Die Menge nimmt eine drohende Haltung ein. Karl, nervös geworden, versetzt einem Mann einen Schlag mit seinem Stock. Gruuthuse hält den Herzog am Arm: »Wo denkt Ihr, daß Ihr seid? Seht Ihr nicht, daß Euer Leben und das unsrige an einem Seidenfaden hängt?« Es gelingt schließlich, zum Rathaus durchzudringen. Vom Balkon aus redet der Herzog die Menge auf flämisch an: »Meine Kinder, Gott segne und beschütze Euch. Ich bitte Euch, bewahrt Ruhe und verhaltet Euch anständig. Alles, was ich für Euch tun kann, bei meiner Ehre, werde ich auch tun.« Die Volksmenge, als sie flämisch hört, ruft Beifall. Aber plötzlich steigt aus der Masse ein Mann auf ein Mauerstück, schlägt mit einem Eisenhandschuh auf den Stein, um Ruhe zu erheischen, und nimmt direkt unter dem Herzog das Wort: »Seid Ihr gekommen, um die Schuldigen zu bestrafen?« »Ja«, schreit die Menge. »Wollt Ihr die Abschaffung der Cueillotte?« »Ja.« »Wollt Ihr Eure Gerichtshoheit wiederbekommen? Eure vermauerten Tore? Eure Banner?« »Ja, ja.« Auf jede Frage begeisterte Zustimmung. In wenigen Sekunden hat sich die Situation geändert. Gruuthuse bittet den Unbekannten, zum Balkon heraufzukommen. Darauf verschwindet der Agitator wieder in der dichten Menge.

Die Situation ist prekär. Die Menge zerstreut sich nicht. Es gelingt dem Herzog mit seinem Gefolge, wieder seine Residenz zu erreichen. Die Gefahr scheint vorüber, aber ist sie es wirklich? Immer noch ziehen aufgeregte Volksmassen durch die nächtlichen Gassen. Der Herzog wacht mit seinem bewaffneten Gefolge die ganze Nacht, und seine kleine Tochter, zehn Jahre alt, mit ihm. Was ist zu tun? Karl könnte sicher die Stadt verlassen; aber dann hätten die Genter seine Tochter als Geisel und die mitgeführte Staatskasse des Herzogs dazu. Die erste Begegnung mit dem flandrischen Volk wird zu einer Niederlage. Die verhaßte Steuer wird abgeschafft, die Öffnung dreier Tore zugestanden, die nach Gavere zugemauert werden mußten, die Zünfte dürfen ihre Banner wieder führen.

Die minutiös vorbereitete Revolte in Gent ist nicht allein auf den Gegensatz zwischen dem feudalen Herrschaftsanspruch der Herzöge (als Grafen von Flandern) und dem Selbstbewußtsein der eifersüchtig ihren Vorteil wahrenden Stadtbürger zurückzuführen. Wir spüren hier deutlich das Wirken der »universellen Spinne«, wie man Ludwig XI. von Frankreich nennt. Französisches Geld und französische Hilfsversprechen sind allenthalben am Werk und nirgends erfolgreicher als in Stadt und Bistum Lüttich.

Dort hat inzwischen Raes de Heers wieder die Macht an sich gerissen. Seine politischen Gegner werden ersäuft oder geköpft. Das Städtchen Huy an der Maas, wohin sich der Fürstbischof Louis de Bourbon geflüchtet hat, wird belagert. Auf burgundischem Gebiet wird ein früherer Bürgermeister von Dinant, Jean Capentier, der sich nichts weiter hat zuschulden kommen lassen als Verhandlungen mit den Burgundern, ergriffen und ohne Federlesen ermordet.

Burgund benötigt wahrhaftig keinen Vorwand zur Intervention. Die Kriegsmaschinerie setzt sich in Bewegung. Am 27. Oktober schlägt Karl der Kühne die zwanzigtausend Mann starken Lütticher mit geringen eigenen Verbänden bei Brustem unweit der zu Lüttich gehörenden Stadt St. Trond. »Niemals hat der Herzog soviel Klugheit und militärische Erfahrung bewiesen wie an diesem Tag[56].«

Am 11. November erscheint die burgundische Armee vor Lüttich. Bei Nacht und Nebel flieht Raes de Heers mit seinen Parteigängern aus der Stadt. Dreihundertundvierzig Bürger, im Hemd, auf den Knien, barfuß und barhäuptig, übergeben dem Herzog die Schlüssel der Stadt und bitten um Gnade. Tore und Mauern werden eingerissen. In der Mitte seiner Armee reitet Herzog Karl mit gezogenem Schwert in die Stadt ein. Überall sieht man das Zeichen der Burgunder, das Andreaskreuz.

Naturgemäß sind die Friedensbedingungen schwerer als beim letzten Mal. Lüttich verliert all seine Freiheiten, all seine Prärogativen, all seine Privilegien, es wird burgundisches Protektorat. Die Zünfte werden aufgelöst, die Stadtverwaltung beseitigt. Die Befestigungen werden zerstört, um künftige Revolten zu vermeiden. Der Bischof nimmt sein Amt wieder auf, hinter sich weiß er den Herzog von Burgund. Die Lütticher werden seine Untertanen. Das Symbol der Lütticher Freiheit, der Perron, wird vom

Marktplatz entfernt und in Brügge aufgestellt[57].

Es gibt keinen Gewaltakt gegen die Bevölkerung, keine Plünderung. Ein burgundischer Armbrustschütze, den man beim Hammelstehlen erwischt, wird sofort aufgehängt. Im Vergleich zu Dinant hat Lüttich noch ein günstiges Schicksal.

Der französische König hat keinen Finger für seine Lütticher Freunde krumm gemacht. Für Karl den Kühnen aber bedeutet Lüttich weit mehr als eine erfolgreiche Strafexpedition. Sein politisches Prestige ist gestiegen. Er ist in Europa nun unangefochten der Nachfolger des Grand Lion, ein Stern erster Ordnung.

Was für ein Mensch ist Karl, der vierte und letzte Herzog von Burgund aus der Familie Valois, der den Staat zum Höhepunkt seiner Macht und seines Glanzes führen und – Schuld oder Schicksal – in den Strudel des Abgrunds reißen wird? Wie sieht er aus, wie denkt er, wie wirkt er auf seine Mitmenschen?

Wir kennen etwa zehn Portraits von ihm. Sie sind alle anonymer Herkunft bis auf zwei, die man dem niederländischen Meister Rogier van der Weyden zuschreibt. In den preußischen Gemäldesammlungen in Berlin-Dahlem hängt eines der van der Weyden zugeschriebenen Bilder (s. Abb. bei S. 64). Es zeigt einen jungen Mann von siebenundzwanzig Jahren, gutaussehend, mit dem nach burgundischer Mode kurzgeschnittenen dunklen Haar, einem sympathischen, vielleicht etwas weichem Gesicht und ein wenig verträumten Augen. Um den Hals trägt er die Kette vom Goldenen Vlies, die linke Hand ruht am Schwertgriff.

Das Musée Calvet in Avignon hat ein anonymes Gemälde, das die Sachverständigen in das erste Viertel des 16. Jahrhunderts verweisen, obwohl es die Schrift trägt »Carolus, Dux, Burgu, 1474«. Das Bild zeigt den Herzog in schwerer, grünlich schimmernder Feldrüstung; die gepanzerte Faust hält das gezogene Schwert über der linken Schulter (es sieht fast aus, als sei er Linkshänder gewesen). Das Gesicht hat sich bei dem Vierzigjährigen gegenüber der Jugendzeit unvorteilhaft verändert, es scheint breiter, ein wenig schwammig. Die Augen erscheinen flackernd, voll Ungeduld, voll verhaltener Leidenschaft, aber vielleicht ist dieser Eindruck nur aufgebaut auf dem vorweggenommenen Urteil dessen, der die Lebensgeschichte Karls kennt. Man sollte vorsichtig sein bei diesem posthum entstandenen, im günstigen Fall auf einer früheren Vorlage fußenden Porträt.

Karl der Kühne ist nicht so groß wie sein Vater Philipp, eher etwas untersetzt, aber doch gut proportioniert. Er wird als stark und muskulös mit breiten Schultern beschrieben. Eine oberflächliche Familienähnlichkeit mit dem Vater ist nicht zu verkennen, vor allem wenn man sich eine Federzeichnung aus dem Recueil d'Arras ansieht[58]. Der bräunliche Teint und das schwarze Haar weisen auf das Erbe der Mutter. Immer wieder heben die Beschreibungen Karls Augen hervor, die starken Eindruck gemacht haben müssen. Sie werden als »lebhaft und wechselnd im Ausdruck« beschrieben: Bald seien sie »engelhaft hell«, bald »metallisch hart«.

Karl von Burgund ist ohne jeden Zweifel durch Erziehung und Veranlagung ein hochgebildeter Mensch. Er liest über Alexander, über Cäsar, über Hannibal: Hier mag er Vorbilder gesehen haben. Die Werke der griechischen und lateinischen Geschichtsschreiber und Philosophen läßt er übersetzen. Hier hat sich offenbar der Einfluß seines Lehrers Haneron durchgesetzt. Was nach einem halben Jahrtausend noch an Büchern – tausenden von ihnen! – übriggeblieben ist, setzt uns heute in Erstaunen.

Ebenso sehr gilt sein Interesse der Musik. Er spielt Harfe. Er komponiert selbst; man sagt, daß er den Kontrapunkt weiterentwickelt habe. Jedenfalls gilt die von ihm maßgebend geförderte burgundische Hofkapelle als die beste Europas. Seine Sprachkenntnisse sind erstaunlich. Neben dem Französischen als seiner Muttersprache beherrscht er das Flämische, er spricht mit seinem englischen Schwager englisch, lernt Latein und kann genug italienisch, um den Nuntius in dieser Sprache zu begrüßen[59].

Karl hat nicht das leichtere Naturell seines Vaters, aber das bedeutet nicht, daß er Spielen abgeneigt ist. Er ist ein guter Schachspieler, er liebt das Stabspiel, das Bogenschießen, er macht auch einmal ein Glücksspiel mit, er geht auf die Jagd, wenn sich Zeit und Gelegenheit bieten. Aber – und das erregt die Verwunderung seiner Zeitgenossen – er spielt nicht mit Frauen. Immer wieder wird hervorgehoben, daß er seiner zweiten Frau – die erste Heirat war ja eine Kinderheirat – Isabella von Bourbon in zärtlicher Liebe zugetan war.

Die Überlieferung hat das Bild von Karl dem Kühnen mehr und mehr als das eines wilden Kriegsmannes gezeichnet. War er ein begabter Feldherr? Nein. Er hat Feldzüge und Schlachten gewonnen, aber er hat in den letzten Kriegen entscheidende Fehler begangen. Seine Stärke lag woanders: Er war ein tüchtiger Verwaltungsmann, ein begabter Organisator. »Er arbeitete zu viel und mehr, als für einen solchen Fürsten gut war«, kritisiert ein Chronist. Zusammen mit seinen hohen Beamten hat er unermüdlich an der Organisation des burgundischen Staates gearbeitet, an der Vereinheitlichung von Recht und Gesetz, an der Förderung der Wirtschaft durch Messen und Außenhandel, und auf diesem Gebiet des Organisierens hat er auch Gutes für die burgundische Armee geleistet: Er hat sie reorganisiert, aus den veralteten Formen des Feudalismus gelöst, eine moderne Artillerie aufgebaut.

Der Politiker Karl wird von den kritischen Historikern gern an seinem schließlichen Mißerfolg beurteilt. Es ist kein Zweifel, daß sein großer Gegenspieler Ludwig XI., die »universelle Spinne«, ihm am Schluß des Ringens überlegen blieb mit einer klugen, geduldigen, abwartenden Politik, die bis zu Hinterlist und Selbsterniedrigung, bis zu Täuschungen und Bestechung kein Mittel scheute, das zum Erfolg führen konnte. Was aber den Politiker Karl von Burgund hochmodern erscheinen läßt: Er wußte um die Wichtigkeit dessen, was wir heute mit Image bezeichnen. Das Ansehen des Staates und seines Fürsten – beides war ja eins –, die »Haulteur«, geht ihm über alles, und es ist primitiv, diese Haltung auf stolzen Übermut zurückzuführen. Er weiß genau, daß er seine Ziele ohne Bundesgenossen nicht erreichen kann und daß die Bundesgenossen nur so lange zu ihm halten, als sein Ansehen, das Ansehen von Burgund, groß genug ist, um sie bei der Stange zu halten.

Das Bild des Menschen Karl von Burgund wäre aber nicht vollständig, wollte man das Geheimnis der Zwiespältigkeit dieser faszinierenden Figur des ausgehenden Mittelalters übergehen. Man schreibt die immer wieder durchbrechende Verdüsterung seines Charakters, die Depressionen, die latente »Tristesse« inbesondere, dem Erbteil seiner portugiesischen Mutter zu. Und wirklich besteht eine eigentümliche Parallele zwischen den »Fados«, den traurigen Volksliedern, die man heute noch in den kleinen Schenken hören kann, in denen die portugiesischen Fischer sitzen, und der Erkenntnis von Vergänglichkeit und Auflösung, die tief im Charakter des Herzogs steckt. Diese Erkenntnis und die Leidenschaft, die Ungeduld, die auch ein Erbteil sind, sind ihm nur zu bewußt. Zeit seines Lebens muß er ein Übermaß an Selbstbeherrschung aufgebracht haben, bis in die Einzelheiten: Er trinkt beim Essen nur verdünnten Wein. »Von unruhigem Herzen« – »Animo inquieto« wird ihn später Lorenzo de'Medici zu charakterisieren versuchen.

Man weiß von ihm, daß er die Struktur der eigentümlichen und eigensüchtigen flämischen Städte nie recht begriffen hat und sie oft hart anfuhr: »Ihr Flamen mit euren harten Köpfen« (Middelbourg, 25. Mai 1470). Es ist aber kaum bekannt, daß er Ende 1470 in einer Ansprache an die Stände von Flandern sagte:

»Wir glauben nicht, daß wir jemand etwas getan haben, das dazu führen könnte, daß wir die Liebe und die Treue unseres Volkes verlieren. Wenn aber Gott trotzdem zur Strafe unserer Sünden entscheidet, daß es so kommt, so unterwerfen wir uns seinem heiligen Willen. Es ist daher nicht nötig, daß unser Volk uns bedroht und sich gegen uns erhebt. Obwohl der Himmel uns die Mittel gegeben hat, ihre gesetzwidrigen Anschläge zu unterdrücken, werden wir es gar nicht so weit kommen lassen, daß sie das Verbrechen des Ungehorsams und der Rebellion begehen. An dem Tag, an dem man uns Gesandte schicken wird, um uns zu erklären, daß unsere Regierung ihnen nicht mehr konveniert, und um uns aufzufordern, Macht und Herrschaft abzugeben, werden wir diesen Forderungen entsprechen [60].«

Der ständige Kampf des Intellekts gegen die Natur muß ihn ungeheure Kraft gekostet haben. Dieser Kampf hat ihn wohl verzehrt, und so finden wir am Ende seines vierundvierzigjährigen Lebens angesichts der drohenden Katastrophe eine eigentümliche letzte Erstarrung seines Wesens: »Lieber den Tod ...«

EIN KÖNIG SITZT IN DER FALLE

Isabella von Bourbon, der Karl der Kühne so unerschütterlich die Treue gehalten hat, ist mit erst achtundzwanzig Jahren im September 1465 in einer unbekannten Abtei, man weiß nicht an welcher Krankheit, gestorben.

Karls dritte Ehe entspricht politischem Kalkül. Von seiner Mutter her ist er mit den Lancaster verwandt. Das bedeutet aber keineswegs, daß er in den mörderischen englischen Rosenkriegen die Lancaster-Partei ergreift. Lange Verhandlungen werden mit England geführt, vor allem von Anton, dem Grand Bâtard und älteren Halbbruder Karls des Kühnen. Trotz aller Intrigen Ludwigs XI., der natürlich die englische Heirat fürchtet, kommt der Heiratskontrakt zustande: Der Herzog von Burgund heiratet Margarete von York, die Schwester des englischen Königs. Man sagt, sie sei eine der schönsten und klügsten Prinzessinnen des damaligen Europa gewesen. Panigarola, der mailändische Botschafter, weiß freilich Klatsch zu berichten, wonach Margaretes Reputation nicht ganz intakt sei. Aber jeder wird sich hüten, über so etwas laut zu reden [61].

Die Hochzeit bietet Anlaß zur Entfaltung aller Pracht, deren Burgund fähig ist. Margarete kommt am Abend des 25. Juni 1468 in Flandern an. Die Herzoginwitwe Isabella und ihre Enkelin Maria nehmen sie in Empfang. Vor allem mit Maria, ihrer künftigen Stieftochter, versteht sich Margarete vom ersten Augenblick an glänzend. Beide Frauen sind nur elf Jahre im Alter auseinander. Sie werden in späteren Jahren ihre Freundschaft noch bitter nötig haben. Am 2. Juli gleitet auf dem Zwijn-Kanal ein Schiff der Stadt Damme zu. Auf einem goldenen Stuhl an Deck, über sich einen scharlachroten Baldachin, umgeben von Damen des burgundischen Adels, hört die englische Prinzessin den Liedern von Minnesängern und dem Spiel der Fiedeln zu. Auf den Uferböschungen begleitet eine Kavalkade von Rittern in schimmernden Rüstungen mit flatternden Fahnen das Schiff.

In Damme segnet anderntags der Bischof von Salisbury die Ehe des herzoglichen Paares ein. Der Herzog reist dann nach Brügge ab, um dort seine neue Gemahlin zu empfangen. Olivier de la Marche, der Regisseur der ganzen Festlichkeiten, hat die Details auf vielen Seiten seiner Mémoires geschildert [62]. Man kann sicher sein, daß die von Brügge noch ihren Kindern und Kindeskindern von den Wundern dieser Tage erzählen.

Die junge zweiundzwanzigjährige Herzogin erscheint in einem ziemlich dekolletierten weiß-goldenen Hochzeitskleid, die Krone auf den aufgelösten Haaren, um den Hals ein kostbares Kollier, umgeben von den Damen ihres Gefolges, teils auf schneeweißen Zeltern, teils auf Wagen mit den Wappen von England und Burgund. Am Tor Sainte-Croix von Brügge formiert sich der Festzug. Den Anfang machen Bischöfe, Prälaten und Äbte mit Kruzifixen und Reliquiaren. Es folgt der Bailli von Brügge mit weiteren Amtspersonen, alle mit den Insignien ihres Amtes, die unteren Dienstgrade des Hofes in schwarzer und violetter Livrée; die hohen Beamten in langen Mänteln von schwarzem Samt und Umhängen aus karmesinrotem Satin.

Die Sänfte der Herzogin wird begleitet von hohen Adligen und zwanzig Bogenschützen zu Fuß. Dahinter folgen das gesamte Ordenskapitel vom Goldenen Vlies, englische Ritter und wieder Bogenschützen. Die ausländischen Botschafter werden begleitet vom Kanzler von Burgund, Pierre de Goux. Dann kommen die Bischöfe von Salisbury, Metz, Verdun, Cambrai, Utrecht und Tournai.

Den Schluß des Zuges bilden die sogenannten Nationen der ausländischen Kaufleute in Brügge, jede Gruppe prächtiger als die andere und jeweils mit Dutzenden von Pagen und Fackelträgern voraus. Die Venezianer in Karmesinrot; die Florentiner in Weiß und Karmesinrot; vierunddreißig Spanier in Violett und schließlich einhundertundsechs hanseatische Kaufleute in Violett mit grau und weiß abgesetzt.

Und um diesen Festzug muß man sich das farbenfroh gekleidete Volk von Brügge vorstellen, die mit wertvollen Tapisserien behängten Häuser der reichen Handelsstadt. Hier und dort stehen Triumphbogen. Wenn Margarete darunter durchfährt, flattern weiße Tauben auf, die sich dann am Rande der Sänfte niederlassen. Glocken läuten, Fanfaren schmettern. Marias Zwergin, Madame de Beaugrant, ist als Hirtin verkleidet und reitet auf einem vergoldeten Löwen, der gelegentlich das Maul aufreißt und ein Lied zu Ehren der jungen Herzogin singt.

Lebende Bilder an den Straßenkreuzungen zeigen Szenen aus der Bibel und der Weltgeschichte: Adam und Eva, Cleopatras Hochzeit, das Hohe Lied Salomos, die Königin von Saba. St. Georg und St. Andreas tragen den Wahlspruch des Herzogs »Je l'ay emprins« – »Ich hab's gewagt« (eine Parallele zeigt sich bei Ulrich von Hutten und dem Württemberger Eberhard im Bart).

Auf einem großen Platz ist eine Halle für das Festbankett errichtet, behängt mit Wollstoffbahnen in Weiß und Blau, geschmückt mit acht Wandteppichen, die die Geschichte von Gideon erzählen. An beiden Enden der Halle Emporen, die eine für die Damen, die andere für die Trompeter. Zwei lange Tische sind im Saal aufgebaut, quer davor und erhöht die Ehrentafel, über ihr ein großer Baldachin mit golddurchwirktem Tuch.

Was die meiste Bewunderung erregt und gleichzeitig den fast kindlichen Hang der Zeit zu hübschen mechanischen Konstruktionen zeigt, sind zwei riesenhafte Kronleuchter an beiden Enden des Saales. Sie zeigen Burgen, auf der Spitze Felsen und Berge, voll von Bäumen, Blättern und Blüten, wo Menschen und Tiere promenieren und wo gräßliche feuerspeiende Drachen auftauchen. Die Leuchter drehen sich um sich selber und lassen jeweils sieben Spiegel schimmern, die den Boden bilden. Ab und zu flattert eine Handvoll von Rosenblättern heraus. Mangels Motor wird der ganze Mechanismus von einem Mann betätigt, der verborgen innen drin sitzt.

Auf einer hohen Anrichte werden, ähnlich wie später in Trier, die Reichtümer des burgundischen Hofschatzes zur Schau gestellt: Kleine und große Edelsteine, Werke der niederländischen Goldschmiedekunst.

Margarete von York nimmt an der Ehrentafel Platz. Sie wird begleitet von der Herzogin-Witwe, die jetzt den Titel »Madame la Grande« führt, von der Erbprinzessin Maria, der Herzogin von Norfolk und Mademoiselle d'Argueil. Auf das Kommando eines Herolds öffnen sich die Türen und die Chevaliers – alles hohe und höchste Herren des burgundischen Hofes – marschieren mit den Fleischplatten herein, vor ihnen die Trompeter. Nach dem Bankett rollt eine ganze Schau von Waffenspielen und anderen Darbietungen, auch mit Zwergen und Zwerginnen, ab.

Aber all das festliche Gepränge kann nicht darüber hinwegtäuschen, daß sich in diesen Wochen schon wieder dunkle Wolken am außenpolitischen Horizont zusammenballen. Der französische König hat den Waffenstillstand mit Burgund und Bretagne zunächst bis zum 15. Juli 1468 verlängert. Angesichts der undurchsichtigen Verhältnisse in dem von den

Rosenkriegen erschütterten England neigt Burgund einer weiteren Verlängerung zu. Herzog Franz II. von Bretagne und sein Schützling Charles de France, der Bruder (und präsumtive Nachfolger) des Königs, glauben eine Verlängerung nicht nötig zu haben. Aber sie verrechnen sich. Blitzschnell schlägt die französische Armee zu. Ehe Burgund noch seine schwerfälligen Truppen in Marsch gesetzt hat, ist der bretonische Herzog schon zum Vertrag von Ancenis gezwungen. Am 10. September entsagt Franz seinem Bund mit England und Burgund und verpflichtet sich, Charles de France mit seinem königlichen Bruder zu versöhnen. Die für Frankreich so gefährliche Allianz ist zerbrochen.

Hat sich nun das Gleichgewicht der Kräfte verschoben? Der Burgunderherzog tobt, als ihm der Vertrag von Ancenis bekannt wird. Aber Ludwig XI. strebt Verhandlungen mit Burgund an. Gegen die Meinung einer klaren Mehrheit am Hofe verfolgt er sein Ziel. Es ist offenbar: Der König traut sich zu, in persönlichem Gespräch mit seinem Gegner das zu erreichen, was ihm vorschwebt. Kardinal Balue und der Connétable von St. Pol verhandeln; am 8. Oktober schreibt der Herzog von Burgund eigenhändig den Geleitbrief für den König aus und unterzeichnet »Euer untertäniger und gehorsamer Diener Charles«.

Der König bricht auf, kaum daß er die Nachricht erhalten hat. In schlichtem Jagdgewand, von einem kleinen unbewaffneten Gefolge begleitet, reitet er zu seinem mächtigsten Feind nach Péronne. Das Schloß ist alt und zerfallen. Der Herzog weist seinem Lehensherrn Quartier in dem hübschen Haus des Steuereinnehmers an.

Lachend und scherzend kommt Ludwig an, aber das Lachen gefriert, als er von seinem Zimmer aus dem Fenster sieht und eine Gruppe von Männern auf der Straße erkennt, die ihm sehr wohl bekannt sind: Philipp von Bresse aus dem savoyischen Herzoghaus, den er völkerrechtswidrig jahrelang hat einkerkern lassen; Antoine du Lau, der vor Monaten aus dem Gefängnis des Königs entwichen ist; Poncet de Rivière, der ehemalige Seneschall von Guyenne, den er unter dem Verdacht, in Verhandlungen mit Burgund zu stehen, in einem seiner berüchtigten eisernen Käfige hat einsperren lassen. Der Anblick ist ein böses Omen, und der abergläubische Ludwig hat sein Leben lang an Vorzeichen geglaubt. Er läßt den Herzog bitten, ihn ins Schloß umzuquartieren, obwohl er weiß, was es mit dem alten Turm dort auf sich hat: Vor Zeiten lag dort ein französischer König, Karl der Einfältige, bis zu seinem Tode gefangen.

Die Verhandlungen beginnen, sie ziehen sich hin. Wenn der König erwartet hat, sein Charme, seine überlegene Verhandlungstaktik würden ihm einen raschen Erfolg bringen, so sieht er sich getäuscht. Bis zum 12. Oktober sind erst langsame Fortschritte erzielt. Der Herzog besteht auf dem Bündnis mit England. Des Königs Bruder soll, nachdem er auf die Normandie verzichtet hat, die Champagne als Apanage erhalten, also ein Gebiet, das an Burgund grenzt. Ein Kompromiß scheint trotz aller Schwierigkeiten in Sicht, da tritt eine dramatische Wendung ein.

Reitende Boten treffen mit alarmierenden Nachrichten aus dem Lütticher Gebiet ein. Sie berichten, die Lütticher hätten sich wieder erhoben, sie hätten unter dem Ruf »Vive le Roi« Tongern angegriffen, den Bischof von Lüttich und den burgundischen Gouverneur Humbercourt massakriert. Unter den Lüttichern hat man etliche Agenten des Königs erkannt. Péronne gleicht einem aufgestörten Ameisenhaufen. Unter dem Vorwand, eine Schatulle mit Juwelen sei verlorengegangen, werden die Stadttore geschlossen. Die Wachen um das alte Schloß werden verstärkt.

Der König sitzt in der Falle, und er weiß es. Er kennt das Temperament seines Gegners zur Genüge, um sich nichts vorzumachen. Jetzt kommt es auf Informationen, auf Fürsprecher an. Kardinal Balue erhält Auftrag, einige tausend Gulden an Personen zu verteilen, von denen man Vermittlung und Information erhofft. Eine eilige Botschaft wird an den Herzog gesandt: Der König sei entrüstet über die Handlungsweise der Lütticher und bereit, die Burgunder auf einer Strafexpedition gegen die aufrührerische Stadt zu begleiten. Über die wahren Hintergründe der Ereignisse von Péronne wird bis heute gestritten. Commynes meint, der König habe die nach Lüttich gesandten Aufwiegler vergessen, aber er macht es sich entweder zu einfach oder er verschweigt uns etwas, was er genau weiß. Plausibel erscheint, daß für Ludwig ganz einfach der Lütticher Aufstand genau zur Unzeit losbrach und daß er diesem Punkt nicht genug Sorgfalt zugemessen hatte. Er wußte natürlich, daß die Tätigkeit französischer Agenten nicht unbekannt bleiben würde und daß sie eine Verletzung der Verträge von Conflans und St. Maur bedeutete.

Manche Historiker vertreten die Auffassung, Karl der Kühne habe sehr wohl um die Wühlarbeit der französischen Agenten gewußt, und seine ganzen Reaktionen in Péronne seien mehr oder weniger Schauspielerei gewesen. Davon mag ein wenig wahr sein, aber man darf das Temperament des Burgunderherzogs nicht vergessen. Kühle Analyse aus der Distanz von Jahrhunderten gerät in Gefahr, die knisternde Spannung, das Geraune von tödlichen Gefahren im verfallenen Schloß von Péronne zu vergessen.

Der Herzog ist überzeugt, der König habe ihn bewußt hintergangen. Was soll man tun? Die Meinung im Rat ist geteilt. Die einen sind schlicht dafür, man solle den König gefangennehmen und umbringen. Andere vertreten die Auffassung, man solle Charles de France herbeischaffen und Ludwig von jetzt an in Gefangenschaft halten. Die Mehrheit spricht sich aber dafür aus, es sei unehrenhaft, den gegebenen Geleitbrief zu brechen, und drängt darauf, den jetzt konzipierten vorteilhaften Vertrag so rasch wie möglich abzuschließen. Dieser Meinung stimmt Karl der Kühne zu: Er wird seinen Ehrenkodex einhalten. Daß die Lütticher noch einmal einen Aufstand versuchen würden, kommt ihm nicht ganz überraschend, und in der Zwischenzeit ist Nachricht eingetroffen, daß der Bischof und Humbercourt leben und unversehrt sind.

Als der König erfährt, seinem Leben drohe keine unmittelbare Gefahr, begeht er einen neuen Fehler. Er versucht, sein voreiliges Versprechen wieder rückgängig zu machen und sendet dem Herzog eine neue Botschaft: Er wolle den Vertrag unterschreiben und die Vornehmsten seines Gefolges mit dem Herzog von Bourbon und dessen Bruder sowie den Connétable als Geisel zurücklassen, um sich in Compiègne mit den nötigen Maßnahmen für den Zug gegen die Lütticher zu befassen. Sofort flammt der Zorn des Herzogs wieder auf: Das kann doch nur ein übler Trick sein, ein Versuch, sich dem burgundischen Zugriff zu entziehen.

In der Nacht vom 13. auf den 14. Oktober schläft keiner der beiden. Ludwig kann die Schritte der burgundischen Wachen vor seinem Zimmer hören. Er erwägt eine Flucht in Verkleidung, läßt den Plan wieder fallen; die Chancen stehen zu schlecht[63].

Der Herzog geht in seinem Zimmer auf und ab, wirft sich auf sein Bett, steht wieder auf, beginnt wieder hin- und herzugehen. Bei ihm ist in dieser Nacht ein junger Adliger von erst einundzwanzig Jahren: Philippe de Commynes, Herr von Renescure. Leider hat er uns in seinen sonst so aufschlußreichen Memoiren keine Details über diese entscheidende Nacht gegeben. Aber am frühen Morgen erreicht den König die Nachricht »eines guten Freundes« – aller Wahrscheinlichkeit nach niemand anderes als Commynes, der vier Jahre später zum König übergeht – mit dem Inhalt, Ludwig XI. werde nichts geschehen, wenn er beide Bedingungen des Herzogs annehme, andernfalls werde er sich in die größte denkbare Gefahr begeben.

Am Vormittag betritt der Herzog das Zimmer des Königs. Man sieht ihm an, daß er sich nur mühsam beherrscht, um vor dem königlichen Lehensherrn die Form zu wahren. Ludwig ist entschlossen, den ihm zugegangenen Rat zu befolgen. Er weist noch einmal alle Beschuldigungen zurück, wonach er den Lütticher Aufstand angezettelt habe, er erklärt sich bereit, den aufgesetzten Vertrag zu beschwören und mit seinem »lieben Bruder« nach Lüttich zu ziehen, um die Aufrührer zu bestrafen. Kardinal Balue bringt das Reliquiar Karls des Großen mit den Splittern vom Wahren Kreuz Christi und hält es über den Vertrag. König und Herzog legen die Hand auf Frankreichs größtes Heiligtum und schwören, den Vertrag zu halten. Karl hat alle burgundischen Konditionen durchsetzen können. Der Marsch gegen die Rebellen kann beginnen.

An der Seite des Herzogs reitet der König, nach außen in bester Laune, durch den kalten Herbstregen des Lütticher Gebiets. Am 27. Oktober kommt das burgundische Heer vor der Stadt an. Der Marschall von Burgund hat inzwischen die Lütticher Miliz geschlagen, ein großer Teil der Einwohner flieht aus der Stadt, die Mauern liegen teilweise in Trümmern.

Fast hätte es in letzter Stunde noch eine Wendung mit kaum übersehbaren Folgen gegeben. In der Nacht vom 29. zum 30. Oktober überfallen sechshundert zum äußersten entschlossene Männer, von Ortskundigen geführt, die Quartiere, in denen sich nahe beieinander der König und der Herzog aufhalten. Wenig hätte gefehlt, und beide Fürsten wären ums Leben gekommen, aber es gelingt den Garden des Herzogs und den schottischen Bogenschützen des Königs, sich rasch zu sammeln und die Angreifer niederzuhauen.

Am nächsten Morgen wird die Stadt von verschiedenen Seiten aus auf das Zeichen eines Bombardenschusses gestürmt. Der Widerstand ist nur noch schwach. Der König und seine schottische Garde tragen das Andreaskreuz der Burgunder. Mit dem Ruf »Vive Bourgogne« reitet der König über die Leichen der Erschlagenen durch die Straßen, ohne sich durch die ungläubigen und haßerfüllten Blicke der Einwohner gestört zu fühlen, die sich ihren großen Verbündeten anders vorgestellt haben.

Hunderte werden massakriert und in der Maas ersäuft, selbst die Kirchen werden geplündert, bis Karl dem Treiben Einhalt gebietet. Der König selbst empfiehlt dem Herzog, die Stadt zu zerstören, und das geschieht in den nächsten Tagen auch systematisch; am 3. November geht in Flammen auf, was noch steht. Tausende von den in die Wälder Geflohenen kommen vor Kälte und Hunger um. Die blühende, reiche Stadt ist nicht mehr.

Sobald er kann, verabschiedet sich der König. Er hat sein Versprechen erfüllt. Mitte November trifft er in Paris ein, wo bereits Spottlieder auf ihn gesungen werden. Ludwig versteht Spaß, aber er braucht auch einen Sündenbock für Péronne und er findet ihn in Balue. Der unglückliche Kardinal – der wohl auch erheblich in die eigene Tasche gewirtschaftet hat – wird unter ziemlich fadenscheinigem Vorwand ungeachtet der Proteste des Papstes für die nächsten elf Jahre in einen eisernen Käfig gesteckt.

Die flandrischen Städte aber erkennen sehr wohl, welches Zeichen ihnen mit Lüttichs Zerstörung gesetzt wird. Im Januar 1469 erscheint eine Abordnung von Gent im Brüsseler Palast vor dem Herzog, um Verzeihung für die Vorgänge des Jahres 1467 zu erbitten. Vor ihren Augen wird das Große Privileg von 1301 zerrissen. Die verhaßte Steuer, die den Anlaß für den Aufruhr von 1467 gegeben hat, die Cueillotte, wird wieder eingeführt. Der Herzog hat sich als Meister erwiesen, und die Flamen wissen es.

Der Herzog aber weiß etwas anderes: daß ihm Ludwig XI. Péronne niemals verzeihen wird. Und er bereitet sich auf eine großangelegte europäische Bündnispolitik vor.

DAS EUROPÄISCHE KARUSSELL

Eine europäische Macht, die so in der Mitte liegt wie Burgund, kann sich aus internationalen Verwicklungen nicht heraushalten. Gerade diese Jahre zwischen Péronne und Trier, zwischen 1469 und 1473, zeigen eine Fülle rascher Veränderungen der politischen Szene. Allianzen werden geschlossen und wieder gelöst. Rebellionen in einem Staat stellen die Nachbarn vor die Entscheidung, mit welcher Bürgerkriegspartei sie es halten, ob sie unmittelbar eingreifen sollen. Habsburg – die Eidgenossen – die italienischen Staaten – Frankreich – England – Spanien: Das europäische Karussell dreht sich.

In diesen Jahren steht Burgund auf dem Höhepunkt seiner Macht. Die Geschicklichkeit der burgundischen Politik, aber auch ihre Fehler treten klar zu Tage. In Europa sieht alles auf die Mitte, auf den Großen Herzog des Abendlandes und seine wohlhabenden Länder, von denen man auf allen Märkten und Messen soviel Wunder berichtet. Die burgundische Diplomatie ist unablässig in Europa bemüht, ein Netz von Allianzen zu knüpfen, bei Gegensätzen zu balancieren, sich vorzubereiten auf die endgültige Auseinandersetzung mit Frankreich, die sich unausweichlich abzuzeichnen beginnt. Werfen wir einen Blick auf einzelne Schauplätze dieser Entwicklung.

Habsburg

Herzog Sigmund von Tirol hat dieses Land 1457, ein Jahr später den Besitz der Vorlande übernommen. Die Vorlande: Das sind vor allem die habsburgischen Besitzungen im Elsaß, im Schwarzwald und die sogenannten vier Waldstädte am Oberrhein. Aus ihren eigentlichen Stammlanden sind die Habsburger schon vertrieben. Commynes nennt Sigmund »einen Mann von wenig Verstand und wenig Ehre[64]«. Emanuel von Rodt berichtet, er sei »von verschwenderischer Freigebigkeit und den Weibern so ergeben« gewesen, »daß er hierin dem König Salomo glich[65]«.

Kriegslüstern ist Sigmund durchaus nicht, aber der Adel der Vorlande – viele davon wenig besser als Raubritter – gibt immer wieder Anlaß zu Zwischenfällen. Auf der anderen Seite steht die Expansionspolitik von Bern. Im Juni 1468 rücken die Eidgenossen in den Sundgau ein und verwüsten ihn. Der dortige Adel kann keinen ernsthaften Widerstand leisten. Anschließend wird Waldshut belagert. Nur der Vermittlung von Basel und Bayern, denen wohl beiden an einem Gleichgewicht der Kräfte liegt, verdankt es Herzog Sigmund, daß er beim Friedensschluß am 28. August 1469 noch relativ glimpflich davonkommt. Die Konditionen sehen insbesondere vor, daß er zum 22. Juni 1469 zehntausend Gulden zahlen solle, sonst sollten Waldshut und der Schwarzwald den Eidgenossen huldigen.

Zehntausend Gulden – das sollte wohl ein Herzog aufbringen, der den Beinamen »der Münzreiche« trägt. Sigmund aber ist sein Leben lang in Geldverlegenheit gewesen. So ist er auch 1469 absolut unfähig, die zehntausend Gulden rechtzeitig aufzubringen. Die Eidgenossen rechnen sich aus, daß sie über den Rhein nach Norden hinaus ihre Macht ausdehnen können.

Der Kaiser rät, Sigmund möge sich an Ludwig XI. wenden. Aber der Herzog wird am französischen Hof nicht einmal empfangen. Ludwig XI. kann sich einen Kontakt, geschweige denn ein Bündnis mit dem Habsburger derzeit nicht erlauben. Der politische Gegenzug einer solchen Aktion müßte notwendig eine engere Bindung zwischen Burgund und der Eidgenossenschaft sein, die ohnehin seit 1467 vertraglich aneinander gebunden sind. Burgund ist mächtig; die Kraft der Eidgenossen hat Ludwig schon als Dauphin kennengelernt. Er selbst ist nach Péronne in einer schwierigen politischen Situation, und Sigmund ist alles andere als ein begehrenswerter Bundesgenosse.

Die Vermutung liegt nahe, Ludwig habe den Bittsteller Sigmund arglistig an seinen lieben Vetter Karl von Burgund verwiesen, um so den Keim des Zerwürfnisses zwischen Burgund und den Eidgenossen zu legen. Tatsache ist, daß Ludwig in seinem verzweifelten Bemühen, die burgundische Bündnispolitik zu durchbrechen, die von ihm militärisch durchaus richtig eingeschätzten Schweizer nicht verärgern will.

Sigmund bleibt praktisch nichts anderes übrig, als sich an den burgundischen Hof zu wenden. Am 21. März 1469 wird er in Arras vom burgundischen Herzog empfangen. Im Mai schließen Karl von Burgund und Sigmund von Tirol in St. Omer einen folgenschweren Vertrag. Sigmund tritt in ein Schutz- und Dienstverhältnis zu Burgund. Das heißt praktisch, daß er in das burgundische Bündnissystem einbezogen wird. Der Dissens besteht darin, daß Sigmund in Burgunds politischer Macht und militärischer Stärke ein willkommenes Werkzeug sieht, sich der verlorengegangenen Länder wieder zu bemächtigen und die erlittenen Niederlagen gegen die Eidgenossen wettzumachen. Karl der Kühne dagegen denkt nicht entfernt daran, sich etwa mit den Schweizern zu überwerfen. Er verpflichtet sich lediglich, Sigmund gegen etwaige Aggressionen der Schweizer zu schützen.

Sigmund verpfändet die Grafschaft Pfirt, die Landgrafschaft Oberelsaß und die sogenannten vier Waldstädte am Rhein, nämlich Waldshut, Laufenburg, Rheinfelden und Säckingen samt dem Schwarzwald und Breisach gegen die Pfandsumme von fünfzigtausend Gulden. Davon sollen zehntausend Gulden durch Burgund direkt an die Eidgenossen gezahlt werden. Der Rest soll Herzog Sigmund für die noch in seinem Besitz befindlichen Städte Breisach und Thann zukommen. Der Herzog von Tirol erklärt sich einverstanden, daß Burgund die von Österreich bereits verpfändeten Herrschaften des Landes auslösen dürfe. Die dafür notwendige Summe wird mit einhundertachtzigtausend Gulden angegeben[66]. In dieser ungeheuren Pfandsumme spiegelt sich bereits die Tatsache wider, daß der neue Pfandherr in den meisten Orten kaum mehr als den landesherrlichen Gehorsam fordern kann. Steuern, Zinsen, Gülten, Gefälle und was dergleichen Abgaben mehr sind – alles ist verpfändet. Die Pfandgeschichte der von Herzog Sigmund an Burgund verpfändeten Gebiete zu schreiben, würde allein ein Buch füllen. Es ist nicht recht klar, ob dem burgundischen Hof das Ausmaß dieser Verpfändung an Dritte bewußt war. Hier wird ein ausgesprochen defizitäres Unternehmen gestartet.

Bei einer Auslösung der verpfändeten Gebiete müßte Herzog Sigmund neben der Pfandsumme von fünfzigtausend Gulden auch noch die gesamten Kosten der Verwaltung und die Investitionen zum Zeitpunkt der Auslösung zurückerstatten. Karl der Kühne hat guten Grund anzunehmen, daß dies erst am Sankt Nimmerleinstage geschehen wird. Und was die Rentabilität der Pfandlande betrifft, so sieht der burgundische Hof hier nicht nur die Möglichkeit der Realisierung alter Ansprüche aus vergangener Zeit, sondern auch die Chance, ein wichtiges Stück der so dringend benötigten Landbrücke zwischen den Oberen und den Unteren Landen zu schaffen.

Bereits am 28. Juni nimmt Markgraf Rudolf von Hochberg für den Herzog von Burgund von den Pfandlanden förmlich Besitz. Die versammelten Stände huldigen in Ensisheim – wie üblich unter Vorbehalt aller bisherigen »Gnaden, Freiheiten, Satzungen, guten Gewohnheiten, alten Herkommen und Rechte«, natürlich auch unter Zusicherung derjenigen Pfandschaften, die sich noch in den Händen anderer Gläubiger Herzog Sigmunds befinden. Darunter ist vor allem die Stadt Basel, der die Stadt Rheinfelden um achttausend Gulden seit 1466 verpfändet ist. Anfang Juli bringen zwei hohe burgundische Beamte den Eidgenossen nach Bern die von Herzog Sigmund zu zahlende Entschädigungssumme.

Nach einer Übergangszeit wird zum Landvogt der Pfandlande Peter von Hagenbach bestellt. Die Wahl scheint naheliegend. Hagenbach entstammt dem sundgauischen Adel, er kennt das Land, er hat sich in burgundischen Diensten ausgezeichnet und bekleidet hohe Ämter am Hof. Unter burgundischer Herrschaft kehren in dem zerrütteten, unruhigen Land wieder Recht und Ordnung ein. Die burgundische Verwaltung bringt das Durcheinander der verschiedenen Verpfändungen, der vielen Rechtsstreitigkeiten in Ordnung. Aber andererseits versteht es der neue Landvogt, seine Aversion gegen die Eidgenossen offen, ja zuweilen brutal, auf jeden Fall aber undiplomatisch zur Schau zu tragen. Das trägt entscheidend mit dazu bei, die burgundische Partei in Bern zu schwächen. Bereits im Frühjahr 1470 reist Adrian von Bubenberg, das Haupt der burgundischen Partei, zu dem Herzog, dessen alter Kriegsgefährte er ist, um sich über Hagenbachs Amtsführung zu beschweren, findet indessen nicht viel Entgegenkommen und muß sich Gegenvorwürfe über Mißhandlungen von Burgundern anhören. Karl der Kühne stellt sich vor Hagenbach. Bern aber ist der politisch mächtigste Ort der Eidgenossenschaft, und die französische Partei, vertreten durch die Familie Diesbach, gewinnt ständig an Boden.

Italien

In der zweiten Hälfte des 15. Jahrhunderts gibt es in Italien fünf Mächte, die wirklich zählen: Neapel, den Kirchenstaat, Florenz, Mailand und Venedig. Nach endlosen großen Kriegen und kleinen Fehden haben sich die italienischen Staaten im Jahre 1454 in Lodi auf eine Politik des Gleichgewichts der Kräfte geeinigt. Sieht man von den dauernden Schwankungen der Diplomatie und den weiterlaufenden inneritalienischen Fehden ab, so hält der Friede vier Jahrzehnte bis zu der großen französischen Invasion des Jahres 1494. Italien ist reich, es ist reicher als das übrige Europa, Flandern vielleicht ausgenommen. Auch die kleinen Höfe leisten sich den Luxus der Förderung von Kunst und Wissenschaft, und alle trachten danach, einen möglichst berühmten Condottiere in ihrem Solde zu haben. Die Condottieri und ihre Truppen sind kostspielig, die Fehden langwierig, denn man bemüht sich meist, die kostbaren Truppen nicht zuschanden werden zu lassen. Machiavelli berichtet von einer Schlacht, in der es nur einen Toten gegeben habe, und der sei unglücklicherweise vom Pferde gefallen und habe sich dabei das Genick gebrochen.

In Mailand ist es nach dem Tode von Philippo Maria Visconti dem erfolgreichsten Condottiere der Zeit, Francesco Sforza, gelungen, die Macht an sich zu ziehen und sie zu halten. Dieser Sohn eines Bauern aus Cotignola besitzt die hohe Achtung des französischen Königs, der seine kriegerischen Erfolge und seine Staatskunst bewundert. Der Nachfolger, Galeazzo Maria Sforza, ist durch seine Heirat mit Bona von Savoyen mit dem französischen König verwandt und hält zunächst das französische Bündnis aufrecht. Gern würde er, wenn es nur die politische Lage erlaubte, mit der »universellen Spinne« Savoyen teilen. Später schließt sich Galeazzo Maria dem burgundischen Bündnissystem an, ohne allerdings mit Frankreich zu brechen. Er versucht, zwischen den Mächten zu lavieren.

Galeazzo Maria hat den Burgunderherzog nicht überlebt. Ende 1476 wird er in der Kirche San Stephano von drei Adligen erstochen. Derartige Morde in der Kirche kommen damals öfters vor und zeugen keineswegs von einem Mangel an Frömmigkeit, sondern rühren von einem Sinn für das Praktische her: Es ist »fast unmöglich, der wohlbewachten Gewaltherrscher anderswo habhaft zu werden als bei feierlichen Kirchgängen[67]«.

Die burgundische Italienpolitik hat mit großen Schwierigkeiten zu kämpfen. Bei den Italienern stehen gerade in diesen Jahren Venedig und der

Kirchenstaat auf der einen, Mailand, Florenz und Neapel auf der anderen Seite. Aragon, Burgunds Verbündeter, steht verwandtschaftlich Neapel nahe, damit also auch Florenz und Mailand. Savoyen, Burgunds anderer Alliierter, befindet sich aber im Gegensatz zu Mailand, dafür wieder in mehr oder weniger freundschaftlichem Verhältnis zu Mailands Gegner Venedig. Für die burgundische Diplomatie sind die Verhältnisse also von vornherein instabil. Der Versuch, Ludwig XI. mit Hilfe einer weitgespannten Bündnispolitik einzukreisen, ist so einfach nicht – vor allem bei einem so gerissenen Gegner.

Geldern

In dem beiderseits des Niederrheins gelegenen Herzogtum Geldern bestehen seit 1459 erhebliche Auseinandersetzungen zwischen dem Herzog Arnold und seinem Sohn Adolf. Der liebende Sohn versucht, die Auseinandersetzung 1465 dadurch zu beenden, daß er den Vater gefangennimmt und ihn in ein lichtloses Turmverlies wirft. Damit gerät er aber in Auseinandersetzungen mit dem Herzog von Cleve, dem Schwager des alten Herzogs. Die Wirren nehmen kein Ende; schließlich beauftragt der Papst den Burgunderherzog, das Schiedsrichteramt zu übernehmen und den alten Herzog aus der Gefangenschaft zu befreien.

Commynes, der bei den Versöhnungsverhandlungen beteiligt ist, schildert das Angebot des Burgunderherzogs: Dem Sohn soll der Titel eines Statthalters des Landes mit den ganzen Einkünften verbleiben. Der Vater soll den Herzogstitel behalten und die Stadt Gavre, außerdem soll er dreitausend Gulden Pension bekommen. Adolf von Geldern erwidert, er wünsche lieber, seinen Vater mit dem Kopf zuerst in einen Brunnen geworfen zu haben und sich selbst hinterher, als daß er ein solches Abkommen unterzeichne. Vierundvierzig Jahre sei nun sein Vater Herzog gewesen, es werde nun wohl an der Zeit, daß er es würde; er biete seinem Vater dreitausend Gulden jährlich unter der Bedingung, daß er das Herzogtum niemals mehr betrete. Das ist eine, wie Commynes bemerkt, recht unkluge Rede, und Jung-Adolf muß das auch erkannt haben, denn er flieht vom burgundischen Hofe, wird aber von einem Fährmann bei Namur erkannt, gefangengenommen und bis zum Tode Karls des Kühnen in Namur gefangengehalten.

Inzwischen versucht der alte Herzog Arnold, sein Land wieder in seine Macht zu bekommen, stößt aber dort auf Widerstand. So verkauft er schließlich am 7. Dezember 1472 das Herzogtum Geldern und die Grafschaft Zütphen für dreihunderttausend Gulden an Karl den Kühnen. Für sich selbst behält er nur den Herzogstitel und die Nutznießung auf Lebenszeit. Schon im Februar 1473 stirbt der alte Herr, und sein Herzogtum kommt nach kurzem Feldzug in burgundischen Besitz. Im August 1473 huldigen die Stände Karl dem Kühnen, der dann mit der Beleihung durch den Kaiser Lehensuntertan des Heiligen Römischen Reiches wird.

England

Das Wort »England« ist in diesen Jahren identisch mit dem Wort »Rosenkriege«. Und niemand von den vielen Akteuren des blutigsten englischen Bürgerkrieges fasziniert mehr als Richard Neville, Graf von Warwick, dem die Geschichte den Beinamen des Kingmaker, des Königmachers, gegeben hat[68]. Warwick, der wie die Königsvertreter der Weißen und der Roten Rose von Eduard III. abstammt, ist 1428 geboren, steht also im Alter zwischen den beiden großen Gegenspielern auf dem Kontinent, Ludwig XI. und Karl dem Kühnen.

In seine Jugend fällt das langsame Erlöschen des hundertjährigen Krieges zwischen England und Frankreich. Margarete von Anjou, die schöne und arrogante Tochter des Guten Königs René, hat den geistesschwachen englischen König Heinrich VI., das Haupt der Lancasterpartei, 1445 geheiratet. Zunächst gewinnen die Yorkisten die Oberhand. Ihr Parteigänger Warwick wird Captain of Calais und besucht im Frühling 1459 Philipp den Guten von Burgund. Am burgundischen Hof lernt er auch den flüchtigen französischen Thronfolger kennen. Hier bahnt sich eine politische Freundschaft an, die bis zum Ende von Warwick andauern wird.

Die Parteinahmen auf dem Kontinent sind um diese Zeit merkwürdig verteilt. Philipp der Gute und sein Gast, der französische Thronfolger Ludwig, halten es mit den Yorkisten, also mit Warwick, und stehen mit diesem gegen den französischen König. Der burgundische Thronfolger, der Graf von Charolais, der sich mit seinem Vater überworfen hat, begünstigt die Lancaster, von denen er über seine Mutter abstammt.

Inzwischen geht der Bürgerkrieg in England weiter. In blutigen Schlachten lichten sich die Reihen des britischen Adels rapide. Schließlich muß die stolze Margarete von Anjou nach Frankreich flüchten, wo sie im Herzogtum Bar von einer mageren Pension lebt.

Im August 1463 kommt in St. Omer endlich die lange geplante Dreierkonferenz Burgund – England – Frankreich zustande. Margarete von Anjou versucht, die ihr gefährliche Konferenz zu torpedieren, aber Philipp von Burgund bleibt unbeugsam. Er empfängt die Königin, wie es ihrem Rang gebührt, schenkt ihr einen wunderhübschen Diamanten und etwas Geld und schickt sie wieder nach Nancy zu ihrem Vater zurück. Andererseits beteiligt er sich nicht in Person an den Verhandlungen, er bleibt in seinem Schloß in Hesdin, während die Engländer seine Anwesenheit verlangen und von den Franzosen fordern, daß sie definitiv die Partei der Lancaster aufgeben sollen.

Im März des Folgejahres werden Verhandlungen zwischen England und Frankreich in London fortgesetzt, aber der zweiundzwanzigjährige König Eduard zögert. Die ersten Schatten fallen zwischen ihn und den übermächtigen Regenten Warwick. Während dieser jetzt voll auf Frankreich setzt, führt Eduard Geheimverhandlungen mit der Bretagne.

Im Oktober 1464 platzt im englischen Thronrat eine Bombe: Eduard IV. kündigt seine Heirat mit Elisabeth Woodville, der ältesten Tochter von Lord Rivers, an. Nicht nur, daß es sich um eine Familie der Lancasterpartei handelt, Elisabeth Witwe ist und schon zwei Söhne hat, es bestehen auch enge verwandtschaftliche Beziehungen mit dem Grafen von St. Pol, einem treuen Gefolgsmann des burgundischen Erbprinzen, des Grafen von Charolais. Warwick kann den Entschluß des Königs nicht ändern. Der Clan der Woodvilles kommt an den Hof. Warwicks Einfluß sinkt. Die Woodvilles spielen am Hof die burgundische Karte. Inzwischen hat der französische König andere Sorgen: Der Hochadel des Landes zieht gegen ihn zu Felde.

Am 15. April 1466 trifft Warwick den Grafen von Charolais, der seit der Erkrankung seines Vaters Regent von Burgund ist, in Boulogne. Das Klima der Begegnung ist eisig. Die beiden Männer wissen, daß sie Feinde sind und bleiben werden. Warwick seinerseits versucht seinen Einfluß in England dadurch zu stärken, daß er sich um die Freundschaft der jüngeren Brüder des Königs, Clarence und Gloucester, bemüht. Am Hof von Westminster geht auch im folgenden Jahr das diplomatische Duell zwischen der französischen und der burgundischen Partei weiter. Karl der Kühne will die Schwester von König Eduard heiraten. Die Verhandlungen ziehen sich hin.

Inzwischen erhält Warwick vom König die Erlaubnis, mit einer Gesandtschaft nach Frankreich zu gehen. Am 27. Mai reist er mit großem Gefolge ab. In Rouen wird er wie ein Fürst empfangen.

Ludwig XI. hat neue Pläne: Da er sieht, daß die Heiratspläne des burgundischen Erbprinzen sich möglicherweise realisieren, da er spürt, wie sich Warwick seinem König entfremdet hat, überlegt er, ob man Warwick und Margarete von Anjou nicht doch zusammenbringen könne. Ein wahnwitziger Plan zu dieser Zeit, und Warwick lehnt zunächst auch ab. Es wird vereinbart, daß eine französische Botschaft nach England kommt, aber Eduard empfängt sie kühl. Die Woodvilles haben die Oberhand am englischen Hof. Der im Volk immer noch populäre Warwick zieht sich zurück. Seine Anhänger werden aus ihren Ämtern entfernt. Inzwischen ist der Heiratskontrakt mit Burgund perfekt. Eine teure Hochzeit für die englische Krone, denn der Burgunderherzog – Karl ist inzwischen seinem verstorbenen Vater nachgefolgt – fordert und erhält eine Mitgift von zweihunderttausend Goldkronen, was zwei Drittel eines Jahreseinkommens der Krone Englands ausmacht.

Noch immer ist Warwick eine mächtige Figur der englischen Politik. Aber das Lavieren wird immer schwieriger für ihn. Ende April 1469 trifft er in St. Omer mit Karl dem Kühnen und Sigmund von Österreich zusammen, die über die Verpfändungen der oberrheinischen Lande verhandeln. Mitte Mai ist er wieder in Windsor, wo der Hosenbandorden in Abwesenheit an Karl den Kühnen verliehen wird (der seinerseits seinen englischen Schwager zum Ritter des Goldenen Vlieses macht). Am 11. Juni heiratet Warwicks Tochter Isabelle Neville den Bruder des Königs, den Herzog von Clarence. Vorübergehend bringt Warwick den König in seine Gewalt. Aber die Reaktion der öffentlichen Meinung zeigt ihm, daß ein gekrönter König auch gewaltlos siegen kann. Im Oktober kehrt Eduard, unbehelligt von Warwick, nach London zurück. Anfang 1470 flackern wieder Rebellionen auf; es ist nicht mehr zu leugnen, daß Warwick hier seine Hand im Spiel hat. Jetzt zitiert der König seinen Bruder und den mächtigen Warwick vor den Thron.

Diesmal entscheidet sich Warwick für das Exil. Er vertraut seinem Stern nicht länger. Am 10. April versucht er, zu Schiff in seine langjährige

Domäne Calais zu flüchten. Aber Calais empfängt ihn mit Geschützfeuer. Der große Warwick wird zum heimatlosen Piraten, bringt im Kanal burgundische und bretonische Schiffe auf, landet am 1. Mai vollbeladen mit Beute in Harfleur. Ein Bote an Ludwig XI.: Warwick ist bereit, Lancaster wieder zum Thron zu verhelfen. Der französische König andererseits wird bombardiert mit wütenden burgundischen Protesten wegen der Piraterie Warwicks. Ludwig will keinen Krieg mit Burgund, noch nicht, er laviert. Der Friede von Péronne bindet ihn, er will nicht eidbrüchig werden, bittet Warwick, doch seine Flotte wegzuschicken. Er selbst will nicht, kann nicht mit Warwick selbst sprechen, der aber gerade auf dieser Unterredung besteht. Inzwischen droht Karl der Kühne weiter, die burgundische Flotte blockiert die Seine, äschert Dörfer an der Küste ein.

Der französische König spielt hoch, sehr hoch. Während seine Boten nach dem Herzogtum Bar reiten, um Margarete von Anjou an den Hof zu bitten, schickt er eine Botschaft an den burgundischen Hof, die Karl den Kühnen beschuldigt, er habe den Vertrag von Péronne gebrochen, indem er die normannische Küste angegriffen habe. Der Herzog erwidert erregt, der König sei es, der den Vertrag gebrochen habe, indem er seinen Todfeind Warwick unterstützt habe. Aber die Burgunder ziehen ab. Ihre Flotte ist nicht hinreichend ausgerüstet, eine lange Blockade durchzuhalten. Warwick läßt seine Schiffe absegeln.

Der König verhandelt, droht, schmeichelt, und hat schließlich auch bei Margarete von Anjou Erfolg. Neun Jahre Exil haben ihren Stolz in keiner Weise gebrochen, und sie ist zunächst empört über das Ansinnen, den Thron ihrem Todfeind Warwick verdanken zu müssen. Aber dann gibt sie doch nach.

Am 22. Juli 1470 geschieht in Angres das Unwahrscheinliche: Ludwig nimmt Warwick bei der Hand und führt ihn vor dieselbe Margarete, die von Warwick beschimpft, verhöhnt, aus dem Lande gejagt worden ist. Der Königmacher kniet nieder und bittet um Verzeihung für das Unrecht, das er der Königin angetan hat. Eine Viertelstunde läßt sie ihn knien, dann ringt sie sich zu einer Geste der Verzeihung durch. Drei Tage später wird Warwicks Tochter Anne Neville mit Eduard, dem Prinzen von Wales, in der Kathedrale von Angres verlobt. Die Vertragsparteien leisten den Eid auf ein Stück vom Kreuze Christi, genannt das Kreuz von St. Laud, dem man eine furchtbare Wirkung nachsagt: Wer seinen Eid nicht hält, muß binnen Jahresfrist sterben.

EDUARD IV. (1442–1483)

König von England 1461–1483 (mit einer Unterbrechung 1470/71)
Kupferstich von Elstracke, 17. Jahrhundert.
Die Inschrift gibt dem König irrtümlich ein Lebensalter von 52 Jahren.
Eduard von York war in den blutigen Rosenkriegen, die dreißig Jahre lang in England wüteten, nach seines Vaters Tod Haupt der »Weißen Rose«. Es gelang ihm schließlich, das Haus Lancaster (»Rote Rose«) endgültig auszuschalten.
Durch seine Schwester Margarete wurde Eduard 1467 Schwager Karls des Kühnen. Beide Schwäger verabredeten 1475 einen großangelegten Feldzug gegen Ludwig XI. von Frankreich; aber dem diplomatischen Geschick des französischen Königs gelang es, Eduard durch enorme Zahlungen die bereits begonnene Invasion abzukaufen – zur begreiflichen Enttäuschung des Burgunderherzogs.
Eduard wird von den Zeitgenossen, als hochgewachsen, sehr gut aussehend und den Freuden des Lebens zugetan beschrieben, aber auch als begabter Feldherr und als tapfer in der militärischen Aktion. Gegenüber den Erben Karls des Kühnen, Maria und Maximilian, bewarte er eine Art unverbindlich wohlwollender Neutralität. Sein früher Tod machte den Weg frei für seinen Bruder Richard III., den letzten Plantagenet.

EDWARDUS IIII . ANGLIÆ ET FRANCIÆ REX DOMIN9 HIBER
16
The right noble Prince EDWARD the 4th King of England, and Fraunce Lord of Ireland. He raigned 22 yeares and 5 weekes. Died at the age of 52 yeares: buried at Windsor: 1483.
R. Elstracke sculpsit

Ein kalter Krieg, ein Propagandakrieg mit den üblichen, in den Schenken gesungenen Versen zwischen Burgund und Frankreich folgt. Am 9. September setzt Warwick Segel. Vier Tage später landet seine Flotte in Dartmouth und Plymouth. In einem Zuge überrennt er, siegreich wie eh und je, das Inselreich. Eduard IV. muß ins niederländische Exil zu seinem Schwager von Burgund fliehen. Seine Frau, hochschwanger, sucht Zuflucht in Westminster und schenkt dort einem Sohn das Leben. Inzwischen wird Heinrich VI. aus dem Tower geholt. Warwick kniet vor dem Lancaster-König.

England hat nun zwei Könige, zwei Königinnen, zwei Prinzen von Wales – die beide auch noch Eduard heißen – und einen Regenten namens Warwick, der jedenfalls die Hoffnung hat, Schwiegervater eines Königs zu werden.

Die Flucht seines Schwagers trifft Karl von Burgund unvorbereitet. Er will es mit dem Inselreich nicht verderben und beeilt sich, zu versichern, er habe sich immer aus den inneren Streitigkeiten Englands herausgehalten, er sei erfreut über die Wiedereinsetzung Heinrichs VI., zumal er doch von den Lancaster abstamme. Seinen Schwager Eduard läßt er in Brügge gut unterbringen und ausstatten, vermeidet aber, sich mit ihm zu treffen. Der Burgunderherzog muß fürchten, England und Frankreich würden sich gegen ihn verbünden. Tatsächlich werden bereits Gespräche zwischen Warwick und Ludwig geführt, die auf eine Zerstückelung Burgunds abzielen.

Der französische König ist über die Entwicklung in England voller Freude. Er »badet in Rosen«, wie es Chastellain blumig ausdrückt. Am 13. November kommt eine große französische Botschaft nach England. Es werden interessante wirtschaftliche Angebote gemacht, aber die Verhandlungen gehen nur zögernd voran. Warwick braucht die Zustimmung des Parlaments, und die Bürger in den Städten wollen keinen Krieg mit Burgund, vor allem jetzt nicht. Die Franzosen sind nach wie vor nicht beliebt in England, der Außenhandel liegt darnieder, und so kann Warwick auch nur Teile seiner Pläne für den englisch-französischen Pakt wahrmachen. Es wird ein Friede auf zehn Jahre geschlossen, England erklärt sich mit Frankreich gegen den »Usurpator« Eduard und dessen Anhänger (worunter man die Burgunder verstehen kann) verbündet. Soweit sind die Dinge im Februar 1471 gediehen, während Margarete von Anjou immer noch zögert, mit dem Prinzen von Wales nach England zu kommen.

Inzwischen muß Warwick erkennen, daß er zwischen den Stühlen sitzt.

Die Lancaster-Anhänger, die er so lange und blutig bekämpft hat, mißtrauen ihm. Aus dem niederländischen Exil kommen die Lancaster-Herzöge Exeter und Somerset zurück, die beide Warwick hassen. Gerüchte laufen durchs Land: Die Yorkisten kehren zurück! Und dann, am 14. März, kommt die Nachricht: Eduard IV. ist mit zweitausend Engländern und Burgundern, ausgerüstet mit vierzehn von der Hanse gestellten Schiffen, gelandet. Warwick sammelt rasch seine Streitkräfte. Aber die Lancaster-Anhänger zögern, zu ihm zu stoßen. Am 1. April geht der Herzog von Clarence zu seinem königlichen Bruder über. Eduard macht Warwick Verhandlungsangebote. Er weiß, wie furchtbar dieser Gegner sein kann. Aber Warwick lehnt ab: Er kann nicht wieder die Seite wechseln.

Am Ostersonntag, dem 14. April, treffen Warwick, der inzwischen zwölftausend Mann gesammelt hat und sein einstiger Schüler Eduard, unter dessen Fahnen neuntausend Mann kämpfen, in den nebeldunstigen Wiesen bei dem Flecken Barnet aufeinander. Lange schwankt die Schlacht hin und her. Der König, ein Riese von Gestalt, schwingt sein Schwert in vorderster Front. Trotzdem sieht es so aus, als würde die Übermacht siegen. Aber der Nebel läßt Mißverständnisse unter den Lancaster-Anhängern entstehen, Rufe von Verrat werden laut, die Reihen brechen. Warwick, der den Zusammenbruch sieht, versucht zu flüchten und wird von einem Dolch in die Kehle getroffen, als er sein Pferd besteigen will. Eduard IV. ist der Herr des Schlachtfeldes.

Der Königmacher ist nicht mehr. Burgund frohlockt. In den Tavernen werden in plumpen Reimen Spottlieder auf die Franzosen und ihren König gesungen:

»Sein ganzer Clan ist nun dahin,
auch sein Geld, das schmerzt ihn nicht wenig.
Denn Warwick ist besiegt und tot.
Ha! Das ist was für Louis den König!«

»Franzosen! Miteinander weint
bittere Tränen um Euren Held,
den Warwick, Euren guten Freund,
der ist jetzt besiegt im Feld.«

Wenige Tage später, am 4. Mai, schlägt Eduard IV. die übrigen Lancaster-Streitkräfte unter Margarete von Anjou bei Tewkesbury. Der junge

Prinz of Wales wird niedergehauen. Die Häupter der Lancaster-Partei fallen oder werden hingerichtet, Margarete wird in einer Abtei aufgestöbert. Zwei Wochen später läßt Eduard den blöden Heinrich VI. im Tower umbringen.

Burgund hat die Runde gegen Frankreich gewonnen. England gehört nun zum burgundischen, gegen Frankreich gerichteten Bündnissystem, und wenn auch die beiden Schwäger von England und Burgund sich nicht sonderlich trauen, so bleibt doch die englisch-burgundische Allianz bestehen bis zu dem letzten Kapitel dieser Beziehung, von dem später noch die Rede sein soll: der abgekauften Invasion. Die »universelle Spinne« aber zieht noch Vorteile aus ihrer Niederlage: Jahre später zahlt Ludwig XI. dem englischen König Lösegeld für Margarete von Anjou, die ihm dafür alle ihre Erbrechte gegenüber ihrem Vater, dem König René, abtreten muß. 1483 stirbt sie, vierundfünfzigjährig, verbittert, eine wahrhaft tragische Figur.

Spanien

Auf der iberischen Halbinsel sind aus jahrhundertelangen Kämpfen drei Königreiche hervorgegangen: Portugal, Kastilien/Leon und Aragon/Katalonien. Die Mauren haben nur noch das kleine Reich von Granada inne. Das lebhafte Interesse des französischen Königs muß es sein, ein Bündnis oder gar eine Fusion zwischen Kastilien und Aragon, wo verwandte Herrscherhäuser regieren, zu verhindern.

1466 rufen die Katalanen, die gegen König Johann II. von Aragon rebellieren, den Anjou Johann von Kalabrien ins Land. Ludwig XI. sieht eine willkommene Gelegenheit, einen seiner unangenehmsten Gegner unter den französischen Großen loszuwerden und anderwärts zu beschäftigen. Prompt bricht er die diplomatischen Beziehungen zu Aragon ab und stellt dem Anjou Geld und Truppen zur Verfügung. Ihm liegt vor allem daran, Aragon aus dem burgundischen Bündnissystem herauszubrechen. Deswegen entsendet Ludwig auch den Kardinal von Albi nach Kastilien, um die Gegner einer Heirat zwischen Isabella von Kastilien und Ferdinand von Aragon zu unterstützen und statt dessen seinen Bruder, Charles de France, mit Isabella zu verheiraten.

Allein der Plan mißlingt. Die kastilische Erbprinzessin besteht darauf, den aragonischen Kronprinzen Ferdinand zu ehelichen. Die Hochzeit des Paares, das als »Los Reyes Catolicos« in die Geschichte eingehen wird, findet am 19. Oktober 1469 statt. Noch ahnt niemand, welche weltgeschichtlichen Folgen später die Eheschließung der Tochter der »Katholischen Könige« mit dem Enkel Karls des Kühnen haben wird.

Ludwig XI. ist weit davon entfernt, aufzugeben. Er spielt eine neue Karte aus: die Beltraneja. Heinrich IV., der kastilische König und Stiefbruder Isabellas, ist mit einer portugiesischen Prinzessin verheiratet. Man spricht ganz offen davon, daß die Königin sich angesichts der Impotenz des Königs mit dem Hofmann Don Beltran de la Cueva getröstet habe und daß die 1462 geborene Prinzessin Juana nicht die Tochter des Königs sei. Das Prestige des Königs schwindet so sehr, daß ihn seine eigenen Granden 1465 absetzen und seinen Bruder Alfonso zum König wählen. Dieser stirbt allerdings bald an der Pest. Heinrich IV. wird wieder eingesetzt, muß aber zustimmen, daß Isabella als seiner unmittelbaren Nachfolgerin und Erbin der Treueid geleistet wird. Von seiner Gemahlin läßt er sich scheiden, aber die Vaterschaft an der Beltraneja verleugnet er merkwürdigerweise nicht. Deshalb hat die unglückliche kleine Prinzessin noch immer einigen Anhang im Lande, und im Oktober 1470 wird die Verlobung von Charles de France mit der Beltraneja vollzogen[69]. Politische Konsequenzen hat die Verbindung aber nicht mehr.

Burgund hat zunächst – nicht zuletzt infolge der verwandtschaftlichen Beziehungen durch Isabella, die dritte Frau Herzog Philipp des Guten – die portugiesische Karte gespielt[70]. Ab 1466 ist es zu Aragon umgeschwenkt. Die Gesandten Johanns II. von Aragon unterzeichnen am 22. Februar 1469 am Hof von Burgund den Bündnisvertrag. Und nachdem in England die Rosenkriege mit dem Sieg Eduards IV. über die Lancaster-Partei ihr Ende gefunden haben, gibt es im November 1471 einen regelrechten »Dreibund[71]« zwischen Burgund, England und Aragon. Ludwig XI. wird ausdrücklich als Feind der vertragschließenden Parteien bezeichnet. Die Verbündeten garantieren sich die Unverletzlichkeit ihrer Staaten. Interessanterweise wird der Vertrag von Ferdinand und Isabella mitunterzeichnet.

Tatsächlich hat das burgundisch-aragonisch-englische Bündnis, an das praktisch auch Kastilien und das Aragon stammverwandte Neapel angeschlossen sind, lange Zeit gehalten.

Die katalonische Rebellion bricht nach dem Tod Herzog Johanns von Kalabrien endgültig zusammen. Im September 1473 beendet der Vertrag von Perpignan die Auseinandersetzungen. Die französische Diplomatie hat ihr Ziel nicht erreichen können. Sechs Jahre später werden Aragon und Kastilien – wenn auch vorerst in Personalunion – vereinigt. Der Thron wird gezimmert, auf dem der Urenkel Karls des Kühnen sitzen wird: der Habsburger Karl V.

Frankreich

Wenn es noch irgendwelcher äußeren Ereignisse bedurft hat, um die Todfeindschaft zwischen Burgund und Frankreich sichtbar werden zu lassen, dann sind es die Ereignisse von Péronne und Lüttich. Beide Mächte versuchen, in Europa ein wirkungsvolles Bündnissystem aufzubauen, um den Gegner endgültig zu vernichten. Ludwig XI. hat noch immer keinen Thronerben – der künftige Karl VIII. wird erst im Juni 1470 geboren – und so ist es nur natürlich, daß die burgundische Politik in ihre Kalkulationen immer wieder den präsumtiven Nachfolger, den schwachen Bruder des französischen Königs, Charles de France, miteinbezieht. Charles de France soll als Apanage die Champagne und Brie bekommen – Landschaften, die unmittelbar an Burgund angrenzen. Ludwig bemüht sich, seinen Bruder zu überzeugen, das Herzogtum Guienne sei besser für ihn. Guienne liegt weit genug von Burgund entfernt, um ein Zusammenspiel zu erschweren.

Im September 1469 hat der König sein Ziel erreicht. Sein Bruder nimmt das Herzogtum Guienne an. Auf der Brücke über den Sèvres-Fluß gibt es eine rührende Versöhnungsszene mit Kniefall, Verzeihung und Tränen[72]. Die beiden Brüder sind vereint. Der König kann sich sicher fühlen. So sicher, daß er langsam einen Wirtschaftskrieg gegen die Burgunder inszeniert. Im Jahr 1470 verbietet er seinen Untertanen, die Messe in Antwerpen zu besuchen. Statt dessen zieht er selbst in Caen in der Normandie eine Messe auf. Anfang November läßt sich der König von den Ständen bestätigen, die Zusicherungen im Vertrag von Péronne seien null und nichtig, weil erzwungen. Am 18. November befiehlt er dem Herzog von Nevers, Truppen auszuheben. Am 3. Dezember folgt die Kriegserklärung an Burgund. Die Truppen überschreiten die Grenze. Der Graf von St. Pol, der frühere Waffengefährte des Grafen von Charolais, jetzt Connétable von Frankreich, erreicht Anfang Januar, daß St. Quentin die Tore öffnet. Ende Januar 1471 fällt Amiens, dann Péronne und Montdidier. Andere französische Truppen fallen im burgundischen Kernland ein.

Karl der Kühne hat den Angriff erwartet, aber die burgundische Heeresreform ist noch nicht so weit; es gibt kaum Ordonnanzkompanien, und bis der Feudaladel aufgeboten ist, vergeht viel Zeit. Inzwischen ist Ludwig mit seinen Truppen bereits weit in die Picardie eingedrungen.

Aber die Idee des französischen Königs, eine englische Armee könnte die Burgunder im Rücken fassen und vernichten, scheitert. Er hat auf die Karte Lancaster gesetzt und muß nun hören, daß die Yorkisten die Oberhand behalten – diesmal endgültig. Ludwig beeilt sich, mit den Burgundern einen Waffenstillstand zu schließen, über den man sich Anfang April 1471 einigt.

Der Krieg ist vorbei. Nun hat die Diplomatie zu tun. Am 1. November 1471 verbindet sich Karl der Kühne im Vertrag von St. Omer eng mit den Königen von Neapel und Aragon. Das Bündnis wird von England und der Bretagne unterstützt. Man kann damit rechnen, daß auch ein Teil der französischen Großen sich im Ernstfall gegen Ludwig XI. stellen würde. Karl weiß sehr wohl, was er meint, wenn er zu Commynes sagt: »Ich liebe Frankreich so sehr, daß ich ihm statt eines Königs deren sechs wünsche.«

Heiratsverhandlungen werden wieder aufgenommen. Ludwig XI. will seinen einjährigen Thronfolger mit der Erbtochter von Burgund (die immerhin bereits zwölf Jahre alt ist) verloben, und sein in Guienne unzufriedener Bruder überlegt ähnliche Pläne.

Die politische Situation ist nicht gut für den französischen König. Er weiß, daß die Zeit gegen ihn arbeitet. Noch zögert England, noch steht er in Verhandlungen mit der Bretagne, aber er weiß, daß er bei Ende des Waffenstillstands losschlagen muß.

Da kommt ein Ereignis dazwischen, das die Szene wesentlich verändert. Erst fünfundzwanzig Jahre alt stirbt am 24. Mai der Bruder Ludwigs XI., Charles de France, vermutlich an Tuberkulose. Aber der Vorteil für Ludwig ist so evident und sein Ruf in Europa so schlecht, daß alsbald das Gerücht aufkommt, der König habe seinen Bruder vergiften lassen. Der Herzog der Bretagne erklärt, er habe zwei Männer ergreifen lassen, die gestanden hätten, auf Anstiftung des französischen Königs hätten sie ihren Herrn vergiftet, und setzt die bretonische Armee in Marsch.

Der Herzog von Burgund gibt am 4. Juni ebenfalls Marschbefehl. Auf den violett-schwarzen Bannern ist das Wort »Rache« aufgemalt. Karl erläßt zwei Manifeste, in denen er erklärt, Charles de France sei auf Befehl des Königs »durch Gifte, Zauberei und teuflische Machenschaften« vom Leben zum Tode gebracht worden.

Diesmal entschließt sich der französische König, den schwächeren der beiden Alliierten zuerst anzugreifen. Die Armee rückt auf Nantes zu, während die Burgunder bereits in Frankreich eindringen. Ludwig hofft, mit dem bretonischen Herzog rascher zu Verhandlungen zu kommen. Inzwischen erstürmen die Burgunder Nesle, Roye und Montdidier. Am Morgen des 23. Juni erscheint die burgundische Vorhut unter den Mauern von Beauvais, das kaum Artillerie hat und nur von den Bürgern verteidigt wird. Der Überraschungsangriff der Burgunder schlägt aber fehl. Es gelingt den Franzosen, Verstärkung in die Stadt zu werfen. Tag und Nacht zerschießt die burgundische Artillerie Stadtmauer und Befestigungen. Fast einen Monat liegt Karl der Kühne vor Beauvais, dann, am Morgen des 22. Juli, hebt er die Belagerung auf. Die Franzosen haben einen moralischen Sieg errungen.

Während ihre Nachschublinien dauernd von französischen Streitkräften bedroht werden, ziehen die Burgunder mit Sengen und Brennen durch die Normandie. Inzwischen sind andere burgundische Streitkräfte, verstärkt durch von Hagenbach ausgehobene elsässische Söldner, in der Champagne eingefallen. Ein sinnloser Krieg, ausgetragen auf dem Rücken der Zivilbevölkerung.

Es ist Zeit für den König, Waffenstillstandsverhandlungen aufzunehmen. Vorher aber hat er noch einen interessanten Gewinn zu verzeichnen. In der Nacht vom 7. auf den 8. August 1472 reitet einer der engsten Berater Karls des Kühnen, Philipp de Commynes, heimlich aus dem burgundischen Lager weg und geht zum König über. Als seine Flucht am nächsten Morgen bekannt wird, läßt der erboste Herzog sofort Commynes' Güter konfiszieren. Ludwig entschädigt ihn reichlich, setzt ihm eine Pension von sechstausend Livres aus und verschafft ihm die Herrschaft Argenton, nach der er sich künftig nennt. Der Übertritt muß Commynes, der noch ein verhältnismäßig junger Mann von fünfundzwanzig Jahren ist, schon längere Zeit beschäftigt haben; möglicherweise hat er schon in Péronne gewisse Verbindungen mit dem König aufgenommen. Er ist bei allem Respekt vor seinen meist präzisen und jeder Eitelkeit und Selbstbespiegelung fernstehenden Memoiren den Geruch des Überläufers nicht mehr losgeworden.

Am 3. November einigen sich Burgund und Frankreich auf einen Waffenstillstand, der diesmal bis April 1473 dauern soll. Beide können mit der Lösung zufrieden sein. Der König erhält Gelegenheit, das erledigte Herzogtum Guienne einzuziehen. Er ist mit dem Tod seines Bruders schwere Sorgen los. Der Graf von Armagnac, ewiger Rebell, wird in seiner Burg belagert und muß sich ergeben. Ludwig weiß aber, daß es für ihn in der europäischen Politik nicht zum besten steht. Nicht einmal seine alten Verbündeten, die Mailänder, sind noch zuverlässig. Galeazzo Maria Sforza ist nicht mehr der unbedingte Freund Frankreichs, wie sein Vater es war. Ludwig XI. ist jetzt einundfünzig Jahre alt, seine Gesundheit macht ihm zu schaffen. Ein Jahr später erleidet er einen leichten Schlaganfall. Vor allem ist er so abergläubisch wie eh und je.

Andererseits hat Karl der Kühne erkennen müssen, daß es ihm nicht möglich ist, auch bei Unterstützung durch den bretonischen Herzog, die Franzosen militärisch in die Knie zu zwingen. Er entschließt sich, seine politischen Aktivitäten zu verstärken, das Netz von Bündnissen zu erweitern, seine Armee zu reformieren.

Der Waffenstillstand, später mehrfach bis 1475 verlängert, deutet auch eine Wende in der burgundischen Politik an, die bisher trotz mehrfacher Verhandlungen mit Habsburg den Osten so sehr vernachlässigt hat. 1472 zeichnet sich der Beginn einer ausgeprägten Ostpolitik des Burgunderherzogs ab: Geldern, Lothringen, Elsaß, die Verlobung seiner Tochter mit dem Habsburger Thronfolger. Aber er weiß: Eines Tages wird er sich wieder nach Westen wenden müssen. Der Entscheidungskampf wird nicht ausbleiben.

GRIFF NACH DER KÖNIGSKRONE

Anders als im französischen Lorraine entsteht für uns im deutschsprachigen Raum noch heute leicht aus dem Wort Lothringen die Assoziation mit Lothar. Indessen – wer führt heute noch von dem geographisch-politischen Begriff des modernen Lothringen den Gedanken zurück auf jenes frühmittelalterliche Lotharingien, das einen weit größeren Umfang hatte? Im Spätmittelalter aber war die Erinnerung an das Reich Lothars noch lebendig, das in der Teilung zwischen den Enkeln Karls des Großen im Jahr 843 im Vertrag zu Verdun entstand und das von den Küsten der Nordsee über Burgund bis nach Italien zum Golf von Gaëta reichte.

Ist es verwunderlich, wenn die Herzöge von Burgund in dem steten Bestreben, ihre so verschiedenartigen Landesteile unter einer gemeinsamen Staatsidee zusammenzufassen und zusammenzuschweißen, die Idee an das Lotharingische Mittelreich wieder zu beleben versuchen? Jedermann weiß in Europa, daß unter den vielen Herzögen keiner an Pracht und Macht denen von Burgund das Wasser reichen kann, ja eigentlich sind sich alle darüber einig, daß auf das Haupt Philipps des Guten eine Königskrone gehöre. Die Königskrone – das wäre nicht nur eine Standeserhöhung, sondern im Effekt eine wesentliche Lockerung, wenn nicht überhaupt das Ende aller Lehensuntertänigkeit. Wer aber vermag die Königskrone zu schaffen, wenn nicht der oberste weltliche Herr der Christenheit, der Kaiser des Heiligen Römischen Reichs Deutscher Nation?

Schon im Jahre 1447 finden Verhandlungen zwischen Herzog Philipp und dem deutschen Kaiser Friedrich III. statt. Der Kaiser stimmt grundsätzlich der Erhebung des Herzogtums Brabant zu einem Königreich zu, aber das läuft den Plänen Philipps zuwider, der ja gerade alle seine Länder unter derselben Krone vereinigen will: »In der Art, wie der König Lothar sein Königtum hielt, das er durch Teilung mit seinen Brüdern bekam« – die erste klare Erwähnung des karolingischen Lotharingien.

1459 und 1463 werden neue Verhandlungen aufgenommen. 1469 bietet Georg Podiebrad, der König von Böhmen, gegen vierhunderttausend Gulden vier Wahlstimmen für die Wahl Karls des Kühnen zum Römischen König. Zugleich versucht Herzog Sigmund von Österreich, der Vetter des Kaisers, der den Burgunderherzog dringend für seine Pläne gegen die Eidgenossen braucht, Karl für ein Tauschgeschäft zu gewinnen: Der Kaiser wird die Königswahl des Burgunderherzogs begünstigen, wenn dieser den Kaisersohn Maximilian als Schwiegersohn akzeptiert.

Wieder zerschlägt sich die Sache, und wieder nimmt die kaiserliche Seite den Faden auf. Kaiser Friedrich III., der gerade in Augsburg den Vorsitz des Reichstags führt, delegiert Rudolf von Sulz als seinen Bevollmächtigten, und der Herzog von Burgund seinerseits bestimmt den Landvogt Peter von Hagenbach als Unterhändler. Wir haben noch die schriftlichen Instruktionen, die Hagenbach seinerzeit erhielt. Karl stellt für die Heirat seiner Tochter Maria mit Maximilian die Bedingung, daß der Kaiser ihn als seinen designierten Nachfolger bezeichne, indem er ihn zum König der Römer wählen lasse oder doch mindestens mit Zustimmung der Kurfürsten zu seinem Generalvikar (Stellvertreter) mache. Karl der Kühne seinerseits verspricht, Maximilian, sobald er Kaiser sei, zu seinem Nachfolger zu machen.

Das Projekt erscheint durchaus nicht utopisch. Der Kaiser bietet der Welt das Bild eines achtundfünfzigjährigen verbrauchten Mannes. Schon fünfzehn Jahre zuvor nennen ihn französische Gesandte in einem Brief »verschlafen, schlaff, dumpf, plump, tiefsinnig, melancholisch, geizig, knausrig, ängstlich, heuchlerisch[73]«. Er lasse sich »von jedermann den Bart rupfen, ohne sich zu wehren«. Keine schmeichlerische Beschreibung, aber sicher mit einiger Abschwächung zutreffend für einen Menschen, der von den Kurfürsten mit vierundzwanzig Jahren wegen seiner Weichheit und Machtlosigkeit auf den Thron erhoben worden war und der Zeit seines Lebens ohne genügende Geld- und Machtmittel wenig Chancen hatte, sein hohes Amt einigermaßen zufriedenstellend auszuüben. Der Burgunderherzog dagegen ist noch nicht vierzig Jahre alt. Er steht auf dem Höhepunkt seiner Macht, ist verbündet mit einer Reihe von wichtigen Potentaten, gefürchtet in ganz Europa. Maximilian zählt vierzehn Jahre.

Am Abend des 22. August 1473 reitet Karl der Kühne in Aachen ein. Am Morgen nach seiner Ankunft begibt er sich in die Kathedrale und betritt die berühmte Kapelle, die der Große Karl hat bauen lassen. Man zeigt ihm den Stuhl von Kaiser Heinrich II., dem Heiligen, den Schrein von Gold und Silber, der die Gebeine des großen Kaisers enthält, den Marmorsessel, wo man, nach der Legende, Karl den Großen dreieinhalb Jahrhunderte nach seinem Tode sitzend aufgefunden hat, die Krone auf dem Kopf, das Szepter in einer Hand, den Reichsapfel in der anderen, ein Fragment des wahren Kreuzes Christi auf der Brust und das Evangelienbuch offen auf den Knien. Wieviele Kaiser haben hier ihre Krönung erlebt! Wird Karl, Herzog von Burgund, Markgraf des Heiligen Römischen Reiches, der sich der Abstammung von Karl dem Großen rühmt und heute mächtiger ist als jeder der Kurfürsten, der nächste Kaiser sein? Wird mit ihm das lotharingische Reich wiedererstehen?

An dem gleichen 22. August, an dem Karl von Burgund in Aachen einreitet, ist der Kaiser – begleitet von Peter von Hagenbach, von Maximilian und einer Anzahl deutscher Fürsten – dabei, Straßburg zu verlassen, um nach Freiburg im Breisgau und Basel zu reisen. Er hat Karl wissen lassen, daß er bereit sei, ihm zu begegnen, aber nicht in Aachen. Ist die Kaiserstadt doch zu symbolträchtig? Man einigt sich schließlich auf Trier.

Ende August begibt sich Karl nach Luxemburg. Der junge Herzog von Lothringen, Nikolaus von Kalabrien, der 1472 mit Marie von Burgund verlobt gewesen war, ist Ende Juli plötzlich in Nancy gestorben. Der Lothringer Adel hat die Herzogskrone Jolantha von Vaudémont angeboten, einer Tante von Nikolaus. Jolantha ist die Tochter des »Guten Königs René«. René von Anjou, Titularkönig von Neapel, Sizilien und Jerusalem, Herzog von Anjou, Lothringen und Bar, Graf der Provence und von Piémont, hat außer seinen Titeln nicht viel irdische Güter behalten, nachdem er lange in burgundischer Gefangenschaft leben mußte und die Anjous aus Neapel vertrieben wurden. Er lebt, jetzt vierundsechzig Jahre alt, in Aix-en-Provence.

Jolantha hat zu Gunsten ihres Sohnes verzichtet, der am 4. August unter dem Namen René II. Herzog von Lothringen wird. Lothringen ist von ungeheurer Bedeutung für Burgund. Es ist die fehlende Landbrücke zwischen den Unteren und Oberen Landen. Karl der Kühne kann hoffen, daß er sich mit dem Lande auf friedlichem Weg einigt. Die früheren Herzöge Nikolaus und Johann sind seine Freunde und Waffenbrüder gewesen: Johann in der Schlacht von Montlhéry und Nikolaus vor Beauvais, beidesmal gegen Frankreich. Der neue Herzog ist ein gebildeter junger Mann von gerade zweiundzwanzig Jahren. Man erzählt von ihm, er habe den Berg Zion bestiegen, einen Fuß im Schuh, den anderen nackt, wie es sein verstorbener Vater angeordnet habe.

Karl von Burgund und René von Lothringen treffen im September zusammen. Natürlich denkt der Lothringer nicht daran, sich den Wünschen des Burgunders zu widersetzen. Man verspricht sich gegenseitige Hilfe und Freundschaft. Weder René noch Karl werden irgendein Bündnis mit dem König von Frankreich schließen, das dem anderen Partner Schaden bringen könnte. Wenn Ludwig XI. Lothringen angreift, wird Karl zu Hilfe kommen. Für die Truppen jeder Seite wird freier Durchmarsch durch das Land des anderen Verhandlungspartners vereinbart. Eine Anzahl von befestigten Plätzen in Lothringen in den Tälern der Mosel und der Maas, darunter Epinal, Charmes und Neufchâteau werden burgundische Besatzungen aufnehmen.

Nicht so leicht wie mit Lothringen hat es Karl der Kühne mit Metz, das dem Herzog von Lothringen nicht gehört. Es ist Sitz eines Bischofs und freie Reichsstadt. Der Bischof und der Lothringerherzog geraten immer wieder aneinander. Karl muß um Genehmigung ersuchen, in die Stadt einziehen zu dürfen. Die Metzer mögen den Burgunder nicht recht. Fürchten sie, ihre Unabhängigkeit zu verlieren? Unter dem Vorwand, der Kaiser selbst habe sich angesagt, lassen sie nur eine begrenzte burgundische Eskorte in ihre Stadt ein.

Der Kaiser hat inzwischen Basel besucht und ist dort auch mit einer Gesandtschaft aus Bern zusammengetroffen. An ihrer Spitze steht Nikolaus von Diesbach, Haupt der französischen Partei in Bern und demzufolge Gegner der Burgunder. Dann reist Friedrich III. nach Trier ab. Für den Weg durch das Elsaß stellt Peter von Hagenbach eine achtzig Mann starke Eskorte.

Europa starrt gebannt nach Trier, wo sich womöglich eine entscheidende Änderung der politischen Szenerie vollziehen wird. Am 30. September bereitet sich der – vor dem Burgunderherzog eingetroffene – Kaiser darauf vor, seinen berühmten Gast zu empfangen. Die Chronisten haben uns alle Einzelheiten des glanzvollen Schauspiels überliefert. Es ist offensichtlich, daß beiderseits die Schaustellung von Pracht und Glanz während der Trierer Konferenz dazu bestimmt war, das politische Prestige zu stärken. Die kaiserliche Kavalkade wird eröffnet durch Grafen und Ritter, es folgen Armbrustschützen, Trompeter, Zimbelspieler, Herolde. Dann die Fürsten: Der vierzehnjährige Erzherzog Maximilian, ein blonder Märchenprinz,

Kaiser Friedrich III.

Kupferstich eines unbekannten Künstlers, 17. Jahrhundert.

Der machtlose Friedrich wurde mit vierundzwanzig Jahren Anfang 1440 zum König gewählt, entschied sich aber erst nach elf Wochen Zögern zur Annahme der Wahl. 1452 heiratete er Eleonore von Portugal und wurde in Rom zum Kaiser gekrönt. Er fand sich in nicht endenwollende Auseinandersetzungen mit seinem eigenen Bruder Albrecht, mit den Türken, mit Georg Podiebrad, Matthias Corvinus und anderen Gegnern verwickelt. Die Herzöge von Burgund verhandelten mehrfach mit ihm über die Verleihung der Königswürde, vor allem Karl der Kühne 1473 in Trier. Dabei ging es Friedrich hauptsächlich um die Heirat seines Sohnes Maximilian mit der burgundischen Erbtochter Maria. Sieben Jahre vor seinem Tod, im Jahre 1486, sicherte er die Sukzession im Reich dadurch, daß er die Kurfürsten dazu brachte, Maximilian zum König zu wählen.

Man hat Friedrich (der es auf die längste Regierungszeit aller deutschen Kaiser brachte) »des Heiligen Römischen Reiches Erzschlafmütze« genannt, ihm Attribute wie »schlaff, melancholisch, geizig« angehängt – all das sicher nicht ohne Grund. Aber das ist doch nicht die ganze Wahrheit, denn Mittellosigkeit und Machtlosigkeit ließen dem Kaiser oft genug keine Wahl bei seinen politischen Entscheidungen.

Der Vierte Friderich glückselig hat geführet
Das Zepter seines Reichs, zwar niemal nicht gesieget
Doch gleichwol niemals auch mit niemand nicht gekrieget.
Hat drey und fünfzig Jahr in stiller ruh regieret,

reitet neben Otman Kalixt, dem gefangenen und zum Christentum übergetretenen Bruder des Sultans Mohammed II. Dann kommen die Kurfürsten und Erzbischöfe von Mainz und Trier, der Reichsmarschall von Pappenheim mit gezogenem Schwert und schließlich der Kaiser, nach »türkischer Mode« gekleidet, in perlenbesetztem Goldstoff, einen Schimmelhengst reitend. Den Zug beschließen die Bischöfe und eine Gruppe von Rittern. Insgesamt wird des Kaisers Majestät von zweitausendfünfhundert Edelleuten begleitet.

Fünfzehntausend Mann dagegen bringt Karl von Burgund mit sich. Davon sind rund sechstausend Fußsoldaten, dreitausend schwere Panzerreiter, fünftausend leichte Reiter. An der Spitze des Zuges ziehen hundert ausgesuchte Pagen, alle mit blonden Haaren, in cremefarbener und azurblauer Uniform, dann eine Truppe von Trompetern mit versilberten Instrumenten. Es folgen die prunkvoll ausgestatteten Bogenschützen der herzoglichen Garde, die Wappenherolde der vierzehn burgundischen Staaten, ein Zug von Priestern und die Ritter vom Goldenen Vlies. Der Herzog selbst trägt einen vergoldeten Küraß und darüber einen Mantel aus gezogenem Gold mit Edelsteinen besetzt, dessen Wert man auf hunderttausend Gulden schätzt. Einige hundert Wagen bringen die Artillerie, das Gepäck, das Geschirr. Die Pferde haben vergoldete Schabracken. Das Zaumzeug ist mit silbernen Schellen besetzt, die auf den Schall der Trompeten abgestimmt sind.

Als der Kaiser herannaht, steigt Karl vom Pferd und macht Anstalten, niederzuknien. Der Kaiser hebt ihn auf und umarmt ihn. Beide Fürsten sitzen auf und reiten nebeneinander zur Stadt, peinlichst darauf bedacht, nur ja nicht um einen Zoll vor dem andern zu reiten. Man ist voll überströmender Rücksichtnahme. Der Kaiser will Karl bis zur Abtei St. Maximin begleiten, wo dieser Wohnung zu nehmen gedenkt. Karl seinerseits besteht darauf, bis zum Palast des Erzbischofs mitzukommen, wo der Kaiser wohnt. Mehr als eine halbe Stunde dauert das Hin und Her. Keiner möchte sich an Höflichkeit vom andern übertreffen lassen.

Burgund versteht sich auf das, was wir Schau nennen. Im Refektorium von St. Maximin wird eine Ausstellung wunderbarer Schmuckstücke ausgebreitet: vergoldete Statuen der zwölf Apostel, vier Engel in Gold, zehn mit Edelsteinen besetzte Kreuze, Heiligenschreine und Tabernakel, Heiligenbilder, eine goldene Lilie, die Bruchstücke und einen Nagel vom Wahren Kreuz Christi enthält, und andere Kostbarkeiten. Die Wände sind von wundervollen Gobelins bedeckt, auf denen man die Geschichte von Jason und dem Goldenen Vlies sieht, den Trojanischen Krieg, die Taten Alexanders des Großen.

Drei Tage später holt der Burgunderherzog den Kaiser, dem er tags zuvor einen Höflichkeitsbesuch gemacht hat, in vorher sorgfältig abgestimmtem Zeremoniell zur Eröffnung der Verhandlungen nach St. Maximin ab. Der Kaiser erscheint diesmal in Karmesin und Goldstoff, Maximilian in Karmesin und Damastgrün. Mit ihnen sind die Erzbischöfe von Mainz und Trier, die Herzöge Georg der Reiche von Bayern-Landshut und Albrecht der Weise von Bayern-Straubing. Zunächst hält für den Kaiser der Erzbischof von Mainz als Erzkanzler des Reichs eine wohlgesetzte Rede. Der burgundische Herzog wird ermahnt, der notleidenden Christenheit gegen die Ungläubigen beizustehen. Für Karl den Kühnen antwortet der Kanzler Hugonet in weitschweifender lateinischer Rede, wie schwierig die Lage Burgunds durch die Treulosigkeit und Hinterlist des französischen Königs sei, obwohl dieser doch als Dauphin am burgundischen Hof so viel Wohltaten genossen habe. Wenn die französische Frage erst einmal gelöst sei, dann werde sich Burgund gern an einem Zuge gegen die Ungläubigen beteiligen. Anschließend reicht man Wein und Gebäck. Karl der Kühne begleitet den hohen Gast zu dessen Quartier zurück.

Die eigentlichen Verhandlungen ziehen sich über die nächsten Tage und Wochen hin. Hinter den Kulissen gibt es ein zähes Ringen. Hat der Burgunder die Widerstände, die es zu überwinden gilt, falsch eingeschätzt?

Er muß nicht nur mit dem Kaiser rechnen, sondern auch mit den Kurfürsten. Im Kurfürstenkollegium kann Karl auf drei Stimmen zählen: die von Mathias Corvinus, König von Ungarn seit 1458 und von Böhmen seit 1469 (der selbst nicht anwesend ist) und die der beiden Wittelsbacher Fürsten, nämlich des Erzbischofs von Köln, Ruprecht von Bayern, und seines Bruders, des Pfalzgrafen Friedrich des Siegreichen. Gegen den Burgunder stehen der Erzbischof von Mainz, Adolf von Nassau, Erzkanzler des Reiches, und der Erzbischof von Trier, Johann von Baden. Von den weltlichen Kurfürsten sind gegen Karl den Kühnen der kriegerische Albrecht Achilles von Brandenburg und vermutlich auch der nicht anwesende Wilhelm von Sachsen. Aus der Zahl der übrigen Reichsfürsten kann der Burgunder auf die bayerischen Herzöge zählen.

Die Kernfrage ist: Wollen die deutschen Fürsten wirklich einen starken Mann an der Spitze des Reiches haben, was möglicherweise eine Schmälerung ihrer Macht bedeuten würde? Das Heiratsprojekt Maria – Maximilian geht sie nichts an. Das ist Sache der Habsburger.

Durch den Oktober und November ziehen sich die Verhandlungen hin, abgelöst von Empfängen, bei denen einer den anderen an Prunk zu übertreffen sucht. So lädt Karl den Kaiser, die Kurfürsten und den ganzen Hofstaat am 7. Oktober nach St. Maximin. Der burgundische Hofstaat scheint ganz neu in Goldbrokat mit Perlen und Edelsteinen gekleidet, der Herzog selbst trägt ein goldenes, rotdurchwirktes, edelsteinüberladenes Kleid, den Fürstenhut, den Fürstenmantel und um den Hals den Orden vom Goldenen Vlies. Beim Kirchgang ist der Dom mit allen Herrlichkeiten der burgundischen Hofkunst geziert. Die oben erwähnte mannshohe Lilie aus reichem Gold, mit Diamanten, Saphiren, Smaragden und Rubinen voll besetzt, ist ein Stück von ungeheurem Wert, das der Kaiser »wohlgefällig betrachtete und sogar mit den Händen umfaßte[74]«. Ein Bericht will wissen, daß der Kaiser dem Burgunder Reliquien »abgebettelt« habe. Während des Hochamts musiziert die berühmte burgundische Hofkapelle.

Nach dem Kirchgang führt der Herzog den Kaiser und den jungen Maximilian an der Hand in den mit den Tapisserien ausgestatteten Saal. In der Saalmitte steht die berühmte burgundische Kredenz, mit ihren neun Stufen den königlichen Rang des burgundischen Hauses symbolisierend. Sie ist rundum besetzt mit goldenem und silbernem Hausrat, worunter drei goldgefaßte Einhörner auffallen, die »wohl ein Fürstentum wert wären«.

Der Burgunderherzog bringt persönlich dem Kaiser eine goldene Schüssel zum Reinigen der Hände. An achtzehn Tafeln speisen die Gäste und Gastgeber. Vier Stunden lang werden insgesamt zweiundvierzig Speisen gereicht, während die burgundische Kapelle singt und spielt.

Am nächsten Tag gibt es Turniere, die durch Salutschüsse der burgundischen Artillerie eröffnet werden. Die Geschütze erregen das Staunen der Deutschen.

Haben wir von Augenzeugen genaue Berichte über die Äußerlichkeiten des Trierer Kongresses, so fehlt es leider an präzisen Aufzeichnungen über den Gang der Geheimverhandlungen. Abwechselnd im Palais des Erzbischofs und in St. Maximin gehen die Sitzungen Tag für Tag vor sich, meist im engsten Kreis. Forderungen, Ablehnungen, Gegenvorschläge, teilweises Nachgeben, neue Überlegungen folgen einander. Der Kaiser weicht aus, bespricht sich mit den anwesenden Kurfürsten. Karl fordert eine Entscheidung, droht mit dem Abbruch der Verhandlungen, läßt pakken, packt wieder aus. Über einen Punkt wird wenigstens Einigung erzielt: Am 5. November sieht man auf einem Gerüst, das auf einem Trierer Platz errichtet ist, den Kaiser thronen, gekleidet in einen Mantel aus Goldstoff, der ihm bis auf die Füße fällt und mit den Insignien der kaiserlichen Würde ausgestattet ist. Zu seiner Rechten sitzen die Kurfürsten von Mainz und Trier, zu seiner Linken der Bischof von Metz, Georg von Baden, und andere Würdenträger. Als der Herzog von Burgund anreitet und eine feierliche Runde um den Platz macht, bemerkt man unter den ihm folgenden Standarten zum ersten Mal auch das Wappen von Geldern. Karl der Kühne steigt die Stufen empor, kniet vor dem Kaiser und empfängt die Investitur mit dem Herzogtum Geldern und Zütphen.

Aber jeder weiß, daß man für die Belehnung nicht in Trier zusammengekommen ist. Es muß weiter verhandelt werden. Karl gibt jetzt etwas nach. Wenn er nicht Römischer König sein kann, will er König von Burgund sein. Er verspricht Geld, er verspricht zehntausend Mann für den Kampf gegen die Ungläubigen. Endlich sieht es so aus, als führten die Verhandlungen zum Ziel. In einem Brief vom 13. November an den Herzog von Sachsen schreibt Albrecht Achilles von Brandenburg: »Der Kaiser, unser Herr, hat den Herzog von Burgund zum König erhoben.« In Bern laufen Nachrichten ein: »Kaiserliche Majestät habe den Herzog von Burgrund zum König gekrönt und Besançon sei zur Hauptstadt des Königreichs bestimmt.« Tatsächlich, das Datum der Krönung wird festgesetzt, es wird der 25. November sein. Die Krönung wird in der Kathedrale stattfinden, wo man den Heiligen Rock aufbewahrt. Die Straßen werden geschmückt, alle organisatorischen Einzelheiten ausgearbeitet. Der Bischof von Metz wird die Messe lesen und die Salbungen vollziehen. Gérard Loyet, der berühmte Goldschmied des Herzogs, hat ihm bereits ein wunderbares Szepter angefertigt. Am 14. November feiert Karl der Kühne seinen vierzigsten Geburtstag und lädt Maximilian ein. Der junge Mann, dessen Aussehen die Trierer Bürger bezaubert hat, gefällt dem künftigen Schwiegervater. Er zeigt ihm seinen sprechenden Papagei und schenkt ihm eine eigens für ihn geschriebene, vom Herzog selbst entworfene und verfaßte burgundische Felddienstordnung, die man heute noch in den Archiven von Wien sehen kann. Die Einigung zwischen Habsburg und Burgund scheint perfekt. Karl der Kühne kann annehmen, daß das Ziel nunmehr greifbar nahe ist. Man beginnt schon, die Wandteppiche in der Krönungskirche aufzuhängen.

Hört er nicht das Geflüster im Hintergrund? Haben ihm seine Agenten nichts von den Geheimbesprechungen berichtet, in denen seine Gegner den Kaiser unter Druck setzen? Spürt er nicht, daß die Zurschaustellung burgundischer Pracht und Macht die Deutschen eher argwöhnisch gemacht hat?

Einen Tag vor der vorgesehenen Krönung erfolgt die dramatische Wendung in ganz undramatischer Weise. Am 24. November läßt der Kaiser den burgundischen Kanzler rufen und teilt ihm mit, die Verhandlungen müßten bedauerlicherweise unterbrochen werden. Sie sollten am 1. Februar wieder aufgenommen werden, man denke an Basel oder Besançon als Verhandlungsort. Die Burgunder protestieren lebhaft. Es ergibt sich eine lange Diskussion. Die burgundische Delegation besteht darauf, am nächsten Morgen müsse die Krönung wie vorgesehen stattfinden. Der Kaiser ist nicht umzustimmen. Dem burgundischen Kanzler bleibt nichts übrig, als gegen Mitternacht die Verhandlung mit der Erklärung zu beenden, er müsse zunächst seinem Herrn berichten.

Der Kaiser aber wartet den nächsten Zug des Herzogs erst gar nicht ab. Mit einer an ihm sonst gar nicht gewohnten Schnelligkeit wirft er sich aufs Pferd und galoppiert – nur von seinem Sohn und einem kleinen Gefolge begleitet – aus der Stadt, um irgendwo in der Nacht ein kleines, vorsorglich bereitgestelltes Moselschiff zu besteigen. Daß er seine Quartier- und Zechschulden unbezahlt läßt, stört ihn nicht.

Der Herzog von Burgund ist der Geprellte vor den Augen von ganz Europa, und daran ändern auch die höflichen Entschuldigungsworte des kaiserlichen Kammerherrn, des Grafen Montfort, am nächsten Morgen nichts. Karl soll vor Wut das Mobiliar seines Zimmers zertrümmert haben. Verständlich wäre es, aber wahrscheinlich ist es nicht. Er läßt packen, reist ab, entläßt den größeren Teil seines Heeres.

Vom übernächsten Tag an bis zum 11. Dezember sehen wir ihn in Thionville (Diedenhofen). Von hier aus erläßt er eine Reihe von Verordnungen, die die Tendenz seines politischen Wirkens deutlich machen: aus heterogenen Stücken auch juristisch und verwaltungstechnisch Schritt für Schritt einen burgundischen Staat zu formen. Schon vorher, von Trier aus, hat er organisatorische Maßnahmen für die burgundische Armee getroffen. Nun wird durch die Ordonnances am 8. Dezember 1473 als Oberstes Gericht für die gesamten burgundischen Niederlande in der Stadt Mecheln das Parlement geschaffen. Dieser Gerichtshof ist vergleichbar dem berühmten Parlement von Paris, das schon 1250 geschaffen wurde, und dem Reichskammergericht, das der Schwiegersohn Karls des Kühnen, Maximilian, 1495 in Worms ins Leben ruft. Um der neuen Institution das notwendige Ansehen zu schaffen, beruft der Herzog die besten Juristen des Landes an das Gericht. Das Parlement von Mecheln hat in verschiedenen Formen – rechnet man den Grand Conseil als seinen Vorgänger – über dreieinhalb Jahrhunderte bestanden, bevor es in den Wirren der napoleonischen Zeit untergeht.

Mecheln wird an diesem 8. Dezember 1473 nicht nur zur »Residenz des Rechts«. Der Herzog bildet in weiteren Verordnungen drei Kammern, die sich mit den Finanzen der burgundischen Niederlande beschäftigen – die Chambre des Comptes als Oberrechnungskammer, die Chambre du Trésor, insbesondere für die Domänen zuständig, und die Chambre des Aides, die sich mit den Steuereinnahmen befaßt. Später, im Januar 1474, folgt dann von Dijon aus eine weitere Verordnung, welche für die Oberen Lande, das Herzogtum Burgund und die Freigrafschaft das Verfahren der Gerichtshöfe von Beaune/St. Laurent und Dôle regelt. Hier zeigt sich in Karl dem Kühnen, den man so oft in der Geschichtsschreibung als unbeherrschten Kriegsmann abstempelt, ein hervorragender Staatsmann und Organisator. Wir können in unseren Tagen seine Leistung besonders würdigen, da wir sehen, wie schwierig es ist, auf den Gebieten von Gesetzgebung, Verwaltung und Rechtsprechung in Europa über historisch gewachsene Verschiedenheiten zu einer Vereinheitlichung zu gelangen.

Am 14. Dezember ist der Herzog im Schloß von Pierrefort Gast eines Mannes, den er seit acht Jahren kennt. Nicolas von Montfort, Graf von Campobasso, war in Neapel einer der Parteigänger der Anjous, denen er nach Lothringen folgte, nachdem das Haus Aragon in Neapel die Oberhand gewonnen hat. Campobasso ist der Mann, der den Herzog drei Jahre später in der letzten Schlacht verraten wird.

In Nancy wird Karl der Kühne von dem jungen Lothringer Herzog empfangen. Die überwiegend burgundisch gesinnte Ritterschaft des Landes hat inzwischen im November den Vertrag zwischen Burgund und Lothringen bestätigt. In einer Mischung von Faszination durch den Großen Herzog des Abendlandes und Erkenntnis der Nutzlosigkeit jeden Widerstandes hat René II. sein Land praktisch zum burgundischen Protektorat machen lassen. Karl der Kühne pflegt aber auch die Verbindung zu dem Großvater des jungen Herzogs, dem »Guten König René«. Zwei ge-

Burgund
zur Zeit seiner grössten
Ausdehnung
unter Karl dem Kühnen

1 Grafschaft Holland
2 Herzogtum Geldern
3 Grafschaft Seeland
4 Herzogtum Brabant
5 Grafschaft Flandern
6 Boulogne, Picardie, Ponthieu, Eu, Vermandois
7 Grafschaft Hennegau
8 Herzogtum Limburg
9 Herzogtum Luxemburg
10 Herzogtum Lothringen
11 Herzogtum Burgund und Nevers, Charolais, Mâcon
12 Freigrafschaft Burgund
13 Oberrheinische Pfandlande

Unter burgundischem Einfluß:
Erzbistum Utrecht
Bistum Lüttich
Bistum Tournai

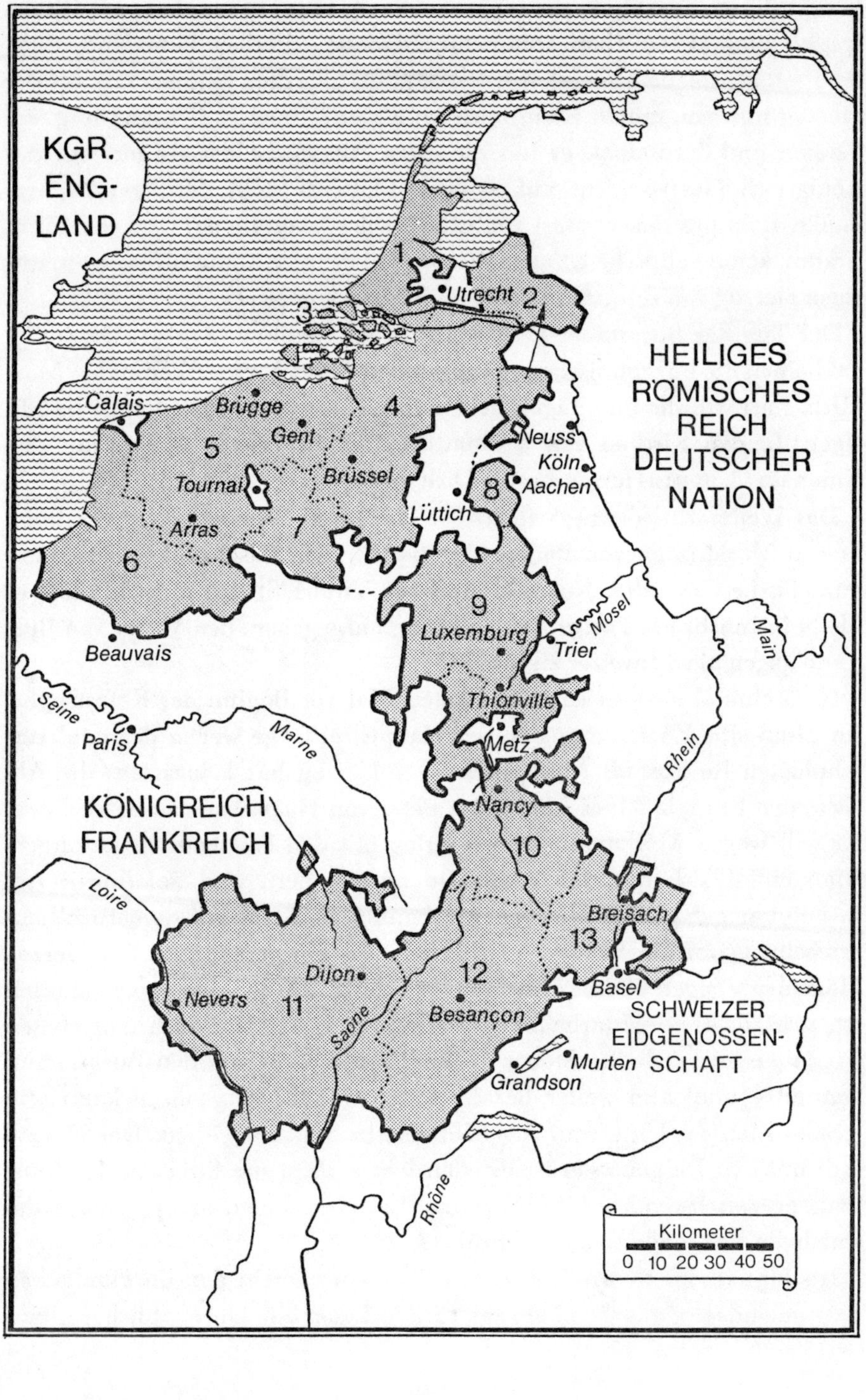
KGR. ENGLAND
HEILIGES RÖMISCHES REICH DEUTSCHER NATION
KÖNIGREICH FRANKREICH
SCHWEIZER EIDGENOSSENSCHAFT
1
2
3
4
5
6
7
8
9
10
11
12
13
Utrecht
Calais
Brügge
Gent
Brüssel
Tournai
Arras
Lüttich
Neuss
Köln
Aachen
Beauvais
Luxemburg
Trier
Mosel
Main
Thionville
Metz
Nancy
Rhein
Seine
Paris
Marne
Loire
Breisach
Basel
Dijon
Nevers
Besançon
Saône
Murten
Grandson
Rhône
Kilometer
0 10 20 30 40 50

gensätzliche Charaktere, der eine unablässig tätig, der andere von Ritterspielen und Hirtenleben träumend, Romane schreibend, malend, dichtend – und trotzdem findet sich Verständnis zwischen beiden. Träumt der Herzog nun von einem Königreich im Süden? René ist Titularkönig von Sizilien und Jerusalem, er hat die alten Ansprüche der Anjous auf das Königreich Neapel nicht aufgegeben. Plötzlich steht der Kreuzzugsgedanke, steht das Fasanenfest von Lille wieder lebendig da. Und es ist kein Traum, keine politische Utopie: Warum soll der alte König nicht den mächtigen Herzog von Burgund zu seinem Erben einsetzen?

Der Zug der Burgunder geht weiter, dem Elsaß zu. Am 21. Dezember erscheinen die burgundischen Standarten auf dem Vogesenkamm bei Markirch. Karl will die ihm zugefallenen vorderösterreichischen Lande besichtigen. In den Kirchen von Mülhausen aber liegen die Bürger auf den Knien und beten: »Herr, erbarme Dich unser!«

Das Weihnachtsfest 1473 feiert der Herzog in Breisach. Hier empfängt er den Markgrafen von Baden, die Bischöfe von Basel und Speyer, viele europäische Gesandte. Nur Sigmund von Tirol läßt sich nicht blicken, er bleibt in Innsbruck. Hat er die Hoffnung aufgegeben, den Vetter von Burgund gegen die Schweizer zu führen?

Noch einmal ergibt sich, zum letzten Mal vor Beginn der Katastrophe, im Elsaß eine Entspannung in der Hauptstreitfrage wegen der total verschuldeten Reichsstadt Mülhausen. Der Herzog hat keineswegs die Absicht, den Ehrgeiz seines Landvogts Peter von Hagenbach zu befriedigen. Er will wegen Mülhausen keinen Krieg mit den Eidgenossen anfangen. Man einigt sich mit den Abgesandten von Bern und Solothurn: Am 3. Februar 1474 sollen die von Mülhausen zu Basel auf dem Richthaus erscheinen, um die Fehden zu regeln[75]. Im übrigen nimmt der Herzog Hagenbach gegen alle Beschwerden in Schutz, wie es seine Angewohnheit ist, sich vor seine Mitarbeiter zu stellen, und bestätigt auch den »bösen Pfennig«. Die verhaßte Steuer – die übrigens nicht von den Burgundern stammt – muß also weiter bezahlt werden. Aber Hagenbach kann sein großes Ziel, die Unterwerfung Mülhausens, nicht erreichen. Der Herzog will mit den Eidgenossen in Frieden leben, nicht die Streitaxt des Innsbrucker Verschwenders Sigmund sein. Kann er ahnen, daß er gerade dadurch die Todfeinde zueinander führt?

Im Januar finden wir Karl den Kühnen wieder in den burgundischen Stammlanden. Am 23. zieht er feierlich in Dijon ein. Die sterblichen Überreste seines Vaters und seiner Mutter werden am 11. Februar im burgundischen Erbbegräbnis, in der Kartause von Champmol, in Anwesenheit des Erzbischofs von Köln und zahlreicher geistlicher Würdenträger beigesetzt. Bedeutsam aber ist der Aufenthalt in Dijon durch eine große politische Rede vor den Ständen von Burgund. Der Herzog spricht von dem »alten Königreich Burgund, welches die Herren von Frankreich lange Zeit sich widerrechtlich angeeignet hatten und es zum Herzogtum gemacht haben, was alle Untertanen nur zu bedauern haben[76]«.

Es ist also klar: Die Idee vom burgundischen Königreich, gestützt auf die geschichtliche Entwicklung, ist durch das Scheitern der Trierer Verhandlungen keineswegs aus der Welt.

Während aber in den ersten Monaten des Jahres 1474 der Herzog wieder nach Luxemburg zieht, um neue politische Pläne im Rheinland zu verfolgen, braut sich hinter seinem Rücken bereits das Verderben zusammen. Unablässig arbeiten Ludwig XI., seine Emissäre und sein Geld. Langsam, aber sicher vollzieht sich die für unmöglich gehaltene politische Annäherung Österreichs an die Eidgenossenschaft.

DIE EIDGENOSSEN ERKLÄREN DEN KRIEG

Die Eidgenossenschaft besteht in diesen Jahren aus acht Kantonen: den drei Urkantonen Uri, Schwyz und Unterwalden, den drei Stadtkantonen Bern, Luzern und Zürich und schließlich noch Zug und Glarus. Freundschaftliche Beziehungen bestehen zu einer ganzen Reihe wichtiger Städte wie Freiburg im Üchtland (das unter savoyischer Oberhoheit steht), Solothurn, Basel, Mülhausen im Elsaß, Straßburg, Schaffhausen, St. Gallen, ja sogar nach Rottweil. Viel zu weit würde es führen, wollte man das vielfältige Netz der Beziehungen der acht »alten Orte« untereinander und einzelner Orte mit den Nachbarn im Detail aufzeigen. Die Eidgenossenschaft ist alles andere als homogen. Die Kantone oder »Orte« sind keineswegs immer einer Meinung. Gerade ein Menschenalter ist es her, daß im »alten Zürichkrieg« mit äußerster Härte und Grausamkeit gegen Zürich gekämpft wurde.

Was die Eidgenossen vor allem zusammenhält, ist ihre Gegnerschaft gegen Habsburg und ihr Selbstbewußtsein, aufgebaut in mehr als anderthalb Jahrhunderten erfolgreicher Kämpfe. Namen wie Morgarten, Laupen, Sempach haben eine Art Nationalbewußtsein der Eidgenossenschaft geschaffen. Es hat auch nicht den Anschein, als seien Kaiser Friedrich III. oder sein Vetter Sigmund von Tirol fähig, den Schweizern die Länder und Städte, die sie Habsburg entrissen haben, streitig zu machen – der Waldshuter Krieg hat das zur Genüge gezeigt.

Tatsächlich beruht die Macht der Eidgenossenschaft wesentlich auf ihrer, wenn man so will, militaristischen Verfassung. Das kleine Land kann in Kürze siebzigtausend Mann aufstellen, durchweg bärenstarke, tapfere, ausdauernde Infanteristen. Ihre Hauptwaffe ist ein nahezu sechs Meter langer Spieß. Die Reiterei ist bei den Eidgenossen unbedeutend, aber die Phalanx der Fußsoldaten erweist sich als den besten Heeren der Zeit überlegen, zumal wenn der schauderhafte Klang der großen Hörner Angst und

Schrecken beim Feind verbreitet. Von dem ritterlichen Brauch, den Gegner möglichst in Gefangenschaft zu bringen und dann am Lösegeld zu verdienen, halten die Schweizer nichts; sie sind durch ihre Felddienstordnung verpflichtet, jeden Feind niederzumachen.

Die Erfolge gegen Habsburg haben den anfangs mehr defensiven Charakter der Eidgenossenschaft bereits verwischt. Besonders Bern zeigt expansiven Charakter, es hat praktisch die Federführung der Eidgenossenschaft in vielen außenpolitischen Fragen übernommen. Lange Zeit ist es vorwiegende oder auch einhellige Meinung bei den Orten, man müsse nach außen in abgewogenen Freundschaftsverträgen jede einseitige Bindung vermeiden, ob es sich nun um Mailand, Savoyen, Frankreich oder Burgund handelt. Die wirtschaftlichen Interessen der Schweiz gebieten vor allem ruhige ausgeglichene Beziehungen mit Burgund: Von dort bezieht man Salz, Wein, Eisen und Getreide, dort finden die Eidgenossen Absatz für ihre Erzeugnisse.

Im alten Zürichkrieg ist Herzog Philipp allem Werben Habsburgs zum Trotz strikt neutral geblieben; kein Burgunder hat sich an den schrecklichen Plünderungen der Schinder – der »Ecorcheurs« – in den vierziger Jahren beteiligt. Das gute Verhältnis zu Burgund zeigt sich in dem ehrenvollen Empfang, den die Berner dem Herzog 1454 bei seiner Durchreise auf dem Weg zum Reichstag nach Regensburg bereiten.

Am 22. Mai 1467 wird zwischen Burgund einerseits und den Städten Zürich, Bern, Freiburg und Solothurn andererseits eine Art Freundschafts- und Nichtangriffspakt abgeschlossen. Dabei wird unter anderem vereinbart, daß kein Vertragspartner einem Feind des anderen Durchzug gestatten solle. Die burgundisch-schweizerischen Beziehungen bleiben praktisch auch bis zum Vertrag von St. Omer so gut wie ungetrübt, und Karl der Kühne beeilt sich, den Schweizern zu versichern, er habe mit Herzog Sigmund ein reines Defensivbündnis geschlossen. Aber der Argwohn der Schweizer gegen einen Verbündeten ihres Erbfeindes Habsburg ist erwacht – und er ist verständlich. Es kann ihnen nicht verborgen bleiben, daß Sigmund nur den einen Wunsch hat: den mächtigen Burgunderherzog als eine Art Super-Condottiere gegen die Schweizer zu benutzen. Trotzdem wäre es wahrscheinlich nicht zum Bruch zwischen Burgund und den Eidgenossen gekommen, wenn nicht zwei Faktoren gewesen wären: der eine ist Peter von Hagenbach; der andere, entscheidende, die Politik Ludwigs XI.

Fürstliches Paar im Garten

Buchminiatur aus dem Breviarium Grimani; Einschaltbild April. Um 1500. Venedig, Markusbibliothek.

Dieses schöne Beispiel der Miniaturmalerei stammt von dem Genter Gerard Horebout, der das Brevier des Kardinals Grimani ausmalte. Die Kleidung der dargestellten Personen läßt ein klein wenig die verschwenderischen Modetorheiten der Renaissance ahnen.

Die Miniaturmalerei hat vom Ausgang des 14. bis zum Beginn des 16. Jahrhunderts viele weltliche und kirchliche Mäzene gefunden. Bekannt geworden sind vor allem die sogenannten Stundenbücher, beispielsweise die »Très riches heures du duc de Berry« mit Miniaturen der Brüder van Limburg (1413–1416).

Karl der Kühne und Isabella von Bourbon

(Innenseiten)

Unbekannter flämischer Meister des 15. Jahrhunderts. Gent, Museum.

Nur einige Jahre älter als auf dem Porträt Rogiers van der Weyden dürfte Karl hier sein – und doch, welch ein Unterschied! Furchen durchziehen das Gesicht, das gereifter erscheint. Der dunkle Teint ist das Erbteil seiner portugiesischen Mutter. Der Orden vom Goldenen Vlies, den er um die Schulter trägt, kehrt wieder als Umrandung des großen burgundischen Staatswappens: ein Beweis für die Bedeutung dieses Ordens in Burgund.

Karl war als Fünfjähriger mit der bald darauf verstorbenen Catherine de France verheiratet worden. Allerheiligen 1454 heiratete er seine Cousine Isabella von Bourbon, eine fragile, graziöse Prinzessin von siebzehn Jahren. Karl hat sie zärtlich geliebt und ihr – zum Erstaunen der Zeitgenossen – stets die Treue gehalten. Isabella gebar im Februar 1475 Maria, die das einzige Kind Karls des Kühnen bleiben sollte. Pate wurde ausgerechnet der Dauphin, der spätere Ludwig XI., der damals in Burgund Zuflucht gesucht hatte. Die dritte Ehe Karls mit Margarete von York war von politischem Kalkül bestimmt.

Schlacht bei Hericourt

Diebold Schilling, Amtliche Berner Chronik, Band III. Bern, Burgerbibliothek.

Der Berner Rat erteilte 1474 dem Unterschreiber Diebold Schilling den Auftrag, eine Stadtchronik zu schreiben. Die Chronik, mit 607 Bildern illustriert, gilt als das repräsentativste eidgenössische Geschichtswerk des 15. Jahrhunderts. In den Burgunderkriegen hat Schilling selbst mitgekämpft.

Das Städtchen Héricourt, zwölf Kilometer südwestlich Belfort gelegen, wurde im Oktober 1474, kurz nach der Kriegserklärung an Karl den Kühnen, von Eidgenossen, Elsässern und Österreichern belagert. Ein burgundisches Entsatzheer erlitt am 13. November eine schwere Niederlage.

Der Mann, den der Herzog als seinen Landvogt für die vorderösterreichischen Pfandschaften auswählt, stammt, wie erwähnt, aus kleinem sundgauischen Adel[77]. Er gehört seiner Herkunft nach zu jener Klasse von Raufbolden, die Weg und Steg im Sundgau und Elsaß unsicher machen, denen die Schweizer in tiefster Seele verhaßt sind und denen einfach ein großer Fürstenhof als Mittel- und Anziehungspunkt fehlt.

Hagenbach hat sich in Jahrzehnten zum burgundischen Höfling gemausert. Er hat sich am Hof und als Artillerist bewährt und erhält den hohen Rang eines »Maistre d'Hostel«. Er ist gegen fünfzig Jahre alt, als er Ende 1469 von dem Markgrafen von Hochberg das Amt des Grand Bailli in den Pfandschaften übernimmt. Die Huldigung ist geleistet, die erste Bestandsaufnahme durch burgundische Kommissare durchgeführt. Hagenbachs Aufgabe ist es zunächst einmal, in die zerrütteten Verhältnisse Ordnung hineinzubringen. Das gelingt ihm. Bis zuletzt haben auch seine Gegner dies anerkannt – besteht doch ein sichtlicher Gegensatz zwischen der Ordnung im burgundischen Gebiet und beispielsweise dem Bischof von Straßburg, welcher fromme Gottesmann sich nicht scheut, einerseits Geleitbriefe auszustellen und andererseits gerade dieses Geleit wieder zu brechen.

Der Landvogt weiß, daß es psychologisch vor allem darauf ankommt, an einem Beispiel die Macht Burgunds zu statuieren. Das findet er in den mächtigen Ganerben[78] von Ortenberg, die den schuldigen Gehorsam verweigern. Der Herzog, den Hagenbach zuvor unterrichtet, ermahnt ihn brieflich, die Vorbereitungen besonders sorgfältig zu treffen. Er fürchtet nichts mehr, als daß ein Fehlschlag dem burgundischen Ansehen schaden könne. Hagenbach zieht dreieinhalbtausend Mann zusammen. Die Burg kapituliert schon wenige Tage später. Das Land am Oberrhein ist beeindruckt von der Machtdemonstration.

Der Grand Bailli ist ein merkwürdiger Mensch. Er ist dem Herzog geradezu hündisch ergeben, er hat sich am Hof und im Feld große Verdienste erworben und steht sicher über dem Durchschnitt seiner Standesgenossen. Aber obwohl er wiederholt zu diplomatischen Missionen von größter Wichtigkeit verwendet wird, ist er alles andere als ein Diplomat. Bei jeder passenden oder unpassenden Gelegenheit zeigt er sich als Schweizerhasser. Sprüche wie die, er wolle dem Berner Bären das Fell abziehen und sich einen Mantel daraus machen, müssen ihm Feinde machen. Freunde gewinnt er nur wenige, da die Raufbolde vom sundgauischen und elsässischen Adel ja in den ruhigen Zeiten der Burgunderherrschaft nicht auf ihre Kosten kommen und da Bürger und Bauern nach der Schlamperei der Habsburger Zeit nun wieder ordentlich ihre Abgaben leisten, ja dazu noch zusätzliche Steuern bezahlen müssen.

Der Mann, der gern eine Kopie des höfischen Glanzes von Burgund in seiner Regionalresidenz entwickelt hätte, ist gegenüber Untergebenen wie gegenüber Basel, Mülhausen und den Eidgenossen nicht nur von hochfahrendem Stolz, sondern auch manchmal von mehr als rüden Manieren. »Den Dreck auf Deine Nasen« ist einer seiner Lieblingsausdrücke. Seinem Herzog gegenüber glaubt er am besten zu fahren, wenn er seine Politik auf Drohungen und Einschüchterungsversuchen aufbaut. Es ist paradox, daß uns Briefe gerade von diesem groben Mann eine zarte Liebesgeschichte mit einer Madame de Masonval überliefern, einer Dame von möglicherweise brabantischer Herkunft, die um seinetwegen das Vaterhaus verläßt und in Remiremont in einem Kloster Zuflucht sucht. Ihretwegen hat Hagenbach einmal ernsthafte Schwierigkeiten, die sogar zu einem Haftbefehl führen, der allerdings dann nicht vollstreckt wird. Der Ausgang der Liebesaffäre liegt im dunkeln. Peter von Hagenbach heiratet später Barbara von Tengen, die Tochter eines hegauischen Grafen.

Die zeitgenössischen Geschichtsschreiber und politischen Pamphlete seiner Gegner haben aus Hagenbach einen rabenschwarzen Tyrannen gemacht. Das ist er sicher nicht. Aber er ist für den Posten, den er bekleidet, nicht geeignet. Freilich spielen dabei auch Faktoren mit, für die er nichts kann. Seine Vorgänger als Landvögte im Elsaß sind durchweg Angehörige der reichsten Schicht im Land gewesen, sie brauchten nicht so sehr aufs Geld zu achten. An ausreichenden Mitteln hat es Hagenbach stets gefehlt. Die strenge burgundische Rechnungskammer verlangt, daß die Gehälter und Ausgaben aus den Einnahmen des Landes gezahlt werden, und es erscheint den Burgundern schlimm genug, daß sie außer der Pfandsumme an Herzog Sigmund noch Zehntausende von Gulden zur Auslösung von Pfandschaften aufwenden müssen. Mangel an flüssigen Mitteln, um seine Söldner zu entlohnen, trägt später wesentlich mit zum Untergang Hagenbachs bei.

Daß er die Schweizer nicht mag, ist verständlich. Unverzeihlich dagegen ist, daß er seinen Herzog im unklaren läßt über die politischen und militärischen Verhältnisse in der Eidgenossenschaft. Er spielt die militärische Stärke herunter, während der französische König nie die Lehren vergißt, die er als Dauphin aus der blutigen Begegnung im Armagnacenkrieg 1444 bei St. Jacob an der Birs gezogen hat. Ludwig XI. weiß, was die Schweizer militärisch wert sind.

Die Hoffnung Herzog Sigmunds von Tirol, er könne den Burgunderherzog gegen die Schweizer einsetzen, lebt noch einmal auf, als Ende 1472 die kaiserliche Politik wieder die Annäherung an Burgund betreibt und kurz vor dem Weihnachtsfest 1472 Papst Sixtus IV. schreibt, Burgund solle Sigmund gegen dessen Feinde – wer sollte das wohl sein außer den Eidgenossen? – beistehen.

Anfang 1473 wachsen die Spannungen. Die Schweizer erlassen ein Verbot für ihre Landsleute, Waffendienst in Burgund zu leisten. Am 14. März beraten die Eidgenossen in Basel mit dem Markgrafen von Baden, den Städten Basel, Straßburg, Kolmar, Schlettstadt und Mülhausen und den Bischöfen von Straßburg und Basel eine »früntliche Vereinigung«. Die Lage verschärft sich durch den Überfall zweier Raubritter, Bilgeri von Heudorf und Diebold von Geroldseck, am 3. April auf eidgenössische Kaufleute. Peter von Hagenbach distanziert sich ausdrücklich von den Raubrittern, die nicht burgundische Untertanen sind. Um Mißverständnisse auszuräumen, erscheint am 5. Mai eine Gesandtschaft Karls des Kühnen vor der eidgenössischen Tagsatzung in Luzern und bietet die Vermittlung zwischen den Eidgenossen und Sigmund an. Die Antwort ist wenig freundlich: Der Burgunder solle für Entschädigung sorgen; gleichzeitig geht von den Eidgenossen ein Brief an Herzog Sigmund, er solle für den Schaden aufkommen, den der Heudorfer angerichtet habe.

Obwohl in Bern die burgundische Partei unter Adrian von Bubenberg durchaus noch nicht geschlagen ist, wächst die Unruhe unter den Schweizern wegen des starken Durchzugs lombardischer, venezianischer und neapolitanischer Söldner, die ihr Glück bei der burgundischen Armee zu machen hoffen. Im Juli erscheint der Abt von Casanova als Gesandter des Burgunderherzogs und versucht, die Gemüter zu beschwichtigen: Der Herzog wolle keinen Krieg, er wolle vielmehr das Bündnis von 1467 auf alle Orte ausdehnen. Es wird sogar angeboten, die Schweizer sollen sich mit Burgund, Neapel und Venedig gegen die Türken zusammentun; wenn Geld für Rüstungen gebraucht werde, Burgund wolle es vorstrecken.

Wenig später bringt Jost von Silenen, eines der Häupter der französischen Partei, Gegenangebote des französischen Königs. Etwa zur gleichen Zeit finden in Basel Verhandlungen Kaiser Friedrichs III. mit den Eidgenossen statt, organisiert durch Adrian von Bubenberg. Wie erwartet, verlangt der Kaiser zunächst die Rückgabe aller ehemals habsburgischen Gebiete; wie erwartet, weisen die Eidgenossen diese Forderung zurück. Die Verhandlungen kommen zu keinem Abschluß; aber man spürt, daß beide Seiten jetzt an einem Ausgleich interessiert sind. Die Konferenz in Trier zwischen dem Kaiser und dem Burgunderherzog bringt zwar mit den Gerüchten, die sich über Europa verbreiten, neue Unruhe für die Eidgenossen; aber das Resultat ist doch günstig für sie: gegen einen König aufzutreten ist schwieriger als einen Herzog zu bekämpfen.

Jetzt entschließen sich die Eidgenossen auch zur Lösung des lange schwelenden Falles Mülhausen. Die kleine Reichsstadt ist durch die Armagnacenkriege und spätere Kriegszüge verarmt und schwer verschuldet. Hagenbach hat vom Kaiser die Erlaubnis erlangt, das Schultheißenamt von Mülhausen durch Einlösung der Pfandsumme an sich zu bringen, was die politische Macht bedeuten würde. Die auf eintausendachthundert Gulden veranschlagte Schuld der Stadt wird nun von Straßburg, Basel, Kolmar, Zürich, Bern und Solothurn übernommen. Am 7. Januar 1474 schließt Karl der Kühne mit den Gesandten Scharnachthal und Wabern ein Abkommen. Danach hat Mülhausen seine Schulden bis zum 3. Februar zu bezahlen und darf dann seinerseits die Forderungen der Stadt in den Ländern des Herzogs eintreiben. Das Schultheißenamt von Mülhausen wird nun an die Schweizer und Elsässer Städte verpfändet.

Im Februar führt Karl der Kühne selbst Verhandlungen mit Abgesandten Sigmunds. Noch einmal lehnt er das Ansinnen ab, für den Tiroler Herzog Krieg gegen die Eidgenossen zu führen. Er wolle ihn nach dem Vertrag von 1469 gegen etwaige Angriffe der Schweizer beschützen, mehr sei nicht vereinbart. Der Burgunder verbindet seine Ablehnung mit heftiger Kritik an den ihm zu Ohren gekommenen Verhandlungen Sigmunds mit Ludwig XI., von dem Sigmund Geld zur Rückzahlung der Pfandsumme für die Oberrheinischen Pfandlande erbeten hat. Nun wird dem Tiroler Herzog klar, daß er den Burgunder nicht für seine Zwecke gegen die Schweizer einspannen kann. Und das ist auch der Zeitpunkt, in dem er sich definitiv von seinem burgundischen Protektor abwendet und versucht, mit den Eidgenossen einen Vergleich abzuschließen. Bereits am 4. Februar erklären sich die Kantone Zürich, Bern, Luzern, Obwalden, Zug und Glarus zum Abschluß einer Einigung (»Richtung«) mit Österreich bereit, während Nidwalden, Uri und Schwyz sich noch sträuben. Die Städte Basel,

Kolmar, Schlettstadt und Straßburg versprechen Sigmund die von ihnen auf achtzigtausend Gulden veranschlagte Auslösungssumme. Die Bedingungen der Eidgenossen sind klar: Habsburg hat den eidgenössischen Besitzstand anzuerkennen; die vier Waldstädte und der Schwarzwald haben den Frieden alle zehn Jahre neu zu beschwören; der Vertrag soll nicht nur für Sigmund, sondern für alle seine Erben gelten.

Am 30. März 1474 wird endgültig die »Ewige Richtung« aufgesetzt, welche die Auseinandersetzungen zwischen Habsburg und der Eidgenossenschaft beenden soll. Am folgenden Tag wird ein Defensivbündnis abgeschlossen, das die Eidgenossen, die Städte Straßburg, Kolmar, Schlettstadt und Basel sowie die Bischöfe von Straßburg und Kolmar umfaßt. Am 4. April gründen die elsässischen Städte, Basel und der Tiroler Herzog die sogenannte »Niedere Vereinigung« (im Gegensatz zum »Oberdeutschen Bund« der Eidgenossen). Jetzt rollt die Kugel immer schneller. Schon zwei Tage später kündigt Sigmund dem Burgunderherzog die Pfandschaft auf.

Peter von Hagenbach spürt, daß sich die politischen Verhältnisse geändert haben. Es gelingt ihm noch, die Verfassung in Breisach, wo er sich nun mit seinen Söldnern einnistet, zu ändern und einen Bürgermeister von seinen Gnaden einzusetzen. Da erreicht ihn die Nachricht, daß der Waffenherold des Habsburgers, Caspar Österreich, Karl dem Kühnen die Hinterlegung der Lösungssumme in Basel und die Rücknahme der Pfandlande angekündigt habe. Schon versagen ihm die Waldstädte Rheinfelden, Säkkingen, Laufenberg und Waldshut die Gefolgschaft. Ein Versuch, Ensisheim in der Nacht zum 10. April im Sturm zu nehmen, scheitert. Hagenbachs Söldner, lange ohne Geld, werden unruhig, Deutsche stehen gegen Pikarden. Noch am Abend des Ostersonntags trifft eine Botschaft vom Herzog ein: Karl werde persönlich zur Entsetzung Hagenbachs kommen, wenn er in Breisach vom Feinde eingeschlossen werde. Die Pikarden fordern ihren Sold. Die Unruhe in der Bürgerschaft wächst. Der Tumult währt die ganze Nacht hindurch bis Mittag am Ostermontag. Plötzlich hört man Rufe »Hinaus mit den Welschen« und »Rettet das Römische Reich«. Die Bürger besetzen die Tore. Noch einmal versucht Friedrich Kappler, der Hauptmann des Landvogts, der das Vertrauen sowohl der Deutschen als auch der Welschen hat, zu vermitteln. Hagenbach muß sich verpflichten, die Pikarden aus der Stadt zu weisen. Das ist sein letzter Fehler. Noch glaubt der Landvogt, es sei nicht alles verloren. Er sagt zu, die Stadt ihres Eides ledig zu sprechen, ihre alte Freiheit wieder aufzurichten, ja er will sogar seinen Posten als Landvogt aufgeben. Zu spät. Eine Gruppe von Radikalen dringt in Hagenbachs Haus ein und schleppt den Landvogt auf die Straße hinaus. Mit knapper Not können die Adligen bewirken, daß er in den Gewahrsam des Rates kommt. Man hält ihn in seinem eigenen Hause gefangen, die Füße in Eisen geschlossen. Noch glaubt er, die Dinge wenden zu können, bietet vierzehntausend Gulden: vergebens. Am 15. April wird er in den Turm gebracht und an eine Säule gefesselt.

Nachdem die Stadt wieder hat, was ihr von Burgund ursprünglich zugesagt war, wäre die Sache an sich ausgestanden. Die Bürger beeilen sich, Burgund einen Eid zu schwören, »seine Gerechtigkeit zu bewahren ohnbeschad des Reichsrechts«. Es wird eine Rechtfertigungsschrift an den Herzog aufgesetzt. Der Burgunder begreift die Situation sehr wohl. Er antwortet, es tue ihm leid, daß es so gekommen sei, er habe Hagenbach nur befohlen, die Stadt in gutem Gewahrsam zu halten. Nun wolle er beide Seiten hören, man solle ihm den Gefangenen überstellen. Die Breisacher lehnen sogar die Hilfsangebote der Niederen Vereinigung ab. Aber die von allen Seiten geäußerte Bitte, »den Landvogt nit von Händen ze lassen«, wird befolgt. Theoretisch ist das Land noch burgundisch; man kann wohl schlecht den Landvogt dem burgundischen Gericht entziehen. Die Niedere Vereinigung behauptet, die Pfandlande seien ausgelöst und sie seien mit Sigmund verbündet. Die Breisacher Räte sind in einer juristischen Klemme. Sie anworten zunächst, Österreich nicht eher huldigen zu können, bis Burgund sie ihres Eides entbunden habe. Von allen Seiten setzen sich nun die Eidgenossen, die Österreicher, die Elsässer in Richtung Breisach in Bewegung.

Hagenbach sitzt im Turm. Die politische Entwicklung der letzten Tage hat er wohl nur in Bruchstücken mitbekommen. Als er aber über die Brücke unter dem Tor das Klappern von Pferdehufen hört und von seinem Kerkermeister auf Fragen vernimmt, es seien Fremde mit hoher Gestalt und von wildem Aussehen auf Wallachen mit gestutzten Ohren, ruft er: »Min Leben ist us! Es sind die Schwyzer!« Er weiß: Sein Schicksal ist besiegelt. Am 17. April überreicht der österreichische Bote in Luxemburg Herzog Karl die Schriftstücke der Pfandlösung. Am 22. April antwortet der Burgunder: Sigmund könne es nicht ernst gemeint haben, sei er doch alle Verpflichtungen gegenüber Burgund aus freien Stücken eingegangen. Nicht ohne Burgunds Zustimmung könne er sie jetzt lösen. Die Hinterlegung der Summe in Basel wird als vertragswidrig abgelehnt und der

Vorwurf Sigmunds, das Land sei schlecht regiert worden, damit abgetan, daß Österreich sich bisher nie darüber beschwert habe[79]. Auf das Angebot des Burgunders, die Pfandlösung entsprechend dem Vertrag in Besançon vorzunehmen, falls vorher ordnungsgemäß die burgundische Herrschaft wieder aufgerichtet werde, läßt sich Sigmund nicht ein. Er fährt von Basel den Rhein hinunter nach Breisach, und das Volk singt: »Christ ist erstanden, der Landvogt ist gefangen, des sollen wir alle froh sein, Sigmund soll unser Trost sein, Kyrieleis.« Welch ein Wandel der politischen Situation! Der verhaßte Habsburger wird jetzt umjubelt. Zu seinem Landvogt setzt er Hermann von Eptingen ein.

Hagenbach wird in den Wasserturm von Breisach überführt und vom Baseler Henker, Johann Schatz, gefoltert. Die nun inszenierte Gerichtsverhandlung ist juristisch eine zweifelhafte Sache. Unter dem Schultheiß von Ensisheim, Thomas Schütz, tritt ein Landfriedensgericht zusammen, besetzt mit achtundzwanzig Richtern: zwei Baslern, zwei Straßburgern, je vier aus Kolmar und Schlettstadt, acht aus Breisach, Vertretern von Neuenbürg, Bern und Solothurn. Von Breisach abgesehen, ist also kein einziger Vertreter der Pfandlande unter den Richtern. Hans Irmi aus Basel ist der offizielle Verteidiger des Landvogts, der von Anfang an die Zuständigkeit des Gerichts abstreitet. Der Kläger bringt vor, was Hermann von Eptingen für richtig hält: Mord und Konfiskation, von Hagenbach an Bürgern zu Thann und Breisach verübt, die Erhebung des sogenannten Bösen Pfennigs, jener besonders verhaßten Steuer, die Entrechtung Breisachs.

Hagenbach kann sich darauf berufen, daß er bei allen seinen Handlungen auf Anordnung des burgundischen Herzogs gehandelt habe. Was Breisach anlange, so habe er zwar nach herzoglichem Befehl gehandelt, gebe aber zu, daß er in manchen Dingen zu weit gegangen sei. Dafür bekenne er sich schuldig. Alle Auflagen habe er der Stadt bei seiner Gefangennahme erlassen. Er beantrage, eine »Kundschaft« beim burgundischen Herzog einholen zu lassen.

Gerade das wollen aber die Kläger nicht. Der Landvogt soll in aller Eile, bevor der Burgunderherzog mit Heeresmacht heranzieht, abgeurteilt werden. Am 9. Mai, abends um 7 Uhr, wird das Todesurteil ausgesprochen. Acht Scharfrichter erbieten sich, das Urteil zu vollstrecken. Man wählt den Henker von Kolmar aus. Im Fackelschein wird Hagenbach vor die Stadt geführt. Er ist jetzt gefaßt. »Ich habe keine Furcht vor dem Tod«, sagt er mit fester Stimme, »obwohl ich ihn nicht in dieser Form erwartet habe, sondern im Kampfgetümmel. Was mich dauert, ist all das Blut, das meinethalben fließen wird. Monseigneur wird für diesen Tag Rache nehmen. Ich bedaure nicht mein Leben, ich bitte nur Gott mir zu vergeben, ein solches Urteil und noch mehr verdient zu haben. Ihr alle, deren Landvogt ich vier Jahre lang war, vergebt mir, was ich aus Mangel an Einsicht oder auch aus Bosheit Euch angetan habe. Ich war ein Mensch, betet für mich.« Stumm steht die Menge des Volkes. Der Scharfrichter hebt das Richtschwert.

Der Leichnam des Grand Bailli wird in dem Ort Hagenbach beigesetzt.

Die burgundische Ordnung in den Oberrheinischen Landen wird durch die habsburgische Unordnung abgelöst. Stephan von Hagenbach, der Bruder des Hingerichteten, durchzieht mit einer burgundischen Söldnertruppe plündernd und brandschatzend das Elsaß. Eine politische Reaktion seitens des burgundischen Herzogs aber gegenüber den Eidgenossen bleibt aus.

Am 11. Juni 1474 fällt Ludwig XI. in Senlis seinen Schiedsspruch über die beim vorläufigen Abschluß der »Ewigen Richtung« aufgetretenen Meinungsverschiedenheiten zwischen Herzog Sigmund und den Eidgenossen. Zu Sigmunds Enttäuschung stellt er sich vollkommen auf die Seite der Schweizer. Andererseits verlängert Ludwig bereits zwei Tage später den burgundisch-französischen Waffenstillstand bis zum 1. Mai 1475.

Der Kleinkrieg am Oberrhein geht weiter. Aber als der österreichische Landvogt Hermann von Eptingen den Eidgenossen die Vorteile eines Feldzugs gegen den Herzog von Burgund schmackhaft zu machen versucht, meinen die Schweizer, daß sie als »Hauptsächer« den Krieg nicht in die Hand nehmen wollten. Der Herzog von Burgund habe nicht sie, sondern den Herzog von Österreich angegriffen. Sobald aber die Ewige Richtung unterschrieben und beschworen wäre, könnten sie sich zur Kriegshilfe verstehen, achttausend Gulden Vorschuß vorausgesetzt. Auf der Tagsatzung in Luzern erscheinen wieder die Boten des französischen Königs, diesmal mit handfesten Angeboten: Im Falle eines Krieges wolle er den acht Orten sowie Freiburg und Solothurn je zweitausend Franken, also jährlich zusammen zwanzigtausend Franken als Pension geben, »damit wir den Krieg desto eher aushalten mögen«. Wenn aber die Eidgenossen diesen Krieg allein führen wollten oder wenn er selbst nicht könne, so werde er für die Kriegsdauer achtzigtausend Franken in vierteljährlichen Zahlungen geben.

Noch einmal versucht die auf burgundischer Seite stehende Herzogin Jolantha von Savoyen zwischen Karl dem Kühnen und den Eidgenossen zu vermitteln. Aber die Entwicklung ist vor allem in Bern zu weit gediehen. Die französische Partei hat die Oberhand. Adrian von Bubenberg ist unterlegen und wird auf seine Güter verbannt. Am 2. Oktober wird in Feldkirch die von dem französischen Gesandten mitgebrachte und von Ludwig XI. besiegelte »Ewige Richtung« beschlossen. Auch dem Tiroler Herzog sagen die Franzosen ein Jahrgeld von zehntausend Franken zu. Dafür verpflichtet sich Herzog Sigmund, von jeder Art von Bindung gegenüber Karl dem Kühnen abzulassen und seine Macht dem französischen König gegen Burgund zur Verfügung zu stellen. Der von Bern ausgearbeitete Entwurf der Allianz mit Frankreich wird in Feldkirch von den Eidgenossen im wesentlichen gutgeheißen. Was die eidgenössischen Orte nicht wissen: Bern hat ein Geheimabkommen mit Frankreich geschlossen. Danach muß der französische König nur im dringendsten Notfalle, wenn die Eidgenossen sich ihrer Feinde selber nicht mehr zu erwehren vermögen, ihnen zu Hilfe eilen. Außerdem verpflichtet sich Bern, dem König, so oft er ihre Hilfe begehre, sechstausend Mann zur Verfügung zu stellen. Am 21. Oktober wird bei einer Tagsatzung in Luzern die endgültige Zustimmung zum Abschluß der engen Verbindung mit Frankreich im Sinne der Abmachungen von Feldkirch gegeben [80].

Der entscheidende Punkt dieser Versammlung aber ist die vom 25. Oktober 1474 datierte Kriegserklärung, der Absagebrief [81]:

»Dem Durchlauchtigsten Hochgeborenen Fürsten und Herrn, Herrn Karlen, Herzog ze Burgund oder seinen Statthaltern und Anwalten, wie sie genampt, oder wo sie gesessen sind, entbieten wir, Bürgermeister, Schulten, Ammannen, Räte und ganz Gemeind des großen Pundts Ober-teutschen Landen, nemlich Zürich, Bern, Luzern, Ure, Schwytz, Unterwalden, Zug und Glarus, und darzu beid Städt Freyburg und Solothurn, daß wir aufs Hoch- und treffentlich Gebot und Vermahnen des Allerdurchlauchtigsten, Unüberwindlichsten, Hochmächtigsten Herrn, Herrn Friedrichen Römischen Kaysers, unser aller Gnädigen Herrn, dem wir als Zuglieder des Heiligen Reichs mit Unterthänigkeit müssen begegnen, auch des Durchlauchtigsten Hochgeboren Fürsten und Herren, Herrn Sigmund, Erzherzog zu Österreich und ander Fürsten Herren und Städte, zu Uns mit Eynung gewandt, an denen dan unziemlich Gewalt und Drang, mit viel groben und unchristlichen Mißhandlungen fürgenommen sind, und täg-

lich beschechent, Üch und allen den Üwern, wie die genennt sind, Unser offen Findtschaft hiemit sagen und verkünden, für uns, alle die Unsern, und die, so uns zu versprechen stehen; und was nun solcher Fyndtschaft halb gegen Üch, den Üwern und Gesandten und Helfern machen wird, es seye mit Raub, Todschlägen, Mord, Brand, Angriffen und Beschädigungen, Tag oder Nacht durch uns, die Unsern, unsern Gewandten oder Helfern niemand usgesondert, damit wollen wir uns aller Ehr wohl bewahrt haben. Desz zu Urkund, so haben, als wir itzt zu Luzern auf Tagung gewesen sind, diesen offenen Brief mit Unser von Bern Insiegel besiegeln lassen, und ist auch also versieglet darunter wir uns alle verbinden. Geben und beschehen am Zinstag vor Simoni und Judä Anno LXXIV.«

Die Würfel sind gefallen. Die zielstrebige Politik der »universellen Spinne« und ihrer Parteigänger in Bern, vor allem der Familie Diesbach, hat ihr Ziel erreicht. Die anderen Orte sind nolens volens mitgerissen worden. Die Schweizer schlagen ein neues Kapitel ihrer Geschichte auf. Es wird blutig werden.

Die Schweizer verlieren keine Zeit. Bern drängt. Es ist Beute zu machen. Zwei Tage nach der Kriegserklärung nehmen die Eidgenossen das savoyische Erlach ein. Wieder zwei Tage später ziehen die Berner unter Scharnachthal[82] und Wabern[83] ins Feld, um der Niederen Vereinigung Hilfe zu bringen. In Basel sammeln sich die Truppen der Eidgenossen und Österreicher, in Mömpelgard vereinigen sie sich mit den Elsässern. Beim Einfall in die Freigrafschaft[84] legt sich die achtzehntausend Mann umfassende Armee unter dem Kommando von Wilhelm Herter vor die kleine Stadt Héricourt, die den Herren von Neuchâtel gehört. Die Seigneurs de Neuchâtel sind Parteigänger Karls des Kühnen. Obwohl Herzog Sigmund Artillerie gesandt hat und obwohl die Straßburger mit vieler Mühe zwei große Feldschlangen herbeischleppen, macht die Belagerung nur geringe Fortschritte. Es ist kalt, die Schweizer haben nicht viele Lebensmittel bei sich und verlangen mit großem Geschrei, man solle angreifen. Am 13. November stößt kurz vor Tagesanbruch ein Schildknappe von Straßburg, der mit einigen anderen auf Lebensmittelsuche gegangen ist, auf feindliche Truppen. Er rennt sofort zum Lager zurück: die Burgunder kommen! Schon sieht man den Feuerschein einer brennenden Ortschaft. Es ist der Marschall von Burgund, Claude de Neuchâtel, der mit fünftausend Mann anrückt. Der Graf von Romont vereinigt sich mit ihm. Er bringt achttausend Infanteristen und zwölftausend Reiter mit. Die Züricher, die die Vorposten an der Straße dem Feind zu haben, ziehen sich langsam zurück.

Die Befehlshaber der Verbündeten halten raschen Kriegsrat. Die Elsässer läßt man im Lager, um gegenüber möglichen Ausfällen der Garnison von Héricourt zu sichern. Der Rest der Armee wird in zwei Korps geteilt, deren eines unter dem Befehl von Felix Keller aus Zürich steht. Die Österreicher, die die Kavallerie stellen, halten sich in Reserve hinter den Schweizern.

Auf burgundischer Seite placiert der Graf von Romont seine Armee, den Teich von Rainans zur Rechten und ein Waldstück zur Linken. Er scheint gegen Angriffe von der Flanke her gesichert. Schweigend, mit gefällten Lanzen, rücken die Eidgenossen vorwärts. Hinter ihnen folgt die Kavallerie. Die ganze Aufmerksamkeit des Grafen von Romont und seiner Hauptleute ist auf die Schlachtenreihe gerichtet, die mit langsamem Schritt auf sie zumarschiert, als man plötzlich auf dem linken Flügel den Kriegsruf hört: »Bern und Sankt Vinzenz«. Von links her kommen die Truppen von Bern, Luzern, Solothurn und Biel, die unter Leitung von Scharnachthal einen Weg durch den Wald genommen haben. Der Schock ist furchtbar. Die Lombarden, die Flamen, die Pikarden und die Burgunder sind trotz ihrer Kriegserfahrung nicht imstande, diesen Flankenangriff, mit ohrenbetäubendem Geschrei verbunden, aufzuhalten. Die Infanterie wird durchbrochen. Die burgundische Kavallerie versucht, sie zu stützen und die Schweizer aufzuhalten. Aber die langen Piken lassen die Pferde nicht herankommen. Nach wenigen Minuten ist der Kampf schon zu Ende. Unordnung, Hoffnungslosigkeit und Flucht bei den Burgundern, nur wenige Gruppen leisten noch Widerstand.

Die österreichischen und schwäbischen Ritter machen sich an die Verfolgung der Flüchtenden. Die Niederlage ist vollkommen und blutig. Die Kavallerie der Verbündeten findet keinen Widerstand mehr. Sie kommt bis nach Passavant, wo Gepäckwagen und Munitionswagen geplündert werden. Das Lager der Burgunder geht in Flammen auf. Scharnachthal rettet noch Artilleriewagen und eine große Feldschlange, die im Triumph nach Bern geführt wird. Benedikt Konrad von Solothurn[85] bringt das Banner des Seigneurs de L'Isle nach Hause, das er mit eigener Hand erobert hat. Auf zweitausend Mann beziffert sich der Verlust der Burgunder; die Schweizer geben an, sie hätten nur siebzig Mann verloren. Von achthundert Einwohnern von Faucogney, die als die Tapfersten in der Freigrafschaft gelten, bleiben nur sechs übrig. Die gefangenen Lombarden sind dem Tod verfallen, weil man ihnen die Schreckenstaten zur Last legt, die in der Grafschaft Pfirt begangen worden sind.

Die Festung Héricourt, nun ohne Hoffnung auf Entsatz, ist gezwungen, sich zu ergeben. Stephan von Hagenbach, der Kommandant, erhält die Genehmigung, mit der Garnison abzuziehen. Der Winter bricht herein, die Lebensmittel gehen zu Ende, Krankheiten beginnen sich in der Armee der Verbündeten auszubreiten. Man zieht nach Hause.

Der Kleinkrieg an der Grenze geht unvermindert weiter. Luxueil, Morteau und Franquemont werden eingenommen. Am 2. Februar 1475 bestätigt Ludwig XI. sein Bündnis mit den Schweizern, wohl unter dem Eindruck des Sieges bei Héricourt. Am selben Tage ziehen die Freiburger und Berner vor die Feste Illens, die sie nach kurzer Belagerung plündern. Anfang April 1475 fallen dreizehnhundert Berner, Luzerner und Solothurner in die Freigrafschaft ein und erstürmen Pontarlier. Sie werden zwar von einer burgundischen Übermacht eingekreist, weisen aber einen Sturm ab und erhalten dann dreitausend Mann Zuzug unter Nikolaus von Diesbach. Nachdem in Neuenburg noch eine weitere Verstärkung von zweitausend Mann unter Petermann von Wabern zu ihm gestoßen ist, führt Diesbach das Heer gegen jegliche Verabredung mit einer plötzlichen Wendung in das nördliche Waadtland. Der strategische Zweck des Einfalls ist die Gewinnung der Jurapässe, um Savoyen von Burgund abzuschneiden; der politische Hintergedanke Diesbachs aber ist, Savoyen (dem das Waadtland gehört) zum Krieg zu reizen.

Grandson und Echallens ergeben sich. Orbe wird im Sturm genommen, die Besatzung ausnahmslos niedergemetzelt. In Jougne müssen die Verteidiger über die Klinge springen, die gefangenen Adligen werden enthauptet. Der Jougnepaß fällt in die Hände der Eidgenossen. Nach Hinterlassung von Besatzungen in den einzelnen Städten zieht das Heer wieder nach Hause. Weitere Streifzüge gelten L'Isle-Doubs und Blamont, das am 14. August zerstört wird. All diese Züge bringen den Schweizern Beute und versetzen die Freigrafschaften in Unruhe, aber die Berner erleiden auch einen schweren Verlust. Nikolaus von Diesbach, der überragende Politiker und engagierte Anführer der französischen Partei in Bern, dem es gelungen ist, der ganzen eidgenössischen Politik die Wendung gegen Burgund zu geben, wird vor L'Isle vom Hufschlag eines Pferdes getroffen und stirbt im August 1475 in Pruntrut, wohin man ihn gebracht hat, an der Pest, gerade fünfundvierzig Jahre alt.

Noch immer ist von der burgundischen Hauptmacht nichts zu sehen und zu spüren: Karl der Kühne ist durch Frankreich gebunden. Da entschließen sich die Berner zum großen Schlag gegen Savoyen. Sie machen geltend, daß die Herzogin Jolantha ihr Land dem Durchzug italienischer Söldner, die Karl hauptsächlich in der Lombardei, aber auch anderswo in Italien werben ließ, geöffnet habe. Am 16. August überfallen sie Aigle westlich des Genfer Sees, nehmen Stadt und Herrschaft in Besitz und setzen einen Landvogt ein. Am 14. Oktober erfolgt der Angriff auf die Waadt. Murten, Cudrefin, Avenches, Payerne ergeben sich widerstandslos. Estavayer wehrt sich. Die männliche Bevölkerung wird niedergemacht, Frauen und Kinder versinken bei der Flucht über den See mit den überfüllten Barken. Nur wenige Einwohner überleben das Massaker. Allein die Freiburger führen hundert Wagenladungen Plünderungsgut mit sich. Dann werden Moudon, Oron, Romont und Rue erobert. Yverdon fällt. Die Festung Les Clées wird verteidigt, muß sich ergeben. Einer der Gefangenen rettet sein Leben dadurch, daß er sich bereiterklärt, an Stelle des abwesenden Henkers der Schweizer seine Mitgefangenen zu köpfen.

Entsetzen ergreift die Städte am Genfer See. Lausanne zahlt zweitausend Gulden, Genf sechsundzwanzigtausend Ecus, um von der Plünderung freizubleiben. Innerhalb von zwei Wochen haben die Berner und Freiburger sechzehn Städte und dreiundvierzig Burgen erobert. Die Waadt ist vernichtet – das Musterbeispiel eines mit erbarmungsloser Grausamkeit geführten Präventivkrieges. Die Berner, die bezeichnenderweise ihren Henker mit sich führen, verurteilen diesen zum Tode, weil er, von der Jugend eines Gefangenen gerührt, diesem das Leben geschenkt hat.

Bern kann nach diesem Raubzug hoffen, das Staatsgebiet auf Kosten von Savoyen zu vergrößern. Einstweilen ziehen die Eidgenossen nach Hause. In den eroberten Städten bleiben Besatzungen.

IM FELDLAGER VOR NEUSS

Auf den ersten Blick mutet es merkwürdig an, daß sich Karl der Kühne in den Streit um einen deutschen Erzbischofsitz einmischt. Die Angelegenheit wird verständlich, wenn man den Hintergrund kennt.

Ruprecht von Bayern ist 1463 Erzbischof von Köln geworden. Er findet die Finanzen der Diözese in beklagenswertem Zustand vor. Zünfte und Patrizier von Köln versuchen, die Autorität des Erzbischofs zu untergraben. Das Volk murrt ob der Lasten. Schließlich gerät er noch in offenen Streit mit seinem eigenen Domkapitel, das schließlich 1473 den Domherrn Hermann von Hessen zum Stiftsverweser bestellt. Der Kurfürst-Erzbischof muß sich nach Bonn zurückziehen.

Beide Kontrahenten haben mächtige Parteien hinter sich: Hermann von Hessen das Haus Baden und seinen Bruder, den Landgrafen von Hessen; Ruprecht das Haus Bayern, vor allem seinen Bruder, den Kurfürsten Friedrich von der Pfalz, den »Bösen Fritz«. Schließlich kommt Ruprecht auf den Gedanken, den Herzog von Burgund um Unterstützung anzugehen. Es gibt alte Verbindungen Burgund–Bayern. Die Großmutter Karls des Kühnen war eine bayerische Prinzessin. Die politischen Überlegungen des burgundischen Herzogs aber zeigen sich in der Bedingung, die er an sein Hilfsversprechen knüpft: »..., daß dem Herzog Amt und Titel eines Schirmvogts des Erzbischofs übertragen würden«. Ein burgundisches Protektorat am Rhein also! Zum Zeichen dessen läßt er burgundische Fahnen auf den Kirchen und Hauptmonumenten der Stadt hissen. In der Nacht reißt das Volk sie wieder herunter. Die Domherren werden unruhig. Einige neigen sich auf die Seite Burgunds, andere bleiben bei der Partei des Stiftsverwesers Hermann. Der Erzbischof von Trier versucht zu vermitteln. Er will auf keinen Fall, daß die Burgunder Köln als Protektorat betrachten.

Karl seinerseits will die Feindseligkeiten nicht eröffnen. Er ist beunruhigt von der eben bekanntgewordenen »Ewigen Richtung« in Konstanz. In

Flandern und im Hennegau gibt es Unruhen. Im Elsaß wären dringend Truppen nötig. In Geldern rumort es nach wie vor. Karl der Kühne glaubt, daß Einschüchterungsmaßnahmen genügen, um Ruprecht auf den Erzbischofstuhl zurückzuführen. Aber genau das ist eine Fehleinschätzung, und nun muß er sich entscheiden. Nachdem er sich durch Erneuerung des Waffenstillstandes mit Ludwig XI. Rückenfreiheit geschaffen hat, entschließt sich Karl der Kühne zum militärischen Eingreifen. Sieht er nicht, daß er gerade damit praktisch ganz Deutschland gegen sich aufbringt? Man fürchtet, der Stoß auf Köln könne das Vorspiel einer größeren Aktion gegen das Reich und die Unabhängigkeit der deutschen Fürsten sein. Der Streit von Köln muß so zu einer europäischen Angelegenheit werden. Die Befürchtungen gehen so weit, daß der Markgraf von Brandenburg, Albrecht Achilles, sich einbildet, der Burgunderherzog könne sich mit Luwig XI. aussöhnen und die beiden würden dann gemeinsam gegen das Reich marschieren.

Am 21. Juli 1474 setzt sich Karl in Maastricht an die Spitze seiner Armee, die er durch Bildung zahlreicher Ordonnanzkompanien und den Aufbau einer schlagkräftigen Artillerie modernisiert hat. Er beschließt, die Stadt Neuß am Rhein als erstes zu erobern. Hat er sie erst einmal, so wird sich Köln wohl ergeben.

Das kleine Neuß verläßt sich auf die Reliquien des Heiligen Quirin, auf gute Befestigungen und darauf, daß schon ein Dutzend Belagerungen im Laufe der Geschichte zurückgeschlagen worden sind. Hermann von Hessen hat Zeit gehabt, die Verteidigung der Stadt zu organisieren. Er hat die Befestigungsanlagen verstärken und Vorräte an Munition, Holz und Lebensmitteln in die Stadt bringen lassen. Der Geschichtsschreiber Molinet beschreibt die Einwohner als »in Feuer gehärtet« und entschlossen, sich bis zum Tode zu schlagen.

Karl hat versucht, für den Feldzug den wohl angesehensten Condottiere der Zeit, den großen Colleoni, zu gewinnen, aber die Serenissima von Venedig lehnt ab. Außerdem hat Colleoni, schon über siebzig Jahre alt und überdies vermögend, keine Lust, im hohen Norden seinen Ruf bei einer ungewissen Sache aufs Spiel zu setzen.

Die burgundische Armee schließt die Stadt ein. Die Italiener unter Galeotto und dem Grafen von Campobasso übernehmen den Nordabschnitt zwischen dem Rheintor und dem Niedertor. Die Flamen liegen vor dem Hamtor und die Engländer im Südosten der Stadt. Die Elitetruppen postieren sich im Süden zwischen dem Obertor und dem Zolltor. Seinen Hof und die Garden quartiert Karl im Oberkloster ein, einer Augustinerabtei.

Die ersten Versuche, mit Überraschungsangriffen die Stadt zu nehmen, scheitern. Man wird sich auf eine regelrechte Belagerung einrichten müssen. Ein kastilischer Adliger unterbreitet dem Herzog den Plan einer großen Maschine, genannt »der Kranich«. Der Herzog läßt sie bauen, zwanzig Fuß lang und zwanzig Fuß breit. Sie kann bis zu dreihundert Mann aufnehmen und verfügt über eine sechzig Fuß hohe Leiter, die man wie eine Enterbrücke auslegen kann, um die Mauer zu erstürmen. Gleichzeitig fabrizieren die Pioniere von Galeotto eine andere Maschine in der Art eines hölzernen Kastells, die auf vierundzwanzig Rädern läuft und »die Katze« genannt wird. Aber als »die Katze« angreifen soll, brechen die Räder. Der »Kranich« versinkt im Sand[86].

Ende September hat ein zweiter Sturm der Burgunder keinen besseren Erfolg als der erste. Die Belagerten machen Ausfälle um Ausfälle. Jetzt muß der Herzog erkennen, daß sein Plan, Neuß in wenigen Wochen zu nehmen, mißlingt.

Das politische Intrigenspiel Ludwigs XI., so geduldig und sorgfältig eingefädelt, hat nun ein weiteres Ziel erreicht: Franzosen, Österreicher und Schweizer einigen sich. Am 28. Oktober trifft der Absagebrief von Bern im Feldlager von Neuß ein.

Das Bild, das die burgundische Armee im November 1474 bietet, ist das einer Truppe, die sich scheinbar für unbegrenzte Zeit im Erzbistum Köln installiert hat. Das Lager bietet den Anblick einer großen befestigten Stadt, mit Wällen und Gräben und Zugbrücken, durchschnitten von Marktstraßen und kleinen Gassen. La Marche, Gardeoffizier des Herzogs, und Molinet, der Geschichtsschreiber, geben ein farbiges Bild davon, wie diese Stadt aussieht. Es gibt zwei Märkte, der eine im Norden, im Quartier der italienischen Truppen, der andere im Süden in Richtung Köln. Alles ist im Überfluß zu finden: Tuchwaren, Kurzwaren, Mechanikerläden, Schlachter, Wirte, Kneipen, geordnet nach Straßen und Zünften, wie es sich für eine anständige Stadt gehört. Ein Apotheker läßt auf einmal fünf Wagen voll Waren herbeiführen und stattet seinen Laden so stattlich aus, als wäre er in Gent oder Brügge. Da sind Tuchhändler, Fischhändler, Gewürzhändler, Barbiere, Zimmerleute, Messerschmiede, Marketender, Handlanger, Laternenmacher und Fuhrleute. Es gibt Hunderte von Zelten und schönen Häusern, Wassermühlen, Windmühlen. Es gibt Schmiede,

Die Belagerung der Stadt Neuss durch Karl den Kühnen 1474

Buchminiatur aus den »Chroniques« von Jean Froissart. Da dieser französische Geschichtsschreiber etwa von 1337 bis 1404 lebte, muß die Illustration in eine spätere Ausgabe »Chroniques« aufgenommen worden sein.

Der Kölner Erzbischof Ruprecht, ein Wittelsbacher, stand seit 1471 im Streit mit seinem Domkapitel, das 1473 Landgraf Hermann von Hessen zum Stiftsverweser wählte. Karl der Kühne verhielt sich zunächst abwartend und neutral. Als ihm aber Ruprecht im März 1474 die Schutzherrschaft des Erzstifts übertrug, war ein Konflikt europäischen Ausmaßes unvermeidbar.

Karl der Kühne entschloß sich, zunächst die kurkölnische Stadt Neuß zu erobern, von der man glaubte, sie werde sich gegen die Burgunder nicht lang halten können. Es kam anders. Volle 46 Wochen hielten die Neußer der Belagerung stand und wehrten 56 Stürme ab, bis schließlich ein großes Reichsheer mit dem Kaiser an der Spitze zum Entsatz heranzog. Nach einem unentschieden gebliebenen Gefecht wurde durch Vermittlung des päpstlichen Legaten zwischen Kaiser und Herzog ein Friedensvertrag geschlossen, bei dem beide Seiten das Gesicht wahren konnten. Die Neußer konnten aufatmen: ihre Stadt war gerettet, die Belagerer zogen ab.

Wirtshäuser, Schenken, Badehäuser, Gasthäuser und Brauereien, es gibt Plätze für Ballspiele und es gibt auch einen soliden Galgen, um die Missetäter zu bestrafen.

Natürlich fehlen auch die Lagermädchen nicht, und der Chronist meint, es seien wesentlich mehr als die dreißig, die der Herzog pro Kompanie erlaubt hat. Es gibt auch Priester. Taufen und Hochzeiten werden abgehalten. Musiker singen jeden Morgen hübsche Lieder [87].

Und der Herzog selbst? Er hat sich in einem zerlegbaren Holzhaus einquartiert. Jeden Morgen hört er die Messe. Den Tag über ist er unablässig tätig. Er ist sein eigener Generalstabschef, er dirigiert alle Aktionen. Manchmal muß er die Streitigkeiten zwischen Italienern und Engländern schlichten, gelegentlich mit der flachen Klinge. Verhandlungen, Beratungen, Audienzen ohne Ende. In zwei reichverzierten Pavillons empfängt der Herzog den Erzbischof von Köln, die Gesandten der Pfalz, von Jülich, von Lippe, von Paderborn, von Ungarn, von Neapel. Dem Botschafter von Venedig macht das Lager solchen Eindruck, daß er es in Öl malen läßt. Im November erscheint vor Neuß Christian I., König von Dänemark, begleitet von einem stattlichen Gefolge, darunter die drei Herzöge von Sachsen-Lauenburg, Mecklenburg und Braunschweig. Er will Frieden stiften, alle Christenwelt miteinander versöhnen, damit sie dann endlich gegen die bösen Türken ziehen könne. Karl der Kühne empfängt ihn mit dem Prunk des burgundischen Hofzeremoniells – den Wert des perlenbestickten Waffenrocks allein schätzen die Zeitgenossen auf hunderttausend Gulden [88] – auf einem Schiff im Rhein. Aber alle Gespräche voll artiger Redewendungen, voll blumiger Beteuerungen bringen den Burgunder nicht einen Zoll von seinem Nahziel ab: Neuß muß fallen.

Fällt Neuß? Es sieht nicht so aus. Am 11. November erobern die Belagerten einen burgundischen Graben vor dem Obertor. In der zweiten Novemberhälfte, als den Neußern das Pulver auszugehen beginnt, durchbricht nächtens eine Versorgungskolonne die burgundischen Linien und bringt den Belagerten Säcke voll Salpeter.

Mit dem Nachschub der Burgunder steht es nicht allzu gut. Immer weiter weg müssen die Fouragekolonnen, immer härter wird der Widerstand der Landbevölkerung. Und die in Gent versammelten Stände lehnen zusätzliche Forderungen des Herzogs rundweg ab. Es muß bei den im Vorjahr bewilligten fünfhunderttausend Talern Sondersteuer bleiben.

Aber drinnen in Neuß ist man fast am Ende. Zu Weihnachten gibt es die letzten Fleischrationen. Keine Milch, kein Holz, keine Medikamente. Die Breschen in der Stadtmauer werden immer größer. Wann kommt endlich der Entsatz?

Der Kaiser hat Augsburg, wo die ersten Hilferufe Kölns beim Reichstag anlangten, schon Ende September verlassen. Reichsstädte und Fürsten haben versprochen, Kontingente aufzustellen. Köln zu retten, scheint ihnen jetzt wichtiger, als Konstantinopel wiederzuerobern. Die Stadt Köln wird tausend Gulden pro Woche während des ganzen Feldzuges aufbringen und hunderttausend Gulden am Schluß. Jetzt tritt auch die »universelle Spinne« wieder in Aktion. Ludwig XI. übersendet dem Kaiser einen Vertragsentwurf, mit dem er seine Hilfe anbietet. Jetzt kann er sich aus der tödlichen Umklammerung durch die burgundische Bündnispolitik befreien.

Am 31. Dezember wird in Andernach der Bündnisvertrag durch vier Würdenträger des Heiligen Römischen Reiches, nämlich die Erzbischöfe von Mainz und Trier, den Herzog von Sachsen und den Markgrafen von Brandenburg einerseits und die Vertreter des französischen Königs andererseits unterzeichnet. Am 7. Januar 1475 erklärt der Kaiser dem Herzog von Burgund den Krieg.

Abgesehen von den militärischen Hilfeleistungen plant der Andernacher Vertrag nicht mehr und nicht weniger als die Zerstückelung der burgundischen Staaten. Die Picardie, das Artois, Burgund sollen an Frankreich fallen, während Belgien, die Niederlande, Luxemburg und die Freigrafschaft zum Deutschen Reich zurückkehren sollen. Auf dem Papier verpflichtet sich der französische König, Anfang 1475 dreißigtausend Mann gegen Luxemburg in Marsch zu setzen. Es wird vereinbart, daß die Entsetzung von Neuß den Krieg nicht beenden und daß keine der beiden vertragschließenden Parteien einen Separatfrieden schließen wird.

Diese Koalition und im Hintergrund die Schweizer, die mit ihren dauernden Raubzügen burgundische Truppen binden, müßten eigentlich den Untergang des Burgunderherzogs bedeuten. Aber Ludwig denkt gar nicht daran, den Vertrag zu erfüllen. Er hofft, daß andere für ihn die Kastanien aus dem möglicherweise doch recht gefährlichen Feuer holen: Niedere Vereinigung, Lothringen, Eidgenossenschaft, deutsche Fürsten, der Kaiser. Deswegen versucht er zur gleichen Zeit, da er mit dem Kaiser paktiert, den Waffenstillstand mit den Burgundern zu verlängern.

Der Vertrag von Andernach trägt schon das kaiserliche Siegel, aber der französische König hat ihn noch nicht unterschrieben. Er schickt eine neue Gesandtschaft, die Ende März einen modifizierten Vertrag aushandelt: Nicht dreißigtausend, sondern nur zwanzigtausend Mann werden die Franzosen stellen. Spätestens am 23. April sollen diese in Luxemburg einfallen. Der Kaiser hat im Augenblick vierzigtausend Mann zu seiner Verfügung[89]: Die Kontingente von achtundsechzig Reichsstädten, viertausend Rittern, fünfundsechzig Grafen, fünfzehn Herzöge und Markgrafen stehen beim Reichsheer. Oberbefehlshaber ist der Markgraf Albrecht Achilles von Brandenburg, ein alter Kriegsmann und Bayernfresser. Es ist die größte Versammlung deutscher Truppen, die man seit einem Jahrhundert gesehen hat. Aber den heterogenen Kriegshaufen in eine schlagkräftige Armee zu verwandeln, ist schon angesichts der dauernden Rangstreitigkeiten eine fast unlösbare Aufgabe.

Am 15. Januar erreicht die rechtsrheinische Kolonne des Reichsheeres Linz am Rhein, eine Stadt, die von den Parteigängern des Erzbischofs Ruprecht und von zweihundert Burgundern gehalten wird. Olivier de la Marche erzählt, wie er mit tausend Mann einen Nachschubmarsch nach Linz gemacht hat, durch Regen, Sturm, Schnee und Graupeln: »Das schlimmste Wetter, das man sich vorstellen konnte«. Der Marsch hat Erfolg; aber am 7. März fällt die Stadt trotzdem. Am 20. März zieht der Kaiser unter dem Beifall des begeisterten Volkes in Köln ein.

Währenddessen kämpft man vor Neuß nach wie vor um einzelne Mauerstücke. Im Februar haben die Belagerten wieder den Graben und die Schanze am Rheintor verloren. Die Hauptbastion am Obertor muß von den Neußern geräumt werden. Versuche, mit Voraustruppen des Reichsheeres den Neußern Hilfe zu bringen, scheitern. Nur die Schnelligkeit seines Pferdes bewahrt Albrecht von Brandenburg bei einem Gefecht mit den Burgundern vor der Gefangenschaft. Am Rheintor von Neuß erweitert das Geschützfeuer die Bresche, die nicht mehr vermauert wird. Die Belagerten sind am Ende. Freilich geht es auch den Belagerern nicht besonders gut. Das Frühjahr bringt Überschwemmungen, Schlamm und neue Nachrichten von Schweizer Einfällen im burgundischen Jura. Karl der Kühne bleibt unerschütterlich. Das mit unendlicher Langsamkeit näherrückende Reichsheer kümmert ihn nicht. Mit Trompetenschall läßt er im Lager das neue Bündnis feiern, das Jolantha von Savoyen mit Galeazzo Maria Sforza, dem Herzog von Mailand, geschlossen hat.

Im burgundischen Hoflager erscheint nun ein neuer mailändischer Gesandter, Giovanni Pietro Panigarola, dessen hervorragend beobachteten Berichten an den Mailänder Herzog während der nächsten anderthalb Jahre wir so viel Aufschlüsse verdanken.

Die Zeit läuft weiter. Karl der Kühne weiß wohl, daß er vertraglich verpflichtet ist, mit zehntausend Mann eine Invasion seines Schwagers Eduard von England zu unterstützen, die dieser »vor dem 1. Juli in der Normandie oder anderen Teilen Frankreichs« unternehmen wird. Am 29. April, kurz vor Ablauf des französisch-burgundischen Waffenstillstands, trifft der Bruder der englischen Königin, Graf Anthony Rivers, vor Neuß ein und bittet den Herzog im Namen von Eduard IV., die Belagerung aufzuheben.

Der Herzog ist obstinat: »Es geht um meine Ehre und meine Reputation.« Der Waffenstillstand läuft ab, Ludwig XI. marschiert in die Picardie ein, nimmt Montdidier und Roye. Am 9. Mai zeigt sich, daß der junge Herzog René II. von Lothringen wieder einmal die Seite gewechselt hat. Er erklärt Karl dem Kühnen den Krieg. Der lothringische Herold, der den Absagebrief überbringt, zittert vor der Wut des Burgunderherzogs, aber der ruft ihn zurück, läßt ihm einige Goldstücke und einen schönen Mantel geben und trägt ihm auf: »Das ist für die guten Neuigkeiten, die du mir überbracht hast. Sag deinem Herzog, daß ich bald in Lothringen erscheinen werde.«

Und Neuß hält sich noch immer. Der Kaiser hält sein Heerlager bei Mülheim. Die Vorposten beider Armeen treffen bei Zons aufeinander. Die Schlacht, die der Kaiser vermeiden will, erscheint unvermeidlich. Noch einmal wird ein Vermittlungsversuch gemacht. Im burgundischen Lager erscheint Alexander Nanni, Bischof von Forli, apostolischer Nuntius. Karl empfängt ihn in Gegenwart mehrerer auswärtiger Botschafter. Der Nuntius hält eine Ansprache in Latein. Der Herzog von Burgund antwortet in fließendem Italienisch: Er sei immer ein treuer Diener der Kirche gewesen; in diesem Moment kämpfe er nicht gegen das Reich oder den Kaiser, sondern in seiner Eigenschaft als deutscher Fürst und als Christ, um einen Kurfürsten zu verteidigen, der auch ein kirchlicher Würdenträger sei, als solcher vom Papst eingesetzt. Die Aggressoren seien in diesem Krieg der Kaiser und seine Parteigänger. Was soll der Nuntius darauf antworten? Er kehrt zum kaiserlichen Lager zurück.

Am 22. Mai schlägt der Kaiser sein Lager in der Nähe der Erft auf, gerade außer Reichweite der burgundischen Kanonen. Der linke Flügel des Lagers, das als Wagenburg ausgebildet ist, erstreckt sich auf einer sandigen

Höhe, rechts lehnt sich das Lager an den Rhein, wahrscheinlich in Höhe des späteren Grimlinghausen[90]. Am kommenden Tag entscheidet sich Karl anzugreifen. Einen Teil seiner Truppen läßt er rings um Neuß und verteilt den Rest – das sind etwa zehntausend Mann, rund ein Viertel der kaiserlichen Truppen! – in zwei Korps. Das eine, mit den englischen Bogenschützen im Zentrum und der Kavallerie auf beiden Flügeln, befehligt der Graf von Chimay. Das zweite Korps unter Guy de Brimeu, Sire de Humbercourt, umfaßt die Elite der Ordonnanzkompanien, Galeotto vorne und Campobasso dahinter. Als bis zum Nachmittag das Reichsheer keine Anstalten macht, die angebotene Schlacht zu akzeptieren, stürmen die Burgunder eine Anhöhe, ziehen sofort Artillerie nach und beginnen, das feindliche Lager zu beschießen. Dabei schlagen unziemlicherweise zwei Kugeln durch des Kaisers Prunkzelt, zwei andere durch seinen Reisewagen, die Majestät in Lebensgefahr bringend. Nun läßt der Brandenburger angreifen. Ein heftiges Gefecht beginnt, in dem sich auch verschiedene Seelenhirten hervortun, vor allem der Bischof von Münster, dem ohnehin der Harnisch lieber ist als die Soutane.

Der Kampf bringt den Burgundern einige Vorteile, aber keine Entscheidung, und die hereinbrechende Nacht trennt die Kämpfenden.

Am anderen Morgen erscheint wieder der Nuntius bei Karl dem Kühnen. Es geht jetzt für beide Seiten darum, das Gesicht zu wahren. Achtundvierzig Stunden lang ziehen Monsignore Nanni und der Herr von Humbercourt zwischen dem burgundischen und dem kaiserlichen Lager hin und her. Dann gibt es einen Waffenstillstand, und nun ereignet sich etwas sehr Seltsames, ja beinahe Komisches: Sobald der Waffenstillstand verkündet ist, stürzen Hunderte von Deutschen in das burgundische Lager, um, wo möglich, den sagenhaften Großen Herzog des Abendlandes einmal von Angesicht zu Angesicht zu sehen.

Man kommt bei den Verhandlungen überein, daß Neuß in die Hände des Legaten gegeben werden soll. Der Streit um den Kölner Erzbischofstuhl soll innerhalb eines Jahres schiedsrichterlich vom Papst entschieden werden. Bis dahin wird Ruprecht einen Teil seiner Ländereien und seiner Einkünfte behalten. Burgunder und Reichsarmee sollen gleichzeitig von Neuß abrücken. Die kaiserliche Armee soll unmittelbar demobilisiert werden, der Burgunder soll seine Truppen alsbald wegführen. Am 17. Juni wird ein Waffenstillstand auf neun Monate abgeschlossen. Kein Wort ist darin zu lesen von den Franzosen, von den Schweizern, von Herzog Sigmund, kein Wort von den Elsässern oder von dem jungen Herzog René von Lothringen. Daß er mit dem Separatfrieden gegen den Vertrag von Andernach verstößt, kümmert den Kaiser wenig: Hat Ludwig XI. etwa einen einzigen Soldaten in Richtung Neuß in Marsch gesetzt? Vor allem aber will Friedrich dem Mann nicht allzu weh tun, in dem er nach wie vor den Vater seiner künftigen Schwiegertochter sieht.

Am 13. Juni frühmorgens öffnet Neuß seine Tore dem Legaten, den die Delegierten des Burgunderherzogs und des Kaisers begleiten. In St. Quirin wird ein Tedeum gesungen.

Die Belagerung von Neuß ist zu Ende. Karl der Kühne hat elf Monate kostbare Zeit verloren, viele Soldaten und hunderttausende Gulden. Gesteht er sich ein, daß er praktisch eine Niederlage erlitten hat? Das Prestige jedenfalls wird gewahrt. Am 18. Juni gibt er den Fürsten des Reichsheeres und den ausländischen Gesandten ein großartiges Bankett. Neun Tage später rückt er ab.

DIE ABGEKAUFTE INVASION

Der englische König hält den Vertrag mit seinem Schwager ein. Seine Truppen setzen Ende Juni von Sandwich nördlich von Dover nach Calais über. Es ist die »schönste Armee, die man je gesehen hat«. Alles, was Rang und Namen hat in England, findet sich in der Invasionsarmee: die Herzöge von Clarence (den man später in einem Faß mit Malvasierwein ertränken wird), von Gloucester (der spätere Richard III.), von Suffolk und Norfolk, die Grafen Rivers, von Northumberland, Salisbury, Arundel und Wiltshire, dreizehn Barone und einhundertfünfzig weitere Angehörige des Adels, eintausendfünfhundert »Lanzen« (Gruppen zu je fünf bis neun Mann) und fünfzehntausend berittene Bogenschützen. An der Spitze dieser Armee steht ein König, der nicht nur als einer der bestaussehenden Fürsten Europas bekannt ist, sondern auch als erfolgreicher Feldherr, der in den mörderischen Bürgerkriegen die Weiße Rose von York schließlich zum Sieg geführt hat. Nun ist er einunddreißig Jahre alt und wird, da er das gute Leben liebt, langsam beleibt.

Wo aber ist der Burgunderherzog? Seine Armee marschiert in diesen Tagen von Neuß nach Süden, nach Luxemburg, um dann in Lothringen einzufallen. Der Herzog selbst hat auf den 11. Juli die Stände Flanderns und Brabants nach Brügge befohlen. Dort hält er ihnen eine Standpauke: Wessen Fehler ist es, daß Neuß nicht genommen wurde? Die Flamen sind schuld. Ihre Feigheit. Ihre Undankbarkeit. Während sie schlafen, wacht er für sie. Während sie im Warmen sitzen, ist er in der Kälte. Während sie in ihrer Wohnung sind, steht er in Regen und Sturm. Während er fastet, trinken und essen sie und haben gute Zeit. Auch das, was sie ihm zahlen, geben sie ja nur sich selbst und für ihre Sicherheit, nicht ihm. Hätten sie ihm die Mannschaft nach Neuß geschickt, die er anforderte, hätte er die Stadt leicht und schnell nehmen können. Wenn die Lehnsleute nicht in so geringer Zahl seinen Appellen gefolgt wären, hätte er sich nicht in so große Gefahr begeben müssen, auch wenn es ihm zu seiner Ehre schließlich geglückt sei, den Sieg über den größten und mächtigsten Fürsten der Christenheit, den Kaiser, davonzutragen. Alle anderen Länder haben ihm loyal gedient, nur die von Flandern und die von Brabant haben sich nicht gerührt, erst dann, als die Franzosen das Artois und die Picardie verwüstet haben. Das ist Gehorsamsverweigerung, ein Verbrechen, eine Majestätsbeleidigung, die an sich das Vierteilen verdient. Man möge ihn gut anhören: Alle waffenfähigen Flamen haben sich innerhalb von vierzehn Tagen in der Stadt Ath – dreißig Kilometer westlich von Tournai – einzufinden, bei harten Strafen an Leib und Gut.

Die Stände erwidern dem Herzog mit einer ausführlichen Verteidigung. Ehrerbietig, wie es sich für Untertanen gehört, aber fest in der Sache: Die zweitausendfünfhundert Leute, die die Flamen nach Neuß geschickt haben und die zweitausend Soldaten, die sie zum Schutz ihrer Küste besolden, seien bereits eine unerträgliche Belastung. Der Appell an die Lehnsleute sei viel zu spät eingetroffen, als sich der Herzog bereits mit den Deutschen arrangiert habe. Hilfe für die Picardie? Die Hilfstruppen wären niemals mehr rechtzeitig angekommen. Bei aller unauslöschlichen Liebe, die die Flamen gegenüber ihrem souveränen Herrn trügen, müßten sie doch einiges einwenden. Sie seien nicht verpflichtet, für die Verluste und Schäden, die andere Länder haben, aufzukommen. Weder der Gute Herzog Philipp noch einer der anderen Vorgänger des Herzogs habe ihnen solche Lasten auferlegt. Was den Befehl betreffe, innerhalb von vierzehn Tagen eine Generalmobilmachung durchzuführen, so sei das nicht nur nicht praktikabel, sondern verstoße auch gegen die Interessen sowohl des Herzogs als auch die von Flandern. Die Mehrzahl der Einwohner des Landes sei in Wirklichkeit Kaufleute und Handelsleute, Handwerker, Fischer, Arbeiter, die weder mit dem Krieg etwas zu tun hätten noch dazu ausgebildet seien. Die allgemeine Mobilmachung werde das Ende des Handels, den Ruin des Landes und damit auch das Aufhören aller Zahlungen in die burgundischen Kassen bedeuten. Der Herzog muß sich die Mischung von Bürgerstolz und ökonomischer Lektion anhören. Er erhält keine zusätzliche Unterstützung aus Flandern. Am 12. Juli reitet er aus Brügge.

Zwei Tage später trifft er endlich bei seinem Schwager Eduard ein, begleitet von nicht mehr als fünfzig Reitern. Er ist nicht sehr erfreut darüber, daß die Engländer in Calais gelandet sind. Sein Plan war ein anderer: Die Engländer sollten in der Normandie landen. Dort wäre leicht die

Verbindung zu dem bretonischen Herzog herzustellen gewesen. Von dort aus hätte man eine strategische Zangenbewegung zwischen Burgundern, Engländern und Bretonen vornehmen können. Vor allem aber: Die Engländer hätten sich aus französischen Ländereien verpflegen müssen und nicht aus dem burgundischen Land, durch das sie nun von Calais aus nach Süden marschieren und das der Herzog naturgemäß gern geschont hätte.

Der Burgunderherzog legt seinem Schwager einen kompletten Feldzugsplan vor. Danach soll die englische Armee über die Picardie nach der Champagne vorstoßen. Die burgundische Armee wird zunächst Lothringen besetzen und soll von dort den Rücken freihalten. Dann wird der Burgunder die Champagne vom Süden und Osten her angreifen. Gemeinsames Ziel ist Reims, die alte französische Krönungsstadt. Eduard nennt sich König von England und Frankreich. Aber die in den Augen des Volkes entscheidende Salbung in Reims fehlt ihm immer noch.

Feldzugsplan hin, Unterhaltung her: Der Ärger im englischen Lager gegen den Verbündeten wächst. Was für Ausflüchte sind das mit dem kleinen lothringischen Herzog? Das ist doch wohl keine ernstzunehmende Bedrohung für den Großen Herzog des Abendlandes? Und diese Schweizer Bergbauern mit ihren Raubzügen – was geht das die Engländer an? Und überhaupt, weshalb empfangen die französischen Großen, die doch angeblich alle gegen Ludwig XI. stehen, die Engländer nicht mit offenen Armen? Weshalb rührt sich der bretonische Herzog nicht?

Eduard kann und will sich nicht auf einen langen Feldzug einlassen. Die Jahreszeit ist schon vorangeschritten, und der Himmel mag wissen, wann und in welcher Verfassung das versprochene burgundische Heer herangeführt wird. Eduard ist überhaupt nicht besonders begeistert von dem französischen Feldzug, und das ist wahrscheinlich der Hauptgrund für die überraschende Entwicklung der folgenden Tage.

In vollem Umfang wird man die Vorgänge der ersten Augusttage wahrscheinlich nie mehr aufklären können. Vermutlich hat es Ludwig, als ihm der englische Herold die offizielle Kriegserklärung überbringt, fertiggebracht, den Herold nicht nur reich zu beschenken – von hundert Mark Silber ist die Rede und von dreißig Ellen karminrotem Samt –, sondern auch ihm eine verlockende Botschaft mitzugeben. Es muß ihm geglückt sein, dem Herold unter vier Augen eine Antwort mitzuteilen, die Eduard überzeugt, ein Friedensschluß sei möglich und Frankreich werde sich diesen Frieden etwas kosten lassen. Vor allem muß es ihm geglückt sein, durch

Geschenke das Wohlwollen einiger wichtiger Köpfe im englischen Kriegsrat zu erkaufen. Einer der Grundsätze der »universellen Spinne« ist es, daß jeder Mensch käuflich sei, der eine mit Geld, der andere mit Posten und Pfründen.

Noch schwankt Eduard. Der Herzog von Gloucester und einige andere sind erbitterte Gegner jeden Arrangements mit den Franzosen. Da fällt die Entscheidung durch einige Kanonenschüsse am 11. August.

Es betritt jetzt ein Mann die Bühne, den man eine tragische Figur nennen kann oder einen politischen Intriganten großen Ausmaßes. Louis de Luxembourg, Graf von St. Pol, der Waffengefährte Karls des Kühnen in den Tagen von Monthléry, später Connétable von Frankreich, inzwischen siebenundfünfzig Jahre alt geworden, zählt zum französischen Hochadel. Er ist Schwager des französischen Königs und Onkel der englischen Königin. Sein Bruder und sein Sohn dienen in der burgundischen Armee, vierhundert seiner Gewaffneten in der französischen. Er selbst ist mit einem Teil seiner Besitzungen Vasall des französischen Königs, mit dem größeren Teil aber Lehensmann des Burgunderherzogs. Dieser Mann glaubt, das gefährliche Spiel des Balancierens zwischen den großen Mächten zu beherrschen. Es beginnt nun sein letztes Schaukelspiel. Anfang August sendet er durch Boten ein gesiegeltes Schreiben nach Péronne, wo sich der Burgunderherzog noch beim englischen König aufhält. In diesem Brief verspricht er, »immer und allen seinen Freunden und Verbündeten, seien es die Engländer oder andere, zu dienen und sie zu unterstützen«. Ohne jede Ausnahme! Wenige Tage später, am 11. August, läßt er von den Mauern von St. Quentin auf die heranrückenden Engländer schießen.

Nun entwickeln sich die Dinge in wenigen Tagen rasch, ja stürmisch. Eduard entläßt einen französischen Gefangenen von Adel. Dieser trägt eine Botschaft von John Howard und Thomas Stanley an den französischen König mit sich. Der französische König wiederum läßt einen Kammerdiener als Herold verkleiden und vertraut ihm eine Botschaft an Eduard an. Vier Engländer erhalten Geleitbriefe und beginnen am 13. August die Verhandlungen zwischen den Linien mit den Vertretern der französischen Krone. Zunächst fordern die Engländer die Krone Frankreichs für Eduard und die Herausgabe der Provinzen Guienne und Normandie. Das wird natürlich abgelehnt. In Kürze werden dann die Bedingungen des Vertragsentwurfs ausgehandelt: siebenjähriger Waffenstillstand, Ersatz der englischen Kriegskosten in Höhe von fünfundsiebzigtausend Talern innerhalb

Kampfszene aus den Schweizer Feldzügen Karls des Kühnen mit geharnischten Rittern und gewappnetem Fussvolk

Buchminiatur aus den »Chroniques« des französischen Geschichtschreibers Jean Froissart.

Im fünfzehnten Jahrhundert spielten sich tiefgreifende Veränderungen im Kriegswesen ab, vor allem durch die Entwicklung der Feuerwaffen, die Entstehung einer wirksamen Artillerie, den Niedergang des Ritterwesens. Wenn in unserem Bild die Kavallerie die Oberhand zu gewinnen scheint, so darf das nicht darüber hinwegtäuschen, daß sich gerade in den Burgunderkriegen die Phalanx der eidgenössischen Fußsoldaten mit ihren langen Spießen als nahezu unüberwindlich erwies. Von dem einerseits ritterlichen, andererseits kommerzialen Brauch, den Gegner gefangenzunehmen, um ein möglichst hohes Lösegeld aus ihm herauszupressen, hielten die Schweizer wenig. Ihre Felddienstordnung sah gewissermaßen amtlich vor, im Gefecht seien keine Gefangenen zu machen.

zweier Wochen. Eduard erhält fünfzigtausend Taler jährliche Pension auf die Lebenszeit beider Könige. Gegenseitige Zusicherung ungestörten Handelsverkehrs wird vereinbart. Der Dauphin – derzeit fünf Jahre alt – wird mit der ältesten, neun Jahre alten Tochter von Eduard verlobt. Beide Könige sollen den Vertrag am 28. August bei einer Zusammenkunft in Picquigny bestätigen.

Der Burgunderherzog hat am 12. August seinen Schwager verlassen. Am 17. erfährt er in Valenciennes, daß Verhandlungen im Gange sind, setzt sich am 18. aufs Pferd und reitet mit seiner Begleitung die siebzig Kilometer von Valenciennes nach Péronne. Am 19. August hat er einen heftigen Auftritt mit Eduard, der ohne weiteres zugibt, er habe einen Waffenstillstand abgeschlossen, in den auch der Burgunderherzog eingeschlossen sei. Karl beschimpft seinen Schwager auf englisch, beschwört ihn, alles ohne Erfolg. Eduard hat sich entschieden; auch die Entsendung von Rittern des Ordens vom Goldenen Vlies, dessen Mitglied ja Eduard ist, nützt nichts mehr.

Tatsächlich hat die Öffentlichkeit nicht nur Englands, sondern ganz Europas dem englischen König die Feigheit und Geldgier, mit der er sich mit einer Rente zugunsten seiner Privatschatulle die Invasion abkaufen ließ, recht übel genommen. In Wirklichkeit ist aber wohl die Mehrheit des englischen Kriegsrats, bestochen oder nicht, für den Abschluß des Vertrages.

Der letzte Akt spielt sich am 29. August 1475 bei Picquigny ab. Die englische Armee ist am rechten Ufer der Somme, die französische am linken Ufer aufgestellt. Über den Fluß wird eine Brücke geschlagen, in der Mitte ist eine Art Gitter aufgestellt – Vorsichtsmaßregel gegen »Unglücksfälle« wie seinerzeit auf der Brücke von Montereau. Die beiden Könige betreten gleichzeitig die Brücke, sie umarmen sich – merkwürdiges Schauspiel – durch das Holzgitter hindurch, so gut es geht, und schwören einander, den Vertrag zu halten und treulich zu erfüllen.

Tatsächlich fließt das französische Gold in den nächsten Jahren nach England. Howard erhält für seine Dienste vierundzwanzigtausend Taler. Der Herzog von Gloucester, der so gegen den Abschluß gewettert hat, ist sich nicht zu schade, Geld und Pferde als Geschenk anzunehmen. In französischen Abrechnungen aus den Jahren 1476, 1477 und 1478 finden sich jährliche Zahlungen von sechshundert Talern an den Doktor Morton, tausend Talern an den Kanzler Rotherham, je zwölfhundert Talern an Lord

Howard und Sir Thomas Montgomery. Lord Hastings, der bereits tausend Taler vom Herzog von Burgund erhält, bekommt noch einmal zweitausend vom französischen König. Geld stinkt nicht!

Karl, der wütend von seinem Schwager weggeritten ist, weiß wohl, daß er keine Chance hat, allein gegen die französische Armee anzutreten. Solange Lothringen nicht gesichert ist, solange die Schweizer nicht geschlagen sind, muß er sich den Rücken gegen Westen decken. Von Soleuvre, einem Schloß in Luxemburg, wenige Kilometer nordwestlich von Esch und südwestlich der Stadt Luxemburg gelegen, handelt sein Kanzler Hugonet einen Vertrag mit Frankreich aus, der am 9. September abgeschlossen und am 13. unterzeichnet wird. Er sieht zunächst den Status quo ante auf der Basis der Verhältnisse vom Mai 1474 vor, also zum Zeitpunkt des Ablaufens des letzten Waffenstillstands. Der neue Waffenstillstand wird auf neun Jahre abgeschlossen. Es wird bestimmt, daß Karl den Besitz der oberrheinischen Pfandlande wieder erhalten soll und daß er das Recht hat, mit seinen Streitkräften durch Lothringen zu marschieren. Der Connétable von St. Pol wird vom Waffenstillstand ausgeschlossen. Jetzt lassen ihn beide Seiten fallen. Wer ihn als erster ergreift, ist verpflichtet, ihn hinrichten zu lassen oder ihn innerhalb von acht Tagen an die andere vertragschließende Partei auszuliefern. Seine Lehen fallen an Burgund zurück. St. Quentin wird durch den König besetzt und mit Ham und Bohain dem Burgunderherzog ausgeliefert werden. Im übrigen sind in dem Vertrag die Alliierten beider Seiten eingeschlossen, auch der Herzog von Lothringen und die Schweizer, aber mit der doppelten Bedingung, daß diese Alliierten dem Vertrag bis zum 1. Januar 1476 beitreten und daß sie sich von jetzt ab jeder feindlichen Handlung enthalten. Wenn sie sich aber der Ausführung irgendeiner Klausel des Vertrages widersetzen, sollen beide Seiten frei sein, die Waffe gegen sie zu erheben. Die niederländischen Stände sind über den Friedensvertrag von Soleuvre so erfreut, daß sie dem Herzog auf drei Jahre Subsidien von je hunderttausend Talern bewilligen [91].

Am 25. September übernimmt der Herzog das Kommando über seine Truppen in Pont-à-Mousson. Während er von Norden her in Lothringen einmarschiert, marschiert der Große Bastard von Burgund, der eben mit italienischen Söldnern aus Italien zurückkehrt, von Süden ein. Der unglückliche Herzog René, der sich auf kleine Kontingente von Vasallen, auf einige gascognische Söldner und auf die Hilfe von der Niederen Vereinigung verlassen muß, fleht den französischen König um Hilfe an.

Karl umgeht Nancy, belagert Epinal und gesteht der Stadt eine ehrenhafte Kapitulation zu. Das ganze Land fällt ihm fast kampflos zu. Am 25. Oktober stehen die Burgunder vor Nancy. René ist es endlich gelungen, achthundert französische Lanzen zu erhalten. Aber es führt zu nichts: Der Kommandant der Truppe sagt, er habe keine Order, die Burgunder anzugreifen. Der Lothringer muß sein Land verlassen.

Nancy ist um diese Zeit keine große Stadt. Die Mauern umfassen ein Rechteck von vielleicht sechshundert auf vierhundert Meter. Karl richtet sich in der ehemaligen Commanderie der Johanniterritter von Jerusalem ein. Zwar spielt sich etwas Artilleriegeplänkel ab, aber Nancy kann sich nicht halten.

Inzwischen vollzieht sich das Schicksal eines anderen Mannes. St. Pol ist in seinem Schloß in Ham eingeschlossen. Er denkt daran, sich zu verteidigen oder nach Deutschland zu fliehen. Dann entschließt er sich, mit einem Geleitbrief, den er von Karl erbeten und erhalten hat, sich in einen der burgundischen Staaten zu begeben. Mit fünfzehn Reitern Gefolge zieht er nach dem Hennegau. Karl gibt Befehl, der Landvogt vom Hennegau solle St. Pol in Mons festhalten. Es ist eine schwierige Situation. St. Pol hat ohne Zweifel den Herzog von Burgund bekämpft, er hat ihn getäuscht, er hat ihn verraten. Auf der anderen Seite hat der Herzog ihm einen Geleitbrief gegeben. Kann er den Geleitbrief oder muß er den Vertrag von Soleuvre brechen? Es wird schließlich eine Lösung gefunden, welche die Zeitgenossen dem burgundischen Herzog, der immer so auf seine Ritterehre bedacht ist, sehr übel nehmen. Karl verzichtet auf seine Ansprüche auf die Güter von St. Pol. Er gibt St. Quentin und andere Städte preis und handelt sich dafür freie Hand in Lothringen ein. Der Connétable wird am 18. November in Péronne an die Franzosen ausgeliefert. Schon am 27. November beginnt der Hochverratsprozeß gegen ihn in Paris, bei dem seine Machenschaften, sein Doppelspiel aufgedeckt werden. Am 19. Dezember wird er auf dem Grèveplatz zum Schafott geführt, wobei sein Rang streng beachtet wird: Das Schafott ist reich mit gestickten Lilien geschmückt, das Betkissen und das Augentuch sind von karmesinrotem Samt und »der Henker ist ein Mann, der noch nie eine Hinrichtung vollzogen hat, ein zweifelhaftes Vorrecht für den Verurteilten[92]«.

René von Lothringen ist nur relativ besser dran. Er ist wieder einmal im Exil und überlegt sich, ob er wirklich die richtige Seite gewählt hat. Sein Großvater, der »Gute König René«, denkt nicht darin, den Enkel in den außerlothringischen Besitzungen als Erben einzusetzen. Er neigt dazu, den Burgunderherzog in seinem Testament mit der Provence zu bedenken. Neue Aspekte für die Großmachtträume des Großen Herzogs des Abendlandes – Aspekte, die sich nicht erfüllen werden. Der alte König René wird den Burgunder überleben. Die Provence wird Frankreich zufallen.

Am 30. November, dem Tag des Heiligen Andreas, des burgundischen Schutzheiligen, früh acht Uhr zieht der Herzog durch das Tor La Craffe in Nancy ein. Noch einmal vollzieht sich ein Schauspiel, das ganz auf Wirkung abgestellt ist. Hinter fünfzig Trompetern reitet der Große Herzog des Abendlandes. Er trägt einen langen goldbestickten Mantel, um den Hals die Ordenskette vom Goldenen Vlies, auf dem Haupt ein Barett mit einem goldenen Kreuz und vier großen Edelsteinen besetzt. Hinter ihm der Grand Bâtard, sein unentbehrlicher Halbbruder, dann der Herzog von Cleve, Markgraf Philipp von Rötteln, die Grafen von Nassau und von Chimay, von Merle, von Campobasso, Jean de Luxembourg und der Herr von Bièvre, Jean de Rubempré, der Gouverneur von Lothringen werden wird und dem es bestimmt ist, vierzehn Monate später mit Karl zusammen vor den Mauern Nancys zu sterben.

In der Stiftskirche St. Georges wird eine Dankmesse abgehalten. Drei Wochen später sind die Stände des Landes im Herzogspalast zu Nancy versammelt. Es ist anzunehmen, daß sie sich in der Mehrheit mit dem neuen Herrn abgefunden haben, während sich Teile des Volkes und des Bürgertums eine geradezu rührende (und wahrscheinlich nicht so ganz verdiente) Anhänglichkeit an den jungen vertriebenen Herzog René bewahren.

Karl der Kühne hält eine großangelegte Ansprache. Er ruft den Ständen ins Gedächtnis zurück, was sie ohnehin wissen: Lothringen ist die für Burgund unentbehrliche Landbrücke. Es braucht einen mächtigen Landesherrn, der imstande ist, das kleine Herzogtum gegen alle Feinde zu schützen – was René ja offenbar nicht konnte. Und dann kommt das Wichtigste: Nancy soll in Zukunft die Hauptstadt des burgundischen Reiches werden. Von hier aus will Karl seine vielen Länder regieren – wenn er einmal Frieden hat. Die kleine Stadt sieht einer glänzenden Zukunft entgegen.

Aber der Friede, den der Herzog so dringend braucht, um der Unruhen und Widerstände im Inneren erst einmal Herr zu werden, um seine großen Pläne auf dem Gebiet der Verwaltung, des Rechts, des Handels durchzuführen, ist keineswegs gesichert. Es ist wahr: Am gleichen Tag, an dem sich in Nancy die Stände versammeln, diktiert Ludwig XI. im Schloß Plessis-les-Tours einen Brief. Darin verspricht er, daß er seinem Vetter von Burgund die lothringischen Besitzungen nicht streitig machen wird, da der Burgunder seinerseits auf drei für die Krone Frankreichs wichtige Herrschaften an der Somme verzichtet. Aber wie hoch ist dieses Versprechen der »Spinne« zu werten? Wie sicher ist der Waffenstillstand von Soleuvre?

Gegen Osten kann sich Karl als abgeschirmt ansehen. Verhandlungen mit dem kaiserlichen Protonotar Hessler haben dazu geführt, daß der Waffenstillstand mit dem Kaiser in einen förmlichen Frieden umgewandelt wird. Aber ungeklärt stehen die Dinge in den oberrheinischen Pfandlanlen, die Sigmund von Tirol wieder in Besitz genommen hat. Nicht zu reden von den Schweizern, die mit Burgund offiziell im Krieg stehen, die dem Waffenstillstand mit Frankreich nicht beigetreten sind, die Burgunds Verbündete, die Herzogin von Savoyen, mit Krieg überzogen haben.

Jolantha, die Regentin Savoyens, hat es nicht leicht mit ihren Nachbarn und mit ihren verschiedenen Schwägern. Da ist Philippe-Monseigneur, Herr von Bresse, der lange Zeit in französische Gefangenschaft geriet und trotzdem heute eher zur französischen Partei neigt, ebenso wie Janus von Savoyen, der Graf von Genf. Auf der Burgunderseite stehen der vorsichtig lavierende Jean Louis von Savoyen, Bischof von Genf, und der treue Waffengefährte des Burgunderherzogs, Jacques de Romont, der Herr des Waadtlandes, den Karl zum Generalgouverneur der Niederlande gemacht hat. Gerade der letztere hat sich, als er im Jahr zuvor nach Neuß abzog, vorher an die Berner gewandt und mit diesen ein Schutzabkommen abgeschlossen, wonach sie – obwohl sie wußten, daß er zur burgundischen Armee zog – sich verpflichteten, seine Besitztümer zu schützen und zu respektieren.

Savoyen, das sich vom Neuenburger See und von Murten bis hinunter weit in die Alpen und auf die andere Alpenseite bis nach Turin erstreckt, ist für den Herzog von Burgund von besonderer Wichtigkeit. Diesen Bundesgenossen im Stich zu lassen, kann er sich nicht leisten.

VOR GRANDSON DAS GUT

Bereits im April 1475 haben sich die Eidgenossen Stadt und Schloß Grandson am Südende des Neuenburger Sees unterworfen. Hugo von Chalons-Orange, Erbe der ausgedehnten Herrschaft Grandson, steht um diese Zeit mit Herzog Karl, seinem Lehensherrn, im Feldlager vor Neuß. Sein Vogt, Pierre de Jougne, hätte vielleicht die Möglichkeit, das starke Schloß zu halten, aber die Mehrzahl der Bewohner des Städtchens hat sich in die Burg geflüchtet, die Lebensmittel reichen nur kurze Zeit, Entsatz kann nicht erhofft werden. Die Belagerer aus Bern, Basel und Luzern haben schwere Artillerie zugezogen. Am 1. Mai kapituliert der Vogt und darf mit Waffen abziehen. Dreihundert Berner unter Heinrich Matter, später unter Brandolph von Stein, besetzen das Schloß. Das ist aber nur ein Zwischenspiel.

Im Herbst 1475 entschließt sich Bern, im Waadtland einzufallen. Bern ist nicht die einzige Macht, die darauf brennt, mit Savoyen eine Art polnische Teilung zu exerzieren. In Mailand lauert Galeazzo-Maria Sforza darauf, Piemont in die Hand zu bekommen. Ludwig XI. würde den westlichen Teil des Landes diesseits des Mont Cenis liebend gern übernehmen. Beide Fürsten haben savoyische Prinzessinnen, zwei Schwestern, geheiratet. Am savoyischen Hof gibt es eine französische und eine mailändische Partei. Die Oberhand haben derzeit die Anhänger Burgunds. Herzogin Jolantha ist mit Karl verbündet.

Am 14. Oktober schlagen die Berner und Freiburger los. Innerhalb von drei Wochen haben sie das ganze Waadtland überrannt. In Estavayer werden die Garnison und der größte Teil der Bevölkerung abgeschlachtet. In Orbe und Les-Clées wiederholen sich die Massaker. Das Land wird verwüstet. Genf kann sich durch ein Lösegeld von sechsundzwanzigtausend Goldgulden retten. Die Damen müssen all ihr Geschmeide abliefern, die Kirchenglocken werden eingeschmolzen, aber das ist immer noch besser als das Schicksal der kleinen Städte und Burgen im Lande. Jolantha wendet sich hilfeflehend an den Mailänder Herzog, aber der zeigt ihr die kalte Schulter: Kein Söldner, kein Gulden für seine Schwägerin.

Die Schweizer können nicht erwarten, daß die Bewohner des Waadtlandes nach diesem Raubzug und den Massakern treue Berner oder Freiburger Bürger werden. Erwarten sie, daß der Herzog angesichts der französischen Drohung in seinem Rücken verhandeln werde?

Einer versucht es noch einmal: Rudolf von Hochberg, Graf von Neufchâtel, der als Verbündeter von Bern und Lehensmann des Burgunderherzogs zwischen die Fronten geraten ist. Er reist umher und bringt es fertig, daß sich burgundische und bernische Gesandte noch einmal auf einem Schloß in Neuenburg treffen. Ein einmonatiger Waffenstillstand ist alles, was ausgehandelt werden kann.

Die Burgunder benutzen die Zeit zu intensiven Vorbereitungen. Der Herzog arbeitet wie ein Besessener, er ißt kaum mehr. Ein Winterfeldzug über den Jura? Er wird es schaffen. Er wird durch die Tat beweisen, daß er seinen antiken Vorbildern nachstrebt. Wenn Hannibal über die Alpen ging, weshalb soll er seine Truppen nicht über den Jura führen?

Am 11. Januar verläßt er Nancy, trifft am 22. in Besançon ein. »Mit Gottes und des Heiligen Georg Hilfe will ich die Untertanen Burgunds und die des Hauses Savoyen von den Schweizern, Wallisern und anderen Deutschen befreien«, schreibt er. Am 6. Februar rückt er ab, wenige Tage später steht er auf dem noch verschneiten tausend Meter hohen Paß von Jougne und läßt die Armee Revue passieren.

Das ist keine Feldarmee im üblichen Sinn. Daß die Staatskanzlei dabei ist, erscheint bei einem so fanatischen Verwaltungsmann verständlich. Aber das Mitführen von Hunderten von Prunkzelten, von Reliquien, von Manuskripten, von Silberzeug, Edelsteinen, Staatsgewändern zeigt doch, worauf es dem Großen Herzog des Abendlandes ankommt: Dieser Feldzug soll ein Schaustück sein, vor allem für die Gesandten der fremden Mächte, die ihn begleiten – darüber hinaus für ganz Europa, das seinen Zug verfolgt.

Und es scheint wirklich ein Blitzkrieg zu werden. Am 11. Februar flattern burgundische Standarten über Orbe, fünfzehn Kilometer vom Paß und ebenso weit von Grandson. Am selben Tag hat Pietro de Lignana, der mit italienischen Söldnern den Genfer See entlang marschiert, im Osten des Waadtlandes Romont besetzt. Die Freiburger bekommen in ihrer Stadt bereits Brandgeruch in die Nase.

Die Bestürzung in Bern ist groß. An alle Eidgenossen ergehen dringende

Sendschreiben: »Aus vollem Herzen bitten wir Euch, flehen wir Euch an, ohne Zögern mit all Euren Kräften uns zu Hilfe zu kommen, denn wir sind an der Grenze, wir sind der Schutzwall, der Euer Leben, Euer Gut, Eure Ehre, Eure Frauen und Kinder, Eure Dörfer, Euer Land und Euer ganzes Volk schützt; Wir werden Euch ewig dankbar sein für die Hilfe, die ihr uns jetzt gebt.«

Langsam, sehr langsam, bewegen sich die Kontingente der Eidgenossen auf den Sammelplatz Neufchâtel zu.

Die Einwohner des Waadtlandes und der Herrschaft Grandson begrüßen die Burgunder als Befreier, insbesondere natürlich die übriggebliebenen Bewohner der Orte, in denen die Massaker stattgefunden haben. Der Herzog redet vor ihnen. Er verkündet, daß die »Allmans«, die in burgundische Hände fallen, keine Gnade zu erwarten haben.

Am 19. Februar kommen die Mauern von Grandson in Sicht. Der Herzog hält auf einem Hügel, der noch heute den Namen »Duc de Bourgogne« trägt[93]. Es regnet, es schneit, es ist naßkalt.

Am selben Tag beruft die Eidgenössische Tagsatzung in Luzern Aufgebote der Kantone auf den 23. Februar nach Neuenburg ein.

Die bernische Besatzung im Schloß von Grandson ist in einer schwierigen Lage. Ihr Kommandant, Brandolph von Stein, hat wenige Tage vorher die Unvorsichtigkeit begangen, sich allein in die Stadt zu begeben, ist in einen Hinterhalt der Bevölkerung geraten und gefangen an die Burgunder gesandt worden. Trotzdem wird ein Überraschungsangriff der burgundischen Vorhut am Nachmittag des 19. Februar vorerst abgeschlagen. Am 21. wird der Angriff wiederholt, die Burgunder dringen ins Städtchen ein. Die Berner ziehen sich aufs Schloß zurück. Die burgundische Artillerie beginnt die Beschießung mit Bombarden und Feldschlangen. Auf dem Turm Othon wird dem Berner Stückmeister der Kopf abgerissen. Das Pulvermagazin fliegt in die Luft. Trotz der strengen Einschließung gelingt es zwei Bernern, zu entkommen; sie berichten, das Schloß könne sich ohne Hilfe nicht mehr lange halten. Tatsächlich erfolgt auch über den See ein Hilfsversuch mit Booten, die aber nicht landen können. Das große, für unbezwingbar gehaltene Schloß brennt, das Ende ist nahe. Nach einer Woche Belagerung, am Aschermittwoch, muß sich die Besatzung ergeben.

Ihr Schicksal ist furchtbar. Einige Verteidiger lassen die Burgunder vom Turm Pierre herunter »das Fliegen lernen«. Ungefähr vierhundert Mann werden im See ertränkt oder an Bäumen aufgehängt.

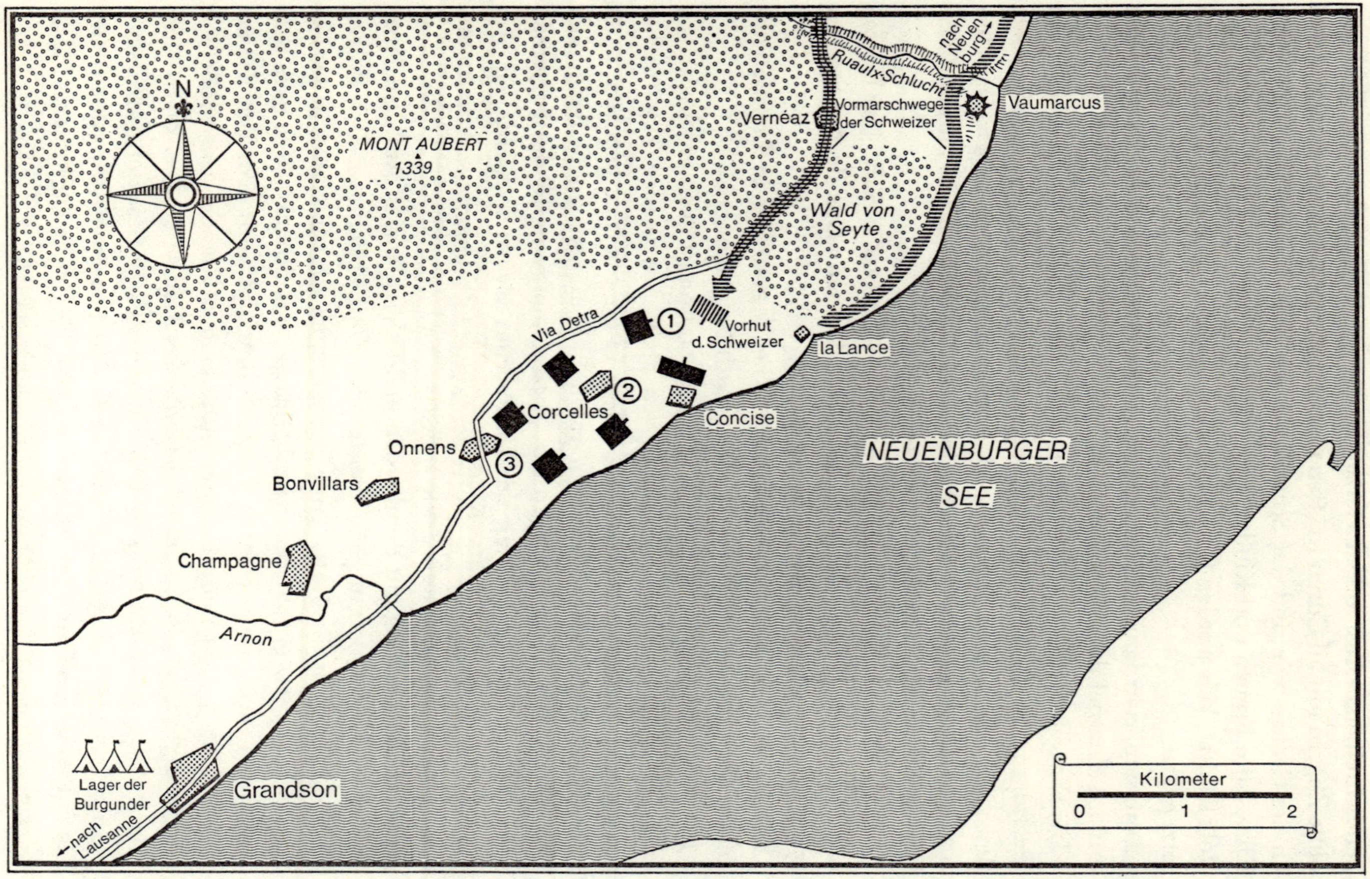
N
MONT AUBERT
1339
Ruaulx-Schlucht
nach Neuenburg
Vaumarcus
Vernéaz
Vormarschwege der Schweizer
Wald von Seyte
Vorhut d. Schweizer
la Lance
Via Detra
Corcelles
Concise
NEUENBURGER SEE
Onnens
Bonvillars
Champagne
Arnon
Lager der Burgunder
Grandson
nach Lausanne
Kilometer
0
1
2

Schlacht von Grandson

2. März 1476

1 Erstes Treffen Karls des Kühnen
2 Zweites Treffen Karls des Kühnen
3 Drittes Treffen Karls des Kühnen

Mutmaßlicher Stand etwa 11 Uhr vormittags. Über die präzisen Anmarschwege und Standorte besteht keine völlige Übereinstimmung unter den Historikern, doch macht die Karte die Verhältnisse zu Beginn der Schlacht deutlich. Die heutige Autostraße Neuenburg-Lausanne führt im Abschnitt Vaumarcus–Concise am See entlang.

Über diese unnötige Grausamkeit des Herzogs ist viel diskutiert worden. Einen Gefangenen, von dem kein Lösegeld zu erwarten ist, zu Tode zu bringen, ist in der Zeit der Burgunderkriege nichts Ungewöhnliches, und die Schweizer sind nach den von ihnen verübten Grausamkeiten sicher die letzten, die sich empören dürfen. Trotzdem verwenden die Eidgenossen später »Grandson, Grandson« als Rache- und Kriegsgeschrei.

Die anwesenden Botschafter werden an dem vierstündigen Hinrichtungsschauspiel nur mit Abscheu teilgenommen haben. Rechnet der Burgunderherzog damit, den Feldzug dadurch beschleunigen zu können, daß er Schrecken verbreitet? Am Morgen des 1. März reitet Karl der Kühne mit einigen hundert Begleitern den See entlang nach Norden, wo die Juraberge rasch näher ans Ufer rücken, das Gelände schwieriger wird. Zehn Kilometer nördlich von Grandson liegt die kleine Burg Vaumarcus. Sie gehört Johann von Neufchâtel, einem Vetter des Grafen Rudolf von Hochberg, der den Krieg zwischen Schweizern und Burgundern in letzter Stunde verhindern wollte. Die kleine Besatzung darf abziehen, Johann von Neufchâtel reitet mit dem Herzog. Eine burgundische Besatzung von vierhundert Mann unter George de Rosimboz bleibt in Vaumarcus. Zu diesem Zeitpunkt ist der Herzog – wir wissen es aus einem Brief an die aus Turin zurückgekehrte Savoyer Herzogin – darüber informiert, daß sich »fünfzehntausend oder sechzehntausend Schweizer« in Neufchâtel versammeln.

Wirklich ist Neuenburg inzwischen zum Waffenort geworden. Rund zwanzigtausend Eidgenossen und Verbündete aus Basel und Straßburg kommen zusammen. Siebentausend davon sind Berner unter Scharnachthal und Hans von Hallwyl. Sie wissen, daß der gefürchtete Burgunderherzog mit seinem Heer vor Grandson liegt, daß er Vaumarcus hat besetzen lassen. Mehr wissen sie nicht.

Es ist merkwürdig: ebenso wie später vor Murten denken beide Seiten nicht an eine umfassende Aufklärung, die man in modernen Zeiten in solchen Fällen für unerläßlich halten würde. Beide wissen voneinander, aber der Zusammenprall in der Schlacht ist für beide Seiten überraschend.

Am frühen Morgen des 2. März setzt Karl der Kühne die burgundische Armee in Marsch. Die Vorhut und eine Heereskolonne unter dem Grand Bâtard zieht das Seeufer entlang in Richtung Vaumarcus. Eine zweite Kolonne startet etwas landeinwärts in Richtung der Dörfer Concise und Corcelles. In diese Richtung zieht der Herzog auch die Artillerie. Hinterdrein folgt die Reserveabteilung. Der riesige Troß bleibt im Lager von

Grandson. Es ist schwer zu sagen, was jetzt hinter der Stirn des Herzogs vorgeht. Er ist ja selbst in Vaumarcus gewesen und weiß, daß am See entlang nach Norden – im Gegensatz zu der etwas offenen Gegend um Grandson – eine Art Engpaß folgt, wo sich die Jurahänge bis an das Ufer vordrängen und wo sich die Kavallerie nicht entwickeln kann.

Der Herzog will den Gegner schlagen. Dieser Gegner versammelt sich – so hat er gehört – in Neuenburg. Hofft er, die Engstelle ohne Widerstand zu überwinden? Drüben auf der anderen Seite wissen auch die Führer der eidgenössischen Aufgebote und ihre Verbündeten aus Basel und dem Elsaß nur, daß sich der Burgunderherzog mit einem großen Heer – man redet von sechzigtausend Mann – bei Grandson lagere. Wie die Burgunder rükken die Schweizer am frühen Morgen des 2. März in zwei Kolonnen von ihrem Lager ab. Die eine Kolonne marschiert am Ufer entlang Richtung Vaumarcus. Die zweite nimmt eine Straße weiter oben an den Jurahängen.

Die Kolonne am See stößt auf Vaumarcus, versucht einen Sturm, wird zurückgeschlagen. Soll eine Belagerung begonnen werden?

Die zweite Kolonne der Schweizer stößt etwa anderthalb Kilometer landeinwärts und hügelaufwärts auf eine schwache burgundische Vorhut, wirft sie zurück und stößt durch die dichten Wälder nach. Bei der Waldecke »Prise Gaulaz« kommen die Eidgenossen wieder ins Freie, sehen vor sich die Hügel von Corcelles, Concise, Onnens – und die burgundische Armee im Marsch.

Es scheint, daß der Herzog weder von dem Vorrücken der Schweizer durch die Wälder noch von dem Zusammenstoß der Vorhut des Grand Bâtard mit den am See vorrückenden Eidgenossen rechtzeitig unterrichtet worden ist. Nun, in diesem Augenblick kann er sich selbst überzeugen.

Panigarola, der mailändische Botschafter, berichtet Tage später in einem Brief an seinen Herzog, er habe eine riesige Phalanx von achttausend Menschen vor sich gesehen, einen pikenstarrenden Riesenigel, in dessen Mitte dreißig grüne Banner und eine weiße Standarte flatterten. Rechts und links wird die Phalanx von Bogenschützen und Armbrustschützen begleitet, dahinter kommen die Hellebardenträger. Unter den Eidgenossen reitet der zweiundfünfzigjährige Schultheiß von Luzern, Heinrich Hasfurter, kenntlich an seinem langen Bart. Es ist fast zwölf Uhr mittags.

Der Herzog muß handeln, und er handelt. Er läßt die Bogenschützen vorrücken und die Feldschlangen in Stellung gehen, um den feindlichen Riesenigel zu beschießen. Vor allem aber schickt er die schwere burgundische Reiterei die Hänge hinauf, um die eidgenössische Phalanx von der Seite her anzugreifen und auseinanderzusprengen. Um Corcelles geht Artillerie in Stellung, die auf die Via Detra schießen soll, von wo der Riesenigel der Schweizer sich ganz langsam talwärts bewegt. Bogenschützen und Büchsenschützen werden nach vorn geschickt, um den Feind unter Feuer zu nehmen. Einer der geübtesten burgundischen Offiziere, der achtundzwanzigjährige Louis von Chalons-Chateauguyon, erhält Order, mit seiner Kavallerie die Schweizer im Rücken oder wenigstens in der rechten Flanke zu fassen.

Der Herzog selbst setzt sich an die Spitze der Reiter des rechten Flügels und stürmt gegen die Schweizer an. Die Front der gefällten Spieße hält. Dem Herzog wird das Pferd verwundet, er selbst bleibt unverletzt.

Nun stürmen die Ritter von der Abteilung Chateauguyon durch unwegsames und für Reiter schwieriges Gelände den Hang herunter. Auch hier hält der Riesenigel stand. Es gelingt Chateauguyon, im Anprall tief in die Schweizer hineinzureiten, zweimal greift er nach dem Banner von Schwyz, aber ein bernischer Reiter, Hans von der Grub, rennt ihm die Lanze durch den Leib, als der Burgunder von seinem tödlich verletzten Pferde stürzt. Mit ihm fallen einige hohe Offiziere, so Jean de Lalaing, Jean de Luxembourg, Sohn des hingerichteten Connétables von St. Pol, und der italienische Condottiere Pietro de Lignana.

Der Herzog begreift, daß das bergige Gelände ungünstig für ihn ist, daß er den Riesenigel in die Ebene herunterlocken muß, um ihn wirksam angreifen und vernichten zu können. Er gibt Befehl an die Bogenschützen, die Artillerie und das Fußvolk des Zentrums, sich auf neue Stellungen zurückzuziehen und dadurch gewissermaßen den Schweizern den Weg freizumachen. Die Reiterei soll sich auf beiden Seiten neu formieren, um den Gegner dann in Flanke und Rücken zu fassen.

Inzwischen ist es Nachmittag geworden, das zweite und das dritte burgundische Treffen sind aufgerückt. In dieser Stunde entscheidet sich die Schlacht durch ein groteskes und grandioses Mißverständnis. Die gesteuerte Rückwärtsbewegung von Teilen des ersten burgundischen Treffens wird von den aufgerückten Truppen als Flucht angesehen, zudem brechen in diesem Augenblick weitere eidgenössische Haufen, den Ihrigen zu Hilfe eilend, aus den Wäldern hervor. Die furchtbaren Hörner von Uri und Luzern brüllen. Das burgundische Heer, zu zwei Dritteln bisher überhaupt noch nicht im Einsatz, wendet sich zur Flucht. Rette sich, wer kann! Die

Panik steckt eine Ordonnanzkompanie nach der anderen an. Vergeblich galoppiert der Herzog zwischen die flüchtenden Scharen, um sie aufzuhalten. Vergeblich haut er mit der flachen Klinge auf den und jenen ein – das stolzeste Heer Europas flutet in wildem Durcheinander mit Mann und Roß und Wagen nach Grandson zurück.

Der Herzog galoppiert wieder zur Vorhut zurück, sammelt einige hundert Reiter um sich und versucht, den Rückzug mit Gegenangriffen zu decken. In der Ebene an dem baumbestandenen Flüßchen Arnon, wo heute die Straße von Neuenburg nach Grandson zieht, versucht er den letzten organisierten Widerstand aufzubauen. Vergeblich – die Schweizer sind nicht aufzuhalten. Ein Teil des burgundischen Lagers ist als Wagenburg aufgebaut und wäre zweifellos leicht zu halten gewesen. Die Schweizer sind nach einem Marsch von zwanzig Kilometern in voller Rüstung vollkommen erschöpft, so sehr, daß einige der ihren, darunter der Fähnrich von St. Gallen, bei der Verfolgung tot zusammenbrechen. Aber die Panik unter den burgundischen Truppen ist so groß, daß die Fliehenden überhaupt nicht daran denken, im Lager haltzumachen, sondern in Richtung Jura und Genfer See zurückfluten.

Mit Mühe kann Panigarola, der mailändische Botschafter, zusammen mit einigen Offizieren den Herzog überzeugen, daß er hier nicht bleiben kann. Karl der Kühne schäumt: Er sei verraten und verkauft! Noch kann er das Debakel kaum begreifen, aber er sieht: Es bleibt ihm keine andere Wahl. Mit kleinem Gefolge reitet er nach Jougne, unbehelligt von den Eidgenossen, die ihren Sieg aus Mangel an Berittenen nicht ausnützen können.

Der erste Anblick für die Eidgenossen beim Einrücken in Grandson ist schauerlich: An den Bäumen hängen noch die Leichen der Erhängten vom vergangenen Mittwoch. Man holt sie herunter, bestattet sie beim Barfüßerkloster und knüpft zur Rache einige Burgunder auf, die sich zunächst ins Schloß geflüchtet haben und sich nun auf Gnade und Ungnade ergeben müssen – eine armselige, aber begreifliche Rache.

Faszinierend und ungeheuerlich ist die Beute nicht nur auf den Rückzugsstraßen, sondern vor allem im burgundischen Lager[94]. Man hat ihren Wert nach heutigem Geld auf mehrere hundert Millionen Mark geschätzt – aber was sagen uns diese Zahlen? Schon mit den Waffen und dem Gerät konnte man eine ganze Armee ausrüsten. Zweihundert Geschütze – so Panigarola –, darunter einige »Orgelstuben« mit mehreren Läufen, Vorläufer der gefürchteten »Stalinorgel« des Zweiten Weltkrieges, Hunderte von Hakenbüchsen, Tausende von Streitäxten, Lanzen, Armbrüsten, Bogen, Harnischen, Pferden, Zelten, Streitäxten; Lebensmittel für einige Monate.

Siebenundzwanzig Hauptbanner fallen den Schweizern in die Hand und sechshundert kleinere Standarten und Wimpel, aufs Kostbarste bemalt und bestickt, viele davon mit dem Wahlspruch Karls des Kühnen »Je l'ay emprins« – »Ich hab's gewagt«.

Unter den Hunderten von Zelten fallen besonders sieben Zelte auf, die noch von Herzog Philipp stammen, deren Holzwände mit Seide bespannt und mit kostbaren Teppichen behangen sind, die des Abends mit kristallenen Lampen erhellt werden.

Die herzogliche Hauskapelle enthält kostbare Reliquienbehälter, den goldenen Rosenkranz Philipps des Guten, dessen Kugeln aus lauter Edelsteinen bestehen, in einem goldenen Paternoster die emaillierten Bildnisse der Zwölf Apostel.

Ungezählt ist das – teilweise vergoldete – Silbergeschirr. Des Herzogs goldener Stuhl fällt den Siegern ebenso in die Hand wie sein mit Juwelen übersäter Hut und seine Diamanten. Die Staatskanzlei enthält das große Staatssiegel und das Siegel des Grand Bâtard.

Eine Beute wird in den meisten schweizerischen Berichten nicht erwähnt. Es sind etwa zweitausend burgundische Lagermädchen, von denen wir einige in Illustrationen der Basler Chronik sehen. Die biederen Bergbauern dürften ihren Eheweibern nach ihrer Rückkehr kaum von diesem Teil der Beute viel erzählt haben.

Den Anführern der Schweizer gelingt es nur teilweise, die Zusammenstellung und Verteilung der Beute zu organisieren. Von dem militärisch bedeutsamen Teil abgesehen, verschwindet viel in den Taschen der Plünderer, ja man hat Grund anzunehmen, daß die Stadt Basel seinerzeit einige wertvolle Stücke unterschlagen hat. Jedenfalls ergießt sich vom Lager Grandson aus ein Wohlstandsregen von ungeahntem Ausmaß über die Schweiz, und spätere puritanische Geschichtsschreiber können nicht deutlich genug darauf hinweisen, daß vom französischen Bestechungsgold und von der Burgunderbeute die Lockerung der guten Sitten der Vorväter ausgegangen sei.

Wo sind all diese Kostbarkeiten geblieben? Das meiste ist verschollen. Der Rest – vor allem Fahnen, Geschütze, Teppiche – bildet den Stolz vieler eidgenössischer Museen. Und die berühmten Edelsteine? »Die einfältige gemeine Schweitzer, die sich besser auf Kühe als Kleinodien verstunden, die köstlichste Perlen und Edelsteine um ein Spottgeld verkaufeten«, heißt es bei J. J. Fugger[95].

Soweit sich das Schicksal der Kleinodien verfolgen läßt, glaubt man zuweilen einen Abenteuerroman zu lesen. Der berühmte »Florentiner« oder »Le Toscan« ist ein gelblicher Diamant von einhundertneununddreißigeinhalb Karat. Er ist in Gold gefaßt und mit Perlen verziert. Ein Knecht aus Zug liest ihn auf, wirft ihn wieder zu Boden, holt ihn noch einmal und bietet ihn dann einem Fußsoldaten für einen Gulden an. Dieser liefert ihn der Herrschaft ab, die ihm drei Franc dafür gibt. Bei der Schätzung der Beute wird er auf zwanzigtausend Gulden taxiert, aber der Verkauf macht lange Jahre Schwierigkeiten, weil man sich über Käufer und Preis nicht einigen kann. Endlich kauft ihn Bartholomäus May im Jahre 1492 um fünftausend Gulden. Von ihm kommt er an einen Genueser Kaufmann, der ihn wieder an Ludovico il Moro veräußert, den Mailänder Herzog, und zwar für zehntausend Florins. Der nächste Besitzer ist Papst Julius II., der ihn für zwanzigtausend Dukaten kauft. Von Julius II. geht er über auf Leo X. und damit in die Familie der Medici, wovon er seinen Beinamen »Der Florentiner« erwirbt. Durch die Heirat Franz Stephans von Lothringen-Toscana mit Maria Theresia kommt der Stein an den Wiener Hof und in die kaiserliche Schatzkammer. Dort bleibt er bis 1918. Der letzte österreichische Kaiser Karl nimmt ihn, zusammen mit anderen Kleinodien, in das Exil in der Schweiz. 1929 wird er zum Verkauf angeboten, soll aber erst 1955 nach Amerika verkauft worden sein. Es ist nicht festzustellen, wo er sich jetzt befindet.

Der zweite große Diamant, ein wasserheller Stein von hundert Karat, trug den Namen »Le Sancy«. Man nimmt an, daß er durch Hertensteins Vermittlung nach Frankreich verkauft wurde; jedenfalls befindet er sich im 18. Jahrhundert unter der Bezeichnung »Le Sancy« bei den französischen Kronjuwelen und kommt 1792 bei der Ausraubung der Garde-Meubles in Paris »abhanden«. Im 19. Jahrhundert taucht er bei einer Madame Paul Demidoff auf[96]. 1865 wird der Stein in London nach Bombay verkauft. 1867 wird er in Paris ausgestellt. 1875 kauft ihn der Maharadscha von Patiala. Es ist anzunehmen, daß er sich heute noch in Indien befindet.

Verschwunden ist das »Federlin«, das an einem Hut befestigt werden sollte und fünf blasse Rubine (sogenannte Balassen), vier Diamanten, sieb-

Fünfhundert Berner unter Adrian von Bubenberg marschieren als Besatzung nach Murten

Diebold Schilling, Amtliche Berner Chronik, Band III, Bern, Burgerbibliothek.

Der populäre Verteidiger von Murten (dessen Identität mit dem hier dargestellten Ritter nicht unbestritten ist) wurde um 1431 geboren und lernte als Page am Hof von Burgund den wenig jüngeren Grafen von Charolais, den späteren Karl den Kühnen, kennen. In Bern war er 1451 Mitglied des Großen Rats, 1464 Mitglied des kleinen Rats und 1468/69 Schultheiß. Als Haupt der proburgundischen Partei unterlag er schließlich der von Diesbach angeführten profranzösischen Partei, wurde im Juli 1475 aus dem Rat gestoßen und zog sich grollend auf seine Güter zurück. Als sich das burgundische Heer in Lausanne sammelte, rief die bernische Regierung im April 1476 Bubenberg zurück und übertrug ihm die Verteidigung von Murten. Es gelang ihm, die Stadt gegen erdrückende Übermacht zu halten, bis das eidgenössische Entsatzheer heran war und die Burgunder vernichtend schlug.

Von 1477 bis 1479 war Adrian von Bubenberg nochmals Schultheiß von Bern. Im August 1479 ist er gestorben.

Das die von Bernn einen houptman und fünfzechen hundert gewapneter mannen mit anndern züge gen Murten schickten

Die von Bernn der klein und gros Ratt waren durch tag und nacht byeinandern zu ratslagen wie si dem wütrich von Burgunn und dem mechtigen volck einen mannlichen widerstand möchten tün und erzöugen und schickten der iren gen Murten fünfzechen hundert gewapneter und stritbarer mannen

Schlacht bei Murten

Diebold Schilling, Amtliche Berner Chronik, Band III, Bern, Burgerbibliothek.

Die Illustration zeigt den dramatischen Augenblick, als es den mit langen Spießen bewaffneten Eidgenossen um die Mittagsstunde des 22. Juni 1476 gelingt, den »Grünhag«, eine palisadenartige Befestigung der burgundischen Stellungen in den Hügeln vor Murten, zu durchbrechen. Die Artilleristen und die anderen Verteidiger des Grünhag, den Angreifern zahlenmäßig unterlegen, werden niedergestochen. Die burgundische Reiterei, kenntlich am Andreaskreuz und am Feuerstahl, wendet sich zu eiliger Flucht.

In weniger als einer Stunde war die eindrucksvollste und gefürchtetste Armee Europas vollkommen geschlagen. Die Eidgenossen gaben keinen Pardon; sie erschlugen jeden, dessen sie habhaft werden konnten.

Die Murtener Niederlage hatte ernste politische Konsequenzen für Karl den Kühnen. Seine Bundesgenossen begannen sich von ihm abzuwenden. Die Niederländischen Stände verweigerten jede weitere Unterstützung. Aber daß er, wie das zeitgenössische Gedicht seiner Gegner um des Stabreims willen behauptet, »vor Murten den Mut« verloren habe, trifft sicher nicht zu.

zig kleine Perlen und drei große Perlen aufwies. Man nimmt an, daß die Fugger das Federlin auseinandergenommen haben.

Verschwunden ist auch das »Gürtelin«, der Hosenbandorden, den Karl der Kühne 1469 erhielt. Der mit Diamanten und Perlen verzierte Orden gelangt über die Fugger in den Besitz von Kaiser Maximilian, der achttausend rheinische Gulden dafür zahlt.

Die »Drei Brüder«, so genannt nach drei großen siebzigkarätigen Balassen, die sich schon bei Johann Ohnefurcht nachweisen lassen und europäische Berühmtheit hatten, gehen ebenfalls in den Besitz der Fugger über und von ihnen 1453 an Heinrich VIII. von England. Sie finden sich im siebzehnten Jahrhundert in den englischen Kronjuwelen; jedenfalls schickt sie König Jakob I. seinem Sohn Karl, der sich in Spanien auf Brautschau befindet, nach Madrid nach. Im englischen Kronschatz sind sie heute nicht mehr, sie scheinen nach der Exekution von König Karl I. verschwunden zu sein.

Die »Weiße Rose« bestand aus einem Spinell, der in Rosenform von einem doppelten, je sechs Blätter zählenden Ring weißer Emailblätter eingerahmt war.

Federlin, Gürtelin, Drei Brüder und die Weiße Rose gelangen unrechtmäßig aus dem Lager von Grandson nach Basel. Die Basler warten fast drei Jahrzehnte, ehe sie das Beutegut unter Verschleierung des Rechtsgeschäfts durch Treuhänder um vierzigtausendzweihundert Gulden am 16. September 1504 an die Fugger verkaufen.

Verschwunden sind zwei große Perlen, von denen die eine »Die Unvergleichliche« hieß und die andere »La Ramasse de Flandre«. Verschwunden ist die Ordenskette vom Goldenen Vlies und der mit Saphiren, Diamanten, Rubinen und Perlen besetzte Hut Karls des Kühnen, den die Fugger auseinandernehmen, um die Edelsteine einzeln zu verkaufen.

Von dem, was erhalten blieb, wollen wir nur noch eines erwähnen, was mit Krieg und Eroberung nur soviel zu tun hat, als es eben im Lager vor Grandson miterbeutet wurde. Es ist der berühmte Tausendblumenteppich, einer von achten, die Philipp der Gute von dem Brüsseler Wirker Jean le Haze um 1295 Livres machen ließ. Staunend stehen wir im Historischen Museum von Bern vor der sieben Meter langen und noch drei Meter hohen – ursprünglich waren es viereinhalb Meter – Tapisserie. Auf blauschwarzem Grund ist in der Mitte das große Wappen Burgunds zu sehen, eingefaßt mit der Ordenskette vom Goldenen Vlies und mit einem Helm gekrönt. Darum herum finden sich in leuchtenden Farben Hunderte von verschiedenen Blumen. Schier ungläubig sieht man auf dieses einzigartige Wunderstück aus Wolle, Seide, Gold- und Silberfäden, auf diesen beredten Zeugen einer hohen Kultur im Herbst des Mittelalters.

VOR MURTEN DEN MUT?

Fährt man heute vom Stadtkern von Lausanne nach Nordwesten in Richtung auf den kleinen Flugplatz, so kommt man durch eine locker bebaute Vorstadtgegend, an der überhaupt nichts Besonderes auffällt. Auch der alte Name »Plaine des Loups« oder »Plan des Loups« ist nicht mehr im Gebrauch. Auf dieser Ebene wird im März 1476 das Lager der burgundischen Truppen errichtet, hier formiert der Herzog seine Armee neu.

Die Niederlage von Grandson hat ihn keineswegs entmutigt. Aber ihm ist klar, daß sein politisches Ansehen in Europa gefährdet ist. Er bemüht sich deshalb, das Ganze als eine Art Betriebsunfall abzutun. Nichts habe sich abgespielt als ein kleines Scharmützel, doppelt und dreifach werde er in Kürze seine Armee aufstellen, so läßt er sich gegenüber der savoyischen Regentin und dem mailändischen Botschafter Panigarola vernehmen. Von allen ausländischen Fürstlichkeiten und Diplomaten hält er sich in diesen Tagen insbesondere an den Mailänder, dessen Herrn er gerade jetzt besonders braucht. Er will die Genehmigung des Gian Galeazzo Sforza zu Einkäufen von Waffen, Rüstungen und Pferden, zum Anwerben von Söldnern und Söldnerführern. Er braucht des Mailänders Bündnis und Streitkraft auch noch für ein anderes Objekt: Der greise König René von Anjou, der ihm die Provence hatte erbweise übereignen wollen, ist unter dem Eindruck von Karls Niederlage bei Grandson bereit, sich dem französischen Druck zu beugen – Ludwig XI. ist nicht sehr wählerisch in seinen Mitteln – und die früheren Abmachungen mit dem Burgunder zu annullieren.

Unablässig ist der Herzog tätig. Unaufhörlich finden Verhandlungen, Truppenorganisationen, Manöver statt. Die Stadt Dijon soll Artillerie schicken, der Gouverneur von Luxemburg Truppen, die Hauptleute sollen bis zum 28. März alle fehlenden Ausrüstungsstücke melden, die Bewaffnung der Soldaten soll nach den Erfahrungen von Grandson geändert, verbessert werden.

Panigarola fragt einmal vorsichtig an, ob denn die Schweizer keine Anzeichen von Verhandlungsbereitschaft erkennen ließen. Der Herzog erwidert, »daß er kein Wort davon höre; aber wenn sie ihn auch fragten, so würde er ihnen das Ohr nicht leihen, und wer davon spräche, wäre es auch der größte Freund seiner Herrlichkeit: Er würde ihm Feind werden: Denn er habe ein Gelübde zu Gott, unserer Frau und dem Heiligen Georg getan, daß er entweder in der Schlacht sterben oder sie besiegen wolle, und bevor er etwas anderes tue, wolle er Ruhm und Ehre wieder gewinnen [97].«

Deutlich zeigt sich in den Berichten des mailändischen Botschafters, daß der Herzog unter dem Eindruck von Grandson beginnt, emotional zu reagieren. Er läßt sich den Bart wachsen, den er erst wieder scheren lassen will, »wenn seine Ehre wieder hergestellt ist«. Verhandlungen mit den Freiburgern will er nicht ausschließen: aber daß ihm die wilden Bergbauern eine Niederlage bereitet haben, ihm, dem Großen Herzog des Abendlandes, das hat ihn tief getroffen.

Dabei ist seine politische Situation trotz aller schweren Sorgen nicht ungünstig. Die savoyische Herzogin Jolantha läßt zwar den Draht zu ihrem Bruder, Ludwig XI., nicht ganz abreißen, hat aber keineswegs vor, mit Burgund zu brechen – wie hätte sie es auch können? Der Sohn des Königs von Neapel, der junge Prinz von Tarent, der sich Hoffnung auf Maria von Burgund macht, ist mit Gefolge im Lager eingetroffen und soll eine hohe Offiziersposition erhalten. Vor allem aber kann Karl der Kühne des Kaisers sicher sein, mit dem er ja bereits Anfang des Jahres Frieden geschlossen hat.

Am 6. April erscheint der kaiserliche Protonotar, der Probst von Xanten (und spätere Kardinal) Dr. Grawin Hessler, in Lausanne [98]. Am Ostersonntag des Jahres 1476 ist die Kathedrale von Lausanne – die heute nicht viel anders aussieht als vor einem halben Jahrtausend – festlich geschmückt. Ein illustres Publikum wohnt der Messe bei: Jolantha, die Regentin Savoyens, eine gutaussehende zweiundvierzigjährige Dame, mit ihrem elfjährigen Sohn, dem Herzog Philibert, der päpstliche Nuntius, Alexander Nanni, die ausländischen Gesandten. Guillaume de Rochefort verkündet vor Abschluß der Messe den ewigen Frieden, den der burgundische Herzog mit dem Kaiser und seinem Sohn, dem Erzherzog Maximilian, geschlossen habe. Die Ratifikationsurkunden werden verlesen.

Am Nachmittag spielt sich dieselbe Szene im Lager vor den versammelten Soldaten nochmals ab. Rochefort betont, Herzog Sigmund von Tirol sei in diesen Frieden eingeschlossen und werde den Schweizern keine Hilfe leisten. Er lasse die Grafschaft Pfirt (damit sind die oberrheinischen Pfandlande gemeint), die vom Frieden ausgeschlossen und in Feindschaft mit Burgund bleibe, und ebenso die Schweizer fahren. Jetzt bleibe nur noch übrig, daß die Soldaten sich mutig zur Schlacht bereiteten, denn wenn die Schweizer weder vom Kaiser noch von Herzog Sigmund Hilfe erhielten, müßten sie unterliegen[99].

Trompetenschall unterstreicht die markige Ansprache. Was Hessler und Rochefort in Kirche und Lager wohlweislich verschweigen: Sigmund von Österreich hält an der Konstanzer »Ewigen Richtung« fest, und die Schweizer sind eben jetzt in Unterhandlungen mit ihm wegen Gestellung von Kavallerie; einige Reichsstädte neigen eher zu den Schweizern als zum Kaiser, und Friedrich III. hat weder den Willen noch die Macht, selbst mit einem Heer gegen die Eidgenossen zu ziehen.

Im Hintergrund steht natürlich etwas ganz anderes: das alte Projekt der Heirat zwischen Maria und Maximilian. Am 6. Mai unterzeichnet Karl der Kühne das Schriftstück des Heiratsversprechens. Zum Martinsfest will der Herzog Maria »in eigner Person zu Cöln stellen, um Hochzeit zu feiern und besagte Ehe mit vorgenanntem Herzog Maximilian von Österreich zu vollziehen[100]«. Kein Wort im ganzen Schriftstück vom Römischen König, nichts über die Erhebung Burgunds zum Königreich. Hat die Niederlage von Grandson Karls politische Ansprüche so gedämpft?

In diesen Wochen, Ende April bis Anfang Mai, geht es dem Herzog gesundheitlich schlecht. Trotz fiebriger Anfälle und Magenkrämpfen kampiert er nach wie vor im Lager unter den Soldaten, ohne sich zur Nacht auszukleiden. Als es zwischen den Engländern und Lombarden zu heftigen Auseinandersetzungen kommt – sieben Tote bleiben auf dem Platz – besteigt er mit Mühe sein Pferd, um durch persönliche Autorität den Tumult zu schlichten. Ende April wird es so schlimm, daß man ihn in ein Stadtquartier schafft: heftiges Fieber, eine akute Gastritis, geschwollene Beine, Verdacht auf Wassersucht – ist es die Überarbeitung, sind es Depressionen? Sein Arzt, Matteo de Clerici, ist bei ihm und der Neapolitaner Magister Bartolomeo, den ihm die savoyische Regentin gesandt hat. Er läßt sich sogar den Bart abrasieren. Die ärztliche Behandlung und die erzwungene Ruhe führen langsam zur Genesung.

Inzwischen sind die organisatorischen Arbeiten abgeschlossen. Die Artillerie ist wieder vervollständigt. Es befinden sich schwere Bombarden dabei, die von dreißig Pferden gezogen werden müssen. Scharmützel mit den Freiburgern und den Eidgenossen, meist in der Gegend von Romont, sind an der Tagesordnung. Versuche der Savoyer, den Wallisern das Unterwallis und die Übergänge nach Mailand abzunehmen, werden blutig abgewiesen. Am Genfer See werden La Tour de Peilz, Vevey und Montreux von den Schweizern geplündert und gehen in Flammen auf. Am 9. Mai findet im Lager bei Lausanne die große Schlußinspektion des burgundischen Heeres statt.

Angetan mit einem seidenen Rock, golddurchwirkt und mit Marderfell besetzt, hält der Große Herzog des Abendlandes Revue, reitet die Reihen ab, läßt die Kompanien und Schwadronen an sich vorbeiziehen, befiehlt gefechtsmäßige Übungen. Seine Gesundheit scheint wieder völlig hergestellt. Auf rund zwanzigtausend Mann schätzen die ausländischen Botschafter das Heer, das an diesem Tage nahe dem See zwischen Morges und Lausanne inspiziert wird. Weitere Tausende stehen auf vorgeschobenen Posten.

Der Herzog hat eine detaillierte Marschordnung aufgestellt, die jedem seinen Platz zuweist und alles bis ins kleinste regelt. Die Armee ist in vier Korps eingeteilt, jedes Korps in zwei Treffen. Den Oberbefehl über das erste Korps führt Julio d'Acquaviva, Herzog von Atry. Zu ihm gehören Gardetruppen und die Standarte des Herzogs. Das zweite Korps befehligt der junge Fürst von Tarent, gewiß kein Soldat, aber unter ihm stehen zwei erfahrene Condottieri – Troylo de Rossano und Antonio de Legnano. Das dritte Korps steht unter dem Grafen von Marle. Hier finden wir als Chef des fünften Treffens einen anderen Italiener, Jacopo Galeotto, der den Herzog bis zur letzten Schlacht vor Nancy begleiten wird. Das vierte Korps schließlich führt der Graf von Romont. Ein Reservekorps umfaßt englische Bogenschützen und burgundische Fußsoldaten. Der Grand Bâtard hat kein besonderes Kommando, er bleibt in der Umgebung des Herzogs.

Die diplomatischen Beobachter staunen: ein wunderbares Heer, wie man es noch selten gesehen hat. Aber ist es auch kampfwillig und kampfkräftig? Wird es die Schweizer Bergbauern diesmal besiegen? Mit Entsetzen hören die italienischen Söldner, die Eidgenossen hätten auf ihrer Tagsatzung in Luzern beschlossen, bei Gefangenen kein Pardon zu geben (worauf burgundischerseits ein entsprechender Gegenbefehl ergeht): Derlei ist man aus den Kriegen der italienischen Condottieri nicht gewöhnt, wo man den Gefangenen schon des Lösegeldes halber schont. Daß die verschiedenen

Völkerschaften – Engländer, Burgunder, Pikarden, Lombarden – einander nicht besonders mögen, haben die Vorgänge im Lager erwiesen. Andererseits hat man versucht, durch organisatorische Änderungen und Umstellungen in der Bewaffnung die Erfahrungen von Grandson zu nutzen. Es wird jetzt darauf ankommen, den Söldnern rechtzeitig ihren Sold auszuzahlen.

Panigarola rät dem Herzog zur Vorsicht, er möge doch nicht alles auf eine Karte setzen: »Bellorum eventus dubii sunt« – der Ausgang der Kriege ist zweifelhaft. Der Herzog erwidert, seine Ehre könne er schlechterdings nicht ungerächt lassen. Wenn er verliere, so hoffe er in Ehren in der Schlacht zu sterben; sei dies nicht der Fall und er noch am Leben, so werde er sich lieber in einen Brunnen werfen, als ferner in der Welt leben; daher, um aus diesen Ängsten, diesem Mißbehagen, dieser Schwermut herauszukommen, welche die Ursache seiner Krankheit seien, sei er entschlossen, alles auf einen Zug zu setzen.

Farbig schildert Panigarola, wie sehr der Große Herzog sich verrannt hat: »Je mehr ich ihm mit Beweisen zusetzte, desto mehr erhitzte er sich und geriet in Zorn und Ungestüm, so daß er nach allen Seiten Feuer spie: So sehr ist er über diese Schweizer erbost[101].« In einem Punkt stimmt er Panigarola zu: Die burgundische Armee, die am 27. Mai ihr Lager vor Lausanne verläßt, bewegt sich langsam und vorsichtig, ja übervorsichtig vorwärts. Erst am 9. Juli trifft sie vor Murten ein, rund siebzig Kilometer vom Lausanner Lager entfernt.

Das Städtchen Murten oder Morat, das heute noch vollkommen seine mittelalterliche Erscheinung bewahrt hat, liegt genau an der Sprachgrenze zwischen der deutschsprachigen Schweiz und der Suisse Romande. Die Stadt stand unter savoyischem Lehensrecht, hat sich aber mit Bern verbündet und ist dann von den Bernern im Oktober 1475 im Handstreich besetzt worden. Die Besatzung besteht überwiegend aus Bernern, zu einem Viertel aus Freiburgern.

Die kleinen Städte des Waadtlandes haben die Schweizer ob der burgundischen Gefahr geräumt. Aber Murten, das stark befestigt ist, wollen sie nicht aufgeben. Ein starker Befehlshaber muß her! In diesen Stunden entsinnt sich der Rat von Bern des Mannes, der als Haupt der proburgundischen Partei gegen die frankreichfreundliche Politik der Diesbach und ihrer Anhänger schließlich unterlag, am 10. Juli 1475 von der Ratssammlung ausgeschlossen und praktisch auf sein Schloß Spiez verbannt worden ist: Adrian von Bubenberg. Der einstige Waffengefährte und Freund Karls des Kühnen ist vielleicht ein oder zwei Jahre älter als der Herzog, gegen den er nun kämpfen soll. Bubenberg sagt zu, er verlangt nur ausreichende Ausrüstung und einen unbedingten Treueid der Besatzung; er weiß, welch ungeheuer schwere Aufgabe ihn erwartet und daß wohl mit savoyischen Anhängern in der Bürgerschaft von Murten gerechnet werden muß.

Während Bern sich wiederum rüstet, sind zunächst die übrigen eidgenössischen Orte noch keineswegs willens, den Berner Vorstellungen zu folgen. Die Expansionspolitik der Berner in Savoyen sei nicht ihre Sache, damit wollen sie nichts zu tun haben; ja – wenn Bern selbst belagert werde, wollten sie ihren Bündnispflichten gern nachkommen.

Auch den französischen König gehen die Berner in unmißverständlichen Worten wegen der Erfüllung seiner Bündnispflichten an; sie hätten zudem sichere Kenntnis, daß der Burgunder beabsichtige, den französischen König unmittelbar anzugreifen (offenbar eine Anspielung auf die drohenden Auseinandersetzungen um die künftige Erbschaft des alten Königs René von Anjou). Ludwig XI. dankt mit freundlichen Versprechungen; er denkt gar nicht daran, den Waffenstillstand von Soleuvre mit Burgund zu brechen. Die Saat ist gesät. Er kennt seinen großen Gegner und er glaubt fest daran, daß die Schweizer für ihn die Kastanien aus dem Feuer holen werden. Wenn nicht – nun, dann wird man sich mit dem mächtigen Mailänder Herzog über ein gemeinsames Vorgehen gegen Burgund verständigen, denn dem Mailänder liegt an einem Gleichgewicht der Kräfte. Von den Engländern ist nichts mehr zu fürchten.

Die Verhandlungen zwischen Bern und den anderen Orten gehen weiter. Der endgültige Stimmungsumschwung bei den Eidgenossen zugunsten einer aktiven Unterstützung von Bern wird erst durch eine Aktion der Burgunder ausgelöst. Wer von Bern nach Murten will, kann die tiefeingeschnittene Saane an zwei Punkten überschreiten; bei Gümmenen, wo heute die Landstraße vorbeiführt, und etwa fünf Kilometer südlich davon bei Laupen. Es ist vollkommen logisch, daß die Belagerer von Murten versuchen, sich in den Besitz dieser beiden Übergänge zu setzen, um die mit Sicherheit zu erwartenden Entsatzversuche von Bern her abzuwehren. Am 12. und 13. Juni kommt es an beiden Punkten zu heftigen und blutigen Kämpfen. Die Brücke von Laupen ist eine Zeitlang in burgundischer Hand, doch schließlich gewinnen die Berner und Freiburger die Oberhand. Die Burgunder ziehen sich zurück und versuchen von da an überhaupt nicht mehr, die Saane-Übergänge in ihren Besitz zu bringen, ja auch nur sie zu beobachten, um die Bewegungen des Feindes zu kontrollieren. Für die Berner aber sind die Gefechte an den Saane-Übergängen Anlaß, erneute Hilferufe an alle Eidgenossen und zugewandten Orte loszulassen: Jetzt haben die Burgunder versucht, bernerisches Eigengebiet anzugreifen, und mit größter Mühe hat man sie am Eindringen hindern können. Nun sind auch die letzten Orte der Eidgenossen bereit, ihre Mannschaft aufzurufen. Auf allen Bergen flammen die Feuer: »Zu den Waffen!«

Hans Waldmann, der Züricher, der die eidgenössische Besatzung in Freiburg kommandiert, ermahnt in einem Brief, der am Montag, den 7. Juni, abends um sieben Uhr abgeht, seine Landsleute zur Eile, damit sie nicht die Letzten seien. Die burgundische Macht schätzt er »woll uff drüy mall als vil lüt, als vor Granssy«, fügt aber dieser Überschätzung voller Selbstbewußtsein hinzu, »aber arschrek nieman: Wir weind sy mit der Gotz Hilff all ertöden[102]«.

Die Belagerung Murtens hat begonnen. Im Nordosten der Stadt liegt das Korps Romont, im Süden Troylo und Lignana mit ihren Italienern, im Südwesten ein burgundisches Korps unter dem Grand Bâtard. Der Herzog selbst richtet sich mit den ausländischen Botschaftern, dem Hof, der Garde auf einem Hügel ein, dem Grand Bois Domingue. Von hier aus hat man einen großartigen Blick über Murten und seine unmittelbare Umgebung, also über die Stellungen der Belagerer. Auch nach Südwesten ist der Blick frei. Dagegen ist es unmöglich, im Osten irgendwelche Bewegungen zu kontrollieren. Die bei der Belagerung der Stadt nicht unmittelbar eingesetzten Truppenteile – immerhin wohl gut die Hälfte der Armee – lagern zwischen Greng und Meyriez am See, um Münchenwyler und in der Gegend des Bois Domingue.

Für Karl den Kühnen sind zwei Dinge klar: daß mit einem Entsatzversuch zu rechnen ist – ob von Freiburg oder von Bern her muß sich noch herausstellen – und daß er sich von den Schweizern nicht mehr überraschen lassen darf wie bei Grandson. Infolgedessen wird die Stellung des burgundischen Heeres auf den Hügeln um Murten befestigt. Die Soldaten ziehen Palisaden mit Öffnungen für die Reiterei und für die Geschütze. Es ist der berühmte Grünhag, um den sich später so viele Gerüchte und Geschichten ranken werden. Wo er präzise verlief, wird man nie genau feststellen können. Es ist aber wahrscheinlich, daß er südlich von Altavilla und Burg begann, westlich von Salvenach gen Süden lief, über die Höhen des Bois

Boulay und südostwärts von Coussiberlé und Courlevon vorbei[103].

Die Besatzung von Murten wehrt sich mit heftigem Geschützfeuer. Die Italiener Troylos müssen sich eingraben. Tage und Nächte vergehen unter Scharmützeln. Schließlich gelingt es auf der Seite des Grafen Romont der burgundischen Artillerie, die Stadtmauer auf eine Strecke zusammenzuschießen. Am 18. Juni abends zwischen sechs und sieben Uhr gibt Romont das Zeichen zum Sturm. In dichtgedrängten Haufen rücken Burgunder und Savoyer mit Leitern, Äxten, Streitkolben und Schilden heran[104]. Ein blutiger Nahkampf beginnt. Aber sechs Stürme hintereinander bringen keinen Erfolg. Der Einbruch der Nacht läßt die Kämpfe abflauen.

Am 20. Juni versammelt der Herzog die Hauptleute um sich und tadelt sie wegen des mißlungenen Sturms: Sie hätten ihre Leute zu sehr geschont. Die Hauptleute ihrerseits rechtfertigen sich damit, »in täglicher Erwartung eines zum Entsatz anrückenden Feindes wäre es nicht geraten, vor dem belagerten Platze die tüchtigste Mannschaft zugrunde zu richten, wohl aber sie für die bevorstehende Schlacht aufzusparen; wäre dann einmal der Feind überwunden, so werde der Platz ohnehin fallen[105]«.

Bubenberg hat den Sturm noch einmal überstanden. Er macht sich aber keine Illusionen darüber, daß es der burgundischen Artillerie in Kürze gelingen wird, mindestens die Nordseite der Befestigungsmauer so sehr in Schutt zu schießen, daß die Stadt auf keinen Fall zu halten ist, wenn nicht rasch Entsatz kommt. Zudem zeigen sich unter der Mannschaft unzweifelhaft Zeichen einer Erlahmung des Widerstandswillens. Adrian von Bubenberg zögert keinen Augenblick. Er läßt die Besatzung, soweit sie nicht auf den Mauern gebraucht wird, zusammenrufen, erinnert sie an den geschworenen Eid und fordert sie auf, »jeden vor ihn zu bringen oder sofort zu erstechen, der von Übergabe rede«.

Ebenso warnt Bubenberg Magistrat und Bürgerschaft vor Verräterei und »zaghaften Äußerungen«. Vernehme er, daß heimlich oder öffentlich so etwas vorgehe unter ihnen, so werde er von Stund an ohne Schonung die Schuldigen alle hinrichten lassen. Andererseits schickt Bubenberg noch am selben Abend einen Boten nach Bern, der den Einschließungsring über den See durchbricht. Die Botschaft ist kurz und klar: Murten kann sich nur noch kurze Zeit halten, Entsatz muß deshalb so rasch wie möglich kommen.

Die Berner haben unterdessen ihre Kontingente an der Saanebrücke bei Gümmenen zusammengezogen. Am 17. Juni marschiert die Truppe von Unterwalden durch Bern, am nächsten Tag die von Uri, von Schwyz, von

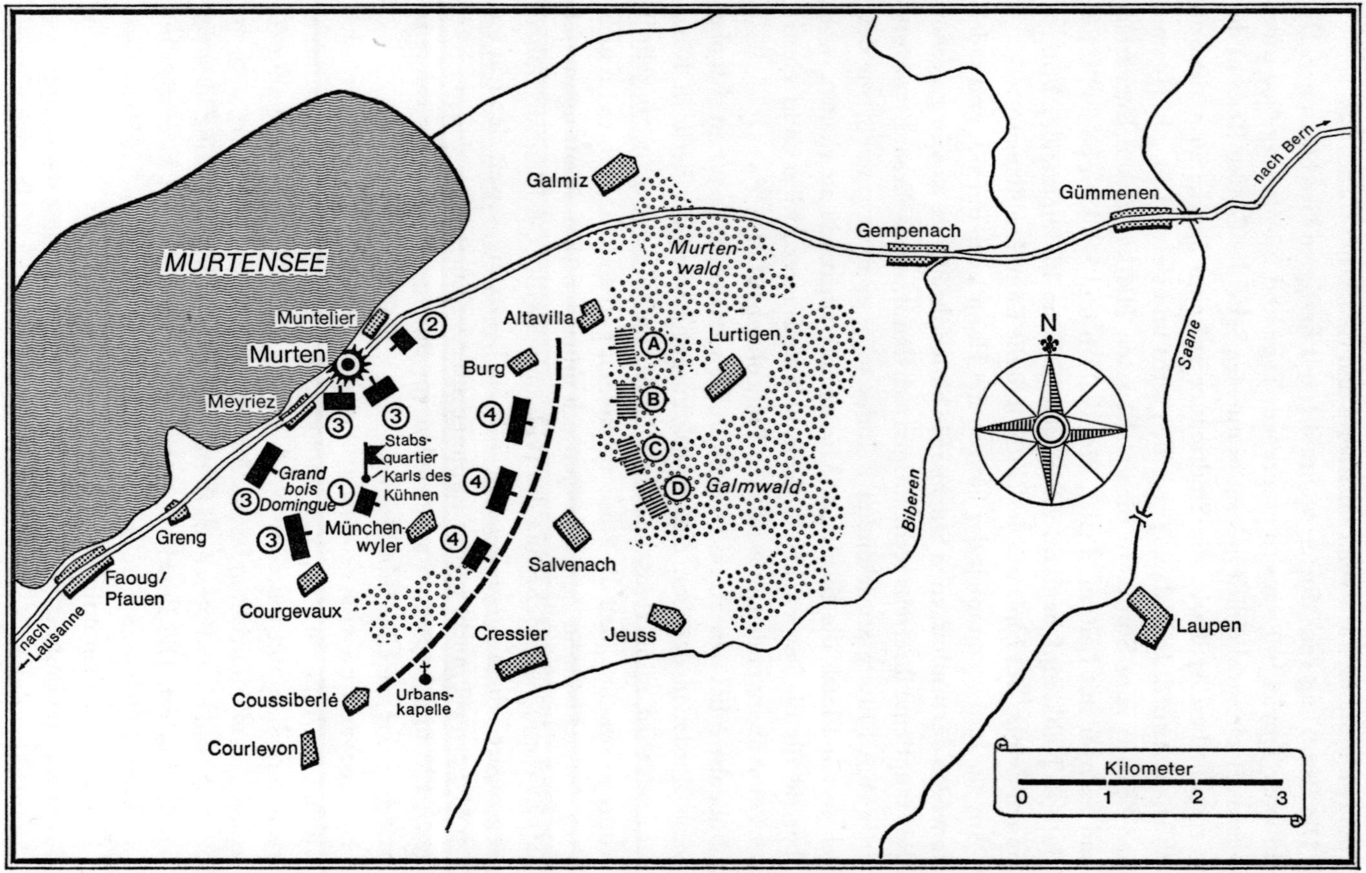
MURTENSEE
Muntelier
Murten
Meyriez
Greng
Faoug/
Pfauen
nach
Lausanne
Galmiz
Altavilla
Burg
Murten-
wald
Lurtigen
Galmwald
Gempenach
Gümmenen
nach Bern
Saane
Biberen
N
Laupen
Salvenach
Cressier
Jeuss
Stabs-
quartier
Karls des
Kühnen
Grand
bois
Domingue
München-
wyler
Courgevaux
Coussiberlé
Urbans-
kapelle
Courlevon
Kilometer
0
1
2
3

Schlacht bei Murten
22. Juni 1476

1 Gardetruppen
2 Korps des Grafen von Romont
3 Korps des Anton von Burgund
4 Korps des Herrn von Clessy

Die gestrichelte Linie zeigt den mutmaßlichen (aber streitigen) Verlauf der burgundischen Feldbefestigung (»Grünhag«). Die Palisade war zu Beginn der Schlacht von etwa 4000 Mann Vorposten besetzt; der Rest des Korps Clessy war im Quartier.

A Schweizerische Vorhut (Hans von Hallwyl)
B »Gewalthaufen« (Hans Waldmann)
C Reiterei (René von Lothringen)
D Nachhut (Kaspar von Hertenstein)

Die Schlacht begann etwa 12.30 Uhr mittags. Früher nahm man an, der Durchbruch durch den »Grünhag« sei bei der St. Urbanskapelle erfolgt, zumal auch die Illustration in Diebold Schillings Chronik (vgl. Seite 193) im Hintergrund eine Kapelle zeigt. Heute neigen die Historiker mehr der Auffassung zu, die Feldbefestigung sei südlich von Burg durchbrochen worden.

Basel und von Luzern. Am 19. wird die Saane überschritten. Bei der Ortschaft Ulmiz am Biberenbach, von den Burgundern getrennt durch den großen Galmwald, werden Quartiere bezogen. Noch ahnen die Burgunder nicht, was sich hier zusammenzieht. Ihre Aufklärung ist lückenhaft, die eintreffenden Nachrichten sind widerspruchsvoll. Jenseits des Galmwaldes wächst die Unruhe der eidgenössischen Mannschaft, die fürchtet, den zweitausend Mann in Murten werde das gleiche Schicksal bereitet wie denen in Grandson. Aber noch wollen die schweizerischen Anführer das Eintreffen weiterer Kontingente abwarten, noch fühlen sie sich nicht stark genug, den Burgunder anzugreifen. Am 18. Juni sind die Züricher aufgebrochen. Durch andauernden Regen, über durchweichte Straßen und Wege kommen sie am Abend des 21. Juni unter Hans von Landenberg in Bern an. Mit ihnen marschieren die Thurgauer und Sarganser, die Aargauer, die aus der Vogtei Baden und dem sogenannten Freiamt. Kurzer Verpflegungsaufenthalt, aber schon um zehn Uhr abends werden die Soldaten wieder aufgejagt. Nach nur dreistündiger Rast geht es durch den unentwegt herunterprasselnden Regen weiter, die nächsten zwanzig Kilometer nach Gümmenen, dann nach Ulmiz, wo sie am 22. ankommen. Inzwischen ist auch der vertriebene junge Herzog René von Lothringen mit einem kleinen Kavallerieaufgebot bei den Eidgenossen eingetroffen, außerdem Oswald von Thierstein, der das Kontingent Sigmunds anführt.

Mehr als fünfundzwanzigtausend Mann sind jetzt versammelt, davon zweitausend Berittene. Jetzt muß angegriffen werden. Einen Oberbefehlshaber wählen die Schweizer nicht. Der erfahrene Kriegsmann Wilhelm Herter von Straßburg erhält die Aufgabe des »Ordnungsmachers«, das heißt, er hat zu koordinieren. Dem aargauischen Ritter Hans von Hallwyl, einem zweiundvierzigjährigen Ritter mit einiger Kriegserfahrung, wird die Vorhut anvertraut: fünftausend Pikenträger, die lothringische und österreichische Kavallerie, Bogenschützen und Büchsenschützen, Artillerie. Hans Waldmann aus Zürich hat den Oberbefehl über den Gewalthaufen, etwa zwölftausend Mann. Hier wehen die eidgenössischen Banner. Kaspar von Hertenstein, der Schultheiß von Luzern, übernimmt die Nachhut mit rund fünftausend Mann, die nachher den linken Flügel des Schweizer Angriffs bilden wird.

Der Plan der Schweizer ist einfach: Die Stellung des Gegners so durchstoßen, daß er an der Flucht nach Süden gehindert, eingekesselt und zwischen See und Eidgenossen zermalmt wird. Das Korps Romont, das im

Nordosten von Murten steht, soll vorerst in Ruhe gelassen werden.

Im burgundischen Lager ist durchaus klar, daß sich starke eidgenössische Truppen sammeln, um zum Entsatz von Murten herzuziehen. Die offenen Fragen sind: Wieviele sind es? Von wo kommen sie? Wann werden sie kommen?

Wiederum ist die burgundische Aufklärung, wie vor Grandson, mangelhaft. Guillaume de Vergy und Troylo melden Geräusche von feindlichen Bewegungen in den Wäldern. Es ist die Nacht vom 20. auf den 21. Juni 1476. Die burgundische Armee wird in Alarmzustand versetzt. Am Morgen des 21. entschließt sich der Herzog selbst zu einer Rekognoszierung. Es gibt ein kleines Scharmützel, die Stärke der Schweizer ist nicht auszumachen. Im Kriegsrat am Abend wird entschieden, in den vorgeschobenen Stellen zweitausend Mann Fußvolk und dreihundert Lanzen zu belassen, aber die übrige Armee, die sich den ganzen Tag im strömenden Regen im Alarmzustand befunden hat, in die Zelte abrücken zu lassen. Der Herzog vertritt hartnäckig die Auffassung, die heranrückenden Schweizer wollten ihn lediglich von der Belagerung Murtens abziehen, ein ernsthafter Angriff sei nicht zu erwarten.

Am Samstagmorgen, dem 22. Juni, regnet es wieder. Während des Vormittags treffen nacheinander alarmierende Nachrichten vom Grand Bâtard und anderen Anführern ein: Der Feind sei im Anrücken! Jetzt entschließt sich Karl der Kühne, den Befehl auszugeben, die Truppen in den Quartieren sollten sich wieder waffnen.

Panigarola ist an die Verteidigungslinien westlich der Straße Salvenach–Burg gegangen. Es ist kurz nach 12 Uhr mittags. In diesem Augenblick hört der Regen auf. Vor den Augen des mailändischen Botschafters rollt ein faszinierendes Schauspiel ab: Aus dem Galmwald rücken die Schweizer hervor, Hunderte, Tausende, voran die Büchsenschützen, dahinter die Pikeniere. Augenblicklich beginnt die burgundische Artillerie zu schießen, ebenso die Büchsenschützen in der dünnbesetzen Verteidigungslinie. So rasch er kann, eilt Panigarola zum Herzog zurück: Alarm! Alarm! Der Arzt Matteo de Clerici und Panigarola helfen Karl dem Kühnen in die Rüstung.

Der erste Ansturm der Schweizer kommt ins Stocken. Am Grünhag machen burgundische Reiter einen Ausfall, bringen die schweizerischen Reihen in Verwirrung. Aber dann gelingt es den Eidgenossen, an einer Stelle in die Palisaden einzudringen, die Artillerie niederzuhauen, die burgundische Linie zu durchbrechen.

Bau einer Stadt im Mittelalter

Buchminiatur aus dem Roman des Gerart von Roussilon. Französischer Künstler des 14. Jahrhunderts.

Die Handwerker waren durchweg in Zünften organisiert und die Zünfte besaßen häufig in den Städten großen, ja entscheidenden Einfluß. Dadurch waren sie auch in der Lage, die Einführung technischer Neuerungen zu unterbinden, die möglicherweise den Zunftgenossen abträglich hätten sein können. So ließ der Nürnberger Rat eine von dem Kupferschmied Hans Spaichl hergestellte verbesserte Drehbank beschlagnahmen und zerstören.

»Es gibt wohl kein Gebiet, auf dem das mittelalterliche Europa gegenüber dem Römischen Reich so rückständig war wie in Planung, Bau und Versorgung von Städten« (L. Sprague de Camp). Aber wir bewundern noch heute die großartigen Kathedralen, die mittelalterliche Architekten ohne wissenschaftliche Basis errichteten. Und in Wirklichkeit stand der Fortschritt der Technik nie ganz still. Europa fand nicht nur die Entwicklung der Artillerie im burgundischen Heer staunenswert, sondern auch die vielfältigen mechanischen Spielereien bei den Festen des burgundischen Hofs.

Jacques Jonghelink, ziselierter und vergoldeter Bronzeguß. Lieve Vrouwenkerk (Liebfrauenkirche) Brügge, Lanchals-Kapelle.

Das Grabmal, 1559 bis 1562 im Auftrag König Philipps II. durch den Antwerpener Künstler Jonghelink geschaffen, zeigt den Herzog in Rüstung und mit einer Krone.

Neben dem Grabmal Karls des Kühnen ist das seiner Tochter Maria. Jan Borman, Renier van Thienen und Pierre de Beckér schufen es in den Jahren 1492 bis 1502.

Karl der Kühne war nach seinem Tod zunächst in der Stiftskirche St. Georg in Nancy begraben worden. Sein Urenkel, Kaiser Karl V., ließ 1550, fünf Jahre vor seiner Abdankung, die Gebeine seines Ahnherrn exhumieren und feierlich nach Brügge überführen. Eine kritische Überprüfung des Berichts, den die vom Kaiser eingesetzte Kommission erstattete, hat allerdings in neuerer Zeit gewisse Zweifel aufkommen lassen: So wissen wir heute nicht einmal mit Sicherheit, wo die sterblichen Überreste Karls des Kühnen liegen – ein letztes Geheimnis um den Großen Herzog des Abendlandes.

In diesem Augenblick ist die Entscheidung schon gefallen. Troylo, der den Ostabschnitt vor Murten befehligt, läßt dreitausend Mann kehrtmachen, um sie den Schweizern entgegenzuwerfen – vergebens. In kleinen Gruppen, wie sie sich bewaffnet haben, kommen die burgundischen Truppen an; sie werden in den Sog der Flucht gerissen. Somerset mit den berittenen englischen Bogenschützen versucht, ein Bollwerk des Widerstands zu bilden. Er fällt, die meisten seiner Truppen mit ihm.

Noch hält Jacques van der Maas unerschüttert die große Standarte von Burgund aufrecht, aber die Garde ist versprengt, der Standartenträger fällt mit der Standarte.

Ein grauenvolles Gemetzel hebt an. Viele Burgunder werden von den Eidgenossen noch in den Zelten erschlagen, aus Häusern und Backöfen herausgeholt, von den Bäumen heruntergeschossen. Hunderte von Lombarden versuchen in den See zu fliehen, bis nur noch ihre Köpfe herausgucken: Sie werden umgebracht »wie die Wasservögel«, viele ertrinken. Einem einzigen Kürassier gelingt es, das jenseitige Ufer zu erreichen.

Jeder organisierte Widerstand hat aufgehört. Die Schweizer geben, ihrem Grundsatz getreu, keinen Pardon. Das weite Feld ist mit Abertausenden von Gefallenen übersät. Dem Grand Bâtard gelingt es, dank der Schnelligkeit seines Renners – ein Geschenk des Herzogs von Mailand – wie durch ein Wunder aus dem Getümmel nach Süden zu entkommen.

Kaspar Hertenstein ist es mit der schweizerischen Nachhut gelungen, links weitausholend bei Pfauen den See zu erreichen und die Straße nach Avenches abzuschneiden. Der Versuch eines Ausfalls von sechshundert Mann der Besatzung Murtens unter Bubenberg nach Süden wird noch von den Condottieri Antonio Legnano und Giovanni Francesco Troylo zurückgeschlagen. Aber in diesem Augenblick sitzen den Italienern schon die Angreifer im Rücken. Troylo und Legnano fallen beide. Der Graf von Marle, Jean de Luxembourg, bietet den Schweizern fünfundzwanzigtausend Gulden für sein Leben – eine Summe, mit der ein mittleres Dorf jahrelang sorgenfrei leben könnte. Er wird erschlagen wie die anderen, wie Georges de Rosimboz, wie Bournonville, wie Grimberghe, wie Abertausende namenloser Soldaten, denen die Flucht nicht mehr gelingt.

Karl der Kühne wird in der Flut der Flüchtenden förmlich weggeschwemmt. Panigarola, der ihn begleitet, entgeht mit knapper Not dem Tode. Neben ihm erhält der spanische Botschafter zwei Säbelhiebe über den Schädel. »Niemals, solange ich lebe, werde ich diesen Tag vergessen«, schreibt Panigarola anderntags nach Mailand, und man mag es ihm glauben [106].

Unbehelligt steht indessen das Korps des Grafen Romont nördlich der Stadt. Er versucht, um das Nordende des Murtensees abzuziehen, um sich in Richtung Estavayer durchzuschlagen, da stößt er auf eine starke Mannschaft von Neufchâtel. Die Burgunder und Savoyer machen kehrt, wenden sich zur Flucht. Die ganze Nacht durch marschiert Romont mit dem Rest seiner Truppen nach Südosten, bis er am frühen Morgen mit dem, was ihm geblieben ist, Stadt und Feste Romont erreicht. Er hat gerade noch ein Drittel der Mannschaft bei sich.

Mehr als zwanzigtausend Burgunder liegen erschlagen auf dem Schlachtfeld zwischen Pfauen, Courgevaux und Meyriez. Ihre Gebeine werden später südlich Murten in einem Beinhaus gesammelt. Mitte des 18. Jahrhunderts wurde dort Albrecht von Hallers poetische Inschrift angebracht:

»Steh still Helvetier! Hier liegt das kühne Heer,
vor welchem Lüttich fiel und Frankreichs Thron erbebte.
Nicht unsrer Ahnen Zahl, nicht künstliches Gewehr,
die Eintracht schlug den Feind, die ihren Arm belebte.
Kennt, Brüder, Eure Macht; sie liegt in Eurer Treu,
O, würde sie noch jetzt bei jedem Leser neu!«

Beinhaus samt Inschrift wurden im März 1798 von französischen Revolutionstruppen niedergerissen: Die Burgunder waren längst Franzosen geworden, und man wollte nicht an die Niederlage erinnert werden.

Heute steht ein schlichter Obelisk an der Ausfallstraße von Murten nach Avenches und Lausanne, kaum beachtet von den Tausenden von Touristen, deren Fahrzeuge hier allsommerlich vorbeifluten.

VOR NANCY DAS BLUT

Karl der Kühne ist nach der Schlacht mit geringer Begleitung die Nacht hindurch nach Süden geritten. Ein Druck nach einem Gemälde von Burnand, der früher in vielen Schweizer Schulzimmern hing und heute noch im Treppenhaus eines Murtener Hotels (vermutlich auch noch anderswo in der Eidgenossenschaft) zu sehen ist, zeigt den Herzog auf wilder Flucht durch den nachtschwarzen Wald.

Am Morgen des 23. Juni hört er in Morges die Messe. Am selben Abend trifft er die Herzogin-Regentin Jolantha von Savoyen. Grandson hat man als ein Scharmützel, als eine Art Betriebsunfall kaschiert. An der vollständigen Niederlage des burgundischen Heeres vor Murten kann kein Zweifel bestehen. Europa hält den Atem an: Der Große Herzog des Abendlandes ist von den Schweizern vollständig geschlagen worden.

Die Eidgenossen sind sich auch nach dieser Schlacht nicht einig: Sollen sie nach Hause ziehen oder den Trümmern des burgundischen Heeres nachsetzen? Wiewohl die Beute diesmal – so die Chronik von Petermann Etterlin – im Vergleich zu Grandson »eitel Bettelwerk und Kinderspiel« ist, ziehen es trotz des Drängens von Bern viele vor, mit dem Erbeuteten den heimatlichen Dörfern zuzustreben.

Ein Teil der Truppen aber zieht sengend und brennend, ohne Gegenwehr zu finden, durch das Waadtland bis nach Lausanne. Die Stadt wird restlos ausgeplündert. Daß dabei die Kathedrale ebensowenig verschont wird wie die Klöster, ist der Berner Obrigkeit schon wegen der politischen Wirkung peinlich.

Genf wird durch die Intervention des französischen Königs gerettet. Unter Frankreichs Druck müssen sich die Eidgenossen zu einem Waffenstillstand mit Savoyen verstehen. So sehr sich die »universelle Spinne« über die Murtener Niederlage seines Erzfeindes von Burgund freut, so wenig wünscht er jetzt Savoyen, das Erbe seines »lieben Neffen« Philibert, zerschlagen zu sehen. Man einigt sich darauf, innerhalb Monatsfrist in Freiburg Friedensverhandlungen aufzunehmen. Sonst ändert sich vorerst in der Szenerie kaum etwas, außer daß der burgundische Herzog einen kapitalen politischen Fehler begeht. Vielleicht fürchtet er, die savoyische Regentin werde sich auf die Seite ihres Bruders Ludwig schlagen; möglicherweise hat man dem Herzog zugetragen, der französische König wolle sich der Person des Erbprinzen Philibert bemächtigen.

Jolantha reist mit Kindern und Begleitung von Gex nach Genf; da wird sie in der Nacht bei Grand Saconnex nahe dem heutigen Flugplatz überfallen. Es ist der Gardehauptmann und spätere Memoirenschriftsteller Olivier de la Marche, dem Karl den unrühmlichen Entführungsauftrag »unter der Androhung, er werde seinen Kopf verlieren« erteilt hat. Im nächtlichen Getümmel gelingt es dem savoyischen Hofmeister Geoffroy de Rivarol, den elfjährigen Erbprinzen und seinen jüngsten Bruder Jacques-Louis in einem Getreidefeld zu verstecken und später nach Genf zu bringen. Olivier de la Marche, die Regentin auf seinem Pferd, die übrigen Kinder in den Händen seiner burgundischen Begleitung, galoppiert davon über den Jura zu seinem Herrn. Der Herzog hat einen Tobsuchtsanfall, als er erfährt, daß die wichtigste Person – der Erbprinz Philibert – entwischt ist.

Auf die Nachricht von der Entführung der Regentin geraten Genf und die ganzen savoyischen Lande in hellen Aufruhr. Der Pöbel von Genf macht Jagd auf alles, was burgundisch »riecht«, insbesondere auf die allgemein verhaßten lombardischen Söldner, die sich auf der Flucht vom Murtener Schlachtfeld in der Stadt gesammelt haben.

Dem Schwager der Herzogin, dem Bischof von Genf, kommt der ganze Skandal politisch eher gelegen: Jetzt kann er versuchen, den Eidgenossen auf dem Friedenskongreß glaubhaft zu machen, Savoyen sei ein Opfer, nicht der Verbündete des Burgunders.

Jolantha wird zunächst nach Rochefort-sur-Nenon gebracht, dann nach dem Schloß Rouvres westlich Dijon. Dort findet später, im Herbst, die zweite Entführung statt: Mit zweihundert Lanzen kommt im Auftrag des französischen Königs Charles d'Amboise angeritten, befreit die Herzogin aus der burgundischen Haft und bringt sie nach Plessis, dem Schloß bei Tours, auf dem sich Ludwig jetzt meist aufhält[107]. Der König geht der Schwester lächelnd am Tor entgegen: »Seid mir willkommen, Madame la Bourguignonne!« »Ich bin eine gute Französin«, kontert die Herzogin.

Die burgundisch-savoyische Allianz ist endgültig begraben. Die »universelle Spinne« übernimmt das Protektorat über Savoyen[108].

Karl der Kühne ist seit Anfang Juli in Salins in Hochburgund. Hier versucht er die Trümmer der geschlagenen Armee zu sammeln. Nur wenige Kompanien sind geblieben. Sie befinden sich in üblem Zustand. Was man aber über den Herzog auch sagen mag – daß er, wie es in dem Spruch der Schweizer heißt, vor Murten den Mut verloren habe, trifft nicht zu. Er ist wieder unaufhörlich tätig, organisiert die Verteidigung der Grenzgebiete gegen drohende Einfälle, macht Voranschläge, schreibt Briefe. Er scheint guter Stimmung zu sein und gibt sich dem mailändischen Botschafter Panigarola gegenüber ausgesprochen optimistisch.

Es mag viel Zweckoptimismus dabei sein, denn dem Herzog kann die Veränderung der politischen Szenerie, die sich jetzt Stück für Stück vollzieht, nicht entgehen. Savoyen fällt als Bundesgenosse aus, Galeazzo Maria von Mailand sucht Verhandlungen mit den Franzosen, mit Neapel ist kaum mehr zu rechnen, seit der Prinz von Tarent – ein weiterer enttäuschter Bewerber um die Hand der Maria von Burgund – kurz vor der Schlacht von Murten abgereist ist. Der Kaiser bringt es nicht einmal fertig, seinen Vetter Sigmund von Tirol davon abzuhalten, seine Truppen auf der Seite der Eidgenossen gegen Burgund kämpfen zu lassen. Der Traum des burgundischen Zugangs zum Mittelmeer ist aus, seit der alte König René seine Pläne, Karl als Erben vor allem in der Provence einzusetzen, wieder geändert hat.

Nur das Verhältnis zu Frankreich ist merkwürdigerweise einstweilen unverändert. Ludwig versichert mit heiterer Miene dem nervösen burgundischen Gesandten, Herrn von Contay, er seinerseits werde den Waffenstillstand einhalten. Dem mailändischen Botschafter Pietrasanta raunt er zu, sein Vetter von Burgund sei verrückt. Ludwig gedenkt nicht, sich militärisch zu engagieren. Er weiß: Andere werden ihm die Kastanien aus dem Feuer holen.

Am 8. Juli versammeln sich in Salins die Stände von Hochburgund. Der Herzog hält eine seiner brillantesten Reden. Alles, was getan werde, geschehe nur zum Schutz ihres Privateigentums, ihrer Weiber und Kinder, welche sie nicht eine Beute der Deutschen und Franzosen werden lassen sollten. Karl erinnert daran, wie nach der Erzählung von Titus Livius seinerzeit in Rom der Befehl erlassen worden sei, jedermann müsse alles Gold und Silber abliefern und dürfe nur einen goldenen Ring am Finger zurückbehalten. Er erinnert an Oktavian, der von Pompejus völlig geschlagen und dann doch Herr der Welt geworden sei. Er bringt aus der neueren Zeit Beispiele von König Ferdinand von Neapel und dem König von Aragon, die beide trotz schwerer Niederlagen doch die Oberhand behalten hätten. Der Herzog, berichtet Panigarola, »durchging alle diese Beispiele, als ob er ein Buch vor sich liegen hätte, und machte auf jeden den Eindruck, daß er seinen Absichten großen Nachdruck verleihe oder die Not seinen Geist schärfe[109]«.

Die Stände erklären sich bereit, die Verteidigung der Grenzen auf eigene Kosten zu übernehmen, tragen aber gleichzeitig zwei Bitten vor: Er solle zum einen den Krieg durch seine Hauptleute führen lassen und seine eigene Person nicht so großen Gefahren aussetzen, da er alleinstehe. Zum anderen solle er, falls sich die Möglichkeit biete, Frieden schließen.

Der Herzog erklärt sich einverstanden. Er wolle, sagt er, mit ihnen leben und sterben. Wenn er bis jetzt ein guter Herzog gewesen sei, werde er in Zukunft sich Mühe geben, ein noch besserer zu sein.

Der Herzog hat diesen Erfolg nötig, denn während er beginnt, die Vorbereitung einer Sammlung der Truppen in dem Ort La Rivière zu treffen, kommt am 13. Juli eine böse Nachricht: Die flandrischen Stände haben in Gent nicht nur die vom Kanzler Hugonet vorgetragenen Forderungen allesamt rundheraus abgelehnt, sondern wollen auch die bereits für die Armee bewilligten Gelder kürzen mit der Begründung, es gebe ja keine Armee mehr. Gleichzeitig mehren sich die Anzeichen, daß es in Lothringen, der unentbehrlichen Landbrücke zwischen den nördlichen und südlichen Landesteilen Burgunds, immer unruhiger wird. Ein Stützpunkt nach dem anderen geht den Burgundern verloren. Der junge Herzog René kann sich sogar mit Hilfe geliehener Artillerie aus Straßburg Mitte August der Städte Lunéville und Epinal versichern. Diese Erfolge machen ihn so siegesgewiß, daß er vor Nancy zieht. Aber noch sind seine Kräfte zu schwach, er muß sich wieder zurückziehen.

Von einem neuen Angriff auf die Schweizer ist nun bei dem burgundischen Herzog nicht mehr die Rede; es werden sogar durch Mittelsmänner Friedensfühler ausgestreckt. Dagegen ist es unbedingt notwendig, Lothringen zu sichern. Im Norden zwischen Diedenhofen und Metz steht der italienische Condottiere Campobasso mit einigen tausend Mann. Aus den Niederlanden ziehen Engelbert von Nassau und Herr von Croy mit fünftausend Fußsoldaten heran.

Inzwischen hat in Freiburg der Friedenskongreß stattgefunden. Hier dominiert die »universelle Spinne«, vertreten durch Jean-Louis von Bourbon, Admiral von Frankreich, obwohl der französische König nicht mit einem einzigen Soldaten am Feldzug teilgenommen hat. Die Eidgenossen erhalten denn auch weit weniger, als sie ursprünglich gefordert haben. Das Waadtland verbleibt bei Savoyen, nur einige wenige Orte wie Murten gehen an die Schweizer. Der Bischof von Sion behält das Unterwallis. Savoyen zahlt fünfzigtausend Gulden. Die Stadt Genf, weil ihr die Plünderung erspart blieb, muß vierundzwanzigtausend Gulden herausrücken. Und René von Lothringen? Er bekommt die Zusage, man werde ohne ihn keinen Frieden mit dem Burgunder schließen. Militärische Hilfe? Darüber werde man später reden.

Mitte September 1476. Margarete von York beruft noch einmal die flämischen Dickschädel ins Palais ten Walle in Gent. Vergeblich. Die Stände weigern sich: Keinen Soldaten, keinen Gulden mehr für den Herzog.

Karl der Kühne muß die lothringische Landbrücke mit den Kräften retten, die er jetzt hat. Und er muß es bald tun. Seit dem 2. August ist Nancy aufs neue von René belagert, der ungefähr viertausend elsässische und schweizerische Söldner bei sich hat. Der burgundische Gouverneur von Lothringen, Herr de Bièvres, hält die Stadt. Wie lange?

Campobasso, der um diese Zeit vermutlich schon einige verräterische Verhandlungen hinter sich hat[110], erhält Order, Nancy von Norden her zu Hilfe zu kommen. Er rührt sich nicht vom Fleck.

Am 25. September verläßt der burgundische Herzog das Lager von La Rivière. Er hat eine Truppe von vielleicht zehntausend Mann bei sich: Jacopo Galeotto mit seinen Italienern, dann Burgunder, Luxemburger, Hennegauer und Picarden. Die kleine Armee marschiert nach Norden. Es ist ein Wettlauf mit der Zeit, und der Burgunderherzog verliert ihn. Schlimm genug, daß die Belagerten in Nancy Katzen und Ratten verzehren müssen; daß Bièvres sein schönstes Pferd schlachten läßt, hilft auch nicht viel weiter. Schlimmer ist es, daß die Engländer, nachdem ihr Anführer durch eine Kanonenkugel ums Leben gekommen ist, unruhig zu werden beginnen, ja meutern wollen. Am 7. Oktober muß sich Bièvres dem jungen Herzog von Lothringen gegen die Zusicherung freien Abzugs mit seinen noch rund fünfzehnhundert Mann ergeben. Karl der Kühne steht noch etwa sechzig Kilometer entfernt, zwei ganze Tagesmärsche.

Nancy gerade noch rechtzeitig einzunehmen, ist René gelungen. Aber die Vereinigung von Campobasso, der endlich beginnt, nach Süden zu marschieren, mit der burgundischen Haupttruppe kann er nicht verhindern. Bei Toul, westlich von Nancy, vereinigen sich die Burgunder, deren Heer nun mit vielleicht fünfzehntausend bis achtzehntausend Mann den Lothringern klar überlegen ist.

René marschiert auf dem östlichen Ufer der Mosel nach Norden, die Burgunder parallel dazu auf dem westlichen. Mit einem plötzlichen Manöver überquert Karl die Mosel, schneidet René von Nancy ab, vernichtet eine vierhundert Mann starke nachrückende elsässische Hilfskolonne und versucht, René bei Pont-à-Mousson zur Schlacht zu stellen. Mit knapper Not und durch ein glückliches Täuschungsmanöver mit hinterlassenem Lagerfeuer entkommt der Lothringer Herzog, der sich noch eine Meuterei wegen rückständigen Soldes auf den Hals geladen hat, aufs westliche Flußufer und erreicht mit den Trümmern seines Heeres fluchtartig wieder Nancy, nachdem es den lothringischen Reitern an einer Furt gelungen ist, das Fußvolk mitaufsitzen zu lassen.

Es ist der 19. Oktober. René weiß: so kann er dem Burgunder nicht die Stirn bieten. Die Lösung ist ein verzweifelter Plan. René läßt in Nancy eine halbwegs zuverlässige entschlossene Besatzung von knapp zweitausend Mann, die ihm verspricht, sie werde zwei Monate lang aushalten. Er selbst wird versuchen, in aller Eile bei den Schweizern eine Söldnertruppe zu werben. Noch am selben Abend reitet er fort, wobei er nicht verhindern kann, daß ihn in Raon l'Etape die eigenen Leute wieder wegen rückständigen Soldes festhalten.

Am 22. Oktober legt sich der burgundische Belagerungsring um Nancy. Kaum haben die Belagerten Gelegenheit gehabt, sich zu verproviantieren, die Breschen zu schließen. Der Herzog legt seinen Befehlsstand in die Commanderie St. Jean, südwestlich der Stadt. Die Belagerungsgeschütze beginnen ihre Arbeit.

Die Verbindungen im nördlichen Lothringen, insbesondere das Moseltal zwischen Metz und Nancy, werden von den Burgundern beherrscht. Anders südlich und südostwärts von Nancy: Hier sitzen fast überall lothringische Besatzungen in den festen Plätzen. Überfälle ohne Ende auf die Burgunder. In der Nacht vor Allerheiligen dringt der Bastard von Vaudémont sogar bis in die Nähe des burgundischen Hauptquartiers vor. Immer wieder erleiden die Burgunder Verluste. Der früh hereinbrechende kalte

Winter tut ein übriges. Krankheit, Hunger, Desertionen vermindern die Zahl und Kampfkraft der Belagerer.

In der Commanderie erscheint eines Tages Anfang November der Protonotar Dr. Hessler, der Abgesandte des Kaisers, der seinerzeit in Lausanne aufgetaucht war. Er bringt Briefe und Geschenke von dem jungen Maximilian für Maria von Burgund. Der Herzog schreibt dem Kaiser einen letzten Brief: Wie sehr er sich freue, daß seine einzige Tochter, seine Erbin, den Erzherzog Maximilian heiraten werde. Möge Seine Kaiserliche Majestät selbst den Ort der Hochzeit bestimmen, sei es Köln, Aachen oder einen anderen Ort. Keinerlei Bedingungen, keinerlei Forderungen. Karl wird die Hochzeit nicht mehr erleben. Ahnt er es?

Mittlerweile versucht René von Lothringen, bei den Schweizern eine Hilfstruppe zu mobilisieren. Er trifft zunächst auf Zögern: Schon wieder in den Krieg ziehen? Die von Basel erklären ihm am 2. November, die von Bern am 18. November, bei aller Sympathie für ihn könne man eine so wichtige Frage nur auf der Tagsatzung der gesamten Eidgenossenschaft beschließen. Abgesehen von Zürich, wo Waldmann stark für René eintritt, ist das Zögern der anderen Orte womöglich noch stärker, vor allem, als man von den Friedensbemühungen hört, die jetzt wieder vom Papst, vom Kaiser und von Mathias Corvinus, dem König von Ungarn, ausgehen. Aber die Abgesandten dieser großmächtigen Herren können nichts erreichen: Einerseits will und kann Karl der Kühne nicht auf Lothringen als die Landbrücke zwischen den beiden burgundischen Landesteilen verzichten. Andererseits weigern sich die Schweizer, ohne Einbeziehung des Lothringer Herzogs, der sich durch seinen Einsatz vor Murten soviel Sympathie errungen hat, Frieden zu schließen. Selbstverständlich tun auch die Abgesandten der »universellen Spinne« das Ihrige, um alle Friedensbemühungen zu torpedieren. Ludwig XI. ist es auch, der dem praktisch mittellosen Lothringer Herzog vierzigtausend Gulden zusagt. Damit wird dann eine Kompromißlösung erreichbar.

Die Eidgenossen werden nicht selbst, nicht offiziell die Waffen ergreifen, aber sie werden dem Lothringerherzog gestatten, in den Kantonen Söldner zu werben, den Monatssold zu viereinhalb Gulden für den gemeinen Knecht [111]. Um die Verteidigung der Heimat geht es hier nicht. Es geht den fast zehntausend Mann, die sich Mitte Dezember unter einigen renommierten Befehlshabern wie Waldmann, Haßfurter und Brandolph vom Stein in Basel sammeln, nur um Sold, Beute und Abenteuer. Mühsam kann Disziplin gewahrt werden, und das nicht immer. Beim Einschiffen ist ein Teil der Mannschaft so betrunken, daß mehrere Kähne umkippen und einhundertvierzig Mann ertrinken. Beim Durchmarsch durch das Elsaß wird geplündert, als sei man im feindlichen Land.

Inzwischen haben Hermann von Eptingen, Wilhelm von Rappoltstein und der Herr von Thierstein im Elsaß ebenfalls eine Truppe von vielleicht achttausend Mann zusammengebracht, die am Heiligen Abend die Vogesen überschreitet. Die zwei Monate, innerhalb deren René den Belagerten von Nancy Entsatz versprochen hat, sind bereits überzogen. Aber am 3. Januar steht der sechsundzwanzigjährige Herzog von Lothringen, »das Kind«, wie ihn der dreiundvierzigjährige Burgunderherzog verächtlich nennt, in Lunéville, noch dreißig Kilometer vor Nancy.

Inzwischen ist die Lage für Belagerte und Belagerer fürchterlich geworden. Der Winter ist unglaublich hart. In Nancy schlachtet man Pferde, dann Hunde, Katzen und Ratten. Die Befestigungswerke zeigen unter dem Feuer der Belagerer immer größere Breschen. Das Pulver geht zur Neige. Nancy ist am Ende.

Im burgundischen Lager steigen die Ausfälle durch unglückliche Gefechte mit den Guerillatruppen der Lothringer draußen im Land, durch Krankheit, durch Erfrieren – allein in der Heiligen Nacht mehrere hundert Mann! – und durch Desertion. Nur noch wenige Tausend sind übrig, und diese in erbärmlichem Zustand. Einer unter ihnen, Nikolaus von Campobasso, weiß, daß seine Stunde für den Frontwechsel bald geschlagen hat.

Bei einem Versuch, den Belagerten in Nancy durch die burgundischen Linien hindurch Pulver und Fleisch zuzuführen, fällt der provenzalische Edelmann Siffrein de Baschi aus der Umgebung des Lothringer Herzogs den Burgundern in die Hände. Karl der Kühne befiehlt, ihn aufzuknüpfen: Das sei altes Kriegsrecht – sobald bei einer Belagerung durch den Fürsten des Landes der erste Schuß gefallen sei, habe der sein Leben verwirkt, der die Linien durchbrechen wolle. Der Bastard von Burgund, die Herren von Chimay und Nassau, und auch Campobasso bitten den Herzog inständig, das Leben Siffreins zu schonen. Karl der Kühne lehnt erregt ab. Campobasso wird später sogar behaupten, er habe für sein Eintreten eine Ohrfeige erhalten. War Siffrein Campobassos Mittelsmann bei den Verhandlungen mit dem Lothringerherzog? Jedenfalls bittet Siffrein, als er dem Henker zugeführt wird, dringend um eine Unterredung mit dem Herzog unter vier Augen: »Ich beschwöre Euch, geht zu ihm, er würde ein Herzogtum geben, wenn er wüßte, was ich ihm eröffnen kann.« Während der Bote zum Herzog eilt, befiehlt Campobasso dem Profos, das herzogliche Urteil unverzüglich zu vollstrecken. Was immer Siffrein dem Herzog entdecken wollte – er nimmt es mit ins Grab.

Sein Tod aber löst im lothringischen Lager einen Schrei der Empörung aus. Ein einfacher Soldat, da hätte niemand ein Wort drüber verloren, aber ein Edelmann aus gutem Hause! Der junge Lothringerherzog befiehlt, unverzüglich hundertzwanzig burgundische Gefangene als Repressalie vom Leben zum Tode zu bringen. Eine sinnlose Maßnahme.

Am 29. Dezember kommt noch ein letzter Besucher in die Commanderie: Alfons V., König von Portugal, Karls Vetter von der Mutterseite her. Er möchte zwischen Karl dem Kühnen und Ludwig XI. vermitteln, weil er die Hoffnung hat, vom französischen König Hilfe in seinen Kämpfen mit Kastilien zu erhalten. Der burgundische Herzog bewirtet seinen königlichen Gast und versucht, ihn für seinen Feldzug einzuspannen. Der Portugiese winkt enttäuscht ab. Am letzten Tag des Jahres reist er ab. Der Schneesturm heult um die Hütten und Zelte des burgundischen Lagers.

Am 4. Januar beruft der Herzog einen Kriegsrat zusammen. Es besteht jetzt kein Zweifel mehr daran, daß es dem Lothringer geglückt ist, ein Entsatzheer heranzuführen, das dem burgundischen weit überlegen ist und daß es nicht gelingen wird, die Stadt zur Übergabe zu bringen, bevor das Entsatzheer da ist. Die Offiziere, auch der Grand Bâtard, raten von einer Schlacht ab: Man könne sich nach Pont-à-Mousson zurückziehen, die Verbindung mit Luxemburg halten, wo der Kriegsschatz liege, das Heer reorganisieren und dann Nancy von neuem belagern. Der lothringische Herzog werde nicht genug Geld haben, seine Söldner über Monate hinaus zu halten.

Der Herzog bleibt starr. Er werde nicht vor einem Knaben zurückweichen! Noch einmal weist Jean de Croy den Herzog darauf hin, daß man den Schweizern kaum dreitausend Soldaten entgegenschicken könne. Der Herzog wird laut: »Und ich sage Nein! Wenn ich mich ganz allein schlagen müßte, ich würde ihnen entgegenziehen!« Die Offiziere sind stumm. Die Würfel sind gefallen.

In der hereinbrechenden Nacht nach dem Kriegsrat reitet Campobasso mit seinen beiden Söhnen und fünfhundert Pferden fort, erscheint beim Lothringer Herzog, bietet seine Dienste an. Da protestieren die Schweizer Hauptleute. Sie wollen mit diesem Verräter, der solange gegen sie gekämpft und nun seinen Herrn verraten habe, nichts zu tun haben. Campobasso verlangt vom Herzog von Lothringen die Herrschaft Commercy. Der Lothringer ist in Verlegenheit. Er sendet Campobasso nach Norden, um dort die Brücke von Bouxières zu bewachen und die Burgunder abzufangen, die sich etwa beim Rückzug über diese Brücke retten wollen. Campobasso ist es recht. Er kann darauf hoffen, sich beim Einfangen burgundischer Adliger Lösegeld zu verdienen. Wer weiß – vielleicht bekommt er den Herzog selbst in seine Gewalt. Eine kühne Phantasie für einen Condottiere. Den Großen Herzog des Abendlandes fangen wie einen Hasen ...

Inzwischen sind Schweizer, Lothringer und Elsässer weiter vorgerückt. Die burgundische Besatzung von St. Nicolas ist niedergestochen, Gefangene hat man über die Brücke geworfen und mit Spießen unter Wasser gedrückt. Andere sind über die Zinnen des Turms gestürzt worden und unten auf die Spieße der Landsknechte gefallen.

René weiß durch Campobasso, daß die Burgunder sich zur Schlacht stellen wollen, er kann sich darauf vorbereiten. Am Sonntagmorgen – es ist der 5. Januar 1477 – setzt sich die Armee in Bewegung.

Wie bei den Schweizern üblich, wird das Heer in eine Vorhut, in den sogenannten Gewalthaufen, und die Nachhut eingeteilt. Die Vorhut ist mit siebentausend Mann Infanterie, zweitausend Mann Kavallerie und einem Dutzend Geschützen schon allein viel stärker als das ganze burgundische Heer, das ja durch die Desertion Campobassos geschwächt ist und auch Mannschaft vor den Mauern Nancys zurücklassen muß. Dem Gewalthaufen gehören achttausend Mann Fußvolk an Schweizern und Elsässern an, dazu Reiterei von Lothringen und aus den deutschen Gebieten. Die Nachhut besteht aus achthundert Bogenschützen. Herzog René besteigt sein Pferd, einen Grauschimmel mit dem Namen La Dame. Über seinem Panzer trägt er einen Mantel aus Goldtuch mit dem weißen Lothringerkreuz. Die Ärmel haben seine Farben grau, weiß und rot.

Jean de Baudré trägt die große Standarte, auf weißem Damast die Verkündigung Mariä mit dem Erzengel Gabriel und den Worten Ave Maria. Die Heilige Jungfrau, davon ist der junge Herzog überzeugt, wird ihm den Sieg verschaffen. Die Schweizer Hauptleute wollen aber die Sache nicht nur der Heiligen Jungfrau überlassen. Der junge René ist zwar unangefochten Oberbefehlshaber der Armee, aber bei aller Anerkennung seiner bei Murten bewiesenen Tapferkeit meinen die Hauptleute, das Kriegshandwerk solle er Erfahreneren überlassen. René ist klug genug,

Schlacht von Nancy

5. Januar 1477

1 Zentrales Korps (»corps de bataille«) Karls des Kühnen
2 Reiterei unter Josse de Lalaing
3 Reiterei und Fußvolk unter Jacopo Galeotto
4 Burgundische Artillerie
5 Umgehungsmarsch und Flankenangriff der verbündeten Schweizer, Elsässer und Lothringer
6 Frontalangriff der Verbündeten

Der Angriff dürfte bald nach 12 Uhr mittags erfolgt sein. Man kann davon ausgehen, daß das Stärkeverhältnis zwischen Angreifern und Verteidigern drei zu eins war.

Der Schauplatz der Schlacht ist vom modernen Nancy vollständig überbaut, ebenso die Gegend um die Commanderie (wo Karl der Kühne während der Belagerung seinen Befehlsstand hatte) und der Teich von St. Jean (wo seine Leiche gefunden wurde).

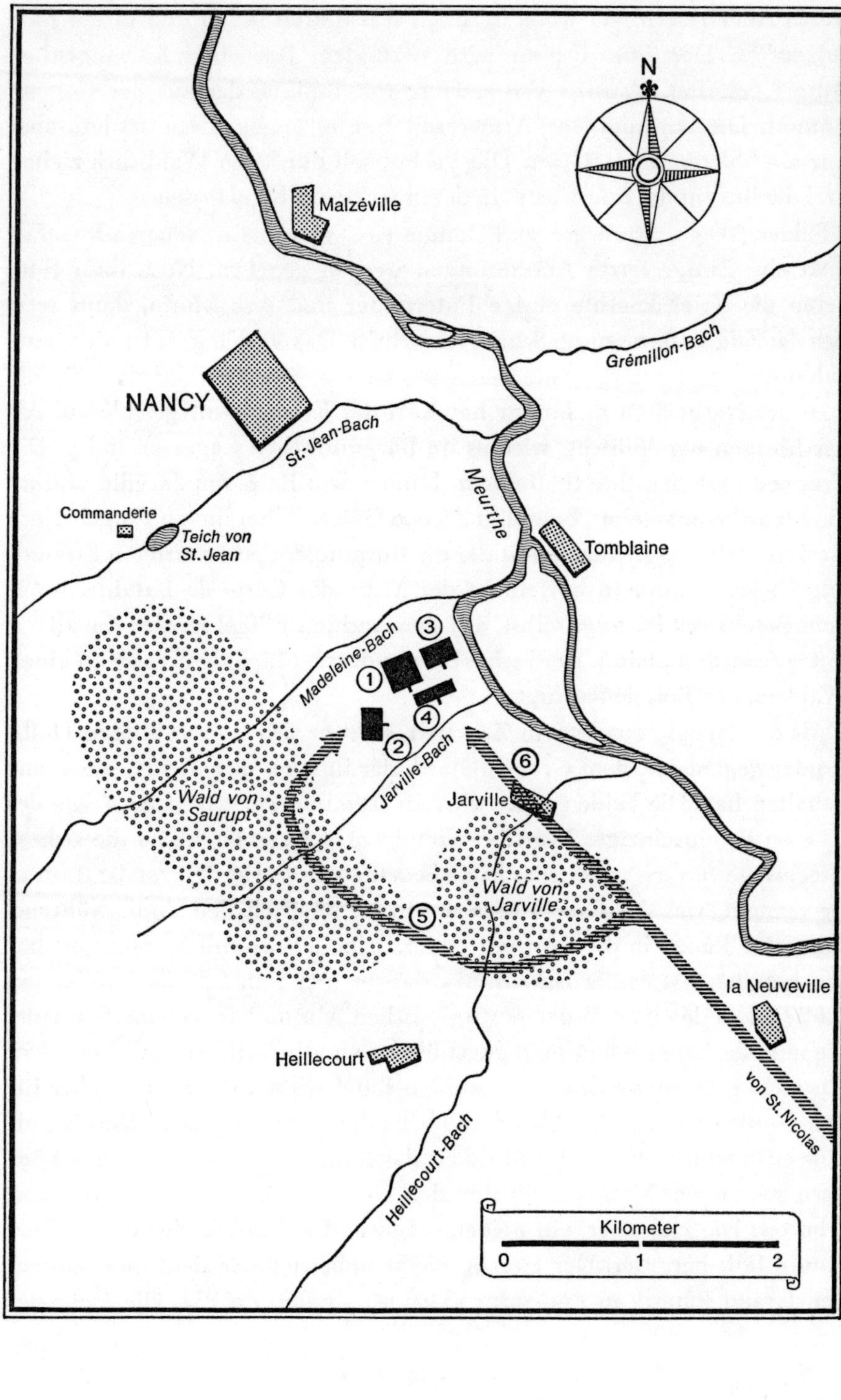
N
Malzéville
Grémillon-Bach
NANCY
St.-Jean-Bach
Meurthe
Commanderie
Teich von St. Jean
Tomblaine
Madeleine-Bach
Jarville-Bach
Jarville
Wald von Saurupt
Wald von Jarville
la Neuveville
Heillecourt
Heillecourt-Bach
von St. Nicolas
Kilometer
0
1
2
1
2
3
4
5
6

ihnen zu erwidern, »er wolle in allem sich führen lassen und ihrem Rate folgen[112]«. Der Angriffsplan wird nach dem Rat eines lothringischen Ritters gestaltet, Vautrin Wisse, Herr von Rosière, der aus der Gegend stammt. Die burgundische Armee soll frontal angegriffen werden, aber nur als Ablenkungsmanöver. Die Vorhut soll durch ein Waldstück ziehen und die Burgunder unerwartet in deren rechtem Flügel fassen.

Felder, Wege, Sträucher und Bäume sind verschneit. Neuer Schneefall setzt ein. Einige letzte Anordnungen werden gegeben. Nach ihrer Sitte beten die Kriegsknechte einige Paternoster und Ave Maria, dann setzt sich der Zug in Bewegung. Schritt für Schritt. Das Verhängnis ist nicht aufzuhalten.

In der Nacht zum 5. Januar hat Karl der Kühne nicht geschlafen. Als der Morgen hereinbricht, wird es im burgundischen Lager lebendig. Die Truppen beziehen ihre Stellungen. Hinter dem Bach von Jarville und an die Meurthe angelehnt, befehligt Jacopo Galeotto den linken Flügel. Noch vor ihm steht die Artillerie, mit der die Burgunder den erwarteten Frontalangriff zu verhindern hoffen. In der Mitte das Corps de Bataille, unter dem Befehl des Herzogs selbst, auf dem rechten Flügel wieder Kavallerie unter Josse de Lalaing. Der rechte burgundische Flügel lehnt sich an einen Wald an, den Bois de Saurupt.

Als der Herzog aus seinem Zelt tritt, sieht er sich seinem älteren Halbbruder gegenüber, dem Grand Bâtard, der ihm zu allen Zeiten die Treue gehalten hat. Die beiden sehen sich an. Die unausgesprochene Frage des Älteren ist ein einziges Wort: »Luxemburg?« Noch ließe sich die sichere Niederlage vermeiden, die das Ende bedeuten muß. Der Herzog ist stumm. Er versteht, was der Grand Bâtard will; er schüttelt den Kopf, während ihm seine Pagen in die Rüstung helfen. Eine eigentümliche Starrheit hat ihn befallen. Ist es die Erkenntnis, daß er hier sein Schicksal vollenden muß? Ist es das Erbteil der portugiesischen Mutter? Ist es jene Saudade, die unerklärbare Melancholie gegenüber dem allmächtigen Schicksal, dem wir nicht entrinnen? Über dem weißen Land wirbelt der Schnee, aber für den Großen Herzog des Abendlandes ist der Nebel zerrissen. Ihm ist, als sehe er in schmerzhafter Deutlichkeit das Kommende vor sich, ohne es ändern zu können. Man schnallt ihm den Helm auf, da geschieht etwas Unerhörtes: Die Helmzier, ein goldener Löwe, das Sinnbild der Größe Burgunds, fällt herunter. Der Herzog bleibt unbewegt. Er sieht noch einmal den Grand Bâtard an und sagt: »Hoc est signum dei[113]«. Die Helmzier wird befestigt, der Herzog besteigt seinen Rappen Moreau. Die letzte Stunde beginnt.

Lothringer und Schweizer rücken durch den Wald von Saurupt, an der Spitze dreihundert lothringische Ritter. Schließlich gelangen sie ins Freie. Es ist ein Uhr mittags. In diesem Augenblick hört das Schneetreiben auf, die Sonne bricht durch die Wolken. Die Lothringer stehen in der Flanke, teilweise im Rücken von Lalaings Truppen vom rechten burgundischen Flügel.

Josse de Lalaing galoppiert mit seinen Reitern gegen sie an. Es gelingt den Burgundern, im ersten Ansturm den Gegner zurückzudrängen. Aber dann geraten sie unter den Salven der Büchsenschützen in Verwirrung. Nun rükken die gefürchteten Schweizer Infanteristen mit gefällten Lanzen vor. Die Burgunder weichen zurück, im Getümmel wird Lalaing schwer verwundet, die lothringische Kavallerie rückt vor und zersprengt die Burgunder vollends.

Zur selben Zeit taucht die Vorhut des Herzogs von Lothringen unter Wilhelm Herter und Oswald Thierstein, diese Gruppe allein schon stärker als das ganze burgundische Heer, vor dem von Jacopo Galeotto befehligten linken Flügel auf. Die hier aufgestellte burgundische Artillerie fügt den vorrückenden Feinden wenig Schaden zu. Es gelingt Galeotto noch, den ersten Ansturm abzufangen, sogar die Schweizer zurückzudrängen, aber dann stürmen Thiersteins Reiter nach vorn, durchbrechen die dünnen burgundischen Reihen, Galeotto wird verwundet, wendet sich zur Flucht und kann gerade noch über die halbvereiste Furt der Meurthe bei Tomblaine das andere Ufer gewinnen.

Das Schicksal des burgundischen Mitteltreffens – des Corps de Bataille –, das jetzt von beiden Seiten her durch den zahlenmäßig weit überlegenen Gegner umfaßt wird, kann nicht zweifelhaft sein. In wenigen Augenblicken sind die Burgunder versprengt, die Schlacht löst sich in Einzelgefechte auf, kleinere Gruppen versuchen sich durchzuschlagen, die Schweizer verfolgen die Flüchtenden und metzeln nieder, wen sie erreichen.

Wie ein Rasender galoppiert Karl der Kühne auf seinem Rappen kreuz und quer über das Feld, versucht den Widerstand zu organisieren, aber auch die Gardetruppen werden auseinandergerissen, einzelne Trupps fechten noch erbittert um Überleben und Ausbruch aus der Umzingelung. Nur noch wenige Reiter sind um den Herzog, der mit gezogenem Schwert versucht, sich den Weg zu bahnen, als am Weiher von Saint Jean der letzte

Kampf entbrennt. Der Rappe des Herzogs steigt, bricht durch das dünne Eis, geht zu Boden, der Reiter stürzt, ein Lanzenstoß trifft den schon Verwundeten. Es ist das Ende, die lange Nacht.

Im grauen Winterabend reitet der junge René von Lothringen, umgeben von den Trägern der Standarten, über das von Leichen übersäte Schlachtfeld nach Norden, bis zur Brücke von Bouxières. Dort steht Campobasso, der Verräter, um die Flüchtenden abzufangen. Daß er die Schlacht gegen das weit unterlegene Heer des Gegners gewinnen werde, daran hat René keinen Augenblick gezweifelt. Ihn bewegt jetzt nur eine einzige Frage: Wo ist der Herzog von Burgund? Niemand weiß Antwort, niemand hat ihn gesehen. René reitet nach Nancy zurück. Bei Fackelschein zieht er durch die Porte de la Craffe in seine Hauptstadt ein, empfangen vom Jubel der Bürger. In der Stiftskirche von St. Georg kniet er nieder und verharrt im Gebet.

Dreikönigstag, der 6. Januar 1477. Die Bevölkerung von Nancy plündert das burgundische Lager. Viel an Reichtümern ist – verglichen mit Grandson und Murten – nach dieser Schlacht nicht zu finden[114]. Aber den halbverhungerten Bürgern von Nancy sind im Augenblick die Lebensmittel, die sie im burgundischen Lager finden, viel wichtiger.

In der Stadt sammelt man die vornehmen Gefangenen, die man weniger aus Humanität als wegen des erhofften Lösegeldes am Leben gelassen hat. Da ist Antoine, der Grand Bâtard – sein Sohn ist in der Schlacht gefallen; da ist Baudoin, ein weiterer Halbbruder Karls des Kühnen; da sind die beiden verwundeten Chefs des rechten und linken Flügels, Lalaing und Galeotto; da sind zwei aus der Familie von Croy, Engelbert von Nassau und Olivier de la Marche, der Gardehauptmann, Diplomat und Historiker. Noch immer keine Spur, keine Nachricht vom Großen Herzog des Abendlandes. Sollte es ihm gelungen sein, sich nach Metz, nach Luxembourg durchzuschlagen? René ist unruhig. Solange dieser furchtbare Gegner lebt, ist er nicht wirklich Herzog von Lothringen.

Da schickt ihm abends Campobasso einen jungen gefangenen Pagen, Baptista Colonna aus dem berühmten römischen Geschlecht. Er hat, sagt er, den Herzog von Burgund unweit der Commanderie fallen sehen. Ob er den Platz wiederfinde? Er wolle es versuchen, meint der Junge.

Am Morgen des 7. Januar bewegt sich eine kleine Gruppe aus Nancy in Richtung auf die Commanderie zu. Im trüben Wintermorgen streckt sich der verschneite Hang am Ruisseau von St. Jean, zerstampft und schmutzig, übersät mit den Gefallenen. Die meisten sind völlig ausgeplündert und nackt. Sind sie nicht alle namenlos im Tode? Der junge Baptista Colonna schaut sich frierend um: Es ist alles so anders . . .

Da liegt eine Gruppe von fünfzehn Leichen, der Kadaver eines Rappen dabei. Eine der Leichen ist mit der einen Gesichtshälfte im Eis eingefroren, die andere Gesichtshälfte ist von Wölfen angenagt, der Kopf durch einen Hellebardenschlag vom Ohr bis zum Kiefer aufgerissen, der Körper von zwei Lanzenstichen durchbohrt. Der Page ist neben der Leiche niedergekniet, jetzt steht er auf, sein Gesicht ist schneeweiß. Die anderen treten zögernd näher. Es ist der Große Herzog des Abendlandes, der da vor ihnen liegt. Mateo Lope, der portugiesische Arzt Karls des Kühnen, und eine alte Frau aus der Bedienung des Herzogs bestätigen es: ein Ring, der am Finger verblieben ist, die Narbe am Hals von der Schlacht von Monthléry, ein eingewachsener Zehennagel, den Lope behandelt hat. Es ist kein Zweifel mehr möglich. Olivier de la Marche wird es bestätigen und der Grand Bâtard. Nahe beim Herzog liegt Jean de Rubempré, Sire de Bièvres, der burgundische Gouverneur von Lothringen.

Man bringt beide zurück in die Stadt. Der Leichnam Karls des Kühnen wird im Haus von Georges Marqueiz gewaschen und aufgebahrt. Zimmer und Totenbett sind mit schwarzem Atlas ausgeschlagen. Den toten Herzog hat man mit einem Wams von weißer Seide, scharlachroten Rosen und einem langen Purpurmantel bekleidet. Der Kopf ruht auf einem erhöhten Kissen. Vier Fackeln brennen in den Ecken des Zimmers.

An der Spitze seines Gefolges betritt der junge René das Haus, nach alter Sitte angetan mit einem bis zum Gürtel reichenden Bart aus Goldfäden – Zeichen einer ritterlichen Ehrung gegenüber dem besiegten Gegner. Mit einem tiefen Seufzer ergreift der junge René die rechte Hand des Toten: »Edler Vetter, Eure Seele sei Gott befohlen. Ihr habt uns viel Schlimmes und viel Schmerzen zugefügt.«

Am folgenden Sonntag, dem 12. Januar, wird der Sarg des letzten Burgunderherzogs aus dem Hause Valois, getragen von vier Grafen, zwei Baronen und zwei Edelknechten, in feierlichem Zuge nach der Stiftskirche St. Georg gebracht und dort beigesetzt.

Die Gebeine des Großen Herzogs sollen aber keine Ruhe finden. Im Jahre 1550 entsendet Kaiser Karl V., Urenkel Karls des Kühnen, eine Kommission nach Nancy, um mit Genehmigung der Regentin von Lothringen, Christine von Dänemark – ihrerseits eine Urenkelin von Karl dem Kühnen –, die Überreste des Herzogs nach Brügge zu überführen. Eine kritische Analyse des Berichts der Kommission aber fügt den Rätseln um die Persönlichkeit Karls des Kühnen noch ein letztes Rätsel hinzu: Wir wissen bis heute nicht, ob unter dem großartigen Grabmal in Brügge neben dem von Maria von Burgund tatsächlich die Überreste des Herzogs liegen[115].

DAS ERBE

Gerüchte durchfliegen wie schwarze Vögel das winterliche Land. Eine Schlacht hat stattgefunden. Der Herzog ist geschlagen worden. Er ist nach Luxemburg geflohen. Er ist gefallen. Nein – er lebt, aber er ist in Gefangenschaft. Ungewißheit und Aufregung überall.

Gewiß – Grandson und Murten haben den Glanz um den Namen Karls des Kühnen verdunkelt, aber daß der Große Herzog des Abendlandes nackt und tot im Schlamm eines Dorfteiches liegen könnte, das will vielen einfachen Menschen nicht eingehen. Noch zehn Jahre nach der Schlacht von Nancy leiht man einander Geld unter der Bedingung, es bei der Rückkehr des Großen Herzogs zurückzuzahlen [116].

Auch die ersten Briefe, die im Schloß von Plessis-les-Tours bei Ludwig XI. ankommen, sprechen nur davon, der Herzog sei geschlagen und auf der Flucht. Schon das genügt, um Ludwig »von Freude überwältigt« erscheinen zu lassen. Alsbald wird der Aufbruch befohlen, der Marschbefehl ergeht an die Truppen, Pfründen und Vogteien werden verteilt, als sei Burgund schon in Ludwigs Händen. Die endgültige Nachricht vom Tode Karls erfährt der König einen halben Tag später. Nun kann er wirklich hoffen, nachdem der schreckliche Gegner nicht mehr ist, das burgundische Staatsgebilde ohne großen Widerstand ganz oder doch zum größeren Teil mit Frankreich vereinigen zu können.

Maria von Burgund ist noch nicht zwanzig Jahre alt. Für sie ist die Nachricht vom Tode ihres Vaters ein furchtbarer Schlag. Mit dem Tode des Herzogs zerbricht die stabilisierende Klammer für die so verschiedenartigen Teile des Staates Burgund. Die Armee besteht nicht mehr, die Geldmittel sind durch die Feldzüge erschöpft [117]. Über die Absichten ihres lieben Paten Ludwigs XI. kann Maria keine Zweifel haben. Lothringen, die Eidgenossen, Geldern, Lüttich, Utrecht, alle wenden sich gegen die burgundische Macht. Die Stände Flanderns erkennen Maria als Nachfolgerin an – aber um welchen Preis? Die Ständeversammlung, noch Ende Januar in Gent zusammengetreten, zwingt der Erbin das »Große Privileg« ab. Diese »reaktionäre Revolution[118]« bedeutet praktisch schon das Ende des burgundischen Staates, die Zerschlagung der Zentralisierung, den Sieg der städtischen Eigenbrötelei, die Verankerung der Kirchturmpolitik der Zünfte.

Maria kann nicht einmal verhindern, daß ihre wichtigsten Ratgeber, der Kanzler Hugenot und der Sire de Humbercourt, verhaftet, gefoltert und nach einem Schauprozeß mit unsinnigen Anschuldigungen am 3. April 1477 in Gent zum Tode verurteilt werden[119]. Mit Tränen in den Augen, mit aufgelösten Haaren, in Trauerkleidern tritt sie, die doch als Liebling des flandrischen Volkes gegolten hat, vor die Genter und fleht sie an, das Leben der beiden zu schonen. Aber der Pöbel will Blut sehen. Die beiden Köpfe fallen unter dem Schwert des Scharfrichters.

Durch das ganze Land rast nun der Aufruhr. Wer als burgundisch bekannt ist, muß mit dem Verlust von Gut und Leben rechnen. Dabei werden natürlich auch – wie oft in solchen Zeiten – unter dem Deckmantel der politischen Abrechnung viele persönlichen Zwistigkeiten ausgetragen.

Maria ist jetzt praktisch eine Gefangene in Gent. Welche Wahl bleibt ihr? Soll sie als Schattenfürstin der Spielball der niederländischen Zünfte und ihrer Querelen sein und dann vielleicht über kurz oder lang in einem Kloster verschwinden? Soll sie einem der zahlreichen Bewerber um ihre Hand nachgeben? Aber welchem? Viele machen sich Hoffnung: Herzog Johann von Cleve, sein Verwandter Philipp von Cleve (aus einer Seitenlinie), der Prätendent von Geldern Adolf von Egmont. Die Stiefmutter Margarete von York begünstigt den Herzog von Clarence, aber gegen den spricht sich der eigene Bruder, König Eduard IV. von England, aus.

Die Stimmung eines Teils der niederländischen Stände ist für eine Ehe mit dem Dauphin. Soll Maria den erst achtjährigen, häßlichen und buckligen Knaben heiraten, den Sohn des Todfeindes ihres Vaters, dessen Armee eben die Grenzgebiete mit Brand und Plünderung überzieht? Soll sie sich praktisch Ludwig XI. in die Hände geben, dessen Schmiergelder und Versprechungen nur zu gut in dem burgundischen Staat wirken und der andererseits den Einmarsch in Burgund mit der Phrase bemäntelt, er wolle nur sein »liebes Töchterchen« Maria schützen? Nein – das ist keine Lösung für Maria von Burgund. Sie entschließt sich, den Kontrakt zu erfüllen, den ihr Vater in seiner letzten Lebensphase mit dem deutschen

Kaiser abgeschlossen hat; sie entschließt sich, Maximilian zu heiraten. Sie findet Mittel und Wege zu einem geheimen Briefwechsel, in dem sie Maximilian drängt, doch recht bald zu ihr zu kommen. Sie hat nun auch den Schock überwunden, sie ist kein eingeschüchtertes kleines Mädchen mehr, und bald berichtet ein Gesandter, sie zeige »allzyts eynen menlich und kecken mut«.

Daß nun keine Zeit zu verlieren ist, daß es um das burgundische Erbe, ja um die Vormachtstellung in Europa geht, begreift auch der träg-vorsichtige Kaiser Friedrich III., und wäre nicht das habsburgische Erbleiden, der Geldmangel, vielleicht käme Maximilian rascher nach den Niederlanden. Immerhin ziehen die kaiserlichen Gesandten mit dreihundert imponierenden Panzerreitern am 18. April in Brügge ein. Maria, Bedenken und Verzögerungstaktik ihres Staatsrates überspielend, gibt ohne Zögern ihr Jawort, und bereits am 21. April schließt Pfalzgraf Ludwig von Veldenz in Stellvertretung Maximilians und unter Aufsicht des Hofstaats die Ehe.

Die Nachricht, Maria von Burgund heirate den Sohn des deutschen Kaisers, bringt augenblicklich den Umschwung in der Stimmung des wankelmütigen Pöbels. In den Straßen ertönen Hochrufe auf Maximilian, auf den Kaiser, auf Maria. In den Grenzgebieten versteift sich der Widerstand der Städte, die nicht willens sind, die burgundische Herrschaft gegen die Ludwigs XI. einzutauschen, hier und da ruft man sogar wieder »Vive Bourgogne«.

Freilich nicht überall. Das eigentliche Kernland des burgundischen Staates, das Herzogtum Burgund und die Freigrafschaft, sind praktisch verloren. Die französische Armee, durch Order vom 9. Januar in Marsch gesetzt[120], rückt schon am 1. Februar in Dijon ein und besetzt das Herzogtum in kurzer Zeit. Allerdings flammt Ende Juni 1477 noch ein Aufstand auf. Das königliche Banner wird in Dijon heruntergerissen, der eingesetzte Präsident des Rates erschlagen. Aber dem klugen und energischen Durchgreifen des Herrn d'Amboise gelingt es, den Aufruhr zu dämpfen. Ludwig XI. kommt am 31. Juli in Dijon an und nimmt die Huldigung der Stände entgegen. Drei Tage später reist er eilends wieder ab – so ganz sicher ist ihm das Land doch nicht.

Wenige Tage später, am Abend des 18. August, zieht Maximilian in Gent ein[121]. Die erste Stadt Flanderns, die so oft gegen den Landesherrn rebelliert hat, feiert mit Begeisterung den gutaussehenden achtzehnjährigen blonden Prinzen, der in silbernem, goldverziertem Harnisch auf wei-

Maximilian I. und seine Braut Maria von Burgund

Zeitgenössische Zeichnung. Darüber in alter Handschrift: »In dergleichen Habit hat Kayser Maximilian hochlöblicher gedechtnus sein verlobten Gemahl, das Frewlein von Burgund, erstlich besucht.«
Der blonde achtzehnjährige Kaisersohn erschien den Zeitgenossen wie ein Märchenprinz. »Das Vorbild aller schönen Prinzen dieser Welt« – in diesen und ähnlichen Worten schwärmen die Chronisten. Maximilian, der seine zwanzigjährige Braut am 18. August 1477 in Gent zum ersten Mal sah, schildert sie in einem Brief: »... ein viel schöner Jungfrowen alls ich all mein Taag bey einer gesehen hab und fröhlich.«
Die Heirat, die von politischem Kalkül diktiert war, wurde eine ausgesprochene Liebesehe. Aber nicht einmal fünf gemeinsame Jahre waren Maria und Maximilian vergönnt. Anfang März 1482 stürzte Maria bei der Jagd vom Pferd und starb drei Wochen später. Maximilian war außer sich vor Schmerz. Er hat Maria bis an sein Lebensende nie vergessen.
Die österreichisch-burgundische Heirat hat den Grundstein für den Aufstieg Habsburg zur Weltmacht gelegt. Der Enkel Marias und Maximilians war Kaiser Karl V., in dessen Reich die Sonne nicht unterging.

In dergleichen Habit, hat Kayser Maximilian hochlöblicher gedechtnus,
sein verlobten Gemahl, das frewlein von Burgund, erstlich besucht. —

ßem Zelter in die Stadt einzieht, zwölfhundert deutsche Panzerreiter hinter sich – ein richtiger Märchenprinz. Im Palais ten Walle begegnet er seiner Braut – und ist von ihr entzückt. In einem späteren Brief beschreibt er sie: »Ein prauns Haar, ein klein Naszl, ein kleins Heuptel und Antlitz, braun und graue Augen gemischt, schön und lauter; dann dasz Unterheutel an Augen ist etwas herdann gesenkt, gleich als sie geschlafen hiet, doch es ist nicht wohl zu merckhen. Der Mund ist etwas hoch, doch rein und rot. Sonst viel schöner Jungfrowen alls ich all mein Taag bey einer gesehen hab und fröhlich.«

Tags darauf werden die beiden Verlobten in der Hofkapelle von päpstlichen Legaten getraut, Maria im weißen Damastkleid mit goldenem Gürtel, einen Mantel von Hermelin darüber, die Krone von Burgund auf dem Haupt, Maximilian in silberner Rüstung: der Sohn des Kaisers und die reichste Erbin Europas!

Aber die Märchenhochzeit kann nur für die Tage des Volksjubels in den Straßen verschleiern, wie bedrohlich es politisch um das burgundische Erbe steht. Zäh und beharrlich wie eh und je verfolgt der französische König sein Ziel. Dem toten Herzog Karl dem Kühnen läßt er vor dem Parlement von Paris den Prozeß machen. Maximilian und Maria werden von ihm offiziell nie anders genannt als »Herzog und Herzogin von Österreich«. Seine Soldaten verwüsten das Grenzgebiet, vernichten die Ernte, brennen die Dörfer nieder. Unablässig sind seine Agenten in den Niederlanden am Werk, streuen Gerüchte und Geld aus. Ludwig kauft, wie der Chronist schreibt, »Menschen und Gewissen«. Mehrere hohe Offiziere treten in die Dienste des Königs über. Manch einer traut der burgundischen Sache nicht mehr.

Maria hat in einem von der Herzoginwitwe gegengezeichneten Schenkungsbrief für den Fall ihres Todes ohne Kinder all ihre Erbrechte, die Herzogtümer, Grafschaften und Herrschaften Maximilian zugestanden. Wenn Kinder vorhanden sind, soll im Falle des Todes von Maria Maximilian Regent, die Kinder sollen Erben sein.

Am 22. Juni 1478 wird dem erzherzoglichen Paar in Brügge ein Sohn geboren. Er erhält den Namen des Urgroßvaters Philipp. Man wird ihm später den Beinamen »der Schöne« geben. Philipp der Schöne ist es, der durch seine Heirat mit der spanischen Prinzessin Juana die Basis für die habsburgische Weltmacht legt. Kaiser Friedrich III. und der englische König sind die Paten des Täuflings, und es ist kein Zweifel, daß der französische König an diesem Tag einen Rückschlag seiner Politik erlebt: Burgund hat einen Erben.

Aber Ludwig XI. verstärkt seine Anstrengungen. Es gelingt ihm, seine Herrschaft im Herzogtum Burgund, dann auch in der Freigrafschaft zu festigen. In den Grenzgebieten der Niederlande wird die Lage 1479 für die Bevölkerung fast unerträglich. In Arras, der wohlhabenden Hauptstadt des Artois, glaubt die Bevölkerung zuversichtlich, daß Ludwig ihr nichts anhaben könne.

»Wenn die Mäuse die Katze fressen fein,
wird der König Meister von Arras sein«,

singen sie in den Schenken. Aber die Armee des Königs legt den Belagerungsring um die Stadt. Maximilian kann keinen Entsatz bringen, Arras fällt. Hier entschließt sich der französische König wenig später zu einem Exempel, das modern anmutet. Er befiehlt, die ganze Bevölkerung aus der Stadt zu verjagen, Arras in »Franchise« umzutaufen und mit Umsiedlern aus verschiedenen Städten des Königsreichs zu bevölkern.

Maximilian weiß, daß er der entsetzlichen Verwüstung der Grenzgebiete nur ein Ende machen kann, wenn es gelingt, die Franzosen zu stellen und zu schlagen. Im Sommer 1479 zieht er mit zwanzigtausend Mann vor Thérouenne. Am 7. August treffen ungefähr fünfzig Kilometer nordwestlich von Arras, bei dem Dörfchen Guinegate, die Streitkräfte der Franzosen und der Burgunder aufeinander. Zunächst sieht es so aus, als könnten die Franzosen unter dem Befehl des Überläufers d'Esquerdes einen leichten Sieg davontragen. Die burgundische Reiterei des linken Flügels wird von der französischen überrannt und unter Führung von d'Esquerdes selbst weiter verfolgt: Das lockende Lösegeld, die Gefangennahme der Gegner, ist der französischen Kavallerie wichtig. Noch aber steht das burgundische Zentrum mit dem Fußvolk. In Eile läßt Maximilian die Troßwagen zu einer Wagenburg zusammenspannen, um eine bessere Verteidigung zu ermöglichen. Er ist abgestiegen und kämpft zu Fuß inmitten der flandrischen Milizen, was großen Eindruck macht und den Widerstandsgeist der Bürgerwehren stärkt, denen es schließlich gelingt, im Gegenangriff die Franzosen zu werfen.

Der Schlachtruf »Löwe von Flandern« hallt über das Feld, und als d'Esquerdes von seiner leichtfertigen Verfolgungsjagd zurückkehrt, sieht er die burgundischen Truppen im Besitz des französischen Lagers. Ihm bleibt nichts anderes, als sich der Flucht seiner Fußtruppen anzuschließen. Die Franzosen verlieren mehr als die Hälfte der Truppen, Maximilian etwa ein Drittel.

Es ist ein militärischer Sieg. Daran besteht kein Zweifel, und das Ansehen des gerade zwanzigjährigen Maximilians in Europa steigt. Aber die politische Wirkung muß ausbleiben, der Krieg ist mit der Schlacht von Guinegate keineswegs gewonnen, Maximilian kann den Erfolg nicht ausbauen, die Milizen ziehen nach getaner Arbeit nach Hause.

Der Wirtschaftskrieg zermürbt die Niederlande: Blockade der Küsten durch die französische Flotte, Versenkung der Heringsfänger, französischer Druck auf die Florentiner, ihre Bankhäuser in Flandern zu schließen, Vernichtung der Landwirtschaft in den Grenzgebieten und dazu ein furchtbarer Winter von 1479 auf 1480.

Der Deutsche Reichstag lehnt jegliche Hilfeleistung ab. Dazu kommen unablässige innere Unruhen, der Kampf um Geldern, die Auseinandersetzungen in Holland zwischen den »Hoeks« und den »Kabeljaus«. Es gelingt zwar den Bemühungen der Herzoginwitwe Margarete, ihren Bruder auf dem englischen Königsthron gegen eine jährliche Pension dazu zu bewegen, einen neuen Freundschaftspakt mit Burgund zu schließen. Zu einer Invasion aber mag Eduard sich nicht bequemen. Er schickt einige Kompanien englischer Bogenschützen: Mag Maximilian sie besolden, wenn er kann.

Inmitten all dieser politischen Widrigkeiten um das burgundische Erbe und der militärischen und wirtschaftlichen Auseinandersetzungen, der innenpolitischen Mißhelligkeiten führen Maximilian und Maria ein Leben miteinander, wie es nur Menschen vergönnt ist, die vollkommen harmonisieren. Maximilian hat in das Zeremoniell des burgundischen Hofs etwas österreichischen Charme gebracht, er lädt Bürgerfamilien ein, er macht gern einen Spaß mit seiner Umgebung, er steht an den Schießständen der Schützengilde und zeigt seine Geschicklichkeit. Vor allem aber gehen Maximilian und Maria leidenschaftlich gern auf die Jagd.

Und da kommt die Katastrophe: Am Morgen des 6. März 1482 stürzt Maria in der Umgebung von Brügge auf der Jagd vom Pferd, als sie einen Graben überspringen will. Man bringt sie nach Hause, die Ärzte bemühen sich um sie, drei Wochen eines qualvollen Krankenlagers folgen. Dem Problem innerer Blutungen – womöglich verschlimmert durch eine bestehende Schwangerschaft – steht die ärztliche Wissenschaft der Zeit so gut wie hilflos gegenüber. Die junge fünfundzwanzigjährige Prinzessin aber bewahrt völlige Ruhe, als sie spürt, daß das Ende naht. Am 26. März versammelt sie die Ritter des Ordens vom Goldenen Vlies in ihrer Eigenschaft als burgundische Herzogin um sich. Einen Tag später nimmt sie Abschied von Maximilian, ihren beiden Kindern, von Margarete von York, von ihrer Umgebung. Am nächsten Tag, um zwei Uhr nachmittags, erlischt das letzte Flämmchen Leben in ihr.

Maximilian ist außer sich vor Schmerz. »Nie, solange ich lebe, werde ich dieses traute Weib vergessen!« ruft er aus. Noch viel später, berichtet Cuspinian, sei der Kaiser in Tränen ausgebrochen, wenn man nur den Namen Marias genannt habe.

Am 3. April wird die Tochter Karls des Kühnen begraben. Fünfzehntausend Menschen geleiten die junge Herrscherin zur letzten Ruhestätte in der Liebfrauenkirche zu Brügge. Dort, in einer Seitenkapelle, können wir heute noch Maria von Burgund begegnen. Pierre de Beckér aus Brüssel hat im Auftrag von Philipp dem Schönen ein Meisterwerk geschaffen: das Grabmal mit der lebensecht gestalteten liegenden Figur Marias.

Marias Tod facht sofort die Flammen des inneren und äußeren Widerstands gegen Maximilian an. Die flandrischen Stände bestreiten ihm die Regentschaft und entziehen ihm jede Unterstützung, sie verhandeln direkt mit dem französischen König und zwingen Maximilian zu dem Friedensvertrag von Arras im Dezember 1482. Danach soll der französische Dauphin die Tochter Maximilians und Marias, Margarete, heiraten. Die kleine Margarete soll sofort nach Frankreich ausgeliefert und dort erzogen werden. Daß der Dauphin bereits seit Jahren mit der englischen Prinzessin Elisabeth verlobt ist, interessiert Ludwig XI. nicht mehr. Als Mitgift soll Margarete das Herzogtum und die Freigrafschaft Burgund, das Artois, das Charolais und eine Reihe anderer Grafschaften und Herrschaften mitbringen. Die Vormundschaft über den kleinen Philipp sollen die Stände der Niederlande erhalten. Im Falle von Philipps Tod sollen die Niederlande an Margarete und den Dauphin übergehen. Ausdrücklich wird im Vertrag das Parlement von Paris als oberste juristische Instanz für Flandern anerkannt.

Es ist der letzte Triumph der »universellen Spinne«. Der französische König hat sich seit langem in sein Schloß Plessis-les-Tours zurückgezogen. Er wird von Krankheiten geplagt, von Visionen verfolgt, von Aberglauben genarrt. Hunderttausende stiftet er für verschiedene Heilige, eine

Flotte muß ausfahren, um ihm Schildkröten zu besorgen, deren Blut heilkräftig sein soll, er scheut kein Mittel, um an wundertätige Reliquien zu kommen. Er handelt mit dem Himmel wie ein Krämer. Sein Aberglaube nimmt groteske Formen an; einmal läßt er einen Wald umhauen, in dem er eine schlechte Nachricht erhalten hat. Der Mann in dem grauen, verschlissenen Wams, mit der Pelzmütze und den aufgenähten bleiernen Heiligenfiguren ist einsam geworden, nur Commynes ist dauernd um ihn. Sein Arzt, auf den er sich blindlings verläßt, scheffelt Pfründen, Ämter, Geld und behandelt seinen königlichen Patienten wie einen Knecht.

Noch einmal erholt sich der König von einem Schlaganfall, doch dann, im August 1483, bringt eine Gehirnblutung das Ende. Am 30. August stirbt Ludwig XI. von Frankreich, der Zeit seines Lebens den politischen Mitteln und dem Einsatz des Geldes mehr getraut hat als dem Waffenglück, der den französischen Staat vor Zerstückelung bewahrt hat und seinen Nachfolgern mehr hinterläßt, als diese wahrhaben wollen.

Für Maximilian und die Niederlande sind die Auseinandersetzungen durch den Tod Ludwigs XI. noch nicht beendet. Zehn Jahre lang, bis zum Frieden von Senlis 1493, dauert es noch, dann erst ist diese Phase der Auseinandersetzungen um das burgundische Erbe beendet – eine Zeit der Siege und Niederlagen für Maximilian, einmal sogar mit einer mehrere Wochen andauernden Gefangenschaft in seiner »treuen« Stadt Brügge.

Am 24. Februar 1500 aber wird in Gent der Urenkel Karls des Kühnen geboren: Karl, Herzog von Burgund, als deutscher Kaiser der fünfte dieses Namens, der später von sich sagen wird, daß in seinem Reiche die Sonne nicht untergeht. Die Weichen für mehr als vier Jahrhunderte europäischer Geschichte sind endgültig gestellt.

Anmerkungen

1 Christine de Pisan, Oeuvres, Hrsg. von M. Roy, Paris 1886–1896, I, S. 251
2 Jean Froissart, Chroniques, Hrsg. von Albert Pauphilet, Paris 1952, S. 918
3 Vicomte Terlinden, Princesses Belges du Passé, Brüssel 1943, S. 135
4 Froissart (ed. Luce) X, S. 240, 243
5 J. Calmette, Die großen Herzöge von Burgund, München 1968, S. 62
6 Huizinga, Herbst des Mittelalters, 10. Auflage, Stuttgart 1969, S. 364
7 Jean Froissart, Chroniques, a.a.O., S. 896
8 Jean Froissart, a.a.O., S. 914
9 Huizinga, a.a.O., S. 349
10 Froissart, Ausgabe Kervyn, XV, S. 227, zitiert bei Huizinga, a.a.O., S. 144
11 Olivier de La Marche, Mémoires, Hrsg. von H. Beaume und J. d'Arbaumont, Paris 1883–1889, Bd. 1, S. 71
12 La Marche, a.a.O.
13 Über die Zurechnung des Gemäldes wird noch gestritten; einige schreiben es Jan van Eyck zu.
14 Calmette, a.a.O., S. 89
15 Livre des Trahisons, Brüssel 1873, S. 21
16 Zu den Symbolen und Devisen vgl. Huizinga, Im Banne der Geschichte, übertragen von Werner Kaegi und anderen, 2. Auflage, Basel 1943, S. 263 und Huizinga, Herbst des Mittelalters, a.a.O., S. 335
17 Enguerrand de Monstrelet, Chroniques, Hrsg. L. Douît-d'Arcq, Paris 1857–1863. Bd. I, S. 36
18 Huizinga, Herbst des Mittelalters, a.a.O., S. 320 ff.
19 Livre des Trahisons, a.a.O., S. 43
20 Shakespeare, Heinrich V., 4. Akt, 2. Szene
21 Calmette, a.a.O., S. 148
22 Text bei Monstrelet, Chroniques, I, S. 116
23 Marcel Brion, Charles le Téméraire, Librairie Hachette, Paris 1947, S. 21
24 Monstrelet, a.a.O., I, S. 220
25 Chastellain, Georges, Hrsg. v. Kervyn de Lettenhove, Brüssel 1863–1866, I. S. 142
26 Vgl. Vicomte Charles Terlinden, Princesses Belges du Passé, Brüssel 1943
27 Chastellain, a.a.O., II, S. 5
28 Huizinga, Herbst des Mittelalters, a.a.O., S. 116
29 Otto Rombach, Der gute König René, Stuttgart 1964, S. 236
30 Einzelheiten des Vertrags bei Roman Berger, Nicolas Rolin, Kanzler der Zeitenwende im burgundisch-französischen Konflikt 1422–1461, Freiburg (Schweiz), 1971, S. 138
31 Roman Berger, a.a.O., S. 148 ff.
32 Calmette, a.a.O., S. 191; Roman Berger a.a.O., S. 154 ff.
33 Huizinga, a.a.O., S. 371; Calmette a.a.O., S. 272
34 Huizinga, a.a.O., S. 123 Mathieu d'Escouchy, Chronique, Hrsg. von G. du Fresne de Beaucourt, Paris 1863, II, S. 189; G. Doutrepont, La littérature française à la cour des ducs de Bourgogne, Paris 1909, S. 513
35 Mathieu d'Escouchy, a.a.O., S. 220; Huizinga, a.a.O., S. 124
36 Steven Runciman, Die Eroberung von Konstantinopel 1453, München 1966
37 Kleinclausz, Histoire de Bourgogne, Paris 1909, S. 153
38 Kleinclausz, a.a.O., S. 196
39 Roman Berger, a.a.O.

40 Philippe de Commynes, Memoiren, Europa in der Krise zwischen Mittelalter und Neuzeit, Neuübertragung von Fritz Ernst, 1972, Stuttgart
41 Vgl. hierzu die Auseinandersetzungen von P. M. Kendall, Louis XI., London 1971, Appendix I, mit Jean Dufournet, Karl Bittmann und Samuel Kinser (»The Reliability of Philippe de Commynes«)
42 Calmette, a.a.O., S. 276
43 Kleinclausz, a.a.O., S. 205
44 Kleinclausz, a.a.O., S. 190
45 Yves Cazaux, Marie de Bourgogne, Paris 1967, S.63
46 Yves Cazaux, a.a.O., S. 32
47 P. M. Kendall, a.a.O., S. 87
48 Chastellain, a.a.O., III, S. 231 ff.
49 Chastellain, a.a.O., III, S. 85; Huizinga, a.a.O., S. 13
50 Commynes, a.a.O., S. 5; P. M. Kendall, a.a.O., S. 415, weist darauf hin, daß Commynes, eben achtzehnjährig, wenige Tage zuvor am burgundischen Hof eingetroffen, diese Ereignisse als besonders eindrucksvoll im Gedächtnis behalten habe.
51 Die beste Schilderung der Schlacht findet sich bei P. M. Kendall, a.a.O., S. 155 ff.
52 Commynes, a.a.O., S. 39 ff.
53 Zu den Begräbnisfeierlichkeiten vgl. Yves Cazaux, a.a.O., S. 97 ff.
54 Marcel Brion, a.a.O., S. 108 ff.
55 Ludwig von Brügge, Seigneur de Gruuthuse (1422—1492), Ratgeber und Kammerherr der Herzöge Philipp und Karl, Ritter des Goldenen Vlieses, Gouverneur von Holland, Seeland und Friesland, später zum Graf von Winchester ernannt, weil er dem flüchtigen Eduard IV. 1471 Obdach gewährte, war ein gebildeter niederländischer Adliger (vgl. auch John Bartier, Charles le Téméraire, Brüssel 1972, S. 132).
56 Guillaume, Histoire de l'Organisation militaire sous les ducs de Bourgogne, Brüssel 1848, S. 107
57 »Nosse vi Péron«, wie ihn die Einheimischen nennen, steht nach mancherlei Abenteuern und Veränderungen heute wieder in Lüttich.
58 P. Frédérix, La Mort de Charles le Téméraire, Paris 1966, Dokumentenanhang Nr. 11; John Bartier, a.a.O., S. 31
59 P. Frédérix, a.a.O., S. 31
60 P. Frédérix, a.a.O., S. 30
61 Yves Cazaux, a.a.O., S. 102
62 Vgl. auch Yves Cazaux, a.a.O., S. 104 ff.
63 Paul M. Kendall, a.a.O., S. 379, Appendix I, Fußnote
64 Commynes, a.a.O., S. 247
65 E. v. Rodt, Feldzüge Karls des Kühnen, Schaffhausen 1843, 1. Teil, 2. Buch, S. 100
66 M. Matzenauer, Studien zur Politik Karls des Kühnen bis 1474, Zürich 1946, S. 117
67 J. Burkhardt, Kultur der Renaissance in Italien, Köln o. J., S. 46
68 P. M. Kendall, Warwick the Kingmaker, London 1957
69 M. Matzenauer, a.a.O., S. 122
70 Calmette, a.a.O., S. 290 f.
71 Calmette, a.a.O., S. 292
72 P. M. Kendall, Louis XI., a.a.O., S. 227
73 P. Frédérix, a.a.O., S. 45
74 Wiesflecker, Kaiser Maximilian I., München 1971, Bd. I, S. 99
75 Hiltburg Brauer-Gramm, Der Landvogt Peter von Hagenbach, Die burgundische Herrschaft am Oberrhein, 1469—1474, Göttinger Bausteine zur Geschichtswissenschaft, Bd. 27, Göttingen 1957, S. 257
76 Y. Cazaux, a.a.O., S. 154; M. Matzenauer, a.a.O., S. 180; J. Calmette, a.a.O., S. 233 mit weiteren Nachweisen; Emanuel von Rodt, a.a.O., I, S. 198

77 H. Brauer-Gramm, a.a.O., S. 11 ff.

78 Ganerben sind im mittelalterlichen Recht nicht nur Gemeinschaftserben, sondern eine Art Miteigentümer, meist an einer Burg samt damit verbundenen Rechten.

79 H. Brauer-Gramm, a.a.O., S. 306

80 Matzenauer, Studien zur Politik Karls des Kühnen bis 1474, a.a.O., S. 218

81 v. Rodt, a.a.O., 1. Teil, S. 272

82 Niklaus von Scharnachthal, geboren um 1419, Berner Politiker; 1463, 1466, 1469 und 1472 Schultheiß, 1463/64 Kammerherr König Ludwigs XI., 1468 Anführer der Berner bei der Belagerung von Waldshut; 1474 und 1476 gemeinsam mit Petermann von Wabern Anführer der Berner Kontingente in den Burgunderkriegen. Gestorben 1489.

83 Petermann von Wabern, Politiker in Bern; 1471–1472, 1476 und 1477 Schultheiß; 1474 Abgeordneter nach Breisach zu dem Prozeß gegen Hagenbach; mit Scharnachthal Anführer der Berner im Burgunderkrieg; empfängt bei Grandson den Ritterschlag. Gestorben 1491.

84 Für das Folgende vgl. Colonel Boigeol in »Histoire du Pays de Montbéliard«, Audincourt 1904, S. 95 ff.

85 Benedikt Konrad, Beamter in Solothurn (»Zollner«, »Thüringenvogt«, Spitalmeister, Vogt). Anführer des Solothurner Kontingents, 1479 gestorben.

86 Molinet, zitiert bei Frédérix, a.a.O., S. 77

87 v. Rodt, a.a.O., I, S. 254; Frédérix, a.a.O., S. 83

88 v. Rodt, a.a.O., I, S. 278

89 v. Rodt, a.a.O., I, S. 394

90 So die Vermutung von Frédérix, a.a.O., S. 94; v. Rodt, a.a.O., I, S. 398, spricht nur von der Erft und von Zuntz.

91 v. Rodt, a.a.O., I, S. 477

92 Huizinga, a.a.O., S. 55

93 P. Frédérix, a.a.O., S. 127

94 Vgl. die großartige Zusammenstellung von Florens Deuchler, Die Burgunderbeute, Bern 1963; zum Schicksal der Edelsteine vgl. auch Frédérix, a.a.O.

95 J. J. Fugger, Spiegel der Ehren, Ausgabe von Birken, Nürnberg 1668, S. 829

96 Alexandre Dumas, Charles le Téméraire, Brüssel 1875, II, S. 146

97 Giovanni Pietro Panigarola an den Herzog von Mailand, 30. März 1476, in G. F. Ochsenbein, Die Urkunden der Belagerung und Schlacht von Murten, Fribourg 1876, S. 83

98 v. Rodt, a.a.O., II, S. 136 ff.

99 Panigarola an den Herzog von Mailand. 15. April 1476, Ochsenbein, a.a.O., S. 119

100 Verlobungsschreiben von Karl dem Kühnen in: Ochsenbein, a.a.O., S. 178

101 Panigarola an den Herzog von Mailand, Brief vom 4. Juni 1476; Ochsenbein, a.a.O., S. 235

102 Die Burgunderbeute und Werke burgundischer Hofkunst, Ausstellungskatalog Bern 1969, Nr. 179; Ochsenbein, a.a.O., S. 183

103 So auch Frédérix, a.a.O., S. 157 ff., der sich außerdem mit dem Problem der Sankt-Urbans-Kapelle eingehend auseinandersetzt (a.a.O., S. 173).

104 Vgl. die eingehende Schilderung bei E. v. Rodt, a.a.O., II, S. 239 ff.

105 Panigarola an den Herzog von Mailand, 20. Juni 1476; zitiert bei Ochsenbein, a.a.O., S. 297

106 Panigarola an den Herzog von Mailand, 25. Juni 1476. Der lange verschollene Brief ist abgedruckt bei Frédérix, a.a.O., Text-Anhang I, S. 235

107 P. M. Kendall, Louis XI., a.a.O., S. 310

108 Promesse du Roy Louis XI. à la Duchesse Jolanthe contre le Duc Charles in: Ochsenbein, a.a.O., M. 559

109 Ochsenbein, a.a.O., S. 360, M 509

110 Frédérix, a.a.O., S. 187, zitiert einen Brief von Ludwig XI. an Dunois vom 5. Juni 1476, wonach Campobasso dem König seine Dienste angeboten hat.

111 Der eidgenössische Abschied von Luzern hat folgenden Wortlaut: »Dieweil der Herzog durch einen förmlichen Akt bei seiner Ehre und fürstlichen Würde und unter Verpfändung seines Herzogtums Lothringen mit allen dessen Rechten und Gefällen sich verpflichtet, 40 000 Gulden für die Kriegskosten zu bezahlen; in Erwägung auch, daß der Feind nach allfälliger Eroberung Lothringens ins Elsaß einfallen würde und die Eidgenossen sodann ohnehin verpflichtet wären, auf eigene Kosten die Waffen zu ergreifen, so solle dem Verlangen des Herzogs entsprochen und demnach durch Verkündung in allen Kirchen die Mannschaft eingeladen werden, für den Herzog von Lothringen die Wehren zu ergreifen, und auch die zugewandten, der Abt und die Stadt St. Gallen, Appenzell, die Städte Schaffhausen und Rothwyl aufgefordert werden, Gleiches bei ihnen zu veranstalten. Reiterei werde Württemberg liefern, die Orte des Niedern Bundes den ziehenden Eidgenossen ihre Märkte eröffnen.« v. Rodt, a.a.O., II, S. 361

112 v. Rodt, a.a.O., II, S. 399

113 »Dies ist das Zeichen Gottes«: Es sieht aus wie eine der vielen Anekdoten und erfundenen Episoden jener Zeit, wird aber von den meisten Chronisten berichtet; es ist anzunehmen, daß sich der Vorfall tatsächlich zugetragen hat.

114 Vgl. Florens Deuchler, a.a.O., sowie Katalog der Ausstellung Burgunderbeute a.a.O. (Anm. 102)

115 Frédérix, a.a.O., S. 224 ff.

116 Huizinga, a.a.O., S. 345

117 In Luxemburg soll Karl nach einer Nachricht noch 350 000 Gulden in bar gehabt haben, aber dies ist an anderer Stelle nicht verbürgt.

118 Wiesflecker, Kaiser Maximilian, Band 1, S. 118

119 Commynes, a.a.O., S. 219 f.

120 Calmette, a.a.O., S. 351

121 Für das Folgende vergleiche insbesondere Wiesflecker, a.a.O., S. 131 ff. und Yves Cazaux, a.a.O.

Bibliographische Notiz

Hier soll keine mehr oder weniger vollständige Liste all der unzähligen Veröffentlichungen gegeben werden, die sich mit dem »Zwischenreich« Burgund oder mit Teilaspekten befassen. In einer (sicher subjektiv gefärbten) Auswahl wird vielmehr auf einige wenige Werke hingewiesen, die dem interessierten Leser weitere Aufschlüsse geben.

Von den Zeitgenossen der Herzöge von Burgund ragt einer heraus: *Philippe de Commynes,* dessen Memoiren mit dem Untertitel »Europa in der Krise zwischen Mittelalter und Neuzeit« in neuer Übertragung von Fritz Ernst wieder in Deutsch vorliegen (Stuttgart 1972). So wichtig ist der »französische Machiavelli« den Historikern, daß auch heute noch tiefschürfende Untersuchungen über sein Werk angestellt werden (*Kurt Bittmann,* Ludwig XI. und Karl der Kühne. Die Memoiren des *Philippe de Commynes* als historische Quelle, Göttingen 1964).

Christa Dericum hat Auszüge aus zeitgenössischen Chroniken in einer interessanten Übersicht »Burgund und seine Herzöge in Augenzeugenberichten« (Düsseldorf 1966) zusammengefaßt.

Als Mitkämpfer in den Burgunderkriegen verdient *Petermann Etterlin* mit seiner »Kronica von der loblichen Eydtgnoschaft« (Basel 1507) Beachtung.

Aus dem vorigen Jahrhundert sollen zwei Werke genannt werden. Zum einen ist das *Prosper de Barante's* mehrbändiges Werk »L'histoire des ducs de Bourgogne de la maison des Valois« (Brüssel 1839), das lange als Standardwerk galt, heute aber von vielen Historikern als teilweise überholt angesehen wird. Der Schweizer *Emanuel von Rodt*, Artillerie-Offizier, Richter und Staatsbeamter, beschrieb mit einer Fülle von Details in zwei Bänden »Die Feldzüge Karls des Kühnen, Herzogs von Burgund und seiner Erben« (Schaffhausen 1843 und 1844). Das Buch ist freilich (außer in Bibliotheken) nur noch hier und da in Antiquariaten zu finden.

Aus dem zwanzigsten Jahrhundert ist sicher vorrangig der französische Historiker *Joseph Calmette* mit seiner umfassenden Schau »Die großen Herzöge von Burgund« (deutsch: München 1968) zu nennen, auch wenn man hier und da mit seiner Ausdeutung nicht ganz einverstanden sein mag. Auf ihn stützt sich auch *Helmut Domke*, dessen »Burgund« (München 1974) sich als »Reisebuch und Kulturbild« versteht, jedem als Cicerone zu empfehlen, der die kulturelle Vergangenheit der burgundischen Stammlande an Ort und Stelle aufspüren will.

John Bartiers »Charles le Téméraire« (Brüssel 1972) wird hier nicht nur deswegen erwähnt, weil der Verfasser ein hochangesehener Historiker ist, sondern wegen der wirklich großartigen künstlerischen Ausstattung.

Hervorragende Schilderungen und Analysen der letzten Zeitabschnitte bringen *Pierre Frédérix* »La mort de Charles de Téméraire« in der Sammlung »Trente journées qui on fait la France« (Paris 1966) und *Yves Cazaux* »Marie de Bourgogne« (Paris 1967).

Paul Murray Kendall, der englische Schilderer der Rosenkriege (unter anderem »Warwick the Kingmaker«), hat den Gegenspieler Burgunds, die »universelle Spinne«, König Ludwig XI., in einer bemerkenswerten Biographie (London 1971) gezeichnet und setzt sich dabei auch kritisch mit Bittmanns Untersuchungen zu Commynes auseinander.

Die ungeheure Beute, die von den Schweizern in den Burgunderkriegen gemacht wurde, ist erforscht, gesichtet, beschrieben worden von *Florens Deuchler* »Die Burgunderbeute« (Bern 1963). Eine gute Übersicht vermittelt aber auch der farbige illustrierte Katalog der Ausstellung »Die Burgunderbeute und Werke burgundischer Hofkunst« (Bern 1969).

Ein Buch soll zum Abschluß genannt werden, das eigentlich ganz anders ist als die vorher genannten. Wie kein anderer hat es *Johan Huizinga* in seinem »Herbst des Mittelalters« (10. Aufl. Stuttgart 1969) verstanden, uns die widersprüchlichen Erscheinungsformen dieser Übergangszeit zu deuten. Der Faszination von Huizingas Werk wird sich kaum jemand entziehen können, der Geschichte als mehr begreift als einen Schutthaufen von Jahreszahlen.

Personenregister

Verzeichnis der Abbildungen,
die mit freundlicher Genehmigung der jeweils
angegebenen Stellen aufgenommen wurden.